CHARLES DICKENS

Ausgewählte Werke

nymphenburger

OF
SKETCHES
BY
BOZ
George Cruikshank

CHARLES DICKENS

Erzählungen

nymphenburger

Herausgegeben von
Stephan Castell

Ins Deutsche übertragen von:
Skizzen: H. Roberts[1]
Schauergeschichten: Harald Raykowski
(Bei Dämmerlicht zu lesen[2], Zur Strecke gebracht[2]);
Trude Fein (Mugby Junction[3]); Gustav Meyrink (Der Behexte)
Monologe: Trude Fein (Das Gepäck von einem Herrn[3];
Möblierte Zimmer zu vermieten[3]);
Melanie Walz (George Silverman erklärt sich[2])
Die Orthographie wurde der heutigen Schreibweise
behutsam angeglichen.

[1] Artemis & Winkler, Londoner Skizzen
[2] Artemis & Winkler, Master Humphreys Wanduhr und andere Erzählungen
[3] Manesse Verlag, Meistererzählungen, Zürich 1978

Einbandgestaltung: Wolfgang Heinzel
unter Verwendung des Gemäldes »Awaiting Admission
to the Casual Ward« von Sir Luke Fields, 1874
(Archiv für Kunst und Geschichte, Berlin)
Satz: Fotosatz Völkl, Puchheim
Gesetzt aus: 9/10 Punkt Garamond, Linotronik 300
Druck und Bindung: Wiener Verlag, Himberg
Printed in Austria
ISBN 3-485-00644-0

Inhalt

I. Skizzen

II. Schauergeschichten

III. Monologe

I.
Skizzen

Die Straßen am Morgen

Das Aussehen der Londoner Straßen vor Sonnenaufgang an einem Sommermorgen fällt sogar den wenigen in einem hohen Maße auf, die, weil sie bei ihren Vergnügungen oder ihren Geschäftsunternehmungen unglücklich waren, sehr wohl damit vertraut sind. Es macht einen ganz besonderen Eindruck, die geräuschlosen Straßen, die wir gewohnt sind zu anderen Zeiten von einer geschäftigen, wogenden Menschenmenge gefüllt zu sehen, so nüchtern, einsam und verödet und die Häuser so still und dicht verschlossen zu schauen, die bei Tage einen so äußerst belebten Anblick bieten.

Der letzte Zechbruder, der noch im Dunkeln seinen Weg nach Hause fand, ist soeben mit schweren Gliedern, von Zeit zu Zeit den Refrain eines Trinkliedes der durchschwärmten Nacht grölend, entlanggetaumelt; der letzte obdachlose Herumstreicher, den Armut und die Polizei in den Straßen gelassen, hat sich verklommen in einen gepflasterten Winkel gedrückt, um von Speise und Trank und einem wärmenden Kamin oder Bett zu träumen. Die Trunkenbolde, Wüstlinge und Heimatlosen sind verschwunden, die nüchternen und ordentlichen Leute zu ihren Tagesgeschäften noch nicht erwacht, und in den Straßen herrscht die Stille des Todes, der ihnen sogar seine Farbe mitgeteilt zu haben scheint, so kalt und leblos sehen sie in der bleichen, grauen Morgendämmerung aus. Die Mietkutschenstände in den größeren Straßen sind verlassen, die »Nachthäuser« geschlossen, die Tummelplätze der Ausschweifung und des Elends leer.

Hier und da sieht man einen Polizisten an einer Straßenecke stehen und gedankenlos die verödete Straße hinunterschauen; und dann und wann schleicht ein loses Kätzchen quer hinüber und verliert sich in seinem eigenen Revier, zuerst auf die Wassertonne, dann auf das Kehrichtloch und endlich auf die Steinplatten so vorsichtig und listig hinunterspringend, als ob es meinte, sein guter Ruf hinge davon ab, daß seine Galanterie der entschwundenen Nacht unbemerkt bliebe. Hier und da steht ein Schlafzimmerfenster halb offen und deutet hin auf die Schwüle der Luft und den unruhigen Schlummer so manchen Schläfers, und der matte Schimmer eines Nachtlichts hinter den Fenstervorhängen bezeichnet ein Krankenzimmer. Von diesen wenigen Ausnahmen abgesehen, bieten die Straßen kein Zeichen des Lebens, die Häuser keine Spur, daß sie bewohnt sind.

Eine Stunde schleicht hin. Die Kirchtürme und die Dächer der vornehmsten Gebäude werden vom Licht der aufgehenden Sonne schwach gefärbt, und die Straßen beginnen fast unmerklich wieder belebt zu werden. Marktkarren rumpeln langsam daher; der schläfrige Fuhrmann treibt ungeduldig seine müden Pferde an oder bemüht sich vergeblich, den Knaben aufzuwecken, der, auf dem üppigen Lager der Gemüsekörbe ausgestreckt, süß träumend seine lange gehegte Neugier vergißt, die Wunder Londons zu schauen.

Plumpe, schlaftrunkene Geschöpfe von seltsamem Aussehen, die etwa die Mitte halten zwischen Hausknechten und Mietkutschern, fangen an, die Fensterläden früh öffnender Gasthäuser herunterzunehmen, und kleine tannene Tische mit den gewöhnlichen Vorkehrungen zu einem Straßenfrühstück erscheinen an den gewohnten Plätzen. Kleine Trupps von Männern und besonders Frauen mit schweren Gemüsekörben auf den Köpfen kommen mühseligen Schritts von Piccadilly herunter auf ihrem Wege nach Covent Garden und bilden, einer dem anderen folgend, eine lange unregelmäßige Linie von dort bis nach Knightsbridge, wo die Straße eine Wendung macht. Hier und da sieht man einen Maurergesellen mit seinem in ein Taschentuch gebundenen Mundvorrat rasch »in die Arbeit« gehen, und von Zeit zu Zeit eilen Häufchen von drei bis vier zu einer heimlichen Badepartie ausziehenden Schulknaben vorüber, deren lärmende Fröhlichkeit auffallend absticht von der trübseligen Resignation des kleinen Schornsteinfegerjungen, der, nachdem er geklopft und geklingelt, bis ihn der Arm schmerzt, da eine liebreiche Gesetzgebung ihm untersagt, seine Lunge durch das sonst übliche Rufen zu gefährden, geduldig auf den Türtritt sich niederläßt, um zu warten, bis das Hausmädchen endlich von selbst erwacht.

Der Covent-Garden-Markt und die zu ihm führenden Straßen sind gedrängt voll von Marktfuhrwerken jeder Art und Größe, von dem schwerfälligen Frachtwagen mit seinen vier kräftigen Pferden an bis zum klappernden Obsträderkarren mit seinem schwindsüchtigen Esel. Das Pflaster ist bereits bestreut mit welken Kohlblättern, zerrissenen Heuseilen, mit dem ganzen namenlosen Abfall eines Gemüsemarkts, und das verschiedenartige Geräusch, das man vernimmt, ist fast eben so mannigfach – Männer schreien, Karren werden rückwärts geschoben, Pferde wiehern, Knaben balgen miteinander, Marktweiber schwatzen, hier werden Pasteten angepriesen, dort schreien Esel, und diese und hundert andere Laute bilden ein Mischgetöse, das selbst für Londoner Ohren disharmonisch genug und für die Ohren der Gentlemen vom Lande, die zum ersten Male in den Hammams schlafen, höchst widrig und lästig ist.

Es vergeht abermals eine Stunde, und der Tag nimmt in vollem Ernst seinen Anfang. Die Dienstmagd, die unter dem Vorwand, sehr fest zu schlafen, »Missis'« Klingeln eine halbe Stunde gänzlich unbeachtet gelassen, vernimmt von »Master« (den Missis zu diesem Ende in seinem Nachtgewand auf den Treppenabsatz geschickt hat), daß es halb sieben sei, worauf sie mit gut erkünsteltem Erschrecken plötzlich erwacht, sehr verdrossen hinuntergeht, Licht anzündet und dabei wünscht, daß sich das Prinzip des Selbstentzündens auf die Kohlen und Küchenroste erstrecken möchte. Sobald sie Feuer hat, öffnet sie die Haustür, um die Milch »hereinzunehmen«, und macht durch das wunderbarste Zusammentreffen von der

Welt die Entdeckung, daß das Hausmädchen von nebenan soeben gleichfalls die Milch hereingenommen und daß Mr. Todds Gesell gegenüber durch einen nicht minder außerordentlichen Zufall gerade in derselben Minute seines Herrn Fensterläden öffnet. Die unvermeidliche Folge ist, daß sie mit dem Milchkrug in der Hand zu Betsy Clark tritt, um derselben einen guten Morgen zu wünschen, und daß Mr. Todds Gesell herüberkommt, um beiden Mädchen guten Morgen zu sagen; und da Mr. Todds besagter Gesell fast ebenso gut und bezaubernd aussieht wie der Bäcker selbst, so wird die Unterhaltung sofort höchst belebt und würde wahrscheinlich noch interessanter werden, wenn nicht Betsy Clarks Missis, die ihr fortwährend nachgeht, zornig an ihr Schlafzimmerfenster klopfte, worauf Mr. Todds Gesell, mit verstellter Gleichgültigkeit pfeifend, weit schneller zurückkehrt, als er herübergekommen, und die beiden Mädchen wieder in ihre Häuser laufen und die Haustüren mit ausnehmender Behutsamkeit verschließen, aber nach einer Minute die Köpfe aus dem Wohnzimmerfenster hinausstecken, um zum Schein nach der vorüberfahrenden Postkutsche zu sehen, in Wahrheit aber, um noch einmal nach Mr. Todds Gesellen hinüberzublicken, der, ein Liebhaber von Postkutschen, doch noch mehr von Frauenzimmern, zur großen Zufriedenheit aller betreffenden Personen der Kutsche einen kurzen und den Mädchen einen langen Blick zuwirft.

Die Postkutsche selbst fährt weiter nach dem Posthaus, und die Reisenden, die mit der Morgenkutsche abfahren, starren erstaunt die Reisenden an, die mit der Frühpost anlangen, übernächtig und verdrießlich aussehen und offenbar von dem seltsamen, durch das Reisen entstehenden Gefühl erfüllt sind, bei welchem uns die Ereignisse von gestern morgen vorkommen, als wenn sie sich schon vor wenigstens sechs Monaten zugetragen hätten, und das den sehr ernsthaften Gedanken uns aufdrängt, ob sich die Freunde und Anverwandten, von welchen wir vor vierzehn Tagen Abschied nahmen, seit der Zeit wohl beträchtlich verändert haben. Auf dem Posthofe lebt und weht alles, und die Kutschen die soeben abgehen sollen, sind von dem gewöhnlichen Haufen von Juden und tausendnamigen Hausierern umgeben, die es, der Himmel mag wissen warum, für rein unmöglich zu halten scheinen, daß jemand in eine Postkutsche einsteigen könne, ohne wenigstens für sechs Pence Apfelsinen, ein Federmesser, ein Notizbuch, einen Kalender vom vergangenen Jahr, ein Bleistiftfutteral, einen Schwamm und einige Karikaturen zu benötigen.

Noch eine halbe Stunde, und die Sonne wirft ihr glänzendes Licht freundlich herunter in die noch immer halb leeren Straßen, und ihre Strahlen haben Kraft genug, um die Tagesträgheit des Lehrlings zu wecken, der eine Minute um die andere sein Geschäft, den Laden auszukehren und das Trottoir abzuwaschen, unterbricht, um einem andern auf gleiche Weise beschäftigten Lehrling zu sagen, wie heiß es werden wird, oder sich hinzustellen, mit der rechten Hand die Augen zu beschatten, die Linke auf den Besen zu stützen und dem »Wunder«, dem »Tally-ho«, dem »Nimrod« oder einem anderen Schnellwagen nachzusehen, bis ihm derselbe aus dem Gesicht ist, worauf er wieder hineingeht, die Außenpassagiere beneidend und des alten Backsteinhauses »weit unten im Lande« gedenkend, wo er zur Schule ging, und des Elends dünner Milch mit Wasser und dicker Brotscheiben mit dünner Butter, das in nichts verschwindet vor der süßen Erinnerung an den grünen Anger auf dem er als Knabe spielte, und den grünen Teich und die Prügel, die er bekam, weil er sich beigehen ließ, in denselben hineinzufallen, und was der Schulzeiterinnerungen mehr sind.

Cabs, mit Koffern und Schachteln zwischen den Beinen des beschützten Rosselenkers, eilen die Straßen hinauf und hinunter nach den Posthäusern oder Dampfbootwerften; die Mietkutscher, die sich auf dem Standplatz befinden, putzen die Verzierungen ihrer schmutzigen Fuhrwerke, wobei die Cabrioletführer sich wundern, wie die

Leute die »Wilde-Tier-Wagen von Omnibussen 'nem guten Cab mit 'nem Schnelltraber« vorziehen mögen, und die Mietkutscher nicht begreifen können, wie es nur zugeht, daß noch Leute ihre gesunden Glieder »den gebrechlichen Cabs anvertrauen, indem sie 'ne reputierliche Mietkutsche mit 'nem Paar Pferden haben können, die mit niemand nicht davonlaufen« – ein ohne Frage vollkommen begründeter Trost, da man nie von einem Mietkutschenpferde gehört, das davongelaufen wäre, »ein einziges ausgenommen«, wie einer der Cabrioletführer bemerkt, »und das lief rückwärts«.

Die Läden sind jetzt alle geöffnet und die Lehrlinge und Ladendiener emsig beschäftigt, die Fenster für den Tag zu reinigen und auszustaffieren. Die Bäckerläden in der Stadt sind gefüllt mit Domestiken und Kindern, die auf das Herausziehen des ersten Gebäcks aus dem Ofen warten – was in den Vorstädten bereits vor einer vollen halben Stunde statthatte; denn die Frühschreiberbevölkerung von Somers Town und Camden Town, Islington und Pentonville strömt in die City herein oder richtet die Schritte nach der Chancery Lane und den Inns of Court. Leute in den mittleren Jahren, deren Saläre nicht in demselben Verhältnis wie ihre Familien zugenommen haben, eilen vorüber, ohne rechts oder links zu sehen, denken offenbar nur an das Kontor, kennen fast alle Personen, denen sie begegnen oder die sie einholen, von Ansehen, denn sie haben sie alle Morgen (sonntags ausgenommen) seit zwanzig Jahren gesehen, sprechen aber mit niemand. Holen sie zufällig einen persönlichen Bekannten ein, so wechseln sie eine eilige Begrüßung mit ihm und gehen an seiner Seite oder vor ihm her weiter, je nachdem ob er rascher oder langsamer geht. Stillzustehen zum Händeschütteln oder des Freundes Arm zu nehmen deucht ihnen, wie es scheint, in ihr Salär nicht eingeschlossen und unerlaubt. Kleine Schreiber mit großen Hüten, zu Männern gemacht, ehe sie Knaben gewesen, eilen paarweise in ihren besten, sorgfältig gebürsteten Röcken und den wei-

ßen, reichlich mit Staub und Tinte beschmutzten Beinkleidern vom vorigen Sonntag dahin. Es kostet sie offenbar beträchtliche innere Kämpfe, es sich zu versagen, für einen Teil von dem zum Mittagessen bestimmten Kapital ein paar von den nachtalten, an den Türen des Konditors in staubigen Zinnbüchsen so lockend ausgestellten Törtchen zu erstehen; doch sie erinnern sich ihrer Würde und Wichtigkeit bei einer Einnahme von sieben Schilling wöchentlich mit der Aussicht einer baldigen Erhöhung derselben auf acht, geben das Beispiel der Selbstbeherrschung, drücken die Hüte ein wenig mehr auf die Seite und sehen allen jungen Putzmacherinnen und Näherinnen, denen sie begegnen, unter die ihrigen. Arme Mädchen! Sie bilden die Klasse, die sich am sauersten mühen muß, am schlechtesten bezahlt und nur zu oft auch am schlechtesten behandelt wird.
Elf Uhr, und Scharen ganz anderer Leute füllen die Straßen. Die Verkaufsgegenstände hinter den Ladenfenstern sind anlockend geordnet; die »jungen Leute« mit ihren weißen Halstüchern und in ihren sauberen Röcken sehen aus, als ob sie kein Fenster putzen könnten, und wenn es ihr Leben gälte; die Karren sind von Covent Garden verschwunden; die Fuhrleute und Obsthändler sind in ihre vorstädtischen Bezirke zurückgekehrt; die Schreiber befinden sich in ihren Büros; und Gigs, Cabs, Omnibusse und Reitpferde führen ihre Prinzipale derselben Bestimmung zu. Überall in den Straßen drängen sich Geputzte und Schäbige, Reiche und Arme, Faule und Fleißige, und die Hitze, das Getümmel und die betriebsame, rührige Tätigkeit des Mittags hat begonnen.

Die Straßen am Abend

Doch will man die Straßen Londons in ihrem höchsten Glanze sehen, so muß man sie sehen an einem finstern und

trüben Winterabend, wenn sich gerade genug Feuchtigkeit niedersenkt, daß das Pflaster schlüpfrig, aber nicht im mindesten reiner wird, und wenn der schwere träge Nebel, der alles umflort, bewirkt, daß die Gaslichter heller strahlen und die glänzend erleuchteten Läden infolge des Kontrasts mit der Dunkelheit umher sich noch prachtvoller als gewöhnlich anschauen lassen. Wer an einem solchen Abend daheim ist, sucht es sich so gemütlich und komfortabel als möglich zu machen, und die Leute in den Straßen haben vortrefflichen Grund, die Glücklichen zu beneiden, die an ihren wärmenden Kaminen sitzen.
In den größeren Straßen der besseren Art sind die Fenstervorhänge der Wohnzimmer dicht zugezogen, lodern helle Küchenfeuer und schmeicheln kostbare Dämpfe von heißen Gerichten den Geruchsnerven des hungrigen, an den Gartenzäunen sich mühsam vorüberarbeitenden Wanderers. In den Vorstädten klingelt der Bäckerjunge in der kleinen Straße weit langsamer als er es gewohnt ist, denn kaum hat Mrs. Macklin in Nr. 4 ihre kleine Haustür geöffnet und aus allen Kräften »Semmeln« gerufen, als auch schon Mrs. Walker in Nr. 5 ihre Fenster öffnet und denselben Ruf ertönen läßt; und er ist ihren Lippen noch nicht entflohen, als Mrs. Peplow gegenüber Master Peplow losläßt, der mit einer Schnelligkeit, zu der ihn nur die Aussicht auf Semmeln mit Butter antreiben kann, in die Straße hinunterschießt und den Burschen gewaltsam zurückschleppt, worauf Mrs. Macklin und Mrs. Walker, um dem letzteren einige Schritte zu ersparen und zugleich ein paar freund-nachbarliche Worte mit Mrs. Peplow zu wechseln, hinüberlaufen und ihre Semmeln vor Mrs. Peplows Haustür kaufen, wo denn aus Mrs. Walkers freiwilligem Bericht hervorgeht, daß ihr Kessel eben am Sieden sei und das Teegeschirr bereit stehe und daß sie, da es draußen ein so erbärmlicher Abend, beschlossen habe, ein behagliches heißes Schälchen einzunehmen – ein Beschluß, der infolge des merkwürdigsten Zusammentreffens von den anderen beiden Damen gleichzeitg gefaßt worden ist. Nach ein

wenig Unterredung über die Abscheulichkeit des Wetters und die Vorzüge des Tees, nebst einer Abschweifung über die Bosheit der Knaben als Regel und die Liebenswürdigkeit Master Peplows als Ausnahme, sieht Mrs. Walker ihren Mann die Straße herunterkommen; und da der Arme nach seiner großen Wanderung von den Schiffsdocks her seines Tees sehr bedürftig sein muß, so läuft sie augenblicklich mit ihren Semmeln in der Hand hinüber, Mrs. Macklin folgt ihrem Beispiel, und alle eilen in ihre kleinen Häuser zurück und schlagen die kleinen Haustüren zu, die für den Abend nicht wieder geöffnet werden, ausgenommen um neun Uhr für den »Biermann«, der mit einer Laterne vor seiner Trage anlangt und, während er Mrs. Walker den »Advertiser« vom vorigen Tage leiht, erklärt, daß er verdammt sein wolle, wenn er die Kanne ordentlich halten oder gar das Papier fühlen könne, denn es sei einer der kältesten Abende, die er erlebt habe, den ausgenommen, an welchem der Mann in der Ziegelei erfroren sei.

Nach einem prophetischen, eine wahrscheinliche Wetterveränderung betreffenden Geplauder mit dem Polizisten an der Straßenecke kehrt der »Neunuhrbier« nach dem Hause seines Herrn zurück und beschäftigt sich für den Rest des Abends damit, daß er eifrig das Schenkstübchenfeuer anschürt und bescheidentlich an der Unterhaltung der an selbigem versammelten Gäste teilnimmt.

Die Straßen in der Nähe des Marsh-Gate- und Victoria-Theaters haben an einem solchen Abend ein unendlich schmutziges und trostloses Aussehen, mit welchem die hier sich Umhertreibenden vollkommen harmonieren. Sogar der kleine, gebackenen Kartoffeln gewidmete Blockzinntempel, mit seinem strahlenden Emblem aus farbigen Lampen darüber, sieht minder prachtvoll als gewöhnlich aus, und was den Nierenpastetenstand betrifft, so ist fast all sein Glanz entschwunden. Das Licht hinter dem Ölpapier-Transparent ist fünfzigmal ausgeblasen worden, und der Nierenpastetenverkäufer, der es müde geworden ist, von seinem Standplatz nach dem nächsten Weinkeller hin und her zu laufen, um sich Licht zu holen, hat die Illumination in Verzweiflung aufgegeben, und die einzigen Zeichen seines Standorts sind die hellen Funken, von welchen, sooft er seinen tragbaren Ofen öffnet, um einem Kunden eine heiße Pastete zu reichen, ein langer unregelmäßiger Schweif die Straße hinuntergewirbelt wird.

Schollen-, Austern- und Obsthändler stehen hoffnungslos in den Gossen und bemühen sich vergeblich, Kunden anzuziehen; und die zerlumpten Knaben, die sich sonst so munter umhertreiben, kauern in kleinen Häufchen unter einem vorgebauten Torweg oder den ausgespannten Fensterleinen des Käsehändlers, während große, flackernde, durch kein Glas beschützte Gaslichter mächtige Haufen von hochroten und blaßgelben Käsen, vermischt mit kleinen Fünfpenny-Scheiben grauen Specks, verschiedenen Fäßchen Dorset-Käse und trüben Röllchen »ganz frischer« Butter, beleuchten.

Die Knaben vertreiben sich hier die Zeit durch Unterhaltung über das Schauspiel aus Veranlassung ihres letzten Halbpreisbesuchs der Victoria-Galerie, bewundern den »furchtbaren Kampf«, der jeden Abend wiederholt werden muß, und verbreiten sich über die unnachahmliche Kunst, womit Bill Thompson den Doppelaffen macht oder den Matrosen-Hornpipe mit seinen mysteriösen Verwicklungen ausführt.

Es ist fast elf Uhr, und der kalte Sprühregen geht in ein ernstliches und ordentliches Gießen über. Der Backkartoffelmann hat sich entfernt – der Nierenpastetenmann ist mit seinem Warenhaus auf dem Arm gleichfalls nach Hause gegangen – der Käsehändler hat sein Fensterleinen eingezogen – die Knaben haben sich zerstreut. Das fortwährende Klappern von Überschuhen auf dem schlammigen und unebenen Pflaster und das Rauschen von Regenschirmen, während der Wind an den Fensterläden rüttelt, sind lauter Zeugnisse der Unfreundlichkeit des Abends;

und der Polizist in seinem fest zugeknöpften Wachstuchkragen, indem er den Hut auf dem Kopfe festhält und sich umdreht, um sich einigermaßen gegen den an der Straßenecke wider ihn anbrausenden Wind zu schützen, scheint weit entfernt zu sein, sich wegen seiner Aussichten für die Nacht Glück zu wünschen.
Der kleine Kramladen mit der geborstenen Glocke hinter der Tür, deren melancholisches Klingeln so oft ertönte, wie ein Viertelpfund Zucker oder ein paar Lot Kaffee begehrt wurden, wird verschlossen. Das Gedränge, das den ganzen Tag auf und nieder wogte, verliert sich rasch, und das Geräusch laut redender und zankender Stimmen, das aus den Gasthäusern hervordringt, unterbricht fast allein noch die einförmige Stille der beginnenden Nacht.
Es wurden noch andere Laute vernommen, allein sie sind jetzt verstummt. Dort die unglückliche Frau mit dem Kind auf dem Arm, dessen abgezehrte Glieder sie in die Überbleibsel ihres eigenen dünnen Schals eingehüllt hat, sang ein beliebtes Lied in der Hoffnung, einem mitleidigen Vorübergehenden einige Pence abzuringen. Ein brutales Gelächter über ihre schwache Stimme ist der ganze Gewinn ihrer Mühe. Die Tränen rinnen dicht und rasch über ihre hohlen, bleichen Wangen hinunter, das Kind ist durchkältet und hungrig, und sein leises, halb ersticktes Wimmern verschärft das Leiden seiner gequälten Mutter, indem sie laut ächzend und verzweiflungsvoll auf eine kalte, feuchte Türschwelle niedersinkt.
Singen! Wie wenige von denen, die an einer so Jammerbeladenen vorübergehen, denken an die Herzensangst und Pein, die bittere Seelenqual, die allein schon durch die Anstrengung des Singens erzeugt wird. Welch ein grausamer Spott und Hohn, wenn Krankheit, Verlassenheit und Hunger die Worte des munteren Liedes kaum vernehmlich vorbringen, das in deinen fröhlichen Stunden, Gott weiß, wie oft, deine Lust noch erhöht hat! Es ist kein Gegenstand zum Lachen. Die schwache, bebende Stimme erzählt eine schaurige Geschichte von Entbehrung und Ver-

kümmerung, und die unglückliche Sängerin des Jubelliedes schweigt vielleicht, nur um zu erfrieren oder Hungers zu sterben.

Ein Uhr! Theaterbesucher zu Fuß waten durch den Schlamm der Straßen nach Hause; Cabs, Mietkutschen, Equipagen und Theater-Omnibusse rollen rasch vorüber, Kutschstandwärter mit schmutzigen mattbrennenden Laternen in den Händen und großen Messingschildern auf der Brust gehen, nachdem sie sich in den letzten beiden Stunden heiser gerufen und müde gelaufen haben, in ihre Wärtergasthäuser, um sich mit ihrem beliebten Leibestrost – Pfeifen und Wermutbier – zu erholen; die Halbpreis-Parterre- und Logenbesucher eilen haufenweis in die Restaurationen; und Koteletts, Nieren, Austern, Doppelbier, Zigarren und Gläser Grog usw. ohne Zahl werden bestellt und gebracht unter einem schlechterdings unbeschreiblichen Lärm und Wirrwarr von Rauchen, Laufen, Messergeklapper und Aufwärtergeschrei.

Die musikalischen Schauspielbesucher begeben sich in eine »harmonische Versammlung«, und wir wollen ihnen, der Kuriosität wegen, auf ein paar Augenblicke folgen.

In einem hohen und geräumigen Zimmer klopfen achtzig bis hundert Gäste mit kleinen Zinnkrügen auf die Tische und hämmern mit den Messergriffen, als wenn sie ebenso viele Böttcher wären. Sie applaudieren einem Liede, das soeben von drei »Berufskünstlern« gesungen worden ist, die oben am mittleren Tisch sitzen und deren einer den Vorsitz hat – der kleine wichtige Mann dort mit dem kahlen, aus dem Kragen seines grünen Rockes eben hervorstehenden Kopf. Die anderen beiden sitzen ihm rechts und links zur Seite – der starke Mann mit der dünnen Stimme, und der Schwarzgekleidete mit dem schmalen schwärzlichen Gesicht. Der kleine Vorsitzer ist eine äußerst komische Person – welch eine kuriose, herablassend-feierliche Würde, und welch eine Stimme!

»Ein Baß, sage ich Ihnen«, bemerkt der junge Herr mit der blauen Halsbinde ganz in unserer Nähe gegen seinen Ge-

sellschafter mit nachdrücklicher Betonung; »ein Baß, sage ich Ihnen – er hat mehr Tiefe als irgendeiner und steigt bisweilen so tief hinunter, daß man ihn gar nicht mehr hören kann.« Es ist in Wahrheit so. Ihn grummeln zu hören, allmählich tiefer, bis er nicht wieder herauf kann, gehört zu den köstlichsten Dingen der Welt, und es ist rein unmöglich, bei der ausdrucksvollen Feierlichkeit ungerührt zu bleiben, womit er seine ganze Seele hineinlegt in »Mein 'erz ist im 'ochland« oder »Die wackre alte Heiche«. Der starke Mann ist gleichfalls der Sentimentalität zugetan und zwitschert »Flieh aus der Welt mit mir, meine süße Bessy, mit mir« oder ein ähnliches Lied mit Junge-Damen-Süßigkeit und in den denkbar verführerischsten Tönen.
»Haben Sie die Güte, Ihre Bestellungen zu machen, Gentlemen«, ruft der blaßwangige Mann mit dem roten Kopf, und von allen Seiten wird lärmend nach Branntwein mit Wasser, Doppelbier und recht leichten Zigarren gerufen. Die Sänger befinden sich auf dem Gipfel ihrer Herrlichkeit und nicken herablassend oder flüstern auch im Gönnerton ihren Bekannten ein paar Worte des Erkennens oder der Begrüßung zu.
Der kleine Mann mit dem runden Gesicht im braunen Oberrock, weißen Strümpfen und Schuhen ist ein komischer Sänger und höchst unterhaltend, das Air aus Selbstverleugnung und innerem Bewußtsein dessen, was er vermag, gemischt, womit er den Aufruf des Vorsitzers bejahend erwidert. »Meine Herren«, sagt der kleine wichtige Mann, die Worte mit einem Schlag des Präsidentenhammers begleitend, »meine Herren, erlauben Sie mir, Ihre Aufmerksamkeit in Anspruch zu nehmen – unser Freund, Mr. Smuggins, will die Güte haben.« – Die Versammlung ruft »Bravo!« und Smuggins singt, nach beträchtlich langem Husten statt einer Ouvertüre und nach einem äußerst lächerlichen, zur allgemeinen Belustigung dienenden Schnauben, ein komisches Lied mit einem Trallatrallalalera-Refrain am Schluß jedes Verses, weit länger als der Vers selbst. Es wird mit unbegrenztem Beifall aufgenom-

men, und nachdem ein aufstrebendes musikalisches Genie freiwillig ein Probestück zum besten gegeben und kläglich steckengeblieben, gebraucht der kleine Wichtige abermals seinen Hammer und sagt: »Meine Herren, wenn es Ihnen gefällig ist, so wollen wir ein mehrstimmiges Lied versuchen.« Die Ankündigung ruft lärmenden Beifall hervor, und die energischeren Geister drücken ihre vollkommene Billigung dadurch aus, daß sie die Füße von ihren Biergläsern hämmern – eine humoristische Kunst, die jedoch häufig eine kleine Zänkerei veranlaßt, wenn der Kellner den Vorschlag macht, die Förmlichkeit des Schadenersatzes zu beobachten.
Ähnliche Auftritte wiederholen sich bis drei oder vier Uhr morgens, und wenn sie vorüber sind, bieten sich dem forschlustigen Neuling immer wieder andere dar. Doch eine, wenn auch nur leicht hingeworfene Beschreibung von ihnen allen würde einen Band erfordern, dessen Inhalt, wenn auch belehrend, doch keineswegs unterhaltend sein würde; wir machen daher unsere Verbeugung und lassen den Vorhang fallen.

Gedanken in der Monmouth Street

Wir haben stets eine besondere Vorliebe für die Monmouth Street, als den einzig wahren und echten Stapelplatz für alte Kleider gehegt. Die Monmouth Street ist ehrwürdig wegen ihres Alters und achtbar wegen ihrer Nützlichkeit. Die Holywell Street verachten wir, verabscheuen die Juden mit roten Köpfen und Knebelbärten; sie zerren jeden Vorübergehenden gewaltsam in ihre schmutzigen Häuser herein und stecken ihn in Rock und Weste, er mag wollen oder nicht.
Die Bewohner der Monmouth Street bilden eine eigentümliche Klasse friedlicher und zurückgezogen lebender Leute, welche die meiste Zeit in tiefen Souterrains oder

engen Hinterstübchen versteckt sind und nur selten zum Vorschein kommen, nämlich in der Dunkelheit und Kühle des Abends, wo sie auf Stühlen vor den Häusern sitzen, ihre Pfeifen rauchen und dem Umhertummeln ihrer hoffnungsvollen Sprößlinge zuschauen, die der Gosse sich freuen und ein vergnügtes Trüppchen jugendlicher Straßenkehrer bilden. Ihre Gesichter sind gedankenvoll und ungewaschen – sichere Anzeichen ihres Interesses für Handel und Wandel; und ihre Wohnungen zeichnen sich durch eine Nichtachtung des äußeren Scheins und durch die bei Leuten, welche fortwährend in wichtige Spekulationen vertieft sind und eine meist sitzende Lebensart führen, so verbreitete Vernachlässigung häuslicher Gemütlichkeit aus.

Wir deuteten auf das Alter unserer Lieblingsstraße hin. Die »Röcke mit Monmouth-Street-Schnüren« waren vor Jahrzehnten berühmt, und die Monmouth Street ist noch immer dieselbe. Lotsenjacken mit hölzernen Knöpfen haben den Platz der schweren Röcke mit Borten und breiten Schößen usurpiert; gestickte Westen mit großen Klapptaschen sind den weit ausgeschnittenen schottischen mit Schalkragen unterlegen; und wunderliche dreieckige Hüte haben den runden mit niedrigen Kronen und breiten Rändern aus der Kutscherschule Platz gemacht; doch nur die Zeiten haben sich geändert, nicht die Monmouth Street, die bei allen Veränderungen und Wechseln der Begräbnisplatz der Moden geblieben ist und, nach allem Anschein zu urteilen, so lange bleiben wird, bis keine Moden mehr zu begraben sind.

Wir durchwandern gern diese weiten Hallen erlauchter Toten und geben uns den Betrachtungen hin, welche durch sie hervorgerufen werden; passen jetzt einen verblichenen Rock, dann ein verstorbenes Beinkleid und dann wieder die sterblichen Reste einer eleganten Weste einem Geschöpf unserer Einbildungskraft an und versuchen uns nach der Art und Beschaffenheit der Kleidungsstücke die ehemaligen Eigentümer derselben vorzustellen. Wir haben uns auf diese Weise unsern Phantasiespielen überlassen, bis ganze Reihen von Röcken von den Nägeln, an welchen sie hingen, heruntersprangen und sich den eingebildeten Leuten selbst anlegten; nicht minder beflissen eilten die Beinkleider herbei; Westen zerrissen fast von selbst vor Begier, sich anzuschmiegen; und eine Fläche von einem halben Morgen voll Schuhe fand urplötzlich hineinpassende Füße, und die Schuhe mit den Füßen trappelten die Straße mit einem Lärm hinunter, der uns aus unserer angenehmen Träumerei erweckte und uns vertrieb, so daß wir uns mit einem verstörten Umherstarren langsam entfernten – den guten Leuten der Monmouth Street ein Gegenstand der Verwunderung, und ein Gegenstand nicht geringen Argwohns für den Polizeidiener an der Straßenecke gegenüber.

Also waren wir vor einigen Tagen beschäftigt und paßten soeben ein paar Schnürstiefel einer imaginären Person an, für welche dieselben, um die Wahrheit zu sagen, volle zwei Nummern zu klein waren, als unsere Blicke auf einige Anzüge in einem Ladenfenster fielen, die, was uns sogleich klar war, zu verschiedenen Zeiten demselben Individuum angehört haben mußten und jetzt zufolge eines jener sonderbaren, bisweilen vorkommenden Zufälle in ein und demselben Laden zum Verkauf ausgestellt waren. Die Meinung erschien uns jedoch phantastisch, und wir sahen die Anzüge noch genauer und mit dem festen Entschlusse an, uns nicht so leicht täuschen zu lassen. Allein wir hatten recht gehabt; je länger wir hinsahen, desto fester überzeugten wir uns von der Richtigkeit unseres ersten Gedankens. Des ehemaligen Eigentümers ganzes Leben war so deutlich auf diesen Anzügen zu lesen, als ob wir seine Selbstbiographie auf Pergament vor uns hätten. Der erste derselben bestand aus geflickten und stark beschmutzten Jäckchen und Höschen, einem jener engen blauen Tuchfutterale, in welche man kleine Knaben hineinzustecken pflegte, bevor Gürtel und Blusen auf- und alte Moden abgekommen waren: eine scharfsinnige Erfin-

dung, das ganze Ebenmaß der Gestalt eines Knaben dadurch sichtbar zu machen, daß man letzterem ein sehr knapp anliegendes Jäckchen mit Zierreihen von Knöpfen über den Schultern anzog und sodann die Höschen darüber knöpfte, wie um den Beinen das Aussehen zu geben, als ob sie gerade unter den Achseln angehäkelt wären. Dies war der Anzug des Knaben – offenbar eines Stadtkindes, denn die Ärmel und Beinlinge hatten die Kürze und die Knie die Säcke, welche der in den Londoner Straßen aufwachsenden Jugend eigentümlich sind. Ebenso offenbar war es, daß der Knabe nur eine Winkelschule besucht hatte. Wenn er Schüler in einer ordentlichen Pensionsanstalt gewesen wäre, so würde man ihm nicht gestattet haben, so viel auf der Erde zu spielen und sich die Knie so weiß zu rutschen. Auch hatte er eine nachsichtige Mutter und viel Kupfergeld gehabt, was man aus den zahlreichen Streifen einer klebrigen Substanz in der Gegend der Taschen und gerade unter dem Kinn ersah, Streifen, welche selbst des Trödlers Geschick zu verstecken nicht imstande gewesen war. Seine Eltern waren anständige, aber mit Reichtümern nicht überbürdete Leute gewesen, denn er würde dem Anzug sonst nicht schon so lange entwachsen gewesen sein, als er die Cordhose nebst der kurzen Jacke bekommen, worin er jedoch die Schule besucht und schreiben gelernt hatte – und noch dazu mit recht schwarzer Tinte, sofern die Stelle, an welcher er seine Feder abzuwischen pflegte, zum Beweise dienen konnte.
Ein schwarzer Anzug, und die kurze Jacke in einen Diminutivfrack verwandelt. Des Knaben Vater war gestorben, und die Mutter hatte ihn irgendwo als Laufburschen untergebracht. Der Anzug war lange getragen, verschossen und fadenscheinig, ehe er abgelegt wurde, blieb aber reinlich und von Flecken frei bis zum Ende. Die arme Frau! Wir konnten uns ihre erkünstelte Heiterkeit bei dem dürftigen Mahle vorstellen, und wie sie den eigenen kleinen Anteil unberührt ließ, damit ihr hungriger Knabe genug hätte. Ihr fortwährendes Sorgen für ihn, ihr Stolz auf sein

Heranwachsen, bisweilen mit dem bitteren, fast unerträglich bitteren Gedanken vermischt, daß er als Mann gegen sie erkalten, ihre Liebe und seine Zusagen vergessen möchte – der stechende Schmerz, den auch in seiner Knabenzeit schon ein unbedachtes Wort, ein gleichgültiger Blick ihr verursachte – das alles schwebte uns so lebhaft vor, als ob wir es selbst gesehen hätten.
Dergleichen trägt sich jede Stunde zu, und wir wußten es wohl; aber desungeachtet tat es uns, als wir die halb eintretende Veränderung gewahrten oder zu gewahren uns einbildeten, so weh, als wäre uns so etwas zum ersten Male als möglich erschienen. Der nächstfolgende Anzug sah wie ein sonntäglicher aus, war aber liederlich, sollte modisch sein und war doch nicht halb so anständig wie der fadenscheinige; verriet den müßiggängerischen Umherlungerer in schlechter Gesellschaft und verkündete uns, wie uns deuchte, daß die Freude und Hoffnung der Witwe rasch verschwunden waren. Wir konnten uns den Rock denken – mehr, konnten ihn sehen – *hatten* ihn hundertmal mit drei oder vier anderen Röcken derselben Art in der Nähe von Stätten nächtlicher Ausschweifungen umherstreifen sehen.
Wir kleideten in einem Augenblick ein halbes Dutzend Knaben und junge Leute von fünfzehn bis zwanzig Jahren aus demselben Ladenfenster, steckten ihnen Zigarren in den Mund, ließen sie die Hände in die Taschen senken und sahen ihnen nach, als sie die Straße hinunter renommierten und mit den zweideutigen Witzen und den oft ausgestoßenen Beteuerungen und Flüchen zögernd an der Ecke stehenblieben. Wir verloren sie nicht eher aus den Augen, als bis sie die Hüte noch etwas mehr auf das eine Ohr gedrückt hatten und in das Gasthaus hineinbramarbasiert waren, und sie kehrten darauf in die verlassene Wohnung zurück, wo die Mutter bis spät in die Nacht allein saß. Sie ging in fieberhafter Beängstigung auf und ab, öffnete von Zeit zu Zeit die Tür, blickte forschend die finstere und verödete Straße hinauf und kehrte wieder zurück, um sich

aber- und abermals getäuscht zu sehen. Wir schauten weiter die geduldige Miene, womit sie die rohen Worte und die Schläge des Betrunkenen ertrug, hörten sie still weinen, als ob sie in Schmerzen vergehen wollte, während sie in ihrer einsamen Kammer auf den Knien lag.

Eine lange Zeit war vergangen und eine noch größere Veränderung eingetreten, als der ganz oben hängende Anzug abgelegt worden war. Er hatte dem kräftigen, starken, breitschultrigen Manne angehört, und wir wußten sogleich, was jedermann gewußt haben würde, der nur einen Blick auf den grünen Rock mit breiten Schößen und großen Messingknöpfen geworfen hätte: daß sein ehemaliger Besitzer selten ohne die Begleitung eines Hundes und eines landstreicherischen Taugenichtses, seines eigenen Ebenbildes, ausgegangen war. Die Lasterhaftigkeit des Knaben war mit dem Manne gewachsen, und wir versetzten uns in seine Wohnung – wenn sie den Namen verdiente.

Das nackte, erbärmliche Zimmer war ohne Hausrat, und er hatte mit seiner Frau und seinen bleichen, hungrigen und abgemagerten Kindern kaum den notwendigen Raum darin. Er stieß Verwünschungen über ihre Klagen aus, wankte nach der Trinkstube zurück, aus welcher er soeben erst heimgekehrt war, die nach Brot schreiende Frau mit einem kranken Kinde ging ihm nach, und die Straße hallte von dem Lärm wider, als er sie schalt und schlug.

Dann zeigte sich unserm inneren Blick ein Londoner Arbeitshaus in einer engen, dumpfigen Straße gelegen, angefüllt mit ungesunden Dünsten, widerhallend von tobendem Geschrei; und in einem engen, finsteren Gemache lag eine alte sterbende Frau, flehte um Gnade für ihren Sohn, und kein Kind stand ihr zur Seite, ihr Trost zuzusprechen, keine reine Himmelsluft fächelte ihre Stirn. Ein Fremder drückte ihr die nur leer und gläsern noch blickenden Augen zu, und fremde Ohren vernahmen die von den weißen, halbgeschlossenen Lippen noch gemurmelten Worte.

Ein großer Kittel nebst einem abgenutzten baumwollenen

Halstuch und anderen Kleidungsstücken der ärmlichsten Art machten den Beschluß. Ein Gefängnis und der Urteilsspruch – Deportation oder der Galgen. Was würde der Mann zu der Zeit darum gegeben haben, der geplagte und anspruchslose, aber zufriedene Laufbursch wieder werden zu können – nur noch eine Woche, einen Tag, eine Stunde, eine Minute leben zu dürfen – nur so lange, um imstande zu sein, der schrecklichen, im Armengrab verwesenden Gestalt ein Wort der Liebe und Reue zu sagen, ein Wort der Verzeihung von ihr zu hören? Die Kinder verwildert in den Straßen, die Mutter eine verlassene Witwe; jene wie diese von der auf des Vaters und des Gatten Namen ruhenden Schmach schwer betroffen und durch die schrecklichste Not den Abgrund hinuntergedrängt, der ihn zu einem langsamen, vielleicht viele Jahre dauernden Tode viele hundert Meilen vom Heimatlande entfernt geführt hatte. Wir hatten den Faden zum Ende der Geschichte nicht, allein es war leicht zu erraten.
Wir gingen ein paar Schritte weiter, wünschten unseren Gedanken ihre natürlich heitere Färbung wiederzugeben und fingen daher an, mit einer Raschheit und Gewandtheit, die den erfahrensten der in Leder arbeitenden Künstler mit Erstaunen erfüllt haben würde, eingebildeten Füßen lange Reihen von Stiefeln und Schuhen anzuziehen. Besonders ein Paar Stiefel – ein gutmütig-biederes, herziges Stulpenstiefelpaar – erregte unsere teilnehmendste Beachtung, und ehe wir noch ihre Bekanntschaft eine halbe Minute gemacht, hatten wir einen prächtigen, jovialen, rotwangigen Marktgärtner für sie geschaffen. Nichts hätte besser zusammenpassen können als sie und er. Seine fleischigen Waden quollen über ihren Stulpenrand hinaus, und sie saßen zu eng, als daß er die Strippen hätte hineinstecken können, mit deren Hilfe er sie angezogen; zwischen ihnen und den Kniehosen war eine Handbreit von den Strümpfen zu sehen; die blaue Schürze hatte er um den Leib herum zusammengerollt; er trug dazu ein rotes Halstuch und einen blauen Rock und einen weißen, auf

die eine Seite des Kopfes gedrückten Hut; und so stand er da mit seinem seligen roten Gesicht und lächelnd breitgezogenen Mund und pfiff abwechselnd so vergnügt, als ob er gar keine Vorstellung davon hätte, daß ein Mensch unglücklich oder mißvergnügt sein könnte.
Er war ein Mann so recht nach unserm Herzen – wir kannten ihn auf das genaueste – hatten ihn viele hundert Male in seinem grünen Einspänner mit dem wohlgenährten kleinen Pferde nach Covent Garden auf den Markt fahren sehen; und während wir noch zärtlich nach seinen Stiefeln hinblickten, hüpften plötzlich die Füße eines gefallsüchtigen Dienstmädchens in ein Paar wollseidene Schuhe hinein, welche neben ihnen standen, und wir erkannten in dem Mädchen sogleich die junge Schöne, die, als wir uns am vorigen Dienstagmorgen von Richmond zur Stadt begaben, diesseits der Hammersmith Hängebrücke sein Erbieten annahm, sie ein wenig mitfahren zu lassen.
Ein sehr geputztes Frauenzimmer mit einem prachtvollen Hut trat in ein Paar graue Tuchstiefel mit schwarzen Fransen und Schnüren hinein und zeigte große Begier, die Aufmerksamkeit der Stulpenstiefel zu erregen; allein unser Freund, der Marktgärtner, zeigte sich allen ihren kleinen Koketterien unzugänglich; denn zuerst blinzelte er nur listig, als ob er sagen wollte, daß er ihre Zwecke und Absichten sehr wohl durchschaue, und bald beachtete er sie gar nicht mehr. Seine Gleichgültigkeit wurde indes durch die ausnehmende Galanterie eines sehr alten Herrn aufgewogen, der einen Stock mit silbernem Knauf trug und in ein Paar große, in einer Ecke stehende Leistenschuhe trat und durch vielfache Gebärden seine Bewunderung der Dame in den Zeugstiefeln ausdrückte, und zwar zur maßlosen Belustigung eines jungen Menschen, den wir in ein Paar hochfersige Tanzschuhe gesteckt hatten.
Wir hatten dieser kleinen Pantomime eine Zeitlang mit lebhaftem Vergnügen zugeschaut, als wir zu unserm unaussprechlichen Erstaunen gewahrten, daß sämtliche von uns beschuhte Individuen – ein zahlreiches Ballettkorps

von Stiefeln und Schuhen im Hintergrunde, die wir eiligst mit Füßen versehen hatten, mit eingeschlossen – zum Tanz antraten und auch ohne Verzug den Anfang machten, da in demselben Augenblick eine Musikkapelle zu spielen begann. Wahrhaft zum Entzücken war die Behendigkeit des Marktgärtners anzusehen. Die Stulpenstiefel machten alle Touren und Pas auf das kunstgerechteste und unermüdlichste durch und schienen trotzdem nicht im mindesten an Ermüdung zu leiden.

Die Wollseidenen blieben ihrerseits keineswegs zurück. Sie hüpften und sprangen nach allen Richtungen umher; und obwohl sie weder so kunstgerecht noch taktmäßig tanzten wie die Zeugstiefel, so schien es ihnen dafür desto mehr vom Herzen zu gehen und eine ungemischtere Lust zu gewähren; und wir bekennen daher aufrichtig, daß wir ihnen als Tänzern den Vorzug gaben. Der unterhaltendste von allen war aber der sehr alte Herr in den Leistenschuhen; denn abgesehen von seinem grotesken Bestreben, jung und verliebt zu erscheinen, das an sich selbst schon belustigend genug war, wußte es der junge Mann in den Tanzschuhen geschickt immer so einzurichten, daß er, sooft der alte Herr vortrat, um sich vor den Zeugstiefeln zu verbeugen, mit seinem ganzen Gewicht dem alten Knaben auf die Zehen trat, worauf dann der letztere jedesmal vor Schmerz laut aufschrie und alle übrigen sich vor Lachen ausschütten wollten.

Mitten in unserm seligen Genusse drang eine kreischende, nichts weniger als musikalische Stimme an unser Ohr. »Hoffe, daß Sie mich ein andermal wiedererkennen werden, Sie unverschämtes Rhinozeros!« Als wir scharf vor uns hinblickten, um zu der Kunde zu gelangen, wer diese Worte gesprochen hatte, wurden wir inne, daß es nicht geschehen war von seiten der jungen Dame in den Zeugstiefeln, wie wir zuerst anzunehmen geneigt gewesen, sondern von seiten einer sehr großen ältlichen Frau, die auf einem Stuhl an der Kellertreppe offenbar zu dem Zwecke saß, den Verkauf der neben ihr ausgestellten Handelsartikel zu leiten.

Eine Drehorgel, welche dicht hinter uns musiziert hatte, verstummte, und flugs verschwanden die sämtlichen Leute, deren Füße wir in die Stiefel und Schuhe hineingezaubert hatten; wir ersahen, daß wir in unsern tiefen Gedanken, vielleicht ohne es zu wissen, die alte Dame eine halbe Stunde lang unhöflich angestarrt haben könnten, machten uns daher gleichfalls auf und davon und waren bald im tiefsten Dunkel der anstoßenden »Dials« untergetaucht.

Seven Dials

Wir sind immer der Meinung gewesen, daß Seven Dials sich selbst unsterblich gemacht haben würde, wenn es nicht schon durch Tom King und den Franzosen unsterblich gemacht worden wäre. Seven Dials! die Heimat des Liedes und der Poesie – erster Ergießungen und »letzter Worte«, geheiligt durch die Namen Catnachs und Pitt – Namen, die noch mit Apfelhändlern und Drehorgeln unzertrennlich verknüpft sein werden, wenn Pfennigmagazine die für einen Pfennig ellenweis zu verkaufenden Lieder verdrängt und wenn die Hinrichtungen aufgehört haben.

Betrachtet einmal die Bauart von Seven Dials! Der Gordische Knoten war doch sehr gut in seiner Art, wie es auch die Labyrinthe von Hampton Court und in Beulah Spa und die Schleifen der gestreiften weißen Halstücher waren, bei denen der Schwierigkeit, sie zu binden, nur die anscheinende Unmöglichkeit gleichkam, sie wieder aufzuknüpfen. Aber welche Verwicklungen sind mit denen von Seven Dials zu vergleichen – wo gibt es Labyrinthe wie die seiner Straßen, Gassen, Sack- und Nebengäßchen – wo ist eine so vollkommene Mischung von Engländern und Iren zu finden wie in diesem verwinkelten Londoner Stadtviertel? Die Anekdote, auf welche wir anspielten,

scheint uns, wir bekennen es dreist, erdichtet zu sein. Thompsons findet man fast in jedem Hause von Seven Dials zwei oder drei, und ein Franzose in Seven Dials! – Pah! Der angebliche Franzose ist ein Ire gewesen. Tom Kings Erziehung war sicher in seiner Kindheit vernachlässigt worden, und da er nicht die Hälfte von dem verstand, was der Ire sagte, so nahm er es als ausgemacht an, daß derselbe Französisch spräche.
Wer sich zum ersten Male nach Seven Dials verirrt, Belzoni gleich an sieben dunkeln Eingängen steht und nicht weiß, welchem von den sieben er den Vorzug geben soll, wird um sich her genug erblicken, seine Neugier und Aufmerksamkeit eine beträchtliche Zeit zu erwecken und zu beschäftigen. Von dem unregelmäßigen offenen Platz, auf dem er sich befindet, laufen nach allen Richtungen Straßen und Gassen aus, deren Ende sich in dem an den Giebeln der Häuser hängenden ungesunden Dunste verliert, welcher die schmutzige Perspektive unbestimmt macht und eng begrenzt; an allen Ecken sieht man Häuschen von Leuten stehen, deren Aussehen und deren Wohnungen jedermann, nur keinen rechten Londoner, mit Staunen erfüllen; und sie stehen da, als ob sie ein wenig von der frischen Luft einatmen wollten, die sich von weither verirrt haben mag und schon sehr schwach ist, daß sie in die engen Gassen nicht mehr hinein kann.
An der einen Seite hat sich ein kleiner Haufen um ein paar Damen gesammelt, die den Morgen miteinander vertrunken haben, zuletzt aber über einen ihre häuslichen Einrichtungen betreffenden Punkt verschiedener Meinung geworden und eben im Begriffe sind, unter lebhafter Teilnahme der anderen mit ihnen im Hause oder in der Nachbarschaft wohnenden Damen, welche sämtlich Partei genommen, den Streit durch Püffe zur Entscheidung zu bringen.
»Warum gibst's ihr nicht, Sarah?« ruft eine halb angekleidete Matrone anfeuernd aus. »Wär's *mein* Mann gewesen, der sie gestern abend ohne mein Wissen auf'n Tropfen ge-

setzt hat, ich riss' ihr die Schandaugen aus'm Kopf raus – dem alten Drachen.«

»Was gibt's denn hier?« fragt eine andere ältliche Dame, die soeben herzugeeilt ist.

»Was es gibt?« erwidert die erste Sprecherin. »Da ist die gute arme Frau Sulliwin; hat fünf eigene Kinder und kann keinen Nachmittag nicht in die Arbeit gehen, und da kommt das Weibsbild her und lockt ihren Mann fort, mit dem sie nächsten Ostermontag zwölf Jahre verheiratet ist; denn ich sah den Trauschein noch vorigen Dienstag, als ich 'ne Tasse Tee bei ihr trank. Und ich sagte noch zu ihr: ›Frau Sulliwin‹, sagte ich –«

»Was will sie mit dem Weibsbilde sagen?« unterbricht eine Streiterin der anderen Partei, die schon längst eine starke Neigung an den Tag gelegt hat, ein Nebenscharmützel auf eigene Rechnung zu beginnen, und von einem Bierjungen ermutigt wird. »Was will sie mit dem Weibsbilde sagen?«

»Das geht ihr nischt an«, lautet die Antwort. »Geh sie nach Hause, und flick sie ihre Strümpfe, wenn sie wieder nüchtern ist.«

Diese etwas persönliche Anspielung, nicht bloß auf die Unmäßigkeit der Dame, sondern auch auf den Zustand ihrer Garderobe, reizt dieselbe zum höchsten Zorne, und sie kommt daher der Aufmunterung der Umstehenden zu tätlichem Angriff mit großem Feuer nach. Das Handgemenge wird allgemein und endet nach der Phraseologie auf den Ankündigungszetteln der kleineren Theater mit »der Ankunft der Polizei – dem Innern einer Polizeiwache – und einer ergreifenden Katastrophe«.

Von den zahlreichen Gruppen abgesehen, die sich in den Branntweinläden umhertreiben oder auf offener Straße zanken, lehnt sicher an jedem Pfosten ein Müßiggänger mit einer wohl ganze Stunden ausdauernden Beharrlichkeit. Es ist sonderbar genug, daß es in London eine Klasse von Leuten gibt, die keinen Genuß außer dem des Anlehnens an Pfosten zu haben scheint. Wir sahen nie einen echten Maurergesellen, der sich eine andere Ergötzlichkeit gemacht hätte – eine Schlägerei ausgenommen. Man gehe am Abend eines Wochentags durch St. Giles und wird sie in ihren mit Kalkstaub bedeckten Barchentwämsern unfehlbar gegen Pfosten lehnen sehen. Man begebe sich an einem Sonntagmorgen nach Seven Dials – und auch dort lehnen sie in ihren Cordhosen, kurzen Stiefeln, blauen Röcken und gelben Westen gegen Pfosten. Ein Mensch, der seinen Sonntagsstaat angelegt und den ganzen Tag gegen einen Pfosten lehnt – was kann verwunderlicher sein!

Der eigentümliche Charakter dieser Straßen und ihre große Ähnlichkeit untereinander trägt keineswegs dazu bei, die Verlegenheit des unerfahrenen Wanderers durch die »Dials« zu mindern. Er gerät aus einer schmutzigen, unregelmäßig gebauten Straße in die andere und dann und wann unerwartet in eine Sackgasse, deren Häuser ebenso abscheulich aussehen wie die halbnackten in den Straßenrinnen sich wälzenden Kinder. Hier und da ist das schmutzige Zerrbild eines Gasthauses zu schauen oder ein kleiner Kramladen mit einer geborstenen Glocke hinter der Tür, das Eintreten eines Käufers anzuzeigen oder die Anwesenheit eines jungen Gentlemans zu verraten, in dem sich eine Leidenschaft für Ladenkassen frühzeitig entwickelt hat. Lange Reihen zerbrochener und verklebter Fenster lassen Gewächse sehen, die vielleicht blühten, als die »Dials« erbaut wurden, und zwar in so unsauberen Gefäßen wie die »Dials« selbst. Läden, in welchen altes Eisen, Küchenabfall, Lumpen und Knochen feilgeboten werden, wetteifern hinsichtlich der Reinlichkeit mit den Wohnungen der Federvieh- und Kaninchenhändler, die man für ebenso viele Archen zu halten geneigt sein würde, wenn sich nicht sogleich unwiderstehlich die Überzeugung aufdrängte, daß kein von seinen Sinnen noch nicht ganz verlassenes Tier, da doch allen das Ein- und Auslaufen gestattet ist, jemals zurückkehren würde. Trödlerläden, die ganz so aussehen, als ob sie eingerichtet wären, um heimatlosen Wanzen zum Asyl zu dienen, vollenden das »Stilleben« der »Dials«, das durch ungewaschene Männer, schlampige Frauen, sehr schmutzige Kinder lärmendes Ballspiel, rauchende Pfeifen, angefaultes Obst, mehr als zweifelhafte Austern, abgemagerte Katzen, halb verhungerte Hunde und bis aufs Skelett abgemagerte Hühner so ausnehmend verschönert wird.

Wenn die äußere Erscheinung der Häuser und ihrer Bewohner nur wenig Reize hat, so ist eine genauere Bekanntschaft mit ihnen noch weniger geeignet, für sie einzunehmen. Jedes Zimmer hat seinen besonderen Mieter, und jeder Mieter ist in der Regel das Haupt einer zahlreichen Familie.

Der Ladeninhaber macht ein Kartoffel-, Reißholz-, Scheuerstein- oder ein ähnliches Geschäft, dessen Betrieb ein Umlaufkapital von achtzehn Pence oder eine ähnliche Summe erfordert, und bewohnt mit seiner Familie den Laden und das kleine Zimmer hinter demselben. Die Hinterküche wird von einem irischen Tagelöhner und dessen Familie bewohnt und die Vorderküche von einem Teppichausklopfer oder dergleichen, ebenfalls mit Familie. Im ersten Stockwerk nach vorn wohnt ein anderer Mann mit Frau und Kindern und daselbst nach hinten hinaus »ein junges Frauenzimmer, das sich mit Stickerei abgibt und sich ganz vornehm trägt«, viel von ihren »Freundinnen« spricht und »nichts Ordinäres ausstehen kann«. Das zweite Stockwerk und die übrigen Mieter bilden eben eine zweite Ausgabe des ersteren und der letzteren, nur daß ein Mann von schäbiger Eleganz das obere Hinterzimmer innehat, der sich jeden Morgen seine halbe Portion Kaffee aus dem Kaffeehaus fast gleich nebenan bringen läßt, das sich einer kleinen Vorderspelunke, Kaffeezimmer genannt, mit einem Kamine rühmt, über welchem die höfliche Bitte an den Kunden zu lesen ist, »gefälligst gleich bei Empfang zu zahlen«, nämlich »um Irrtümer zu verhüten«. Den schäbig-eleganten Mann umhüllt einiges Geheimnis; allein da er so ganz zurückgezogen lebt und, so-

weit man weiß, nie etwas gekauft hat als – von den Kaffeehalbportionen und Pfennigbrötchen abgesehen – dann und wann eine Feder und für einen halben Penny Tinte, so halten ihn seine Hausgenossen sehr natürlich für einen Schriftsteller; auch laufen Gerüchte in den Dials um, daß er Verse schreibt – für Mr. Warren.
Jedermann, den sein Weg an einem schwülen Sommerabend durch die Dials führt und der die Frauen eines solchen Hauses vor der Tür sitzen sieht und plaudern hört, sollte meinen, daß eitel Harmonie unter ihnen herrsche und daß man sich kein idyllischeres Völkchen denken könne als das der eingeborenen Dialer. Ach! der Ladeninhaber mißhandelt seine Familie; der Teppichausklopfer dehnt seine Beschäftigung auf seine Frau aus; die beiden Familien nach vorn hinaus im ersten und zweiten Stockwerk leben in tödlicher Feindschaft gegeneinander, weil die obere sich durch nichts bedeuten läßt, sondern über den Köpfen der unteren tanzt, nachdem sich diese niedergelegt hat; der Mieter im obersten Hinterzimmer fängt täglich mit den Vorküchenkindern Zank an; der Ire kommt einen Abend um den anderen betrunken nach Hause und schimpft und stößt jeden ohne Unterschied, und der Inhaber des Hinterzimmers im ersten Stockwerk schreit über alles. Ein Stockwerk ist wider das andere; sogar der Keller bleibt nicht zurück. Frau A. schlägt Frau B.'s Kind, wegen »Gesichterschneidens«; Frau B. übergießt sofort Frau A.'s Kind, weil es ihr »Scheltworte gibt«. Die Männer geraten aneinander – der Streit wird allgemein – die Folge ist eine Rauferei und das Endergebnis ein Polizeidiener.

Läden und deren Inhaber

Welch unerschöpflichen Stoff zu Betrachtungen bieten die Straßen der Hauptstadt dar! Mit Recht bemitleidete Sterne den Mann, der von Dan nach Berseba reisen konnte

und sprach, es sei alles wüst; noch zehnmal mitleidswürdiger aber ist der, der Hut und Stock nehmen, von Covent Garden nach dem St.-Pauls-Kirchhof und obendrein wieder zurückwandern kann, ohne seiner Wanderung Unterhaltung – wir hätten fast gesagt: und Belehrung – zu verdanken. Und doch gibt es so Stumpfsinnige; wir begegnen ihnen tagtäglich. Hohe schwarze Halsbinden und helle Westen, zierliche Spazierstöcke und mißvergnügte Mienen sind die eigentümlichen Merkzeichen ihres Geschlechts. Andere eilen rasch an uns vorüber, sei es, daß sie heute wie gestern und alle Tage ihre Geschäftswege verfolgen oder frohgemut dem Vergnügen nachjagen. Jene aber schlendern achtlos dahin und sehen so heiter und angeregt aus wie Polizisten im Dienst. Nichts scheint einen Eindruck bei ihnen hervorzubringen; nichts Geringeres stört ihren Gleichmut, als wenn sie von einem Lastträger niedergerannt oder von einem Cabriolet überfahren werden. Du wirst ihnen an einem schönen Tage in jeder Hauptstraße begegnen, erblickst sie bei ihrem einzigen Lebensgenusse, wenn du abends durch das Fenster in einen Zigarrenladen im Westend hineinschauen willst, sofern es dir gelingt, einen Blick zwischen den blauen Vorhängen hindurch zu gewinnen, die dem Hineingaffen des Pöbels zu wehren bestimmt sind. Da sind sie zu schauen in aller Würde gewaltiger Knebelbärte und ebenso mächtiger Uhrgehänge. Sie ruhen in den nachlässigsten Stellungen oder stolzieren gravitätisch auf und ab oder flüstern süßen Unsinn der jungen geputzten Dame mit den großen Ohrringen in das Ohr, die, in einem Glanzmeer von Anbetung und Gaslicht hinter dem Ladentisch sitzend, die Bewunderung aller Dienstmädchen der Nachbarschaft ist und von allen jungen Putzmacherei-Aspirantinnen innerhalb eines Umkreises von zwei Meilen beneidet wird.
Eine unserer Hauptergötzlichkeiten besteht darin, die Schicksale – den Aufstieg oder Fall – von Läden zu beobachten. Wir haben uns eine genaue Bekanntschaft mit mehreren in verschiedenen Stadtteilen erworben und be-

sitzen eine gründliche Kunde ihrer ganzen Geschichte. Wir könnten sogleich wenigstens zwanzig nennen, von denen wir vollkommen gewiß sind, daß sie seit den letzten sechs Jahren keine Steuern bezahlt haben. Sie wechseln spätestens nach je zwei Monaten die Besitzer und haben, wir sind davon überzeugt, in ihrem Umfange sämtliche Zweige des Kleinhandels gesehen.

Unter ihnen ist einer, dessen Geschichte auch die der andern veranschaulicht und bei dessen Schicksalen wir eine ganz besondere Teilnahme empfanden, da wir das Vergnügen hatten, ihn von seiner Entstehung an gekannt zu haben. Er befindet sich im jenseitigen, dem Surrey-Stadtteil, ein wenig über Marshgate hinaus, und war ursprünglich ein recht solides, gut aussehendes Privathaus. Der Besitzer geriet in Verlegenheit und das Haus in die Hände der Gläubiger; der Besitzer entlief, und das Haus verfiel. Zu dieser Zeit begann unsere Bekanntschaft mit ihm. Der ganze Putz war heruntergefallen, kein Fenster ohne zerbrochene Scheiben, das Grundstück teils mit Gras bewachsen und teils eine Lache, vom Überrinnen der Wassertonne, und diese ohne Deckel, und die Haustür ein wahrhaftes Bild des Elends. Der Hauptzeitvertreib der Kinder der Nachbarschaft hatte darin bestanden, sich in Haufen auf den Stufen zu versammeln und, zum großen Behagen der Nächstwohnenden überhaupt und der nervenschwachen Dame gegenüber im besonderen, unaufhörlich Klopfübungen aller Art anzustellen. Es hatte nicht an zahlreichen Beschwerden gefehlt; Becken mit Wasser waren über den Köpfen der kleinen Übeltäter geleert worden, doch ohne Erfolg. Diese Lage der Dinge bewog den Trödler an der Straßenecke, auf die verbindlichste Weise den Klopfer herunterzunehmen und zu verkaufen; und das unglückliche Haus sah trübseliger aus als je.

Wir verloren es während einiger Wochen aus den Augen. Wer schildert unser Erstaunen, als wir nach Ablauf derselben keine Spur seines Daseins mehr fanden? Wir erblickten an seiner Stelle einen stattlichen, der Vollendung sich nähernden Laden und an den Fenstern riesenhafte Anschläge, welche dem Publikum verkündigten, daß jener baldigst eröffnet werden würde mit einer »umfassenden Auswahl von Kurz- und Kleinwaren«. Er wurde eröffnet; der Name des Eigentümers »und Co.« glänzte in goldenen Lettern fast zu blendend, um ihn anschauen zu können. Welche Bänder und Schals! und zwei so elegante junge Leute hinter dem Ladentisch mit schneeigen Hemdkragen und Halstüchern, wie die Liebhaber in einer Farce! Der Prinzipal, was ihn betrifft, tat gar nichts, als daß er im Laden umherspazierte, den Damen Stühle reichte und wichtige Gespräche mit dem schönsten der jungen Herren führte, in welchem die scharfsinnigsten Nachbarn den »und Co.« vermuteten. Wir sahen dies alles mit Kummer an; denn eine böse Ahnung erfüllte uns, daß der Laden zugrunde gehen würde – und sie traf ein. Sein Verfall war langsam, aber sicher. Zuerst zeigten sich die Sonderangebote in den Fenstern; sodann wurden Flanellstücke mit Ausverkaufspreiszetteln draußen vor die Türe gestellt; hierauf las man auf einem Anschlag an letzterer, daß das erste Stockwerk *ohne* Möbel zu vermieten sei; einer der jungen Herren verschwand gänzlich, der andere vertauschte die weiße mit einer schwarzen Halsbinde, und der Prinzipal vertauschte den Laden mit dem Weinhaus. Der Laden wurde unsauber, zerbrochene Fensterscheiben wurden nicht durch neue ersetzt, und die »umfassende Auswahl von Kurz- und Kleinwaren« verschwand ein Stück nach dem andern. Endlich erschien der Wassersteuererheber, um die Röhren zu vernageln, und nunmehr verschwand auch der Prinzipal und ließ dem Hauswirt seine Empfehlung und den Hausschlüssel zurück.

Der zweite Inhaber war ein Papier- und Kunsthändler. Der Laden war bescheidener eingerichtet, aber doch noch immer nett; allein wenn wir vorübergingen, konnten wir uns niemals des Gedankens erwehren, daß es mit dem Geschäft schlecht und bedenklich stände. Wir wünschten ihm guten Fortgang, fürchteten aber für den Ausgang.

Der Geschäftsführer mußte ein Witwer und anderwärts irgendwie angestellt sein, denn er begegnete uns alle Morgen auf dem Weg in die City. Das Geschäft wurde von seiner ältesten Tochter besorgt. Die Arme! sie bedurfte keines Beistandes. Wir sahen bisweilen im Vorübergehen zwei oder drei Kinder in Trauer wie sie selbst, die in dem kleinen Zimmer hinter dem Laden saßen, und gingen wir abends vorüber, so war sie stets mit Nähereien für die Geschwister oder mit kleinen eleganten Arbeiten zum Verkauf beschäftigt. Ihr blasses Antlitz sah dann bei der matten Erleuchtung noch trauriger und nachdenklicher aus, und wir dachten oft, wenn jene vornehmen gedankenlosen Frauen, welche armen Mädchen wie dieser Kunsthändlertochter den Markt verderben, das Elend, die bitteren Entbehrungen nur zur Hälfte kennten, denen dieselben bei ihren ehrenwerten Bemühungen um einen dürftigen Lebensunterhalt unterworfen sind: sie würden vielleicht sogar lieber die Gelegenheiten vorübergehen lassen, ihre Eitelkeit zu befriedigen, und die unweibliche Sucht, sich zur Schau zu stellen, bezähmen, als jene Unglücklichen zu einem letzten schrecklichen Rettungsmittel fortdrängen, das nur nennen zu hören das Zartgefühl dieser *wohltätigen* Frauen auf das äußerste verletzen würde.
Doch wir vergessen den Laden, den wir fortfuhren zu beobachten und der mit jedem Tage die zunehmende Dürftigkeit des Inhabers deutlicher enthüllte. Es ist wahr, die Kinder sahen reinlich aus, allein ihre Kleidung war höchst ärmlich. Für das obere Stockwerk hatte sich, worauf vom Kunsthändler doch sicherlich bedeutend gerechnet war, kein Mieter gefunden, und eine langsam zehrende Krankheit machte es der ältesten Tochter unmöglich, ihre Anstrengungen fortzusetzen. Das Vierteljahr ging zu Ende. Der Hausbesitzer hatte durch den Leichtsinn oder die Prunksucht des vorigen Ladeninhabers gelitten und empfand kein Mitleid mit dem so redlich wie mühsam fortstrebenden Nachfolger. Er erwirkte einen Auspfändungsbefehl. Als wir eines Morgens vorübergingen, wurde eben

das wenige Hab und Gut des unglücklichen Mieters fortgetragen, und ein neuer Anschlag verkündete, daß das Haus abermals zu vermieten sei. Wir haben nicht in Erfahrung bringen können, was aus dem Kunsthändler geworden ist, glauben aber, daß die Tochter allem Erdenleid entnommen ist. Gott sei mit ihr! Wir hoffen, daß wir nicht irren.

Wir waren neugierig, auf welche Stufe der Laden nunmehr hinuntersinken würde – denn daß er sich nicht wieder heben würde, war offenbar genug. Der Anschlag verschwand, und im Innern wurden Veränderungen vorgenommen. Er wurde eröffnet, und wir wunderten uns, daß wir nicht sogleich auf das Rechte geraten hatten. Der – in seinen besten Zeiten nicht eben große – Laden war in zwei, nur durch eine dünne, mit buntem Papier beklebte Bretterwand getrennte Läden verwandelt, einen für eine Hutformmacherin und einen andern für einen Tabakshändler, der zugleich Spazierstöcke führte und Sonntagsblätter verkaufte.

Der Tabakshändler blieb länger Besitzer als seine beiden Vorgänger. Er war ein rotwangiger, kecker, unverschämter Gesell, gewohnt, die Dinge zu nehmen, wie sie eben lagen, und die beste Miene zum bösesten Spiele zu machen. Er verkaufte so viele Zigarren, wie er konnte, und rauchte die übrigen selbst. Er hielt sich in seinem Laden, solange er den Hauswirt beschwichtigen konnte, und als ihm derselbe endlich keine Ruhe mehr ließ, ließ er den Eifernden stehen und ging ganz ruhig davon. Von dem Tage an haben die beiden kleinen Ladenhöhlen unzählige Wechsel erfahren. Dem Tabakshändler folgte ein Theaterfriseur, der sein Fenster mit einer großen Auswahl von »Charakteren« und »schrecklichen Kämpfen« verzierte. Die Hutformbildnerin machte einem Gewürzkrämer Platz, und der Theaterfriseur einem Schneider. Der besagten Wechsel sind so viele gewesen, daß wir in der letzten Zeit fast nur die eigentümlichen, aber gewissen Anzeichen eines von dürftigen Leuten bewohnten Hauses bemerkt und beachtet haben. Die Ladeninhaber gaben ein Zimmer nach dem andern auf, bis sie sich zuletzt einzig auf das kleine Hinterzimmer beschränkten. An der Haustür war erst eine und dann eine zweite Messingplatte mit der Inschrift »Mädchenschule« zu sehen, und endlich wurde eine und noch eine zweite Glockenschnur angebracht. Als wir diese nicht zu verkennenden Armutsmerkzeichen gewahrten, meinten wir, daß das Haus nunmehr auf der untersten Stufe der Erniedrigung angelangt wäre. Wir irrten. Als wir vor einigen Tagen vorübergingen, war im Souterrain ein Milchladen eingerichtet, und eine jammervoll aussehende Hühnerschar vertrieb sich die Zeit damit, in die Vordertür hinein- und aus der Hintertür wieder hinauszulaufen.

Die Branntweinläden

Es ist sehr bemerkenswert, daß verschiedene Geschäftszweige derselben Krankheit, welcher die Elefanten und Hunde ganz besonders ausgesetzt sind, unterworfen zu sein und periodisch in den ausgemachtesten Wahnsinn zu verfallen scheinen. Der große Unterschied zwischen den Tieren und Geschäftszweigen ist der, daß die Tiere nicht ohne Methode toll werden – sie verhalten sich regelgerecht bei ihren Regelabirrungen. Man kennt die Zeit, zu welcher die Krankheit sich einzustellen pflegt, und kann deshalb Vorkehrungen dagegen treffen. Wird ein Elefant toll, so ist das Erforderliche schon in Bereitschaft – Tod oder Heilung, Pillen oder Kugeln, Quecksilber in eingemachten Rosenäpfeln oder Blei in Flintenläufen. Sieht ein Hund in den Sommermonaten unangenehm oder erhitzt aus und läuft auf der schattigen Seite der Straße mit lang heraushängender Zunge, so wird ihm, zufolge des umsichtigen Gebots der Gesetzgebung, augenblicklich ein dicker lederner Maulkorb angelegt, um ihn abzukühlen, und er sieht dann entweder für die nächsten sechs Wochen bloß außerordentlich mißmutig aus oder verfällt gesetzlich in Wahnsinn und wird gleichsam gemäß einer Parlamentsakte toll. Allein die Geschäftszweige, von welchen ich rede, sind so exzentrisch wie Kometen, oder vielmehr noch exzentrischer, denn die Wiederkehr der sonderbaren, die Krankheit ankündigenden Erscheinungen läßt sich schlechterdings nicht berechnen. Zudem ist die Ansteckung allgemein und die Raschheit, womit sie um sich greift, fast unglaublich.

Wir wollen ein paar Beispiele vorlegen, um unsere Meinung zu erläutern. Vor sechs oder acht Jahren fing die Epidemie an, sich bei den Ellenwarenhändlern zu zeigen. Die ersten Symptome bestanden in einer ausschweifenden Liebe zu Spiegelglas und einer Leidenschaft für Gasbeleuchtung und Vergoldungen. Die Krankheit machte allmähliche Fortschritte und erreichte endlich eine erschrekkende Höhe. Stille, staubige alte Läden in verschiedenen Stadtvierteln wurden niedergerissen und an ihrer Statt stolze Häuser mit Stuckfassaden und Goldlettern errichtet; die Fußböden wurden mit türkischen Teppichen belegt, die Decken durch massive Pfeiler gestützt, Türen in Fenster, ein Dutzend Glasscheiben in eine und ein Ladendiener in ein Dutzend verwandelt – und der Himmel mag wissen, was noch alles geschehen wäre, wenn man nicht zum Glück gerade noch zur rechten Zeit die Entdeckung gemacht hätte, daß die Bankrottkommissare in solchen Fällen ebenso kompetent wären wie die Wahnsinnskommissare und daß ein wenig Einsperrung und ein gelinder Konkurs Wunder täten. Die Krankheit nahm ab, hörte endlich ganz auf, und es folgten ein paar Jahre verhältnismäßiger Ruhe. Plötzlich brach sie wieder unter den Drogisten aus. Die Symptome waren dieselben, nur daß noch ein starkes Gelüst, das königliche Wappen über der Ladentür anzubringen, und eine wahre Gier nach Mahagoniholz, Malerfarbe und teuren Teppichen hinzukam. Hierauf wurden die Strumpfhändler angesteckt, und sie begannen mit wahnwitziger Rücksichtslosigkeit ihre Läden niederzureißen. Die Manie verlor sich abermals, und das Publikum wünschte sich schon wegen ihres gänzlichen Verschwindens Glück, als sie mit zehnfacher Heftigkeit bei den Gastwirten und Weinhändlern wieder ausbrach. Und sie hat sich unter denselben mit unerhörter Schnelligkeit ausgebreitet, einen Verein sämtlicher genannter Symptome gezeigt, alle Stadtteile infiziert, alle alten Gast- und Weinhäuser der Erde gleichgemacht und an allen Straßenecken glänzende Gebäude, steinerne Balustraden, Rosenholztafelwerk, ungeheure Lampen und illuminierte Uhren in das Leben gerufen.

Der große Maßstab, nach welchem diese Etablissements eingerichtet sind, und die prunkhafte Weise, auf welche das Geschäft auch in den kleinsten unter ihnen in Branchen geteilt wird, ist höchst belustigend. Glänzende Schilder verweisen nach dem »Kontor«, dem »Flaschendepartement«, dem »Engrosdepartement«, der »Weinpromenade« und so fort, so daß wir täglich eine »Branntweinglocke« oder einen »Whiskyeingang« erwarten dürfen. Weiter ist unendlicher Scharfsinn aufgeboten worden, anlockende Benennungen für die verschiedenen Branntweinarten zu erfinden, so daß die Trinklustigen, indem ihre Blicke vor den riesenhaften schwarz-weißen Ankündigungen, die an Größe nur mit den Zahlen darunter zu vergleichen sind, gefesselt werden, sich im Zustand eines angenehmen Schwankens befinden zwischen »Cream of the Valley«, »Out and Out«, »No Mistake«, »Good for Mixing«, dem »echten Niederschlag«, dem »beliebten Butter-Wacholder« und einem Dutzend anderer gleich einladender und gesunder Spirituosensorten. Obwohl die Zahl der Läden, in welchen dergleichen zu finden, fast ebenso groß wie die der Straßen ist, so sind sie doch am häufigsten und glänzendsten in den schmutzigsten und ärmsten Stadtteilen. Die Branntweinläden in und unweit Drury Lane, Holborn, St. Giles, Covent Garden und Clare Market sind die schönsten von ganz London, und in

der ganzen großen Stadt ist nirgends mehr Unsauberkeit und Elend zu finden als eben in Drury Lane usw.
Wir wollen versuchen, eine Skizze von der Trinkstube eines großen Branntweinladens und ihrer gewöhnlichen Gäste zur Erbauung jener Leser zu entwerfen, die keine Gelegenheit gehabt haben, eine solche selbst zu sehen, und uns, um eine für unsern Zweck passende zu finden, durch die aus der Oxford Street und dem klassischen, unten in der Tottenham Court Road an die Brauerei stoßenden, den Eingeweihten am besten unter dem Namen »Krähennest« bekannten Revier nach Drury Lane führenden engen und schmutzigen Gassen winden. Diejenigen, welche dieses Stadtviertel nicht gesehen haben (und ihrer sind viele), können sich von seiner Unsauberkeit und seinem erbärmlichen Aussehen wohl kaum eine angemessene Vorstellung machen. Elende Häuser mit zerbrochenen lumpenverstopften oder papierverklebten Fensterscheiben; jedes Zimmer an eine andere, häufig an zwei oder drei Familien vermietet; Obst- und Konfekthändler in den Souterrains, Barbiere und Bücklingsverkäufer im Vorder- und Schuhflicker im Hinterzimmer; im ersten Stockwerk ein Singvogelhändler, im zweiten drei Familien, im dritten Hunger und Kummer, auf dem Hausflur Iren; in der Küche ein Leierkastenmann, im Waschhaus eine Tagelöhnerin mit fünf hungrigen Kindern – Schmutz überall – eine Gosse vor und eine Kloake hinter dem Hause. An den Fenstern erblickt man Weißzeug, zum Trocknen aufgehängt, und aus ihnen werden Flüssigkeiten aller Art ausgeleert; Mädchen von vierzehn bis fünfzehn Jahren mit rauhem fliegendem Haar und in alten weißen Oberröcken – fast ihrer einzigen Bekleidung – gehen barfuß einher; Knaben von jeglichem Alter, in Röcken von jeder Größe oder ganz ohne Röcke; Männer und Frauen in den buntscheckigsten Kleidern oder vielmehr Lumpen treiben sich umher – schimpfend, trinkend, rauchend, zankend, balgend und fluchend.
Wir treten um die Ecke. Welch ein Wechsel! Da ist alles

Licht und Glanz. Gesumm vieler Stimmen ertönt aus dem prachtvollen Branntweinladen, der den Anfang der beiden Straßen gegenüber bildet, und das schöne Haus mit dem phantastisch verzierten Fenstergesims, der illuminierten Uhr, den von Stuckrosetten umgebenen Spiegelglasfenstern und der blendenden Gasbeleuchtung macht im Kontrast mit der Dunkelheit und Armseligkeit, welche uns noch vor zwei Augenblicken umgab, einen fast betäubenden Eindruck. Das Innere ist sogar noch glänzender als das Äußere. Eine spiegelhell polierte, elegant gearbeitete Mahagonischranke teilt das Gemach der ganzen Länge nach, und innerhalb eines leichtgeformten ehernen Gitters erblickt man zwei Gänge, gebildet durch grün- und goldbemalte Fässer mit Inschriften wie »Alter Tom, 549«, »Junger Tom, 360«, »Simson, 1421«. Der Raum jenseits der Theke ist ein hoher und geräumiger Salon, angefüllt mit Gefäßen derselben lockenden Art, und rundumher läuft eine ebenso trefflich versehene Galerie. Auf dem Ladentisch stehen außer dem gewöhnlichen Branntweinapparat zwei oder drei kleine Körbe mit Backwerk und Zwieback. Sie sind indes sorgfältig mit durchbrochenen Deckeln verdeckt, damit ihr Inhalt nicht auf eine ungesetzliche Weise entfernt wird. Hinter dem Ladentisch sind zwei stattlich herausgeputzte junge Frauenzimmer mit gewaltigen Halsketten beschäftigt, das gewünschte Getränk zu kredenzen, wobei ihnen der vorgebliche Ladenbesitzer zur Hand geht, ein plumper vierschrötiger Mann mit einer Pelzmütze, die er stark auf die Seite geschoben hat, um recht pfiffig auszusehen und seinen roten Knebelbart auf das vorteilhafteste zu zeigen.

Die beiden Waschfrauen dort auf der niedrigen Bank links an der Theke hat der Kopfputz und die stolze Haltung der beiden Ladenmamsells ziemlich niedergedrückt, und sie nehmen ihr halbes Viertelmaß Wacholder und Pfefferminz mit großer Demut in Empfang, lassen auch der Bitte um einen Zwieback ein »Wenn Sie so gut sein wollen, Ma'am«, vorhergehen. Sie sind ganz erstaunt über das schamlos-dreiste Wesen des jungen Burschen im braunen Rock mit blanken Knöpfen, der, nachdem er zwei gute Freunde hereinkomplimentiert hat, so gleichgültig an die Theke tritt, als wenn er unter grünen und goldenen Verzierungen aufgewachsen wäre, einer der jungen Damen mit kecker Vertraulichkeit zublinzelt und sein Begehren anbringt, gerade als wenn er sich in seinem eigenen Hause befände. »Einen Gin für Sie, Sir?« sagt die junge Dame, nachdem sie ausgeschenkt hat, überallhin, nur nicht nach dem Herrn blickend, um zu zeigen, daß sein Blinzeln keinen Eindruck auf sie gemacht hat. »Hier, Mary, mein hübsches Kind«, sagt der junge Mann. »Ich heiße zufällig nicht Mary«, erwidert die junge Dame, indem sie ziemlich lässig herausgibt, was der Herr zurückbekommt. »Wenn's nicht der Fall ist, so sollten Sie doch Mary heißen«, fährt der Unwiderstehliche fort, »alle Marys, die ich jemals gesehen habe, waren hübsche Mädchen.« Die junge Dame weiß sich nicht genau darauf zu besinnen, wie das Erröten in Fällen dieser Art anzufangen ist, und macht dem Schöntun dadurch ein Ende, daß sie sich zu dem Frauenzimmer mit verblichenen Federn wendet, das soeben eingetreten ist und ausdrücklich, um etwaigen nachfolgenden Mißverständnissen zu begegnen, erklärt, daß »der Herr bezahlt«, und daraufhin ein Glas Portwein mit einem Stück Zucker fordert.

Die beiden bejahrten Männer dort, die hereinkamen, um »ein Schlückchen zu nehmen«, haben vor ein paar Augenblicken ihr drittes Viertel geleert und sind vollkommen berauscht; und die dicken, gemütlich aussehenden Frauen, die eine jede ein Glas Rum getrunken, haben einander dabei ihre Not über die schlechten Zeiten geklagt. Jetzt erbietet sich eine, den übrigen noch ein Glas zu spendieren, indem sie scherzend bemerkt: »Ein Pfund Sorgen zahlt kein Lot Borgen nicht, und da gute Freunde rar sein, so muß man ihnen gut behandeln, wenn man ihnen hat«, ein Ausspruch, der den anderen, die kein Geld zum Bezahlen haben, ein grenzenloses Vergnügen zu gewähren scheint.

Es wird spät, und das Gedränge von fortwährend kommenden und gehenden Männern, Frauen und Kindern verliert sich nach und nach, bis auf zwei oder drei Nachzügler – erfroren und jämmerlich aussehende Kreaturen im letzten Stadium der Abmagerung und Verkümmerung. Die irischen Tagelöhner, die unten im Zimmer beisammensitzen und seit einer Stunde einander abwechselnd die Hände geschüttelt und mit Mord und Totschlag gedroht haben, fangen bei ihren Wortzänkereien an, in Hitze zu geraten, und greifen, da sie sich außerstande sehen, einen ihrer Trinkgenossen zum Schweigen zu bringen, der sich die größte Mühe gibt, den Streit beizulegen, zu dem untrüglichen Mittel, ihn zu Boden zu schlagen und sodann mit Füßen zu treten. Der Mann mit der Pelzmütze und der Ladenbursche stürzen hinter der Schranke hervor, es erfolgt eine entsetzliche Balgerei und Verwirrung, die Hälfte der Iren wird hinaus- und der Ladenbursche zwischen die Tonnen geworfen, der Wirt schlägt auf alle und alle schlagen auf den Wirt los, die Schenkmädchen schreien, die Polizei erscheint, und der Beschluß besteht in einem verwirrten Durcheinander von Armen, Beinen, Prügeln, zerrissenen Kleidern, Lärm und Getümmel. Ein Teil der Trinkgesellschaft wird nach dem Wachthaus abgeführt, und die übrigen schleichen nach Hause, um ihre Weiber zu verprügeln, weil sie ihnen Vorwürfe machen, und die Kinder zu verbleuen, weil sie sich unterfangen, hungrig zu sein.
Wir geben hier absichtlich nur eine leicht hingeworfene Skizze, weil eine genauere Ausmalung peinlich und abstoßend sein würde. Wollten wir die Elenden, die wüsten Trunkenbolde, Männer und Frauen, die keinen geringen Teil der Besucher dieser Branntweinspelunken bilden, ausführlicher schildern, so würden wohlmeinende Leser und menschenfreundliche Leserinnen das Buch vielleicht kalt oder mit Abscheu aus der Hand legen, indem sie beim angenehmen Bewußtsein ihrer Gerechtigkeit die Armut und die Versuchungen vergäßen, denen jene Unglückli-

chen ausgesetzt sind. Das Branntweintrinken gilt in England für ein großes, aber die Dürftigkeit für ein noch größeres Laster; und ehe ihr der letzteren nicht abhelfen oder den Halbverhungerten bewegen könnt, in zeitweiliger Vergessenheit seines Elends keine Erleichterung zu suchen und seinen Groschen nicht dazu zu verwenden, der gerade hinreichen würde, jedem Mitglied seiner Familie einen einzigen Bissen Brot zu verschaffen, wird die Anzahl und der Glanz der Branntweinläden zunehmen. Wenn die Mäßigkeitsvereine ein Mittel gegen Hunger, Schmutz und Kummer ausfindig machen oder Häuser errichten könnten, in welchen man unentgeltlich Lethewasser austeilte, so würden die Branntweinpaläste bald zu den gewesenen Dingen gezählt werden; bis dahin aber mögen wir den Gedanken an ihr Verschwinden nur ein für allemal aufgeben.

Die schäbig-vornehmen Leute

Es gibt mehrere Arten von Leuten, welche sonderbar genug London ausschließlich anzugehören scheinen. Man begegnet ihnen täglich in den Straßen der Hauptstadt, nie aber an irgendeinem anderen Ort. Sie scheinen Erzeugnisse des Bodens zu sein und sind London so eigentümlich wie sein Rauch und seine geschwärzten Backsteine. Wir könnten diese Bemerkung durch eine Menge von Beispielen veranschaulichen, wollen aber in dieser Skizze nur von einer Kategorie dieser Leute, die wir im Sinn haben, reden – von der, welche man so angemessen und bezeichnend »schäbig-vornehm« nennt.
Gott weiß, schäbige Leute kann man überall finden, und vornehme sind nicht seltener außer als in London; aber dieses Gemisch aus beiden – diese schäbige Vornehmheit ist so absolut ortsgebunden wie die Statue von Charing Cross oder der Brunnen in Aldgate. Auch verdient es be-

merkt zu werden, daß nur Männer schäbig-vornehm sind; eine Frau ist immer entweder höchst schmutzig oder schlampig oder nett und sauber, wenn auch noch so ärmlich gekleidet. Ein sehr dürftiger Mann, der, wie die Phrase lautet, »bessere Tage gesehen hat«, ist eine merkwürdige Mischung aus schlottriger Unsauberkeit und dem unglücklichen Trachten nach einer gewissen verschlissenen Adrettheit. Doch wir wollen es versuchen, die Bedeutung, welche wir mit dem Ausdrucke »schäbig-vornehme Leute« verbinden, genauer darzulegen.

Begegnet ihr einem Manne, der die Drury Lane hinunterschlendert oder mit dem Rücken gegen einen Pfosten in Long Acre lehnt und dabei die Hände in die Taschen seiner sehr fettfleckigen, sehr weit auf die Stiefel hinunterfallenden und mit Streifen gezierten Beinkleider gesenkt hat, auch einen braun gewesenen Rock mit Metallknöpfen trägt und einen Hut mit stark gekrümmten Seitenrändern auf die rechte Schläfe gedrückt hat – bemitleidet ihn nicht: er ist nicht schäbig-vornehm. Er treibt sich vorzugsweise gern in den »harmonischen Gesellschaften« eines Gasthauses vierter Klasse oder in der Umgebung eines Privattheaters umher, hegt einen eingewurzelten Abscheu vor Arbeit jeder Art und steht auf vertrautem Fuße mit mehreren bei den größeren Theatern beschäftigten Pantomimenakteuren. Seht ihr aber einen Mann von vierzig bis fünfzig Jahren in einem alten schimmeligen Anzug von fadenscheinigem schwarzem Tuche, das in seiner Abgetragenheit glänzt, als wenn es gewichst wäre, und in Beinkleidern, welche teils besseren Aussehens wegen und teils, um die Schuhe an den Fersen festzuhalten, unter den Füßen sorgfältig befestigt sind, eine Nebengasse hinuntereilen und sich dabei so dicht wie möglich an die Grundstücke halten; bemerkt ihr ferner, daß er die Weste unter dem gelblich-weißen Halstuch dicht zugeknöpft hat, um das zerlumpte Weißzeug darunter zu verstecken, und daß er ein Paar alte zerrissene Biberhandschuhe trägt, so könnt ihr ihn den schäbig-vornehmen Leuten zuzählen. Ein

Blick auf sein bekümmertes Gesicht, worin sich ein niederschlagendes Bewußtsein der Armut ausdrückt, wird euch Herzweh verursachen – stets vorausgesetzt, daß ihr weder Philosoph noch Nationalökonom seid.
Einst vermochten wir das Bild eines schäbig-vornehmen Mannes schlechterdings nicht loszuwerden; es stand vor uns Tag und Nacht. Der Mann, von dem Sir Walter Scott in seiner Dämonologie spricht, litt nicht halb so viel von der Phantasiegestalt in schwarzem Samt wie wir von dem Bilde unseres Schäbig-Vornehmen im vormals schwarzen Rock. Er erregte zuerst unsere Aufmerksamkeit, als er uns eines Tags und dann öfter im Lesezimmer des Britischen Museums gegenübersaß. Was ihn uns noch auffälliger machte, war, daß er immer ein paar schäbig-vornehme Bücher vor sich hatte – zwei alte eselsohrige Folianten in verschimmelten wurmstichigen Bänden, die einmal prachtvoll gewesen waren. Er saß jeden Morgen, gerade wenn es zehn schlug, an seiner Stelle, war jeden Nachmittag der letzte im Zimmer und verließ es mit einer Miene und einem Wesen, worin man deutlich las, daß er nicht wußte, wohin er gehen sollte, um Feuerung und eine Ruhestätte zu finden. Er saß den ganzen Tag da und so dicht wie möglich am Tisch, um den Mangel der Knöpfe an seinem Rock zu verstecken; und seinen abgetragenen Hut legte er immer sorgfältig neben seine Füße, wo derselbe, wie er sich offenbar schmeichelte, der Beobachtung entging. Etwa um zwei Uhr seht ihr ihn eine Semmel verspeisen, die er nicht etwa dreist und vor aller Augen aus der Tasche hervorzieht, gleich einem Manne, der es weiß, daß er nur einen Lunch einnimmt, sondern von der er kleine Stücke in der Tasche abbricht und verstohlen zum Munde führt. Er ist sich nur gar zu wohl bewußt, daß sein ganzes Mittagessen darin besteht.
Als wir den Armen zum ersten Male sahen, hielten wir es für rein unmöglich, daß sein Anzug noch schlechter werden könnte. Wir dachten sogar an die Möglichkeit, daß er binnen kurzem in anständigen Kleidern aus einem repu-

tierlichen Trödlerladen erscheinen könnte. Wir hatten indes gar sehr geirrt. Er wurde mit jedem Tag noch vornehm-schäbiger. Die Knöpfe verschwanden einer nach dem andern von seiner Weste, und er fing an den Rock zuzuknöpfen, und als sich die Knöpfe von der einen Seite gleichfalls verloren, knöpfte er ihn über die andere Seite zu. Zu Anfang der Woche sah er etwas besser aus als am Ende derselben, weil sein Halstuch dann, wenn auch gelb, doch minder erdfarben war, und nie zeigte er sich bei aller seiner Misere ohne Handschuhe und Stege an den Beinkleidern. In diesem Zustand verblieb er einige Wochen; endlich verschwand einer seiner Rückenknöpfe, und dann er selbst, und wir glaubten, daß er tot wäre.
Wir saßen etwa acht Tage nach seinem Verschwinden an unserm gewöhnlichen Tisch, hefteten die Blicke auf seinen leeren Stuhl und verfielen fast unbewußt in ein Nachsinnen über die Gründe, weshalb er sich aus dem öffentlichen Leben zurückgezogen haben möchte. Hatte er sich erhängt oder ins Wasser gestürzt, war er wirklich tot oder im Schuldgefängnis? Wir sannen hin und her – als er unversehens leibhaftig wieder vor uns stand. Es war eine merkwürdige Verwandlung mit ihm vorgegangen. Er ging mit einer Miene durch das Zimmer, welche deutlich verkündigte, daß er sich seines besseren Aussehens vollkommen bewußt war. Es war äußerst sonderbar! Seine Kleider waren dunkel und glänzend schwarz und sahen doch wie dieselben aus – ja sogar die Flicken fehlten nicht, mit welchen uns lange Bekanntschaft vertraut gemacht hatte. Auch der Hut – wer hätte ihn mit seiner hohen, etwas spitz zulaufenden Krone verkennen mögen? Er hatte in ein Rotbraun gespielt, war aber jetzt infolge langer Dienste ebenso schwarz wie der Rock.
Plötzlich ging uns ein Licht auf – er hatte alles färben lassen. Die schwarze und blaue Farbe ist aber gar trügerisch; wir haben es an manchem schäbig-vornehmen Mann gesehen. Sie verführt die Opfer ihres Betrugs, eine temporäre Wichtigkeit anzunehmen, vielleicht ein Paar neue Hand-

schuhe, eine wohlfeile Halsbinde oder andere Toilettenkleinigkeiten zu kaufen; erhebt ihren Mut auf eine Woche, lediglich um ihn nur zu bald womöglich noch tiefer wieder niederzudrücken. Es war so im vorliegenden Falle. Die vorübergehende Würde des unglücklichen Mannes nahm in demselben Verhältnis ab, wie die Farbe ausging. Die Knie der Unerwähnbaren, die Ellenbogen des Rockes und die Nähte insgemein wurden bald zum Erschrecken weiß. Der Hut wurde wieder unter den Tisch gelegt, und sein Eigentümer drückte sich so still auf seinen Stuhl wie früher.

Eine Woche lang fiel ein unaufhörlicher Sprühregen und Nebel. Als sie zu Ende ging, war die Farbe gänzlich verschwunden, und der schäbig-vornehme Mann machte keinen Versuch mehr, seine äußere Erscheinung zu verbessern.

Es würde nicht leicht sein, einen besonderen Stadtteil als Hauptsammelplatz schäbig-vornehmer Leute zu bezeichnen. Wir haben ihrer viele in der Gegend der Inns of Court gesehen. Man sieht sie jeden Morgen zwischen acht und zehn Uhr in Holborn, und wer sich aus Neugier in den Gerichtshof der insolventen Schuldner begibt, wird ihrer dort eine große Menge unter den Zu- und Nichtzuschauern erblicken. Wir gingen nie zufällig auf die Börse, ohne einige schäbig-vornehme Leute zu bemerken, und haben oft darüber gegrübelt, was sie dort in aller Welt zu tun haben können. Sie sitzen stundenlang da, stützen sich auf große, wassersüchtige, verschlossene Regenschirme oder essen Abernathy-Zwiebäcke; niemand spricht mit ihnen, und sie sprechen gleichfalls mit niemandem. Doch freilich, wir sahen einst ihrer zwei auf der Börse miteinander reden, können aber aus unserer Erfahrung versichern, daß so etwas sehr selten vorkommt und etwa nur durch das Anbieten einer Prise Schnupftabak oder eine ähnliche Höflichkeit veranlaßt wird.

Es würde ebenso schwer sein zu sagen, wo sie vornehmlich ihre Wohnungen haben oder womit sie sich in der

Regel beschäftigen. Wir verkehrten nur ein einziges Mal mit einem schäbig-vornehmen Mann, einem trunksüchtigen Graveur, der ein dumpfiges Hinterzimmer in einer neuen Reihe, halb Straße, halb Ziegelei, in Camden Town bewohnte. Ein schäbig-vornehmer Mann hat vielleicht gar kein Geschäft oder ist Getreide- oder Kohlen- oder Weinhändler oder Schuldeneinsammler oder Maklergehilfe oder ein verunglückter Anwalt, ein Schreiber unterster Klasse oder ein ebenso untergeordneter Korrespondent für eine Zeitung. Wir wissen es nicht, ob unsern Lesern auf ihren Wanderungen diese Leute ebenso oft aufgefallen sind wie uns; das aber wissen wir, daß der verarmte, schäbig-vornehme Mann (gleichviel, ob er sein Herunterkommen selbst verschuldet hat oder nicht), der seine Dürftigkeit schmerzlich fühlt und sich vergeblich bemüht, sie zu verheimlichen, zu den unglücklichsten Geschöpfen unter der Sonne gehört.

Mrs. Joseph Porter

Umfassend und großartig waren die Vorkehrungen in der von Mr. Gattleton, dem sehr wohlhabenden Börsenmakler, bewohnten Rose Villa, Clapham Rise, und groß war die gespannte Erwartung der interessanten Familie Mr. Gattletons, als der Tag herannahte, welcher zu den »seit vielen Monaten vorbereiteten« Vorstellungen auf dem Liebhabertheater bestimmt war. Die ganze Familie war von der Schauspielmanie besessen; das sonst immer so saubere und ordentliche Haus war nach Mr. Gattletons markantem Ausdruck »wie aus den Fenstern hinausgeworfen«; das große Speisezimmer bot, von allen Möbeln entblößt, ein wirres Durcheinander von Lampen, Brükken, Wolken, Donner und Blitz, Festons und Blumen, Dolchen und Degen, Kulissen und allem, was man unter dem Ausdruck Theaterutensilien begreift. Die Schlafzimmer waren voll von Prospekten und die Küche voll von Dekorationsarbeiten. Einen Abend um den andern fanden Proben im Salon statt, und alle Sofas im Hause waren mehr oder minder durch die Beharrlichkeit und Energie beschädigt, womit Mr. Sempronius Gattleton und Miß Lucina die Erstickungsszene im »Othello« probierten – denn diese Tragödie sollte als erstes Stück aufgeführt werden.

»Wenn wir noch ein *kleines* wenig mehr eingeübt sind, denk ich, soll es ganz vortrefflich gehen«, sagte Mr. Sempronius zu den übrigen »Mitwirkenden« am Ende der hundertundfünfzigsten Probe. Mr. Sempronius war in Erwägung der geringen Inkonvenienz, daß er sämtliche Kosten trug, auf die artigste Weise einstimmig zum Regisseur gewählt worden.

»Evans«, fuhr er, einen langen, schmächtigen, blassen jungen Herrn mit ansehnlichem Knebelbart anredend, fort; »Evans, auf mein Wort, Sie spielen den Roderigo herrlich.«

»Herrlich!« wiederholten die drei Miß Gattletons.

Sämtliche Freundinnen von Mr. Evans erklärten ihn für »einen gar zu lieben Menschen«. Er sah so interessant aus und hatte einen so liebenswürdigen Knebelbart, ganz zu schweigen von seinem Talent, Verse in ein Stammbuch zu schreiben und die Flöte zu spielen! Der interessante Roderigo verbeugte sich mit einem unendlich süßen Lächeln.

»Ich glaube jedoch«, fügte der Regisseur hinzu, »daß Sie noch nicht ganz perfekt sind in – im Hinfallen – – in Ihrer Fechtszene – Sie verstehen?«

»Das Fallen ist sehr schwer«, sagte Mr. Evans nachdenklich. »Ich habe es in der letzten Zeit in unserm Kontor sehr oft probiert, allein man tut sich dabei gar zu weh. Ich muß rücklings fallen, und es geht dabei nicht ohne verdrießliche Beulen ab.«

»Nehmen Sie sich ja in acht, daß Sie keine Kulisse umstürzen«, bemerkte Mr. Gattleton senior, der zum Souffleur ernannt war und an der Sache ein ebenso großes Interesse nahm wie die Jüngsten in der Gesellschaft. »Die Bühne ist sehr beschränkt, wie Sie wissen«.

»Seien Sie ohne Sorgen«, erwiderte Mr. Evans sehr selbstzufrieden. »Ich werde mit dem Kopfe von der Bühne fallen, und dann kann ich keinen Schaden tun.«

»Wir machen ohne Frage bedeutenden Effekt mit dem ›Masaniello‹«, sagte der Regisseur händereibend. »Harleigh singt ihn bewundernswert.«

Die ganze Gesellschaft pflichtete bei. Mr. Harleigh lächelte, sah dabei sehr einfältig aus – was nichts Seltenes bei ihm war – und summte: »O schaut, wie herrlich strahlt der Morgen«, und wurde so rot wie die Fischernachtmütze, die er aufprobierte.

»Laß doch einmal sehen«, sagte der Regisseur, an den Fingern zählend. »Wir werden drei tanzende Bäuerinnen haben, außer Fenella, und vier Fischer. Dann unser Bedienter Tom, dem wir ein Paar von meinen Drellbeinkleidern und eins von Bobs gewürfelten Hemden und eine Nachtmütze geben können, so daß er auch ein Fischer ist – macht fünf. In den Chören können wir natürlich alle zwischen den Kulissen mitsingen und in der Marktszene in Mänteln und dergleichen umhergehen. Wenn der Aufstand beginnt, muß Tom mit einer Spitzhacke von der einen Seite auf die Bühne laufen und an der anderen so schnell er kann wieder fortstürzen. Die Wirkung muß elektrisierend sein; es wird aussehen, als wenn viele Leute dort wären; und in der Vesuvausbruchszene müssen wir das rote Feuer brennen lassen, die Tabletts zur Erde werfen und Schreie und Lärm aller Art vollführen – und wir machen ohne Frage Furore.«

»Ohne Frage!« riefen alle aus einem Munde – und Mr. Sempronius Gattleton eilte fort, um sich das korkgeschwärzte Gesicht abzuwaschen und die Aufstellung einer nicht genug zu bewundernden Dekoration eines Amateurmalers zu beaufsichtigen.

Mrs. Gattleton war eine ehrliche, gutmütige, einfache alte Seele, die ihren Mann und ihre Kinder auf das zärtlichste liebte und nur drei Antipathien hatte. Erstlich waren ihr von Natur jedermanns unverheiratete Töchter, mit Ausnahme ihrer eigenen, zuwider; zweitens hegte sie eine entsetzliche Furcht vor dem Lächerlichen aller Art; und drittens – was eine notwendige Folge davon war – flößte ihr Mrs. Joseph Porter aus dem Haus gegenüber fast Schauder ein. Den guten Leuten von Clapham und Umgegend war insgemein vor Lästerung und Sarkasmen äußerst bange, und sie machten daher Mrs. Joseph Porter den Hof, schmeichelten ihr, hätschelten sie und luden sie ein, so ziemlich aus demselben Grunde, aus welchem ein blutarmer Schriftsteller sich mit der allergrößten Höflichkeit gegen den Stadtpostbriefträger benimmt.

»Lassen Sie es nur gut sein, Mama«, sagte Miß Emma Porter zu ihrer verehrten Mutter und bemühte sich dabei, gleichgültig auszusehen. »Wenn ich zur Teilnahme eingeladen wäre, so wissen Sie, daß weder Papa noch Sie selbst Ihre Erlaubnis zu einer solchen Schaustellung meiner Person gegeben haben würden.«

»Ich habe nichts anderes von deinem Schicklichkeitsgefühl erwartet«, erwiderte Mrs. Porter. »Ich freue mich zu hören, Emma, daß du die Sache so richtig benennst.«

Miß Porter hatte ihre Person, beiläufig gesagt, erst vor einer Woche vier Tage lang hinter einem Ladentisch auf dem Wohltätigkeitsfest jedermann zur Schau gestellt, der geneigt gewesen war, einen Schilling für das Vorrecht zu bezahlen, einige Dutzend Mädchen mit Unbekannten kokettieren und Ladenjungfern spielen zu sehen.

»Seht!« rief Mrs. Porter durch das Fenster blickend; »da werden zwei Rindskeulen und ein Schinken offenbar zu Sandwiches hineingetragen, und Thomas, der Konditor, sagt, es wären außer Blancmangers und Gelees zwölf Dutzend Torten bestellt. Und sich nun obendrein die Miß Gattletons in Theaterkostümen zu denken!«

»Oh, es ist gar zu lächerlich«, sagte Miß Porter mit einem krampfartigen Kichern.

»Ich will ihnen aber doch die Sache ein wenig verleiden«, sagte Mrs. Porter und griff zu Hut und Schal, um ihre menschenfreundliche Absicht auf der Stelle auszuführen. »Meine liebe Mrs. Gattleton«, sagte sie, nachdem sie eine Zeitlang bei der Nachbarin gesessen und derselben, kraft unermüdlichen Ausfragens, alles abgelockt hatte, was Mrs. Gattleton selbst von den beabsichtigten theatralischen Vorstellungen wußte; »die Leute mögen sagen, was ihnen beliebt, meine Beste; und wir wissen ja, daß sie freilich viel und mancherlei reden, denn manche sind nun einmal so boshaft. Ah, meine liebe Miß Lucina, wie befinden Sie sich? – Ich wollte eben Ihrer Frau Mutter mitteilen, daß ich habe sagen hören –«
»Was haben Sie sagen hören?« fragte die Desdemona.
»Mrs. Porter spricht von den Theatervorstellungen«, fiel Mrs. Gattleton ein. »Sie wollte mir leider eben mitteilen –«
»Ich bitte, reden Sie doch nicht davon«, unterbrach sie Mrs. Porter; »es ist ja höchst abgeschmackt – geradeso abgeschmackt, als wenn der junge – wie heißt er doch? – sagt, er wundere sich, wie Miß Caroline mit einem solchen Fuße und Knöchel die Eitelkeit haben könne, die Fenella zu spielen.«
»Höchst unverschämt, wer es auch gesagt hat«, erklärte Mrs. Gattleton, vor Unwillen errötend.
»Sie haben vollkommen recht, meine Liebe«, pflichtete die entzückte Mrs. Porter bei; »denn ich sagte gleich, wenn auch Miß Caroline die Fenella spielt, so folgt ja noch gar nicht, daß sie einen zierlichen Fuß zu haben glaube. Und was für Laffen diese jungen Leute sind! Er hatte die Unverschämtheit zu sagen, daß –«
Es ist unmöglich zu sagen, inwieweit Mrs. Porter ihren angenehmen Zweck erreicht haben dürfte, wenn nicht Mr. Thomas Balderstone, Mrs. Gattletons Bruder, im Familienkreise vertraulich »Onkel Tom« genannt, eingetreten wäre, das Gespräch auf einen anderen Gegenstand und Mrs. Porter auf einen trefflichen Operationsplan für den Theaterabend gebracht hätte.

Onkel Tom war sehr reich, liebte seine Neffen und Nichten ausnehmend und war daher ein äußerst wichtiger Mann in der Familie. Er hatte das beste Herz von der Welt, war stets guter Laune und sprach fortwährend. Er setzte seinen Ruhm darein, bei allen Gelegenheiten Stulpenstiefel zu tragen und nie ein schwarzes seidenes Halstuch anzulegen; es war sein Stolz, alle bedeutenden Shakespeare-Stücke von Anfang bis zu Ende im Gedächtnis zu haben. Die Folge dieses Papageientalents war, daß er »den Schwan vom Avon« nicht bloß selbst ständig zitierte, sondern, daß er denselben auch nie unrichtig zitieren hören konnte, ohne den unglücklichen Delinquenten zu korrigieren. Auch hatte er etwas von einem Spaßvogel, ließ nie eine Gelegenheit vorübergehen, etwas Witziges, oder was er dafür hielt, zu sagen, und lachte über alles, was ihm spaßig oder lächerlich deuchte, ohne Ausnahme, bis ihm die Tränen in die Augen traten.

»Nun, Mädchen«, sagte Onkel Tom nach dem einleitenden Kuß- und Grußzeremoniell, »wie steht's mit der Hauptsache? Könnt ihr eure Rollen – wie? Lucina, liebes Kind, Akt 2, Szene 1, linke Seite, Stichwort: ›Im Schloß der Zukunft harrt.‹ Wie heißt es weiter – nun? ›Verhüte Gott –‹«

»Ja, ja«, sagte Miß Lucina, »ich entsinne mich schon –

›Verhüte Gott,
Daß unsre Lieb und Glück nicht sollten wachsen,
Wie unsrer Tage Zahl.‹«

»Mach hier und da eine Pause«, sagte der alte Herr, der seiner Meinung nach ein großer Kritiker war. »›Daß unsre Lieb und Glück nicht sollten wachsen‹ – Nachdruck auf das letzte Wort ›wachsen‹ – laut ›wie‹ – eins, zwei, drei, vier; dann wieder laut ›unsrer Tage Zahl‹; ›Tage‹ betont. So ist's recht, liebes Kind; verlaß dich auf deinen Onkel, was die Betonung anbelangt. – Ah, Sem, wie geht's, alter Junge?«

»Sehr wohl, danke schön, Onkel«, erwiderte Mr. Sempronius, der eben eingetreten war und einigermaßen wie eine

Ringeltaube aussah, da er infolge seines beständigen Schwärzens einen Kreis um jedes Auge hatte. »Wir sehen Sie Donnerstag natürlich?«

»Versteht sich, versteht sich, alter Junge.«

»Wie schade es doch ist, daß Ihr Neffe nicht daran dachte, Sie zum Souffleur zu machen, Mr. Balderstone«, flüsterte Mrs. Joseph Porter. »Sie würden ganz unschätzbar gewesen sein.«

»Ich schmeichle mir allerdings, daß ich den Posten erträglich ausfüllen würde«, entgegnete Onkel Tom.

»Sie müssen mir erlauben, mich am Schauspielabend neben Sie zu setzen. Sie wären jederzeit imstande, mich zu belehren, wenn Ihre lieben Nichten oder Neffen in irgendeiner Beziehung einen Fehler machen sollten. Die Vorstellungen werden ganz unendlich anziehend für mich sein.«

»Und ich werde mich unendlich glücklich schätzen, Ihnen nach meinem besten Vermögen zu dienen.«

»Sie dürfen es aber nicht vergessen.«

»Sicherlich nicht.«

»Ich weiß nicht«, sagte Mrs. Gattleton zu ihren memorierenden Töchtern, als sie am Abend mit denselben vor dem Kamin saß, »aber ich möchte gar zu gern, daß Mrs. Joseph Porter Donnerstag nicht käme. Ich bin überzeugt, daß sie Böses im Schilde führt.«

»Sie kann *uns* nicht lächerlich machen«, bemerkte Mr. Sempronius Gattleton, sich in die Brust werfend.

Der lange erwartete Donnerstag kam zur gehörigen Zeit und brachte, wie Mr. Gattleton senior philosophisch bemerkte, »keine der Rede werten Unfälle mit«. Freilich war es noch zweifelhaft, ob Cassio imstande sein würde, das Kostüm anzulegen, das man ihm aus der Maskeradengarderobe hatte kommen lassen. Ebenso ungewiß war es, ob die Sängerin von der Grippe hinlänglich wiederhergestellt sein würde, um auftreten zu können. Mr. Harleigh, der Masaniello, war heiser und fühlte sich ziemlich unwohl, weil er so große Quantitäten Zitronensaft mit Kandiszukker genossen, um seiner Stimme zu Hilfe zu kommen; und zwei Flöten und ein Violoncello hatten sich mit starken Erkältungen entschuldigen lassen. Doch was wollte das sagen? Sämtliche Zuschauer kamen. Die Gesellschaft hatte ihre Rolle; die Anzüge waren mit Goldborten und Flittern auf das reichlichste besetzt; die weißen Federn nahmen sich prachtvoll aus; Mr. Evans hatte das Fallen so lange eingeübt, daß er perfekt darin und von Kopf bis Füßen mit Beulen bedeckt war; und Jago war vollkommen überzeugt, daß er in der Erdolchungsszene den bedeutendsten Effekt machen würde. Ein tauber Herr, der die Flöte ohne Lehrer gelernt, hatte sich freundlich erboten, sein Instrument mitzubringen, und war eine wertvolle Vervollständigung des Orchesters; Miß Jenkins' Fertigkeit auf dem Piano war zu bekannt, um nur einen Augenblick in Zweifel gezogen werden zu können; Mr. Cape hatte das Violinaccompagnement oft mit ihr geübt; und Mr. Brown, der mit seinem Violoncello zu kommen gütigst zugesagt hatte, wenn er nur ein paar Stunden vorher Nachricht erhielte, würde seine Sache ohne Frage vortrefflich machen.

Es schlug sieben Uhr, und die Zuschauer versammelten sich; das Theater füllte sich rasch mit der Elite und Fashion von Clapham und der Umgegend. Man sah die Smiths, die Gubbins, die Nixons, die Dixons, die Hicksons usw., zwei Aldermen, einen Sheriff in spe, Sir Thomas Glumper (der unter der vorigen Regierung geadelt worden war, weil er wegen jemands (angeblicher) Errettung eine Eingabe gemacht hatte) und als die letzten, aber nicht Unbedeutendsten, Mrs. Joseph Porter und Onkel Tom, die in der Mitte der dritten Sitzreihe von der Bühne saßen – Mrs. Joseph Porter Onkel Tom mit Geschichten aller Art und Onkel Tom jedermann durch unmäßiges Gelächter unterhaltend.

Punkt acht Uhr ertönte die Souffleurglocke, und augenblicklich begann das Orchester die Ouvertüre zu den »Geschöpfen des Prometheus«. Die Pianofortespielerin hämmerte mit der lobenswürdigsten Beharrlichkeit darauflos, und das von Zeit zu Zeit einfallende Violoncello machte sich wirklich sehr schön, wenn man billige Rücksichten nahm. Der Unglückliche freilich, der es übernommen hatte, die Flötenbegleitung »vom Blatt« zu spielen, erkannte aus verdrießlicher Erfahrung die vollkommene Wahrheit des alten Sprichworts: »Aus den Augen, aus dem Sinn«; denn da er sehr kurzsichtig war und vom Notenbuch nur gar zu entfernt saß, so blieb seine Mitwirkung darauf beschränkt, daß er dann und wann ein paar Takte brachte. Man läßt jedoch Mr. Brown nur Gerechtigkeit widerfahren, wenn man sagt, daß er es zum Bewundern tat. Die Ouvertüre war in der Tat einem Wettrennen der Instrumente nicht sehr unähnlich. Erst eilte das Piano und dann das Violoncello einige Takte voraus, und beide ließen die arme Flöte weit hinter sich zurück; wogegen der taube Herr durch seine Beharrlichkeit endlich doch den Sieg davontrug, indem er lustig immerzu blies, ohne zu ahnen, daß er allein musizierte, bis ihn das Applaudieren der Zuschauer belehrte, daß die Ouvertüre zu Ende war. Und als sie zu Ende war, vernahm man auf der Bühne ein verwirrtes Hin- und Herlaufen und hörte flüstern: »Das ist eine schöne Geschichte! – Was ist zu tun?« usw. Die Zuschauer applaudierten abermals, um die Schauspieler zu ermutigen, und nunmehr forderte Mr. Sempronius den Souffleur mit sehr hörbarer Stimme auf, zum Anfang zu klingeln.

Die Glocke ertönte, sämtliche Zuschauer setzten sich, der Vorhang zitterte, hob sich gerade so hoch, daß man mehrere Paar gelbe Stiefel umhertrippeln sehen konnte, und blieb dann hängen.

Abermals ertönte die Glocke, am Vorhang wurde heftig gerissen, allein er hob sich nicht höher; die Zuschauer kicherten, Mrs. Joseph Porter sah Onkel Tom und Onkel Tom sah jedermann an, rieb sich die Hände und lacht ausgelassen. Nachdem mit der kleinen Glocke so lange geläutet worden war, wie ein Bäckerjunge Zeit gebraucht

haben würde, eine ziemlich lange Straße hinunter zu läuten, und nach sehr vielem Flüstern, Hämmern und Rufen nach Nägeln und Stricken ging der Vorhang endlich in die Höhe, und auf der Bühne zeigte sich den Blicken ganz allein der Othello, Mr. Sempronius Gattleton. Das Publikum klatschte dreimal hintereinander, während Mr. Sempronius die rechte Hand auf die linke Brust legte und sich auf die untadeligste Weise verbeugte. Endlich trat er vor und sagte: »Meine Damen und Herren, ich versichere Sie, daß es mit dem aufrichtigsten Bedauern geschieht, daß ich bedaure genötigt zu sein, Ihnen ankündigen zu müssen, daß Jago, der Mr. Wilson spielen sollte – ich bitte um Vergebung, meine Damen und Herren; aber ich bin natürlich ein wenig erregt« (Applaus), »– ich wollte sagen, daß Mr. Wilson, der den Jago spielen sollte, im – auf – das heißt nämlich – oder mit anderen Worten, ich erhielt soeben ein Billett von ihm, worin er mir schreibt, daß Jago heute den ganzen Abend dringend im Postbüro beschäftigt sei. Unter diesen Umständen bin ich vollkommen überzeugt – wird ein – ein – Liebhabertheater – indem ein anderer Herr die Rolle zu lesen übernommen hat – und muß ich also um eine kurze Geduld bitten – und die Humanität und Güte eines – eines britischen Publikums –«
Beifallklatschen erstickte zum Überfluß seine Stimme; er trat ab, und der Vorhang fiel. Der Vorfall versetzte die Zuschauer natürlich in die heiterste Laune; sie betrachteten das Ganze als einen Spaß, warteten mit der größten Geduld eine Stunde und ließen sich dabei die herumgereichten Erfrischungen munden. Später vernahm man von Mr. Sempronius, daß die Verzögerung nicht so lange gewährt haben würde, wenn nicht Jago von der Post unerwartet angelangt wäre, als der stellvertretende Jago soeben mit dem Ankleiden fertig geworden sei. Der letztere hatte sich daher wieder aus- und der erstere sodann sich ankleiden müssen, worüber eine um so beträchtlichere Zeit vergangen war, als ihm das Kostüm zu eng gewesen sei.

Endlich nahm die Tragödie allen Ernstes ihren Anfang und hatte auch einen erträglichen Fortgang bis zur dritten Szene des ersten Akts, in welcher Othello den Senat anredet und Jago, dessen Füße für sämtliche Bühnenstiefel zu groß oder von Hitze und Aufregung zu geschwollen waren, seine Rolle in gewöhnlichen kurzen Stiefeln spielen mußte, die ziemlich sonderbar von seiner reich bestickten Hose abstachen. Als Othello nun seine Rede an den Senat begonnen hatte (dessen Erlaucht repräsentiert wurde durch einen Schreiner, der den Herzog vorstellte, zwei auf Empfehlung des Gärtners engagierte gute Freunde desselben und einen Knaben), fand sich für Mrs. Joseph Porter die ersehnte Gelegenheit.

Mr. Sempronius fuhr fort:

> »Ehrwürd'ger, mächt'ger und erlauchter Rat,
> Sehr edle, wohlerprobte gute Herrn –
> Daß ich dem alten Mann die Tochter nahm,
> Ist völlig wahr; – ich bin von rauhem Wort –«

»War das richtig?« flüsterte Mrs. Porter Onkel Tom zu.

»Nein.«

»So sagen Sie es ihm doch.«

»Ja, ja – Sem! das war nicht richtig, alter Junge.«

»Was war nicht richtig, Onkel?« fragte Othello, die Würde seiner Rolle gänzlich vergessend.

»Du hast etwas ausgelassen. ›Wahr, sie ist mir vermählt –‹«

»Ah, ah!« sagte Mr. Sempronius und bemühte sich ebensosehr und ebenso unwirksam, seine Verwirrung zu verbergen, wie die Zuschauer sich Mühe gaben, ihr Kichern durch heftiges Husten zu unterdrücken.

> »– wahr, sie ist mir vermählt; –
> Der Tatbestand und Umfang meiner Schuld
> Reicht dahin; weiter nicht.«

(Beiseite) »Warum soufflierst du nicht, Vater?«

»Weil ich meine Brille verlegt habe«, erwiderte Mr. Gattleton, der von der Hitze und dem Getümmel halb tot war.

»Weiter!« rief Onkel Tom. »Jetzt kommt: ›ich bin von rauhem Wort.‹«

»Ja, ich weiß es«, rief der unglückliche Regisseur zurück und perorierte weiter.
Es würde nutzlos und ermüdend sein, die vielen Fälle noch aufzuzählen, in welchen Onkel Tom, der jetzt vollkommen in seinem Element war und durch die boshafte Mrs. Porter fortwährend angestachelt wurde, die Irrtümer der Akteure verbesserte. Es mag hinreichen zu sagen, daß ihn, nachdem er sein Steckenpferd einmal bestiegen hatte, nichts bewegen konnte, wieder herunterzusteigen, und daß er, gleichsam als ein zweiter Souffleur, das ganze Stück vor sich hinmurmelte. Die Zuschauer ergötzten sich ausnehmend, Mrs. Porter war entzückt, und sämtliche Schauspieler gerieten außer Fassung; Onkel Tom hatte sich in seinem Leben nicht besser unterhalten, und seine Neffen und Nichten, obwohl die erklärten Erben seiner Schätze, hatten nie so herzlich gewünscht, daß er zu seinen Vätern versammelt sein möchte, wie an jenem denkwürdigen Abend.
Verschiedene andere, geringere Ursachen kamen noch hinzu, um den Eifer der »Liebhaber« zu dämpfen. Keiner von ihnen konnte in den knapp anliegenden Gewändern gehen oder die Arme in den Wämsern rühren; die Pantalons waren zu kurz, die Stiefel zu weit und die Schwerter von allen Größen und Arten. Mr. Evans, der zu groß für die Bühne war, trug einen schwarzen Samthut mit ungeheuren weißen Federn, die von den Zuschauern nicht gesehen werden konnten, einen Hut, den er nur mit großer Schwierigkeit auf dem Kopf zu befestigen und, wenn er ihn aufgesetzt hatte, nicht wieder herunterzubringen vermochte. Trotz all seines Einübens fiel er mit dem Kopf und den Schultern so meisterhaft durch eine Seitenwand, wie ein Harlekin in einer Weihnachtspantomime durch einen Reif gesprungen sein würde. Die Pianofortespielerin wurde zu Beginn der Aufführung infolge der Hitze im Saale ohnmächtig, und die Flöte und das Violoncello mußten Masaniello allein begleiten. Das Orchester beklagte sich, daß es von Mr. Harleigh aus dem Takt ge-

bracht würde, und Mr. Harleigh erklärte, daß ihn das Orchester gänzlich am Singen verhindere. Die gemieteten Fischer revoltierten im eigentlichen Sinne und wollten schlechterdings nicht spielen, wenn ihnen nicht eine größere Quantität Branntwein bewilligt würde; und als ihrem Begehren Genüge geleistet war, traten sie in der Vesuvausbruchsszene so natürlich wie möglich betrunken auf. Das rote Feuer am Schluß des zweiten Akts hätte nicht bloß die Zuschauer fast erstickt, sondern überdies beinahe das Haus in Brand gesteckt, und die Schlußszene wurde in dichtem Rauch gespielt.
Kurzum, das Ganze mißglückte vollkommen, wie Mrs. Joseph Porter jedermann triumphierend sagte. Die Zuschauer kehrten um vier Uhr morgens, erschöpft vom Lachen, leidend an heftigen Kopfschmerzen und schrecklich nach Schwefel und Schießpulver duftend, heim. Die Herren Gattleton senior und junior begaben sich mit einer unbestimmten Idee zur Ruhe, in den ersten Tagen der nächstfolgenden Woche nach Swan River auszuwandern.
Rose Villa sieht wieder aus wie sonst; die Möbel des Speisezimmers stehen wieder an ihrem Ort; die Tische sind so hell poliert wie früher, und sämtliche Vorderfenster haben zum Schutz gegen Mrs. Joseph Porters forschende Blicke Jalousien erhalten. Das Theater wird in der Familie Gattleton nicht mehr erwähnt, ausgenommen von seiten Onkel Toms, der sich nicht enthalten kann, bisweilen sein Erstaunen und Bedauern auszudrücken, daß seine Neffen und Nichten allen Geschmack an den Schönheiten Shakespeares und dem Zitieren aus den Werken des unsterblichen Dichters verloren zu haben scheinen.

»Wirklich, lieber Mann, er bewies Teresa am letzten Assembleeabend große Aufmerksamkeit«, sagte Mrs. Malderton zu ihrem Gatten, der nach seinen Tagesmühen in der City, ein seidenes Tuch über den Kopf gedeckt, die Füße auf das Kamingitter gestellt hatte und seinen Portwein trank; »sehr große Aufmerksamkeit; und ich wiederhole es, wir sollten ihm auf jede Weise entgegenkommen. Er muß durchaus zum Abendessen eingeladen werden.«

»Wer muß eingeladen werden?« fragte Mr. Malderton.

»Du weißt ja, wen ich meine, liebster Malderton – der junge Mann mit dem schwarzen Backenbart und der weißen Halsbinde, der soeben in unserer Assemblee aufgetaucht ist und von dem alle Mädchen sprechen – der junge – wie heißt er doch? – Marianne, wie heißt er?«

Marianne war Mrs. Maldertons jüngste Tochter. Sie war damit beschäftigt, eine Börse zu sticken, und bemühte sich, empfindsam auszusehen. »Mr. Horatio Sparkins, Mama«, erwiderte Miß Marianne mit einem Seufzer.

»Richtig – Horatio Sparkins«, sagte Mrs. Malderton; »ohne Frage der feinste und fashionabelste junge Mann, den ich jemals kennengelernt habe. Er sah am letzten Assembleeabend in seinem wie angegossen sitzenden Rock aus wie – wie –«

»Wie Prinz Leopold, Mama – so nobel, so gefühlvoll!« fiel Miß Marianne im Ton enthusiastischer Bewunderung ein.

»Du solltest bedenken, liebster Mann«, fuhr Mrs. Malderton fort, »daß Teresa achtundzwanzig Jahre alt und daß es wirklich von großer Wichtigkeit ist, daß etwas geschieht.«

Miß Teresa Malderton war eine sehr kleine runde Person mit carmoisinroten Wangen, von freundlichem Wesen, und noch nicht verlobt, ein Unglück, dessen Ursache jedoch, um ihr Gerechtigkeit widerfahren zu lassen, keineswegs in einem Mangel an Beharrlichkeit von ihrer Seite lag. Sie hatte vergeblich zehn Jahre lang kokettiert; vergeblich hatten Mr. und Mrs. Malderton eine ausgedehnte Bekanntschaft mit jungen heiratsfähigen Männern aus Camberwell und sogar aus Wandsworth und Brixton sorgfältig unterhalten; die Londoner noch nicht einmal gerechnet, die sonntags »vorbeischauten«. Miß Malderton war so bekannt wie der Löwe auf dem Giebel vom Northumberland House und hatte ungefähr ebensoviel Chancen, unter die Haube zu kommen.

»Ich bin vollkommen überzeugt, daß er dir gefallen würde«, fuhr Mrs. Malderton fort; »er ist so kultiviert.«

»So geistreich«, sagte Miß Marianne.

»Und spricht so vortrefflich, so fließend«, fügte Miß Teresa hinzu.

»Er hegt große Hochachtung vor dir, lieber Mann«, sagte Mrs. Malderton zu ihrem Gatten in vertraulichem Tone.

Mr. Malderton hustete und sah in das Feuer.

»Ich bin überzeugt, daß er sehr viel von Papa hält«, sagte Miß Marianne.

»Ohne allen Zweifel«, bekräftigte Miß Teresa.

»In der Tat, er hat es mir selbst im Vertrauen gesagt«, bemerkte Mrs. Malderton.

»Schon gut, schon gut«, entgegnete Mr. Malderton einigermaßen geschmeichelt; »wenn ich ihn morgen in der Assemblee sehe, lade ich ihn vielleicht zu uns ein. Ich denke, er wird wissen, daß wir auf Oak Lodge in Camberwell wohnen, meine Liebe?«

»Natürlich – und auch, daß du einen Wagen und ein Pferd hältst.«

»Nun, wir wollen sehen«, sagte Mr. Malderton, sich zu einem Schläfchen zurechtsetzend; »ich werde daran denken.«

Mr. Malderton war ein Mann, dessen Ideenkreis auf Lloyds, die Börse, das Ostindienhaus und die Bank beschränkt war. Einige glückliche Spekulationen hatten ihn aus einem mittellosen Mann in einen wohlhabenden verwandelt. Wie es in solchen Fällen häufig zu geschehen

pflegt, hatte sich mit seinen zunehmenden Mitteln seine Meinung von seiner Person und seiner Familie sehr ungebührlich gesteigert, die es den Vornehmen und Reichen in jeder Torheit nachzutun suchte, fashionable zu sein strebte und einen entschiedenen und geziemenden Abscheu vor allem, was möglicherweise als *ordinär* betrachtet werden konnte, an den Tag legte. Mr. Malderton war gastlich aus Prunksucht, engstirnig aus Unwissenheit und voll von Vorurteilen aus Dünkel und Eitelkeit. Sein vortrefflicher Tisch verschaffte ihm zahlreiche Gäste. Er sah gern gescheite Personen oder solche, die er dafür hielt, bei sich, weil davon gesprochen wurde, konnte aber durchaus die »gewitzten Leute«, wie er sie nannte, nicht leiden. Er hegte diese Abneigung wahrscheinlich aus Höflichkeit gegen seine beiden Söhne, die ihrem werten Papa in dieser Beziehung keine Unruhe verursachten. Die Familie war von dem Ehrgeiz besessen, sich Bekanntschaften und Verbindungen in einem höheren gesellschaftlichen Kreis zu verschaffen, als in welchem sie sich selbst bewegte; und eine der notwendigen Folgen dieses ihres Hanges und ihrer damit verbundenen gänzlichen Unkenntnis der Welt außerhalb ihrer eigenen beschränkten Sphäre war die, daß jeder, der sich nur mit einigem Schein einer Bekanntschaft mit Leuten von Rang und hoher Geburt rühmen konnte, gastlicher Aufnahme in Mr. Maldertons Haus stets gewiß war.
Mr. Horatio Sparkins' Erscheinen in der Assemblee hatte unter deren regelmäßigen Teilnehmern nicht wenig Aufsehen und Neugierde erregt. Wer mochte er sein? Er war augenscheinlich zurückhaltend und, wie es schien, melancholisch. War er ein Geistlicher? – Er tanzte zu gut. Ein Anwalt? – Man sah und hörte nichts von ihm in den Gerichtshöfen. Er bediente sich sehr gewählter Ausdrücke und sprach ziemlich viel. War es vielleicht ein Ausländer von Distinktion, der in der Absicht nach England gekommen war, das Land und seine Sitten und Gebräuche zu schildern, und Citybälle und öffentliche Diners besuchte,

um sich mit dem Leben und Treiben der großen Welt und verfeinerter englischer Lebensart und Bildung bekannt zu machen? – Aber man bemerkte bei ihm durchaus keinen fremden Akzent. War er Arzt, Künstler, oder schrieb er fashionable Romane oder für die belletristischen Zeitschriften? – Nein. Dem allen stand irgendeine gewichtige Einwendung entgegen. – Jedermann sagte: »Er muß aber doch *etwas* sein.« Auch Mr. Malderton schloß sich dieser Meinung an, »denn«, sprach er bei sich selbst, »er fühlt unsere Superiorität und erweist uns deshalb so große Aufmerksamkeit.«

Der Abend nach der erwähnten Familienunterredung war ein »Assembleeabend«. Das Vorfahren der Doppeldroschke ward auf präzis neun Uhr bestellt. Die Miß Maldertons legten himmelblaue, mit künstlichen Blumen besetzte Atlaskleider an, und Mrs. Malderton in Dito mit Dito – sie war eine kleine runde Frau – sah aus wie ihre älteste Tochter, mit zwei multipliziert. Mr. Frederick Malderton, der älteste Sohn, war in seinem eleganten Ballanzug das wahrste Ideal eines fixen geschniegelten Kellners, und Mr. Thomas Malderton, der jüngste Sohn, glich in seiner weißen Halsbinde, seinem blauen Rock mit glänzenden Knöpfen und seinem roten Uhrband auf das Haar dem Bildnis jenes interessanten, obgleich ein wenig unbesonnenen jungen Herrn George Barnwell. Sämtliche Familienmitglieder hatten sich darauf vorbereitet, Mr. Horatio Sparkins' Bekanntschaft zu kultivieren. Miß Teresa gedachte sich natürlich so liebenswürdig und interessant zu geben, wie Damen von achtundzwanzig auf der Männersuche zu sein pflegen. Mrs. Malderton wollte lauter Lächeln und Freundlichkeit sein. Miß Marianne wollte sich ein paar Verse in ihr Stammbuch erbitten. Mr. Malderton hatte die Absicht, den großen Unbekannten durch eine Einladung zum Abendessen zu protegieren. Tom hatte sich's ausgesonnen, ihn hinsichtlich seiner Schnupftabak- und Zigarrenkenntnis auszuholen. Sogar Mr. Frederick Malderton – er, das Familienorakel in allem, was

Geschmack, Kleidung und fashionable Arrangements betraf –, er, der seine eigene Wohnung im »Westend« und freien Zutritt im Covent-Garden-Theater hatte, stets nach der Mode des Monats gekleidet war, dieselben Partien machte, die von der fashionablen Welt gemacht wurden, und sich eines vertrauten Freundes rühmte, der einst mit einem Gentleman bekannt war, welcher vormals in Albany wohnte –, selbst er hatte beschlossen, daß Mr. Horatio Sparkins ein verflucht guter Kerl sei und daß er ihm die Ehre erweisen wolle, ihn zu einer Partie Billard aufzufordern.

Der erste Gegenstand, den die sehnsüchtigen Blicke der hoffenden Familie bei ihrem Eintritt in den Ballsaal trafen, war der interessante Horatio. Er lehnte mit aus der Stirn gestrichenem Haar, die Augen empor an die Decke geheftet, an einem Pfeiler.

»Da ist er«, flüsterte Mrs. Malderton sehr erregt ihrem Gatten zu.

»Wie ähnlich Lord Byron«, murmelte Teresa.

»Oder Montgomery«, flüsterte Miß Marianne.

»Oder den Porträts des Captain Ross!« fiel Tom ein.

»Tom, sei kein Esel«, sagte sein Vater, der Tom bei jeder Gelegenheit zum Schweigen verwies, wahrscheinlich um zu verhindern, daß er »gewitzt« würde, was sehr unwahrscheinlich war.

Der fashionable Sparkins posierte mit bedeutendem Effekt, bis die Familie Malderton in seine Nähe kam, fuhr sodann mit höchst natürlich nachgemachter freudiger Überraschung empor, redete Mrs. Malderton mit der größten Herzlichkeit an, begrüßte die jungen Damen auf die bezauberndste Weise, verbeugte sich auf das ehrerbietigste vor Mr. Malderton und erwiderte die Begrüßung der beiden jungen Herren mit halb erfreuter und halb gönnerhafter Miene, was ihre Überzeugung zu vollkommener Gewißheit erhob, daß er ein bedeutender und zugleich ein herablassender Mann sei.

»Miß Malderton«, sagte Horatio nach den üblichen Be-

grüßungen und verbeugte sich dabei sehr tief, »vergönnen Sie mir, die Hoffnung hegen zu dürfen, daß Sie mir gestatten werden, das Vergnügen zu haben –«
»Ich glaube nicht, daß ich schon engagiert bin«, sagte Miß Teresa, eine schreckliche Gleichgültigkeit affektierend, »aber wirklich – so viele –«
Horatio sah allerliebst unglücklich aus.
»Es wird mir das größte Vergnügen gewähren«, zimperte die interessante Teresa endlich, und Horatios Antlitz begann wieder zu glänzen wie ein alter Hut in einem Regenschauer.
»Es ist wahr, ein sehr feiner junger Mann«, bemerkte Mr. Malderton sehr befriedigt, als Horatio seine Partnerin zum Tanz entführte.
»Sein Takt ist ganz ausgezeichnet«, fiel Mr. Frederick ein.
»Wahrhaftig, er ist ein Hauptkerl«, sagte Tom, der es sich nie versagen konnte, mitzureden; »er spricht ganz wie ein Auktionator.«
»Tom!« sagte sein Vater feierlich, »ich meinte dir schon gesagt zu haben, daß du kein Gimpel sein solltest.«
Tom sah so vergnügt aus wie ein Hahn an einem regnerischen Morgen.
»Wie entzückend!« sagte der interessante Horatio zu seiner Tänzerin, als er mit ihr nach Beendigung der Quadrille im Saale auf und ab ging, »wie entzückend, wie erquikkend es ist, sich von den Gewitterstürmen, den Wirren und Unruhen des Lebens, und wär es auch nur für kurze flüchtige Augenblicke, zurückzuziehen und diese Momente, so kurz sie sein und so schnell sie dahinschwinden mögen, in der süßen, seligen Nähe einer Dame hinzubringen, deren Zürnen der Tod, deren Falschheit Verderben, deren Treue Seligkeit wäre und deren Kälte einen in Wahnsinn stürzen würde – deren Zuneigung als der glänzendste und schönste Lohn erscheint, mit welchem der Himmel einen Mann beglücken könnte.«
Wie gefühlvoll, wie poetisch! dachte Miß Teresa und lehnte sich stärker auf ihres Begleiters Arm.

»Doch genug – genug«, fuhr der fashionable Sparkins mit theatralischer Betonung fort. »Was hab ich gesagt? Was hab ich – hab ich – mit Gefühlen dieser Art zu schaffen? Miß Malderton – darf ich hoffen, daß Sie es mir erlauben, Ihnen das sehr geringe Anerbieten –«

»Wirklich, Mr. Sparkins«, unterbrach ihn Teresa, innerlich jubelnd und süß und verwirrt errötend, »ich muß Sie an meinen Vater verweisen. Ohne seine Einwilligung darf ich es schlechterdings nicht wagen, zu – zu –«

»Er wird sicher nichts dagegen haben –«

»Ach, Sie – Sie kennen ihn nicht«, fiel Miß Teresa ein, sehr wohl wissend, daß nichts zu fürchten war; allein sie wünschte, eine Romanszene herbeizuführen.

»Er kann in der Tat nichts dagegen haben, daß ich Ihnen ein Glas Glühwein anbiete«, fuhr der anbetungswürdige Sparkins ein wenig überrascht fort.

Ist das alles? sprach die getäuschte Teresa bei sich selbst. Wieviel Lärm um nichts!

»Es wird mir das größte Vergnügen gewähren, Sir, Sie am nächsten Sonntag um fünf Uhr in Oak Lodge zum Abendessen bei mir zu sehen, sofern Sie kein besseres Engagement haben«, sagte Mr. Malderton, als er und seine Söhne nach Beendigung des Balls mit Mr. Horatio Sparkins sich unterhielten. Horatio verbeugte sich verbindlich und nahm die schmeichelhafte Einladung an.

»Ich muß gestehen«, fuhr der Vater, seinem neuen Bekannten die Schnupftabaksdose anbietend, fort, »daß ich diese Assembleen nicht so sehr liebe wie den Komfort – ich hätte bald gesagt, die luxuriösen Genüsse von Oak Lodge; sie haben keine großen Reize für ältere Leute.«

»Und am Ende, Sir, was sind Leute, was sind Menschen?« sagte der metaphysische Sparkins, »wie gesagt, was ist der Mensch?«

»Sehr wahr«, bemerkte Mr. Malderton, »sehr wahr.«

»Wir wissen, daß wir leben und atmen«, fuhr Horatio fort; »daß wir Bedürfnisse und Wünsche, Neigungen und –«

»Ohne allen Zweifel«, unterbrach ihn Mr. Frederick Malderton mit äußerst weiser Miene.
»Ich wollte sagen, wir wissen, daß wir existieren«, wiederholte Horatio mit erhobener Stimme; »doch hier sind wir am Ende unseres Wissens, auf dem Gipfel unserer Forschungen, am Ziele unserer Bestrebungen angelangt. Was wüßten wir weiter?«
»Nichts«, entgegnete Mr. Frederick, und in der Tat konnte niemand mit größerem Recht eine solche Antwort geben als er. Tom wollte gleichfalls etwas sagen, bemerkte jedoch, zum Glück für den Ruf seiner Weisheit, des Vaters zornige Seitenblicke und schlich sich davon wie ein bei einer kleinen Dieberei ertappter junger Hund.
»Auf mein Wort«, sagte Malderton, der Vater, als die Familie in der Droschke nach Hause fuhr, »der Sparkins ist ein wundervoller junger Mann. Was für erstaunliche Kenntnisse, welch eine stupende Gelehrsamkeit! und welch eine glänzende Redegabe!«
»Ich glaube fest, daß eine bedeutende Person unter seiner Maske steckt«, bemerkte Miß Marianne. »Wie bezaubernd romantisch!«
»Er spricht sehr laut und sehr artig«, fiel Tom schüchtern ein; »allein ich verstehe eigentlich nicht, was er sagt.«
»Ich fange fast an zu zweifeln, daß du jemals irgend etwas verstehen wirst, Tom«, sagte sein Vater, der natürlich durch Mr. Horatio Sparkins' Unterhaltung sehr erleuchtet war.
»Es ist ganz offenbar, Tom«, sagte Miß Teresa, »daß du dich heute abend entsetzlich lächerlich gemacht hast.«
Die ganze Familie bestätigte Teresas Ausspruch; und der unglückliche Tom drückte sich möglichst tief in seine Wagenecke. Mr. und Mrs. Malderton besprachen noch lange ihrer Tochter Aussichten und die demnächst zu treffenden Vorkehrungen. Miß Teresa begab sich zu Bett, erwägend, ob es sich, falls sie einen Titel erheiratete, für sie schicken würde, die Besuche ihrer jetzigen Freundinnen anzunehmen, und träumte die ganze Nacht von verkleide-

ten Grafen, prachtvollen Abendgesellschaften, Straußenfedern, Brautkränzen und Horatio Sparkins.
Am Sonntag morgen wurde vielfach darüber hin und her gesprochen, auf welche Weise der sehnsüchtig erwartete Horatio mutmaßlich erscheinen würde. Hielt er ein Gig – sollte er vielleicht zu Pferde kommen – oder einem Stellwagen seine Gönnerschaft zuwenden? Diese und andere Fragen von gleicher Wichtigkeit beschäftigten Mrs. Malderton und ihre Töchter den ganzen Vormittag.
»Ich muß doch sagen«, bemerkte Mr. Malderton gegen seine Gattin, »es ist höchst verdrießlich, daß dein Bruder sich gerade heute bei uns zu Gast gebeten hat. Er hat gar zu ordinäre Manieren. Ich habe, da Mr. Sparkins kommt, absichtlich niemand außer Flamwell eingeladen. Und nun dein Bruder – ein Gewürzkrämer – es ist unerträglich. Ich würde lieber tausend Pfund verlieren als ihn in Gegenwart unseres neuen Bekannten seinen Laden erwähnen zu hören. Es wäre mir recht, daß er kommt, wenn er nur so gescheit wäre, es nicht merken zu lassen, welch ein Schandfleck er für die Familie ist; aber er ist so verwünscht verliebt in sein schauderhaftes Geschäft, daß er jedermann offenbaren wird, wer und was er ist.«
Mr. Jacob Barton, der Bruder und Schwager, von welchem Mr. Malderton sprach, war ein wohlhabender Gewürzhändler und so niedrig denkend, so gefühllos, daß er nie und nirgends Bedenken trug, zu bekennen, daß er sich nicht »zu vornehm für sein Geschäft« hielt. »Ich verdiene mein Geld damit«, pflegte er zu sagen, »und meinetwegen mag's die ganze Welt wissen.«
»Ah, mein wertester Flamwell, wie geht's?« rief Mr. Malderton einem eintretenden kleinen Manne mit grüner Brille entgegen. »Sie erhielten mein Billett?«
»Allerdings, und stellte mich mit Ihrer Erlaubnis ein.«
»Kennen Sie nicht den Mr. Sparkins wenigstens dem Namen nach? Sie kennen ja alle Welt.«
Mr. Flamwell gehörte zu den Leuten von unglaublich ausgebreiteter Bekanntschaft, die jedermann zu kennen vor-

geben und natürlich niemand kennen. In Maldertons Hause, wo mit begierigen Blicken alles verschlungen wurde, was vornehme Personen betraf, war er ebenso beliebt wie geehrt, und da er sehr gut wußte, mit was für Leuten er es zu tun hatte, ließ er seiner Leidenschaft, mit jedermann bekannt sein zu wollen, alle Zügel schießen. Er hatte eine besondere Manier, seine größeren Lügen beiläufig und mit der Miene der Selbstverleugnung einzuflechten oder hinzuwerfen, als ob er fürchtete, für anmaßend gehalten zu werden.

»Hm, nein, ich kenne ihn unter dem Namen nicht«, erwiderte er mit leiser Stimme und unermeßlich wichtiger Miene. »Indes zweifle ich nicht im mindesten, daß ich ihn kenne. Ist er groß?«

»Von Mittelgröße«, sagte Miß Teresa.

»Er hat schwarzes Haar?« fuhr Flamwell, eine dreiste Behauptung wagend, fort.

»Ja, ja«, erwiderte Teresa eifrig.

»Ein wenig von einer Stumpfnase?«

»Nein, o nein«, sagte Teresa verblüfft; »er hat eine Adlernase.«

»Ganz recht, eine Adlernase – das wollt ich eben sagen. Er ist ein feiner junger Mann?«

»Freilich.«

»Hat äußerst einnehmende Manieren?«

»Ja freilich«, sagte die ganze Familie aus einem Munde. »Sie kennen ihn unfehlbar.«

»Ich dachte mir's wohl, daß Sie ihn kennen würden, wenn er ein irgend bedeutender junger Mann ist«, rief Mr. Malderton triumphierend aus. »Was meinen Sie, wer er ist?«

»Ihrer Schilderung nach«, sagte Flamwell sinnend und ließ die Stimme fast bis zum Geflüster sinken, »hat er eine starke Ähnlichkeit mit dem hochachtbaren Augustus Fitz-Edward Fitz-John Fitz-Osborne. Er ist ein äußerst begabter junger Mann und ein wenig exzentrisch. Es ist sehr wahrscheinlich, daß er zu irgendeinem Zweck für den Augenblick einen anderen Namen angenommen hat.«

Wie hoch Teresa das Herz schwoll! Sollte er wirklich der hochachtbare Augustus Fitz-Edward Fitz-John Fitz-Osborne sein? Welch ein Name auf eleganten Verlobungskarten! »Der hochachtbare Augustus Fitz-Edward Fitz-John Fitz-Osborne!« Der Gedanke war Entzückung und Seligkeit.
»'s ist in fünf Minuten fünf Uhr«, sagte Mr. Malderton, auf seine Uhr sehend; »ich will hoffen, daß er uns nicht vergebens auf sich warten läßt.«
»Da ist er!« rief Miß Teresa aus, denn es ertönten mächtige Doppelschläge an der Haustür. Alle bemühten sich – wie es häufig zu geschehen pflegt, wenn ein Besucher begierig erwartet wird – auszusehen, als wenn sie an niemands Eintreten gedacht hätten.
Die Tür wurde geöffnet. »Mr. Barton!« rief der Bediente.
»Der verwünschte Krämer«, murmelte Mr. Malderton. »Ah, mein werter Herr, wie geht es Ihnen? Nichts Neues?«
»Nein, nichts Besonderes«, antwortete Barton mit seiner gewöhnlichen biederen Zutraulichkeit; »nichts Besonderes, daß ich wüßte. Guten Tag, Kinder! – Freue mich, Sie hier zu sehen, Mr. Flamwell.«
»Da kommt Mr. Sparkins, und auf was für einem prächtigen Rappen!« sagte Tom, der durch das Fenster geschaut hatte.
In der Tat sprengte Horatio auf einem Rappen daher, den er gleich dem ersten Kunstreiter kurbettieren ließ. Er stieg ab und übergab sein Roß dem Stallburschen, trat ein und wurde Flamwell und Barton sowie diese ihm vorgestellt. Flamwell musterte ihn durch seine Brille mit geheimnisvoll-wichtiger Miene, und Horatio warf Teresa, die sich anstrengte, ausnehmend schmachtend auszusehen, Blicke zu, die unaussprechliche Dinge verkündeten.
»Ist's der hochachtbare Augustus – wie nannten Sie ihn doch?« flüsterte Mrs. Malderton Flamwell zu, der sie ins Speisezimmer führte.

»Hm, nein – zum wenigsten nicht so ganz eigentlich«, erwiderte das große Orakel, »nicht so ganz eigentlich.«
»Aber wer ist er denn?«
»Pst!« sagte Flamwell mit bedeutsamem Kopfnicken, um anzudeuten, daß er es sehr gut wisse, allein durch wichtige Gründe bewogen würde, das wichtige Geheimnis nicht verlauten zu lassen. Der Unbekannte war vielleicht ein Mitglied der Regierung, das sich inkognito mit der Volksstimmung bekannt machen wollte.
»Mr. Sparkins«, sagte die glückliche Mrs. Malderton, »darf ich bitten, daß Sie die Damen trennen? John, setzen Sie einen Stuhl für den Herrn zwischen Miß Teresa und Miß Marianne.«
John versah im regelmäßigen Laufe der Dinge die Dienste des Stallknechts und Gärtners, war aber an diesem Tage, da es galt, Mr. Sparkins eine große Vorstellung von den Maldertons beizubringen, in Schuhe und ein weißes Halstuch gesteckt und auch sonst nach Kräften aufgestutzt worden, um wie ein zweiter Lakai auszusehen.
Das Diner war ausgesucht, Horatio erwies Teresa alle möglichen Aufmerksamkeiten, und alle waren äußerst aufgeweckt und vergnügt, mit Ausnahme Mr. Maldertons, der seinen Schwager zu gut kannte, um nicht in fortwährender Angst zu schweben.
»Haben Sie Ihren Freund, Sir Thomas Roland, kürzlich gesehen, Flamwell?« fragte er, Horatio von der Seite anblickend, um zu sehen, was für Effekt die Erwähnung eines so bedeutenden Mannes bei ihm machte.
»Hm, nein – ganz kürzlich nicht; vorgestern sah ich aber Lord Gubbleton.«
»Ich hoffe, Seine Lordschaft befinden sich wohl«, fuhr Malderton im Ton der lebhaftesten Teilnahme fort, und kaum wird es nötig sein, zu sagen, daß er bis zum selbigen Augenblick hinsichtlich seiner Kenntnis vom Dasein des edlen Lords im Stande der vollkommensten Unschuld gelebt hatte.
»O ja; der Lord befand sich sehr wohl – in der Tat sehr

wohl. Er ist ein sehr lieber Mann. Ich begegnete ihm in der City und plauderte lange mit ihm. Wir sind sehr vertraut miteinander. Ich konnte mich indes nicht so lange bei ihm aufhalten, wie ich's gewünscht hätte, weil ich gerade auf dem Wege zu einem Bankier war, einem sehr reichen Mann und Parlamentsmitglied, mit welchem ich gleichfalls, wie ich wohl sagen kann, auf dem vertrautesten Fuße stehe.«

»Ah, ich weiß, wen Sie meinen«, sagte Malderton, der genausoviel wußte wie Flamwell selbst.

»Er macht sehr ausgedehnte Geschäfte.«

Hiermit war ein sehr gefährlicher Gegenstand berührt.

»Da von Geschäften die Rede ist«, nahm Barton, der mitten am Tisch saß, das Wort, »fällt mir ein, Malderton, daß vor einigen Tagen ein Herr, den Sie sehr genau gekannt haben, ehe Sie Ihre erste glückliche Spekulation machten, in meinen Laden kam und –«

»Barton, darf ich Sie um die Kartoffeln bitten«, unterbrach ihn der unglückliche Gastgeber, in der Hoffnung, die Geschichte in der Knospe zu erdrücken.

»Mit Vergnügen«, entgegnete der Gewürzkrämer, ohne seines Schwagers Absicht nur von fern zu ahnen, »– und fragte sehr freundschaftlich –«

Malderton unterbrach ihn zum zweiten Male durch ein ähnliches Anliegen. Er fürchtete den Schluß der Erzählung und vor allen Dingen die Wiederholung des Wörtchens »Laden«.

»Und fragte also, wie gesagt sehr freundschaftlich«, fuhr der unerschütterliche Barton fort: »›Wie geht es mit Ihrem Geschäft?‹ Ich antwortete scherzend: ›Sie kennen meine Weise – ich halte mich nicht zu vornehm für mein Geschäft und hoffe, es wird auch mich nicht vornehm im Stich lassen.‹ Ha, ha, ha!«

»Mr. Sparkins«, sagte Malderton, der vergeblich seinen Verdruß zu verbergen suchte, »ein Glas Wein?«

»Mit dem größten Vergnügen, Sir.«

»Freue mich, Sie bei uns zu sehen.«

»Danke ergebenst.«
»Wir sprachen vor ein paar Tagen«, fuhr der Gastgeber, zu Horatio gewandt, fort, sowohl um seinem neuen Bekannten Gelegenheit zu verschaffen, seine Unterhaltungsgabe zu zeigen, als auch in der Hoffnung, den Krämer zu hindern, mit seinen Geschichten zum Vorschein zu kommen, »wir sprachen vor ein paar Tagen über die menschliche Natur. Ihre Ansichten erschienen mir ebenso neu wie wahr.«
»Mir auch«, fiel Mr. Frederick ein, und Horatio antwortete durch eine graziöse Kopfneigung.
»Was ist denn Ihre Meinung über die Frauen, Mr. Sparkins?« nahm Mrs. Malderton das Wort.
Die jungen Damen lächelten und sahen verschämt vor sich nieder.
»Der Mann«, erwiderte Horatio, »der Mann, sei es, daß er die holden, seligen, blumigen Fluren eines zweiten Eden oder die öde, unfruchtbare und, wenn ich so sagen darf, alltäglich-gemeine Steppe bewohnt, an die wir in Zeiten wie die unsrigen uns gewöhnen müssen; ich sage, der Mann – und zwar unter allen Umständen und an jedem Orte –, mühselig sein Dasein fristend zwischen den Eisfeldern der kalten Zone oder keuchend unter den senkrechten Strahlen der glühenden Äquatorsonne – der Mann würde, ohne die Frauen – allein sein.«
»Es freut mich ausnehmend, Mr. Sparkins«, bemerkte Mrs. Malderton, »zu sehen, daß Sie so ehrenhafte Meinungen hegen.«
»Mich gleichfalls«, fügte Miß Teresa hinzu
Horatio warf ihr einen dankbar-seligen Blick zu, und die junge Dame wurde so rot wie eine vollkommen aufgeblühte Päonie.
»Meine Meinung ist –« hub Barton an.
»Ich weiß, was Sie sagen wollen«, unterbrach ihn Malderton, entschlossen, seinen Schwager nicht wieder zu Wort kommen zu lassen, »und bin Ihrer Meinung keineswegs.«
»Wieso?« fragte Barton verwundert.

»Tut mir leid, anderer Meinung sein zu müssen«, erwiderte Malderton so bestimmt, als wenn er wirklich einer ausgesprochenen Behauptung Bartons entgegenträte; »ich kann aber in der Tat eine Ansicht nicht billigen, die mir als durchaus verkehrt erscheint.«

»Ich wollte aber nur sagen –«

»Sie werden mich nicht überzeugen«, unterbrach ihn Malderton im Ton der hartnäckigsten Bestimmtheit; »nie!«

»Und ich«, fiel Mr. Frederick ein, dem Vater zum Angriff nachfolgend, »ich kann Mr. Sparkins' Meinung durchaus nicht teilen.«

»Wie?« rief Horatio aus, der in demselben Maße metaphysischer und redseliger wurde, wie er gewahrte, daß die Damen mit bewunderndem Entzücken ihm zuhörten; »Wie? Ist die Wirkung die Folge der Ursache? Ist die Ursache die Vorläuferin der Folge?«

»Das eben ist die Frage«, fiel Flamwell beistimmend ein.

»Allerdings«, sagte Mr. Malderton.

»Ist nun die Wirkung der Ursache Folge, und geht die Ursache der Wirkung vorher, so möchten Sie entschieden unrecht haben«, fuhr Horatio fort.

»Offenbar unrecht«, bekräftigte Flamwell.

»Ich darf wenigstens hoffen, meine Behauptung logisch begründet zu haben?« sagte Sparkins in fragendem Ton.

»Ohne allen Zweifel«, stimmte Flamwell abermals bei. »Sie haben sie ganz außer Frage gestellt.«

»Mag sein«, sagte Mr. Frederick; »es wollte mir nur nicht sogleich einleuchten.«

Und mir leuchtet es auch jetzt noch nicht ein, dachte der Gewürzkrämer.

»Wie wundervoll gescheit er ist!« flüsterte Mrs. Malderton ihren Töchtern zu, als sie sich mit ihnen zurückzog.

»Oh, er ist ein ganz prächtiger Mensch!« sagten die beiden jungen Damen. »Er muß reiche Lebenserfahrung gemacht haben.«

Als die Herren sich selbst überlassen waren, trat eine Pause ein, während welcher alle sehr nachdenklich aussahen, als wenn sie durch Horatios Gedankentiefe ganz überwältigt wären. Flamwell, der auszuforschen beschlossen hatte, wer und was Mr. Sparkins eigentlich sein möchte, brach zuerst das Stillschweigen.

»Bitte um Vergebung, Sir«, hub er an, »haben Sie nicht die Rechte studiert? Es war einst meine Absicht auch, und ich bin noch jetzt mit mehreren der höchsten Zierden der englischen Justiz genau bekannt.«

»Nein – nein!« erwiderte Horatio ein wenig zögernd; »so eigentlich nicht.«

»Allein ich müßte doch sehr irren, wenn Sie nicht vielen Umgang mit Rechtsgelehrten gehabt hätten?«

»Allerdings; fortwährend seit meinen ersten Jünglingsjahren.«

Flamwell meinte jetzt ganz genau zu wissen, was er wissen wollte. Sparkins war ein junger angehender Anwalt.

»Ich möchte nicht Anwalt sein«, sagte Tom, der jetzt zum ersten Male den Mund öffnete und umherschaute, um jemand zu finden, der seine Bemerkung beachtete, was indes von niemand geschah.

»Ich möchte keine Perücke tragen«, wagte Tom hinzuzusetzen.

»Tom, ich bitte dich, mach dich nicht lächerlich«, nahm sein Vater das Wort. »Hör zu, unterrichte dich durch das, was du hörst, und mach nicht fortwährend so abgeschmackte Bemerkungen.«

»Ja, ja Vater«, versetzte der unglückliche Tom, der, seit er seine Mutter um ein Viertel nach fünf – und es war jetzt acht Uhr – um ein Stück Rindfleisch gebeten, kein Wort gesprochen hatte.

»Laß gut sein, Tom«, sagte sein gutmütiger Onkel, »ich denke wie du; möchte auch keine Perücke tragen, binde lieber 'ne Schürze vor.«

Mr. Malderton hustete stark genug, allein Barton fuhr

fort: »Denn wenn sich jemand zu vornehm für sein Geschäft dünkt –«
Der Husten kehrte mit zehnfacher Heftigkeit zurück und hörte nicht eher wieder auf, als bis der Unheilstifter, der schuld daran war, vollkommen vergessen hatte, was er hatte sagen wollen.
»Mr. Sparkins«, begann Flamwell, seinen Entdeckungsversuch wiederaufnehmend, »kennen Sie vielleicht Mr. Delafontaine von Bedford Square?«
»Er hat mir und ich habe ihm eine Karte geschickt, und ich hatte seitdem Gelegenheit, ihm einen nicht unbeträchtlichen Dienst zu leisten«, erwiderte Horatio, sich ein wenig verfärbend – ohne Zweifel, weil er sich hatte verleiten lassen, so etwas auszuschwatzen.
»Sie sind sehr glücklich zu schätzen, wenn Sie Gelegenheit gehabt haben, sich diesen angesehenen Mann zu verpflichten«, bemerkte Flamwell mit einer Miene tiefer Ehrerbietung.
»Ich weiß in der Tat nicht, wer er ist«, flüsterte Flamwell dem Gastgeber vertraulich zu, als sie Horatio in das Damenzimmer folgten; »indes ist es ganz ausgemacht, daß er dem Stande der Rechtsgelehrten angehört, ein Mann von Bedeutung ist und vornehme Verbindungen hat.«
»Ohne Zweifel, ohne allen Zweifel«, versetzte Mr. Malderton.
Der Abend verging äußerst angenehm. Barton schlief ein, Malderton sah sich dadurch von seinen Ängsten befreit und war deshalb so gesprächig und liebenswürdig wie möglich. Miß Teresa spielte ein Modestück, wie Mr. Sparkins erklärte, vollkommen meisterhaft, und beide sangen mit Frederick Terzette ohne Zahl, nachdem sie die erfreuliche Entdeckung gemacht hatten, daß ihre Stimmen auf das schönste harmonierten. Freilich sangen alle drei die erste Stimme, und Horatio hatte nicht bloß das kleine Unglück, kein musikalisches Gehör zu haben, sondern kannte auch nicht eine einzige Note; allein die Zeit verging desungeachtet unendlich angenehm, und es war

zwölf Uhr geworden, als Mr. Sparkins sein Traumpferd vorführen ließ. Er hatte jedoch zuvor heilig versprechen müssen, seinen Besuch am folgenden Sonntag zu wiederholen.
»Vielleicht nimmt aber Mr. Sparkins morgen abend an unserer Gesellschaft teil?« sagte die Dame des Hauses. »Malderton gedenkt die Mädchen in das Theater zu führen.«
Mr. Sparkins verbeugte sich und versprach, während der Vorstellung in der Loge Nr. 48 zu erscheinen.
»Wir wollen Ihnen den Vormittag nicht rauben«, sagte Teresa in bezauberndem Ton; »denn Mutter gedenkt die Putzlädenrunde mit uns zu machen, und ich weiß, daß die Herren nur zu oft einen wahren Abscheu dagegen hegen.«
Mr. Sparkins verbeugte sich abermals und versicherte, daß er entzückt sei, doch während des Vormittags von wichtigen Geschäften in Anspruch genommen werde. Flamwell warf Malderton bedeutsame Blicke zu. »Das ist die Zeit der Gerichtssitzungen«, flüsterte er.
Am folgenden Vormittag um zwölf Uhr stand die Droschke vor Mr. Maldertons Haustür, bereit, die Mutter und die Töchter aufzunehmen. Sie beabsichtigten, bei einer Freundin zu Mittag zu essen und sich zum Theater anzukleiden, zuvor aber zahllose Läden zu besuchen und mannigfache Einkäufe zu machen. Die jungen Damen vertrieben sich die Langeweile der Fahrt damit, daß sie Mr. Horatio Sparkins priesen und ihre Mama schalten, daß dieselbe sie immer weiter und weiter fahren ließ, um ein paar Schilling zu sparen. Endlich hielt der Wagen vor einem sehr kläglich aussehenden Laden, an dessen Fenster ein buntes Gemisch von Handelsartikeln ausgestellt war – Saffianschuhe, Schals, Sonnenschirme und hundert andere Dinge.
»O Himmel, Mama, wohin bringst du uns!« sagte Miß Teresa; »was würde Mr. Sparkins sagen, wenn er uns hier sähe!«
»Oh, um alles in der Welt!« rief Miß Marianne schaudernd aus.

»Bitte, nehmen Sie Platz, meine Damen. Was befehlen Sie?« fragte der dienstbeflissene Ladenbesitzer, der, in seinem mächtigen weißen Halstuch mit steifer Schleife, dem schlechten »Porträt eines Gentleman« in der Kunstausstellung glich.

»Ich wünsche seidene Stoffe zu sehen«, erwiderte Mrs. Malderton.

»Augenblicklich, Ma'am – Mr. Smith! Wo ist Mr. Smith?«

»Hier, Sir«, ertönte eine Stimme aus dem Kontor hinter dem Laden.

»Geschwind, Mr. Smith«, rief ihm sein Prinzipal zu. »Sie sind doch niemals am Platze, wenn man Ihrer bedarf.«

Mr. Smith gehorchte der Aufforderung, sprang mit großer Behendigkeit über einen Warenballen, der ihm im Weg lag, und stand wie ein Deus ex machina hinter dem Ladentisch dicht vor den kauflustigen Damen. Mrs. Malderton stieß einen ohnmächtigen Schrei aus; Miß Teresa, die sich zur Seite gewendet hatte, um mit ihrer Schwester zu flüstern, blickte auf und schaute – Horatio Sparkins!

Wir wollen einen Schleier über die jetzt folgende Szene ziehen, wie die Romanschreiber sagen. Der geheimnisvolle, philosophische, romantische, metaphysische Sparkins – er, der der interessanten Teresa als das verkörperte Ideal der jungen Herzöge und poetischen Grafen erschienen war, von welchen sie geträumt und gelesen, das zu schauen sie aber kaum gehofft hatte – war plötzlich verwandelt in Mr. Samuel Smith, den Ladendiener bei einem Kramhändler sehr untergeordneter Klasse! Das würdevolle Verschwinden des Helden von Oak Lodge bei dieser unerwarteten Enthüllung war nur der Flucht eines diebischen Hundes zu vergleichen, dem ein ansehnlicher Stein nachgeworfen wird. Die süßen Hoffnungen der Familie Malderton sollten in nichts zerfließen wie das Zitroneneis bei einem Sommerdiner; Almack's vornehmes Etablissement stand ihnen von da an so fern wie der Nordpol; und Miß Teresas Aussichten, einen Mann zu bekommen, waren ungefähr so wahrscheinlich wie die Entdeckung einer nordwestlichen Durchfahrt durch Kapitän Ross. Jahre sind seit jenem schrecklichen Morgen verflossen. Die Marienblümchen haben dreimal auf dem Anger von Camberwell geblüht – die Sperlinge haben dreimal ihr Frühlingsgezirp im Hain von Camberwell wiederholt – aber noch immer sind die Miß Maldertons unvermählt. Miß Teresas Fall ist verzweifelter als je, allein Flamwell genießt noch immer höchstes Ansehen, und die Familie hegt fortwährend dieselbe Vorliebe für aristokratische Bekanntschaften und eine verstärkte Abneigung gegen alles *Ordinäre.*

Unsere nächsten Nachbarn

Wir sinnen bei unsern Wanderungen durch eine Straße gar gern über Charakter, Stand und Lebensweise ihrer Bewohner nach, wobei uns nichts so wesentlich unterstützt als das Aussehen der Haustüren. Die Mannigfaltigkeit im Ausdruck der menschlichen Gesichter gibt Stoff zu einem edlen und interessanten Studium; allein die Physiognomie der an jenen befindlichen Türklopfer hat etwas fast ebenso Charakteristisches und ist beinahe ebenso untrüglich. Wenn wir jemand zum ersten Male besuchen, so beschauen wir uns die Züge seines Türklopfers mit der größten Aufmerksamkeit, denn wir wissen sehr wohl, daß zwischen einem Hausbewohner und seinem Klopfer bestimmt eine größere oder geringere Ähnlichkeit und Sympathie herrschen.
So gibt es zum Beispiel eine Türklopferart, die sehr verbreitet war, jetzt aber immer mehr und mehr verschwindet – wir meinen die großen runden, mit dem jovialen Antlitz eines munteren Löwen, der die Besucher holdselig anlächelt, wenn sie, auf das Öffnen der Tür wartend, das Haar über der Schläfe in eine Locke drehen oder am Hemdkragen zupfen. Wir haben diesen Klopfer nie an der

Tür eines ungeselligen Murrkopfs gesehen – er verkündet, soweit unsere Erfahrung reicht, stets eine freundliche Aufnahme und eine zweite Flasche.
Man hat ihn nie erblickt an der Tür eines kleinen Advokaten oder eines Wechselmaklers, die ohne Ausnahme den anderen Löwen führen – einen schweren, wild und trotzig aussehenden Gesellen mit einem Gesicht, in welchem sich brutaler Stumpfsinn ausdrückt; er ist eine Art Großmeister unter den Türklopfern und ein großer Liebling der selbstsüchtigen Grobiane.
Ferner haben wir da einen kleinen kecken ägyptischen Türklopfer mit einem langen schmalen Gesicht, einer aufgeworfenen Nase und einem sehr spitzen Kinn. Man findet ihn am meisten bei den Regierungsangestellten in hellen Beinkleidern und gesteiften Krawatten: kleinen, dünnen und steifleinenen Leuten, die von ihren Meinungen unendlich eingenommen sind und sich für grenzenlos wichtig halten.
Vor ein paar Jahren beunruhigte uns die Einführung einer neuen Art von Türklopfern nicht wenig, die ganz und gar kein Gesicht hatte und aus einem an einer Hand oder einem kleinen Stabe hängenden Kranze bestand. Ein wenig Mühe und Studium setzte uns jedoch instand, die Schwierigkeit zu überwinden und das neue System mit unserer Lieblingstheorie in Übereinstimmung zu bringen. Man wird diesen Türklopfer ohne Ausnahme an den Türen kalter und förmlicher Leute finden, die ihre Besucher stets fragen, *warum* sie nicht öfter kommen, aber nie sagen, daß man es tun solle.
Alle Welt weiß, daß der messingene Türklopfer den vorstädtischen Villen und großen Kostschulen eigen ist, und nachdem wir nunmehr auch diese Spezies genannt, haben wir die vornehmsten und hervorstechendsten Arten zusammengestellt.
Einige Phrenologen behaupten, daß die im Gehirn eines Menschen je durch verschiedene Leidenschaften hervorgebrachte Bewegung die entsprechenden Erhöhungen an

seinem Schädel erzeuge. Nun wolle man nicht glauben, wir trieben unsere Theorie so sehr auf die Spitze, daß wir unsererseits behaupteten, jede in der Gemütsart eines Hausbewohners vorgehende Veränderung bringe eine sichtbare Wirkung in den Zügen seines Türklopfers hervor. Unsere These ist nur, daß die in einem solchen Falle zwischen einem Hausbewohner und seinem Türklopfer notwendig bestehende Übereinstimmung den Hausbewohner von selbst antreibt, jenen zu entfernen und einen zu seiner veränderten Denk- oder Empfindungsweise besser passenden anzuschaffen. Wenn jemand seine Wohnung ohne ersichtlichen Grund mit einer anderen vertauscht, so kann man sich darauf verlassen, daß er es, vielleicht ohne selbst darum zu wissen, deshalb tut, weil er und sein Türklopfer in Disharmonie stehen.
Bei diesen unsern Ansichten in betreff der Türklopfer war es gewiß sehr natürlich, daß wir mit nicht geringer Bestürzung vor einiger Zeit den Klopfer von der Tür unseres Nachbarhauses entfernen und an seiner Statt einen Glokkenzug anbringen sahen. Es war eine gänzlich unvorhergesehene Kalamität. Schon der bloße Gedanke, daß jemand ohne einen Türklopfer leben könne, erschien so abenteuerlich und phantastisch, daß er uns nie auch nur von fern in den Sinn gekommen war.
Wir gingen verdrießlich aus und richteten unsere Schritte nach dem Eaton Square, welcher damals gerade erbaut wurde. Wie groß war unser Erstaunen und Unwille, zu sehen, daß die Glockenzüge die Regel und die Klopfer Ausnahmen wurden! Unsere Theorie erbebte unter diesem Stoße. Wir eilten nach Hause zurück, glaubten in dem raschen Fortschreiten der Ereignisse ihr gänzliches Unterliegen zu erblicken und beschlossen, von Stund an unsere Beobachtungen auf die Personen unserer nächsten Nachbarn selbst zu richten. Das an das unsrige linker Hand anstoßende Haus war unbewohnt, und wir hatten daher vollkommene Muße, unsere nächsten Nachbarn rechter Hand zu beobachten.

Der Inhaber des Hauses ohne Türklopfer war ein Büroangestellter und am Wohnzimmerfenster war ein schöngeschriebener Zettel ausgestellt, auf welchem man las, daß drinnen eine Wohnung für einen einzelnen Herrn zu vermieten sei. Es war ein artiges, aber doch nüchtern aussehendes kleines Haus auf der Schattenseite der Straße, mit einem neuen schmalen Fußteppich auf dem Flur und neuen schmalen Teppichen auf der zum ersten Stockwerk führenden Treppe. Die Tapeten, die Malerei und die Möbel waren neu, verkündeten aber die beschränkten Mittel des Hausinhabers. Im Besuchszimmer befanden sich ein kleiner schwarz und roter Teppich, der rundum ein paar Schritte breit vom Fußboden sehen ließ, einige gebeizte Stühle und ein nicht ganz unmodischer Klapptisch. Auf beiden kleinen Anrichten erblickte man große Muschelschalen, welche nebst einem Teebrett und Kästchen, noch einigen Muscheln und drei geschmackvoll arrangierten Pfauenfedern auf dem Kaminsims die Zimmerdekorationen vollendeten.
Dies war das für den einzelnen Herrn bestimmte Wohngemach; sein kleines Schlafzimmer lag nach hinten hinaus. Der Anschlagzettel hatte noch nicht lange am Fenster gehangen, als sich in einem starken, sehr aufgeweckt aussehenden Herrn von etwa fünfunddreißig Jahren ein Mieter fand, der sich mit dem Hausinhaber schnell einigte, denn der Zettel wurde sogleich nach seinem ersten Besuch zurückgezogen. Nach wenigen Tagen sah man den Mieter wieder; er zog ein, und halb sah man auch, wes Geistes Kind er war. Zuerst ließ er die unbegrenzteste Neigung erkennen, bis drei oder vier Uhr morgens aufzubleiben, Whisky mit Wasser zu trinken und Zigarren zu rauchen; sodann lud er Freunde zu sich ein, die um zehn Uhr kamen, nach Mitternacht vergnügt zu werden anfingen und, wie wohl ihnen wurde, dadurch zu erkennen gaben, daß sie Lieder von einem halben Dutzend Versen sangen, deren jeder zwei Zeilen und einen Refrain von zehn Zeilen hatte, welcher regelmäßig aus allen und aus vollen Kehlen

der ganzen lärmenden Gesellschaft zur großen Belästigung von Nachbarn überhaupt und zum großen Ärgernis des einzelnen Herrn im zweiten Stockwerk insbesondere gesungen wurde.

Dies war schon bös genug, da es sich durchschnittlich dreimal in der Woche wiederholte, aber noch nicht alles; denn wenn die Gesellschaft endlich auseinanderging, so verlustierte sie sich, statt ruhig auf die Straße hinunterzugehen, was jedes anderen Mieters Gesellschaft getan haben würde, durch einen wahren Höllenlärm und nachgemachtes Geschrei hilferufender Frauenzimmer. In der einen Nacht kam es sogar vor, daß ein Herr mit einem roten Gesicht und weißen Hut an die Haustür des bepuderten alten Herrn in Nr. 3 klopfte, und als der puderköpfige alte Herr, der in dem Glauben stand, eine seiner verheirateten Töchter müßte vor der Zeit niedergekommen sein, im Dunkeln heruntergeeilt war und nach vielen mühsamen Versuchen endlich die Tür glücklich geöffnet hatte, um Entschuldigung bat, so viel Ungelegenheit zu machen, dem alten Herrn aber erklärte, er – der Störer – würde sich ihm sehr verpflichtet fühlen, wenn er ihm – abermals dem Störer – ein Glas frisches Wasser bringen lassen und ihm einen Schilling zum Nachhausefahren leihen wollte, worauf der alte Herr die Tür zuschlug, hinaufging, einen Wasserkrug aus dem Fenster goß und auch richtig traf – nur aber den Unrechten, so daß ein Aufruhr entstand, der sich der ganzen Straße mitteilte.

Ein Scherz ist ein Scherz, und auch handgreiflich-derbe Späße sind vortrefflich in ihrer Art, wenn man nur die betreffende Person dahin bringen kann, das Spaßhafte dabei zu begreifen; allein die Bewohner unserer Straße waren so schwer von Begriff, daß ihnen die ganze heitere Seite des Vorgangs rein verborgen blieb; und die Folge war, daß unser Nachbar rechter Hand genötigt wurde, dem einzelnen Herrn zu erklären, daß er ausziehen müsse, wenn er sein Gesellschaftgeben nicht einstellen wolle. Der einzelne Herr nahm die ihm gemachten Vorstellungen sehr wohl auf und versprach, seine Abende fortan in einem Weinhaus zuzubringen – ein Entschluß, welcher allgemeine und ungemischte Freude erregte. Die nächstfolgende Nacht ging sehr gut vorüber, und jedermann war hocherfreut; allein in der dritten wiederholte sich der Lärm und war sogar noch ärger. Da die Freunde des einzelnen Herrn ihn nicht einen Abend um den andern in seinem Hause besuchen durften, so hatten sie beschlossen, ihn jeden Abend nach Haus zu geleiten, und ihr Abschiednehmen, sein Treppenhinaufpoltern und seine geräuschvollen Bemühungen, die Stiefel auszuziehen, waren schlechterdings unerträglich. Unser Nachbar kündigte daher dem einzelnen Herrn, der in anderen Beziehungen ein sehr guter Mieter war, die Wohnung auf, und der einzelne Herr zog aus und bewirtete seine Freunde anderwärts.

Sein Nachfolger war ein Mann ganz anderer Art. Er war ein großer, hagerer junger Herr mit starkem braunem Haar, rötlichem Knebel- und noch sehr wenig entwickeltem Schnurrbart. Er trug einen mit Litzen besetzten Überrock, hellgraue Beinkleider und waschlederne Handschuhe, und seine ganze Haltung war militärisch. Wie unähnlich er dem ruhestörerischen einzelnen Herrn war! Welch einnehmende Manieren, welch eine feine Lebensart! Auch war er sehr religiös. Als er die Wohnung in Augenschein nahm, erkundigte er sich sorgfältig, ob er auch in der Kirche des Kirchspiels einen Sitz würde bekommen können; und als er gemietet hatte, bat er um ein Verzeichnis der in der Nähe befindlichen Wohltätigkeitsanstalten, da er den verdienstlichsten derselben sein Scherflein zuzuwenden gesonnen wäre.

Unser Nachbar war ganz glücklich. Er hatte endlich einen Mieter von seiner eigenen Denkart – einen fromm- und wohlgesinnten Mann, der ein Leben in Saus und Braus verabscheute und die Zurückgezogenheit liebte. Er entfernte seinen Zettel mit leichtem Herzen vom Fenster und malte sich eine lange Reihe ruhiger Sonntage aus, an wel-

chen er und sein Mieter kleine Höflichkeiten und große Sonntagsblätter austauschen würden.
Der religiöse junge Mann erschien; seine Habseligkeiten wurden am anderen Morgen aus einer Landstadt erwartet. Er borgte ein reines Hemd und ein Gebetbuch von unserm Nachbarn und begab sich früh zur Ruhe, nachdem er gebeten hatte, ihn am anderen Morgen Punkt zehn Uhr zu wecken – nicht früher, denn er sei sehr ermüdet.
Man rief zur bestimmten Stunde, aber er antwortete nicht; man rief lauter und lauter, allein in seinem Zimmer blieb alles stumm. Unser Nachbar wurde unruhig und erbrach die Tür. Der fromme junge Mann hatte das Haus auf eine geheimnisvolle Weise verlassen und das Hemd, das Gebetbuch, einen Teelöffel und die Bettücher mitgenommen.
Ob dieser Vorfall im Vereine mit den Unregelmäßigkeiten des vorigen Mieters dem Hausinhaber eine Abneigung gegen einzelne Herren einflößte, ist uns unbekannt; wohl aber wissen wir, daß seine dritte Ankündigung im Wohnzimmerfenster ganz im allgemeinen besagte, im ersten Stockwerk seien möblierte Zimmer zu vermieten. Sie wurde bald weggenommen. Die neuen Mieter erregten zuerst unsere Neugier und späterhin unsere Teilnahme.
Sie waren ein junger Mann von achtzehn oder neunzehn Jahren und dessen Mutter, eine Frau von etwa fünfzig oder weniger. Die Mutter trug Witwenkleider und der junge Mann war ebenfalls in tiefer Trauer. Sie waren arm – sehr arm; denn ihre einzigen Mittel bestanden in den geringfügigen Summen, die der letztere durch Abschreiben und durch Übersetzen für die Buchhändler verdiente.
Sie waren aus einem Landstädtchen nach London übergesiedelt, teils weil sich in der Hauptstadt eher Beschäftigung für den jungen Mann darbot, und anderenteils vielleicht durch den natürlichen Wunsch bewogen, einen Ort zu verlassen, an welchem sie sich in besseren Umständen befunden hatten und wo ihre Dürftigkeit bekannt war. Sie waren stolz bei ihrem Glückswechsel und mochten ihre

Armut und ihre Entbehrungen Fremden nicht entdecken. Wie groß jene waren und mit wie saurem Fleiße der junge Mann sich mühte, ihnen abzuhelfen, wußte niemand außer ihnen selbst. An jedem Abend hörten wir ihn bis lange nach Mitternacht von Zeit zu Zeit das dürftige Brennmaterial zusammenscharren oder das hohle, halberstickte Husten, das uns verkündete, daß er noch arbeite; und Tag für Tag konnten wir deutlicher sehen, daß sich auf seinen melancholischen Wangen die unnatürliche Röte entwickelte, die das Zeichen der furchtbarsten Krankheit ist.

Getrieben durch ein, wie wir hoffen, besseres Gefühl als bloße Neugier, knüpften wir eine Bekanntschaft an, die allmählich in Vertraulichkeit überging. Unsere schlimmsten Besorgnisse verwirklichten sich – es ging mit dem jungen Mann rasch dem Ende entgegen. Er arbeitete während der letzten Winter- und der Frühlingsmonate, ohne zu klagen oder zu murren, fort, und die Mutter suchte gleichfalls einiges durch Nähereien zu erwerben. So verging auch der Sommer.

Einst, an einem schönen Herbstabend, besuchten wir wie gewöhnlich den Patienten. Seine Kräfte waren in den letzten drei Tagen fast gänzlich aufgezehrt. Er lag auf dem Sofa am offenen Fenster und schaute der untergehenden Sonne nach. Die Mutter hatte ihm aus der Bibel vorgelesen, denn sie verschloß das Buch, als wir eintraten, und kam uns mit den Worten entgegen: »Ich habe William gesagt, wir müßten es einzurichten suchen, ihn auf das Land zu bringen, damit er wieder ganz gesund werden könnte. Sie wissen, er ist nicht krank, aber etwas von Kräften, und hat sich in der letzten Zeit zu sehr angestrengt.« Die Arme! Die Tränen drangen ihr durch die Finger, als sie sich unter dem Vorwand abwendete, ihre Witwenhaube zu ordnen, und zeigten nur zu klar, wie fruchtlos ihre Versuche waren, sich selbst zu täuschen.

Wir setzten uns an das Kopfende des Sofas, sagten aber nichts, denn wir bemerkten, wie der Atem des Lebens

sanft, aber rasch aus dem jugendlichen Körper entwich. Bei jedem Atemzug schlug sein Herz langsamer.
Der junge Mann legte die eine Hand in die unsrige, zog mit der andern die Mutter am Arm zu sich herunter und küßte inbrünstig ihre Wange. Nach einer kurzen Pause sank er auf sein Kissen zurück und blickte sie mit einer schrecklichen Starrheit an. »William, William!« murmelte die Mutter nach einer langen Pause, »sieh mich nicht so an – sprich mit mir!« Er lächelte matt, und gleich darauf nahmen seine Züge dieselbe kalte, feierliche Starrheit wieder an.
»William, liebster William, ermuntere dich! Bitte, sieh mich nicht so an. O mein Gott, was soll ich anfangen?« rief die Witwe und rang die Hände in Todesangst, »lieber, lieber William! – mein Gott, er stirbt!«
Er richtete sich mit heftiger Anstrengung empor und faltete die Hände. »Mutter! liebste Mutter, laß mich draußen begraben – wo du willst, nur nicht hier in diesen fürchterlichen Straßen. Ich möchte da sein, wo du mein Grab besuchen kannst, aber nicht in diesen engen, menschenerfüllten Straßen, die mein Tod sind. Küsse mich noch einmal, Mutter, leg deinen Arm um meinen Nacken –«
Er sank zurück – seine Züge nahmen einen seltsamen Ausdruck an, nicht den des Schmerzes, aber jede Linie, jeder Muskel war auf unbeschreibliche Weise erstarrt.
Der junge Mann war tot.

II.
Schauergeschichten

Bei Dämmerlicht zu lesen

Eins, zwei, drei, vier, fünf. Sie waren fünf.
Fünf Reiseführer, die vor dem Kloster auf der Paßhöhe des Großen Sankt Bernhard in der Schweiz auf einer Bank saßen und die fernen Berge betrachteten, denen die untergehende Sonne eine Farbe verlieh, als sei vor kurzem eine gewaltige Menge Rotwein über dem Gipfel vergossen worden und noch nicht im Schnee versickert.
Dieser Vergleich ist nicht von mir. Er wurde von dem beleibtesten der Reiseführer, einem Deutschen, zu dieser Gelegenheit angestellt. Die anderen schenkten ihm ebensowenig Beachtung wie mir. Ich saß für mich auf einer Bank auf der anderen Seite des Klostertores, rauchte gleich ihnen eine Zigarre und betrachtete, ebenfalls gleich ihnen, den geröteten Schnee und den einsamen Schuppen in der Nähe, in dem die Leichname von Wanderern lagen, die, von der Nacht überrascht, aus dem Schnee geborgen worden waren und nun hinschrumpften, da es ja in dieser kalten Region keinen Verfall gibt.
Der Wein auf dem Gipfel versickerte zusehends, der Berg wurde weiß, der Himmel ganz dunkelblau; ein Wind erhob sich, und die Luft wurde schneidend kalt. Die fünf Reiseführer knöpften ihre derben Mäntel zu, und da man in solchen Dingen stets am sichersten dem Beispiel eines Reiseführers folgt, knöpfte auch ich den meinen zu.
Beim Anblick des Alpenglühens hatten die fünf ihr Gespräch unterbrochen. Es ist ja auch ein erhabener Anblick, geeignet, ein Gespräch zu unterbrechen. Nachdem nun der Berg nicht mehr im Licht der untergehenden Sonne lag, sprachen sie weiter. Nicht, daß ich von ihrer vorausgegangenen Unterhaltung etwas mitgehört hätte, denn zu dieser Zeit hatte ich mich ja noch nicht von jenem amerikanischen Gentleman in der Gaststube des Klosters losreißen können, der es, dem Kaminfeuer zugewandt, unternommen hatte, mir die lückenlose Abfolge jener Ereig-

nisse zu vergegenwärtigen, die dazu geführt hatten, daß der ehrenwerte Ananias Dodger eines der größten Dollarvermögen anhäufte, die je in unserem Lande erworben wurden.

»Du lieber Gott!« rief der Schweizer Reiseführer auf Französisch, was ich (im Gegensatz zu einigen anderen Autoren) nicht immer als ausreichende Entschuldigung für ein ungehöriges Wort ansehe – als ob man es nur in dieser Sprache hinzuschreiben brauchte, um es zu verharmlosen. »Wenn Sie von Geistern sprechen ...«

»Aber ich spreche nicht von Geistern«, sagte der Deutsche.

»Wovon denn sonst?« fragte der Schweizer.

»Wenn ich wüßte wovon«, erwiderte der Deutsche, »dann wäre ich wohl um einiges klüger.«

Mir schien dies eine gute Antwort, und sie machte mich neugierig. Daher verlegte ich meinen Sitzplatz an jenes Ende der Bank, das ihnen am nächsten war, lehnte mich mit dem Rücken an die Klostermauer und konnte nun gut zuhören, ohne daß man sah, daß ich lauschte.

»Zum Donnerwetter!« rief der Deutsche, sich ereifernd. »Wenn ein gewisser Mann auf dem Weg ist, Sie überraschend zu besuchen und, ohne daß er es selbst weiß, einen unsichtbaren Boten vorausschickt, der Ihnen den ganzen Tag lang sein Bild eingibt – wie soll man so was nennen? Wenn Sie eine belebte Straße entlanggehen – in Frankfurt, Mailand, London oder Paris – und sich einbilden, ein vorübergehender Fremder habe Ähnlichkeit mit Ihrem Freund Heinrich, und noch ein vorübergehender Fremder habe Ähnlichkeit mit Ihrem Freund Heinrich, so daß Sie allmählich auf unerklärliche Weise ahnen, daß Sie in Kürze Ihrem Freund Heinrich begegnen werden – was dann auch geschieht, obwohl Sie ihn in Triest vermuteten – wie soll man so was nennen?«

»Dergleichen kommt ja durchaus nicht selten vor«, murmelten der Schweizer und die drei anderen.

»Selten!« rief der Deutsche. »Das kommt so häufig vor

wie Kirschen im Schwarzwald. So häufig wie Makkaroni in Neapel. Bei Neapel fällt mir ein: Wenn die alte Marchesa Senzanima bei einer Kartengesellschaft an der Chiaja aufschreit – ich habe sie gesehen und gehört, denn dies ereignete sich bei einer meiner bayrischen Herrschaften, und ich überwachte an jenem Abend die Bedienung –, wenn also die alte Marchesa am Spieltisch auffährt, bleich unter ihrem Rouge, und ausruft: ›Meine Schwester in Spanien ist tot! Ich habe ihre kalte Berührung auf dem Rücken verspürt!‹ – und wenn diese Schwester dann tatsächlich tot ist –, wie soll man so was nennen?«

»Oder wenn das Blut des heiligen Gennaro durch die Fürbitte der Priester zu fließen beginnt, was in meiner Heimatstadt regelmäßig einmal im Jahr geschieht, wie jeder weiß«, sagte nach einer Pause der neapolitanische Reiseführer mit pfiffiger Miene, »wie soll man sowas nennen?«

»Das?« rief der Deutsche aus. »Na, ich glaube, dafür weiß ich ein Wort.«

»Wunder?« fragte der Neapolitaner mit demselben verschmitzten Gesicht.

Der Deutsche zog nur an seiner Zigarre und lachte. Und sie alle zogen an ihren Zigarren und lachten.

»Pah!« sagte der Deutsche gleich darauf. »Ich rede von Dingen, die wirklich geschehen. Wenn ich Zaubertricks sehen will, dann gehe ich zu einem, der damit sein Geld verdient; da komme ich auf meine Kosten. Aber es geschehen höchst sonderbare Dinge auch ohne Geister. Geister! Giovanni Baptista, erzählen Sie uns Ihre Geschichte von der englischen Braut. Darin kommen keine Geister vor, aber dafür etwas, das genauso sonderbar ist. Will jemand mir sagen, was es ist?«

Da sie alle schwiegen, blickte ich zur Seite. Der, den ich für Baptista hielt, steckte sich gerade eine neue Zigarre an. Kurz darauf hub er an zu sprechen. Er schien mir ein Genueser zu sein.

»Die Geschichte von der englischen Braut?« sagte er. »Basta! Sowas Geringfügiges sollte man gar nicht als Ge-

schichte bezeichnen. Nun, gleichviel. Jedenfalls ist sie wahr. Wohlgemerkt, meine Herren, sie ist wahr. Es ist nicht alles Gold, was glänzt, aber was ich Ihnen erzählen werde, ist wahr.«
Dies wiederholte er mehr als einmal.

Es ist zehn Jahre her, da ging ich mit meinen Zeugnissen in Longs Hotel in der Londoner Bond Street zu einem englischen Gentleman, der im Begriff war, auf Reisen zu gehen, vielleicht für ein, vielleicht auch für zwei Jahre. Er war mit meinen Referenzen zufrieden und mit mir ebenfalls. Auf seine Erkundigungen, die er gütigerweise über mich einholte, erhielt er günstige Auskünfte. Daraufhin stellte er mich für zunächst sechs Monate ein, und mein Lohn war großzügig.
Er war jung, stattlich, sehr glücklich. Er war in eine reizende junge Engländerin verliebt, die hinreichend vermögend war, und die beiden beabsichtigten zu heiraten. Unsere bevorstehende Reise war, kurz gesagt, die Hochzeitsreise der beiden. Für die dreimonatige Reiseunterbrechung während der heißen Zeit (es war damals gerade Frühsommer) hatte er eine alte Villa an der Riviera gemietet, nur eine kurze Strecke von meiner Heimatstadt Genua entfernt an der Straße nach Nizza. Ob mir dieses Haus bekannt sei? Ja, ich sagte ihm, es sei mir wohlbekannt. Es sei ein alter Palast mit großen Gärten. Die Räume seien spärlich möbliert und ein wenig düster, da sie von Bäumen dicht umstanden seien, aber der Bau sei geräumig, ehrwürdig, vornehm und nahe beim Strand. Er sagte, genau so sei er ihm beschrieben worden, und er freue sich sehr, daß ich ihn kenne. Was die dürftige Ausstattung mit Möbeln betreffe – das sei immer so in solchen Häusern. Was die Düsterkeit angehe, so habe er es ja vor allem wegen der Gärten gemietet, und er und die gnädige Frau wollten sich während des sommerlichen Wetters in ihrem Schatten aufhalten.
»Dann ist also alles in Ordnung, Baptista?« fragte er.

»Zweifellos, Signore. In bester Ordnung.«
Wir fuhren in einer Reisekutsche, die eigens für uns gebaut worden und in jeder Hinsicht ausgezeichnet war. Alles, was wir hatten, war ausgezeichnet; es fehlte uns an nichts. Die Hochzeit fand statt. Sie waren glücklich. Auch ich war glücklich, da ich alle strahlen sah, mich in so guter Stellung befand, in meine Heimat reiste und beim Holpern der Kutsche meine Sprache der Zofe beibrachte, la bella Carolina, deren fröhliches Herz voller Lachen steckte, die jung war und rosig.
Die Zeit verging im Fluge. Aber ich beobachtete – und nun hört bitte genau zu (hier senkte der Reiseführer seine Stimme) –, ich beobachtete, wie die gnädige Frau gelegentlich auf seltsame Weise vor sich hinstarrte; angstvoll, unglücklich, von unbestimmter Furcht überschattet. Ich glaube, ich begann das zu bemerken, während ich neben der Kutsche bergauf ging und mein Herr vorausritt. Jedenfalls weiß ich noch, daß es mir eines abends in Südfrankreich klar zum Bewußtsein kam, als sie mir zurief, ich solle meinen Herrn zurückrufen; und als er dann zurückkam und eine lange Strecke zu Fuß ging, aufmunternd und liebevoll auf sie einredete und durchs Fenster ihre Hand hielt. Mitunter lachte er fröhlich, als ob er sie mit Scherzen umstimmen wolle. Nach einer Weile kehrte ihr Lachen zurück, und dann war alles wieder gut.
Es war sonderbar. Ich fragte la bella Carolina, die hübsche Kleine, ob die gnädige Frau unpäßlich sei. – Nein. – Niedergeschlagen? – Nein. – Ängstlich wegen schlechter Straßen oder Banditen? – Nein. Und alles wurde noch rätselhafter dadurch, daß die hübsche Kleine mich bei ihren Antworten nicht ansah, sondern beharrlich die Gegend betrachtete.
Aber eines Tages verriet sie mir das Geheimnis.
»Wenn du es unbedingt wissen willst«, sagte Carolina. »Ich glaube nach dem, was ich gehört habe, daß unsere gnädige Frau sich verfolgt fühlt.«
»Wie denn verfolgt?«

»Von einem Traum.«
»Was für einem Traum?«
»Von einem Gesicht. In den drei Nächten vor ihrer Hochzeit sah sie jedesmal im Traum ein Gesicht – immer dasselbe, und nur eins.«
»Ein schreckliches Gesicht?«
»Nein, das Gesicht eines dunklen, gutaussehenden Mannes in Schwarz, mit schwarzem Haar und grauem Schnurrbart – eines stattlichen Mannes, bis auf seine verschlossene und geheimnisvolle Miene. Kein Gesicht, das ihr schon einmal begegnet wäre oder einem gliche, das ihr schon einmal begegnet ist. Es tat im Traum nichts weiter, als sie unverwandt aus dem Dunkeln anzusehen.«
»Hat sie den Traum immer noch?«
»Seither nicht mehr. Nur die Erinnerung daran bedrückt sie.«
»Und warum?«
Carolina schüttelte den Kopf.
»Das fragt unser gnädiger Herr auch«, sagte la bella. »Sie weiß es nicht. Sie kann es sich selbst nicht erklären. Aber erst letzte Nacht hörte ich, wie sie ihm sagte, wenn sie ein Bild mit diesem Gesicht in unserem italienischen Haus finden sollte (und sie befürchtet, daß dem so sein wird), dann wisse sie nicht, wie sie das ertragen solle.«
Ihr könnt mir glauben (sagte der Genueser Reiseführer), daß ich von da an fürchtete, bei unserer Ankunft könnte sich so ein unseliges Bild in dem alten Palazzo finden. Ich wußte, daß es dort viele Bilder gab, und während wir dem Haus immer näher kamen, wünschte ich die ganze Galerie in den Krater des Vesuv. Zu allem Unglück war es auch noch ein stürmischer, finsterer Abend, als wir schließlich diesen Teil der Riviera erreichten. Es donnerte, und in meiner Heimatstadt und ihrer Umgebung sind die Donnerschläge, da sie von den hohen Bergen widerhallen, besonders laut. Die Eidechsen huschten aus den Spalten der geborstenen Gartenmauer hervor und verschwanden wieder, als hätten sie Angst; die Frösche gluckten und quak-

ten lärmend; der Seewind heulte; und die Bäume troffen vor Nässe; und dann die Blitze – bei den Gebeinen des heiligen Lorenz, wie es blitzte!
Wir alle wissen ja, wie ein alter Palast in oder bei Genua aussieht: Wie Alter und Seeluft ihn fleckig gemacht haben; wie die Fassadenmalerei mit dem Putz in großen Flächen abgeblättert ist; wie die unteren Fenster von rostigen Eisengittern verdunkelt werden; wie der Hof von Gras überwuchert ist; wie heruntergekommen die Außengebäude sind; wie der ganze Bau dem Verfall preisgegeben scheint. Unser Palazzo war von genau dieser Sorte. Seit Monaten war er verschlossen gewesen. Seit Monaten? Seit Jahren! Er roch dumpf wie ein Grab. Irgendwie war der Duft der Orangenbäume auf der großen rückwärtigen Terrasse, der Zitronen, die an der Außenwand reiften, und einiger Büsche, die um einen zerborstenen Brunnen wuchsen, ins Haus gedrungen, aber nie wieder hinausgelangt. In jedem der Räume hing ein welker Geruch, schwach geworden durch lange Abgeschlossenheit. Er lag wehmütig in allen Schränken und Schubladen. In den kleinen Verbindungszimmern zwischen den großen Räumen war er schier erstickend. Drehte man ein Bild um – womit wir wieder bei den Bildern wären –, dann war er auch da und hing an der Wand hinter dem Rahmen wie eine Art Fledermaus.
Die Fensterläden waren überall im Haus fest verschlossen. Zwei häßliche, graue alte Frauen lebten im Haus, um es zu hüten. Eine von ihnen hatte eine Spindel, und sie stand windend und murmelnd in der Eingangstür und hätte eher den Teufel hereingelassen als frische Luft. Der gnädige Herr, die gnädige Frau, la bella Carolina und ich gingen gemeinsam durch den Palazzo. Ich ging voraus, obwohl ich mich zuletzt genannt habe, um die Fenster und Läden zu öffnen, und dabei rieselten Regenspritzer, Mörtelbrokken und gelegentlich eine verschlafene Stechmücke oder eine abscheulich dicke, gefleckte Genueser Spinne auf mich herab.

Wenn ich das Abendlicht in einen Raum gelassen hatte, traten die gnädigen Herrschaften und la bella Carolina ein. Dann sahen wir uns ringsum alle Bilder an, und darauf ging ich wieder voran in einen anderen Raum. Die gnädige Frau hatte insgeheim große Angst davor, dem Ebenbild dieses Gesichts zu begegnen – wir alle hatten Angst davor. Aber nirgends war dergleichen zu sehen. Die Madonna mit Bambino, San Francisco, San Sebastiano, Venus, Santa Caterina, Engel, Räuber, Mönche, Tempel im Abendlicht, Schlachten, Schimmel, Wälder, Apostel, Dogen – alle meine alten Bekannten in mehrfacher Ausführung: sie ja. Ein dunkler, stattlicher Mann in Schwarz, verschlossen und geheimnisvoll, mit schwarzem Haar und grauem Schnurrbart, der die gnädige Frau aus dem Dunkeln unverwandt ansieht: er nicht.
Schließlich waren wir mit allen Räumen und Bildern fertig und kamen hinaus in die Gärten. Sie waren recht gepflegt, da ein Gärtner sie gepachtet hatte, und sie waren groß und schattig. An einer Stelle befand sich ein Heckentheater, das nach oben offen war. Die Bühne war ein grüner Hang; die Kulissen mit drei Eingängen auf jeder Seite waren süß duftende Laubwände. Selbst dort sah die gnädige Frau mit ihren hellen Augen umher, als erwarte sie, das Gesicht auftreten zu sehen. Aber es geschah nichts.
»Nun, Clara«, sagte der gnädige Herr leise, »siehst du, daß es nichts ist? Jetzt bist du doch glücklich.«
Die gnädige Frau faßte wieder Mut. Bald hatte sie sich in dem finsteren Palazzo eingelebt und sang Lieder und spielte auf der Harfe und kopierte die alten Gemälde und spazierte den ganzen Tag mit dem gnädigen Herrn unter den Bäumen und Lauben. Sie war schön. Er war glücklich. Oft lachte er und sagte zu mir, wenn er sein Pferd bestieg, zum morgendlichen Ausritt vor der Tageshitze:
»Es steht alles gut, Baptista!«
»Ja, Signore, Gott sei Dank, sehr gut.«
Wir suchten keine Gesellschaft. Ich begleitete la bella zum Duomo, zur Annunziata, ins Café, in die Oper, zum

Dorffest, in den Park, ins Tagestheater, zu den Marionetti. Die hübsche Kleine war entzückt von allem, was sie sah. Sie lernte Italienisch – beim Himmel, wundervoll! Ob die gnädige Frau den Traum völlig vergessen habe, fragte ich Carolina manchmal. Fast, sagte la bella, beinahe. Es sei schon viel besser geworden.
Eines Tages erhielt der gnädige Herr Post und rief mich zu sich.
»Baptista!«
»Signore!«
»Ein Herr, den man mir empfohlen hat, wird heute hier speisen. Er heißt Signor Dellombra. Ich möchte wie ein Fürst speisen.«
Es war ein merkwürdiger Name. Ich kannte diesen Namen nicht. Aber in letzter Zeit waren viele Adlige und Männer von Stand von den Österreichern aus politischen Gründen verfolgt worden, und manche Namen hatten sich geändert. Vielleicht war das einer davon. Altro! Dellombra war für mich ein genauso guter Name wie jeder andere.
Als Signor Dellombra zum Abendessen kam (sagte der Genueser Reiseführer, wiederum mit leiser Stimme wie schon einmal zuvor), führte ich ihn in den großen Empfangssaal, die große Sala des alten Palazzo. Der gnädige Herr begrüßte ihn herzlich und stellte ihn der gnädigen Frau vor. Als sie sich erhob, erbleichte sie, schrie auf und stürzte auf den Marmorboden nieder.
Daraufhin wandte ich mich Signor Dellombra zu und sah, daß er schwarze Kleidung trug, verschlossene, geheimnisvolle Gesichtszüge hatte und ein dunkler, gutaussehender Mann mit schwarzem Haar und grauem Schnurrbart war.
Der gnädige Herr nahm seine Gemahlin auf die Arme und trug sie in ihr Zimmer, wohin ich sogleich auch la bella Carolina schickte. Später erzählte mir la bella, daß die gnädige Frau sich fast zu Tode gefürchtet und die ganze Nacht von ihrem Traum phantasiert habe.
Der gnädige Herr war tief beunruhigt und erregt, fast zor-

nig, aber zugleich voller Fürsorge. Signor Dellombra war ein Mann von tadellosem Auftreten, und er sprach mit Respekt und Anteilnahme von der Erkrankung der gnädigen Frau. Der afrikanische Wind wehe schon seit einigen Tagen (habe man ihm im Hospiz der Malteser gesagt), und er wisse, daß dieser oft ungesund sei. Er hoffe, die schöne Dame werde sich bald erholen. Er bat um Erlaubnis, sich verabschieden zu dürfen und erneut vorzusprechen, wenn ihm das Glück zuteil werden sollte zu erfahren, daß es ihr wieder besser gehe. Der gnädige Herr wollte das auf keinen Fall zulassen, und so speisten sie alleine.
Er verabschiedete sich früh. Am nächsten Tag hielt er zu Pferd am Gartentor und erkundigte sich nach der gnädigen Frau. Er kam während dieser Woche noch zwei- oder dreimal.
Meine eigenen Beobachtungen, und was la bella Carolina mir erzählte, machten mir klar, daß der gnädige Herr fest entschlossen war, seine Frau von ihrer eingebildeten Furcht zu heilen. Er war voll Rücksicht, aber zugleich überlegt und fest. Er erklärte ihr, daß Schwermut, sogar Wahnsinn drohten, wenn man sich solchen Einbildungen hingebe. Daß es bei ihr liege, sie selbst zu sein. Daß sie nur einmal ihrer seltsamen Schwäche erfolgreich widerstehen und Signor Dellombra so empfangen müsse, wie eine englische Dame einen Gast empfängt, um sie für alle Zeiten überwunden zu haben. Kurzum, der Signore kam wieder, und die gnädige Frau empfing ihn ohne Anzeichen von Qual (obgleich immer noch mit Anspannung und Bangen), und der Abend verging in gelöster Stimmung. Der gnädige Herr war so erfreut über diesen Wandel und so begierig, ihm Dauer zu geben, daß Signor Dellombra ein ständiger Gast wurde. Er war ein hervorragender Kenner von Bildern, Büchern und Musik, und seine Gesellschaft wäre in jedem düsteren Palazzo willkommen gewesen.
Ich bemerkte damals immer wieder, daß die gnädige Frau sich doch nicht völlig gefaßt hatte. In Gegenwart von Signor Dellombra schlug sie die Augen nieder und senkte

den Kopf, oder sie sah ihn mit angstvollen Augen wie gebannt an, so als übe seine Anwesenheit bösen Einfluß oder Macht auf sie aus. Um von ihr auf ihn zu kommen: Ich sah ihn oft im Schatten der Gärten oder im Halbdunkel der großen Sala, wie er sie sozusagen »unverwandt aus dem Dunkeln ansah«. Aber freilich hatte ich die Worte nicht vergessen, mit denen la bella Carolina das Gesicht aus dem Traum beschrieben hatte.
Nach dem zweiten Besuch hörte ich den gnädigen Herrn sagen:
»Siehst du, liebe Clara, es ist vorüber! Dellombra ist gekommen und gegangen, und deine Ahnungen sind zersprungen wie Glas.«
»Wird er ... wird er je wiederkommen?« fragte die gnädige Frau.
»Wiederkommen? Aber gewiß, wieder und wieder! Frierst du?« (da sie erschauerte).
»Nein, Liebster ... aber ... er ängstigt mich: Bist du sicher, daß er wiederkommen muß?«
»Um so sicherer, da du das fragst, Clara!« erwiderte der gnädige Herr wohlgelaunt.
Aber er war jetzt sehr zuversichtlich, daß sie sich völlig erholen würde, und seine Zuversicht wuchs täglich. Sie war schön. Er war glücklich.
»Ist alles in Ordnung, Baptista?« fragte er mich jetzt wieder.
»Ja, Signore. Gott sei Dank. In bester Ordnung.«
Wir waren alle (sagte der Genueser Reiseführer und zwang sich, ein wenig lauter zu sprechen), wir waren alle in Rom zum Karneval. Ich war den ganzen Tag mit einem Sizilianer ausgewesen, einem Freund, ebenfalls Reiseführer, der mit einer englischen Familie dort war. Als ich am Abend zu unserem Hotel zurückging, kam die kleine Carolina, die sonst nie alleine von zu Hause fortging, mir wie von Sinnen auf dem Corso entgegengerannt.
»Carolina! Was ist denn los?«

»O Baptista! Oh, um Gottes willen! Wo ist die gnädige Frau?«
»Gnädige Frau, Carolina?«
»Seit heute früh verschwunden ... sagte mir, als der gnädige Herr für den Tag ausfuhr, ich solle sie nicht stören, denn sie habe des Nachts nicht geschlafen (da sie Schmerzen hatte) und sei müde und wolle bis zum Abend im Bett bleiben; wollte dann erfrischt aufstehen. Sie ist fort! Sie ist fort! Der gnädige Herr kam eben zurück, brach die Tür auf, und sie ist fort! Meine schöne, meine gute, meine unschuldige gnädige Frau!«
Die hübsche Kleine schrie und tobte und raufte ihre Haare dermaßen, daß ich sie nicht hätte halten können, wäre sie mir nicht ohnmächtig in die Arme gesunken. Der gnädige Herr kam daher, er glich in Haltung, Angesicht und Stimme so wenig dem Herrn, den ich kannte, wie ich ihm glich. Er fuhr mit mir (die Kleine legte ich im Hotel auf ihr Bett und ließ sie in der Obhut der Zimmermädchen) in der Dunkelheit wild in einer Kutsche durch die einsame Campagna. Als es Tag wurde und wir bei einer ärmlichen Poststation anhielten, waren alle Pferde zwölf Stunden zuvor gemietet und in verschiedene Richtungen davongeschickt worden. Und zwar – von Signor Dellombra, der dort mit einer Kutsche vorbeigekommen war, in der eine Engländerin ängstlich in einer Ecke kauerte.
Ich habe nicht gehört (sagte der Genueser Reiseführer und holte tief Luft), daß man ihre Spur je über diesen Punkt hinaus verfolgen konnte. Ich weiß nur, daß sie schmählich in Vergessenheit entschwand an der Seite des gefürchteten Gesichts, das sie im Traum gesehen hatte.
»Was sagt ihr dazu?« rief der deutsche Reiseführer triumphierend. »Geister! Also *da* gab es keine Geister! Und was sagt ihr zu dem, was ich euch jetzt erzählen werde? Geister! *Da* gibt es auch keine Geister!«
Ich übernahm einmal den Auftrag (fuhr der deutsche Reiseführer fort), mit einem englischen Gentleman, schon älter und Junggeselle, durch meine Heimat, mein Vater-

land zu reisen. Er war Kaufmann, der mit meiner Heimat Handel trieb und die Sprache beherrschte, aber seit seiner Kindheit nicht mehr dort gewesen war – also schätzungsweise seit sechzig Jahren.
Sein Name war James, und er hatte einen Zwillingsbruder John, ebenfalls ein Junggeselle. Zwischen diesen Brüdern bestand eine tiefe Zuneigung. Sie hatten gemeinsam ein Geschäft in Goodman's Fields, aber sie lebten nicht zusammen. Mr. James wohnte in Poland Street, einer Seitenstraße der Oxford Street in London; Mr. John wohnte in der Nähe von Epping Forest.
Mr. James und ich sollten in etwa einer Woche nach Deutschland abreisen. Der genaue Tag hing von den Geschäften ab. Mr. John kam in die Poland Street (wo ich währenddessen wohnte), um diese Woche bei Mr. James zu verbringen. Aber am zweiten Tag sagte er zu seinem Bruder: »Ich fühle mich nicht ganz wohl, James. Es ist nichts Ernstes, aber ich glaube, ich bin etwas gichtig. Ich werde nach Hause zurückkehren und mich in die Pflege meiner alten Haushälterin begeben, die sich mit mir auskennt. Wenn ich wieder ganz gesund bin, werde ich zurückkommen und dich besuchen, ehe du abreist. Falls ich mich nicht wohl genug fühle, um meinen Besuch dort fortzusetzen, wo ich ihn abbreche, nun, dann wirst du eben kommen und mich besuchen, ehe du abreist.« Mr. James sagte ihm das natürlich zu, und sie schüttelten einander die Hand – beide Hände, wie sie es immer taten –, und Mr. John rief seine Kutsche herbei und rollte nach Hause.
Es war in der zweiten Nacht danach, also der vierten jener Woche, als ich aus tiefem Schlaf von Mr. James geweckt wurde, der im Flanellrock und mit brennender Kerze mein Schlafzimmer betrat. Er setzte sich auf den Bettrand, blickte mich an und sagte:
»Wilhelm, ich habe Grund anzunehmen, daß ich eine seltsame Krankheit in mir habe.«
Ich bemerkte nun, daß ein völlig ungewohnter Ausdruck auf seinem Gesicht lag.

»Wilhelm«, sagte er, »ich fürchte oder schäme mich nicht, dir etwas zu sagen, was ich einem anderen Manne zu sagen mich fürchten oder schämen würde. Du kommst aus einem vernünftigen Land, wo man rätselhaften Dingen nachgeht und es nicht dabei bewenden läßt zu sagen, daß man das alles schon vor langer Zeit gemessen und gewogen habe, oder für unwägbar und unmeßbar befunden habe, und in jedem Fall ein für allemal damit fertig sei. Ich habe soeben den Geist meines Bruders gesehen.«
Ich gestehe (sagte der deutsche Reiseführer), daß mich ein leichter Schauer überlief, als ich das hörte.
»Ich habe soeben«, wiederholte Mr. James und blickte mir gerade ins Gesicht, damit ich sehen konnte, wie gefaßt er war, »den Geist meines Bruders John gesehen. Ich saß in meinem Bett, weil ich nicht schlafen konnte, als er in einem weißen Gewand hereinkam, mich ernst ansah, quer durchs Zimmer ging, einen Blick auf einige Papiere auf meinem Schreibtisch warf, sich umdrehte und mich, als er am Bett vorbeikam, wiederum ernst ansah, bevor er zur Tür hinausging. Nun, ich bin keineswegs verrückt und ich bin keineswegs geneigt, dieser Erscheinung irgendeine von mir unabhängige Existenz zuzuschreiben. Ich glaube, das ist eine Warnung, daß ich krank bin, und ich glaube, ich sollte zur Ader gelassen werden.«
Ich stand sofort auf (sagte der deutsche Reiseführer) und begann mich anzukleiden, wobei ich ihn bat, sich nicht zu beunruhigen, und ihm sagte, ich selbst würde den Arzt holen. Kaum war ich fertig, als wir lautes Klopfen und Klingeln an der Haustür vernahmen. Da mein Zimmer eine nach hinten gelegene Dachkammer war, während Mr. James sein Zimmer im zweiten Stock zur Straßenseite hin hatte, gingen wir zu ihm hinunter und öffneten das Fenster, um zu sehen, was es gebe.
»Ist dort Mr. James?« fragte unten ein Mann, indem er rückwärts zur anderen Straßenseite ging, um nach oben sehen zu können.

»Ja«, antwortete Mr. James, »und Sie sind doch Robert, der Bedienstete meines Bruders?«
»Ja, Sir. Ich muß Ihnen leider mitteilen, Sir, daß Mr. John krank ist. Es geht ihm sehr schlecht, Sir. Es ist sogar zu befürchten, daß er auf den Tod darniederliegt. Er möchte Sie sehen, Sir. Ich bin mit einer Kutsche hier. Bitte kommen Sie. Bitte verlieren Sie keine Zeit.«
Mr. James und ich sahen einander an. »Wilhelm«, sagte er, »das ist doch sonderbar. Ich möchte, daß Sie mit mir kommen!« Ich half ihm beim Ankleiden, teils dort, teils noch in der Kutsche, und zwischen Poland Street und Epping Forest wuchs kein Gras unter den Hufeisen der Pferde.
Und nun gebt acht! (sagte der deutsche Reiseführer). Ich begleitete Mr. James in das Zimmer seines Bruders, und ich sah und hörte das folgende selbst mit an.
Sein Bruder lag auf dem Bett am anderen Ende des langgestreckten Schlafzimmers. Seine alte Haushälterin und mehrere andere Personen waren anwesend. Ich glaube, es waren drei, wenn nicht vier, und alle hielten sie sich seit dem frühen Nachmittag bei ihm auf. Er war ganz in Weiß wie jene Gestalt – selbstverständlich, denn er trug ja sein Nachtgewand. Er sah aus wie jene Gestalt – selbstverständlich, denn er blickte seinen Bruder ernst an, als er ihn ins Zimmer treten sah.
Aber als sein Bruder an das Bett herangetreten war, setzte er sich langsam in den Kissen auf, sah ihm ins Gesicht und sprach diese Worte:
»JAMES, DU HAST MICH HEUTE NACHT SCHON EINMAL GESEHEN, UND DAS WEISST DU.«
Und starb darauf!

Ich wartete, als der deutsche Reiseführer geendet hatte, um zu hören, was man zu dieser merkwürdigen Geschichte sagen würde. Niemand brach das Schweigen. Da sah ich mich um, und die fünf waren verschwunden, so lautlos, als hätte der gespenstische Berg sie in seinen ewigen Schnee geholt. Mir war inzwischen ganz und gar nicht danach zumute, alleine an diesem unheimlichen Ort sitzen zu bleiben, wo mich die Kälte beklemmend überkam – oder, um die Wahrheit zu sagen, überhaupt irgendwo alleine zu sitzen. Deshalb ging ich zurück in die Gaststube des Klosters, und da ich den Herrn aus Amerika noch immer willens fand, die Lebensgeschichte des ehrenwerten Ananias Dodger zu erzählen, hörte ich sie mir zu Ende an.

Zur Strecke gebracht

1. Kapitel

Den meisten von uns begegnen im Laufe ihres Lebens einige seltsame Geschichten. In meiner Eigenschaft als Direktor einer Lebensversicherungsgesellschaft habe ich während der letzten dreißig Jahre wohl mehr davon erlebt als die meisten Menschen, obwohl die Gelegenheiten auf den ersten Blick gar nicht vielversprechend erscheinen.
Da ich mich im Ruhestand befinde und sorgenfrei lebe, besitze ich nunmehr die Voraussetzungen, die mir früher fehlten, um mit Muße über alles nachzudenken, was ich gesehen habe. In der Rückschau erscheint mir das, was ich erlebt habe, bemerkenswerter als zu der Zeit, da es sich ereignete. Ich bin jetzt wie von einem Schauspiel nach Hause zurückgekehrt und kann mir, dem grellen Licht, dem Durcheinander und dem Trubel des Theaters entrückt, die Szenen des Dramas, über das sich der Vorhang gesenkt hat, in Erinnerung rufen.
Lassen Sie mich eine solche seltsame Geschichte aus dem wirklichen Leben erzählen.
Nichts ist untrüglicher als ein Gesicht, betrachtet man es im Zusammenhang mit dem Verhalten eines Menschen. Die Kunst, in diesem Buch zu lesen, zu dem jedes mensch-

liche Geschöpf auf Beschluß der Ewigen Weisheit eine Seite mit seinen charakteristischen Zügen beizutragen hat, ist vielleicht eine schwierige Kunst, die wenig geübt wird. Mag sein, daß sie eine natürliche Begabung erfordert, und gewiß erfordert sie – wie alles – einige Geduld und Mühe. Daß diese im allgemeinen nicht darauf verwendet werden; daß zahlreiche Menschen ein paar alltägliche und nichtssagende Ausdrucksweisen des Gesichts für den vollständigen Katalog persönlicher Merkmale halten und jene Feinheiten, die am aufschlußreichsten sind, weder suchen noch kennen; daß zum Beispiel Sie selbst, wenn Sie gestatten, dem Lesen von Noten, Griechisch, Latein, Französisch, Italienisch, Hebräisch viel Zeit und Aufmerksamkeit widmen, aber nicht die Fähigkeit erwerben, im Gesicht Ihres Lehrers oder Ihrer Lehrerin zu lesen, die Ihnen bei diesem Unterricht über die Schulter sehen – das halte ich für hundertmal wahrscheinlicher als das Gegenteil. Vielleicht liegt ein wenig Dünkelhaftigkeit Ihrem Verhalten zugrunde; Sie glauben, Mimik brauchten Sie nicht zu studieren, Sie wüßten von Natur aus genug darüber und könnten sich nicht täuschen.

Ich für meinen Teil gestehe jedoch, daß ich mich immer wieder getäuscht habe. Ich habe mich in Bekannten getäuscht, und ich habe mich (natürlich) in Freunden getäuscht; in Freunden viel öfter als in jeder anderen Sorte von Menschen. Wie kam es, daß ich mich so irren konnte? Hatte ich ihre Gesichter völlig falsch gelesen?

Nein. Glauben Sie mir, mein erster Eindruck von diesen Leuten, gegründet allein auf Gesicht und Verhalten, war stets zuverlässig. Mein Fehler bestand darin, zu dulden, daß sie sich mir näherten und mit vielen Worten diesen Eindruck verwischten.

2. Kapitel

Die Scheidewand, die mein Privatbüro von unseren allgemeinen Geschäftsräumen in der City trennte, war aus dikkem Spiegelglas. Ich konnte dadurch sehen, was draußen in den Geschäftsräumen geschah, ohne ein Wort zu hören. Ich hatte diese Scheibe anstelle einer Wand einsetzen lassen, die seit Jahren dagewesen war – seit Erbauung des Hauses. Es ist unerheblich, ob ich die Veränderung bereits in der Absicht vornehmen ließ, meinen ersten Eindruck von Fremden, die geschäftlich zu uns kamen, allein aus ihren Gesichtern gewinnen zu können, unbeeinflußt von dem, was sie sagten. Es genügt, wenn ich sage, daß mir die Scheibe zu diesem Zweck diente und daß eine Lebensversicherungsgesellschaft zu allen Zeiten in Gefahr ist, von den Gerissensten und Rücksichtslosesten der menschlichen Rasse betrogen zu werden.
Durch diese Glaswand sah ich zum erstenmal jenen Herrn, dessen Geschichte ich jetzt erzählen will.
Er war hereingekommen, ohne daß ich es bemerkte, hatte Hut und Schirm auf dem breiten Tresen abgelegt und beugte sich hinüber, um von einem der Angestellten einige Papiere entgegenzunehmen. Er war um die vierzig, dunkelhaarig, außerordentlich elegant in Schwarz gekleidet, da er Trauer trug, und an der Hand, die er in höflicher Gebärde ausstreckte, hatte er einen ausgezeichnet sitzenden schwarzen Glacéhandschuh. Sein Haar, das sehr sorgfältig gebürstet und geölt war, hatte er genau in der Mitte gescheitelt; und er neigte diesen Scheitel dem Angestellten zu, gerade so, wie mir schien, als wollte er sagen: »Sie müssen mich bitte so nehmen, mein Freund, wie ich mich darstelle. Kommen Sie gerade hier herauf, folgen Sie dem Kiesweg. Betreten des Rasens verboten. Abweichungen nicht gestattet.«
In dem Augenblick, da ich ihn so sah, erfaßte mich eine tiefe Abneigung gegen diesen Mann.
Er hatte um einige unserer Formulare gebeten, und der

Angestellte reichte sie ihm und gab einige Erläuterungen. Ein verbindliches, liebenswürdiges Lächeln lag auf seinem Gesicht, und seine Augen begegneten denen des Angestellten mit einem munteren Blick. (Mir ist schon allerhand Unsinniges darüber erzählt worden, daß böse Menschen einem nie ins Gesicht sähen. Schenken Sie dieser herkömmlichen Vorstellung keinen Glauben. Sofern es dadurch etwas zu gewinnen gibt, wird die Unehrlichkeit der Ehrlichkeit allemal so lange ins Gesicht starren, bis diese verwirrt den Blick senkt.)
Ich sah an seinen Augenwinkeln, daß er es merkte, wie ich ihn beobachtete. Gleich darauf wandte er seinen Scheitel der Glaswand zu, wie wenn er mit einem süßen Lächeln zu mir sagte: »Geradewegs hier herauf, bitte sehr. Nicht auf den Rasen!«
Nach ein paar Augenblicken hatte er den Hut aufgesetzt, den Schirm ergriffen und war gegangen.
Ich winkte den Angestellten in mein Zimmer und fragte ihn: »Wer war das?«
Er hielt die Karte des Herrn in der Hand. »Mr. Julius Slinkton, Middle Temple.«
»Ein Anwalt, Mr. Adams?«
»Ich glaube nicht, Sir.«
»Ich hätte ihn für einen Geistlichen gehalten, nur steht hier nicht ›Pfarrer‹«, sagte ich.
»Nach seinem Äußeren zu schließen«, erwiderte Mr. Adams, »studiert er wahrscheinlich Theologie.«
Ich muß erwähnen, daß jener ein sehr feines weißes Halstuch und überhaupt sehr feines Leinen getragen hatte.
»Was wollte er, Mr. Adams?«
»Nur ein Antragsformular, Sir, und ein Bürgschaftsformular.«
»Hierher empfohlen? Hat er etwas gesagt?«
»Ja, er sagte, ein Freund von Ihnen habe ihn hierher empfohlen. Er bemerkte Sie, sagte aber, da er nicht die Ehre Ihrer Bekanntschaft habe, wolle er Sie nicht stören.«
»Kannte er meinen Namen?«

»O ja, Sir! Er sagte: ›Da ist ja auch Mr. Sampson, wie ich sehe!‹«
»Ein redegewandter Herr, wie es scheint?«
»Auffallend gewandt, Sir.«
»Hat ein einnehmendes Wesen, wie es scheint?«
»In der Tat sehr einnehmend, Sir.«
»Aha!« sagte ich. »Das wäre im Augenblick alles, Mr. Adams.«
Keine zwei Wochen danach war ich bei einem Freund zum Essen eingeladen, einem Geschäftsmann, einem Mann von Geschmack, der Bilder kaufte und Bücher; und der erste Mensch, den ich in der Gesellschaft erblickte, war Mr. Julius Slinkton. Da stand er vor dem Fenster mit großen Augen und einem offenen Gesichtsausdruck; aber noch immer (dachte ich) ersuchte er jedermann, sich ihm auf dem von ihm bereiteten Weg zu nähern und keinem anderen.
Ich bemerkte, wie er meinen Freund bat, ihn bei Mr. Sampson einzuführen, was mein Freund auch tat. Mr. Slinkton war sehr erfreut, mich kennenzulernen. Nicht zu erfreut – er übertrieb es nicht; erfreut auf eine höchst wohlerzogene Weise, ohne Hintersinn.
»Ich dachte, Sie kennen sich«, sagte unser Gastgeber.
»Nein«, erwiderte Mr. Slinkton. »Ich sprach zwar auf Ihre Empfehlung hin bei Mr. Sampsons Gesellschaft vor, fühlte mich aber nicht berechtigt, Mr. Sampson persönlich zu belästigen in einer Angelegenheit, die doch zur Alltagsroutine eines Angestellten gehört.«
Ich sagte, ich hätte ihm bei Hinweis auf unseren Freund gern jegliche Aufmerksamkeit zuteil werden lassen.
»Davon bin ich überzeugt«, entgegnete er, »und ich danke Ihnen dafür. Ein andermal bin ich vielleicht weniger zurückhaltend. Jedoch nur, wenn ich wirklich ein Anliegen habe, denn ich weiß, Mr. Sampson, wie kostbar Zeit im Geschäftsleben ist und wieviele zudringliche Menschen es auf der Welt gibt.«
Ich dankte ihm für seine Rücksicht mit einer leichten Ver-

beugung. »Sie haben die Absicht«, bemerkte ich, »eine Lebensversicherung abzuschließen?«
»Aber nein! Leider bin ich nicht so umsichtig, wie Sie mir schmeicheln zu sein, Mr. Sampson. Ich habe mich nur für einen Freund erkundigt. Aber Sie wissen ja, wie Freunde bei dergleichen sind. Vielleicht wird nie etwas daraus. Ich zögere immer, Geschäftsleute mit Erkundigungen für Freunde zu belästigen, da ich weiß, daß die Freunde die Sache mit größter Wahrscheinlichkeit nicht weiter verfolgen werden. Die Menschen sind ja so wankelmütig, so selbstsüchtig, so unbedacht. Erleben Sie das in Ihrem Geschäft nicht täglich, Mr. Sampson?«
Ich wollte darauf einschränkend antworten, aber er neigte mir seinen geraden, weißen Scheitel entgegen mit seinem »Bitte schön, nur gerade hier herauf!«, und ich antwortete: »Ja.«
»Wie ich höre, Mr. Sampson«, fuhr er gleich darauf fort, denn unser Freund hatte eine neue Köchin, und das Abendessen kam nicht so pünktlich wie sonst, »hat Ihre Branche kürzlich einen großen Verlust erlitten.«
»An Geld?« fragte ich.
Er lachte über meine prompte Gleichsetzung von Verlust mit Geld und erwiderte: »Nein, an Talent und Tatkraft.«
Da ich seine Anspielung nicht gleich verstand, überlegte ich einen Augenblick. »Hat sie denn wirklich einen solchen Verlust erlitten?« fragte ich. »Das wußte ich gar nicht.«
»Verstehen Sie recht, Mr. Sampson. Ich meine nicht, Sie seien zurückgetreten. So schlimm ist es nicht. Aber Mr. Meltham ...«
»Ach ja, richtig!« sagte ich. »Ja! Mr. Meltham, der junge Registrator der ›Superbia‹.«
»Ganz recht«, versetzte er beileidsvoll.
»Das ist wirklich ein großer Verlust. Er war zugleich der klügste, einfallsreichste und energischste Mann, den ich je im Lebensversicherungsgeschäft gekannt habe.«
Ich sprach mit Nachdruck, denn ich schätzte und achtete

Meltham sehr; und irgendwie hatte mein feiner Herr in mir den Verdacht erweckt, als wolle er ihn herabsetzen. Es machte mich wieder vorsichtig, wie er diesen akkuraten Weg auf seinem Kopf präsentierte mit diesem verteufelten »Ja nicht auf den Rasen, wenn's beliebt – auf dem Kiesweg bleiben«.

»Kannten Sie ihn, Mr. Slinkton?«

»Nur dem guten Ruf nach. Ihn zum Freund oder Bekannten zu haben, wäre eine Ehre gewesen, nach der ich gestrebt hätte, wenn er noch in der Gesellschaft verkehrte; obschon mir wohl nie das Glück widerfahren wäre, diese Ehre zu erlangen, da ich ja von weit geringerer Bedeutung bin. Er war wohl kaum über dreißig?«

»Um die dreißig.«

»Ach«, seufzte er beileidsvoll wie zuvor, »was für Geschöpfe sind wir doch! In solchem Alter zusammenzubrechen und zu keiner Arbeit mehr fähig zu sein! – Hat man eine Erklärung für die traurige Tatsache?«

(»Hm!« dachte ich, als ich ihn ansah. »Ich *will* aber dem Weg nicht folgen. Ich *will* auf den Rasen gehen!«)

»Was für eine Erklärung haben Sie denn gehört, Mr. Slinkton?« fragte ich ganz ungeniert.

»Höchstwahrscheinlich eine unzutreffende. Wie Gerüchte eben sind, Mr. Sampson. Ich gebe nie weiter, was ich gehört habe; nur so kann man Gerüchten die Nägel stutzen und den Kopf scheren. Allerdings, wenn *Sie* mich fragen, welche Erklärung ich für Mr. Melthams Rückzug aus der Gesellschaft gehört habe, so ist das etwas anderes. Damit leiste ich ja nicht eitler Klatschsucht Vorschub. Man sagte mir, Mr. Sampson, daß Mr. Meltham alle Tätigkeiten und Pläne deshalb aufgegeben habe, weil sein Herz gebrochen sei. Eine unglückliche Liebe, wie ich hörte – wenngleich das unwahrscheinlich klingt bei einem so ausgezeichneten und so gutaussehenden Mann.«

»Gutes Aussehen und Auszeichnungen sind kein Schutz gegen den Tod«, sagte ich.

»Ach, sie ist gestorben? Bitte verzeihen Sie, das wußte ich

nicht. Das macht es allerdings sehr, sehr traurig. Armer Mr. Meltham! Gestorben ist sie? Ach Gott! Bedauernswert, bedauernswert!«

Trotzdem kam es mir so vor, als sei sein Mitleid nicht ganz echt, und trotzdem glaubte ich – obwohl ich es mir nicht erklären konnte –, hinter all dem etwas Hämisches zu entdecken, bis wir gleich den übrigen Gesprächsgruppen durch die Ankündigung des Abendessens getrennt wurden.

Da sagte er zu mir: »Mr. Sampson, Sie sind erstaunt, mich wegen eines Mannes, den ich nie gekannt habe, so gerührt zu sehen. Ich stehe dem nicht so fern, wie Sie vielleicht meinen. Ich selbst bin, und zwar auch erst kürzlich, von einem Todesfall schmerzlich getroffen worden. Ich habe die eine von zwei reizenden Nichten verloren, die meine ständigen Gefährtinnen waren. Sie starb jung – kaum dreiundzwanzig, und auch ihre hinterbliebene Schwester ist alles andere als kräftig. Die Welt ist ein Grab!«

Er sagte das mit großer Gemütsbewegung, und ich fühlte mich getadelt wegen meiner Kaltherzigkeit. Kälte und Mißtrauen, das wußte ich, waren durch meine schlechten Erfahrungen in mir erweckt worden; sie lagen nicht in meiner Natur, und ich dachte oft, wieviel ich verloren hatte, als ich das Zutrauen zu den Menschen verlor, und wie wenig ich gewonnen hatte, als ich mir strenge Vorsicht zu eigen machte. Da es meine Gewohnheit war, mir solche Gedanken zu machen, beunruhigte mich dieses Gespräch mehr, als mich vielleicht etwas Wichtigeres beunruhigt hätte. Ich hörte seiner Unterhaltung bei Tisch zu und merkte, wie bereitwillig andere Menschen darauf eingingen, und mit welch instinktiver Leichtigkeit er seine Themen dem Wissen und den Gewohnheiten seiner Gesprächspartner anpaßte. So wie er im Gespräch mit mir beiläufig auf ein Thema gekommen war, von dem ich wahrscheinlich am meisten verstand und das mich am meisten interessieren würde, so ließ er sich auch im Gespräch mit anderen von derselben Regel leiten. Die Gesellschaft war bunt gemischt, aber soweit ich sehen konnte, unterhielt er sich mit allen gleich gut. Er wußte von dem Gewerbe eines jeden gerade soviel, daß der Betreffende ihn in einem Gespräch darüber liebenwürdig finden mußte, und gerade so wenig, daß es natürlich erschien, wenn er bescheiden um Auskünfte bat, sobald das Thema angeschnitten wurde.

Je mehr er plauderte und plauderte – aber keineswegs zuviel, denn wir anderen schienen ihn ja dazu zu nötigen –, desto ärgerlicher wurde ich mit mir. In Gedanken zerlegte ich sein Gesicht in Teile wie eine Uhr und betrachtete es aufs Genaueste. Gegen seine einzelnen Züge konnte ich wenig einwenden, und weniger noch, wenn sie zusammengefügt waren. »Ist es denn nicht ungeheuerlich«, fragte ich mich, »daß ich mir erlaube, einen Mann – nur weil er zufällig sein Haar gerade in der Mitte scheitelt – mit Argwohn, ja mit Widerwillen zu betrachten?«

(Dies war, wie ich beiläufig bemerken darf, nicht gerade ein Beweis meiner Klugheit. Wer Menschen beobachtet und sich von einem Fremden ständig durch eine scheinbare Nebensächlichkeit abgestoßen fühlt, hat recht, wenn er dieser großes Gewicht beimißt. Sie kann der Zugang zu dem ganzen Geheimnis sein. Ein paar Haare können zeigen, wo ein Löwe verborgen liegt. Ein winziger Schlüssel kann eine große, schwere Tür öffnen.)

Ich nahm nach einer Weile an der Unterhaltung mit ihm teil, und wir verstanden uns erstaunlich gut. Im Salon fragte ich den Gastgeber, wie lange er Mr. Slinkton schon kenne. Er antwortete, erst wenige Monate; er habe ihn im Hause eines bekannten Malers getroffen, der jetzt auch anwesend sei; dieser habe ihn gut gekannt, als er mit seinen Nichten ihrer Gesundheit wegen in Italien reiste. Da seine Zukunftspläne durch den Tod der einen zunichte geworden seien, studiere er jetzt, um dann pro forma an die Universität zurückzukehren, sein Examen zu machen und Pfarrer zu werden. Ich konnte mir den Vorwurf nicht ersparen, hierin läge die wahre Erklärung für sein Interesse an dem armen Meltham, und ich sei fast herzlos gewesen in meinem Mißtrauen gegen diesen ehrlichen Kopf.

3. Kapitel

Am übernächsten Tag saß ich, wie zuvor, hinter meiner Glaswand, als er, wie zuvor, in die vorderen Geschäftsräume trat. In dem Augenblick, da ich ihn wieder sah, ohne ihn zu hören, haßte ich ihn mehr denn je.
Ich hatte nur kurz Gelegenheit dazu, denn kaum hatte ich ihn angesehen, als er mit seinem enganliegenden Glacéhandschuh winkte und geradewegs hereinkam.
»Mr. Sampson, guten Tag! Ich mache, wie Sie sehen, von Ihrer freundlichen Erlaubnis Gebrauch, Sie zu stören. Aber ich halte mein Wort nicht in der Weise, daß ich mich mit Geschäften rechtfertigen könnte, denn das Geschäft – wenn ich dieses Wort so mißbrauchen darf –, das mich herführt, ist ein ganz geringfügiges.«
Ich fragte, ob es etwas sei, worin ich ihm behilflich sein könne.
»Ich danke Ihnen, nein. Ich kam nur, um draußen nachzufragen, ob mein säumiger Freund sich selbst so untreu geworden ist, praktisch und vernünftig zu handeln. Aber selbstverständlich hat er's nicht getan. Ich habe ihm Ihre Formulare eigenhändig gegeben, und er war Feuer und Flamme, aber natürlich hat er nichts unternommen. Abgesehen von der allgemeinen menschlichen Abneigung, etwas zu tun, das getan werden sollte, ist es wohl mit dem Versichern des eigenen Lebens etwas Besonderes. Da verhält es sich wie mit dem Aufsetzen eines Testaments. Die Menschen sind abergläubisch und halten es für ausgemacht, daß sie bald darauf sterben werden.«
»Bitte schön, hier herauf; geradewegs hier herauf, Mr. Sampson. Weder nach rechts noch nach links.« Fast glaubte ich, ihn die Worte flüstern zu hören, wie er mich

so anlächelte und mir diesen unerträglichen Scheitel direkt vor die Nase hielt.
»Zweifellos begegnet man dieser Ansicht bisweilen«, erwiderte ich. »Aber ich glaube nicht, daß sie sehr verbreitet ist.«
»Nun«, sagte er achselzuckend und mit einem Lächeln, »ich wünschte, ein guter Engel würde meinen Freund auf den richtigen Weg bringen. Ich habe seiner Mutter und Schwester in Norfolk voreilig versprochen, mich darum zu kümmern, und er hat ihnen versprochen, es zu tun. Aber wahrscheinlich wird nie etwas daraus.«
Er sprach noch ein Weilchen über Belangloses und ging dann.
Kaum hatte ich am nächsten Morgen die Schubladen meines Schreibtisches aufgeschlossen, als er wiederkam. Ich bemerkte, daß er geradewegs auf die Tür in der Glaswand zukam, ohne sich einen Augenblick draußen aufzuhalten.
»Haben Sie ein paar Minuten Zeit für mich, mein lieber Mr. Sampson?«
»Aber selbstverständlich.«
»Verbindlichen Dank«, und er legte Hut und Schirm auf den Tisch. »Ich bin früh gekommen, um Sie nicht zu unterbrechen. Ich bin nämlich ganz überrascht von diesem Antrag, den mein Freund gestellt hat.«
»Hat er einen gestellt?« fragte ich.
»Ja-a«, antwortete er, mich nachdenklich ansehend; und dann schien ihm plötzlich etwas aufzugehen – »oder er hat es mir nur weisgemacht. Vielleicht ist das nur eine neue Art, sich um die Sache zu drücken. Weiß Gott, daran habe ich noch gar nicht gedacht!«
Mr. Adams war dabei, in den vorderen Räumen die Morgenpost zu öffnen. »Wie ist der Name, Mr. Slinkton?« fragte ich.
»Beckwith.«
Ich sah zur Türe hinaus und bat Mr. Adams, falls ein Antrag auf diesen Namen dabei sei, ihn hereinzubringen. Er hatte diesen Antrag bereits aus der Hand und auf den Tre-

sen gelegt. Er war schnell aus den anderen herausgesucht, und er gab ihn mir. Alfred Beckwith. Antrag auf Abschluß einer Lebensversicherung bei uns in Höhe von zweitausend Pfund. Datiert von gestern.

»Wohnhaft im Middle Temple, wie ich sehe, Mr. Slinkton.«

»Ja, er wohnt mit mir auf demselben Flur; seine Tür liegt meiner gegenüber. Aber ich hätte nie gedacht, daß er mich als Referenz angeben würde.«

»Es scheint indes naheliegend.«

»Allerdings, Mr. Sampson; aber ich hätte es nicht gedacht. Lassen Sie mich sehen.« Er zog das gedruckte Papier aus der Tasche. »Wie soll ich nur all diese Fragen beantworten?«

»Selbstverständlich wahrheitsgemäß«, sagte ich.

»Oh, selbstverständlich!« antwortete er und sah lächelnd von dem Papier auf. »Ich meinte nur, es sind so viele. Aber Sie haben recht, wenn Sie es genau nehmen. Es versteht sich, daß Sie es genau nehmen müssen. Gestatten Sie, daß ich Ihre Feder und Tinte benutze?«

»Gewiß.«

»Und Ihren Schreibtisch?«

»Gewiß.«

Er hatte unentschlossen zwischen Hut und Schirm einen Platz gesucht, wo er schreiben konnte. Jetzt setzte er sich in meinen Stuhl, an meine Schreibunterlage und mein Schreibzeug, und hielt mir den langen Weg auf seinem Kopf genau sichtbar entgegen, während ich mit dem Rükken am Kamin stand.

Bevor er eine Frage beantwortete, las er sie laut durch und erörterte sie. Wie lange hatte er Mr. Alfred Beckwith gekannt? Das mußte er in Jahren an den Fingern abzählen. Wie lebte der Herr? Daran war nichts Schwieriges: im höchsten Grade gemäßigt, allenfalls verschaffte er sich ein bißchen zuviel Bewegung. Alle Antworten waren zufriedenstellend. Als er sie alle geschrieben hatte, las er sie nochmals durch und unterschrieb schließlich in sehr zier-

licher Hand. Er meinte, nun habe er die Sache wohl erledigt? Ich sagte ihm, er werde sicherlich nicht weiter bemüht werden. Ob er die Papiere dalassen solle? Ja, bitte. Besten Dank. Guten Morgen.
Vor ihm war noch ein anderer Besucher bei mir gewesen, nicht im Büro, sondern in meinem Hause. Dieser Besucher war an mein Bett getreten, als es noch nicht Tag war, und war von niemandem gesehen worden außer meinem treuen, zuverlässigen Diener.
Ein zweites Bürgschaftsformular (denn wir verlangten immer zwei) wurde nach Norfolk geschickt und kam ordnungsgemäß mit der Post zurück. Auch auf diesem waren die Fragen in jeder Hinsicht zufriedenstellend beantwortet. Allen unseren Vorschriften war Genüge getan; wir nahmen den Antrag an, und der Beitrag für ein Jahr wurde gezahlt.

4. Kapitel

Sechs oder sieben Monate lang sah ich nichts mehr von Mr. Slinkton. Einmal sprach er in meinem Haus vor, aber ich war nicht da; und einmal lud er mich zum Essen im Temple ein, aber ich war schon verabredet. Die Versicherung seines Freundes war im März abgeschlossen worden. Ende September oder Anfang Oktober war ich in Scarborough, um ein bißchen Seeluft zu schnuppern, und dort traf ich Mr. Slinkton am Strand. Es war ein sehr warmer Abend; er kam mit dem Hut in der Hand auf mich zu, und wieder lag der Weg, den einzuschlagen ich mich so heftig gesträubt hatte, in vollkommener Ordnung genau vor meiner Nase.
Er war nicht alleine. Er hatte eine junge Dame am Arm. Sie trug Trauer, und ich betrachtete sie mit großem Interesse. Sie schien außerordentlich zart zu sein, und ihr Gesicht war auffallend blaß und melancholisch; aber sie war sehr hübsch. Er stellte sie mir vor als seine Nichte, Miß Niner.

»Gehen Sie spazieren, Mr. Sampson? Ist es denn möglich, daß Sie untätig sein können?«
Es *war* möglich, und ich *ging* spazieren.
»Wollen wir gemeinsam gehen?«
»Mit Vergnügen.«
Die junge Dame ging zwischen uns, und wir liefen auf dem kühlen feuchten Sand in Richtung auf Filey.
»Hier sind Räderspuren«, sagte Mr. Slinkton. »Und wenn ich jetzt genauer hinsehe, sind es die Spuren eines Handwagens! Margaret, meine Liebe, ohne Zweifel dein Schatten!«
»Miß Niners Schatten?« wiederholte ich, den ihren auf dem Sand betrachtend.
»Nicht dieser Schatten«, entgegnete Mr. Slinkton lachend. »Margaret, meine Liebe, erzähle es Mr. Sampson.«
»Wahrhaftig«, sagte die junge Dame, sich an mich wendend, »da ist eigentlich gar nichts zu erzählen – außer daß ich ständig demselben kranken alten Mann begegne, wohin ich auch gehe. Ich sprach darüber zu meinem Onkel, und er nennt den Herrn meinen Schatten.«
»Wohnt er in Scarborough?« fragte ich.
»Er ist nur vorübergehend hier.«
»Wohnen Sie in Scarborough?«
»Nein, ich bin auch nur vorübergehend hier. Mein Onkel hat mich hier bei einer Familie einquartiert, meiner Gesundheit wegen.«
»Und Ihr Schatten?« fragte ich lächelnd.
»Mein Schatten«, antwortete sie und lächelte ebenfalls, »ist – wie ich – nicht sehr kräftig, fürchte ich; denn bisweilen verliere ich meinen Schatten, wie mein Schatten bisweilen mich verliert. Wir scheinen beide gelegentlich ans Haus gefesselt zu sein. Ich habe meinen Schatten jetzt seit Tagen nicht mehr gesehen, aber es trifft sich mitunter seltsam, daß an mehreren Tagen hintereinander dieser Herr genau dahin geht, wohin auch ich gehe. Wir sind uns schon an den menschenleersten Ecken dieser Küste begegnet.«

»Ist er das?« fragte ich, geradeaus deutend.
Die Räder hatten sich zum Wasser hinunter bewegt, waren dann umgekehrt und beschrieben dadurch eine große Schleife auf dem Sand. Die Schleife zu uns hin schließend und beim Näherkommen in die Länge ziehend, erschien ein Handwagen, der von einem Mann gezogen wurde.
»Ja«, sagte Miß Niner, »das ist wahrhaftig mein Schatten, Onkel.«
Als der Wagen sich uns näherte, und wir uns dem Wagen näherten, sah ich darin einen alten Mann, dem der Kopf auf die Brust gesunken und der in eine Menge Decken gehüllt war. Er wurde gezogen von einem sehr ruhigen grauhaarigen Mann mit wachen Augen, der leicht hinkte. Sie waren schon an uns vorüber, da hielt der Wagen, und der alte Herr streckte den Arm aus und rief mich beim Namen. Ich ging zurück und ließ Mr. Slinkton und seine Nichte ungefähr fünf Minuten allein.
Als ich wieder zu ihnen ging, ergriff Mr. Slinkton als erster das Wort. Ja, er rief mir schon zu, bevor ich noch bei ihm war:
»Es ist nur gut, daß Sie nicht länger geblieben sind, sonst wäre meine Nichte gestorben vor Neugier, wer denn ihr Schatten ist, Mr. Sampson.«
»Ein ehemaliger Direktor der East India Company«, sagte ich. »Ein guter Freund unseres Freundes, in dessen Haus ich zuerst das Vergnügen hatte, Sie zu treffen. Ein gewisser Major Banks. Haben Sie von ihm gehört?«
»Noch nie.«
»Sehr reich, Miß Niner; aber sehr alt und sehr gebrechlich. Ein liebenswürdiger Mann, klug – interessiert sich sehr für Sie. Er hat sich gerade über die Zuneigung geäußert, die er zwischen Ihnen und Ihrem Onkel bemerkt hat.«
Mr. Slinkton hatte den Hut wieder abgesetzt und fuhr mit der Hand den geraden Weg hinauf, so als ob er, mir folgend, heiter dort hinaufschlenderte.
»Mr. Sampson«, sagte er, zärtlich den Arm seiner Nichte

drückend, »unsere Zuneigung war immer stark, denn wir hatten stets nur wenige nahe Verwandte. Jetzt haben wir noch weniger. Zwischen uns bestehen Bindungen, die nicht von dieser Welt sind, Margaret.«

»Lieber Onkel!« flüsterte die junge Dame und wandte das Gesicht zur Seite, um ihre Tränen zu verbergen.

»Meiner Nichte und mir ist soviel gemeinsam an Erinnerungen und trauerndem Gedenken, Mr. Sampson«, fuhr er gefühlvoll fort, »daß es in der Tat seltsam wäre, wenn die Beziehungen zwischen uns kühl oder gleichgültig wären. Wenn Sie sich an ein Gespräch, das wir miteinander hatten, noch erinnern, so werden Sie wissen, was ich damit meine. Kopf hoch, liebe Margaret. Gräme dich nicht, gräme dich nicht. Meine Margaret! Ich kann es nicht sehen, daß du dich grämst!«

Die arme junge Dame war sehr gerührt, aber sie beherrschte sich. Auch seine Gefühle waren aufgewühlt. Mit einem Wort, er fühlte ein so großes Bedürfnis, sich zu stärken, daß er kurz darauf fortging, um ein Bad in der See zu nehmen. Er ließ die junge Dame und mich allein auf einer Felsenklippe sitzen, wobei er wohl annahm – aber Sie werden es verzeihlich finden, daß er diesem Wohlgefühl nachgab –, sie werde ihn von ganzem Herzen preisen. Das tat sie auch, das arme Ding! Vom Grunde ihres zutraulichen Herzens pries sie mir seine Fürsorge für ihre verstorbene Schwester und seine unermüdliche Hingabe während ihrer letzten Krankheit. Die Schwester sei sehr langsam dahingesiecht, und wilde, schreckliche Phantasien seien in der letzten Zeit über sie gekommen; aber nie habe er die Geduld verloren oder sich nicht zu helfen gewußt; immer sei er sanft, wachsam und beherrscht gewesen. Die Schwester sei, ebenso wie sie es war, davon überzeugt gewesen, daß er der beste Mensch, der liebste Mensch sei, und dabei ein Mann von so bewundernswerter Charakterstärke, daß er eine wahrhaft schützende Wehr sei für ihre schwachen Naturen, so lange ihr armes Leben währe.

»Ich werde ihn bald verlassen, Mr. Sampson«, sagte die junge Dame. »Ich weiß, mein Leben geht dem Ende entgegen; und wenn ich gegangen bin, wird er hoffentlich heiraten und glücklich sein. Ich bin überzeugt, er ist nur um meinetwillen und meiner armen Schwester willen so lange ledig geblieben.«

Der kleine Handwagen hatte noch eine große Schleife auf dem feuchten Sand gemacht und kam jetzt wieder zurück, so daß er eine schmale Acht von etwa einer halben Meile Länge beschrieb.

»Mein Fräulein«, sagte ich, indem ich mich umsah, legte die Hand auf ihren Arm und sprach mit leiser Stimme, »die Zeit drängt. Hören Sie dort das leise Rauschen der See?«

Sie sah mich mit der größten Verwunderung und Bestürzung an und antwortete:

»Ja.«

»Und Sie wissen, was für ein Getöse sie macht, wenn der Sturm kommt?«

»Ja.«

»Sie sehen, wie ruhig und friedlich sie vor uns liegt, und Sie wissen, was für einen schrecklichen Anblick erbarmungsloser Gewalt sie schon heute abend bieten kann.«

»Ja.«

»Aber wenn Sie sie in der Form nie gehört oder gesehen hätten, oder von ihrer Grausamkeit gehört hätten, könnten Sie dann glauben, daß sie jeden Gegenstand, der ihr im Wege ist, ohne Gnade in Stücke schlägt, und daß sie Leben bedenkenlos vernichtet?«

»Sie machen mir angst mit diesen Fragen!«

»Um Sie zu retten, mein Fräulein, um Sie zu retten! Um Gottes willen, nehmen Sie Ihre ganze Kraft und Festigkeit zusammen! Wenn Sie hier alleine wären und eingeschlossen von der steigenden Flut, die im Begriff ist, Sie fünfzig Fuß unter sich zu begraben, dann wäre jene Gefahr ebenso groß wie die, aus der Sie jetzt gerettet werden sollen.«

Die Figur im Sand war fertig gezogen und lief in einem

kleinen Schnörkel aus, der ganz dicht bei uns an der Klippe endete.

»Beim Himmel und dem Weltenrichter, so wahr ich Ihr Freund bin und der Freund Ihrer toten Schwester: Ich bitte Sie inständig, Miß Niner, keinen Augenblick zu säumen und mit mir zu diesem Herrn dort zu kommen!«

Wäre der kleine Wagen nicht so nahe bei uns gewesen, ich zweifle, ob ich sie hätte fortbringen können; aber er war so nahe, daß wir schon bei ihm waren, noch ehe sie das hastige Drängen zum Verlassen der Klippen recht begriffen hatte. Ich blieb kaum zwei Minuten dort bei ihr. Und keine fünf Minuten später hatte ich die unbeschreibliche Genugtuung, von dem Punkt aus, wo wir gesessen hatten und wohin ich zurückgekehrt war, mitanzusehen, wie sie von einer kräftigen Männergestalt ein paar grob in die Klippen gehauene Stufen hinauf halb gestützt, halb getragen wurde. Ich wußte, solange diese Gestalt an ihrer Seite war, konnte ihr nirgends etwas geschehen.

Ich saß allein auf dem Felsen und wartete auf Mr. Slinktons Rückkehr. Es wurde schon sehr dämmrig, und es fielen tiefe Schatten, als er um die Felsenspitze bog. Er hatte den Hut am Knopfloch hängen und glättete sich das nasse Haar mit der einen Hand, während er mit der anderen und einem Taschenkamm den alten Weg geradezog.

»Meine Nichte nicht hier, Mr. Sampson?« fragte er und sah sich um.

»Miß Niner schien zu frösteln, als die Sonne untergegangen war, und da hat sie sich nach Hause begeben.«

Er sah überrascht aus, wie wenn es sonst nicht ihre Gewohnheit sei, etwas ohne ihn zu tun, nicht einmal, etwas so Geringfügiges zu unternehmen.

»Ich bewog Miß Niner dazu«, erklärte ich.

»Ach so!« sagte er. »Sie läßt sich leicht überreden, zu ihrem Glück. Ich danke Ihnen, Mr. Sampson. Sie ist drinnen besser aufgehoben. Der Badeplatz war tatsächlich weiter, als ich dachte.«

»Miß Niner ist von sehr zarter Gesundheit«, bemerkte ich.

Er schüttelte den Kopf und seufzte tief. »Sehr, sehr, sehr. Sie erinnern sich vielleicht, daß ich das schon einmal erwähnte. Die Zeit, die seitdem verflossen ist, hat sie nicht gekräftigt. Der düstere Schatten, der so früh auf ihre Schwester fiel, legt sich – so scheint es meinem ängstlichen Auge – auch über sie; noch finsterer, noch finsterer. Teure Margaret, teure Margaret. Aber wir müssen hoffen!«
Der Handwagen fuhr vor uns mit einer für ein Krankengefährt höchst ungehörigen Geschwindigkeit dahin, und er beschrieb auf dem Sand höchst unregelmäßige Kurven. Mr. Slinkton bemerkte es, nachdem er sich das Taschentuch an die Augen gehalten hatte, und sagte:
»Es sieht mir fast so aus, als werde Ihr Freund gleich umkippen, Mr. Sampson.«
»Es sieht wirklich so aus«, sagte ich.
»Der Diener muß betrunken sein.«
»Diener von alten Herren sind manchmal betrunken«, sagte ich.
»Der Major läßt sich sehr leicht ziehen, Mr. Sampson.«
»Der Major läßt sich allerdings leicht ziehen«, sagte ich.
Mittlerweile war der Wagen zu meiner großen Erleichterung in der Dunkelheit verschwunden. Wir gingen ein Weilchen schweigend nebeneinander auf dem Sand weiter. Bald darauf sprach er wieder, und in seiner Stimme klangen noch die Gefühle mit, die der Gesundheitszustand seiner Nichte in ihm geweckt hatte:
»Bleiben Sie länger hier, Mr. Sampson?«
»Nein, nein, ich reise heute abend ab.«
»So bald? Aber die Geschäfte nehmen Sie ständig in Anspruch. Männer wie Mr. Sampson sind zu wichtig für andere, um ihr eigenes Bedürfnis nach Erholung und Vergnügungen befriedigen zu dürfen.«
»Das würde ich nicht sagen«, entgegnete ich. »Jedenfalls fahre ich zurück.«
»Nach London?«
»Nach London.«
»Ich werde dort bald nach Ihnen eintreffen.«

Das wußte ich so gut wie er, aber ich sagte es ihm nicht. Ebensowenig sagte ich ihm, auf was für einer Verteidigungswaffe meine rechte Hand in meiner Tasche ruhte, während ich neben ihm ging. Ebensowenig sagte ich ihm, warum ich nicht auf der zur See gewandten Seite neben ihm herging, während die Nacht hereinbrach.
Wir verließen den Strand, und unsere Wege trennten sich. Wir wünschten einander gute Nacht und waren schon auseinandergegangen, als er noch einmal zurückkam und sagte:
»Mr. Sampson, darf ich wohl fragen? Der arme Meltham, von dem wir sprachen ... Schon tot?«
»Noch nicht, als ich das letzte Mal von ihm hörte; aber ein zu sehr gebrochener Mann, um noch lange zu leben, und für seinen früheren Beruf hoffnungslos verloren.«
»Ach, ach, ach!« sagte er gefühlvoll. »Traurig, traurig, traurig! Die Welt ist ein Grab!« Und so ging er seines Weges.
Sein Verschulden war es wahrhaftig nicht, daß die Welt kein Grab war; aber diese Bemerkung rief ich ihm nicht nach, ebensowenig, wie ich etwas von den eben aufgezählten Umständen erwähnt hatte. Er ging seinen Weg, und ich ging in aller Eile den meinen. Dies geschah, wie ich schon sagte, entweder Ende September oder Anfang Oktober. Das nächste Mal sah ich ihn spät im November. Es war das letzte Mal.

5. Kapitel

Ich hatte eine ganz ungewöhnliche Einladung zu einem Frühstück im Temple. Es war ein bitterkalter Morgen; der Nordost blies, und der Schneematsch lag einige Zoll hoch auf den Straßen. Ich konnte keinen Wagen bekommen und war bald naß bis an die Knie; aber diese Verabredung hätte ich eingehalten, auch wenn ich durch schultertiefen Schlamm dorthin hätte waten müssen.

Die Verabredung führte mich zu ein paar Zimmern im Temple. Sie befanden sich im Obergeschoß eines einsamen Eckhauses, das zum Fluß hin lag. Der Name *Mr. Alfred Beckwith* stand an der Wohnungstür. An der gegenüberliegenden Tür auf demselben Flur stand der Name *Mr. Julius Slinkton.* Die Türen zu beiden Wohnungen standen offen, so daß alles, was in der einen laut gesprochen wurde, in der anderen gehört werden konnte.

Ich war nie zuvor in diesen Räumen gewesen. Sie waren düster, eng, ungesund und beklemmend; die Möbel, ursprünglich gut und noch nicht alt, waren verblichen und schmutzig; die Zimmer befanden sich in großer Unordnung; es herrschte ein starker, durchdringender Geruch nach Opium, Branntwein und Tabak; der Kaminrost und die Schüreisen waren über und über mit häßlichen Rostflecken bedeckt; und auf einem Sofa beim Kamin, im Zimmer, wo das Frühstück bereitstand, lag der Gastgeber, Mr. Beckwith: Ein Mann, der allem Anschein nach ein Trinker von der schlimmsten Sorte und auf seinem schändlichen Weg zum Tode schon weit fortgeschritten war.

»Slinkton ist noch nicht da«, sagte diese Kreatur und erhob sich taumelnd, als ich eintrat. »Ich werde ihn rufen. – Hallo! Julius Cäsar! Komm und trink!«

Indem er dies mit heiserer Stimme schrie, schlug er wie von Sinnen Schüreisen und Kohlenzange gegeneinander, so als ob das seine gewöhnliche Art wäre, seinen Kumpan herbeizurufen.

Die Stimme Mr. Slinktons durchdrang das Lärmen von der anderen Seite des Flures, und dann kam er herein. Auf das Vergnügen, mich zu sehen, war er nicht vorbereitet. Ich habe schon mehrmals erlebt, wie ein gerissener Kerl gestellt wurde, aber noch nie jemanden so fassungslos gesehen wie ihn, als unsere Blicke sich begegneten.

»Julius Cäsar«, schrie Beckwith, zwischen uns hin und her wankend, »Misser Sampson! Misser Sampson – Julius Cäsar! Julius, Misser Sampson, ist mein Seelenfreund. Julius sorgt dafür, daß ich morgens, mittags und abends ge-

nügend Schnaps habe. Julius ist ein wahrer Wohltäter. Julius warf den Tee und Kaffee aus dem Fenster, als ich noch welchen hatte. Julius leert alle Wasserkrüge und füllt sie mit Schnaps. Julius zieht mich auf und hält mich in Gang. Mach den Branntwein heiß, Julius!«
Eine Pfanne, bedeckt mit Rost und Kesselstein, lag in der Asche – es schien die Asche von Wochen zu sein –, und Beckwith wankte und stolperte zwischen uns hin und her, als werde er gleich der Länge nach ins Feuer fallen, holte die Pfanne hervor und versuchte, sie Slinkton in die Hand zu drücken.
»Mach den Branntwein heiß, Julius Cäsar! Komm! Walte deines Amtes wie immer. Mach den Branntwein heiß!«
Er wurde bei seinem Fuchteln mit der Pfanne so wild, daß ich schon erwartete, er werde gleich Slinktons Kopf blutig schlagen. Ich streckte deshalb die Hand aus, um ihn daran zu hindern. Er taumelte zurück aufs Sofa, und dort saß er nun in seinem zerlumpten Morgenrock, keuchend, zitternd, mit rot geränderten Augen, und starrte uns an. Dann bemerkte ich, daß nichts zu trinken auf dem Tisch stand außer Branntwein, und nichts zu essen außer Salzheringen und einem unappetitlichen, stark gepfefferten Eintopf.
»Jedenfalls, Mr. Sampson«, sagte Slinkton und bot mir zum letztenmal den glatten Kiesweg dar, »danke ich Ihnen, daß Sie mich vor der Gewalttätigkeit dieses Unglücklichen in Schutz genommen haben. Wie Sie auch hergelangt sein mögen, Mr. Sampson, oder was immer Sie veranlaßt haben mag, hierherzukommen – dafür jedenfalls bin ich Ihnen dankbar.«
»Mach den Branntwein heiß«, murrte Beckwith.
Ohne auf seine Frage, wie ich dorthin gekommen sei, einzugehen, fragte ich ruhig: »Wie geht es Ihrer Nichte, Mr. Slinkton?«
Er sah mich scharf an, und ich sah ihn scharf an.
»Ich muß leider sagen, Mr. Sampson, daß meine Nichte sich gegenüber ihrem besten Freund als untreu und un-

dankbar erwiesen hat. Sie hat mich ohne ein Wort der Erklärung oder Benachrichtigung verlassen. Zweifellos ist sie von einem hinterlistigen Schurken dazu verführt worden. Vielleicht haben Sie davon gehört.«

»Ich habe in der Tat gehört, daß sie dazu von einem hinterlistigen Schurken verführt worden ist. Ich habe sogar Beweise.«

»Sind Sie dessen sicher?« fragte er.

»Ganz sicher.«

»Mach den Branntwein heiß!« murrte Beckwith. »Besuch zum Frühstück, Julius Cäsar. Walte deines Amtes wie üblich: sorge wie immer für Frühstück, Mittagessen, Tee und Abendessen. Mach den Branntwein heiß!«

Slinktons Augen blickten von ihm zu mir, und nachdem er einen Augenblick nachgedacht hatte, sagte er:

»Mr. Sampson, Sie sind ein Mann von Welt, und ich auch. Ich will offen zu Ihnen sein.«

»O nein, das werden Sie nicht«, sagte ich und schüttelte den Kopf.

»Ich sage Ihnen, Sir, ich werde offen mit Ihnen sein.«

»Und ich sage Ihnen, daß Sie es nicht sein werden«, entgegnete ich. »Ich kenne Sie doch. *Sie* offen zu irgendwem? Unsinn, Unsinn!«

»Ich sage Ihnen offen, Mr. Sampson«, fuhr er in fast ruhigem Tone fort, »ich durchschaue Ihre Absicht. Sie wollen Ihre Gelder retten und Ihren Zahlungsverpflichtungen entgehen. Das sind alte Geschäftstricks bei den Herren von den Versicherungen. Aber Sie werden es nicht schaffen, Sir; es wird Ihnen nicht gelingen. Wenn Sie gegen mich spielen, haben Sie keinen leichten Gegner. Wir werden uns zu gegebener Zeit erkundigen müssen, wann und wie Mr. Beckwith in seine jetzige Lebensweise verfiel. Mit dieser Bemerkung, Sir, schiebe ich diese armselige Kreatur mit ihrer unzusammenhängenden Faselei beiseite und wünsche Ihnen einen guten Morgen und einen besseren Fall fürs nächste Mal.«

Während er sprach, hatte Beckwith ein Glas mit einem Vier-

tel Brandy gefüllt. In diesem Augenblick schüttete er Slinkton den Branntwein ins Gesicht und schleuderte das Glas hinterher. Halb geblendet von dem Schnaps und mit einer Schnittwunde auf der Stirn, hob Slinkton die Hände. Beim Klirren des Glases trat eine vierte Person ins Zimmer, schloß die Tür und blieb davor stehen. Es war ein sehr ruhiger grauhaariger Mann mit wachen Augen, der leicht hinkte.
Slinkton zog ein Taschentuch heraus, um den Schmerz in seinen brennenden Augen zu lindern, und tupfte sich das Blut von der Stirn. Er war lange damit beschäftigt, und ich sah, daß sich währenddessen eine erstaunliche Veränderung mit ihm vollzog, ausgelöst durch die Veränderung an Beckwith – der jetzt nicht mehr keuchte und zitterte, sondern aufrecht dasaß und ihn nicht aus den Augen ließ. Nie in meinem Leben habe ich ein Gesicht gesehen, auf dem sich Abscheu und Entschlossenheit so deutlich malten wie damals auf Beckwith'.
»Sieh mich an, du Schurke«, sagte Beckwith, »und sieh mich, wie ich wirklich bin. Ich habe diese Zimmer gemietet, um daraus eine Falle für dich zu machen. Ich kam als Trunkenbold hierher, um dich zu ködern. Du bist in die Falle gegangen, und du wirst sie lebend nicht mehr verlassen. An dem Morgen, als du zuletzt in Mr. Sampsons Büro gingst, hatte ich ihn zuvor schon aufgesucht. Wir beide wußten von Anfang an, was du im Schilde führtest, und haben dir die ganze Zeit entgegengearbeitet. Wie? Nachdem ich mich hatte beschwatzen lassen, dir für diese Prämie von zweitausend Pfund die Vollmacht zu geben, sollte ich da nicht mit Branntwein umgebracht werden, und da Branntwein dann nicht schnell genug wirkte, mit etwas Wirksamerem? Habe ich etwa nicht gesehen, wenn du mich besinnungslos glaubtest, wie du aus deinem Fläschchen etwas in mein Glas gegossen hast? Ha, du Mörder und Betrüger, wenn ich hier mit dir allein war mitten in der Nacht, was oft der Fall war – wohl zwanzigmal hab ich da den Finger am Abzug einer Pistole gehabt, um dir eine Kugel durch den Kopf zu schießen!«

Dieses plötzliche Aufleben jenes Wesens, das er für sein geistesschwaches Opfer gehalten hatte, zu einem entschlossenen Mann, in dessen ganzer Haltung von Kopf bis Fuß sich der feste Vorsatz ausdrückte, ihn erbarmungslos zur Strecke zu bringen und ihm das Leben zu nehmen, traf ihn zunächst wie ein Schlag; das war zuviel für ihn, und er geriet dadurch buchstäblich ins Wanken. Aber es ist der größte Irrtum zu glauben, ein Mann, der ein berechnender Verbrecher ist, werde sich jemals in irgendeiner Phase seines schändlichen Tuns selbst untreu werden und anders als in völliger Übereinstimmung mit seinem Charakter handeln. Ein solcher Mann begeht Mord, und Mord ist der natürliche Endpunkt seiner Entwicklung; solch ein Mann muß dem Mord kühn ins Auge schauen können und wird es mit Dreistigkeit und Frechheit tun. Es ist eine Art Mode geworden, Erstaunen darüber zu äußern, wie ein berüchtigter Verbrecher, der eine solche Bluttat auf dem Gewissen hat, damit fertig werden kann. Ja, glaubt man denn, daß er das Verbrechen jemals begangen hätte, wenn er es auf dem Gewissen haben könnte, wenn er überhaupt ein Gewissen hätte?
Sich selbst vollkommen treu, wie es meiner Meinung nach alle diese Ungeheuer sind, faßte sich dieser Slinkton wieder und trug einen ziemlich kaltschnäuzigen und unverfrorenen Trotz zur Schau. Er war blaß, er war verstört, er war verändert; aber nur wie ein Gauner, der beim Spiel um einen großen Einsatz übertölpelt worden war und verloren hatte.
»Hör zu, du Schurke«, sagte Beckwith, »und möge jedes Wort, das du mich sagen hörst, ein Dolchstoß in dein verruchtes Herz sein. Als ich diese Zimmer mietete, um mich dir in den Weg zu werfen und dich zu dem Plan zu verleiten, den, wie ich wußte, mein Äußeres und mein vermeintlicher Charakter und meine Gewohnheiten einem Teufel wie dir eingeben würden – warum war ich mir da so sicher? Weil du mir kein Fremder warst. Ich kannte dich genau. Und ich kannte dich als den grausamen Schuft, der

für Geld ein unschuldiges Mädchen umgebracht hatte, das ihm uneingeschränkt vertraute, und der im Begriff war, ein zweites Mädchen nach und nach umzubringen.«
Slinkton zog eine Schnupftabaksdose hervor, nahm eine Prise und lachte.
»Aber sieh nur«, sagte Beckwith, der keine Sekunde wegblickte, keine Sekunde die Stimme erhob, keine Sekunde die Anspannung seiner Gesichtszüge milderte, keine Sekunde die geballte Faust lockerte. »Sieh nur, was du im Grunde doch für ein dummer Schurke gewesen bist! Der um seinen Verstand gebrachte Trunkenbold, der nicht einmal den fünfzigsten Teil von dem Schnaps trank, den du ihm aufgenötigt hast, sondern ihn fortgoß: hierhin, dorthin, überall hin, fast vor deinen Augen; der den Kerl, den du als seinen Wächter und Saufkumpan gedungen hattest, auf seine Seite brachte, noch ehe dieser seinem Geschäft drei Tage nachgegangen war, indem er ihm mehr Geld bot als du; dem gegenüber du keinerlei Vorsicht hast walten lassen, obwohl er so versessen darauf war, die Erde von dir wie von einem wilden Tier zu befreien, daß er dich vernichtet hätte, und wärst du noch so umsichtig gewesen; dieser Trunkenbold, den du oftmals auf dem Boden dieses Zimmers hast liegen lassen und der dich sogar bewußt und bei klarem Verstand hinausgehen ließ, nachdem du ihn mit dem Fuß umgedreht hattest – er hat dich fast ebensooft in derselben Nacht eine Stunde später, wenige Minuten später, hellwach beobachtet, er hatte seine Hand an deinem Kissen, wenn du schliefst, blätterte in deinen Papieren, entnahm Proben aus deinen Fläschchen und Pulverpäckchen, tauschte ihren Inhalt aus, stahl dir alle Geheimnisse deines Lebens.«
Slinkton hatte eine neue Prise Schnupftabak in den Fingern gehalten, hatte sie aber allmählich auf den Boden fallen lassen, wo er sie jetzt gesenkten Blickes mit dem Fuß zerrieb.
»Dieser Trunkenbold«, sagte Beckwith, »der zu jeder Zeit freien Zutritt zu deinen Räumen hatte, damit er die star-

ken Getränke, die du für ihn herumstehen ließest, trinken und um so schneller zugrunde gehen sollte; der mit dir sowenig ein Abkommen einhielt, wie er es mit einem Tiger halten würde – dieser Trunkenbold hatte die ganze Zeit einen Hauptschlüssel zu all deinen Schlössern, die Analyse all deiner Gifte, den Schlüssel zu deiner Geheimschrift. Er kann dir genausogut sagen wie du ihm, wieviel Zeit nötig war, um jene Tat zu vollbringen, was für Dosen gegeben wurden und in welchen Abständen, welches die Anzeichen allmählichen geistigen und körperlichen Verfalls waren, welche Wahnvorstellungen hervorgerufen wurden, welche sichtbaren Veränderungen, welche körperlichen Schmerzen. Er kann dir genausogut sagen wie du ihm, daß all dies Tag für Tag aufgezeichnet wurde als eine Erfahrung, deren Lehren dir künftig gute Dienste leisten sollten. Er kann dir besser sagen als du ihm, wo sich dieses Tagebuch im Augenblick befindet.«

Slinkton hielt in der Bewegung seines Fußes inne und sah Beckwith an.

»Nein«, sagte dieser, wie wenn er ihm eine Frage beantwortete. »Nicht im Schreibtisch in der Schublade, die durch Knopfdruck geöffnet wird; dort ist es nicht und wird es auch nie wieder sein.«

»Dann bist du ein Dieb!« sagte Slinkton.

Ohne im geringsten nachzulassen in dem unbeugsamen Vorsatz, den zu beobachten selbst für mich entsetzlich war und vor dessen Gewalt es nach meiner Überzeugung für diesen Elenden keinerlei Entkommen gab, entgegnete Beckwith:

»Und ich bin auch der Schatten deiner Nichte.«

Mit einer Verwünschung griff sich Slinkton an den Kopf, raufte sich ein Haarbüschel aus und schleuderte es auf den Boden. Das war das Ende des glatten Weges; er zerstörte ihn mit dieser Gebärde, und man wird bald sehen, daß er ihn auch nicht mehr benötigte.

Beckwith fuhr fort: »Jedesmal, wenn du von hier weggingst, ging auch ich. Obgleich ich wußte, daß es dir nötig schien, in der Ausführung deines Vorhabens eine Pause einzulegen, um keinen Verdacht zu erregen, so beobachtete ich dich doch genau, wenn du bei dem armen, vertrauensvollen Mädchen warst. Als ich dein Tagebuch hatte und es Wort für Wort lesen konnte – das war erst in der Nacht vor deinem letzten Aufenthalt in Scarborough (erinnerst du dich an diese Nacht? Vorm Schlafengehen hattest du dir eine kleine, flache Phiole ans Handgelenk gebunden) –, da schickte ich nach Mr. Sampson, der selbst aber im Hintergrund blieb. Das ist Mr. Sampsons treuer Diener, der dort an der Tür steht. Zu dritt retteten wir deine Nichte.«

Slinkton sah uns alle an, machte von dort, wo er gestanden hatte, ein paar unschlüssige Schritte, ging zurück und schaute auf sehr eigenartige Weise umher – ungefähr so wie eins der niedrigeren Reptile, wenn es sich nach einem Schlupfloch umsieht. Gleichzeitig bemerkte ich, daß eine seltsame Veränderung mit der Gestalt des Mannes vor sich ging, so als ob er in seinen Kleidern zusammenfiele und diese daher ihre Form verlören und ihm nicht mehr paßten.

»Du sollst wissen«, sagte Beckwith, »denn ich hoffe, dieses Wissen wird für dich bitter und schrecklich sein, weshalb du von einem einzigen Mann verfolgt worden bist und weshalb du – da doch die Kreise, die Mr. Sampson vertritt, jeden Betrag ausgegeben hätten, um dich zur Strecke zu bringen – mit den Mitteln eines Einzelnen zu Tode gehetzt worden bist. Wie ich höre, hast du öfters den Namen Meltham im Munde geführt?«

Neben jenen schon genannten Veränderungen bemerkte ich jetzt, wie ihm plötzlich der Atem stockte.

»Als du das liebreizende Mädchen, das du ermordet hast, in Melthams Büro schicktest (du weißt ja, unter welchen schlau ausgeklügelten Umständen und Wahrscheinlichkeiten), um dort, bevor du mit ihr ins Ausland gingst, jene Transaktion einzuleiten, die ihren Tod heraufbeschwor, da war es Meltham beschieden, sie zu sehen und mit ihr zu sprechen. Es war ihm jedoch nicht beschieden, sie zu retten, obwohl er dafür, wie ich weiß, gerne sein eigenes Leben hingegeben hätte. Er bewunderte sie, ja, ich würde sagen, daß er sie innig liebte, wenn ich es für möglich hielte, daß du dieses Wort verstehst. Als sie hingeopfert wurde, war er fest von deiner Schuld überzeugt. Da er sie verloren hatte, gab es für ihn nur noch ein Ziel im Leben: sie zu rächen und dich zu vernichten.«

Ich sah die Nasenflügel des Schurken sich krampfhaft blähen, aber sein Mund blieb unbewegt.

»Dieser Meltham«, fuhr Beckwith ruhig fort, »war vollkommen davon überzeugt, daß du ihm auf dieser Welt nicht entgehen könntest, wenn er sich deiner Vernichtung nur mit äußerster Pflichttreue und Gewissenhaftigkeit widmete, und wenn er diese heilige Pflicht mit keiner anderen in seinem Leben teilte; und ebenso fest war er davon überzeugt, daß er bei der Erfüllung dieser Pflicht nur ein bescheidenes Werkzeug in den Händen des Weltenlenkers sein würde und vor Gott ein gutes Werk vollbrächte, wenn er dich aus der menschlichen Gesellschaft tilgte. Dieser Mann bin ich, und ich danke Gott dafür, daß ich mein Werk vollendet habe!«

Wäre Slinkton vor schnellfüßigen Wilden ein Dutzend Meilen um sein Leben gerannt, die Anzeichen von Herzbeklemmung und Atemnot hätten nicht deutlicher sein können als jetzt, da er den Verfolger ansah, der ihn so gnadenlos zur Strecke gebracht hatte.

»Du hast mich nie zuvor unter meinem richtigen Namen gesehen; jetzt siehst du mich unter meinem richtigen Namen. Du sollst mich noch einmal leibhaftig sehen, wenn dir der Mordprozeß gemacht wird. Du sollst mich noch einmal im Geiste sehen, wenn der Strick um deinen Hals liegt und die Menge dich niederschreit!«

Kaum hatte Meltham diese Worte gesprochen, da wandte der elende Slinkton sein Gesicht zur Seite und schien sich mit der flachen Hand auf den Mund zu schlagen. Im selben Augenblick füllte sich der Raum mit einem neuen, strengen Geruch, und fast gleichzeitig trampelte und krümmte sich Slinkton, sprang, tat einen Satz – ich weiß kein Wort für diese Zuckungen – und stürzte mit dumpfem Geräusch so wuchtig hin, daß die schweren alten Türen und Fenster in ihren Rahmen erzitterten.

Das war ein Ende, wie es ihm gebührte.

Als wir sahen, daß er tot war, zogen wir uns aus dem Zimmer zurück, und Meltham gab mir seine Hand und sagte mit matter Stimme:

»Ich habe keine Aufgabe mehr auf dieser Welt, mein Freund. Aber ich werde Margaret an einem anderen Ort wiedersehen.«

Vergebens versuchte ich, ihn zu ermuntern. Er hätte sie vielleicht retten können, sagte er; er habe sie nicht gerettet und mache sich Vorwürfe; er habe sie verloren, und sein Herz sei gebrochen.

»Das Vorhaben, das mich aufrecht hielt, ist abgeschlossen, Mr. Sampson, und es gibt jetzt nichts mehr, das mich ans Leben bindet. Ich tauge nicht mehr fürs Leben; ich bin schwach und mutlos; ich habe keine Hoffnungen und keine Ziele; meine Tage sind vorüber.«

Wahrhaftig, ich konnte kaum glauben, daß dieser gebrochene Mann, der jetzt zu mir sprach, derselbe war, der einen so starken und gänzlich anderen Eindruck auf mich gemacht hatte, als sein Vorhaben ihn noch beseelte. Ich bat ihn, so inständig ich es vermochte, aber immer wieder sagte er beharrlich und ruhig, nichts könne ihm helfen, sein Herz sei gebrochen.

Er starb zu Beginn des nächsten Frühlings. Er wurde an der Seite der armen jungen Dame begraben, um die er so zarten, herben Kummer gehegt hatte; all sein Eigentum hinterließ er ihrer Schwester. Sie blieb am Leben und wurde eine glückliche Ehefrau und Mutter. Sie heiratete den Sohn meiner Schwester, der an die Stelle des armen Meltham trat. Sie lebt noch, und ihre Kinder spielen im Garten mit meinem Spazierstock Steckenpferd, wenn ich sie besuchen komme.

Mugby Junction

Der Streckenwärter auf Linie 1

»Hallo, dort unten!«

Er stand mit seinem roten Fähnchen in der Hand vor der Tür des Stellwerks. Angesichts der Lage des Ortes hätte man meinen sollen, er könnte nicht zweifeln, woher der Anruf käme; doch anstatt in die Höhe zu blicken, wo ich fast genau über seinem Kopf am Rande des steilen Einschnitts stand, in dem hier die Bahnstrecke verläuft, drehte er sich um und blickte die Geleise entlang. Es lag etwas Merkwürdiges in der Art, wie er das tat, wenn ich auch um mein Leben nicht hätte sagen können, was; aber ich weiß, daß es merkwürdig genug war, um mir aufzufallen, obwohl ich seine Gestalt in dem tiefen Graben unter mir nur verkürzt und überschattet sah, während ich hoch über ihm in der grellen Glut eines zornigen Sonnenuntergangs stand, so daß ich ihn überhaupt erst wahrnahm, als ich die Augen mit der Hand beschirmte.

»Hallo, dort unten!«

Er holte seinen Blick von dem Geleise zurück und drehte sich wieder um. Jetzt hob er den Kopf und sah mich oben stehen.

»Gibt's einen Weg, auf dem ich zu Ihnen hinunter könnte?«

Er blickte zu mir hinauf, ohne zu antworten, und ich blickte auf ihn hinunter, ohne allzu rasch eine Antwort auf meine müßige Frage zu fordern. In diesem Moment war ein unbestimmtes Vibrieren der Erde und der Luft zu verspüren, das rasch in ein heftiges Beben und einen mächtig heranbrausenden Sturm überging, so daß ich unwillkürlich zurückwich, als hätte er die Kraft, mich hinunterzureißen. Als die bis in meine Höhe aufsteigende Rauchfahne des vorüberjagenden Expreßzugs sich verzogen hatte, schaute ich aufs neue hinunter und sah, wie der

Mann die Signalfahne, die er präsentiert hatte, wieder zusammenrollte.
Nun wiederholte ich meine Frage. Nach einer Pause, während der er mich mit großer Aufmerksamkeit zu betrachten schien, wies er mit der zusammengerollten Fahne auf einen Punkt in meiner Höhe, etwa zwei-, dreihundert Schritt von mir entfernt. »Danke!« rief ich hinunter und ging zu der bezeichneten Stelle. Dort entdeckte ich nach einigem Suchen die Andeutung eines Zickzackwegleins, das steil hinabführte.
Der Einschnitt war sehr tief, und die Wände fielen ungewöhnlich schroff ab. Der Steig war roh in das feuchtschlüpfrige Gestein eingehauen und wurde immer nasser und glitschiger, je tiefer ich kam. So fand ich den Weg lang genug, um mir den sonderbaren Ausdruck von Widerwillen oder Gezwungenheit ins Gedächtnis zurückzurufen, mit dem er mir den Abstieg gezeigt hatte.
Als ich so tief war, daß ich ihn wieder sehen konnte, stand er zwischen den Schienen, über die soeben der Zug gefahren war, als wartete er auf mein Auftauchen. Er stand, das Kinn in die linke Hand und den linken Ellbogen in die rechte Hand gestützt, mit so unruhiger und gespannter Miene da, daß ich einen Augenblick lang verwundert anhielt.
Als ich schließlich auf dem Bahnkörper ankam und mich ihm näherte, sah ich, daß er ein dunkler, blasser Mann mit schwarzem Haar und buschigen Augenbrauen war. Sein Posten war ein so einsamer, düsterer Ort, wie ich es nur je gesehen habe. Auf beiden Seiten schlossen die tropfenden, steilen Felswände jegliche Aussicht bis auf einen schmalen Streifen Himmel aus. Sein ganzer Ausblick bestand auf der einen Seite aus der gekrümmten Verlängerung dieses langgestreckten Verließes; auf der anderen Seite endete die kürzere Perspektive bei einem düster brennenden roten Licht und der noch düstereren Einfahrt in ein pechschwarzes Tunnel, dessen massiger Bau etwas Barbarisches, Niederdrückendes, Abweisendes an sich hatte. So

wenig Sonnenlicht fand seinen Weg hierher, daß der ganze Ort einen Geruch nach Erde und Tod ausströmte, und er wurde so oft von kalten Winden durchbraust, daß mich ein eisiger Schauer überlief – als hätte ich die Welt der Lebenden verlassen.

Ich war dem Mann so nahe, daß ich ihn hätte berühren können, bevor er eine Bewegung tat. Erst dann gab mich sein Blick frei. Er trat einen Schritt zurück und hob die Hand zum Gruß.

Dies wäre ein einsamer Posten, sagte ich, darum hätte er meine Aufmerksamkeit gefesselt, als ich von oben hinunterschaute. Besucher wären hier wohl eine Seltenheit – hoffentlich keine unwillkommene? In mir sähe er bloß einen Menschen, der sein Leben in einem eng begrenzten Kreis verbracht hätte und jetzt, da er endlich vom täglichen Trott befreit sei, ein neues Interesse für die großen Bauwerke unserer modernen Zeit in sich entdeckte. Dies war der Sinn meiner Worte, aber ich weiß keineswegs, welche Ausdrücke ich gebrauchte. Abgesehen davon, daß es mir überhaupt schwerfällt, ein Gespräch zu beginnen, hatte der Mann etwas Einschüchterndes an sich.

Er warf einen ganz sonderbaren Blick auf das rote Signallicht vor dem Tunnel und musterte es argwöhnisch, als vermißte er dort etwas. Dann sah er mich an.

Er hätte wohl die Verantwortung für dieses Signal? fragte ich.

Er antwortete leise: »Wissen Sie das nicht?«

Angesichts seiner starren Augen und seines düsteren Gesichts schoß mir der ungeheuerliche Gedanke durch den Kopf, daß er kein Mensch, sondern ein Geist wäre. Ich habe seither darüber nachgedacht, ob es nicht vielleicht ansteckende Ideen gibt.

Jetzt war es an mir zurückzuweichen, doch dabei entdeckte ich in seinen Augen so etwas wie heimliche Furcht, und das verscheuchte meinen verrückten Einfall.

Ich zwang mich zu einem Lächeln und sagte: »Sie schauen mich an, als hätten Sie Angst vor mir!«

»Ich habe mich gefragt – ob ich Sie nicht schon gesehen hätte«, erwiderte er.
»Wo sollte das gewesen sein?«
Er wies auf das rote Licht, das er so eindringlich angeblickt hatte.
»Dort?« rief ich.
Während er mich noch immer scharf beobachtete, antwortete er (aber tonlos): »Ja!«
»Mein lieber Freund, was hätte ich dort tun sollen? Aber wie dem auch sei, ich war noch niemals hier, das dürfen Sie mir glauben!«
»Ja, das darf ich wohl«, erwiderte er. »Ja, jetzt bin ich sicher.«
Sein Wesen wurde freier und meines auch. Er beantwortete meine Fragen und Bemerkungen bereitwillig und in gebildeter Ausdrucksweise. Ob er viel Arbeit hätte? – Ja, das heißt, er hätte eine gewisse Verantwortung zu tragen; doch dabei käme es vor allem auf Zuverlässigkeit und Aufmerksamkeit an; eigentliche Arbeit – körperliche Arbeit – gäbe es so gut wie gar nicht. Die Signale auswechseln, die Lampen putzen, ab und zu den eisernen Hebel nach der anderen Seite legen – das wäre alles, was er in dieser Beziehung zu leisten hätte. Was die langen, einsamen Stunden betraf, von denen ich soviel Aufhebens machte, könne er nur sagen, daß sein Tagesablauf sich eben so gestaltet hätte und ihm zur Gewohnheit geworden wäre. Um sich zu beschäftigen, hätte er hier unten ganz allein eine fremde Sprache gelernt – wenn man es so nennen könnte, daß er die Worte, die er las, verstand und sich einen ungefähren Begriff ihrer Aussprache gebildet hatte. Er hätte sich auch mit Bruch- und Dezimalrechnung und etwas Algebra befaßt, aber Mathematik wäre ihm schon in der Schule schwergefallen. – Ob er seine ganzen Dienststunden in diesem feuchten Loch zwischen den Felswänden verbringen müsse und nie in die Sonne hinauf könnte? – Ja, das hinge von der Zeit und den Umständen ab. Unter gewissen Bedingungen gäbe es auf dieser Strecke weniger zu

tun, und das gleiche gälte für bestimmte Tages- und Nachtstunden. Bei gutem Wetter nütze er dies tatsächlich aus, um ein wenig aus der Tiefe herauszukommen, doch da er jederzeit gewärtig sein müsse, vom Geklingel seines elektrischen Apparates zurückgerufen zu werden, und in solchen Fällen besonders ängstlich darauf lausche, wären solche Ausflüge weniger erquicklich, als ich wohl meinte.

Er ließ mich in sein Stellwerk eintreten; dort gab es ein Feuer, ein Schreibpult mit einem dienstlichen Journalbuch, in das er seine Eintragungen zu machen hatte, einen Telegraphenapparat mit Zifferblatt und Zeigern und das kleine Läutwerk, von dem er gesprochen hatte. Als ich äußerte, er möge mir die Bemerkung verzeihen, daß ich ihn erstaunlich gebildet und (wenn ich es sagen dürfe) vielleicht über seinen Stand hinaus gebildet fände, antwortete er, daß es wohl in keiner größeren Menschengruppe an Beispielen für derartige kleine Unstimmigkeiten fehle; er habe gehört, daß sie in Armenhäusern, in der Polizeigruppe und sogar in der Armee, dieser letzten Zuflucht der Verzweifelten, anzutreffen wären, und vom Eisenbahnpersonal wäre es ihm selbst bekannt. In seiner Jugend wäre er (falls ich es glauben könnte, wenn ich ihn in diesem Schuppen sitzen sähe – er selber glaubte es kaum noch) Student der Naturwissenschaften gewesen und hätte Vorlesungen besucht. Doch er hätte es im jugendlichen Übermut zu wild getrieben und seine Chancen vergeudet. So sei er immer tiefer gesunken und hätte sich nicht mehr erheben können. Nicht, daß er sich deswegen beklagte. Er hätte sich sein Bett gemacht und müsse darauf liegen. Jetzt wäre es viel zu spät, sich anders zu betten.

Alles, was ich hier kurz zusammenfasse, sagte er in sehr ruhigem Ton, während sein ernster, dunkler Blick zwischen mir und dem Feuer hin und her wanderte. Ab und zu flocht er das Wörtchen »Sir« ein, besonders wenn er von seiner Jugend sprach – als wolle er mir zu verstehen geben, daß er nicht anders und nicht besser zu erscheinen suchte, als ich ihn fand. Mehrmals wurde er durch das

Läutwerk unterbrochen und hatte Meldungen entgegenzunehmen und zu beantworten. Einmal mußte er vor die Tür treten, einem vorbeifahrenden Zug ein Zeichen mit seiner Fahne machen und dem Fahrer eine mündliche Botschaft übermitteln. Ich bemerkte, daß er sich bei der Erfüllung seiner Pflichten einer bemerkenswerten Genauigkeit und Aufmerksamkeit befleißigte; er brach seine Rede jeweils mitten im Wort ab und nahm sie erst wieder auf, wenn alles getan war, was er zu tun hatte.

Kurz gesagt, ich hätte mir keinen zuverlässigeren und vertrauenswürdigeren Mann für diesen Posten vorstellen können, wenn er nicht zweimal mitten im Gespräch jäh verstummt wäre und sich sichtlich erbleichend dem Läutwerk zugewendet hätte, das aber *nicht* läutete, worauf er jedesmal die Tür öffnete (die er sonst geschlossen hielt, um die ungesunde, feuchtkalte Luft auszuschließen) und zu dem roten Licht am Eingang des Tunnels hinüberspähte. Bei beiden Gelegenheiten kehrte er mit dem undefinierbaren Gesichtsausdruck zum Feuer zurück, der mir schon aus der Ferne aufgefallen war, ohne daß ich es hätte erklären können.

Als ich mich erhob, um Abschied zu nehmen, sagte ich: »Fast könnte ich glauben, einem vollkommen zufriedenen Menschen begegnet zu sein.«

(Ich muß gestehen, daß ich es sagte, um ihn ein wenig an der Zunge zu ziehen.)

»Ich glaube, bis vor kurzem war ich es«, erwiderte er in dem leisen Ton, in dem er anfänglich gesprochen hatte. »Aber ich bin beunruhigt, Sir, ich bin sehr beunruhigt.«

Er hätte die Worte wohl gern zurückgeholt. Doch sie waren ausgesprochen, und ich nahm sie rasch auf.

»Wieso? Was beunruhigt Sie?«

»Es ist schwer zu erklären, Sir. Es läßt sich nur sehr, sehr schwer davon sprechen. Wenn Sie mich noch einmal besuchen, will ich probieren, es Ihnen zu sagen.«

»Ich habe ohnehin die feste Absicht wiederzukommen. Sagen Sie nur, wann es Ihnen recht ist.«

»Morgen früh gehe ich zeitig weg und trete um zehn Uhr abends wieder meinen Dienst an, Sir.«
»Gut, ich komme um elf.«
Er dankte mir und begleitete mich vor die Tür. »Ich werde mein weißes Licht zeigen, Sir«, sagte er in seinem eigentümlich leisen Ton, »bis Sie zum Aufstieg kommen. Rufen Sie nicht, wenn Sie ihn gefunden haben! Und rufen Sie auch nicht, wenn Sie oben angelangt sind.«
Die Art, in der er dies sagte, ließ mir den Ort plötzlich kälter erscheinen, doch ich erwiderte nur: »Gut.«
»Und rufen Sie mich nicht laut an, wenn Sie morgen abend wiederkommen! Aber lassen Sie mich zum Abschied noch eine Frage stellen: Was hat Sie heute bewogen, ›Hallo, dort unten!‹ zu rufen.«
»Weiß der Himmel! Wenn ich etwas Ähnliches rief ...«
»Nicht etwas Ähnliches, Sir. Es waren genau diese Worte. Ich kenne sie gut.«
»Schön, dann waren es genau diese Worte. Ich habe wohl einfach gerufen, weil ich Sie dort unten sah ...«
»Aus keinem anderen Grund?«
»Welch anderen Grund könnte ich denn haben?«
»Sie hatten nicht das Gefühl, daß – daß die Worte Ihnen auf irgendeine – eine übernatürliche Art eingeflüstert würden?«
»Nein, wahrhaftig nicht!«
Er wünschte mir gute Nacht und hielt sein weißes Licht in die Höhe, um mir zu leuchten. Ich ging neben den Schienen her (mit dem äußerst unangenehmen Gefühl, daß hinter meinem Rücken ein Zug heranraste), bis ich den Aufstieg fand. Hinauf ging es leichter als hinunter, und ich kehrte ohne weiteres Abenteuer in meinen Gasthof zurück.
Am nächsten Abend war ich pünktlich zur Stelle. Ich setzte gerade meinen Fuß auf die erste Zacke des steilen Wegleins, als die Uhren in der Ferne elf schlugen. Er erwartete mich mit dem weißen Licht unten. »Ich habe nicht gerufen«, sagte ich, als ich nahe genug heran war. »Darf

ich jetzt sprechen?« – »Selbstverständlich, Sir.« – »Nun denn guten Abend, und hier ist meine Hand.« – »Guten Abend, Sir, und hier ist die meine.« – Wir schritten nebeneinander zu seiner Hütte, schlossen die Tür hinter uns und setzten uns ans Feuer.

Sobald wir Platz genommen hatten, neigte er sich vor und sprach beinahe flüsternd: »Ich habe jetzt beschlossen, Sir, daß Sie mich nicht zweimal fragen sollen, was mich beunruhigt. Gestern abend hatte ich Sie zuerst für jemand anderen gehalten. Das ist es, was mich beunruhigt.«

»Dieser Irrtum?«

»Nein. Dieser – andere.«

»Wer ist es?«

»Ich weiß es nicht.«

»Ist er mir ähnlich?«

»Ich weiß nicht. Ich habe sein Gesicht nie gesehen. Er hält den linken Arm vors Gesicht und winkt mit dem rechten – sehr heftig. So.«

Er führte mir die Bewegung vor. Es war, als gestikulierte jemand in der größten Aufregung, um einem anderen zu bedeuten: »Um Gottes willen, aus dem Weg!«

»In einer Mondnacht«, fuhr der Mann fort, »saß ich hier, als ich plötzlich laut rufen hörte: ›Hallo, dort unten!‹ Ich fuhr auf und sah zur Tür hinaus. Da stand dieser Jemand neben dem roten Licht vor der Tunneleinfahrt und winkte wild, wie ich es Ihnen soeben gezeigt habe. Seine Stimme klang vor Schreien ganz heiser, und er rief: ›Aufpassen! Aufpassen!‹ und dann wieder: ›Hallo, dort unten! Achtung, um Gottes willen!‹ Ich packte meine Laterne, stellte sie auf Rot und rannte zu ihm hin, während ich schrie: ›Was ist geschehen? Ist etwas passiert? Wo?‹ Ich kam dem Mann so nahe, daß ich mich wunderte, warum er noch immer den Arm vors Gesicht hielt. Ich rannte dicht an ihn heran und streckte die Hand aus, um ihn am Arm zu packen – da war er verschwunden.«

»In den Tunnel hinein?« fragte ich.

»Nein. Ich lief in den Tunnel hinein, wohl fünfhundert

Schritt weit. Dann blieb ich stehen und leuchtete mit hoch erhobener Lampe alles ab und sah die Meilenzahlen und sah die feuchten Streifen an der Wand, wo Wasser über das Gestein sickert. Ich lief noch schneller hinaus, als ich hineingerannt war (denn ein tödliches Entsetzen hatte mich gepackt), und leuchtete die ganze Umgebung des roten Signallichts mit meinem eigenen roten Licht ab und kletterte die eiserne Leiter zur Rampe über der Tunneleinfahrt hinauf und wieder hinunter, und dann rannte ich hierher zurück. Ich telegraphierte in beide Richtungen: ›Habe Alarm erhalten! Ist etwas passiert?‹ Von beiden Seiten kam die Antwort zurück: ›Alles in Ordnung.‹«

Obwohl mir war, als tastete ein eisiger Finger langsam über mein Rückgrat, suchte ich ihm zu beweisen, daß diese Gestalt eine Sinnestäuschung gewesen sein müsse; ich erklärte ihm, daß solche Scheinbilder, die auf irgendeine Funktionsstörung der sehr empfindlichen Augennerven zurückzuführen sind, durchaus nichts Seltenes seien und daß viele Menschen, die davon befallen würden, sich ihrer trügerischen Natur durchaus bewußt wären und sie sogar durch Experimente an ihrer eigenen Person bewiesen hätten. »Und was den vermeintlichen Schrei betrifft«, fuhr ich fort, »horchen Sie nur einen Augenblick lang auf den Wind, der diese künstliche Schlucht durchbraust, und auf die wilden Harfenklänge, die er den Telegraphendrähten entlockt.«

Das wäre alles gut und schön, erwiderte er, nachdem wir noch ein Weilchen gelauscht hatten, und schließlich sollten ihm die Geräusche des Windes und der Telegraphendrähte nicht unbekannt sein, da er hier doch viele lange Winternächte einsam durchwachte; aber er möchte bemerken, daß er mit seiner Erzählung noch nicht zu Ende sei.

Ich entschuldigte mich, und er fügte langsam hinzu, während er meinen Arm berührte: »Sechs Stunden nach der Erscheinung ereignete sich auf dieser Strecke das schwere Eisenbahnunglück, das soviel Aufsehen erregt hat. Binnen zehn Stunden wurden die Toten und Verletzten durch den Tunnel befördert, gerade über den Fleck, auf dem die Gestalt gestanden war.«

Ein unangenehmes Frösteln lief mir über den Rücken, aber ich kämpfte, so gut ich konnte, dagegen an. Ich sagte, das wäre allerdings ein merkwürdiges Zusammentreffen, das einen wahrhaftig beeindrucken könnte; aber merkwürdige Zufälle ereigneten sich ständig, und man müsse mehr oder weniger mit ihnen rechnen – obwohl natürlich, fügte ich hinzu (denn ich glaubte, den Einwand auf seinen Lippen zu sehen), der sogenannte gesunde Menschenverstand bei seinen Berechnungen nicht eben viel Raum offen ließe für solch merkwürdige Zufälle.

Er erlaubte sich noch einmal zu bemerken, daß er noch nicht zu Ende erzählt hätte, und ich bat ihn wieder um Entschuldigung, daß ich mich zu einer Unterbrechung hatte hinreißen lassen.

»Das war jetzt gerade vor einem Jahr«, sagte er, während er wieder die Hand auf meinen Arm legte und aus hohlen Augen über seine Schulter blickte. »Sechs oder sieben Monate waren vergangen, und ich hatte mich von meinem Schock erholt, als ich eines morgens bei Tagesanbruch vor diese Tür hier trat und das Gespenst wieder bei dem roten Licht stehen sah.« Er verstummte und schaute mich starr an.

»Hat es Sie wieder angerufen?«

»Nein, es war still.«

»Und winkte es wieder?«

»Nein, es stand gegen den Lichtstrahl gelehnt und hatte beide Hände vors Gesicht geschlagen. So.«

Wieder führte er mir die Bewegung vor. Es war eine Gebärde tiefer Trauer, wie man sie manchmal an steinernen Grabfiguren sieht.

»Gingen Sie zu ihm hin?«

»Nein, ich wich in den Raum hier zurück und setzte mich hin – teils um mich zu sammeln, teils weil ich halb ohnmächtig war. Als ich wieder vor die Tür trat, war es heller Tag und der Geist verschwunden.«

»Aber es gab keine Folgen? Kein neues Unglück?«
Er tippte zwei-, dreimal mit dem Zeigefinger auf meinen Arm und nickte jedesmal dazu.
»Am gleichen Tag sah ich durch das offene Fenster eines Zuges, der aus dem Tunnel kam, ein wildes Durcheinander von Köpfen und Armen, und jemand schien verzweifelt zu winken. Ich bemerkte es gerade noch rechtzeitig, um dem Lokomotivführer das Haltsignal zu geben. Er bremste sofort, aber der Zug kam erst nach etwa hundertfünfzig Schritt oder mehr zum Stillstand. Ich lief ihm nach und hörte bald fürchterliches Schreien und Heulen. In einem Abteil war eine schöne junge Frau ganz plötzlich gestorben. Man brachte sie her und legte sie hier auf den Fußboden – gerade zwischen uns.«
Unwillkürlich schob ich meinen Stuhl zurück und blickte von den Dielenbrettern, auf die er zeigte, in sein Gesicht auf.
»Ja, gerade hier, auf dieser Stelle. Es ist wahr, Sir. Ich erzähle es Ihnen genau, wie es sich zugetragen hat.«
Ich wußte nichts zu sagen, mein Mund war plötzlich ganz trocken. Der Wind und die Telegraphendrähte stimmten mit einem langgedehnten Klagelaut in die Geschichte ein.
»Und jetzt, Sir, hören Sie zu und bedenken Sie, wie verstört ich bin. Vor einer Woche kam der Geist wieder, und seither zeigt er sich immerfort in unregelmäßigen Abständen.«
»Beim Licht?«
»Ja, beim Warnsignal.«
»Was tut er diesmal?«
Er wiederholte, womöglich mit noch größerer Heftigkeit und Leidenschaft, die frühere Gebärde: »Aus dem Weg, um Gottes willen!«
»Ich finde nicht Rast noch Ruhe«, fuhr der Mann fort. »Es ruft mir minutenlang wie in höchster Todesangst zu: ›Hallo, dort unten! Aufpassen! Achtung!‹ Es steht da und winkt mir. Es läutet meine Glocke ...«
Ich hakte rasch ein. »Hat es gestern abend, als wir hier

saßen und Sie zur Tür gingen, Ihre Glocke anschlagen lassen?«
»Zweimal.«
»Da sehen Sie, wie Ihre Phantasie Sie in die Irre führt«, rief ich triumphierend aus. »Meine Augen waren auf das Läutwerk gerichtet, und meine Ohren waren offen, und so wahr ich lebe, es hat *nicht* angeschlagen. Auch zu keiner anderen Zeit, außer im natürlichen Ablauf der Dinge, wenn Ihnen eine dienstliche Meldung gemacht wurde.«
Er schüttelte den Kopf. »In diesem Punkt habe ich mich noch nie geirrt, Sir. Ich habe bisher noch nie das gespenstische Geläute mit dem normalen Geläute verwechselt. Das gespenstische Geläut besteht in einem starken Vibrieren der Glocke, das sich sonst nie zeigt, und ich habe festgestellt, daß man es mit dem Auge nicht wahrnimmt. Es wundert mich nicht, daß Sie es nicht hörten – aber *ich* habe es gehört.«
»Und war das Gespenst da, als Sie hinausschauten?«
»Ja, es war da.«
»Beide Male?«
»Beide Male«, antwortete er bestimmt.
»Möchten Sie jetzt mit mir zur Tür kommen und nach ihm ausschauen?«
Er biß sich auf die Lippen, als täte er es nicht gern, folgte mir aber zur Tür. Dort war das Warnsignal, dort der finstere Schlund des Tunnels. Da waren die hohen, feuchten Felswände. Und dort oben leuchteten die Sterne.
»Sehen Sie es?« fragte ich, während ich sein Gesicht scharf beobachtete. Die Augen quollen ihm aus den Höhlen, aber vielleicht nicht stärker als die meinen, als ich sie vorhin angestrengt auf die gleiche Stelle gerichtet hatte.
»Nein, es ist nicht da.«
»Einverstanden«, sagte ich.
Wir gingen wieder hinein, schlossen die Tür und setzten uns ans Feuer. Ich überlegte gerade, wie ich meinen Vorteil, wenn man so sagen kann, am besten ausnützen sollte, als er das Gespräch so sachlich wieder aufnahm und dabei

so selbstverständlich voraussetzte, daß in der Sache selbst keine Meinungsverschiedenheit zwischen uns bestehen könnte, daß ich mich in einer sehr schwachen Position sah.

»Jetzt werden Sie verstehen, Sir, was mich so furchtbar beunruhigt. Es ist die Frage, was das Gespenst mir mitteilen will.«

Ich sagte, ich verstünde ihn nicht ganz.

»Wovor warnt es mich?« fragte er, starr ins Feuer blickend und nur hin und wieder die Augen zu mir aufhebend. »Wo liegt die Gefahr? Worin besteht sie? Irgendeine Gefahr droht der Strecke. Irgendein furchtbares Unglück steht bevor. Daran ist dieses dritte Mal nach allem Vorangegangenen nicht zu zweifeln. Aber warum quält es just mich so grausam? Was kann *ich* dagegen tun?«

Er zog sein Taschentuch hervor und fuhr sich über die Stirn.

»Wenn ich in die eine oder andere Richtung oder nach beiden Seiten Gefahr signalisieren wollte, so könnte ich meine Warnung nicht begründen«, fuhr er fort, während er sich die feuchten Handflächen trocknete. »Ich würde mir nur Unannehmlichkeiten zuziehen und nichts Gutes bewirken. Man würde mich für verrückt halten. Es würde folgendermaßen vor sich gehen: Meldung: ›Achtung! Gefahr!‹ – Antwort: ›Welche Gefahr? Wo?‹ – Meldung: ›Ich weiß nicht. Aber Achtung, um Gottes willen!‹ – Daraufhin würde man mich entlassen. Was bliebe ihnen sonst übrig?«

Es war mitleiderregend, zu sehen, wie er sich quälte. Es war die seelische Marter eines pflichtbewußten Menschen, dem eine unzumutbare Verantwortung für das Leben anderer Menschen aufgebürdet wird.

»Als es zuerst neben dem Warnsignal stand«, sagte er, sein dunkles Haar aus der Stirn streichend und in fieberhafter Erregung die Hände auf die Schläfen pressend, »warum teilte es mir nicht mit, wo der Unfall stattfinden würde – wenn er stattfinden *mußte*? Warum sagte es mir nicht, wie man ihn abwenden könnte – falls er abzuwenden war? Als es beim zweitenmal sein Gesicht verhüllte – warum warnte es mich nicht lieber: ›Sie wird auf dieser Reise sterben. Laßt sie daheimbleiben!‹ Wenn es beide Male kam, um mir zu demonstrieren, daß seine Warnungen eintrafen, wenn es mich auf diese Weise auf die dritte vorbereiten wollte – warum sagt es mir nicht klar und deutlich, was bevorsteht? Und ich, Gott helfe mir! Ein einfacher Streckenwärter auf dieser einsamen Bahnlinie! Warum geht es nicht zu jemandem, der die Macht und den Einfluß besitzt, etwas gegen die Gefahr zu tun?«

Als ich ihn in diesem Zustand sah, wurde mir klar, daß man den armen Menschen vor allem einmal beruhigen müßte, um seiner selbst wie um der allgemeinen Sicherheit willen. Ich ließ daher jede Frage nach der Realität oder Irrealität der Erscheinung beiseite und redete ihm gut zu: Man könne von niemandem mehr verlangen, als daß er gewissenhaft seine Pflicht erfülle; und daß er dies aufs beste täte, diesen Trost habe er, auch wenn er die sonderbaren Erscheinungen nicht zu deuten wüßte. Tatsächlich hatte ich damit weit mehr Erfolg als mit dem Versuch, ihm seine Ideen mittels Vernunftgründen auszureden. Er beruhigte sich, und je weiter die Nacht vorrückte, desto mehr nahmen seine dienstlichen Pflichten seine Aufmerksamkeit in Anspruch. Ich verließ ihn um zwei Uhr früh. Ich hatte mich erbötig gemacht, über Nacht bei ihm zu bleiben, doch davon wollte er nichts hören.

Daß ich während des Aufstiegs mehr als einmal auf das rote Licht zurückblickte, daß mir das rote Licht nicht sympathisch war und daß ich wohl ziemlich schlecht geschlafen hätte, wenn mein Bett darunter gestanden – das zu verhehlen, sehe ich gar keinen Grund. Auch die Geschichte von dem schweren Eisenbahnunglück und dem Tod der jungen Frau gefiel mir nicht; das zu verhehlen, sehe ich gleichfalls keinen Grund.

Doch mehr als dies alles beschäftigte mich die Überlegung, was ich jetzt, da er mich ins Vertrauen gezogen und mir seine Befürchtungen offenbart hatte, tun sollte. Der Mann war intelligent, wachsam, peinlich gewissenhaft und zuverlässig; doch wie lange mochte er bei seinem krankhaften Gemütszustand so bleiben? Wenn auch in untergeordneter Stellung, hatte er doch eine große Verantwortung zu tragen. Würde ich (nur zum Beispiel) mein eigenes Leben auf die Wahrscheinlichkeit setzen, daß er seine Pflichten weiterhin mit der gleichen Genauigkeit erfüllte?

Dennoch vermochte ich mich nicht über das Gefühl hinwegzusetzen, daß ich einen Verrat begehen würde, wenn ich seine Bekenntnisse seinen Vorgesetzten mitteilte, ohne zuvor offen mit ihm zu reden und ihm einen Ausweg vorzuschlagen. So beschloß ich letzten Endes folgendes: Ich wollte mich erbötig machen, mit ihm (während ich vorläufig sein Geheimnis wahrte) zu dem tüchtigsten Arzt zu gehen, der im Umkreis aufzutreiben wäre, und dessen Meinung einzuholen. Er hatte mich davon in Kenntnis gesetzt, daß er morgen früh kurz nach Sonnenaufgang abgelöst und seinen Dienst bei Einbruch der Dunkelheit wieder antreten würde, und ich hatte versprochen, dann wieder zu ihm zu kommen.

Der nächste Abend war wunderschön, und ich verließ meine Wohnung früher als notwendig, um ihn zu genießen. Die Sonne war noch nicht ganz untergegangen, als ich den Feldweg am Rande des Einschnitts entlang wanderte. Ich nahm mir vor, noch eine Stunde lang weiterzuspazieren, eine halbe Stunde hin, eine halbe zurück, dann würde es gerade Zeit sein, mich wieder im Stellwerk einzufinden.

An der Stelle, von der aus ich ihn zum erstenmal erblickt hatte, trat ich mechanisch an den Rand des Abgrunds und schaute hinunter. Ich kann nicht beschreiben, welcher Schrecken mich packte, als ich knapp vor der Tunneleinfahrt einen Mann stehen sah, der den linken Arm vors Gesicht hielt und mit dem rechten verzweifelt winkte!

Das namenlose Entsetzen, das mich bei diesem Anblick

überfiel, verschwand sofort wieder, denn im nächsten Moment erkannte ich, daß es ein wirklicher Mensch war und daß in geringer Entfernung einige andere Menschen standen, denen er diese Gebärde vorzuführen schien. Das rote Warnsignal war noch nicht angezündet. Dicht daneben stand etwas, das ich bisher bei keinem meiner Besuche erblickt hatte – etwas wie ein behelfsmäßiges Zelt, eine Zeltleinwand, die man über ein paar hölzerne Stützen geworfen hatte, das Ganze nicht größer als ein Bett.
Mit dem unabweisbaren Gefühl, daß hier etwas Furchtbares geschehen sei – daß es zu einer Katastrophe gekommen war, weil ich meinen Freund alleingelassen hatte, ohne dafür zu sorgen, daß jemand käme und ihn kontrollierte –, lief ich, von rasender, schuldbewußter Angst erfüllt, so schnell ich konnte, den Zickzackpfad hinunter.
»Was ist geschehen?« rief ich den Leuten zu.
»Der Streckenwärter ist überfahren worden, Sir.«
»Was, der Mann vom Stellwerk hier? Der Mann, den ich kannte?«
»Wenn Sie ihn kannten, werden Sie ihn wiedererkennen, Sir. Sein Gesicht ist unversehrt geblieben.« Und der Sprecher hob ein Ende der Zeltleinwand auf, während er ehrfürchtig sein eigenes Haupt entblößte.
»Wie ist es geschehen? Mein Gott, wie konnte das nur geschehen?« rief ich, von einem zum andern blickend.
»Die Lokomotive hat ihn erwischt, Sir. Er war der genaueste, zuverlässigste Mensch, den man sich denken kann, und kannte seinen Dienst wie kein anderer! Und bei hellichtem Tag! Es ist nicht zu begreifen – aber er stand mitten auf dem Geleise, mit dem Rücken zum Tunnel, als der Zug herauskam. Der Lokomotivführer hier hat uns gerade den Hergang des Unglücks beschrieben. Zeigen Sie es dem Herrn noch einmal, Thomas.«
Der Lokomotivführer, der in einen rauhen, dunklen Mantel gehüllt war, trat an seinen früheren Platz in der Tunneleinfahrt zurück.
»Wie wir um die Kurve im Tunnel biegen, sehe ich ihn ge-

rade hier vor der Mündung stehen, Sir, wie durch ein Fernglas. Ich konnte nicht mehr rechtzeitig anhalten – und ich kannte ihn ja und wußte, wie vorsichtig er war. Ich pfeife und pfeife, aber er scheint nicht drauf zu achten. Da stelle ich die Pfeife ab und rufe und schreie aus Leibeskräften ...«

»Was haben Sie gerufen?«

»Was ich gerufen habe? ›Hallo, dort unten! Achtung! Aus dem Weg! Um Gottes willen aus dem Weg!‹«

Ich fuhr zusammen.

»Ja, das war furchtbar, Sir! Ich rufe und schreie die ganze Zeit, ich halte mir den Arm vors Gesicht, um es nicht zu sehen, und winke und winke bis zuletzt ... Aber es war zu spät ...«

Ohne meine Erzählung dadurch zu verlängern, daß ich bei einer ihrer merkwürdigen Einzelheiten länger verweile als bei einer anderen, möchte ich nur noch auf den Umstand hinweisen, daß der Ruf des Lokomotivführers nicht nur die Worte enthielt, die der unglückselige Streckenwärter selbst mir wiederholt hatte, sondern auch die Worte, die ich – nicht er – in meinen unausgesprochenen Gedanken der stummen Gebärde, die er mir vorgeführt hatte, unterlegte.

Der Behexte und der Pakt mit dem Geiste

1. Kapitel

Die Gabe

Jeder sagte es.

Es sei fern von mir, zu behaupten, daß richtig sein müsse, was »jeder« sagt.

Was »jeder« sagt, kann ebensogut falsch sein.

Es ist kein Verlaß auf solche Autorität. Sehr oft hat man schrecklich lang gebraucht, um das einzusehen.
Was »jeder« behauptet, *kann* zuweilen richtig sein, aber Regel ist es nicht, wie der Geist des Giles Scroggins in der Ballade sagt.
Ja richtig: »Geist«; das bringt mich wieder auf meine Geschichte.
Also jeder sagte, er sähe aus wie ein Behexter. Das stimmt: Er sah wirklich so aus.
Hohle Wangen, eingesunkene funkelnde Augen, ebenmäßig gewachsen zwar, aber immer schwarz gekleidet und immer mürrisch. Die grauen Haare wirr ins Gesicht hängend wie Seegras. Wie eine Klippe sah er aus, an der die Wogen branden aus der Tiefe der Menschheit.
Wer hätte sein Wesen beobachten können, seine seltsame verschlossene Art, düster und immer in Gedanken verloren, stets im Geiste in einer vergangenen Zeit und an fremdem Ort, unablässig in sein Inneres horchend, als ertöne da ein geheimnisvolles Echo – ohne sagen zu müssen, er ist behext?
Wer ihn sah in seinem Studierzimmer – halb Bibliothek, halb Laboratorium – er war ein weltberühmter Gelehrter und Chemiker, und täglich hingen Hunderte an seinen Lippen –, wer ihn dort sah in einsamer Winternacht – unbeweglich –, umgeben von seinen Giften und Instrumenten und Büchern, wenn der Schatten seiner Schirmlampe wie ein riesiger Käfer an der Wand hockte und der flakkernde Schein des Feuers gespenstische Gestalten malte auf die Wandungen der fremdartigen, seltsam aussehenden Phiolen, der fühlte, der Mann ist behext und das Zimmer dazu.
Wenn dann die Phantome sich in der Flüssigkeit der Gläser spiegelten und zitterten wie Dinge, die wohl wußten, daß er die Macht besaß, sie in ihre Bestandteile aufzulösen und in Feuer und Dampf davonfliegen zu lassen, wenn er dann wieder grübelnd in seinem Stuhle saß vor den roten Flammen in dem rostigen Kamin und flüsternd die dün-

nen Lippen bewegte, da konnte es einen wohl beschleichen, als werde alles ringsum zu Spuk – als stünde man auf behextem Grund.
Und wie er seine Stimme niederhielt in langsamer Rede und ihren natürlichen Wohlklang erstickte! Wer hätte da nicht gesagt, es ist die Stimme eines Verwunschenen?!
Sein Wohnhaus war so einsam und gruftartig – ein alter abgelegener Teil eines ehemaligen Stifts für Studenten, einstens ein braves Gebäude auf freiem Platze, jetzt nur noch die veraltete Grille eines vergessenen Architekten, von Alter, Rauch und Wetter gebräunt. Auf allen Seiten eingeklemmt von der alles überwuchernden Stadt und wie ein alter Brunnen erstickt von Steinen und Ziegeln. Die kleinen Höfe lagen tief unten in wahren Schlünden von Straßen und Häusern, die im Laufe der Zeiten emporgewachsen waren und seine schwerfälligen Schornsteine überragten. Die altgewordenen Bäume plagte schwer der Rauch der benachbarten Essen, wenn er sich schwarz und schwer herabsenkte bei trübem Wetter, und die Grasflekken kämpften hart um ihr Leben unter dem Mehltau der unfruchtbaren Erde. Das verödete Pflaster hatte den Tritt der menschlichen Füße vergessen und war den Blick von Augen nicht mehr gewöhnt, außer es sah einmal ein vereinzeltes Gesicht aus der obern Welt herunter, verwundert, was für ein seltsamer Winkel das wohl sei. Eine Sonnenuhr stand eingezwängt in einer halbvermauerten Ecke, wohin sich Hunderte von Jahren kein Lichtstrahl mehr verirrt, wo als Ersatz für die Sonne wochenlang der Schnee noch lag, wenn er überall längst verschwunden war, und wo sich wie ein gewaltiger Brummkreisel der Ostwind drehte, wenn er sonst an allen Plätzen schwieg.
Die Stube in des Gebäudes innerstem Herzen war so duster und alt, so verfallen und doch so fest mit ihrem wurmstichigen Gebälk in der Decke, mit der derben Holzverkleidung, die sich von der Tür herabsenkte bis zu dem Kaminstück aus Eichenholz. Mitten im umarmenden Drucke der Großstadt und doch so weit weg von Mode,

Zeit und Sitte; so ruhig und doch so reich an hallenden Echos, wenn sich eine ferne Stimme erhob oder Türen ins Schloß fielen – Echos, die nicht bloß in den vielen niedern Gängen und leeren Räumen wohnten, sondern fortmurrten und knurrten, bis sie in der dicken Atmosphäre der vergessenen Krypta erstickten, deren normannische Bogen halb in der Erde staken.
Ihr hättet ihn nur sehen sollen zur Dämmerstunde im tiefen Winter. In der toten Winterszeit, wenn schrill und schneidend der Wind der Sonne ein Abschiedslied singt und ihr Bild schimmernd durch den Nebel taucht. Wenn es eben noch so halbdunkel ist, daß die Formen der Dinge zu verschwimmen beginnen und anschwellen und doch noch nicht ganz verschwinden. Wenn die Menschen am Kamin sitzen, wilde Gesichter und Gestalten, Berge und Abgründe, Wegelagerer und Heere in der Kohlenglut zu sehen beginnen – – die Leute auf den Straßen die Köpfe senken und vor dem Wetter herlaufen und die, die entgegenkommen, an den sturmumtosten Ecken haltmachen, geblendet von den irrenden Schneeflocken, die sich ihnen an die Augenwimpern heften und spärlich fallen und zu rasch, als daß von ihnen auf dem gefrorenen Boden eine Spur bliebe, wieder verwehen. Wenn die Fenster der Häuser sorgsam und luftdicht verschlossen werden und die Gaslaternen in den lauten und den ruhigen Straßen aufleuchten und es schnell finster wird, wo sie fehlen. Wenn vereinzelte Fußgänger zitternd durch die Straßen eilen, auf die in den Küchen glühenden Feuer hinunterstarren, während ihnen das Wasser im Munde zusammenläuft bei dem Speisenduft, der meilenweit die Luft durchströmt.
Wenn Reisende auf dem Lande bitterlich frierend, verdrießlich auf die düstere Landschaft hinblicken, die im Sturmwind zittert und bebt, – Seeleute, an vereisten Rahen hängend, hoch über der tosenden See hin und her geschleudert werden und die Leuchttürme auf Felsen und Vorgebirgen wachsam aufflammen, daß die von der Nacht überraschten Vögel mit der Brust gegen die schweren La-

ternen fliegen und tot niederfallen. Wenn die kleinen Märchenleser beim Ofen zitternd an Cassim Baba denken, wie er gevierteilt in der Räuberhöhle hing, oder eine unklare Furcht nahen fühlen, die schreckliche Alte mit dem Krückstock, die immer im Schlafzimmer des Kaufmanns Abdullah aus der Kiste sprang, könne ihnen in einer dieser Nächte auf der Treppe begegnen auf der langen kalten dunklen Reise ins Bett.

Wenn auf dem Lande das letzte Glimmern des Tages erstirbt in den Enden der Alleen und die Gipfel der Bäume in trübem Schwarz verschwimmen. Wenn in Park und Forst das nasse hohe Farnkraut und dickes Moos und die Schichten gefallener Blätter und die Baumstümpfe sich in undurchdringlichen Schattenmassen verstecken, – Nebel aufsteigen aus Graben, Moor und Fluß und fröhlich die Lichter glänzen in den alten Hallen und an den Fenstern der Bauernhäuser.

Wenn die Mühle feiert, Stellmacher und Grobschmied die Werkstatt schließen, der Schlagbaum rastet, Pflug und Egge einsam schlafen auf dem Felde, wenn abends die Kirchturmuhr dumpfer schlägt als mittags und für die Nacht das Kirchturmpförtchen versperrt steht! –

Ihr hättet ihn sehen sollen, als die Dämmerung allerorten die Schatten befreite, die den ganzen langen Tag über eingekerkert gewesen waren und die sich jetzt zusammenschlossen und zusammendrängten gleich Scharen sich sammelnder Gespenster, sich in die Zimmerecken duckten und hinter halboffenen Türen hervorstierten; als sie dann vollen Besitz ergriffen von all den leeren Räumen des Hauses und in den Wohnstuben über Decke, Wände und Fußboden tanzten, wenn das Feuer ersterben wollte, und wie ebbende Wellen zurückfuhren, loderte es wieder auf. Wie sie phantastisch die Formen vertrauter Geräte nachäfften, aus der Amme eine Kinderfresserin machten, das Schaukelpferd in ein Ungeheuer verwandelten und das erregte Kind bald in Schrecken versetzten, bald ihm groteske Späße vormachten, bis es sich selbst wie etwas ganz

Fremdes vorkam. Nicht einmal die Feuerzange in Ruhe ließen – aus ihr einen spreizbeinigen Riesen mit eingestemmten Armen machten, der bestimmt nach Menschenblut roch und nur darauf wartete, den Leuten die Knochen zu Mehl und Brot zu zerreiben.
Ihr hättet ihn nur sehen sollen um die gewisse Zeit, wo den alten Leuten diese Schatten ungewohnte Gedanken wachriefen und ihnen fremde Bilder zeigten, wo sie aus ihren Schlupfwinkeln hervorschlichen, angetan mit den Konterfeis vergangener Gesichter und Gestalten, vom Grabe her, aus dem tiefen Abgrund kommend, darinnen die Dinge umherirrten, darinnen sie sind und doch nicht sind. Hättet ihn nur sehen sollen, als er so dasaß und in das Feuer starrte, während mit dem Steigen und Sinken der Glut die Schatten kamen und gingen.
Wie er sie nicht beachtete mit seinem leiblichen Auge und immer nur ins Feuer starrte, mochten sie nun kommen oder gehen.
Verwehte Klänge drangen hervor aus ihrem Versteck auf des Zwielichts Ruf und machten die Stille ringsum nur noch tiefer. Der Wind rumorte im Schornstein und stöhnte und heulte im Hause umher. Er schüttelte draußen die alten Bäume, daß die grämliche Krähe, im Schlafe gestört, mit schwachem, verträumtem Krah Krah aus den Wipfeln herunterschimpfte. Zuzeiten erzitterten die Fenster, die verrostete Wetterfahne auf dem Turmdach ächzte, und die Uhr darunter verkündete, daß wieder eine Viertelstunde verflossen war.
Das Feuer sank zusammen, und prasselnd fielen die Scheite übereinander.
Da klopfte jemand an die Türe, und er fuhr aus seinem Grübeln auf. »Wer ist da?« fragte er. »Herein!«
Bestimmt hatte keine Gestalt hinter seinem Stuhle gestanden, kein Gesicht auf ihn herabgeblickt. Bestimmt berührte kein gleitender Tritt den Fußboden, als er aufschreckend das Haupt erhob und sprach.
Es war kein Spiegel im Zimmer, auf den seine eigene Ge-

stalt auch nur einen Augenblick hätte fallen können, und doch war etwas vorübergedunkelt und verschwunden.

»Ich bitte ergebenst um Verzeihung, Sir«, sagte ein rotbäckiges zappliges Männchen, das mit einem Tablett hereinkam, die Türe vorsichtig mit dem Fuße haltend, damit sie nicht geräuschvoll zufalle, »wenn es heute abend ein bißchen spät geworden ist, aber Mrs. William ist so umgeworfen worden – –«

»Vom Wind? Ja, ich habe ihn heulen hören.«

»Vom Wind, Sir – – es ist ein wahres Glück, daß sie überhaupt nach Hause gefunden hat. O du liebe Zeit, ja. Vom Wind, Mr. Redlaw. Ja ja, vom Wind.«

Das Männchen hatte unterdessen das Servierbrett hingesetzt und begann die Lampe anzuzünden und den Tisch zu decken. Augenblicklich ließ es aber wieder davon ab, um zum Feuer zu laufen, zu schüren und nachzulegen. Dann nahm es seine frühere Beschäftigung wieder auf. Die brennende Lampe und das aufflackernde Feuer gaben dem Zimmer so rasch ein anderes Aussehen, daß der bloße Eintritt dieses frischen roten Gesichtes die angenehme Veränderung bewirkt zu haben schien.

»Mrs. William ist natürlich zu jeder Zeit der Möglichkeit ausgesetzt, von den Elementen aus dem Gleichgewicht gebracht zu werden. Sie ist ihnen nicht gewachsen.«

»Nein«, sagte Mr. Redlaw freundlich, aber kurz.

»Nein, Sir, Mrs. William kann durch *Erde* aus dem Gleichgewicht gebracht werden, wie zum Beispiel am Sonntag vor acht Tagen, wo es so naß und schlüpfrig war und sie mit ihrer neuesten Schwägerin zum Tee ging; sie war gerade so schön stolz auf sich und fleckenlos, trotzdem sie zu Fuß ging. Mrs. William kann durch *Luft* aus dem Gleichgewicht kommen, wie damals auf dem Peckhamer Jahrmarkt, wo sie sich überreden ließ, einmal eine Schaukel zu versuchen, was auf ihre Konstitution wirkte wie ein Dampfboot. Mrs. William kann durch *Feuer* das Gleichgewicht verlieren, wie damals bei ihrer Mutter, als der blinde Feueralarm war und sie eine halbe Stunde Wegs in der Nachtmütze zurücklegte. Mrs. William kann durch *Wasser* aus dem Gleichgewicht kommen, wie neulich in Battersea, wo sie sich von ihrem zwölfjährigen Neffen Charley Swidger junior, der keine Ahnung vom Rudern hat, in den Hafen rudern ließ. Aber das sind eben die Elemente. Mrs. William muß den Elementen entrückt sein, soll ihr Charakter zur Geltung kommen.«

Als er innehielt und eine Antwort erwartete, ertönte ein »Ja«, genau wie vorhin.

»Ja, Sir, o du liebe Zeit, ja«, sagte Swidger, immer noch den Tisch deckend und jedes einzelne Stück beim Namen nennend, das er hinsetzte. »Ja ja, so ist's, Sir. Viele, viele Swidgers sind wir. – Pfeffer! Da ist zuvörderst mein Vater, Sir, pensionierter Kastellan und Kustos des Stifts, siebenundachtzig Jahre alt. Er ist ein Swidger! – Löffel.«

»Jawohl, William«, war die ruhige und zerstreute Antwort, als der Diener wieder innehielt.

»Ja, Sir«, sagte Mr. Swidger. »Das sage ich auch immer, Sir. Man kann ihn den Stamm des Baumes nennen! – Brot. Dann kommen, der nächste, nämlich meine Wenigkeit, – Salz, und Mrs. William: beide Swidgers. – Messer und Gabel! Dann kommen alle meine Brüder und deren Familien, lauter Swidgers, Mann und Frau, Knaben und Mädchen. Na, und wenn man dann all die Vettern und Onkel, Tanten und Verwandten in diesen und jenen und andern Graden und was weiß ich für Graden noch und all die Hochzeiten und Entbindungen mitrechnet, dann könnten die Swidgers – Weinglas – eine Kette um ganz England bilden, wenn sie sich die Hände reichten.«

Da gar keine Antwort erfolgte, trat William an den in Gedanken Versunkenen näher heran und stieß wie zufällig mit einer Karaffe an den Tisch, um ihn aus seinem Brüten zu erwecken. Als ihm dies gelungen, fuhr er eilfertig fort zu reden, genau als habe er eine Antwort erhalten.

»Ja, Sir! Genau das sage ich selber auch immer. Mrs. William und ich haben das schon oft gesagt. Swidgers gibt's schon genug, sagen wir. Da brauchen wir gar nicht mehr mitzutun. – Butter. – Ja, Sir, mein Vater ist schon an und für sich eine Familie – Plate de Ménage –, für die zu sorgen ist; und eigentlich ist es recht gut, daß wir selber keine Kinder haben, wenn auch Mrs. William dadurch ein bißchen still geworden ist. Bitte, halten Sie sich bereit für das Huhn mit Kartoffeln, Sir, Mrs. William sagte, sie wolle in zehn Minuten auftragen.«

»Ich bin bereit«, sagte der andere wie aus einem Traum erwachend und ging langsam auf und ab.

»Mrs. William war wieder an der Arbeit, Sir«, sagte der Diener und wärmte einen Teller am Kamin, sich neckisch das Gesicht damit beschattend. Mr. Redlaw blieb stehen, und sein Gesicht nahm einen Ausdruck von Teilnahme an.

»Ich sag's, wie's ist, Sir. Sie muß es tun! Mrs. William hegt Muttergefühle in ihrer Brust, und sie muß sich Luft machen.«

»Was hat sie denn getan?«

»Ja, Sir, nicht zufrieden, all die jungen Herren zu bemuttern, die aus allen möglichen Gegenden herbeiströmen, um Ihre Vorlesungen in dem alten Stift zu hören – – – – merkwürdig, wie bei diesem kalten Wetter das Porzellan schnell die Hitze annimmt. Eigentümlich.« Er drehte den Teller um und blies sich auf die Finger.

»Nun?« sagte Mr. Redlaw.

»Sehen Sie, das sage ich auch immer, Sir«, entgegnete Mr. William über die Schulter hin und als ob er voll Bereitwilligkeit und Entzücken irgendeinem Urteil zustimmen wollte. »Genauso und nicht anders, Sir. Alle Studenten ohne Ausnahme sieht Mrs. William offenbar mit den Augen einer Mutter an. Jeden Tag, den ganzen Kursus hindurch, steckt einer nach dem andern den Kopf zur Tür herein, und jeder hat ihr etwas zu sagen oder sie etwas zu fragen. ›Swidge‹ oder ›Bridge‹ nennen sie Mrs. William, wenn sie unter sich sind. Wenigstens hat man mir das erzählt. Aber das sage ich immer, Sir, besser anders genannt werden, wenn auch noch so falsch – wenn's nur in wirklicher Liebe geschieht –, als mit großtuerischen Phrasen be-

titelt zu werden und dabei doch bei niemand gut angeschrieben zu sein! Wozu ist denn ein Name da? Damit man eine Person daran erkennt. Wenn Mrs. William eines besseren als ihres Namens wegen geschätzt wird – ich meine Mrs. Williams Eigenschaften und Gemütsart –, so kommt's nicht auf ihren Namen an, wenn er auch von Rechts wegen Swidger ist. Sollen sie sie ruhig ›Zwitscher‹ nennen, oder Kitsch oder Bridge, oder wie sie sonst mögen. Meinetwegen London Bridge, Blackfriars-, Chelsea-, Putney-, Waterloo- oder Hammersmith-›Bridge‹!«
Gleichzeitig mit dem Schluß dieser glänzenden Rede kam er mit dem Teller zum Tisch und ließ ihn mit einer lebhaften Geste, als sei das Porzellan glühend heiß, halb fallen, halb stellte er ihn hin. In demselben Augenblick trat der Gegenstand seiner Lobeshymne mit einem Tablett und einer Laterne bewaffnet herein, von einem würdigen Greis mit langem, grauem Haar begleitet.
Mrs. William war wie Mr. William eine schlichte Person von unschuldsvollem Äußerem, auf deren glatten Backen sich das heitere Rot der Bedientenweste ihres Gatten lieblich wiederholte. Aber während Mr. Williams blonder Schopf ihm auf dem ganzen Kopfe zu Berge stand und sogar seine Augenbrauen in einem Übermaß geschäftlicher Bereitwilligkeit mit sich in die Höhe zu ziehen schien, war das dunkelbraune Haar von Mrs. William sorgsam glatt gekämmt und floß unter einer schmucken knappen Haube in der bescheidensten Weise, die man sich nur denken konnte, zusammen. Während selbst Mr. Williams Hosen sich an den Knöcheln emporkrempelten, als liege es nicht in ihrer stahlgrauen Art, sich ruhig zu verhalten, ohne umher zu schauen, war Mrs. Williams niedlich geblümtes Kleid – rot und weiß, wie ihr eigenes hübsches Gesichtchen – so nett und ordentlich, als könnte selbst der Wind, der draußen so wild brauste, nicht eine ihrer Falten aus der Fassung bringen. Während sein Rock um Brust und Schultern hing, als ob er halb und halb gesonnen sei, jeden Augenblick davonzufliegen, war ihr

Leibchen so glatt und nett, daß es gewiß auch von dem Rauhesten Schutz erzwungen hätte, hätte sie dessen bedurft. Wer konnte das Herz haben, einen so ruhigen Busen vor Gram anschwellen, vor Furcht erzittern oder gar in Scham erbeben zu machen oder hätte seine Ruhe und seinen Frieden nicht beschirmt gegen jede Störung und behütet wie den unschuldigen Schlummer eines Kindes!

»Pünktlich natürlich, Milly«, sagte ihr Gatte und nahm ihr das Tablett ab, »oder du wärst nicht du. Hier ist Mrs. William, Sir! – Er sieht heute einsamer aus als je«, flüsterte er seiner Frau zu, »und womöglich noch geisterhafter als sonst.«

Ohne die geringste Hast an den Tag zu legen, ohne eine Spur von Lärm, ja, ohne daß man von ihr selbst irgend etwas merkte – so sanft und ruhig ging ihr alles von der Hand –, setzte Milly die Gerichte, die sie gebracht hatte, auf den Tisch. Mr. William hatte schließlich nach vielem Herumklappern und Herumlaufen nichts weiter als eine Schüssel mit Bouillon erwischt, die er nun dienstbereit servierte.

»Was hält der Alte dort im Arm?« fragte Mr. Redlaw, als er sich zu seinem einsamen Mahl hinsetzte.

»Stechpalme, Sir«, antwortete Millys ruhige Stimme.

»Ich sage immer«, fiel Mr. William ein und reichte die Schüssel hin, »Beeren passen so gut zur Jahreszeit! – Braune Sauce?«

»Wieder ein Weihnachten da, wieder ein Jahr vorbei!« murmelte der Chemiker mit einem trüben Seufzer. »Immer mehr Ziffern in der immer länger werdenden Summe der Erinnerungen, die wir zu unserer Qual beständig nachrechnen, bis der Tod alles untereinanderwirft und wegwischt! Philipp!« sagte er abbrechend und erhob die Stimme, als er den Alten anredete, der im Hintergrund stand, auf dem Arm das glänzende dunkelgrüne Laub, aus dem Mrs. William ruhevoll kleine Zweige abbrach, sie geräuschlos mit der Schere beschnitt und damit das Zimmer

ausschmückte, indes ihr alter Schwiegervater der Zeremonie mit großem Interesse zusah.
»Gehorsamster Diener, Sir«, sagte der Alte. »Hätte schon längst etwas gesagt, Sir, aber ich kenne Ihre Art, Mr. Redlaw. Bin stolz darauf – warte, bis man mich anredet! Fröhliche Weihnachten, Sir, und glückliches Neues Jahr, – möge es noch recht, recht oft wiederkehren. Habe selbst eine hübsche Anzahl davon erlebt, ha ha! – und darf mir die Freiheit nehmen, es auch andern zu wünschen. Bin siebenundachtzig!«
»Haben Sie viele erlebt, die fröhlich und glücklich waren?« fragte der andere.
»Ja, Sir, sehr viele«, entgegnete der Alte.
»Hat sein Gedächtnis vom Alter gelitten? Es wäre zu erwarten«, sagte Mr. Redlaw leise zum Sohn gewendet.
»Nicht die Spur, Sir«, erwiderte Mr. William. »Ich sag' es immer, Sir. So ein Gedächtnis, wie mein Vater eins hat, war überhaupt noch nicht da. Er ist der wunderbarste Mensch von der Welt. Er weiß überhaupt nicht, was Vergessen ist. Und das sag' ich auch immer zu Mrs. William, Sir, Sie können's mir glauben.«
In seinem Bestreben, um jeden Preis den Eindruck des Beistimmens zu erwecken, brachte Mr. Swidger diese Rede vor, als sei kein Jota von Widerspruch darin.
Der Chemiker schob den Teller zurück, stand vom Tische auf und ging nach der Tür, wo der Alte stand und einen kleinen Zweig Stechpalme, den er in der Hand hielt, betrachtete.
»Es erinnert Sie an die Zeit, wo viele dieser Jahre alt und neu waren!?« sagte er, indem er ihn aufmerksam betrachtete und ihm auf die Schulter klopfte. »Nicht wahr?«
»O viele, viele!« sagte Philipp, halb erwachend aus seinen Träumen. »Ich bin siebenundachtzig.«
»Fröhliche und glückliche, nicht wahr?« fragte der Chemiker leise. »Fröhliche und glückliche, Alter?«
»Vielleicht so groß, nicht größer«, sagte der Alte, gab mit der Hand die Höhe seines Knies an und blickte den Fra-

genden mit einer Miene an, die die Erinnerung belebte. »Vielleicht so groß war ich an dem allerersten, auf das ich mich zu besinnen weiß. Ein kalter, sonniger Tag war's. Ich war spazieren gewesen, da sagte mir jemand – es war meine Mutter, so gewiß Sie jetzt dort stehen, aber ich kann mich nicht mehr darauf besinnen, wie ihr liebes Gesicht aussah, denn sie wurde an diesen Weihnachten krank und starb – da sagte sie mir, diese Beeren wären Vogelfutter. Der hübsche kleine Kerl – ich nämlich, verstehen Sie wohl –, der dachte damals, daß die Augen der Vögel so glänzten, weil die Beeren, von denen sie im Winter lebten, so glänzend sind. Ich erinnere mich noch ganz genau, und bin doch siebenundachtzig.«

»Fröhlich und glücklich«, sagte der andere vor sich hin und richtete die dunklen Augen auf die gebückte Gestalt mit einem Lächeln voll Mitgefühl. »Fröhlich und glücklich – und besinnen sich noch darauf?«

»Ja, ja, ja«, sagte der alte Mann, die letzten Worte auffangend, »ich erinnere mich noch sehr gut, wie ich zur Schule ging, Jahr für Jahr, und was die schöne Zeit immer für Spaß und Freuden mit sich brachte. Ich war ein kräftiger Bursche damals, Mr. Redlaw, und glauben Sie mir, zehn Meilen im Umkreis hatte ich meinesgleichen nicht im Fußballspiel. Wo ist mein Sohn William? – – – Hatte nicht meinesgleichen im Fußballspiel, William, zehn Meilen im Umkreis!«

»Das sag' ich immer, Vater«, entgegnete der Sohn rasch und mit großer Ehrerbietung. »Du bist ein echter Swidger, wie's je einen in der Familie gab.«

»O mein«, sagte der Alte, und schüttelte den Kopf und blickte wieder auf die Stechpalme. »Seine Mutter und ich – mein Sohn William ist der jüngste –, wir haben manches Jahr mitten unter ihnen gesessen, den Knaben und Mädchen, den kleinen Kindern und Säuglingen, – – manches Jahr, wo die Beeren – solche Beeren hier – nicht halb so glänzten wie ihre blanken Gesichter. Viele von ihnen sind dahin, sie ist dahin, und mein Sohn Georg, unser Ältester, der vor allen andern ihr Stolz war, ist sehr tief gesunken. Ich sehe sie vor mir, wenn ich diesen Zweig ansehe, lebendig und gesund, wie sie in jenen Tagen waren. Und, Gott sei Dank, auch ihn kann ich noch sehen, wie er damals war in seiner Unschuld. Das ist ein Segen für mich bei meinen siebenundachtzig Jahren.«

Der scharfe Blick, der mit so großem Ernst auf ihm geruht, hatte allmählich den Boden gesucht.

»Als sich meine Verhältnisse nach und nach verschlechterten, weil man nicht ehrlich mit mir verfuhr, und ich zuerst hierherkam als Kastellan«, sagte der Alte – »das ist mehr als fünfzig Jahre her – – – wo ist mein Sohn William? – – mehr als ein halbes Jahrhundert, William!«

»Das sag' ich auch immer, Vater«, entgegnete William so rasch und ehrerbietig wie vorhin. »Es stimmt genau. Zwei mal null ist null, und zwei mal fünf ist zehn, macht hundert.«

»Es war ordentlich eine Freude zu wissen, daß einer unserer Gründer, oder richtiger gesagt«, fuhr der Alte fort und widmete sich mit Feuer dem Gegenstand, anscheinend nicht wenig stolz, daß er so genau darin Bescheid wußte, »einer der gelehrten Herren, die zur Zeit der Königin Elisabeth unser Stift beschenkten – denn wir waren viel früher schon gegründet –, uns in seinem Testament neben andern Schenkungen so viel aussetzte, daß man jede Weihnachten Stechpalme zum Ausschmücken der Wände und Fenster kaufen könne. Es lag darin so etwas Freundliches, Gemütliches. Wir waren damals noch fremd und kamen zur Weihnachtszeit her, aber wir faßten ordentlich eine Liebe zu seinem Bilde, das in dem Saale hängt, der ehemals, bevor unsere zehn armen Herren sich lieber ein jährliches Stipendium in Geld geben ließen, unser großer Speisesaal war. Ein gesetzter Herr mit Spitzbart und Halskrause, und unter dem Bilde mit gotischen Buchstaben: Herr, erhalte mein Gedächtnis jung. Sie kennen es ja, Mr. Redlaw.«

»Ich weiß, daß das Porträt dort hängt, Philipp.«

»Ja, es ist das zweite rechter Hand über dem Eichengetäfel. Ich wollte eben sagen: Er hat mir das Gedächtnis jung erhalten. Ich danke es ihm, denn wenn ich alljährlich so wie heute durch die alten Gemächer gehe und sie auffrische mit diesen Zweigen und Beeren, dann frische ich auch dabei mein altes Gehirn auf. Ein Jahr bringt dann das andere wieder, das andere wieder andere, und dieses ganze Scharen. Zuletzt wird mir, als wäre der Geburtstag unseres Herrn der Geburtstag aller, die ich je geliebt, je betrauert, jemals gerne gehabt hätte. Und das sind ihrer eine hübsche Menge, denn ich bin siebenundachtzig.«
»Fröhlich und glücklich«, murmelte Mr. Redlaw vor sich hin.
Das Zimmer fing an, seltsam dunkel zu werden.
»So sehen Sie, Sir«, sagte der alte Philipp, und seine gesunden alten Wangen nahmen einen rötern Schein an, seine blauen Augen einen hellern Glanz, »ich hab' 'ne Menge zu feiern, wenn ich dieses Fest feiere. Aber wo ist denn meine kleine, stille Maus? Schwatzen ist die Untugend meines Alters, und es ist noch die Hälfte der Zimmer zu schmükken, wenn wir bei der Kälte nicht vorher erfrieren, der Wind uns nicht wegbläst oder die Dunkelheit uns nicht verschlingt.«
Die kleine, stille Maus stand neben ihm mit ihrem ruhigen Gesicht und nahm schweigend seinen Arm, ehe er ausgesprochen hatte.
»Komm und laß uns gehen, mein Liebling«, sagte der alte Mann, »Mr. Redlaw kommt sonst nicht eher zum Essen, als bis es so kalt geworden ist wie der Winter draußen. Ich hoffe, Sie werden mir mein Geschwätz verzeihen, und ich wünsche Ihnen gute Nacht und nochmals eine fröhliche – –«
»Bleiben Sie«, sagte Mr. Redlaw und setzte sich wieder an den Tisch, mehr um den alten Kastellan zu beruhigen, wie es schien, als aus Appetit. »Noch einen Augenblick, Philipp.« – »William! Sie wollten eben noch etwas Ehrenvolles über Ihre treffliche Gattin sagen. Es wird ihr gewiß

nicht unangenehm sein, ihr Lob aus Ihrem Munde zu hören. Was war es denn?«
»Ja, sehen Sie, Sir, das ist so eine Sache«, entgegnete Mr. William Swidger und sah seine Frau beklommen an. »Mrs. William sieht mich so an.«
»Fürchten Sie sich denn vor Mrs. Williams Blick?«
»Ach nein, Sir, ich sag's wie's ist –«, erwiderte Mr. Swidger. »Dazu ist ihr Blick nicht geschaffen, daß man sich davor fürchten sollte. Wäre das beabsichtigt gewesen, wäre er nicht so sanft ausgefallen. Aber ich möchte nicht gern – – – – Milly! Der – – –, weißt du! Der da unten im Hause –«
Mit großer Befangenheit in dem Geschirr herumkramend, warf Mr. William aufmunternde Blicke hinter dem Tisch hervor auf Mrs. William, beredt mit Kopf und Daumen auf Mr. Redlaw deutend, als wolle er sie aufmuntern.
»Der da unten, mein Herz«, fuhr er fort, »unten im Hause. So sag's doch, Kind. Du bist doch im Vergleich zu mir wie Shakespeares Werke. Der unten im Hause, du weißt doch, mein Kind – na, der Student.«
»Ein Student?« Mr. Redlaw hob den Kopf.
»Ich sag's wie's ist, Sir«, rief Mr. William eifrig beistimmend. »Wenn's nicht der arme Student unten im Hause wäre, warum sollten Sie es denn aus Mrs. Williams Munde zu hören wünschen?«
»Mrs. William, mein Kind – so sprich doch.«
»Ich wußte nicht«, sagte Milly mit einer ruhigen Offenheit und frei von jeder Unruhe oder Verwirrtheit, »daß William etwas davon verraten hat, sonst wäre ich nicht gekommen. Ich hatte ihn gebeten, es nicht zu tun. Er ist ein kranker junger Herr, Sir, und sehr arm, fürchte ich. Zu krank, um zum Feste nach Haus zu fahren. Er ist ganz verlassen und wohnt in einem Zimmer, das für einen vornehmen Herrn ziemlich ärmlich ist, unten im Jerusalemstift. Das ist alles, Sir.«
»Warum hab' ich nie von ihm gehört?« fragte der Chemiker und erhob sich rasch. »Warum hat man mich nicht von

seiner Lage unterrichtet? Krank! Geben Sie mir meinen Hut und meinen Mantel. Arm? Wo wohnt er? Welche Hausnummer?«

»Sir, Sie dürfen nicht hingehen«, sagte Milly, ließ ihren Schwiegervater los und trat dem Gelehrten mit entschlossenem Gesicht und gefalteten Händen in den Weg.

»Nicht hingehen?«

»Um Gottes willen nicht«, sagte Milly und schüttelte den Kopf wie über eine selbstverständliche Unmöglichkeit. »Daran ist gar nicht zu denken.«

»Was meinen Sie? Warum denn nicht?«

»Ja, sehen Sie, Sir«, sagte Mr. Swidger eindringlich und wichtig, »ich sag's auch immer. Verlassen Sie sich darauf, der junge Herr hätte nie einer Mannsperson seine Lage anvertraut. Mrs. William hat sein Vertrauen gewonnen, aber das ist auch etwas ganz anderes. Mrs. William vertrauen sie alle. Zu ihr haben sie alle das größte Zutrauen. Ein Mann, Sir, würde keinen Laut aus ihm herausgebracht haben. Aber eine Frau, Sir, und noch dazu Mrs. William –!«

»Es liegt viel Wahres und Zartes in dem, was Sie sagen, William«, gab Mr. Redlaw zur Antwort und betrachtete das sanfte und stille Gesicht neben sich. Und den Finger auf den Mund legend, reichte er ihr heimlich seine Börse.

»O Gott, ja nicht, Sir«, rief Milly und gab sie wieder zurück. »Das wäre noch viel schlimmer. Daran ist nicht im Traum zu denken.«

So gelassen und ruhevoll war ihr Temperament, daß sie nicht einen Augenblick aus dem Gleichgewicht kam und bereits im nächsten Augenblick in ihrer Hausfrauenart schon wieder ein paar Blätter auflas, die beim Anstecken der Stechpalme zwischen Schere und Schürze durchgeschlüpft waren.

Als sie wieder aufsah und bemerkte, daß Mr. Redlaw sie noch immer zweifelnd und erstaunt betrachtete, wiederholte sie ruhig, während sie umhersah, ob nicht vielleicht doch noch etwas ihrer Aufmerksamkeit entgangen sei: »O

Gott nein, ja nicht, Sir, er sagte, von allen Menschen auf Erden dürften *Sie* am allerwenigsten seine unglückliche Lage erfahren, und er wolle um alles gerade von Ihnen keinen Beistand haben, obwohl er Student in Ihrer Klasse sei. Ich habe Ihnen zwar nicht das Wort abgenommen, daß dies alles ein Geheimnis bleiben solle, aber ich verlasse mich auf Ihre Ehrenhaftigkeit, Sir.«

»Warum hat er das gesagt?«

»Das kann ich wirklich nicht wissen, Sir«, gestand Milly, nachdem sie eine Weile nachgedacht, »dazu bin ich nicht scharfsinnig genug, wissen Sie. Ich wollte mich ihm auch bloß nützlich machen und alles um ihn reinlich und hübsch halten und alles ein bißchen behaglicher einrichten und habe das bis jetzt getan. Aber eines weiß ich, daß er arm und verlassen ist und daß sich niemand um ihn kümmert – – Wie finster es nur ist!«

Das Zimmer wurde dunkler und dunkler. Es war, als ob ein trüber Schatten sich hinter dem Stuhl des Chemikers bilde.

»Was wissen Sie weiter von ihm?« fragte er.

»Er ist verlobt und will heiraten, sobald er die Mittel dazu hat«, sagte Milly, »und studiert, glaube ich, um sich später eine Lebensstellung schaffen zu können. Ich sehe schon lange zu, wie viel er sich versagt und wie angestrengt er studiert. Wie dunkel es nur ist!«

»Es ist auch kälter geworden«, sagte der alte Mann und rieb sich die Hände. »Es ist so schaurig und unheimlich hier drinnen. Wo ist mein Sohn William? William, mein Sohn, schraube die Lampe auf und schüre das Feuer!«

Millys Stimme ertönte wieder wie sanfte leise Musik: »Er sprach gestern aus unruhigem Schlummer, nachdem er meinen Namen genannt (das sagte sie zu sich selbst), etwas von einem Verstorbenen und von einem großen Unrecht, das niemals gesühnt werden könne; ob das aber ihm oder jemand anderem widerfahren ist, das weiß ich nicht. Er hat es nicht getan, das weiß ich.«

»Kurz, Mrs. William, – – sehen Sie, – sie würde es nicht

eingestehen, Mr. Redlaw, und wenn sie das ganze nächste Jahr bleiben müßte –«, flüsterte William dem Chemiker ins Ohr, »hat ihm unendlich viel Gutes getan. Wirklich unendlich viel Gutes. Dabei merkt man zu Hause nichts – mein Vater hat es immer noch so behaglich und bequem wie früher, kein Stäubchen ist in der Wohnung zu sehen und zu finden, und wenn Sie es mit fünfzig Pfund aufwiegen wollten. Immer ist Mrs. William da, wenn sie gebraucht wird, treppauf, treppab; – sie ist wie eine wirkliche Mutter zu ihm.«
Immer dunkler und schauriger wurde das Zimmer, und der dunkle Schatten hinter dem Stuhle wurde immer dichter und schwerer.
»Und nicht genug damit, Sir, geht Mrs. William heute abend aus und findet auf dem Heimweg – noch ist es nicht ein paar Stunden her – ein Geschöpf, das eher einem wilden Tier als einem Kinde gleicht, frierend auf einer Türschwelle sitzend und vor Kälte zitternd. Was tut Mrs. William? Sie nimmt es nach Hause, gibt ihm zu essen und behält es bei sich, bis morgen am Weihnachtstag die übliche Spende an Essen und Flanell verteilt wird. Wer weiß, ob das Geschöpf je Wärme gefühlt hat? Jetzt sitzt es an dem alten Kamin und starrt das Feuer an, als wolle es die gierigen Augen nie wieder zumachen. Es muß wenigstens noch dort sitzen«, sagte Mr. William, »wenn es nicht ausgerissen ist!«
»Der Himmel erhalte Sie glücklich«, sagte der Chemiker laut, »und auch Sie, Philipp und Sie, William. Ich muß nachdenken, was hier zu tun ist. Ich werde wohl diesen Studenten doch besuchen müssen. Aber ich will euch jetzt nicht länger aufhalten. Gute Nacht!«
»Vielen Dank, Sir, vielen Dank im Namen unserer kleinen Maus und meines Sohnes William und in meinem Namen. Wo ist mein Sohn William? William, nimm die Laterne und geh voraus durch die langen, dunklen Gänge, wie wir's im vorigen Jahr und das Jahr vorher getan haben. Ha, ha! Ich erinnere mich noch ganz gut daran, wenn ich auch

siebenundachtzig bin. Der Herr erhalte mein Gedächtnis jung. Das ist ein sehr gutes Gebet, Mr. Redlaw, das von dem gelehrten Herrn mit dem spitzen Bart und der Halskrause – er hängt als zweites Bild rechter Hand über dem Getäfel in dem Zimmer, das, ehe unsere zehn armen Herrn sich für das Geldstipendium entschieden, der große Speisesaal war. Der Herr erhalte mein Gedächtnis jung! Das ist sehr gut und sehr fromm, Sir. Amen, Amen!«

Sie gingen hinaus und so vorsichtig sie auch die schwere Tür schlossen, so wachte doch eine lange Reihe dröhnender Echos auf.

Das Zimmer wurde noch dunkler.

Als der Chemiker in seinem Stuhl sich wieder dem Grübeln überließ, da schrumpfte die frische Stechpalme an der Wand zusammen und fiel herab – als totes Blattwerk.

Wie das Dunkel und der Schatten hinter ihm sich immer mehr verdichteten, entstand daraus – langsam und allmählich durch einen jener unwirklichen unstofflichen Prozesse, die kein Menschenauge bewachen kann –, ein grausiges Konterfei seines eigenen Selbst! Geisterhaft und kalt, farblos das bleierne Antlitz und die Hände – mit *seinen* Zügen aber und *seinen* funkelnden Augen und *seinem* ergrauenden Haar und angetan mit *seinem* schwarzen Schattenkleid –, nahm es einen grauenhaften Schein von Leben regungslos und lautlos an. Während er den Arm auf die Polster seines Stuhles stützte und grübelnd vor dem Feuer saß, lehnte sich das Phantom auf die Rückenlehne dicht über ihn und blickte mit dem grausigen Abbild *seines* Gesichts dorthin, wohin auch seine Augen sahen, und nahm den Ausdruck an, den auch er trug.

Das war also das Etwas, das vorhin vorübergehuscht und verschwunden war! Es war der grauenhafte Doppelgänger des Behexten.

Eine Weile lang schien es ihn nicht mehr zu beachten, als er das Phantom. Die Weihnachtsmusikanten spielten irgendwo in der Ferne, und er schien mit träumenden Sinnen der Musik zu lauschen. Das Phantom tat dasselbe.

Endlich begann er zu sprechen, ohne sich zu bewegen oder aufzublicken.
»Wieder hier!« sagte er.
»Wieder hier«, antwortete das Gespenst.
»Ich sehe dich im Feuer«, sagte der Behexte, »ich höre dich in der Musik, im Winde, in der Totenstille der Nacht.«
Das Phantom nickte zustimmend mit dem Kopf.
»Warum kommst du, warum verfolgst du mich?«
»Ich komme, wenn man mich ruft«, sagte der Geist.
»Nein, ungerufen!«
»Sei es, ungerufen«, sagte der Spuk, »genug, ich bin da.«
Bisher hatte der Schein des Feuers die beiden Gesichter beschienen, sofern die schrecklichen Umrisse hinter dem Stuhl ein Gesicht genannt werden durften. Beide hatten wie zuerst sich nach dem Feuer hingewandt und einander nicht angesehen. Jetzt aber drehte sich der Behexte plötzlich um und starrte den Geist an. Ebenso rasch huschte das Phantom vor den Stuhl und starrte den Chemiker an.
Es war, als wenn der Lebendige und das belebte Bild seiner eigenen Leiche einander in die Augen blickten. Ein grausiges Schauspiel in diesem einsamen und entlegenen Teil des alten, kaum bewohnten Gebäudes an einem Winterabend, wo auf seiner geheimnisvollen Reise der laute Wind vorbeibraust, von dem seit Weltbeginn keiner weiß, von wannen er kommt und wohin er geht, und wo die Sterne in Milliarden herniederglitzern aus dem ewigen Weltenraum, dem der Erde Koloß ein Sandkorn ist und ihr graues Alter wie Kindheit.
»Sieh mich an«, sagte der Spuk, »ich bin der, welcher vernachlässigt in der Jugend und elend und arm, strebte und litt und immer strebte und litt, bis er das Wissen aus der Tiefe geholt, wo es begraben gelegen, der sich rauhe Stufen schlug, wo sein wunder Fuß ruhen und emporklimmen konnte.«
»Ich bin der«, antwortete der Chemiker.
»Keiner Mutter selbstverleugnende Liebe«, fuhr das

Phantom fort, »keines Vaters Ratschlag halfen mir. Ein Fremder trat an meines Vaters Stelle, als ich noch Kind war, und leicht war ich meiner Mutter Herzen entfremdet. Meine Eltern gehörten, mild beurteilt, zu denen, deren Sorge bald aufhört und deren Pflicht bald getan ist – – die ihre Sprößlinge früh hinaus in die Welt stoßen, wie die Vögel – –, die das Verdienst ernten, wenn sie gut werden, und das Mitleid beanspruchen, wenn sie mißraten.«

Das Phantom schwieg und schien ihn reizen zu wollen mit *seinem* Blick, mit dem Ton *seiner* Rede und *seiner* eigenen Art zu lächeln.

»Ich bin der«, fuhr es fort, »der während des heißen Ringens, aufwärts zu klimmen, einen Freund fand. Ich hob ihn empor und gewann ihn, fesselte ihn an mich. Wir arbeiteten zusammen, Seite an Seite. Alle Liebe und alles Vertrauen, das seit meiner frühesten Jugendzeit sich nicht hatte äußern dürfen, schenkte ich ihm.«

»Nicht alles«, sagte Redlaw heiser.

»Nein, nicht alles«, antwortete das Gespenst, »ich hatte eine Schwester.« Der Behexte stützte das Gesicht auf seine Hände und wiederholte: »Ich hatte eine Schwester.«

Tückisch lächelnd trat das Phantom näher an den Stuhl, stützte das Kinn auf die gefalteten Hände, beugte sich über die Stuhllehne und sah mit forschenden Augen, die vom Feuerglanz zu leben schienen, in sein Gesicht herab und fuhr fort:

»Die spärlichen Lichtstrahlen eines Heims, die ich jemals gekannt, waren von ihr gekommen. Wie jung sie war, wie schön und liebreich! Ich nahm sie mit an den ersten armseligen Herd, der mein gehörte und machte ihn reich dadurch. Sie trat in die Finsternis meines Lebens und machte es hell. So steht sie vor mir.«

»Ich habe sie im Feuer gesehen, – – soeben. Ich höre sie in der Musik, im Wind, in der Totenstille der Nacht«, sagte der Behexte.

»Hat er sie geliebt?« fragte das Gespenst in demselben nachdenklichen Tone. »Ich glaube, er liebte sie einst.«

»Ich bin überzeugt davon.«
»Besser wär's gewesen, sie hätte ihn weniger geliebt, weniger heimlich, weniger innig, aus den seichteren Tiefen eines geteilten Herzens.«
»Laß es mich vergessen«, sagte der Chemiker mit einer abwehrenden Bewegung der Hand, »laß es mich ausreißen aus meinem Gedächtnis.«
Ohne sich zu regen und die grausamen Augen starr auf sein Gesicht geheftet, fuhr das Phantom fort:
»Ein Traum, dem ihren gleich, stahl sich auch in mein Leben.«
»Ja«, sagte Redlaw.
»Eine Liebe, der ihren so ähnlich, wie es meiner gröbern Natur nur möglich war«, fuhr der Schemen fort, »entkeimte meinem Herzen. Ich war zu arm damals, um durch ein Band des Versprechens oder durch Bitten die Geliebte mit meinem Geschick zu verflechten. Ich liebte sie viel zu sehr, als daß ich es hätte versuchen dürfen. Aber mehr als je in meinem Leben mühte ich mich ab, emporzukommen. Jeder gewonnene Zoll brachte mich dem Gipfel näher. Ich quälte mich empor. Wenn ich in jener Zeit in später Stunde von meiner Arbeit ausruhte, teilte meine Schwester, meine liebliche Gefährtin, mit mir die Stunden der verglimmenden Asche und des erkaltenden Herdes. Wenn der Tag graute, welche Bilder der Zukunft gaukelte ich mir vor!«
»Ich habe sie im Feuer gesehen – die Bilder, eben wieder«, murmelte der Chemiker vor sich hin. »Sie kommen zu mir in der Musik, im Wind, in der Totenstille der Nacht, Jahr um Jahr.«
»Zukunftsbilder meines eigenen Familienlebens in späterer Zeit, zusammen mit ihr, die mich begeisterte in meiner Arbeit. Bilder von meiner Schwester als Gattin meines teuren Freundes, Bilder von ruhigem Alter und stillem Glück und dem goldenen Band, das uns und unsere Kinder in strahlendem Glanz vereinigen sollte«, sagte das Phantom.

»Bilder«, sagte der Behexte, »Trugbilder, warum ist es mein Verhängnis, daß ich ihrer stets gedenken muß.«
»Trugbilder!« echote das Phantom mit einer Stimme, die keinen Tonfall hatte, und starrte ihn an mit Augen, die den Ausdruck nicht wechselten, »mein Freund, vor dem ich kein Geheimnis hatte, trat zwischen mich und den Mittelpunkt meiner Welt, um den sich all meine Hoffnungen und Kämpfe drehten, gewann die Geliebte für sich und zertrümmerte mein zerbrechliches All. Meine Schwester, zu mir jetzt doppelt liebevoll, doppelt hingebend, doppelt lieblich in meinem Heim, sah mich noch berühmt werden, – – sah, wie mein Ehrgeiz Früchte trug, als alle Spannkraft längst in mir zerbrochen und dann –«
»Dann starb sie«, unterbrach der Behexte, »starb sanft wie immer, glücklich, bekümmert nur um ihres Bruders willen. Ruhe! Ruhe!«
Das Phantom belauerte ihn schweigend.
»Ein Angedenken«, rief der Behexte nach einer Pause. »Ja, ein so gutes Angedenken, daß selbst jetzt, wo Jahre verstrichen sind und mir nichts törichter und schattenhafter vorkommt als diese längst verflogene Liebe meiner Knabenjahre, wo ich daran nun noch teilnahmsvollen Herzens denke, als ob es die Liebe zu einem jüngeren Bruder sei. Manchmal frage ich mich sogar, wann ihr Herz sich ihm wohl zum erstenmal zugeneigt haben mochte. Und wie tief wohl ihre Liebe zu mir gewesen! Nicht wenig einstmals, glaube ich. Doch das ist nichts. Frühes Unglück, eine Wunde von einer Hand, die ich liebte und der ich vertraute, und ein Verlust, den nichts ersetzen kann, leben länger als solche Phantasien.«
»So – –«, sagte das Phantom, »trage ich Kummer und erlittenes Unrecht mit mir herum. So zehre ich an mir selbst. So ist mein Gedächtnis mein Fluch, und wenn ich Kummer und Unrecht vergessen könnte, ich würde es tun.«
»Boshafter Spötter«, rief der Chemiker, sprang auf und wollte mit grimmiger Hand sein anderes Selbst an der

Gurgel packen. »Warum tönt mir immer dies Gestichel in den Ohren?«
»Zurück!« rief der Spuk drohend. »Legst du die Hand an *mich*, stirbst *du*.«
Als hätten ihn die Worte des Gespenstes gelähmt, hielt er inne und starrte es an. Es war von ihm weggeglitten und hatte den Arm warnend hoch emporgereckt, und ein böses Lächeln flog über seine unirdischen Züge, als es seine dunkle Gestalt triumphierend aufrichtete.
»Könnte ich Kummer und Unrecht vergessen, ich würde es tun. Könnte ich Kummer und Unrecht vergessen, ich würde es tun«, wiederholte der Spuk.
»Böser Geist meines Ich«, antwortete der Behexte mit leiser zitternder Stimme, »mein Leben wird verdüstert durch dieses unaufhörliche Flüstern.«
»Es ist ein Echo«, sagte das Phantom.
»Wenn es ein Echo meiner Gedanken ist, wie jetzt, und ich weiß gewiß, daß dem so ist«, sagte der Behexte, »warum werde ich denn so gepeinigt? Es ist kein selbstsüchtiger Gedanke, ich will die Wohltat auch andern zukommen lassen, alle Menschen haben ihren Kummer, müssen an erlittenes Unrecht denken – Undankbarkeit und schmutziger Neid und Eigennutz nisten auf allen Stufen des Lebens. Wer würde nicht gern Kummer und Übel vergessen?«
»Wer würde es nicht gern vergessen und dann glücklicher sein?« sagte das Phantom.
»Diese Jahreswende, die wir feiern, was soll sie? Gibt es denn Menschen, denen sie nicht Erinnerungen bringt an Kummer und Sorge? Was ist die Erinnerung des Alten, der heute abend hier war? Ein Gewebe von Kummer und Sorge.«
»Aber gewöhnliche Naturen«, sagte das Phantom, und das böse Lächeln kroch wieder über sein gläsernes Gesicht, »Gemüter ohne inneres Licht und alltägliche Geister fühlen diese Dinge nicht wie Männer höherer Bildung und tieferen Verstandes.«

»Versucher!« antwortete Redlaw. »Deinen hohlen Blick und deine tonlose Stimme fürchte ich mehr, als Worte sagen können. Dunkle Vorahnung und tiefe Furcht beschleichen mich. Derweil ich spreche, höre ich wiederum das Echo aus meinem Geist.«

»Nimm es hin als einen Beweis meiner Macht«, gab der Geist zur Antwort. »Vernimm, was ich dir bringe. Vergiß Kummer und Sorge und das Unrecht, das dir widerfahren.«

»Sie vergessen!« wiederholte er.

»Ich habe die Macht, die Erinnerung an sie zu tilgen, daß nur eine schwache verwischte Spur zurückbleibt, die auch bald erlöschen wird«, sprach der Schemen. »Sag, soll es geschehen?«

»Halt!« rief der Behexte und streckte die Hände aus mit entsetzter Gebärde. »Ich zittere vor Argwohn und Zweifel an dir, und die undeutliche Angst, die mich bei deinem Anblick beschleicht, wächst an zu einem namenlosen Entsetzen, das ich kaum ertragen kann. Nicht einer einzigen freundlichen Erinnerung, nicht einer einzigen Regung von Teilnahme, die mir und andern Gutes bringen kann, will ich mich berauben lassen. Sag! Was verliere ich, wenn ich einschlage? Was wird sonst noch aus meinem Gedächtnis verschwinden?«

»Kein Wissen – nichts, was du dir durch Forschung errungen, nichts als die festgeschmiedete Kette von Gefühlen und Gedanken, von der jedes einzelne Glied abhängt und genährt wird von der Erinnerung. Diese nur werden verschwinden.«

»Sind deren so viele«, fragte der Behexte bestürzt nachsinnend.

»Sie haben sich gewöhnt, sich im Feuer zu zeigen, in der Musik, im Wind und in der Totenstille der Nacht, im Lauf der wechselnden Jahre«, erwiderte das Phantom höhnisch.

»In sonst nichts?«

Das Phantom schwieg.

Aber als es eine Weile schweigend vor ihm gestanden, bewegte es sich nach dem Feuer hin und blieb dann stehen.
»Entscheide dich!« sagte es, »ehe die Gelegenheit schwindet.«
»Einen Augenblick! Ich rufe den Himmel zum Zeugen an«, sagte der andere erregt, »nie habe ich meinesgleichen gehaßt, nie war ich gleichgültig oder hart gegen irgend jemanden in meiner Umgebung. Wenn ich hier in meiner Einsamkeit zuviel Gewicht auf das gelegt, was war und hätte sein können, und zu wenig auf das, was ist, so ist das Leid auf mich gefallen und nicht auf andere. Aber wenn Gift in meinem Körper ist, soll ich nicht Gegengift gebrauchen, wenn ich die Kenntnis besitze – ist Gift in meiner Seele, und ich kann es heraustreiben durch diesen furchtbaren Schemen, soll ich es dann nicht tun?«
»Sprich!« sagte das Phantom, »soll es geschehen?«
»Noch einen Augenblick!« antwortete er hastig. »Ich möchte vergessen, wenn ich könnte! – – Habe ich das gedacht, ich allein, oder ist es der Gedanke von Tausenden und Abertausenden, von Generationen und Generationen gewesen? Alles menschliche Gedenken ist trächtig von Kummer und Sorge. Meine Erinnerungen sind gleich denen anderer Menschen, nur wird andern diese Wahl nicht geboten. Ja, ich schließe den Pakt! Ja, ich will Sorge, Unrecht und Leid vergessen.«
»Ist es geschehen?« fragte der Schemen.
»Es ist geschehen.«
»Es ist geschehen, und nimm dies mit dir, du Mensch, von dem ich mich hiermit lossage. Die Gabe, die ich dir verliehen, sollst du verbreiten, wohin du gehst; ohne selbst die Kraft wiedererlangen zu können, der du entsagt hast, sollst du sie hinfort in allen vernichten, denen du dich näherst. Deine Weisheit hat dir verraten, daß die Erinnerung an Kummer, Unrecht und Leid das Los der ganzen Menschheit ist und daß die Menschheit glücklicher wäre ohne diese Erinnerung. Geh hin, sei ihr Wohltäter! Von Stunde an frei von solcher Erinnerung, trage den Segen der

Freiheit stets mit dir herum. Sie ausgießen zu müssen, ist untrennbar von dir. Geh hin, sei glücklich in dem Heil, das du gewonnen, und in dem Segen, den du spenden wirst.«

Das Phantom hatte seine blutlose Hand über ihn gehalten, während es sprach, als vollzöge es eine finstere Beschwörung und spräche einen Bann aus. Allmählich waren die Augen der beiden einander so nahe gekommen, daß er wahrnehmen konnte, daß die Augen des Spukes nicht teilnahmen an dem gräßlichen Lächeln des Antlitzes, sondern starres, unwandelbares, stetiges Grausen waren. Dann zergingen sie vor ihm in der Luft und waren verschwunden.

Als er wie angewurzelt dastand, starr vor Furcht und Erstaunen, da war ihm, als hörte er in melancholischen Echos, die schwächer und schwächer wurden, noch immer die Worte:

»Die Kraft, der du entsagt hast, sollst du hinfort in allen vernichten, denen du dich näherst.«

Und plötzlich schlug ein schriller Schrei an sein Ohr. Er kam nicht aus den Gängen vor der Tür, sondern aus einem andern Teil des alten Gebäudes und klang wie der Schrei eines Menschen, der im Dunkel den Weg verloren.

Er sah verwirrt auf seine Hände und Glieder, um sich zu versichern, daß er bei Sinnen, dann schrie er eine Antwort, laut und wild, denn es lag wie furchtbares Grauen auf ihm, als ob auch er sich verirrt habe. Wieder kam der Schrei, jetzt in größerer Nähe. Da ergriff er die Lampe und hob eine schwere Portiere an der Wand auf. Die Türe führte in den Hörsaal, der neben seinem Zimmer lag. Der Ort, der sonst so voller Jugend und Leben war und wie ein hohes Amphitheater voll von Gesichtern, die im Augenblick seines Eintritts sich mit Spannung erfüllten, war jetzt, wo alles Leben daraus verschwunden, schauerlich anzuschauen und starrte ihn an wie ein Sinnbild des Todes.

»Hallo?« rief er. »Hallo! Hier entlang, dem Lichte zu!« Und plötzlich, während er die Portiere in der einen und die erhobene Lampe in der andern Hand hielt und die Finsternis, die den Platz erfüllte, zu durchdringen suchte, huschte etwas wie eine wilde Katze an ihm vorüber ins Zimmer hinein.

»Was ist das?« fragte er hastig. Hätte er es auch genau erkannt, wie einen Augenblick später, so hätte er dennoch fragen können: »Was ist das?« Er stand da und sah es an, und das Ding drückte sich in eine Ecke.

Ein Lumpenbündel, zusammengehalten von einer Hand, die an Größe und Form wie eine Kindeshand schien, aber durch die krampfhafte Energie, mit der sie sich ballte, zur Hand eines alten bösen Mannes geworden war. Ein Gesicht, von einem halben Dutzend Jahren gerundet und geglättet, jedoch gefurcht und verzerrt durch die Erfahrungen eines ganzen Lebens. Klare Augen und doch nicht jugendlich. Nackte Füße, schön in ihrer kindlichen Zartheit, häßlich von Schmutz und Blut, die in Krusten darauf klebten. Ein kleiner Wilder, ein jugendliches Ungeheuer, ein Kind, das nie ein Kind gewesen, ein Geschöpf, das die äußere Form eines Menschen angenommen hatte, aber im Innern wohl als bloßes Tier fortleben und verenden mußte.

Daran gewöhnt, wie ein Tier gepeinigt und gehetzt zu werden, duckte sich der Junge, als ihn der Chemiker ansah, und erwiderte den Blick bösartig und hob den Arm, wie um einen erwarteten Schlag abzuwehren.

»Ich beiße«, sagte er, »wenn Sie mich schlagen.«

Vor wenigen Minuten noch hätte dem Chemiker bei einem Anblick wie diesem das Herz geblutet. Jetzt sah er kalt und teilnahmslos hin und fragte mit einer heftigen Anstrengung, sich auf etwas zu besinnen, den Jungen, was er hier suche und woher er käme.

»Wo ist die Frau?« antwortete das Kind. »Ich will zu der Frau.«

»Zu welcher Frau?«

»Zu der Frau, die mich hergebracht und an das große Feuer gesetzt hat. Sie war so lange fort, daß ich sie suchen

gegangen bin, und da habe ich mich verlaufen. Ich will nichts von Ihnen. Ich will zu der Frau.«
Er machte plötzlich einen Satz, um zu entkommen. Als das dumpfe Klatschen seiner nackten Füße auf dem Boden schon dicht vor der Portiere ertönte, erwischte ihn Redlaw noch bei seinen Lumpen.
»Lassen Sie mich los!« knirschte der Junge, sich windend, und fletschte die Zähne. »Ich hab Ihnen nichts getan, lassen Sie mich los. Ich will zu der Frau!«
»Das ist nicht der rechte Weg, hier ist's näher«, sagte Redlaw, immer noch bemüht, sich auf etwas zu besinnen, das ihm beim Anblick dieses schrecklichen Geschöpfs in die Erinnerung kommen wollte. »Wie ist dein Name?«
»Ich habe keinen.«
»Wo wohnst du?«
»Wohnen? Was ist das?« Der Knabe schüttelte sich das Haar aus dem Gesicht, sah ihn einen Augenblick an, dann stellte er ihm ein Bein und wollte sich losreißen:
»Lassen Sie mich los! Ich will zu der Frau.«
Der Chemiker führte ihn zur Tür. »Hier entlang«, sagte er und betrachtete ihn noch immer verwirrt, aber voll Widerwillen und Abscheu. »Ich will dich zu ihr führen.«
Die scharfen Augen des Kindes wanderten im Zimmer umher und erspähten auf dem Tisch die Überreste des Mahles.
»Geben Sie mir etwas davon«, sagte er lüstern.
»Hat sie dir noch nichts zu essen gegeben?«
»Morgen bin ich doch wieder hungrig. Man ist doch jeden Tag hungrig.«
Als er losgelassen war, sprang er auf den Tisch zu wie ein kleines Raubtier, riß Brot und Fleisch an seine zerlumpte Brust und sagte: »So. Jetzt führen Sie mich zu der Frau.«
Voll Abscheu vor seiner Berührung winkte der Chemiker ihm schroff zu, er solle ihm folgen.
Schon war Redlaw fast zur Tür draußen, da blieb er bebend stehen.

»Die Gabe, die ich dir verliehen, sollst du verbreiten, wo du gehst und stehst.«
Die Worte des Gespenstes wehten im Winde, und der Wind wehte sie ihm eiskalt entgegen.
»Ich will heute abend nicht hingehen«, murmelte er leise, »ich will heute abend nirgendwo hingehen. Junge, geh diesen langen gewölbten Gang hinab, an der großen dunklen Tür vorbei, in den Hof! – Dort wirst du das Feuer durch das Fenster sehen!«
»Das Feuer der Frau?« fragte der Junge. Der Chemiker nickte. Und die nackten Füße sprangen davon. Redlaw kam mit der Lampe zurück, verriegelte rasch die Tür und setzte sich in seinen Stuhl, das Gesicht mit den Händen bedeckend, wie jemand, der sich vor sich selbst fürchtet. Denn jetzt war er wirklich allein. Allein, allein!

2. Kapitel
Die Verbreitung

Ein kleiner Mann saß in einer kleinen Stube, die von einem kleinen Laden durch eine kleine spanische Wand abgeteilt war.
Die kleine spanische Wand war über und über mit kleinen Ausschnitten aus Zeitungen beklebt. In Gesellschaft des kleinen Mannes befand sich eine Menge kleiner Kinder. Unendlich viele waren es. Wenigstens wirkte auf diesem engen Schauplatz, was ihre Zahl betrifft, ihre Schar geradezu überwältigend. Von dieser kleinen Sippschaft waren zwei vermutlich mittels irgendeiner starken Maschinerie in ein Bett in einem Winkel gebracht worden, wo sie ruhig den Schlummer der Unschuld hätten schlafen können, wenn sie nicht von der Neigung besessen gewesen wären, wach zu bleiben und aus einem Bett heraus ins andere Bett wieder hineinzukrabbeln. Der unmittelbare Anlaß zu diesen Überfällen auf die wachende Welt war eine Mauer aus

Austernschalen, die zwei andere Jünglinge zarten Alters in einer Ecke errichteten. Gegen diese Befestigung machten die beiden im Bett grimmige Ausfälle (gleich den verwünschten Pikten und Skoten, die die ersten Geschichtsstudien der meisten jungen Engländer verdüstern). Dann zogen sie sich wieder auf eigenes Gebiet zurück.

Außer dem Lärm, der diesen Angriffen und der haßerfüllten Verteidigung der Bedrohten folgte – denn diese setzten ihren Feinden heiß nach und führten Stöße gegen die Bettücher, unter die sich die Marodeure flüchteten –, spendete noch ein anderer kleiner Junge in einem andern kleinen Bett sein Scherflein Spektakel zu dem allgemeinen Familienvorrat, indem er seine Stiefel und andere an und für sich harmlose kleine Gegenstände, wenn sie nur derb und hart waren und sich zu Wurfgeschossen eigneten, nach den Störern seiner Ruhe schleuderte, die natürlich ihrerseits nicht faul waren, solche Liebenswürdigkeiten prompt zu erwidern.

Außerdem wankte noch ein anderer kleiner Junge, der Größte hier, aber immer noch klein, hin und her, ganz auf eine Seite gebeugt; und beträchtlich eingeknickt in den Knien vom Gewicht eines großen Säuglings, den er gemäß des in sanguinischen Familien oft üblichen Vorurteils in Schlaf wiegen sollte. Aber ach, in welch unerschöpfliche Regionen der Wachsamkeit und des Beobachtungstriebes machten sich die Augen des Wickelkindes über seine nichts Arges ahnende Schulter jetzt erst recht zu starren bereit.

Es war ein wahrer Moloch von einem Wickelkind, auf dessen unersättlichem Altar das ganze Dasein dieses jungen Bruders als tägliches Opfer dargebracht wurde. Sein Hauptcharakterzug bestand darin, daß es niemals fünf Minuten lang ruhig war und niemals schlafen ging, wenn es sollte. »Tetterbys Baby« war in der Nachbarschaft so wohlbekannt wie der Postbote oder der Bierjunge. Von Montag morgen bis Samstag abend streifte es in den Armen des kleinen John Tetterby von Türschwelle zu

Türschwelle und schloß als schwerfälliger Nachzügler den Zug der Straßenjugend – wenn diese einem Taschenspieler oder Affen nachlief –, und kam, immer auf einer Seite überhängend, immer ein klein wenig zu spät, um noch etwas zu sehen. – Wenn sich die Jugend zum Spiele sammelte, wurde der kleine Moloch widerspenstig und wollte fort. Wenn Johnny ausgehen wollte, schlief der Moloch und – mußte bewacht werden. Wollte Johnny zu Hause bleiben, wachte der Moloch auf und mußte ausgeführt werden. Und doch war Johnny davon durchdrungen, daß der Moloch ein tadelloses Wickelkind sei und im Königreich England nicht seinesgleichen habe, und war ganz zufrieden, hinter den Röcken hervor oder über den großen flappigen Hut der Kleinen hinweg mangelhafte Ansichten von der Welt zu erhaschen und mit seinem Quälgeist herumzuwanken wie ein winziger Dienstmann mit einem ungeheuren Paket, das keine Adresse hat und niemals abgegeben werden kann.

Der kleine Mann, der in der kleinen Stube saß und vergeblich Versuche machte, mitten in diesem Lärm seine Zeitung in Gemütsruhe zu lesen, war der Familienvater und Chef der Firma über dem kleinen Laden draußen, auf dem mit großen Buchstaben geschrieben stand: A. Tetterby and Comp., Zeitungsagenten.

Genau genommen war er die einzige Person, der diese Bezeichnung galt, denn »Comp.« war lediglich ein poetischer Begriff, der jeglicher wirklichen Grundlage entbehrte und sich auf keine greifbare Person bezog.

Tetterbys Laden war der Eckladen im Jerusalemstift. Im Fenster lag ein reicher Schatz an Literatur, der sich aus alten illustrierten Zeitungen und Lebensbeschreibungen von See- und Straßenräubern zusammensetzte. Spazierstöcke und Murmeln waren gleichfalls im Warenlager enthalten. Einstmals hatte sich das Geschäft sogar auch auf die Zuckerbäckerei kleinen Maßstabes erstreckt. Offenbar aber schien für diese Luxusartikel kein Bedarf in der Gegend des Jerusalemstifts gewesen zu sein, denn nichts zu diesem Handelszweig Gehöriges stand mehr im Fenster außer einer kleinen Gaslaterne voll Zuckerzelteln, die so lange im Sommer geschmolzen und im Winter gefroren waren, bis jede Hoffnung verschwunden war, sie jemals herauskratzen und essen zu können, ohne die Laterne mitzuverzehren.

Tetterby hatte sich in verschiedenen Dingen versucht. Er hatte einmal einen kleinen schwächlichen Abstecher gemacht ins Spielwarengeschäft, denn in einer andern Laterne lag ein Haufen winziger Wachspuppen, die alle hoffnungslos mit dem Kopf nach unten zusammenstaken und sich mit den Füßen in die Gesichter traten, während sich auf dem Grunde ein Bodensatz von gebrochenen Armen und Beinen niedergeschlagen hatte.

Er mußte auch einmal einen Anlauf in der Putzmacherrichtung gemacht haben, wie ein paar dürre Drahtgestelle für Hüte in einer Ecke des Fensters verrieten. Er hatte gewähnt, es lasse sich aus dem Tabakhandel ein Lebensunterhalt herausschlagen, und hatte ein Bild aufgehängt, auf dem aus jedem der drei Weltteile des britischen Reichs ein Eingeborener, das duftende Kraut genießend, abgebildet war; darunter besagte eine poetische Legende, daß der erste schnupfe, der zweite kaue, der dritte rauche. Es schien sich aber nichts daraus entwickelt zu haben – außer Fliegen. Es war auch einmal eine Zeit gewesen, wo er seine letzte Hoffnung auf falschen Schmuck gesetzt, denn hinter einem Glasviereck lagen eine Karte mit blechernen Siegelringen und eine andere mit Bleistifthülsen, und ein geheimnisvolles schwarzes Amulett von rätselhafter Bestimmung, auf dem der Preis, neun Pence, stand.

Bis auf die Stunde hatte das Jerusalemstift von all dem nichts gekauft.

Kurz, Tetterby hatte so fleißig versucht, seinen Lebensunterhalt auf diese oder jene Weise aus dem Jerusalemstift herauszuschlagen, und hatte doch bei alldem so wenig Erfolg gehabt, daß sich in der Firma der Kompagnon offenbar am besten stand. Der Kompagnon als körperlose Er-

findung hatte nicht unter gemeinem Hunger und Durst zu leiden, hatte weder Armensteuer noch andere Abgaben zu bezahlen und für keine Familie zu sorgen.
Tetterby indessen bekam in seiner kleinen Stube das Vorhandensein einer kinderreichen Familie in so lärmender Weise zu verspüren, daß es ihm unmöglich war, nicht darauf zu achten oder in Ruhe die Zeitung zu lesen. Er legte daher sein Blatt nieder, kreiste in seiner Verwirrung ein paarmal im Zimmer umher wie eine unschlüssige Brieftaube; machte einen fruchtlosen Vorstoß gegen ein paar fliegende kleine Gestalten in Nachthemden, die an ihm vorbeifegten, und stieß dann plötzlich geiergleich auf das einzige friedfertige Mitglied der Familie, den Molochhüter, los, und gab ihm ein paar hinter die Ohren.
»Du böser Bube«, rief Mr. Tetterby, »hast du denn gar kein Erbarmen mit deinem armen Vater, der sich an diesem harten Wintertag seit fünf Uhr morgens geplackt und gesorgt hat, mußt du ihm seine Ruhe stören und die neuesten Nachrichten verbittern mit deiner teuflischen Bosheit; ist es nicht genug, Sir, daß dein Bruder Dolphus in Nebel und Kälte sich abplackt und abschuftet, während du hier im Luxus schwimmst und ein – Wickelkind hast, kurz alles, wonach dein Herz begehrt«, sagte Mr. Tetterby, all dies wie die Wonnen des Paradieses zusammenzählend. »Mußt du trotzdem eine Wildnis aus deinem Elternhause und Tollhäusler aus Vater und Mutter machen? Mußt du das, Johnny? He?« Bei jeder Frage tat Mr. Tetterby so, als wolle er ihm wieder eins hinter die Ohren geben, aber er besann sich eines Bessern und hielt seine Hand zurück.
»O Vater«, wimmerte Johnny, »ich habe doch gar nichts getan, ganz gewiß nicht, und hab mir soviel Mühe gegeben mit Sally und sie in den Schlaf gewiegt, o Vater.«
»Ich wollte, mein kleines Frauchen käme nach Hause«, sagte Mr. Tetterby gerührt und ging in sich, »ich wünschte bloß, mein kleines Frauchen käme nach Hause, ich bin

nicht imstand, mit dem Volk fertig zu werden. Es macht mir die Sinne wirbeln und wächst mir über den Kopf. O Johnny! Ist es nicht genug, daß deine liebe Mutter dir diese süße Schwester geschenkt hat?« Und er deutete auf den Moloch. »Ist es nicht genug, daß ihr zuerst sieben Jungen wart und keine Spur von einem Mädel dabei, und daß die Mutter all das durchgemacht, was sie, ach Gott ja, durchgemacht hat, bloß zu dem Zweck, damit ihr alle eine kleine Schwester haben möget? Und mußt du dich trotzdem jetzt so benehmen, daß mir's im Kopf wie ein Mühlrad herumgeht?«

Mr. Tetterby wurde immer gerührter, je mehr sich seine und Johnnys gekränkten Gefühle Luft machten, und umarmte schließlich den Molochhüter, um sich gleich darauf auf die Jagd nach einem der wirklichen Missetäter zu begeben. Nach verhältnismäßig gutem Start und einer kurzen, aber heißen Jagd über beschwerliches Gelände unter und über Bettstellen hinweg und durch das Netzwerk der Stühle hindurch, erwischte er schließlich ein Kind, das er gebührend bestrafte und ins Bett schleppte. Dieses Beispiel übte eine gewaltige und, wie es schien, mesmerische Wirkung auf den Stiefelhelden aus, der augenblicklich in tiefen Schlaf verfiel, obwohl er einen Augenblick vorher vollkommen munter und im tollsten Übermut gewesen. Auch an den beiden Architekten ließ sich die Wirkung verspüren, denn sie verfügten sich in dem anstoßenden Kämmerchen ganz still und geschwind zu Bett. Der Kamerad des Erwischten versank ebenfalls geräuschlos in seinem Nest, und so befand sich Mr. Tetterby, als er innehielt, um Atem zu schöpfen, ganz unerwartet plötzlich auf einem Gefilde vollkommenen Friedens.

»Mein kleines Frauchen selbst«, sagte Mr. Tetterby und wischte sich das erhitzte Gesicht, »hätte es nicht besser machen können. Ich wünschte bloß, mein kleines Frauchen hätte es zu besorgen gehabt, wahrhaftig!«

Mr. Tetterby suchte auf der spanischen Wand nach einer Sentenz, die sich eignen würde, den Kindern bei dieser

Gelegenheit eingeprägt zu werden, und las folgendes laut ab:
»Es ist eine unanfechtbare Tatsache, daß alle merkwürdigen Männer merkwürdige Mütter gehabt haben und sie im spätern Leben wie ihre besten Freunde geachtet haben. Denkt an eure eigene merkwürdige Mutter, meine Jungen«, fügte Mr. Tetterby hinzu, »und erkennet ihren Wert, solange sie noch unter euch weilt.«
Er setzte sich in seinen Stuhl am Kamin, schlug die Beine übereinander und widmete sich wieder seiner Zeitung.
»Es soll mir nur einer, ganz gleich, wer's sein mag, noch einmal aus dem Bette herauskommen«, gab Mr. Tetterby wie eine allgemeine Proklamation in mildem Tone bekannt, »und grenzenloses Erstaunen, was dann geschieht, soll das Los dieses geachteten Zeitgenossen sein!« – Ein Ausdruck, den Mr. Tetterby wieder von der spanischen Wand ablas. »Johnny, mein Sohn, nimm deine einzige Schwester Sally in acht, denn sie ist das schönste Juwel, das jemals auf deiner jugendlichen Stirn geglänzt hat.« Johnny setzte sich demütig auf einen kleinen Stuhl und verschwand fast unter der Last des Molochs.
»Ach, was für ein Geschenk dieses Kind für dich bedeutet, Johnny«, sagte sein Vater, »und wie dankbar du dafür sein solltest! Es ist nicht allgemein bekannt, Johnny« – er las jetzt wieder von seiner spanischen Wand ab –, »aber es ist eine durch genaue Berechnungen offenbar gewordene Tatsache, daß folgender ungeheurer Prozentsatz von Kindern nie das zweite Lebensjahr erreicht, nämlich – – –«
»O Vater, halt' ein, ich bitte dich«, rief Johnny, »ich kann's nicht ertragen, wenn ich an Sally denke.«
Mr. Tetterby ließ ab, und Johnny, von der tiefen Verantwortung, die er trug, ergriffen, wischte sich die Augen und lullte seine Schwester ein.
»Dein Bruder Dolphus«, sagte sein Vater und schürte das Feuer, »bleibt heut' lange, Johnny, und wird nach Hause kommen wie ein Eisklumpen. Wo bleibt nur deine treffliche Mutter?«

»Da kommt die Mutter, und Dolphus auch, Vater!« rief Johnny. »Ich glaube wenigstens.«

»Du hast recht«, entgegnete der Vater und lauschte. »Ja, ja, das ist der Tritt meines kleinen Frauchens.«

Der Ideengang, mittels dessen Mr. Tetterby zu dem Schlusse gekommen war, sein Ehegespons sei ein kleines Frauchen, war ein tiefes Geheimnis. Aus der Frau hätte man mit Leichtigkeit zwei Ausgaben ihres Mannes anfertigen können. Schon als Individuum für sich fiel sie auf, so stark und stattlich war sie, aber mit ihrem Manne verglichen, wuchsen ihre Dimensionen geradezu ins Gigantische. Dasselbe war der Fall gegenüber ihren sieben Söhnen, die im Vergleich mit ihr die reinsten Elzevierausgaben waren. Bei Sally indessen hatte sich Mrs. Tetterby endlich Geltung verschafft. Das wußte niemand besser als Johnny, das Opfer, der den schweren Abgott zu jeder Stunde des Tages maß und wog.

Mrs. Tetterby, die Einkäufe gemacht hatte und einen Korb trug, schob Hut und Tuch zurück, setzte sich erschöpft nieder und befahl Johnny, auf der Stelle seine süße Last zu ihr zu tragen. Sie wolle ihr einen Kuß geben. Als Johnny diesem Befehl Folge geleistet hatte und wieder zu seinem Stuhl zurückgekehrt und wieder in Demut versunken war, da erbat sich Mr. Adolphus Tetterby *jun.*, der inzwischen seine obere Hälfte aus einem endlosen regenbogenfarbigen Schal herausgewickelt hatte, dieselbe Gunst. Johnny gehorchte abermals und war wieder zu seinem Stuhl zurückgekehrt, als Mr. Tetterby *sen.*, von einem plötzlichen Gedanken erfaßt, als Vater denselben Anspruch erhob. Die Befriedigung dieses dritten Verlangens erschöpfte das Opfer derart, daß es kaum Atem genug fand, um wieder zu seinem Stuhl zurückzukehren und seine Verwandten anzukeuchen.

»Mach, was du willst, Johnny«, sagte Mrs. Tetterby mit Kopfschütteln, »aber nimm sie in acht oder komm deiner Mutter nie wieder unter die Augen.«

»Deinem Bruder auch nicht«, sagte Adolphus, »und

auch deinem Vater nicht, Johnny«, ergänzte Mr. Tetterby.

Johnny, tief erschüttert durch diese bedingungsweise angedrohte Lossagung, blickte tief in Molochs Augen, um nachzusehen, ob alles in Ordnung sei, klopfte dem Kind auf den Rücken und ließ es auf seinem Bein reiten.

»Bist du naß, Dolphus, mein Junge?« fragte der Vater. »Komm, setz' dich in meinen Stuhl und trockne dich.«

»O danke, Vater«, sagte Adolphus und wischte sich das Gesicht mit dem abgetragenen Ärmel, »ich bin nicht sehr naß, scheint mir. Glänzt mein Gesicht sehr, Vater?«

»Ja, es sieht ein bißchen wächsern aus, mein Junge«, bestätigte Mr. Tetterby.

»Das macht das Wetter«, sagte Adolphus und wischte sich die Backen ab. »Wenn's so recht regnet und graupelt und bläst und schneit und nebelt, dann wird mein Gesicht manchmal ganz feuerrot und glänzt dann – – –«

Master Adolphus gehörte auch zur Zeitungsbranche und war von einer blühenderen Firma als der seines Vaters & Comp. angestellt, Zeitungen auf einer Eisenbahnstation zu verkaufen, wo seine dickbäckige kleine Gestalt, die einem Amor in schäbiger Ausführung nicht unähnlich sah, und seine hohe, schrille Stimme (er war noch nicht viel mehr als zehn Jahre alt) ebensowohl bekannt waren wie das heisere Keuchen der ein- und auslaufenden Lokomotiven. Sein jugendlicher Frohsinn bei diesem frühzeitigen Eintritt ins Geschäftsleben hätte kein rechtes Ventil gehabt, wenn Adolphus nicht eine glückliche Entdeckung gemacht hätte, mit der er sich Unterhaltung verschaffte und den langen Tag in verschiedene Grade des Interesses einteilen konnte, ohne dabei das Geschäft zu vernachlässigen. Diese geistvolle Erfindung, gleich allen großen Entdeckungen durch Einfachheit auffallend, bestand in der Abänderung des ersten Vokals in dem Worte »Blatt«, an dessen Stelle, je nach den verschiedenen Tagesabschnitten, all die andern Vokale in alphabetischer Reihenfolge gesetzt wurden. So lief er vor Tagesanbruch in der Winterszeit in seinem kleinen Käpp-

chen und Mäntelchen aus Ölzeug und seinem ungeheuren Umschlagtuch hin und her und durchgellte die dicke Luft mit dem Rufe: »Mor-gen-blatt«. Wenn noch ungefähr eine Stunde bis Mittag fehlte, wurde daraus: »Mor-gen-blätt« und daraus wurde ungefähr um zwei Uhr: »Mor-gen-blitt!« und dies verwandelte sich nach wieder ein paar Stunden in »Mor-gen-blott!« Und so stieg es abwärts mitsamt der Sonne bis hinunter zu »Abendblutt«.
Darin bestand der Lebenstrost und das Hauptvergnügen für den jungen Gentleman.
Mrs. Tetterby, seine hochwohlgeborene Mutter, die mit nach rückwärts gesunkenem Hut und Tuch dagesessen und nachdenklich ihren Trauring um den Finger gedreht hatte, erhob sich jetzt, legte ihre Überkleider ab und begann den Tisch für das Abendbrot zu decken.
»O mein, o mein, o mein«, sagte Mrs. Tetterby, »wie's in der Welt zugeht!«
»Wie geht's denn in der Welt zu, mein Kind?« fragte Mr. Tetterby.
»Ach nichts«, sagte Mrs. Tetterby.
Mr. Tetterby zog die Brauen in die Höhe, blätterte seine Zeitung um und ließ seine Augen auf ihr umherschweifen, nach oben und unten und nach der Seite, aber seine Aufmerksamkeit weilte woanders, und er konnte nicht lesen.
Mrs. Tetterby deckte unterdessen den Tisch, aber mehr, um ihn zu bestrafen, als um das Familienessen fertig zu machen, denn sie schlug ihn unnötig hart mit Messer und Gabel, prügelte ihn mit den Tellern, stieß ihn mit dem Salzfaß und traf ihn schwer mit dem Brot.
»O mein, o mein, o mein«, sagte Mrs. Tetterby wieder, »wie es doch in der Welt zugeht.«
»Mein Schatz«, entgegnete ihr Mann und blickte wieder auf, »du sagtest das schon vorhin. Wie geht es denn in der Welt zu?«
»Ach nichts«, sagte Mrs. Tetterby.
»Sophie«, hielt ihr ihr Mann vor, »auch das sagtest du schon vorhin.«

»Nun, ich will es noch einmal sagen, wenn es dir gefällt«, entgegnete Mrs. Tetterby. »Ach nichts! – und noch einmal, wenn's dir gefällt: Ach nichts! – und noch einmal, wenn dir's gefällt: Ach nichts! – So!!«

Mr. Tetterby sah sein Ehegespons an und sagte mit mildem Erstaunen:

»Mein kleines Frauchen, was hat dich so außer Rand und Band gebracht?«

»Das kann ich doch nicht wissen«, versetzte sie, »frag' mich nicht. Wer sagt denn, daß ich außer Rand und Band bin. *Ich* doch nicht!«

Mr. Tetterby gab die Lektüre seiner Zeitung auf wie ein unersprießliches Geschäft, schritt langsam durch die Stube, die Hände auf dem Rücken, die Schultern in die Höhe gezogen, wobei sein Gang vollständig mit der Dulderart seines Wesens harmonierte. Dann richtete er das Wort an seine beiden ältesten Sprößlinge:

»Dein Abendessen wird in einer Minute fertig sein, Dolphus«, sagte er. »Deine Mutter ist in der Nässe draußen gewesen und hat es in der Garküche gekauft. Das war sehr schön von deiner Mutter. Du wirst auch bald was zum Abendessen bekommen, Johnny. Deine Mutter findet Wohlgefallen an dir, junger Mann, weil du so schön auf deine kostbare Schwester acht gibst.«

Mrs. Tetterby sagte nichts, aber ihr Zorn gegen den Tisch ließ sichtlich nach. Als sie mit ihren Zubereitungen fertig war, nahm sie aus ihrem geräumigen Korb ein tüchtiges Stück heißen Erbsenpuddings, das in Papier gewickelt war, und eine mit einem Deckel zugedeckte Schüssel, die einen so angenehmen Duft ausströmte, daß die drei Paar Augen in den zwei Betten sich weit aufrissen und das festliche Mahl anstarrten.

Mr. Tetterby beachtete diese Art stillschweigender Einladung, Platz zu nehmen, nicht weiter, sondern blieb stehen und wiederholte langsam: »Ja, ja, dein Abendbrot wird im Augenblick fertig sein, Dolphus. Deine Mutter ist in der Nässe draußen gewesen bei der Garküche und hat es geholt. Das war sehr schön von deiner Mutter –«, bis Mrs. Tetterby, die hinter seinem Rücken verschiedene Zeichen der Zerknirschung an den Tag gelegt hatte, ihm plötzlich um den Hals fiel und weinte.

»O Dolphus«, rief Mrs. Tetterby, »wie hab' ich nur so sein können!«

Diese Aussöhnung rührte Adolphus *jun.* und Johnny dermaßen, daß beide wie auf Verabredung einen kläglichen Schrei ausstießen, der auf der Stelle bewirkte, daß die runden Augen in den Betten sich schlossen und die beiden noch übrigen kleinen Tetterbys, die eben aus dem anstoßenden Kämmerchen hervorgeschlichen kamen, um zu sehen, was es zu essen gäbe, schleunigst den Rückzug antraten.

»Ich kann dir versichern, Dolphus«, schluchzte Mrs. Tetterby, »als ich heimkam, dachte ich ebensowenig daran wie ein ungeborenes Kind – – –«

Mr. Tetterby schien dieses Gleichnis sichtlich zu mißfallen, und er bemerkte: »Sage vielleicht lieber, wie unser Kleinstes, mein Schatz.«

»– – – – ich dachte ebensowenig daran wie unser Kleinstes!« verbesserte Mrs. Tetterby. »Johnny, sieh mich nicht an! Sieh auf Sally, sonst fällt sie dir aus dem Schoß und schlägt sich tot, und dann müßtest du an den Qualen eines gebrochenen Herzens sterben, und das geschähe dir recht. – Ebensowenig wie dieses Herzblatt dort dachte ich beim Nachhausegehen daran, mißgestimmt zu sein, aber ich wußte nicht, Dolphus – – – –« Mrs. Tetterby hielt inne und drehte wieder ihren Trauring um den Finger.

»Ich verstehe«, sagte Mr. Tetterby, »ich verstehe. Meinem Frauchen ist etwas in die Quere gekommen. Harte Zeiten und hartes Wetter und harte Arbeit machen manchmal das Leben schwer. Ich verstehe. Kein Wunder! Dolphus, mein Junge«, fuhr Mr. Tetterby fort und forschte mit der Gabel in der Schüssel, »da hat deine Mutter in der Garküche außer dem Erbsenpudding ein ganzes prächtiges Schinkenbein gekauft, mit schöner brauner Kruste drauf und Sauce und Senf dazu in unerschöpflicher Menge. Gib deinen Teller her, Junge, und iß, solange es noch warm ist.«

Adolphus *jun.* ließ sich das nicht zweimal sagen, nahm seinen Teil mit vor Eßlust wässerigen Augen in Empfang, zog sich nach einem abseits stehenden Stuhl zurück und fiel über sein Abendbrot her. Johnny wurde auch nicht vergessen, bekam aber seine Ration auf Brot, damit nichts auf das Wickelkind tropfe. Aus dem gleichen Grunde wurde von ihm verlangt, daß er seinen Pudding nach dem Abbeißen immer in die Tasche stecken solle.

Es hätte mehr Fleisch an dem Schinkenbein sein können, denn der Vorschneider in der Garküche hatte schon viel daran herumgeschnitten für frühere Kunden, aber es mangelte nicht an Würze, und das ist ein Zubehör, das halb und halb die Vorstellung von Schweinefleisch wachruft und angenehm den Geschmackssinn täuscht. Auch der Erbsenpudding und die Sauce und der Senf hatten, wenn sie auch nicht gerade Schweinefleisch waren, doch in seiner Nähe gestanden – wie die Rose des Orients neben der Nachtigall –, so daß im Ganzen Duft und Geschmack eines gebratenen Schweins mittlerer Größe vorhanden war. Die jungen Tetterbys im Bett konnten nicht widerstehen, und obgleich sie sich gestellt hatten, als schlummerten sie friedlich, kamen sie, wenn die Eltern es nicht sahen, hervorgekrochen und baten stumm die Brüder um einen gastronomischen Beweis brüderlicher Liebe. Diese waren nicht hartherzig und gaben ihnen einige Bissen, und die Folge davon war, daß die Kleinen in Nachtjäckchen während des ganzen Essens lebhaft umherschwärmten, aus dem Bett zu den Stühlen und zurück. Das regte Mr. Tetterby außerordentlich auf und versetzte ihn einige Male in die Zwangslage, einen Ausfall zu machen, vor dem sich dann diese Guerillatruppen nach allen Richtungen in großer Verwirrung flüchteten.

Mrs. Tetterby fand keinen Genuß an ihrem Abendessen. Sie schien etwas auf dem Herzen zu haben. Einmal lachte

sie ohne Grund, ein anderes Mal weinte sie ohne Grund, und schließlich lachte und weinte sie in einer so unbegründeten Art und Weise, daß ihr Mann ganz bestürzt war.
»Mein kleines Frauchen«, sagte Mr. Tetterby, »wenn's in der Welt so zugeht, so geht es nicht mit rechten Dingen zu.«
»Gib mir einen Tropfen Wasser«, sagte Mrs. Tetterby mit den Tränen kämpfend. »Sprich nicht mit mir, und nimm überhaupt keine Notiz von mir, bitte!«
Nachdem Mr. Tetterby ihr das Wasser gereicht hatte, wandte er sich plötzlich gegen den unglücklichen Johnny, der voll Teilnahme zusah, und fragte, warum er in Völlerei und Faulheit schwelge, anstatt mit dem Wickelkind vorzutreten, damit der Anblick des kleinen Püppchens seine Mutter wieder zu sich bringen könne. Johnny kam sofort herbei, niedergedrückt durch die Last; Mrs. Tetterby aber streckte abwehrend die Hand aus, zum Zeichen, daß sie noch nicht imstande sei, eine so harte Prüfung ihrer Gefühle auszuhalten, und so wurde ihm denn verboten, auch nur einen Zoll näherzutreten, unter Androhung ewigen Hasses von seiten aller seiner teuersten Verwandten. Demgemäß zog sich Johnny wieder auf seinen Stuhl zurück und versank wie zuvor.
Nach einer Pause sagte Mrs. Tetterby, es sei ihr jetzt wohler, und fing an zu lachen.
»Mein kleines Frauchen«, forschte ihr Mann mißtrauisch, »bist du auch fest überzeugt, daß dir wohler ist, oder soll's vielleicht in einer andern Richtung ausbrechen, Sophie?«
»Nein, Dolphus, nein«, antwortete seine Gattin, »ich bin wieder ganz bei mir.«
Mit diesen Worten brachte sie ihr Haar in Ordnung, drückte ihre Handflächen auf die Augen und lachte abermals.
»Was für eine gottlose Törin ich war, auch nur einen Augenblick solche Gedanken zu haben«, sagte Mrs. Tetterby. »Rücke näher, Dolphus, ich will mein Herz ausschütten und dir erzählen, was mich drückt.«

Mr. Tetterby rückte seinen Stuhl näher heran. Mrs. Tetterby lachte wieder und wischte sich die Augen.

»Du weißt, mein lieber Dolphus«, sagte Mrs. Tetterby, »als ich noch ledig war, hätte ich mich nach verschiedenen Seiten hin vergeben können. Es gab eine Zeit, da liefen mir vier auf einmal nach, und zwei davon waren Marssöhne.«

»Mein Herzblatt, wir alle sind Söhne von Ma's«, sagte Mr. Tetterby, »zusammen mit Pa's«, und schwelgte in dem Wortspiel.

»So meine ich's nicht«, erwiderte seine Frau, »ich meine Soldaten – Unteroffiziere.«

»Oh!« sagte Mr. Tetterby.

»Nun, Dolphus, ich denke jetzt nicht mehr daran, und es tut mir auch nicht leid, ich weiß, ich habe einen so herzensguten Mann und würde ganz gewiß ebensoviel tun, um ihm meine Liebe zu beweisen, wie – –«

»– wie irgendein kleines Frauchen auf der Welt. Sehr gut, sehr gut!«

Wäre Mr. Tetterby zehn Fuß hoch gewesen, hätte er keine zartere Rücksicht auf Mrs. Tetterbys feenhafte Gestalt an den Tag legen können, und wäre Mrs. Tetterby zwei Fuß hoch gewesen, sie hätte nicht überzeugter sein können, daß diese Bezeichnung ihr zukäme.

»Aber siehst du, Dolphus«, sagte Mrs. Tetterby, »jetzt ist Weihnachten, und da machen alle Leute, die es können, Feiertag, und alle Leute, die Geld haben, geben da gern ein bißchen Geld aus, und da bin ich, ich weiß nicht wie, ein bißchen ärgerlich geworden, als ich eben auf der Straße war. Da sind so viele Sachen zum Verkauf ausgestellt, so köstliche Sachen zum Essen, so schöne Sachen zum Ansehen und so entzückende Sachen zum Tragen – und ich mußte soviel hin und her rechnen, ehe ich es wagen durfte, auch nur einen Sixpence für das Notwendigste auszugeben, und der Korb war so groß, es wäre soviel hineingegangen, und mein Geldvorrat war so klein und hätte nur zu einem bißchen gereicht – Du hassest mich, nicht wahr, Dolphus?«

»Keineswegs«, sagte Mr. Tetterby, »bis jetzt nicht.«
»Gut! Ich will dir die ganze Wahrheit erzählen, dann wirst du mich vielleicht hassen. Als ich in der Kälte herumlief und noch eine Menge anderer rechnender Gesichter mit großen Körben herumlaufen sah, da kam mir so der Gedanke, ich hätte doch besser getan und wäre vielleicht glücklicher, wenn – wenn, wenn – – –« Der Trauring drehte sich wieder um den Finger, und Mrs. Tetterby schüttelte niedergeschlagen den Kopf.
»Ich verstehe«, sagte ihr Gatte ruhig »wenn du gar nicht geheiratet hättest oder einen andern geheiratet hättest.«
»Ja«, schluchzte Mrs. Tetterby, »das habe ich gedacht. Hassest du mich jetzt, Dolphus?«
»Nein«, sagte Mr. Tetterby, »ich finde bis jetzt noch nichts.«
Mrs. Tetterby gab ihm einen dankbaren Kuß und fuhr fort:
»Dann fange ich an zu hoffen, du wirst mich überhaupt nicht hassen, obwohl ich fürchte, ich habe dir noch nicht das Schlimmste erzählt. Ich kann mir gar nicht erklären, wie es über mich gekommen ist. Ich weiß nicht, ob ich krank war oder verrückt oder was sonst. Aber ich war mir plötzlich nicht mehr klar darüber, was uns eigentlich aneinanderknüpft und was mich mit meinem Geschick je versöhnen könnte. All die Vergnügungen und Freuden, die wir jemals gehabt, sie schienen so armselig und unbedeutend. Ich haßte sie. Ich hätte sie mit Füßen treten können, und ich konnte an nichts weiter denken, als daß wir arm sind und wieviel Mäuler zu Hause sind.«
»Nun, nun, meine Liebe«, sagte Mr. Tetterby und schüttelte ihr ermutigend die Hand, »das ist doch die Wahrheit. Wir sind arm, und es sind eine Menge Mäuler im Hause.«
»Ach, aber, Dolph, Dolph«, rief seine Gattin und legte ihm die Hände um den Hals, »mein gutes, liebes, geduldiges Männchen, als ich eine kleine Weile erst zu Hause war, wie wurde es da anders! O mein lieber Dolph, wie anders wurde es! Mir war, als flösse alles in mir über vor einem

Schwall von Erinnerungen, die mein hartes Herz erweichte und zu zersprengen drohte. All unser Ringen um einen Lebensunterhalt, all unsere Sorgen und Entbehrungen seit unserer Hochzeit, alle die Zeiten, wo wir krank lagen, all die Stunden, die wir durchwacht, beieinander oder bei den Kindern, schienen zu mir zu reden und zu sagen, daß sie uns zu *einer* Person gemacht, und ich hätte nie mehr etwas anderes sein mögen, sein können oder wollen als die Gattin und die Mutter, die ich bin. Dann wurden die kleinen billigen Vergnügungen, die ich eben noch so grausam hatte mit Füßen treten wollen, so kostbar, o so wertvoll und teuer, daß ich gar nicht mehr daran denken durfte, wie sehr ich sie verkannt hatte, und es immer und immer wiederholen mußte und es jetzt noch hundertmal sagen möchte, wie konnte ich mich nur so aufführen, Dolphus, wie konnte ich das Herz haben, so etwas zu tun.«

Die gute Frau war ganz außer sich vor Aufregung, Zärtlichkeit und Reue und weinte von ganzem Herzen, als sie plötzlich mit einem Schrei auffuhr und sich hinter ihrem Mann versteckte. Ihr Schrei war so angstvoll, daß die Kinder aus dem Schlaf auffuhren, schleunigst aus den Betten sprangen und sich um sie scharten. Ihr Blick war entsetzt und ihre Stimme außer sich vor Angst, als sie auf einen bleichen Mann in schwarzem Mantel deutete, der in das Zimmer hereingekommen war.

»Sieh den Mann dort an, sieh dort, was will er?«

»Meine Liebe«, entgegnete ihr Gatte, »ich will ihn fragen, wenn du mich nur losläßt. Was gibt es denn? Wie du zitterst.«

»Ich habe ihn auf der Straße gesehen, als ich eben draußen war. Er sah mich an und stand ganz dicht bei mir. Ich fürchte mich so vor ihm.«

»Fürchtest dich vor ihm, warum denn?«

»Ich weiß nicht, warum – – ich – – Bleib hier!« Sie hielt ihren Mann zurück, als er auf den Fremden zugehen wollte.

Sie preßte die eine Hand auf die Stirn und die andere auf die Brust. Ein sonderbares Zittern lief über ihren Körper, und eine Unruhe, wie wenn sie etwas verloren hätte, lag in ihren Augen.

»Bist du krank, mein Schatz?«

»Was ist das, was da wieder von mir weicht«, sagte sie leise vor sich hin, »was ist das nur, das da von mir weicht?« Dann antwortete sie kurz: »Krank? Nein, ich bin ganz wohl«, und starrte mit leerem Blick auf den Boden.

Ihr Mann, der ebenfalls nicht ganz frei von Furcht geblieben war und den die Sonderbarkeit ihres Wesens noch mehr beunruhigte, wandte sich jetzt an den bleichen Besuch im schwarzen Mantel, der mit zu Boden gesenkten Augen an der Tür stehen geblieben war.

»Was wünschen Sie eigentlich von uns, Sir?« fragte er.

»Ich fürchte, mein unbemerktes Hereintreten hat Sie erschreckt«, antwortete der Besuch, »aber Sie sprachen miteinander und hörten mein Kommen nicht.«

»Mein kleines Frauchen sagt, Sie haben es vielleicht selbst gehört«, entgegnete Mr. Tetterby, »es sei nicht das erste Mal heute abend, daß Sie sie erschreckt haben.«

»Das tut mir leid. Ich entsinne mich, Sie auf der Straße bemerkt zu haben; ich hatte nicht die Absicht, Sie zu erschrecken.« Er erhob bei diesen Worten seine Blicke und sie die ihren. Seltsam war die Scheu, die sie vor ihm hatte, seltsam das Grausen, als er das bemerkte.

Dennoch sahen sie einander scharf und forschend an.

»Mein Name ist Redlaw. Ich komme aus dem alten Kolleg dicht nebenan; ein junger Mann, der dort studiert, wohnt in Ihrem Hause, nicht wahr?«

»Mr. Denham?« fragte Tetterby.

»Ja.«

Es war eine ganz natürliche Bewegung und eine so flüchtige, daß sie kaum auffallen konnte, aber ehe der kleine Mann wieder antworten konnte, strich er sich mit der Hand über die Stirn und sah sich rasch im Zimmer um, als fühle er irgendeine Veränderung in der Atmosphäre vor

sich gehen. Der Chemiker richtete gleich darauf den scheuen Blick, mit dem er die Frau vorhin angesehen, auch auf ihn, trat zurück und wurde noch fahler.
»Das Zimmer des Herrn«, sagte Tetterby, »ist oben, Sir. Seine Wohnung hat noch einen besonderen Eingang. Aber da Sie schon einmal hier sind, brauchen Sie nicht erst wieder in die Kälte hinauszugehen, wenn Sie hier die paar Stufen hinaufsteigen wollen«, und er zeigte auf eine Treppe, die unmittelbar in das obere Zimmer hinaufführte.
»Ja, ich will hinauf zu ihm«, sagte der Chemiker, »können Sie mir eine Kerze leihen?« Die unruhige Spannung in seinen Augen und das unerklärliche Mißtrauen, das diesen Blick verdüsterte, schienen Mr. Tetterby zu beunruhigen. Er schwieg, sah ihn starr an und blieb wie gebannt ein oder zwei Minuten lang unbeweglich stehen.
Endlich sagte er: »Ich will Ihnen leuchten, Sir, wenn Sie mir folgen wollen.«
»Nein«, antwortete der Chemiker, »ich wünsche nicht, daß man mich begleitet oder bei ihm anmeldet; er erwartet mich nicht. Ich will lieber allein gehen. Bitte, geben Sie mir ein Licht, wenn Sie es entbehren können, und ich werde mich schon zurechtfinden.«
Er stieß diese Worte hastig hervor, nahm dem Zeitungsagenten die Kerze aus der Hand und berührte dabei unabsichtlich dessen Brust. Schnell zog er sie wieder zurück, als habe er den Mann verwundet (denn er wußte nicht, in welchem Teil seines Körpers die neue Kraft lag oder wie sie sich übertrug). Dann wandte er sich ab und stieg die Treppe empor.
Aber als er die oberste Stufe erreicht hatte, blieb er stehen und sah hinab. Die Frau stand noch auf derselben Stelle und drehte sinnend den Trauring um ihren Finger. Der Mann hatte das Haupt auf die Brust sinken lassen und brütete mürrisch vor sich hin. Die Kinder klammerten sich immer noch an die Mutter, blickten furchtsam zu dem Gast empor und drängten sich dichter aneinander, als sie ihn herabschauen sahen.

»Weg da«, sagte der Vater grob. »Jetzt hab' ich's satt. Macht, daß ihr ins Bett kommt.« –
»Die Stube ist eng genug ohne euch«, setzte die Mutter hinzu. »Schert euch ins Bett.«
Verschüchtert und betrübt schlich die kleine Brut davon; Johnny und das Wickelkind machten den Schluß. Die Mutter sah sich verächtlich in der ärmlichen Stube um, schob die Überreste des Abendessens verdrossen beiseite und setzte sich hin, in mürrisches Nachsinnen verloren. Der Vater setzte sich wieder zum Kamin, schürte ungeduldig das kleine Feuer zusammen und beugte sich darüber, als wolle er es ganz für sich allein in Anspruch nehmen. Sie wechselten kein Wort.
Der Chemiker, blasser als zuvor, stahl sich wie ein Dieb hinauf, blickte auf die Veränderung, die unten vor sich gegangen, und wußte in seinem Grausen nicht, sollte er weitergehen oder umkehren.
»Was hab' ich getan«, sagte er verwirrt, »was wollte ich denn nur?«
»Der Wohltäter der Menschheit sein«, glaubte er eine Stimme antworten zu hören. Er blickte sich um, aber es war niemand da, und eine Wendung der Treppe verbarg jetzt die kleine Stube vor seinen Blicken. So schritt er weiter und sah nur mehr auf seinen Weg.
»Erst gestern nacht habe ich den Pakt geschlossen, und schon sind alle Dinge mir fremd geworden. Ich bin mir selber fremd. Ich bin hier wie im Traum. Was für ein Interesse habe ich für diesen Ort oder irgendeinen andern? Mein Geist ist wie mit Blindheit geschlagen.«
Er stand vor einer Tür, klopfte an und trat ein, als drinnen jemand »herein« sagte.
»Ist's meine liebenswürdige Wärterin?« fragte die Stimme. »Aber warum frage ich denn, es kann ja doch niemand anderer sein.«
Die Stimme klang in fröhlichem, wenn auch müdem Ton und lenkte des Chemikers Aufmerksamkeit auf einen jungen Mann, der auf einem an den Kamin gerückten Sofa lag

und der Tür den Rücken kehrte. In einem so winzigen Kamin, mager und eingefallen wie die Wangen eines Kranken, daß er kaum das Zimmer erwärmen konnte, brannte das Feuer, nach dem sein Gesicht hingewandt war. Die Flammen waren dem zugigen Boden so nahe, daß sie flackernd und prasselnd brannten und die glühende Asche rasch durch den Rost fiel.

»Sie knistert beim Herunterfallen«, sagte der Student lächelnd, »das bedeutet, wie man sagt, nicht Särge, sondern viel Geld. Ich werde also, wenn Gott will, doch noch gesund und reich werden und am Ende noch eine kleine Milly lieben können, die mich dann immer an das gütigste und zarteste Herz in dieser Welt erinnern soll.«

Er streckte die Hand aus und erwartete, seine Pflegerin werde sie ergreifen. Da er aber noch sehr schwach war, blieb er dabei still liegen, ließ das Gesicht auf der andern Hand ruhen und drehte sich nicht um.

Der Chemiker sah sich im Zimmer um, blickte auf die Bücher und Papiere des Studenten, die auf einem Tisch in einer Ecke aufeinandergetürmt lagen und mit der erloschenen, jetzt beiseite gestellten Arbeitslampe von den Stunden eines fleißigen Studiums, das dieser Krankheit vorangegangen und sie vielleicht verursacht hatte, erzählten. Er blickte auf den Straßenanzug, der müßig an der Wand hing und die erste Stelle einnahm unter den Dingen, die von ehemaliger Gesundheit und Freiheit sprachen, sah auf die Andenken an andere und weniger einsame Szenen, auf die kleinen Miniaturporträts auf dem Kaminsims und die Abbildung des Elternhauses, auf das Zeichen eines ehrgeizigen Ziels oder vielleicht der persönlichen Zuneigung, nämlich – Redlaws eingerahmtes Bild. Es hatte eine Zeit gegeben – gestern noch – wo nicht ein einziger dieser Gegenstände – wäre das Interesse an dem Studenten vor ihm auch noch so gering gewesen, ohne Eindruck auf den Chemiker geblieben wäre. Jetzt waren es gleichgültige Gegenstände, und wenn noch eine schwache Erinnerung in ihm auflebte, so verwirrte es ihn nur, und mit trübem

Staunen blickte er umher. Der Student zog die magere Hand wieder zurück, als niemand sie berührte, richtete sich auf seinem Sofa auf und wandte den Kopf. »Mr. Redlaw!« rief er aus und fuhr empor.

Redlaw streckte den Arm aus. »Kommen Sie mir nicht näher, ich will mich hier niedersetzen. Bleiben Sie, wo Sie sind!«

Er setzte sich auf einen Stuhl in der Nähe der Türe, warf einen Blick auf den jungen Mann, der sich mit der Hand auf dem Sofa aufrecht hielt, dann senkte er seine Augen und fuhr fort:

»Ich habe durch einen Zufall gehört, durch welchen, ist gleichgültig, daß ein Student aus meiner Klasse krank und hilflos sei. Ich konnte weiter nichts erfahren, als daß er in dieser Straße wohne. Ich fing in dem ersten Hause der Straße an zu fragen und habe Sie auf diese Art ausfindig gemacht.«

»Ich bin krank gewesen, Sir«, erwiderte der Student. Er sagte es in bescheidener Zurückhaltung, aber mit einer Art gewaltsam unterdrückten Grauens. »Aber jetzt geht es mir schon viel besser. Ein Fieberanfall, Nervenfieber glaube ich, hat mich sehr geschwächt, aber mir ist schon weit wohler.« – »Ich kann nicht sagen, daß ich ohne Hilfe gewesen bin in meiner Krankheit, sonst vergäße ich die freundliche Hand, die mich niemals verlassen hat.«

»Sie sprechen von der Frau des Kastellans«, sagte Redlaw.

»Ja.« Der Student neigte den Kopf wie in stiller Andacht.

Der Chemiker war in kalte monotone Teilnahmslosigkeit verfallen und schien eher ein Marmorbild auf dem Grabe des Mannes, der gestern bei der ersten Erwähnung von der unglücklichen Lage des Studenten aufgesprungen war, zu sein, als dieser lebende Mensch selbst. Er sah wieder den Studenten an, der sich mit der Hand auf das Sofa stützte, sah auf den Fußboden und in die Luft, als suche er nach einem Licht für seinen erblindeten Geist.

»Ich erinnerte mich an Ihren Namen«, sagte er, »als ich ihn vorhin in der Stube nennen hörte, und entsinne mich

jetzt auch Ihres Gesichtes. Wir sind nur wenig in persönliche Beziehungen miteinander gekommen.«
»Sehr wenig.«
»Ich glaube, Sie haben sich von mir zurückgezogen und sich mehr als die andern von mir ferngehalten.«
Der Student verbeugte sich beistimmend.
»Und warum?« fragte der Chemiker, ohne im mindesten Interesse zu zeigen, bloß wie aus einer wunderlichen zufälligen Neugierde heraus. »Warum? Wie kommt es, daß Sie mir absichtlich verhehlt haben, daß Sie hiergeblieben sind in dieser Jahreszeit, wo alle andern verreisen, und daß Sie krank geworden sind? Ich möchte wissen, warum?«
Der junge Mann hatte ihm mit wachsender Erregung zugehört. Er hob die niedergeschlagenen Augen, schlug die Hände zusammen und rief mit bebenden Lippen:
»Mr. Redlaw, Sie haben mich durchschaut, Sie kennen mein Geheimnis.«
»Ihr Geheimnis?« fragte der Chemiker kalt. »Ich soll es kennen?«
»Ja. Ihr Wesen, das jetzt so verschieden ist von der Teilnahme und dem Mitleid, die Sie so vielen Herzen teuer machen, Ihre veränderte Stimme, das Gezwungene in Ihren Worten und Blicken sagen mir, daß Sie mich kennen«, erwiderte der Student. »Daß Sie es selbst jetzt noch verbergen möchten, ist für mich nur ein Beweis mehr für Ihre angeborene Herzensgüte und die Kluft, die uns trennt.«
Ein leeres und verächtliches Lächeln war die einzige Antwort, die er erhielt.
»Aber Mr. Redlaw«, sagte der Student, »bedenken Sie als gerechtfühlender und edler Mensch, wie wenig Schuld ich habe an dem Unrecht, das Ihnen zugefügt worden ist, – an dem Kummer, den Sie ertragen haben. Es müßte denn mein Name und meine Abkunft –«
»Kummer?« unterbrach ihn Redlaw auflachend. »Unrecht? Was geht das mich an?«
»Um Himmels willen«, flehte der Student, »lassen Sie sich

von den paar Worten, die Sie mit mir wechselten, nicht noch mehr verändern, Sir. Streichen Sie mich wieder aus Ihrem Gedächtnis. – Lassen Sie mich meinen alten entfernten Platz unter denen, die Sie unterrichten, wieder einnehmen. Kennen Sie mich wieder nur unter dem Namen, den ich annahm, und nicht als – – – Langford –«

»Langford!« rief der andere aus. Er fuhr mit beiden Händen nach der Stirn und wandte dem Jüngling einen Augenblick lang sein früheres geistvolles und nachdenkliches Gesicht zu. Aber das Licht verschwand wieder wie ein flüchtiger Sonnenstrahl, und das Gesicht umwölkte sich wie vordem.

»Der Name, den meine Mutter führt, Sir«, sagte der Jüngling verlegen, »der Name, den sie wählte, als sie vielleicht einen geehrteren hätte bekommen können, Mr. Redlaw«, fuhr er zögernd fort. »Ich glaube, ich kenne diese Geschichte. Wo mein Wissen nicht ausreicht, ergänzen Vermutungen die Lücke, bis das Ganze der Wahrheit ziemlich nahe kommt. Ich bin das Kind einer Ehe, die sich als nicht glücklich erwies. Von Kindheit an hörte ich von Ihnen mit hoher Achtung, fast mit Ehrfurcht sprechen, von solcher Hingebung, Standhaftigkeit und Herzensgüte; von solchem Ankämpfen gegen Hindernisse, die einen Menschen niederschmettern können, habe ich vernommen, daß meine Phantasie, seit ich meinen ersten Unterricht an der Hand meiner Mutter genossen, Ihren Namen mit Lichtglanz umwoben hat. Und endlich, konnte ich – ein armer Student – von einem andern besser lernen als von Ihnen?«

Unbewegt und unverändert und ihn nur mit einem inhaltsleeren Blick anstarrend, antwortete Redlaw weder mit Worten noch durch Gebärden.

»Ich kann nicht in Worte fassen«, fuhr der andere fort, »wie sehr ich gerührt war, die schönen Spuren der Vergangenheit in der Dankbarkeit und dem Vertrauen wieder aufleuchten zu sehen, die sich bei uns Studenten an Mr. Redlaws Namen knüpfen. Wir sind an Alter und Stellung so verschieden voneinander, Sir, und ich bin so gewohnt, Sie nur aus der Ferne zu sehen, daß ich mich über meine eigene Kühnheit wundere, wenn ich dieses Thema auch nur leise berühre. Aber einem Mann, der, ich darf es wohl aussprechen, einst für meine Mutter eine nicht gewöhnliche Teilnahme fühlte, ist es vielleicht nicht ganz gleichgültig, jetzt, wo alles vorüber ist, zu erfahren, mit wie unbeschreiblicher Liebe ich Sie aus der Ferne betrachtet habe, mit welchem Schmerze ich mich von Ihnen fernehielt – während ein Wort von Ihnen mich reich gemacht hätte –, und wie sehr ich dennoch fühle, daß ich recht tat, auf dieser Bahn zu bleiben, zufrieden damit, Sie zu kennen und selbst unbekannt zu sein. Mr. Redlaw«, sagte der Student schüchtern, »was ich sagen wollte, habe ich nicht glücklich ausgedrückt. Aber wenn etwas Unwürdiges in der Täuschung liegt, die ich mir habe zuschulden kommen lassen, so verzeihen Sie mir, und in allem übrigen – – bitte – vergessen Sie mich.«

Das starre Stirnrunzeln blieb auf Redlaws Gesicht und wich keinem andern Ausdruck, bis der Student bei den letzten Worten auf ihn zuschritt, als wolle er seine Hand berühren. Da zog er sich zurück und schrie ihn an:

»Kommen Sie mir nicht näher!« Der junge Mann blieb stehen, entsetzt über die Plötzlichkeit und Schroffheit dieser Zurückweisung, und strich sich nachdenklich mit der Hand über die Stirn.

»Was vorbei ist, ist vorbei«, sagte der Chemiker. »Die Vergangenheit stirbt wie das unvernünftige Tier. Wer redet mir von ihren Spuren in meinem Leben. Der faselt oder lügt. Was gehen mich Ihre kranken Träume an. Wenn Sie Geld brauchen, hier ist welches. Ich kam her, um es Ihnen anzubieten, und das war der eigentliche Zweck meines Kommens. Weiter kann ich hier nichts gewollt haben«, murmelte er vor sich hin und legte die Hände wieder an die Stirn. »Weiter kann ich hier nichts gewollt haben, oder –?«

Er hatte seine Börse auf den Tisch geworfen und verfiel

wieder in Nachsinnen. Der Student hob sie auf und hielt sie ihm hin.
»Nehmen Sie sie wieder zurück, Sir«, sagte er stolz, doch nicht erzürnt; »ich wünschte, Sie könnten mit ihr zugleich die Erinnerung an Ihre Worte und an Ihr Anerbieten zurücknehmen.«
»Wünschen Sie das?« fragte jener mit einem sonderbaren Flackern in seinen Augen. »Wünschen Sie das?«
»Ja, ich wünsche es.«
Der Chemiker trat jetzt zum erstenmal dicht an ihn heran, nahm die Börse, ergriff den Arm des Studenten und sah ihm ins Gesicht. »Krankheit bringt Schmerz und Sorge, nicht wahr?« sagte er mit einem Lachen.
»Ja«, gab Langford verwundert zur Antwort.
»Ihre Ruhelosigkeit, Ihre Angst, Ihre Ungewißheit und das ganze Gefolge von Leiden an Körper und Geist«, sagte der Chemiker mit einem wilden sonderbaren Frohlocken, »ist es nicht am besten, man vergißt es?«
Der Student antwortete nicht, sondern fuhr sich wieder mit der Hand zerstreut über die Stirn. Redlaw hielt ihn immer noch am Arm gefaßt, als man draußen Millys Stimme vernahm.
»Ich kann jetzt schon sehen, ich danke, Dolph! – – Weine nicht, Kind. Vater und Mutter werden morgen schon wieder gut sein, und dann ist es auch wieder hübsch zu Haus. So, so, ein Herr ist bei ihm?«
Redlaw ließ den Studenten los und horchte.
»Ich habe vom ersten Augenblick an gefürchtet«, murmelte er vor sich hin, »ihr zu begegnen. Es liegt eine Art unendlicher Güte in ihr, die ich zu verderben fürchte. Ich könnte zum Mörder an dem werden, was das Schönste und Beste in ihrem Herzen ist.«
Sie klopfte an die Türe.
»Soll ich es wie eine nichtige Ahnung mißachten oder sie dennoch meiden«, murmelte er und sah unschlüssig umher.
Wieder klopfte sie an die Tür.

»Von all denen, die hierher kommen«, sagte er heiser und erregt zu dem Studenten, »möchte ich diese Frau am wenigsten hier sehen. Verbergen Sie mich!«

Der Student öffnete eine Brettertür in der Wand, die in ein kleines Dachstübchen führte. Redlaw trat rasch hinein und schloß hinter sich ab. Der Student nahm seinen Platz auf dem Sofa wieder ein und rief: »Herein!«

»Lieber Mister Edmund«, sagte Milly und sah sich um. »Man sagte mir, es wäre ein Herr hier.«

»Es ist niemand hier als ich.«

»Es ist aber jemand hier gewesen?«

»Ja, es war jemand hier.«

Sie stellte ihr Körbchen auf den Tisch und trat an die Rückseite des Sofas, als wollte sie wie gewöhnlich die ausgestreckte Hand ergreifen; – aber diese war nicht da. Ein wenig überrascht beugte sie sich über den Patienten und berührte leise seine Stirn.

»Sind Sie ganz wohl heute abend? Ihre Stirn ist heißer als nachmittags.«

»Ach was«, sagte der Student ärgerlich, »mir fehlt nichts.«

Mehr Erstaunen als Vorwurf malte sich auf Millys Gesicht, als sie nach der andern Seite des Tisches ging und aus ihrem Korbe ein kleines Päckchen Handarbeit herausholte. Aber bald legte sie es wieder hin, ging geräuschlos im Zimmer umher, setzte jeden Gegenstand an seine Stelle und machte Ordnung. Die Kissen des Sofas berührte sie mit so leichter Hand, daß er es kaum zu merken schien, während er dalag und ins Feuer sah. Als sie damit fertig war und den Herd rein gekehrt hatte, setzte sie sich wieder hin in ihrem bescheidenen Hütchen und arbeitete in geräuschloser Geschäftigkeit.

»Es ist der neue Musselinvorhang für das Fenster, Mister Edmund«, sagte sie, ohne vom Nähen aufzusehen. »Er wird ganz hübsch aussehen, wenn er auch so gut wie nichts kostet, und wird auch Ihre Augen vor dem Licht schützen. William sagt, das Zimmer dürfte jetzt, wo Sie

sich so gut erholt, nicht so hell sein, sonst könnte das blendende Licht Sie schwindlig machen.«
Er sagte nichts, aber in der Art, wie er seine Stellung änderte, lag etwas so Ärgerliches und Ungeduldiges, daß ihre flinken Finger innehielten und sie ihn besorgt ansah.
»Die Kissen sind nicht bequem«, sagte sie, die Arbeit hinlegend und sich erhebend, »ich will sie gleich einmal zurechtschütteln.«
»Die Kissen sind sehr gut«, antwortete er. »Lassen Sie, bitte, die Hand davon. Sie machen gleich von allem soviel Wesens.« Er erhob den Kopf, als er das sagte, und warf ihr einen so undankbaren Blick zu, daß sie schüchtern vor ihm stehen blieb, als er sich wieder zurückgeworfen hatte. Dann nahm sie abermals Platz und nähte geschäftig weiter ohne einen Blick des Vorwurfs.
»Ich habe mir oft gedacht, Mr. Edmund, Sie hätten doch oftmals in letzter Zeit, wenn ich neben Ihnen saß, einsehen müssen, daß Unglück ein guter Lehrmeister ist. Die Gesundheit wird Ihnen nach dieser Krankheit kostbarer sein als je zuvor. Und nach Jahren noch, wenn Weihnachten herankommt und Sie sich der Tage, wo Sie hier krank gelegen haben, erinnern – ganz heimlich und innerlich, damit Sie Ihre Lieben nicht betrüben –, dann wird Ihnen der heimische Herd doppelt teuer sein. Ist das nicht ein hübscher Gedanke?«
Sie war zu eifrig bei der Arbeit, die Worte kamen ihr zu innig aus dem Herzen, und sie war überhaupt zu ruhig und stillvergnügt, um acht zu geben, ob er ihr wohl antworten werde. So prallte der Pfeil seines undankbaren Blickes an ihr ab und verletzte sie nicht.
»Ach ja«, sagte Milly und neigte ihr liebliches Gesicht nachdenklich auf die Seite, während sie mit gesenkten Augen den flinken Fingern folgte. »Selbst auf mich, wo ich doch so sehr verschieden von Ihnen bin, Mr. Edmund, und keine Schulbildung habe und nicht weiß, wie man richtig denkt – hat das Erlebnis dieser Vorgänge einen tiefen Eindruck gemacht, seit Sie hier krank gelegen haben.

Als ich Sie über die Güte und Aufmerksamkeit der armen Leute unten so gerührt sah, da merkte ich, wie auch Sie fühlten, daß es ein gewisses Entgelt sei für den Verlust der Gesundheit, und ich las in Ihrem Gesichte so deutlich wie in einem Buch, daß wir erst durch ein wenig Kummer und Sorge all das Gute erkennen lernen können, das uns umgibt.«
Sein Aufstehen unterbrach sie, sonst hätte sie noch weitergesprochen.
»Wir brauchen nicht soviel Aufhebens davon zu machen, Mrs. William«, versetzte er geringschätzig, »die Leute da unten werden schon bezahlt werden für die kleinen Extradienste, die sie mir geleistet haben mögen, und erwarten es wohl auch nicht anders. Auch Ihnen bin ich sehr verbunden.«
Sie hörte auf zu nähen und sah ihn an.
»Ich empfinde meine Schuld gegen Sie viel weniger, wenn Sie die Sache übertreiben. Ich bin mir ja bewußt, daß Sie sich sehr um mich bekümmert haben, und ich sage Ihnen, daß ich Ihnen sehr dafür verbunden bin. Was wollen Sie mehr?«
Die Arbeit fiel ihr in den Schoß, und sie sah ihn unverwandt an, wie er ungeduldig hin und her schritt und dann und wann stehen blieb.
»Ich sage nochmals, ich bin Ihnen sehr verpflichtet. Warum wollen Sie das Bewußtsein des Dankes, den ich Ihnen schulde, in mir abschwächen, indem Sie maßlose Ansprüche auf mich erheben? Sorge, Kummer, Leid, Unglück! Man könnte ja rein glauben, ich hätte einen hundertfachen Todeskampf durchgemacht.«
»Glauben Sie vielleicht, Mr. Edmund«, fragte sie, stand auf und trat näher an ihn heran, »daß ich von den armen Leuten hier im Hause sprach, um auf mich selbst anzuspielen? – – Auf mich?« Und sie legte die Hand auf ihren Busen mit einem schlichten unschuldsvollen Lächeln des Erstaunens.
»Ach, ich habe darüber gar nicht nachgedacht, gute Frau!«

entgegnete er. »Ich habe ein vorübergehendes Unwohlsein gehabt, aus dem Ihre übertriebene Angst, verstehen Sie wohl – übertriebene Angst –, mehr Wesens gemacht hat, als daran war. Jetzt ist es vorbei. Wir können doch nicht ewig darauf herumreiten.«
Gleichgültig nahm er ein Buch zur Hand und setzte sich an den Tisch. Sie sah ihm eine Weile zu, bis ihr Lächeln ganz verschwunden war, dann kehrte sie zu ihrem Korb zurück und fragte sanft:
»Mr. Edmund, möchten Sie lieber allein sein?«
»Ich sehe keinen Grund, weshalb ich Sie hier zurückhalten sollte«, erwiderte er.
»Außer –«, sagte Milly zaudernd, und zeigte auf ihre Handarbeit.
»Ach, der Vorhang«, antwortete er hochmütig lächelnd, »deswegen brauchen Sie nicht zu bleiben.«
Sie packte ihre Arbeit wieder zusammen und legte sie in das Körbchen, dann trat sie vor ihn hin und sagte mit so geduldiger Miene, daß er nicht umhin konnte, aufzublikken:
»Sollten Sie mich wieder brauchen, so komme ich gern zurück. Als Sie meiner bedurften, war ich wirklich glücklich, kommen zu können, von einem Verdienst kann dabei keine Rede sein. Ich glaube, Sie fürchten jetzt, wo Sie sich erholt haben, ich könnte Ihnen zur Last fallen. Aber das wäre nicht geschehen. Ich wäre nicht länger gekommen, als bei Ihrer Schwäche nötig gewesen. Sie schulden mir keinen Dank. Recht und billig aber wäre es, daß Sie mich behandeln wie eine Dame. – – Ja, als wäre ich sogar die Dame, die Sie lieben! Und wenn Sie glauben, ich überschätze in eigennütziger Selbstüberhebung die geringe Mühe, die ich mir gegeben habe, Ihr Krankenzimmer behaglich zu gestalten, so tun Sie sich selbst mehr Unrecht an, als Sie mir antun können. Deswegen bin ich betrübt. Darüber bin ich sehr betrübt.«
Wäre sie leidenschaftlich gewesen statt gelassen, entrüstet statt ruhig, so böse in ihrem Blick, wie sie sanft war, laut

im Ton statt leise und klar, so hätte ihr Abschied vielleicht gar keinen Eindruck hinterlassen im Vergleich zu dem, der sich jetzt des einsamen Studenten bemächtigte, als sie fort war.

Er starrte traurig den Platz an, wo sie gestanden, da trat Redlaw aus seinem Versteck hervor und ging zur Türe.

»Wenn Krankheit wieder die Hand auf Sie legen soll«, sagte er und sah ihn erbittert an, »möge es bald geschehen. Mögen Sie hier sterben und verfaulen.«

»Was haben Sie getan«, entgegnete der andere und faßte ihn am Mantel, »welche Verwandlung haben Sie in mir bewirkt. Welchen Fluch haben Sie über mich verhängt! Geben Sie mich mir selbst zurück!«

»Geben *Sie* mich *mir* zurück!« schrie Redlaw wie ein Wahnsinniger. »Ich bin wie eine Seuche, ich bin voll Gift in meinem eigenen Innern und voll Gift für die ganze Menschheit. Wo ich früher Teilnahme, Mitleid und Sympathie gehegt habe, da wandle ich mich zu Stein. Selbstsucht und Undankbarkeit keimen auf, wo ich meinen Fuß hinsetze. Nur insofern bin ich vielleicht weniger tiefstehend als die Elenden, die ich schaffe, als ich sie in dem Augenblick hassen kann, wo die Umwandlung in ihnen vorgeht.«

Der junge Mann hielt ihn immer noch am Mantel. Der Chemiker schüttelte ihn von sich ab und schlug nach ihm; dann eilte er wie von Sinnen in die Nachtluft hinaus, wo der Wind heulte, der Schnee herabfiel und durch die einherjagenden Wolkenmassen düster der Mond schien, und wo in dem Heulen des Windes, in dem fallenden Schnee, in den wandernden Wolken und dem trüben Schimmer des Mondes die Worte des Gespenstes sich offenbarten:

»Die Gabe, die ich dir verliehen, sollst du um dich her verbreiten, wo du gehst und stehst.«

Wohin er seine Schritte lenkte, wußte er nicht und kümmerte sich nicht darum, wenn er nur die Menschen vermied. Die Verwandlung, die er in sich verspürte, machte aus den lauten Straßen eine Wüste und ihn selbst zu einer Wüste und die Menge um ihn her mit ihren verschlunge-

nen Lebenspfaden zu einer ungeheuern Wüstenei aus Sand, den der Wind zu zwecklosen Haufen zusammenwarf. Die letzten Spuren in seiner Brust, die, wie der Geist ihm gesagt hatte, bald aussterben würden, waren bis jetzt noch nicht soweit verblichen, daß er nicht zur Genüge begriffen, was er war und aus andern machte, und daß er nicht den Wunsch gefühlt hätte, allein zu bleiben.
Da fiel ihm plötzlich der Junge ein, der in sein Zimmer gestürzt war, und dann ging ihm im Kopf herum, daß von allen, mit denen er seit des Geistes Verschwinden verkehrt, der Knabe der einzige gewesen war, an dem kein Zeichen der Verwandlung aufgetreten. So widerlich ihm das wilde Geschöpf auch war, so beschloß er doch, zu ihm zu gehen und nachzusehen, ob es sich wirklich so verhalte. Er verband damit noch eine andere Absicht, die ihm gleichzeitig einfiel.
Nur mit Mühe stellte er fest, wo er sich befand, und lenkte seine Schritte nach dem alten Stift zurück, und zwar nach jenem Teil, wo die Hauptpforte lag und wo allein das Pflaster von den Tritten der Studenten abgenutzt war. Das Haus des Kastellans stand dicht hinter dem eisernen Tor und bildete einen Teil des Hauptviereckes. Vor der Pforte lief ein alter Bogengang hin, und aus seinem Schatten konnte er zu den Fenstern des Wohnzimmers hineinblikken und sehen, wer darin war. Das Gittertor war geschlossen, aber mit dem Riegel vertraut, steckte er die Hand zwischen die Stäbe, zog ihn zurück und trat leise ein. Dann schloß er das Tor wieder und schlich sich ans Fenster, die dünne Kruste Eis unter seinen Füßen zertretend. Das Kaminfeuer leuchtete hell durch das Fenster und warf einen glänzenden Schein auf den Schnee. Instinktiv wich er der hellen Stelle aus, ging um sie herum und sah hinein. Anfangs glaubte er, die Stube sei leer und die Glut röte nur mit ihrem Schimmer die alten Balken an der Decke und die dunkelbraunen Wände. Als er aber genauer hinblickte, sah er den Knaben auf dem Fußboden kauern. Rasch trat er zur Tür, öffnete sie und ging hinein.

Das Geschöpf lag so nahe bei der Glut, daß, als der Chemiker sich bückte, es aufzurütteln, die Glut ihm fast das Gesicht versengte. Kaum fühlte der Junge die Berührung, als er, kaum halb wach, seine Lumpen zusammenraffte und halb kollernd, halb laufend in eine entlegene Ecke des Zimmers floh, wo er auf dem Boden hocken blieb und mit den Füßen stieß, um sich zu verteidigen.
»Steh auf«, sagte der Chemiker. »Kennst du mich noch?«
»Lassen Sie mich in Frieden«, erwiderte der Junge. »Das ist das Haus der Frau und nicht Ihres.«
Der feste Blick des Chemikers schüchterte ihn ein wenig ein, so daß er sich auf die Füße stellen und ansehen ließ.
»Wer hat dich gewaschen und verbunden?« fragte der Chemiker und deutete auf die wunden Füße des Jungen.
»Die Frau.«
»Und ist sie's auch gewesen, die dir das Gesicht reiner gemacht hat?«
»Ja, die Frau.«
Redlaw stellte diese Fragen, um die Augen des Jungen auf sich zu lenken, und faßte ihn jetzt in derselben Absicht am Kinn und strich das wirre Haar zurück, so sehr er sich auch davor ekelte, ihn zu berühren. Der Junge sah ihm scharf und unausgesetzt in die Augen, falls im nächsten Augenblick etwas geschähe, das ihn zur Verteidigung zwänge. So konnte denn Redlaw genau erkennen, daß die Verwandlung nicht stattfand.
»Wo sind die andern?« fragte er.
»Die Frau ist aus.«
»Das weiß ich.«
»Wo sind der Alte mit dem weißen Haar und sein Sohn.«
»Der Mann der Frau, was?«
»Ja, wo sind die beiden?«
»Fort! Es war was los. Sie wurden eilig geholt und sagten mir, ich solle hier bleiben.«
»Komm mit mir«, sagte der Chemiker, »und ich will dir Geld geben.«
»Wohin, und wieviel wollen Sie mir geben?«

»Ich will dir mehr Schillinge geben, als du jemals gesehen hast, und dich bald wieder zurückbringen. Kannst du mich an den Ort führen woher du gekommen bist?«
»Lassen Sie mich«, erwiderte der Knabe und riß sich rasch los. »Dahin führe ich Sie nicht. Lassen Sie mich in Frieden, oder ich werfe Feuer auf Sie.«
Er kniete vor dem Kamin nieder und war bereit, mit seiner kleinen wilden Hand die brennenden Kohlen herauszureißen.
Was der Chemiker empfunden, als er den Zauber hatte auf die wirken sehen, mit denen er in Berührung trat, kam dem dumpfen Grauen, mit dem er dieses Ungeheuer von einem Kind dem Einflusse Trotz bieten sah, nicht entfernt gleich. Sein Blut erstarrte beim Anblick dieses der Rührung und Empfindung unzugänglichen Wesens, dieses Scheinbildes von einem Kind, das ihm ein scharfes, boshaftes Gesicht zukehrte und sich, auf alles gefaßt, festhielt.
»Hör zu, Junge«, sagte er, »führ' mich hin, wohin du willst, nur mußt du mich zu Leuten führen, die sehr arm oder sehr schlecht sind. Ich will ihnen helfen und nichts Böses zufügen. Ich will dir Geld dafür geben und bringe dich wieder hierher. Steh auf, mach' rasch.«
Er tat ein paar hastige Schritte der Türe zu, da er die Rückkehr Millys befürchtete.
»Wollen Sie mich allein gehen lassen und mich nicht festhalten und mich auch nicht anrühren?« fragte der Junge und zog langsam die Hand vom Feuer zurück und stand auf.
»Ja!«
»Und mich vor Ihnen gehen lassen oder hinter Ihnen, oder wo ich will?«
»Ja!«
»So geben Sie mir erst Geld, dann gehe ich mit.«
Der Chemiker legte ihm ein paar Schillinge, einen nach dem andern, in die ausgestreckte Hand. Sie zu zählen, ging über das Können des Jungen hinaus. Aber er sagte jedesmal »eins« und blickte dabei erst die Münze und dann den

Geber habgierig an. Er konnte die Geldstücke außer in seiner Hand bloß im Munde aufbewahren, und dorthin steckte er sie.
Redlaw schrieb dann mit Bleistift auf ein aus seiner Brieftasche gerissenes Blatt, daß das Kind bei ihm sei, legte den Zettel auf den Tisch und winkte dem Jungen, ihm zu folgen. Seine Lumpen zusammenraffend wie gewöhnlich, gehorchte dieser und ging mit bloßem Kopf und nackten Füßen hinaus in die Winternacht.
Der Chemiker zog es vor, nicht durch das Gittertor zu gehen, wo er leicht der Frau begegnen konnte, die er so angelegentlich zu vermeiden trachtete, und führte daher den Knaben durch die dunklen Korridore in den Teil des Gebäudes, wo er selbst wohnte, zu einem kleinen Pförtchen, dessen Schlüssel er bei sich führte. Als sie auf die Straße traten, blieb er stehen und fragte seinen Führer, der sofort zurückwich, ob er wisse, wo sie wären.
Der kleine Wilde sah sich um, nickte endlich mit dem Kopf nach der Richtung, in der er gehen wollte.
Da Redlaw ohne Besinnen den Weg einschlug, ließ der Argwohn des Jungen ein wenig nach, er nahm das Geld aus dem Mund, polierte es verstohlen an seinen Lumpen und steckte es dann wieder zurück.
Dreimal auf ihrem Wege gingen sie Seite an Seite, dreimal blieben sie nebeneinander stehen, dreimal blickte der Chemiker dem Knaben ins Gesicht und schauderte, als es ihm immer den gleichen Gedanken aufzwang.
Das erste Mal war, als sie über einen alten Kirchhof gingen und Redlaw bei den Gräbern stehen blieb, vergeblich bemüht, einen zarten, tröstlichen Gedanken in sich hervorzurufen.
Das zweite Mal war es, als ihn das Hervortreten des Mondes aus den Wolken bewog, zum Himmel emporzublikken, wo er das Gestirn der Nacht in seinem Glanze sah, umgeben von Millionen von Sternen, von denen er noch die Namen wußte, die ihnen die menschliche Wissenschaft beigelegt, bei deren Anblick er aber nicht mehr das

gefühlt, was er früher gefühlt, wenn er hinaufgesehen hatte in den funkelnden Nachthimmel.

Das dritte Mal, als er stehen blieb, um einer schwermütigen Weise zu lauschen, aber nur eine Reihe von Tönen aufnehmen konnte, die ihn an den nüchternen Mechanismus der Instrumente erinnerten, ohne an die geheimnisvollen Saiten in seinem Herzen zu rühren, ohne ihn an Vergangenheit oder Zukunft zu mahnen, und die so wenig Eindruck auf ihn machten wie der Ton rinnenden Wassers oder rauschenden Windes. Und alle dreimal sah er mit Entsetzen, daß trotz des ungeheuren geistigen Abstandes zwischen ihnen und trotzdem sie nicht die mindeste Ähnlichkeit in körperlicher Beziehung miteinander gemein hatten, der Ausdruck in den Zügen des Jungen derselbe war wie der auf seinem eigenen Gesicht.

Sie wanderten eine Weile weiter, bald über so belebte Plätze, daß er sich öfter umsah, ob er nicht seinen Führer verloren, ihn dann aber immer wieder im Dunkel des Schattens an der andern Seite hintraben sah, bald wieder durch so stille Straßen, daß er die kurzen raschen Tritte der nackten Füße hinter sich hätte zählen können, bis sie an eine Reihe zerfallener Häuser kamen und der Knabe ihn am Ärmel faßte und stehen blieb.

»Dort hinein!« sagte das Geschöpf und deutete auf ein Haus, in dem einzelne Fenster erleuchtet waren und eine trübe Laterne mit der Aufschrift »Logis für Reisende« über dem Torweg schimmerte.

Redlaw blickte um sich, sah auf die halbverfallenen Häuser, auf die wüste Umgebung von Schutthaufen und übelriechenden Gossen, auf den langen Viadukt und auf das Kind, das frierend neben ihm auf einem Beine stand und den andern Fuß daran rieb, um sich zu erwärmen, immer mit demselben gewissen Ausdruck im Gesicht die Umgebung rings umher anstarrend, daß Redlaw sich abwandte. Er sah das jämmerliche Stück Boden, auf dem die Häuser standen oder vielmehr nicht ganz einstürzen konnten, auf die Reihe von Bogen, die zu dem Viadukt gehörten, die

immer kleiner wurden in der Ferne, bis der vorletzte fast noch eine Hundehütte und der letzte ein Steinhaufen war.
»Hier hinein!« sagte der Junge und deutete wieder auf das Haus. »Ich warte!«
»Wird man mich hineinlassen?« fragte Redlaw. »Sagen Sie, Sie wären ein Doktor«, nickte der Junge. »Es ist genug Krankheit drin.«
Redlaw ging auf die Haustür zu und sah, als er sich umblickte, daß der Junge unter den letzten kleinen Schmutzbogen kroch, wie eine Ratte. Er fühlte kein Mitleid mit diesem Geschöpf, aber er fürchtete sich vor ihm, und als es aus seiner Höhle nach ihm hinblickte, da eilte er ins Haus, als wolle er fliehen.
»Kummer, Unglück und Sorgen«, sagte der Chemiker und machte eine schmerzhafte Anstrengung, irgendeine deutlichere Erinnerung in sich wachzurufen, »spuken an diesem Ort. Wer hierher Vergessen bringt, kann kein Leid stiften.«
Mit diesen Worten stieß er die Türe auf und trat ein.
Ein Weib saß auf den Stufen und schlief oder träumte und hatte den Kopf auf Hände und Knie gelegt. Da man nicht gut an ihr vorbei konnte, ohne sie zu treten, und da sie von seinem Kommen nicht die geringste Notiz nahm, blieb er stehen und berührte ihre Schulter. Sie blickte auf, und er sah in ein noch ganz jugendliches Gesicht, aus dem jedoch jede Blüte und Frische weggewischt war, als habe der grausame Winter, dem Lauf natürlichen Gesetzes zum Trotz, den Frühling erwürgt.
Ohne sich sonderlich um ihn zu kümmern, rückte das Weib näher an die Wand, um ihn vorbeizulassen.
»Was sind Sie?« fragte Redlaw, stehenbleibend, die Hand auf das zerbrochene Treppengeländer gestützt.
»Raten Sie mal«, antwortete sie und zeigte ihm wieder ihr Gesicht.
Er sah den verfallenen Gottestempel an, vor so kurzem erst erschaffen, so bald geschändet, und ein Etwas, das nicht Erbarmen war, denn die Quelle, aus der wahres Er-

barmen über solches Elend entspringt, war in seiner Brust vertrocknet, ein Etwas, das aber dem Erbarmen näher stand als jedes andere Gefühl, das sich in letzter Zeit in der dunkelnden, aber noch nicht gänzlich finster gewordenen Nacht seines Geistes emporgerungen hatte, gab seinen Worten einen milden Klang.

»Ich komme her, um zu helfen«, sagte er. »Denken Sie nach über erlittenes Unrecht, über erlittenes Leid?«

Sie runzelte die Stirn, und dann lachte sie, und ihr Lachen tönte in einen zitternden Seufzer aus, dann ließ sie wieder den Kopf sinken und vergrub die Finger in ihrem Haar.

»Denken Sie an erlittenes Leid?« fragte er noch einmal.

»Ich denke über mein Leben nach«, sagte sie und warf einen kurzen Blick auf ihn.

Er fühlte, daß sie eine von vielen sei und daß er in ihr das Ebenbild von Tausenden von Unglücklichen sehe!

»Was sind Ihre Eltern?« fragte er.

»Ich hatte es sonst gut zu Haus, mein Vater war Gärtner, weit draußen in der Provinz.«

»Ist er tot?«

»Für mich ist er tot. All das ist tot für mich. Sie sind ein feiner Herr und wissen das nicht einmal.« Sie blickte wieder auf und lachte ihn an.

»Mädchen!« sagte Redlaw ernst. »Ehe all diese Dinge für dich tot waren, hast du da kein Unrecht erlitten? Hängt sich nicht, so sehr du dich auch dagegen sträuben magst, die Erinnerung an erlittenes Unrecht verzweifelt fest an dich, und wird dir diese Erinnerung nicht immer und immer wieder zur Qual?«

So wenig Weibliches lag in ihrem Äußeren, daß Redlaw ganz bestürzt war, als sie plötzlich in Tränen ausbrach. Aber noch mehr weckte es sein Erstaunen und beunruhigte ihn außerordentlich, als er sah, daß in der kaum erwachten Erinnerung an erlittenes Unrecht die ersten Spuren ehemaligen Menschentums und starrgewordener Zartheit wieder wach wurden.

Er trat ein wenig zurück und bemerkte, daß sie Schrammen und Wunden trug an Armen, Gesicht und Busen.
»Welche rohe Hand hat Sie verletzt?«
»Meine eigene, ich hab's selber getan«, antwortete sie rasch.
»Das ist nicht möglich!«
»Ich schwöre es! Er hat mich nicht angerührt. Ich hab's selber getan in der Wut und hab' mich hier niedergeworfen. Er kam mir nicht zu nahe und hat niemals Hand an mich gelegt.«
Aus dem entschlossenen Ausdruck in den bleichen Zügen bei der offenkundigen Lüge erkannte er, daß noch viel verzerrtes Gute in dieser elenden Brust lebte, und bereute tief, daß er ihr nahegetreten war.
»Sorgen, Kummer und Leid«, sagte er halblaut vor sich hin und wandte scheu den Blick ab. »Alles, was sie noch verknüpft mit der Stufe, von der sie herabgesunken, trägt diese Wurzel. In Gottes Namen, lassen Sie mich vorbei!«
Voller Furcht, sie noch einmal anzusehen, voller Furcht, sie zu berühren, voller Furcht vor dem Gedanken, daß er vielleicht den letzten Faden schon zerrissen, der sie noch mit der Barmherzigkeit des Ewigen verbunden, raffte er seinen Mantel zusammen und schlich die Treppe hinauf.
Gegenüber dem Ausgang der Treppe stand eine Türe halb offen. In diesem Augenblick trat ein Mann mit einem Lichte in der Hand heraus. Als er den Chemiker erblickte, trat er überrascht zurück und nannte ihn unwillkürlich beim Namen.
Verwundert, hier gekannt zu sein, blieb Redlaw stehen und bemühte sich vergebens, sich auf das abgezehrte und bestürzte Gesicht zu besinnen. Er hatte nicht lange Zeit dazu, denn zu seiner noch größern Überraschung trat der alte Philipp aus dem Zimmer hervor und ergriff seine Hand.
»Mr. Redlaw«, sagte der Alte. »Das sieht Ihnen ähnlich! Das sieht Ihnen ähnlich, Sir! Sie haben davon gehört und sind uns nachgekommen, um zu helfen, soviel noch zu helfen ist. O zu spät, zu spät!«

Redlaw, verwirrt und ratlos, folgte ihnen in das Zimmer. Ein Mann lag dort auf einem Feldbett, und neben ihm stand William Swidger.
»Zu spät!« murmelte der alte Mann und sah den Chemiker traurig an, und die Tränen liefen ihm über die Wangen.
»Ich sag's auch immer, Vater!« warf sein Sohn mit leiser Stimme ein. »Ich sag's auch immer. Das einzige, was wir tun können, ist, daß wir uns ganz still verhalten, solange er schläft. Du hast recht, Vater!«
Redlaw blieb neben dem Bette stehen und sah auf die Gestalt herab, die auf der Matratze lag. Es war ein Mann, der in der Vollkraft seines Lebens hätte stehen können, aber die Sonne wahrscheinlich nie mehr wieder sehen sollte. Die Laster eines vierzig- oder fünfzigjährigen Lebenslaufs hatten ihn so gezeichnet, daß im Vergleich mit ihm die schwere Hand der Zeit auf das Antlitz des Greises, der neben ihm stand, sogar schonend und verschönernd gewirkt hatte.
»Wer ist das?« fragte der Chemiker und sah sich um.
»Mein Sohn Georg, Mr. Redlaw«, antwortete der alte Mann und rang die Hände, »mein ältester Sohn Georg, auf den seine Mutter stolzer war als auf alle übrigen.« Redlaws Augen schweiften weg von dem weißen Haupt des Greises, das auf dem Bette ruhte, nach dem Manne hin, der ihn beim Eintreten erkannt hatte und der sich jetzt in der entlegensten Ecke des Zimmers zu schaffen machte. Er schien von seinem Alter zu sein, und obgleich er keinen so hoffnungslos heruntergekommenen Mann kannte, wie dieser zu sein schien, lag doch etwas in seiner Haltung, wie er jetzt zur Türe hinausging, das ihn veranlaßte, sich unruhig mit der Hand über die Stirn zu fahren.
»William«, fragte er leise, »wer ist das?«
»Ja, sehen Sie, Sir«, erwiderte William, »ich sag's auch immer. Warum muß ein Mensch immer spielen und dergleichen und sich zollweise immer tiefer sinken lassen, bis es nicht mehr tiefer abwärts geht!«

»Hat er das getan?« fragte Redlaw und sah dem Manne nach mit dem gleichen unsicheren Blick wie vorhin.

»Jawohl, Sir«, antwortete William Swidger. »Er versteht etwas von Medizin, wie es scheint. Er ist mit meinem armen Bruder dort«, Mr. William fuhr sich mit dem Rockärmel über die Augen, »zu Fuß nach London gekommen. Ja, ja, es treffen hier manchmal seltsame Gefährten zusammen, und er kam, um nach dem Kranken zu sehen. Und er hat uns auch zu ihm geholt. Ein trauriger Anblick, Sir. Aber so geht's in der Welt! Es wird meinen Vater unter die Erde bringen.«

Redlaw sah auf und erinnerte sich, wo und in welcher Gesellschaft er sich befand, und wurde sich des Zaubers bewußt, den er mit sich trug – in seinem Erstaunen hatte er ihn einen Augenblick vergessen –; er trat schnell ein wenig beiseite und überlegte, ob er bleiben oder gehen sollte. Mit einer gewissen trotzigen Verstocktheit, die zu seiner Natur zu gehören schien, entschied er sich für das Bleiben.

»Erst gestern erkannte ich, daß die Erinnerungen dieses Alten nur ein Gewebe sind von Trübsal und Sorge, und heute schon soll ich mich scheuen, sie zu verwandeln: Sind die Erinnerungen, die ich vertreiben kann, für diesen Sterbenden so kostbar, daß ich um ihn zu fürchten brauchte? Nein, ich will bleiben.«

Aber trotzdem blieb er nur mit Zittern und Bangen und hielt sich fern vom Bett, mit abgewandtem Gesicht und in den schwarzen Mantel gehüllt, und lauschte den Worten der andern, als fühle er sich selbst als Dämon an dieser Stätte.

»Vater!« murmelte der Kranke, einen Augenblick aus seiner Betäubung erwachend.

»Mein Junge, mein Sohn Georg!« sagte der alte Philipp.

»Du sprachst eben davon, ich wäre Mutters Liebling gewesen vor langer Zeit. Es ist etwas Schreckliches, an die alten Tage zurückzudenken.«

»Nein, nein, nein!« entgegnete der Alte. »Denke nur daran! Sage nicht, es sei etwas Schreckliches. Für mich ist es nichts Schreckliches.«

»Es schneidet dir doch ins Herz, Vater«, – – – denn die Tränen des Alten fielen auf ihn herab.
»Ja, ja!« sagte Philipp. »Das ist wahr, aber es tut mir wohl. Es ist ein schweres Leid, an jene Zeit zurückzudenken, aber es tut mir wohl, Georg. O denke auch daran, denke auch daran, und dein Herz wird weicher und weicher werden. Wo ist mein Sohn William? William, mein Junge, deine Mutter liebte ihn innig bis zum letzten Augenblick, und mit ihrem letzten Atemzuge flüsterte sie: ›Sag ihm, daß ich ihm vergeben habe, ich segne ihn und bete für ihn.‹ Es waren die letzten Worte, die sie zu mir sprach. Ich habe sie nie vergessen und bin siebenundachtzig.«
»Vater«, sagte der Mann auf dem Bett, »ich fühle, daß ich sterbe. Es ist schon so weit mit mir, daß ich kaum mehr sprechen kann, selbst nicht von dem, was mir am schwersten auf dem Herzen liegt. Gibt es wohl noch eine Hoffnung für mich über dieses Sterbebett hinaus?«
»Es gibt Hoffnung«, entgegnete der Alte, »für alle, die sanftmütig und reuevoll sind.« Er faltete seine Hände und blickte in die Höhe. »Für alle die ist Hoffnung. Erst gestern noch war ich dankbar dafür, daß ich mich darauf besinnen konnte, wie dieser mein unglücklicher Sohn einst ein unschuldiges Kind war. Aber welcher Trost ist es, daß Gott sich seiner nur so erinnern will.«
Redlaw verbarg sein Gesicht in den Händen und bebte zurück wie ein Mörder.
»Ach«, stöhnte der Mann im Bett, »ein ganzes Leben vergeudet.«
»Aber einstmals war auch er ein Kind«, fuhr der Alte fort, »und hat mit Kindern gespielt. Ehe er sich des Abends zu Bette legte und in den Schlummer der Unschuld sank, sprach er sein Gebet auf dem Schoße der Mutter. Ich habe ihm oft zugesehen, viele Male. Und sie zog sein Haupt an ihre Brust und küßte ihn. So schmerzlich es ihr und mir war, daran zu denken, als er dann so irre ging und alle unsere Hoffnungen und Pläne begrub, war diese Erinnerung doch das einzige Band, das uns verknüpfte. O Vater im Himmel,

der du soviel besser bist als ein Vater auf Erden, o Vater im Himmel, der du soviel betrübter bist über die Irrtümer deiner Kinder, nimm diesen Wanderer wieder auf! Nicht wie er jetzt ist, wie er damals war, laß ihn zu dir flehen!«
Als der Alte die zitternden Hände emporhob, legte der Sohn, für den er diese Bitte sprach, das müde Haupt an seine Brust und suchte Schutz und Trost, als wäre er wirklich noch das Kind von ehedem.
Wann hat je ein Mensch so gezittert, wie Redlaw in dem großen Schweigen zitterte, das dann folgte. Er wußte, es mußte über sie kommen – – und schnell kommen.
»Meine Zeit ist kurz, mein Atem ist noch kürzer«, sagte der Kranke und richtete sich auf und tappte mit der Hand in der Luft herum. »Und mir fällt ein, ich habe noch etwas auf dem Herzen, von wegen des Mannes, der eben hier war. Vater und William – halt – steht dort nicht etwas Schwarzes?«
»Ja, gewiß«, sagte sein alter Vater.
»Es ist ein Mann?«
»Georg«, unterbrach sein Bruder und beugte sich liebevoll über ihn. »Es ist Mr. Redlaw.«
»Mir war, als hätte ich von ihm geträumt. Bitte ihn, er möchte herkommen.«
Bleicher als der Sterbende trat der Chemiker näher. Der Bewegung der abgezehrten Hand gehorchend, setzte er sich auf das Bett.
»Heute nacht hat es mir das Herz zerrissen«, der Sterbende legte die Hand auf die Brust mit einem Blick, in dem die ganze Qual einer stummen Bitte lag, »ich war so ergriffen von dem Anblick meines armen alten Vaters und von dem Gedanken an all den Gram, den ich verschuldet, daß – – – – –«
War es das nahende Ende oder das Aufdämmern einer andern Verwandlung, das ihn innehalten ließ?
»– daß, daß ich versuchen will, soviel gut zu machen, wie ich kann. Es war noch ein Mann hier. Haben Sie ihn nicht gesehen?«

Redlaw konnte nicht antworten, denn als er das verhängnisvolle wohlbekannte Zeichen, das irre Hinfahren der Hand über die Stirn erblickte, erstarb ihm das Wort auf den Lippen. Er machte nur eine Bewegung des Zustimmens.

»Er hat keinen Pfennig, ist hungrig und herabgekommen. Er ist ganz zusammengebrochen und weiß sich nicht mehr zu helfen. Kümmern Sie sich um ihn. Verlieren Sie keine Zeit. Ich weiß, er trägt sich mit dem Gedanken, sich das Leben zu nehmen.«

Die Verwandlung ging bereits vor sich. Es stand auf seinem Angesicht geschrieben. Seine Züge veränderten sich, die Falten wurden tiefer, und der Ausdruck der Sorge wich.

»Erinnern Sie sich nicht? Kennen Sie ihn nicht mehr?« fuhr er fort. Er bedeckte das Gesicht einen Augenblick mit der Hand und strich sich wieder über die Stirn. Dann richtete er seine Augen mit einem gefühllosen, gemeinen und rohen Ausdruck auf Redlaw:

»Hol Sie der Teufel«, rief er wild umherblickend. »Was haben Sie aus mir gemacht. Lustig hab ich gelebt, und lustig will ich sterben. Hol Sie der Henker!« und er legte sich wieder aufs Bett zurück, hob die Arme und legte sie hinter Kopf und Ohren, von diesem Augenblick an entschlossen, in vollständiger Gleichgültigkeit vom Leben zu scheiden.

Wenn den Chemiker der Blitz getroffen, hätte er nicht jäher vom Bette zurückprallen können. Aber auch der Alte, der, während sein Sohn mit Redlaw sprach, zur Seite getreten war, mied mit Abscheu das Lager.

»Wo ist mein Sohn William?« fragte der Alte hastig. »William, komm fort von hier. Wir wollen nach Hause!«

»Nach Hause? Vater«, rief William aus, »willst du denn deinen eigenen Sohn verlassen?«

»Wer ist denn mein eigener Sohn?«

»Wer? Doch der dort!«

»Das ist nicht mein Sohn«, sagte Philipp und zitterte vor

Erbitterung. »Ein Schuft wie dieser hat nichts mit mir gemein. Meine Kinder sehen sauber aus und bedienen mich und geben mir zu essen und zu trinken und sind mir nützlich. Ich habe wahrhaftig ein Recht darauf, ich bin siebenundachtzig.«

»Du bist alt genug und brauchst nicht noch älter zu werden«, brummte William, sah ihn scheel von der Seite an und steckte die Hände in die Taschen. »Ich möchte gern wissen, wozu du noch taugst? Ohne dich könnte es wirklich fideler sein.«

»Mein Sohn! Mr. Redlaw«, sagte der Alte, »mein Sohn! Das fehlte gerade noch! Der Junge spricht von meinem Sohn. Ich möchte gern wissen, was der mir jemals Angenehmes gebracht hätte.«

»Und ich möchte gern wissen, was ich jemals von dir Gutes gehabt habe«, knurrte William.

»Laß mich mal nachdenken!« sagte der Alte. »Wie viele Weihnachten über hab ich auf meinem warmen Plätzchen gesessen und mußte nicht in die kalte Nachtluft hinaus und hab mir's wohl sein lassen, ohne daß ich durch einen so häßlichen widerlichen Anblick, wie der Kerl da einer ist, gestört worden bin. Sind's zwanzig Weihnachten, William?«

»Mir scheint es schon eher wie vierzig«, brummte dieser. »Na, wenn ich meinen Vater ansehe, Sir, und daran denke«, und er wandte sich an Redlaw mit einer ungeduldigen Gereiztheit, die ganz neu an ihm war, »dann will ich mich hängen lassen, wenn ich etwas anderes in ihm sehen kann als einen Kalender von einer ganzen Reihe Jahren von Essen, Trinken und Faulenzen.«

»Ich – ich bin siebenundachtzig«, sagte der Alte, kindisch und schwach weiter faselnd, »und niemals hat mich was sonderlich gestört. Ich will jetzt nicht davon reden, wegen des Menschen dort, den er meinen Sohn nennt. Er ist nicht mein Sohn. Ich hab eine Menge schöne Zeiten gehabt, ich erinnere mich noch –; nein, doch nicht, nein, ich habe es vergessen. Es war so etwas wie von Kricket und einem

Freund von mir, aber ich kann mich seiner nicht mehr entsinnen. Ich möchte nur wissen, wie das war. Ich konnte ihn gut leiden. Was wohl aus ihm geworden ist. Ich glaube, er starb, aber ich weiß es nicht. Übrigens ist es mir ganz gleichgültig.«
Er kicherte schläfrig und schüttelte den Kopf und steckte die Hände in die Westentaschen. In einer fand er ein Stück Stechpalme, wahrscheinlich vom gestrigen Abend. Er nahm es heraus und sah es an.
»Beeren, aha. Schade, daß man sie nicht essen kann. Ich erinnere mich noch, daß ich spazieren ging, als ich ein kleiner Kerl war, nicht größer als so – mit wem ging ich doch spazieren? –, ich kann mich absolut nicht mehr erinnern, wie das damals war. Ich weiß nicht mehr, mit wem und ob jemand bei mir war. Beeren, was! Es ist immer lustig, wenn's Beeren gibt. Ich sollte eigentlich auch einen Teil davon bekommen, und man muß mich bedienen und mir alles warm und gemütlich machen, denn ich bin siebenundachtzig und ein armer, alter Mann. Ich bin siebenundachtzig, siebenundachtzig.«
Die faselnde jämmerliche Art, mit der er dies vorbrachte und dabei an den Blättern nagte und das Zerkaute wieder ausspuckte, die kalten gleichgültigen Blicke, die ihm sein jüngster Sohn zuwarf, die trotzige Verstocktheit, mit der sein ältester Sohn dalag, all das kam dem Chemiker nicht mehr zum Bewußtsein, er riß sich von der Stelle los, auf der er wie gebannt gestanden, und stürzte aus dem Hause hinaus.
Sein junger Führer kam aus seinem Versteck hervorgekrochen und stand bereit, ehe noch Redlaw den Boden erreichte.
»Zur Frau zurück?« fragte er.
»Ja, schnell heim«, antwortete Redlaw. »Bleib nirgends unterwegs stehen!«
Eine kleine Strecke weit lief der Junge vor ihm her, aber ihr Heimweg war mehr eine Flucht als ein Spaziergang, und nur mit großer Mühe konnte der Junge mit seinen

bloßen Füßen mit dem Chemiker gleichen Schritt halten.
Scheu alle Vorübergehenden meidend, dicht in seinen Mantel gehüllt, als ob die leiseste Berührung desselben den andern eine tödliche Ansteckung bringe, machte Redlaw nicht eher halt, bis sie die Tür erreichten, durch die sie zuerst auf die Straße getreten waren. Er sperrte sie auf, trat mit dem Jungen hinein und eilte durch die dunklen Gänge in sein Zimmer. Der Junge ließ ihn nicht aus den Augen, als die Tür abgesperrt wurde, und verkroch sich unter den Tisch.
»Sie, fassen Sie mich nicht an!« sagte er. »Sie wollen mir wohl mein Geld nehmen?«
Redlaw warf noch einige Geldstücke auf den Boden. Der Junge warf sich sogleich mit dem Körper über sie, wie um sie vor dem Blick des Mannes zu verbergen und damit er nicht am Ende Lust bekäme, sie wieder zurückzufordern. Erst als er den Chemiker wieder bei der Lampe sitzen sah, das Gesicht in den Händen vergraben, fing er an, das Geld verstohlen aufzulesen. Als er damit fertig war, schlich er sich ans Feuer, setzte sich in einen großen Stuhl, holte aus der Brust ein paar Speiseüberreste und fing an zu kauen und in die Glut zu starren, dann und wann seine Schillinge anschauend, die er fest in der geballten Hand hielt.
»Und dieses da«, sagte Redlaw mit wachsendem Widerwillen und Grausen, »ist der einzige Gefährte, der mir noch auf Erden bleibt.«
Wie lange es währte, ehe er aus der Betrachtung des Geschöpfes, das er so verabscheute, erwachte, ob es eine halbe Stunde oder die halbe Nacht währte, er wußte es nicht. Aber plötzlich horchte der Junge auf und unterbrach die Stille des Zimmers, indem er aufsprang und nach der Türe lief.
»Die Frau kommt!«
Der Chemiker riß ihn zurück, doch schon klopfte es an die Türe.
»Lassen Sie mich zu ihr«, rief der Junge.

»Jetzt nicht«, entgegnete der Chemiker. »Hiergeblieben! Niemand darf jetzt herein oder heraus. Wer ist da?«

»Ich bin's, Sir«, rief Milly. »Bitte, machen Sie auf!«

»Nein, nein!«

»Mr. Redlaw, bitte, bitte, lassen Sie mich hinein!«

»Was gibt es?« fragte er und hielt den Knaben fest.

»Der Unglückliche, bei dem Sie eben waren, liegt im Sterben, und nichts, was ich mit ihm spreche, kann ihn aus seiner entsetzlichen Verblendung reißen. Williams Vater ist im Handumdrehen kindisch geworden, William selbst ist wie ausgewechselt. Der Schlag ist zu plötzlich gekommen. Ich verstehe ihn nicht mehr. Er gleicht sich selbst nicht mehr. Ach, Mr. Redlaw, bitte, raten Sie mir, helfen Sie mir.«

»Nein, nein, nein!« gab der Chemiker zur Antwort.

»Sir, lieber Mr. Redlaw, Georg hat in seinem Halbschlummer von dem andern Mann gesprochen, den Sie dort sahen. Er fürchtete, er werde sich umbringen.«

»Besser, er tut's, als daß er in meine Nähe kommt.«

»Er sagte in seinen Phantasien, Sie kennen ihn. Er wäre vor langer Zeit Ihr Freund gewesen, er sei der unglückliche Vater eines Studenten hier – wie mir schwant, des jungen Herrn, der krank gewesen ist. Was soll ich tun? Wie soll man auf ihn aufpassen? Wie soll man ihn retten? O Mr. Redlaw, bitte, bitte, raten Sie mir, helfen Sie mir doch.«

Während der ganzen Zeit hielt der Chemiker den Knaben fest, der wie ein Wahnsinniger sich von ihm losreißen wollte, um Milly hereinzulassen.

»Ihr Gespenster, ihr, die ihr gotteslästerliche Gedanken bestraft«, meinte Redlaw voll Verzweiflung, »schauet auf mich herab! Möge aus der Finsternis meines Geistes der Funken der Reue, der dort noch glimmt, aufleuchten und euch mein Elend zeigen! In der Welt des Stoffes ist alles notwendig, wie ich immer lehrte. Kein Atom, keine Stufe an dem wunderbaren Bau kann verloren gehen, ohne daß es nicht eine unausfüllbare Lücke in das große Weltall

risse. Jetzt erkenne ich, daß es ebenso ist mit gut und böse, mit Freud und Leid im Gedächtnis der Menschen. Erbarmt euch meiner! Erlösung!«
Keine Antwort als Millys »Helfen Sie mir, helfen Sie mir! Machen Sie auf«, und des Jungen stummes Ringen, um zu ihr zu gelangen.
»Schatten meines Ichs, Geist meiner trüben Stunden«, rief Redlaw außer sich, »komm zurück und suche mich heim Tag und Nacht, nur nimm diese Gabe von mir, oder wenn sie doch hinfort auf mir lasten soll, so nimm mir wenigstens die furchtbare Kraft, sie auch auf andere übertragen zu müssen. Mache ungeschehen, was ich getan habe! Lasse mich umnachtet sein, nur gib jenen den Tag zurück, über die ich den Fluch gebracht habe. So wahr ich diese Frau von Anfang an verschont habe, so wahr will ich dieses Zimmer nie wieder verlassen, und keine Hand soll mich pflegen; nur dieses Geschöpf, das gegen mich gefeit ist, soll bei mir sein – höre mich!«
Die einzige Antwort war noch immer das Ringen des Knaben, der zu Milly wollte, und ihr immer verzweifelter werdender Schrei: »Helfen Sie mir, lassen Sie mich hinein! Er war doch Ihr Freund. Wie soll man auf ihn acht geben und ihn retten? Sie sind alle so verändert. Niemand kann mir helfen als Sie. Bitte, bitte, machen Sie auf!«

3. Kapitel

Die Gabe wird zurückgenommen

Noch lag die Nacht schwer am Himmel. Auf weiten Ebenen, von Gipfeln der Hügel und vom Verdeck der einsamen Schiffe auf See sah man tief unten am Horizont einen schwach dämmernden Streifen, der mit der Zeit Licht zu werden versprach. Doch er verhieß nur Fernes und Ungewisses, und noch kämpfte der Mond mit den unruhigen Wolken der Nacht.

Auch die Schatten, die sich über Redlaws Geist lagerten, folgten einander dicht und schnell und verdunkelten das Licht seiner Seele – wie Nachtwolken zwischen Mond und Erde schweben und ihr Dunkel auf uns werfen. Launenhaft wie die Wolken des Nachthimmels enthüllten sie ihm bald blitzartig das Licht, dann hüllten sie es wieder in Halbdunkel und Ungewißheit, dann stürmten sie wieder, wenn der helle Glanz einen Augenblick durchbrach, darüber hin und machten die Finsternis noch dichter als zuvor.
Draußen herrschte tiefes und feierliches Schweigen über dem alten Gebäude, und die Strebepfeiler und scharfen Ecken warfen geheimnisvolle Formen auf den Boden, der sich bald in dem weichen weißen Schnee versteckte, bald wieder nackt hervorkam, je nachdem der Mond hinter den Wolken hervorschien. Das Zimmer des Chemikers lag undeutlich und düster im trüben Schein der verlöschenden Lampe, ein geisterhaftes Schweigen war auf das Klopfen und Schreien draußen gefolgt, und nichts war vernehmbar als dann und wann ein leiser Ton in der weißen Asche des Kamins, wenn das Feuer sterbend aufatmete. Davor auf dem Boden lag der Junge in tiefem Schlaf. In seinem Stuhl saß der Chemiker, und saß dort, wie ein Mensch, der zu Stein geworden ist.
Da begann von neuem die Weihnachtsmusik, die er schon einmal vernommen hatte, zu spielen. Er lauschte ihr zuerst, wie er auf dem Kirchhofe gelauscht hatte, aber bald stand er auf – sie klang noch fort, und die Nachtluft trug ihre leise, sanfte melancholische Weise zu ihm – und streckte seine Hände aus, als ob sich ihm ein Freund nahe, dem seine unselige Berührung kein Leid tun könne. Dann löste sich langsam der starre, brütende Ausdruck seines Gesichtes, ein leises Zittern überkam ihn, seine Augen füllten sich mit Tränen, und er bedeckte sein Gesicht mit den Händen und neigte den Kopf. Noch war seine Erinnerung an Sorge, Leid und Kummer nicht wieder aufgetaucht; er wußte, daß sie noch nicht wiedergekommen,

und hatte auch keine Hoffnung, daß es je geschehen werde. Aber eine dumpfe Regung in seinem Innern machte ihn wieder fähig, das zu empfinden, was in der Musik verborgen lag. Und wenn sie ihm auch bloß voll Trauer vom Werte dessen sprach, was er verloren hatte, so pries er doch den Himmel dafür mit heißer Dankbarkeit. Als der letzte Ton verklungen, hob er den Kopf, um den zitternden Schwingungen noch zu lauschen. Hinter dem Knaben, so daß seine schlafende Gestalt ihm zu Füßen lag, stand das Phantom unbeweglich und stumm, die Augen auf den Chemiker geheftet.

Gespenstisch wie früher, aber doch nicht mehr so grauenhaft und erbarmungslos war es anzuschauen, oder wenigstens kam es Redlaw so vor oder hoffte er wenigstens, als er schaudernd hinblickte. Es war nicht allein, sondern hielt in der schattenhaften Hand noch eine andere Hand. Und wessen Hand war das? War die Gestalt neben dem Phantom wirklich Milly oder bloß ihr Schatten und ihr Scheinbild?

Das Köpfchen mit dem stillen Antlitz war ein wenig geneigt, wie es ihre Art war, und ihre Augen blickten voll Mitleid auf das schlummernde Kind. Ein strahlendes Licht fiel auf ihr Gesicht, berührte aber das Phantom nicht. Obwohl es dicht neben ihr stand, war es dunkel und farblos wie immer.

»Gespenst!« sagte der Chemiker, von neuer Unruhe erfaßt. »Ich bin nicht vorwitzig und anmaßend gewesen, was sie anbelangt. O bring' sie nicht hierher. Erspare mir dies eine!«

»Es ist nur ein Schemen«, sagte das Phantom, »suche die wirkliche Form auf, deren Bild ich dir hier vorführe!«

»Ist das mein unerbittliches Verhängnis?« rief der Chemiker.

»Ja«, sagte das Phantom.

»Um ihren Frieden und ihre Herzensgüte zu vernichten, um sie zu dem zu machen, was ich selbst bin und was ich aus andern gemacht habe!«

»Ich habe gesagt, suche sie auf«, erwiderte das Gespenst. »Mehr hab' ich nicht gesagt.«
»O sag' mir«, rief Redlaw aus und klammerte sich an die Hoffnung, die in diesen Worten zu liegen schien, »kann ich ungeschehen machen, was ich getan habe?«
»Nein«, antwortete das Phantom.
»Ich bitte nicht um Heilung für mich selbst«, sagte Redlaw. »Was ich hingegeben, gab ich mit freiem Willen hin und habe es mit Recht verloren. Aber für die, die ich mit der unseligen Gabe angesteckt, die nie danach verlangt, die, ohne es zu wissen, verflucht wurden und die die Macht nicht hatten, sich zu wehren, kann ich nichts für diese tun?«
»Nichts!« sagte das Phantom.
»Auch niemand anderer?«
Unbeweglich wie ein Steinbild hatte ihn das Phantom eine Zeitlang fest angestarrt, dann wandte es plötzlich den Kopf und sah auf den Schemen an seiner Seite.
»Oh, kann *sie* es tun?« schrie Redlaw und sah immer noch den Schatten an.
Das Phantom ließ die Hand los, die es bis jetzt festgehalten, und winkte der Erscheinung, zu verschwinden. Daraufhin begann der Schemen der Frau, ohne seine Stellung zu verändern, sich zu entfernen oder in der Luft zu zergehen.
»Halt!« rief Redlaw mit einer Inbrunst, der er gar nicht genug Ausdruck verleihen konnte, »einen Augenblick noch. Barmherzigkeit! Ich fühlte, daß eine Veränderung mich überkam, als vorhin jene Klänge in der Luft schwebten. Sage mir, habe ich die Kraft verloren, ihr zu schaden? Kann ich mich ihr nahen ohne Furcht? O laß sie mir nur ein Zeichen der Hoffnung geben!«
Das Phantom blickte die Erscheinung an wie er und antwortete nicht.
»Wenigstens sag' mir das eine, hat sie künftighin das Bewußtsein der Macht, wieder gut machen zu können, was ich verbrochen?«

»Das hat sie nicht«, antwortete das Gespenst.
»Hat sie die Macht, *ohne* sich dessen bewußt zu sein?«
Das Phantom antwortete: »Suche sie auf!«
Und Millys Schatten verschwand langsam.
Sie standen einander wieder gegenüber, Auge in Auge, das Gespenst und er, und wieder herrschte die schreckliche Spannung wie damals, als er die Gabe erhielt, und zwischen ihnen lag der Knabe zu Füßen des Doppelgängers.
»Fürchterlicher Lehrmeister«, sagte der Chemiker und sank vor dem Geiste flehend auf die Knie, »der sich von mir lossagte und doch wiedergekommen ist; wie gern würde ich darin und daß dein Antlitz milder schaut, einen Schimmer von Hoffnung sehen. Ich will dir, ohne zu fragen, gehorchen und flehe nur, daß der Ruf, den ich in der Angst meiner Seele ausgestoßen, erhört werde, um dererwillen, die ich geschädigt habe, so daß kein Mensch sie wieder heilen kann! Doch noch etwas liegt mir auf dem Herzen – – –«
»Du sprichst von dem Geschöpf, das hier liegt«, unterbrach ihn das Gespenst und deutete mit dem Finger auf den Knaben.
»Ja«, erwiderte der Chemiker. »Du weißt, was ich fragen möchte. Warum ist dieses Kind allein gefeit gegen meinen Einfluß, und warum, warum liegt in seinem Denken so eine furchtbare Übereinstimmung mit meinem?«
»Das«, sagte das Phantom und deutete auf den Knaben, »ist das letzte und vollkommenste Beispiel eines menschlichen Wesens, das all der Erinnerungen beraubt ist, auf die auch du verzichtet hast. Kein Erinnern an Kummer, Unrecht und Sorge dringt mildernd hier ein, weil dieses unglückliche Menschenkind von Geburt an schlimmer als ein Tier aufgewachsen ist, und weil in seiner verhärteten Brust kein Gegensatz lebt, kein menschlicher Zug, der einen Keim solchen Gedächtnisses zum Sprießen bringen könnte. Das Innere dieses verlassenen Geschöpfs ist Öde und Wildnis. Wehe einem solchen Menschen, zehnfach

Wehe einem Volk, das Ungeheuer wie dieses, das hier am Boden liegt, zu Hunderten und Tausenden zählt!«
Entsetzt schauderte Redlaw zusammen.
»Allesamt«, sagte das Phantom, »eins wie das andere, streuen sie eine Saat aus, die die Menschheit ernten muß. Aus jedem Keim des Bösen in diesem Kind schießt eine Aussaat des Verderbens auf, die dereinst geerntet, aufgespeichert und wieder ausgesät wird an vielen Stellen der Welt, bis die Länder, überwuchernd von Verworfenheit, die Wasser einer neuen Sintflut heraufbeschwören. Offenkundiger und unbestrafter Mord, täglich geduldet in den Straßen einer Stadt, wäre weniger verderblich, als ein Anblick wie dieser.«
Das Phantom schien auf den schlummernden Knaben herabzublicken. Auch Redlaw sah ihn an, doch mit einem anderen Gefühl als früher.
»Jeder Vater«, sagte das Gespenst, »an dem solche Geschöpfe vorübergehen, zu jeder Stunde des Tags und der Nacht, jede Mutter unter all den Müttern dieses Landes, jeder, der hinaus ist über die Jahre der Kindheit, ist in seiner Weise verantwortlich für solche Greuel. Es gibt kein Land auf Erden, das solche Schuld nicht mit einem Fluch beladen würde. Es gibt keine Religion auf Erden, kein Volk, denen sie nicht zu Schmach und Schande werden.«
Der Chemiker schlug die Hände zusammen und sah bebend vor Bangen und Mitleid von dem schlafenden Knaben empor zu dem Phantom, das mit abwärts deutendem Finger vor ihm stand.
»Sieh hin«, fuhr das Gespenst fort, »auf das vollkommene Bild von dem, was du selbst sein wolltest. Dein Einfluß ist machtlos hier, weil du aus dieses Knaben Brust nichts verbannen kannst. Seine Gedanken haben schreckliche Gemeinschaft mit deinen, weil du herabgesunken bist auf seine unnatürliche Stufe. Er ist die Frucht der Gleichgültigkeit der Menschen, du bist die Frucht menschlichen Fürwitzes. In beiden Fällen ist der Vorsehung wohlwollende Absicht fehlgeschlagen, und aus beiden Polen der

geistigen Welt kommt ihr auf einem Punkt zusammen.«
Der Chemiker beugte sich über den Knaben und deckte mit neuerwachtem Mitleid den Schlummernden zu und fühlte sich nicht mehr von Abscheu erfüllt.
Jetzt wurde auch der ferne Streifen unten am Horizont heller. Die Finsternis wich und die Sonne ging purpurglänzend auf, und die Rauchfänge und Giebel des alten Gebäudes glänzten in der klaren Luft. Der Rauch und der Dunst der Stadt wandelten sich in eine Wolke von Gold. Selbst die Sonnenuhr in ihrem schattigen Winkel, wo der Wind umherzuwirbeln pflegte, gar nicht nach Windes Art, schüttelte die feinen Schneekristalle ab, die sich während der Nacht auf ihrem schläfrigen alten Gesicht gesammelt, und sah hinab auf die kleinen, weißen Wirbel, die sie umtanzten. Sicherlich huschte auch ein blindes Tasten des Morgens hinunter in die vergessene dumpfe Krypta, wo die normannischen Bogen halb begraben in der Erde staken, und brachte den trägen Saft in dem faulen Wachstum, das an den Mauern hinkroch, in Fluß und machte das langsame Leben, das in dieser kleinen, zarten, so wunderbaren Welt sprießte, pulsieren, verkündigend, daß die Sonne aufging.
Die Tetterbys waren bereits auf den Beinen und bei der Arbeit.
Mr. Tetterby nahm die Laden weg von seinen Fenstern und enthüllte Stück für Stück die Schätze in der Auslage den Blicken des Jerusalemstifts, die gegen solche Versuchung so abgehärtet waren. Adolphus war schon so lange fort, daß er bereits auf halbem Wege zu »Mor-genblätt!« sein mußte. Fünf kleine Tetterbys, deren zehn runde Augen von Seife und Reiben sehr entzündet waren, hatten unter Mrs. Tetterbys Vorsitz die Torturen einer kalten Waschung in der Küche auszuhalten. Johnny, der sich stets mit großer Hast anziehen mußte, wenn der Moloch anspruchsvoll gelaunt war, und das war er immer, wankte beschwerter als gewöhnlich mit seiner Last vor der Ladentür auf und ab, denn der Moloch war dank verwickel-

ter Schutzvorrichtungen gegen die Kälte, die aus gestricktem wollenem Zeug bestanden und ein Panzerhemd mit Sturmhaube und blauen Beinschienen bildeten, heute viel schwerer als je.
Es war eine Eigenheit dieses Wickelkindes, daß es rastlos zahnte. Ob die Zähne nie kamen oder ob sie kamen und wieder verschwanden, wußte man nicht. Aber offenbar hatte es genug gezahnt, nach Mrs. Tetterbys Sorge zu schließen, um für das Wirtshausschild der Schenke »Zum Ochsenmaul« eine ausreichende Menge von Zähnen liefern zu können. Zum Reizen des Zahnfleisches wurden hunderterlei Gegenstände herangezogen, obschon der Moloch beständig auf der Brust einen Beinring baumeln hatte, groß genug, um den Rosenkranz einer jungen Nonne abzugeben. Messer- und Regenschirmgriffe aus der Auslage, die Finger der Familie im allgemeinen und die Johnnys im besondern, Muskatnuß-Reibeisen, Brotkrusten, Türklinken und die kühlenden Knöpfe am Handgriff des Schüreisens waren so die gewöhnlichsten Instrumente, die zur Erleichterung der Leiden des Wikkelkindes angewendet wurden. Die Menge Elektrizität, die aus ihnen im Verlauf einer Woche herausgerieben wurde, läßt sich nicht annähernd berechnen. Aber Mrs. Tetterby sagte immer: »Jetzt kommen sie durch, und das Kind kommt dann schon wieder zu sich.« Aber sie brachen nicht durch, und das Kind kam nicht zu sich.
Die Stimmung der kleinen Tetterbys hatte sich in ein paar Stunden arg verändert. Mr. und Mrs. Tetterby hatten sich nicht weniger verwandelt als ihre Sprößlinge. Früher waren sie eine selbstlose, gutmütige und nachgiebige kleine Sippe gewesen, die schmale Bissen, wenn es sein mußte, und es mußte recht oft sein, zufrieden, ja sogar großmütig miteinander teilte und die aus einem sehr kleinen Mahl oft einen sehr großen Genuß zu ziehen verstand. Jetzt aber zankten sie sich nicht nur um das Seifenwasser, sondern bereits um das Frühstück, das noch in Aussicht stand. Die Hand jedes kleinen Tetterbys war gegen die an-

dern Tetterbys geballt, und selbst Johnnys Hand, des geduldigen, viel ertragenden und opferfreudigen Johnnys Hand, erhob sich gegen das Wickelkind! Ja, Mrs. Tetterby ging gerade zur Türe, da sah sie ihn hinterlistig eine schwache Stelle in der Rüstung erspähen und dem wonnigen Kinde einen Puff geben.

Im selben Augenblick hatte ihn Mrs. Tetterby schon beim Kragen ins Zimmer geschleppt und zahlte ihm die Mißhandlung mit Wucherzinsen zurück.

»Du Scheusal, du Mordbube«, sagte Mrs. Tetterby, »du hast es über das Herz gebracht!«

»Warum läßt sie nicht ihre Zähne durchbrechen«, sagte Johnny mit lauter aufrührerischer Stimme, »anstatt daß sie mich quält. Wie würde dir so etwas gefallen?«

»Wie es mir gefallen würde, junger Herr?« rief Mrs. Tetterby und nahm ihm die geschändete Last vom Arm.

»Ja, wie es dir gefallen würde«, sagte Johnny. »Wie denn? Überhaupt nicht. Wenn du an meiner Stelle wärst, gingst du unter die Soldaten. Das will ich auch. Es gibt keine Wickelkinder in der Armee.«

Mr. Tetterby, der auf dem Schauplatz erschienen war, rieb sich nachdenklich das Kinn, anstatt dem Aufrührer den Kopf zurechtzusetzen, und schien vielmehr von dieser neuartigen Ansicht über das Soldatenleben recht betroffen.

»Ich wünschte auch, ich könnte unter die Soldaten gehen, wenn's mit dem Kind wieder in Ordnung ist«, sagte Mrs. Tetterby und sah ihren Mann an, »denn ich habe keine ruhige Stunde hier. Ich bin ein Sklave, ein virginischer Sklave.« Offenbar legte ihr eine unklare Erinnerung an den verflossenen Tabakshandel diese Redewendung in den Mund.

»Ich habe nie einen Feiertag und nie ein Vergnügen von einem Ende des Jahres bis zum andern. Der Herr segne und beschütze dieses Kind«, fügte sie hinzu und schüttelte das Kind mit einer Gereiztheit, die wenig zu dem frommen Wunsche paßte, »was hat es denn schon wieder?«

Da sie nichts entdecken konnte und auch dem Kind durch Schütteln nichts entlockte, legte Mrs. Tetterby die Kleine in die Wiege, setzte sich mit verschränkten Armen daneben und schaukelte es wütend mit dem Fuß.
»Warum stehst du so herum, Dolphus«, sagte sie dann zu ihrem Gatten, »mach dich nützlich.«
»Mir ist alles Wurst«, sagte Mr. Tetterby.
»Mir auch!« sagte Mrs. Tetterby.
»Mir ist überhaupt alles Wurst«, sagte Mr. Tetterby.
Eine Schlacht brach jetzt aus zwischen Johnny und seinen fünf jüngern Brüdern, die, während die allgemeine Frühstückstafel hergerichtet wurde, eine Schlägerei um den vorläufigen Besitz des Brotlaibes inszeniert hatten und einander tüchtig boxten, wobei der Allerkleinste mit frühreifem Feldherrnblick die Flanke des Feindes umkreiste und die Kämpfer in die Waden biß. In dieses Gewühl stürzten sich Mr. und Mrs. Tetterby mit so großem Eifer, als ob hier noch das einzige Betätigungsfeld läge, auf dem sie gleichen Sinnes sein könnten. Erst als sie entgegen ihrer ehemaligen Weichherzigkeit rücksichtslos nach allen Seiten Schläge ausgeteilt und viele Exempel statuiert hatten, kehrten sie wieder auf ihre Plätze zurück.
»Lies doch wenigstens die Zeitung, wenn du schon nichts tust«, sagte Mrs. Tetterby.
»Was steht denn in der Zeitung!« sagte Mr. Tetterby furchtbar schlecht aufgelegt.
»Was?« sagte Mrs. Tetterby. »Der Polizeibericht.«
»Geht mich nichts an«, sagte Mr. Tetterby. »Was geht's mich an, was die Leute tun oder mit sich tun lassen.«
»Selbstmorde«, schlug Mrs. Tetterby vor.
»Hat nichts mit meinem Geschäft zu tun«, antwortete der Gatte.
»Geburten, Todesfälle und Heiraten, gehen die dich auch nichts an?« fragte Mrs. Tetterby.
»Und wenn es mit den Geburten von heute an endgültig vorbei wäre und von morgen an würde nur noch gestorben, so möchte ich gerne wissen, was das mich angehen

soll, außer ich käme gerade an die Reihe«, brummte Mr. Tetterby. »Was das Heiraten anbetrifft, so hab ich es selbst versucht; das kenne ich jetzt nachgerade zur Genüge.«

Nach dem unzufriedenen Ausdruck ihres Gesichts zu schließen, schien Mrs. Tetterby derselben Ansicht wie ihr Mann zu sein. Sie widersprach ihm aber doch, um sich den Genuß, streiten zu können, nicht entgehen zu lassen.

»Du bist wirklich ein Mann von Grundsätzen«, sagte Mrs. Tetterby, »du mit deiner spanischen Wand aus Zeitungslappen, die du den Kindern halbe Stunden lang vorlesen kannst.«

»Sage lieber, vorgelesen hast«, entgegnete ihr Gatte. »Du wirst mich nicht mehr dabei erwischen, ich bin jetzt gescheiter.«

»Ja, ja, gescheiter«, sagte Mrs. Tetterby, »bist du auch besser geworden?«

Die Frage klang wie ein Mißton in Mr. Tetterbys Herz. Er brütete verdrießlich und fuhr mit der Hand immer wieder über die Stirn.

»Besser«, murmelte Mr. Tetterby. »Ich wüßte nicht, ob jemand von uns besser ist oder glücklicher. Ach ja, besser, hm!«

Er wandte sich zu der spanischen Wand und suchte mit dem Finger herum, bis er offenbar den Paragraphen gefunden hatte, der darauf paßte.

»Es war ein Lieblingsstück der Familie«, sagte er in trübseligem, blödem Ton vor sich hin, »und entlockte den Kindern immer Tränen und besserte sie, wenn sie sich gezankt hatten oder unzufrieden waren. Es kam gleich hinter der Geschichte von dem Rotkehlchen im Walde. – – – ›Trauriges Beispiel menschlichen Jammers: Gestern erschien ein kleiner Mann mit einem Wickelkind auf den Armen und umgeben von einem halben Dutzend zerlumpter Kleiner im Alter von zehn und zwei Jahren, die alle offenbar dem Hungertode nahe waren, vor der hohen Obrigkeit und stattete folgenden Bericht ab: – – –‹ Ich

möchte gerne wissen«, sagte Mr. Tetterby, »was das uns angeht.«
»Wie alt und schäbig er ausschaut«, dachte Mrs. Tetterby und betrachtete ihn. »Ich habe noch nie eine so plötzliche Veränderung an einem Menschen gesehen. O mein Gott, mein Gott, mein Gott, es war ein Opfer!«
»Was war ein Opfer?« fragte ihr Gatte mißmutig.
Mrs. Tetterby schüttelte den Kopf und versetzte das Kind in einen förmlichen Seesturm, so heftig schaukelte sie die Wiege.
»Wenn du meinst, deine Heirat wäre ein Opfer gewesen – – –«, sagte der Gatte.
»Ja, das mein' ich«, entgegnete die Frau.
»Nun, dann will ich dir sagen«, fuhr Mr. Tetterby, so unwirsch und griesgrämig wie sie, fort, »daß die Sache zwei Seiten hat und daß ich das Opfer war und daß ich wünschte, das Opfer wäre nicht angenommen worden.«
»Ja, das wünschte ich auch, Tetterby, von ganzem Herzen und von ganzer Seele, versichere ich dir«, sagte seine Frau. »Du kannst es nicht inniger wünschen als ich, Tetterby.«
»Ich weiß nicht, was ich an ihr gefunden habe«, brummte der Zeitungsagent, »wahrhaftig, was ich damals an ihr zu sehen glaubte, ist alles weg. Es fiel mir schon gestern abend auf nach dem Essen; sie ist fett, sie wird alt und hält keinen Vergleich mehr aus mit den meisten andern Frauen.«
»Er sieht schrecklich gewöhnlich aus, er ist unscheinbar und klein; krumm wird er auch und kriegt schon eine Glatze«, brummte Mrs. Tetterby.
»Ich muß halb verrückt gewesen sein, als ich hineinsprang«, knurrte Mr. Tetterby.
»Ich muß von Sinnen gewesen sein, anders kann ich es mir nicht erklären«, dachte Mrs. Tetterby.
In dieser Stimmung setzten sie sich zum Frühstück. Die kleinen Tetterbys waren nicht gewohnt, dieses Mahl als sitzende Beschäftigung aufzufassen, sondern verzehrten es tanzend oder springend und erhoben es durch gellende

Schreie, Schwenken der Butterbrote, durch verwickelte Märsche zur Türe hinaus und wieder herein und durch Herumhüpfen auf der Haustreppe zu einer wilden, phantastischen Zeremonie. Augenblicklich boten die Kämpfe der Tetterbyschen Kinder um den gemeinsamen Krug mit verdünnter Milch, der auf dem Tische stand, ein so jämmerliches Beispiel der hochgehenden Leidenschaftswellen, daß es förmlich das Andenken des Dr. Watt schändete. Erst als Mr. Tetterby die Herde zur vorderen Tür hinausgejagt hatte, trat einen Augenblick Ruhe ein, und auch diese wurde getrübt durch die Entdeckung, daß Johnny sich heimlich wieder hereingeschlichen hatte und wie ein Bauchredner in den Krug hineingurgelte, so unanständig und gierig schlürfte er aus ihm.

»Diese Kinder werden noch mein Tod sein«, sagte Mrs. Tetterby, nachdem sie den Sünder verscheucht hatte. »Je eher es geschieht, desto besser.«

»Arme Leute«, sagte Mr. Tetterby, »sollten überhaupt keine Kinder haben. Sie machen uns kein Vergnügen.«

Er ergriff gerade die Tasse, die ihm Mrs. Tetterby verächtlich hingeschoben, und sie wollte ihre Tasse auch eben an den Mund setzen, als beide plötzlich innehielten, als ob sie verhext wären.

»Hier, Mutter, Vater«, schrie Johnny und stürzte in die Stube. »Mrs. William kommt die Straße herunter.«

Und wenn jemals seit Anbeginn der Welt ein Junge ein Wickelkind mit der Sorgfalt einer alten Amme aus der Wiege nahm und schaukelte und liebkoste und fröhlich mit ihm davontrabte, war Johnny dieser Junge und der Moloch das Wickelkind.

Mr. Tetterby setzte seine Tasse nieder; Mrs. Tetterby setzte ihre Tasse nieder. Mr. Tetterby rieb sich die Stirn, Mrs. Tetterby die ihre. Mr. Tetterbys Gesicht hellte sich auf; Mrs. Tetterbys Gesicht ebenfalls.

»Gott bewahre«, sagte Mr. Tetterby vor sich hin, »in was für schlechter Laune ich nur war. Was ist nur mit mir vorgegangen?«

»Wie konnte ich nach alldem, was ich gestern Nacht sagte und fühlte, nur wieder so schlecht gegen ihn sein«, schluchzte Mrs. Tetterby und fuhr sich mit der Schürze über die Augen.
»Ich bin ein Ungeheuer«, sagte Mr. Tetterby, »es ist kein guter Faden mehr an mir, Sophie, mein kleines Frauchen.«
»Mein guter Dolphus«, gab seine Frau zurück.
»Ich – ich bin in einem Gemütszustand gewesen«, sagte Mr. Tetterby, »daß ich gar nicht mehr daran denken kann, Sophie.«
»Oh, das ist gar nichts gegen den, in dem ich gewesen bin, Dolph«, jammerte seine Frau im tiefsten Seelenschmerz.
»Sophie«, sagte Mr. Tetterby, »nimm es dir nicht zu Herzen. Es war unverzeihlich von mir, es muß dir fast das Herz gebrochen haben. Ich weiß es.«
»Nein, Dolph, nein, ich war schuld, ich«, schrie Mrs. Tetterby.
»Mein kleines Frauchen«, sagte der Gatte, »sag das nicht. Du häufst glühende Kohlen auf mein Haupt, wenn du so edel bist. Liebe Sophie, du weißt gar nicht, was ich gedacht habe. Ich habe mich gewiß bös genug ausgedrückt, aber was ich erst dachte, mein kleines Frauchen!«
»Oh, mein lieber Dolph, sprich nicht davon«, jammerte die Gattin.
»Sophie«, sagte Mr. Tetterby, »ich muß es dir enthüllen, ich hätte keine Ruhe mehr, wenn ich es nicht gestünde. Mein kleines Frauchen –«
»Mrs. William ist schon da«, rief Johnny zur Türe hinein.
»Mein kleines Frauchen«, fuhr Mr. Tetterby mit gepreßter Stimme fort und klammerte sich an seinen Stuhl, »ich wunderte mich, daß du mir jemals hattest gefallen können. Ich vergaß die unschätzbaren Kinder, die du mir geschenkt hast, und meinte, du wärest nicht so schlank, wie ich es gerne hätte. Ich – ich dachte mit keinem Wort«, sagte Mr. Tetterby in strenger Selbstanklage, »an alle die Sorgen, die du um mich und die meinigen gehabt, während du doch an der Seite eines andern Mannes – der mehr

Glück gehabt hätte als ich und eine bessere Karriere gemacht hätte, und es wäre nicht schwer gewesen, einen solchen Mann zu finden, wahrhaftig – –, ohne Sorge hättest leben können. Und ich haderte mit dir, weil du ein wenig gealtert bist in den rauhen Jahren, die du mir erleichtert hast. Kannst du das fassen, mein kleines Frauchen. Ich selbst kann es nicht fassen.«

Mrs. Tetterby lachte und weinte wie närrisch, nahm sein Gesicht in beide Hände und hielt es fest.

»O Dolph«, schrie sie. »Ich bin so dankbar, daß *du* das gedacht hast, denn *ich* dachte, du sähest gewöhnlich aus, Dolph; und wenn du auch so aussiehst, lieber Mann, so bleibe so in meinen Augen, bis du sie mir einmal mit deinen guten Händen zudrückst. Ich dachte bei mir, du wärst klein, und das bist du auch, und ich will dich auf meinen Händen tragen, weil du es bist, und weil ich meinen Gatten liebe. Ich dachte, du fingest an, gebückt zu gehen, und das tust du auch, und du sollst dich auf mich stützen und ich will alles tun, um dich aufrecht zu halten. Ich dachte, du hättest nichts Anziehendes, aber du hast es, und es ist das Anziehende unseres Herdes, und das ist das Reinste und Schönste, und Gott möge unsern Herd segnen und alle, die dazu gehören, Dolph!«

»Hurra, Mrs. William ist da!« schrie Johnny.

Und da war sie, und alle Kinder mit ihr. Und als sie hereinkam, küßten sie sie und küßten einander und küßten das Wickelkind und küßten Vater und Mutter, und dann rannten sie wieder zurück und scharten sich um Milly und zogen mit ihr im Triumph daher.

Mr. und Mrs. Tetterby empfingen sie ebenso herzlich. Sie fühlten sich ebenso zu ihr hingezogen wie die Kinder, eilten ihr entgegen, küßten ihr die Hände und konnten sie nicht enthusiastisch genug aufnehmen. Sie trat unter sie wie der Geist der Güte, Liebe, Milde und Häuslichkeit.

»Was! Seid auch ihr alle so froh, mich an diesem schönen Weihnachtsmorgen zu sehen«, rief Milly aus und schlug die Hände verwundert zusammen, »o Gott, das ist ja herrlich!«

Jubel der Kinder, Küsse, Umarmungen, Glück, Liebe und Freude regneten auf sie nieder. Sie konnte es kaum ertragen.

»O Gott! Ihr bringt mich noch zum Weinen. Das hab ich doch nicht verdient. Was habe ich denn getan, um so geliebt zu werden?«

»Man kann nicht anders«, rief Mr. Tetterby, »man kann nicht anders«, rief Mrs. Tetterby.

»Man kann nicht anders!« riefen die Kinder im Chor.

Und sie umtanzten sie, hängten sich an sie, legten ihre rosigen Gesichter an ihr Kleid, küßten und streichelten es und konnten nicht satt werden, sie zu liebkosen.

»Ich bin noch niemals so ergriffen gewesen wie heute. Ich muß es euch erzählen, sobald ich zu Worte kommen kann. Mr. Redlaw kam bei Sonnenaufgang zu mir und bat mich mit einer Zärtlichkeit, als wäre ich seine Tochter, mit ihm zu Williams sterbendem Bruder Georg zu gehen. Ich begleitete ihn, und den ganzen Weg über war er so lieb und sanft zu mir und schien solches Zutrauen und solche Hoffnung in mich zu setzen, daß ich vor Freude weinen mußte. Als wir in das Haus kamen, trafen wir ein Weib an der Türe – sie war verletzt, und ich fürchte, es hat sie jemand geschlagen –, und sie faßte mich bei der Hand und segnete mich, als ich vorüberging.«

»Sie hat recht gehabt«, sagte Mr. Tetterby, und Mrs. Tetterby sagte auch, daß sie recht gehabt, und die Kinder riefen auch alle, daß sie recht gehabt hätte.

»Ja, das ist aber noch nicht alles«, sagte Milly. »Als wir in das Zimmer hinauf kamen, richtete sich der Kranke, der stundenlang in Lethargie gelegen, auf, brach in Tränen aus, streckte mir die Arme entgegen und sagte, er habe ein liederliches Leben geführt, aber jetzt bereue er aufrichtig in seinem Kummer um der Vergangenheit willen, die so klar wie eine große Landschaft, von der eine dicke, schwarze Wolke genommen worden, vor ihm läge, und er ersuchte mich, seinen armen, alten Vater um Verzeihung und um seinen Segen zu bitten, und ich möchte an seinem

Bett ein Gebet sprechen. Und als ich dies tat, stimmte Mr. Redlaw so inbrünstig ein und dankte mir so heiß, daß mein Herz ganz überströmte und ich nur schluchzen und weinen konnte, bis mich der Kranke bat, ich möchte mich ihm zur Seite setzen. Da wurde ich ruhiger. Dann hielt er meine Hand fest und verfiel in einen leichten Schlummer, und selbst als ich sie wegzog, um hierher zu gehen, denn Mr. Redlaw drang so darauf, da griff er wieder nach ihr, so daß sich jemand anders an meine Stelle setzen und ihm die Hand halten mußte, damit er glaubte, ich wäre noch da. O Gott, o Gott«, sagte Milly schluchzend, »wie dankbar und glücklich ich bin über all das!«

Während sie noch sprach, war Redlaw eingetreten, hatte einen Augenblick die Gruppe betrachtet und ging stillschweigend die Treppe hinauf. Auf der obersten Stufe erschien er jetzt wieder und blieb stehen, während der junge Student an ihm vorüber- und heruntereilte.

»Meine gütige Pflegerin, sanftestes, bestes aller Wesen!« rief der junge Mann aus und fiel in die Knie vor ihr und ergriff ihre Hand. »Verzeihen Sie mir meine Undankbarkeit.«

»Du mein Gott!« rief Milly in naivem Erstaunen. »Da ist ja noch einer, da ist ja wieder jemand, der mich gern hat. Was soll ich nur anfangen?« Die unschuldige, einfache Art, mit der sie das sagte und die Hände auf die Augen legte und vor Freude weinte, war ebenso rührend wie entzückend.

»Ich war nicht Herr meiner selbst, ich weiß nicht, was es war, vielleicht eine Folge meiner Krankheit; ich war verrückt. Aber jetzt ist es vorbei. Fast noch während ich rede, fühle ich mich gesund werden. Ich hörte die Kinder Ihren Namen rufen, und bei seinem Klang schon wich der Schatten von mir. O weinen Sie nicht, liebe Milly, wenn Sie in meinem Herzen lesen könnten, wie es überfließt vor dankbarer Liebe, würden Sie mich Ihre Tränen nicht sehen lassen. Es liegt für mich ein tiefer Vorwurf in ihnen!«

»Nein, nein«, sagte Milly, »das ist es nicht, das ist es wirklich nicht! Freude ist's! Es ist Erstaunen, daß Sie glauben, mich wegen einer solchen Kleinigkeit um Verzeihung bitten zu müssen, und doch ist's Freude, darüber, daß Sie es tun.«
»Und werden Sie auch wiederkommen und den kleinen Vorhang fertig machen?«
»Nein!« sagte Milly, schüttelte den Kopf und trocknete ihre Tränen. »Jetzt wird Ihnen meine Näherei gleichgültig sein.«
»Nennt man das vergessen?«
Sie winkte ihn beiseite und flüsterte ihm ins Ohr:
»Es ist Nachricht von zu Hause da, Mr. Edmund!«
»Nachricht, wieso?«
»Entweder das Ausbleiben Ihrer Briefe, als Sie krank lagen, oder Ihre veränderte Handschrift dann später, als es Ihnen wieder besser ging, hat Ihre Familie gewiß vermuten lassen, wie die Sachen stehen. Jedenfalls können Ihnen Nachrichten nur lieb sein, wenn es nur keine schlechten Nachrichten sind.«
»Sicherlich!«
»Es ist jemand angekommen!« fuhr Milly fort.
»Meine Mutter?« fragte der Student und sah sich unwillkürlich nach Redlaw um, der die Treppe herabkam.
»O nein!« sagte Milly.
»Es kann aber niemand anders sein.«
»Wirklich nicht?« sagte Milly. »Wissen Sie das gewiß?«
»Es ist doch nicht –« Ehe er ausreden konnte, legte sie ihm die Hand auf den Mund.
»Ja, sie ist's, die junge Dame. Sie sieht dem Miniaturbilde sehr ähnlich, Mr. Edmund, ist aber noch viel hübscher. Sie war so beunruhigt durch die ewige Ungewißheit und ist gestern mit einem kleinen Dienstmädchen hergekommen. Da Sie Ihre Briefe stets aus dem Kollegium datierten, so ist sie dorthin gegangen, und ich traf sie dort, bevor ich heute früh zu Mr. Redlaw ging. Sie hat mich auch gern«, sagte Milly. »Du lieber Gott, noch jemand.«

»Diesen Morgen? Wo ist sie jetzt?«
»Jetzt«, flüsterte ihm Milly ins Ohr, »ist sie in meinem kleinen Zimmer im Pförtnerhaus und erwartet Sie dort.«
Er drückte ihr die Hand und wollte davoneilen, aber sie hielt ihn zurück.
»Mr. Redlaw ist ganz verändert und sagte mir heute morgen, sein Gedächtnis habe gelitten. Seien Sie rücksichtsvoll gegen ihn, Mr. Edmund. Er bedarf dessen von uns allen.«
Der junge Mann gab ihr durch einen Blick die gewünschte Versicherung, und als er an dem Chemiker vorüberging, verbeugte er sich voller Achtung und sichtlicher Teilnahme.
Redlaw erwiderte den Gruß höflich, fast demütig, und sah ihm nach. Dann stützte er den Kopf auf die Hand, als wolle er sich auf etwas, das ihm entschwunden war, besinnen, aber es kam nicht wieder. Die dauernde Veränderung, die in ihm vorgegangen war seit den Klängen der nächtlichen Weise und dem Wiedererscheinen des Gespenstes, äußerte sich darin, daß er jetzt wirklich fühlte, wieviel er verloren hatte, und traurig über seine eigene Lage sein konnte, wenn er sie mit dem natürlichen Zustand der Menschen in seiner Umgebung verglich. Dadurch wurde wieder ein Interesse an seiner Umgebung in ihm wach und etwas wie demütige Unterwerfung unter sein unglückliches Schicksal, wie es manchmal dem Alter eigen ist, wenn die geistigen Kräfte geschwächt sind, ohne daß Gleichgültigkeit und Verdrossenheit sich hinzugesellten.
Er war sich bewußt, daß diese neue Veränderung immer mehr in ihm reifte, je mehr von dem Unheil, das er gestiftet, durch Millys Vermittlung wieder gutgemacht wurde. Deshalb und infolge der Zuneigung, die sie ihm einflößte, ohne jedoch weitere Hoffnungen daranzuknüpfen, fühlte er, daß er gänzlich von ihr abhing und daß sie die einzige Stütze war in seinem Herzeleid.

Als sie ihn daher fragte, ob sie jetzt nach Hause gehen sollte zu ihrem Gatten und seinem alten Vater, und er freudig mit ja antwortete, denn auch ihm lag dies sehr auf dem Herzen, reichte er ihr seinen Arm und ging mit ihr, nicht als ob er der große Gelehrte wäre, dem die Wunder der Natur ein offenes Buch, und sie der ungeschulte Geist, sondern als ob dieses Verhältnis umgekehrt sei und sie alles wußte und er gar nichts.

Er sah die Kinder sich um sie drängen und sie liebkosen, als sie jetzt das Haus verließen. Er hörte ihr helles Lachen und ihre lustigen Stimmen, er sah ihre freundlichen Gesichter, die ihn wie Blumen umgaben, er war Zeuge der wiederhergestellten Eintracht ihrer Eltern, er atmete die schlichte Luft des ärmlichen Häuschens, dem der Friede wiedergegeben war, und gedachte des tödlichen Pesthauchs, den er hier verbreitet hatte und auch jetzt, wäre sie nicht gewesen, weiter und weiter hätte verbreiten müssen. Und da war es kein Wunder, daß er demütig neben ihr herging und sie sanft an sich drückte.

Als sie im Pförtnerhaus ankamen, saß der Alte in seinem Stuhl in der Kaminecke, die Augen auf den Boden geheftet, und sein Sohn lehnte an der andern Seite des Ofens und sah seinen Vater an. Als Milly in der Türe stand, fuhren beide auf und wandten sich nach ihr um, und eine leuchtende Veränderung vollzog sich auf ihren Gesichtern.

»O Gott, Gott, Gott! Auch sie sehen mich wieder gern wie die andern!« rief Milly, klatschte freudig in die Hände und blieb stehen: »Wieder zwei mehr!«

Froh, sie zu sehen! Froh – ist kein Ausdruck. Sie warf sich in die ausgebreiteten Arme ihres Gatten, und er hätte sie wohl dort behalten, ihren Kopf an seiner Brust, den ganzen kurzen Wintertag hindurch, der Alte aber wollte auch sein Teil. Auch seine Arme streckten sich nach ihr aus, und er zog sie fest an sich.

»Wo ist denn meine kleine, stille Maus die ganze Zeit über gewesen?« fragte der Alte. »Sie war so lange, lange fort!

Ich sehe jetzt wohl, daß es ohne die stille Maus nicht geht. Ich – wo ist mein Sohn William? – ich glaube, ich habe geträumt, William.«
»Ich sag's immer Vater!« entgegnete sein Sohn. »Ich für meinen Teil habe einen häßlichen Traum gehabt. Wie fühlst du dich, Vater? Fühlst du dich wohl?«
»Frisch und munter, mein Sohn!« gab der Alte zur Antwort.
Es war eine ordentliche Freude, zu sehen, wie Mr. William seinem Vater die Hand schüttelte, ihm auf den Rücken klopfte und ihn leise streichelte, als ob er gar nicht genug Fürsorge für ihn an den Tag legen könne.
»Was für ein wundervoller Mensch du bist, Vater! Wie fühlst du dich, Vater? Fühlst du dich auch wirklich recht wohl?« fragte William und schüttelte ihm wieder die Hand, klopfte ihm auf den Rücken und streichelte ihn sanft.
»Ich war im Leben nicht frischer und kräftiger, mein Sohn!«
»Was du für ein wundervoller Mensch bist, Vater! Ich sag's immer«, sagte Mr. William begeistert. »Wenn ich bedenke, was mein Vater alles durchgemacht hat, die vielen Sorgen und Wechselfälle, all das Leid und der Gram, die ihm im Lauf seines langen Lebens zugestoßen sind und sein Haar gebleicht haben, ist mir, als wenn wir nicht genug tun könnten, um den alten Herrn zu ehren und sein Alter leicht zu machen. Wie fühlst du dich, Vater? Wirklich frisch und munter?«
Mr. William würde wohl nie aufgehört haben, diese Frage an ihn zu richten, ihm wieder die Hand zu schütteln, ihn wieder auf den Rücken zu klopfen und leise zu streicheln, hätte der Alte nicht jetzt den Chemiker erblickt.
»Ich bitte um Entschuldigung, Mr. Redlaw», sagte er, »aber ich wußte nicht, daß Sie hier sind, sonst würde ich mich nicht so haben gehen lassen. Wie ich Sie so hier sehe am Weihnachtsmorgen, fällt mir die Zeit ein, als Sie selbst noch Student waren und so fleißig arbeiteten, daß Sie

sogar in der Christwoche nicht aus unserer Bibliothek herauskamen. Ha, ha! Ich bin alt genug, um mich daran zu erinnern, und weiß es noch ganz genau, obgleich ich siebenundachtzig bin. Nachdem Sie von hier fortgingen, starb meine arme Frau. Sie erinnern sich doch noch an meine Frau, Mr. Redlaw?«

»Ja«, antwortete der Chemiker.

»Ja«, sagte der alte Mann. »Sie war ein liebes Geschöpf. Ich erinnere mich, Sie kamen eines Weihnachtsmorgens her mit einer jungen Dame, ich bitte um Entschuldigung, Mr. Redlaw, aber ich glaube, es war Ihre Schwester, an der Sie so sehr hingen.«

Der Chemiker sah ihn an und schüttelte den Kopf. »Ich hatte eine Schwester«, sagte er tonlos.

Weiter wußte er nichts.

»An einem Weihnachtsmorgen«, fuhr der Alte fort, »kamen Sie mit ihr hier vorbei, und es fing an zu schneien, und meine Frau lud die junge Dame ein, hereinzukommen und sich an das Feuer zu setzen, das am Weihnachtstage immer in dem Zimmer brennt, wo wir unsern großen Speisesaal hatten, bevor unsere zehn armen Herrn den Tausch eingingen. Ich war dort, ich erinnere mich noch; ich schürte die Glut, damit die junge Dame ihre hübschen Füßchen daran wärmen könnte, und sie las die Schrift unter dem Bilde: Der Herr erhalte mein Gedächtnis jung! Sie und meine selige Frau fingen an, darüber zu plaudern; und es ist so seltsam, wenn man jetzt denkt, daß beide sagten – und beide waren so jung, daß ans Sterben nicht zu denken war –, es sei ein schönes Gebet und sie würden es inbrünstig beten, falls sie früher sterben sollten, für die, die sie am liebsten hätten. Mein Bruder, sagte die junge Frau; – mein Gatte, sagte meine arme Frau – –: Der Herr erhalte dein Gedächtnis jung und lasse dich niemals meiner vergessen.«

Schmerzlichere und heißere Tränen, als er jemals in seinem Leben geweint, rannen über Redlaws Gesicht. Philipp, zu sehr mit seiner Geschichte beschäftigt, hatte es

nicht bemerkt und Millys warnende Gebärden nicht verstanden.
»Philipp«, sagte Redlaw und legte ihm die Hand auf den Arm. »Ich bin ein Unglücklicher, auf dem schwer die Hand der Vorsehung lastet. Du sprichst von etwas, Freund, das ich nicht mehr begreifen kann. Meine Erinnerung ist fort.«
»Barmherziger Himmel!« schrie der alte Mann.
»Ich habe die Erinnerung an Kummer und Sorge verloren«, sagte der Chemiker, »und damit auch alles, was dem Menschen der Erinnerung wert ist.«
Wer des alten Philipp Mitleid sah, und sah, wie er den eigenen großen Stuhl heranrollte, damit sich Redlaw darin ausruhen sollte, und das tiefe Verständnis in seinen Augen las für den Verlust, den jener erlitten, der mußte erkennen, wie kostbar die Erinnerungen für das Alter sind.
Der Knabe kam hereingelaufen und eilte auf Milly zu. »Hier ist der Mann«, sagte er, »im andern Zimmer. Ich mag ihn nicht.«
»Wen meint er?« fragte Mr. William.
»Still!« sagte Milly.
Auf ihren Wink gingen er und sein Vater leise hinaus. Als sie verschwunden waren, winkte Redlaw den Knaben zu sich.
»Ich will lieber bei der Frau sein«, antwortete dieser und klammerte sich an Millys Röcke an.
»Du hast ganz recht«, sagte Redlaw mit einem trüben Lächeln, »aber du brauchst dich vor mir nicht zu fürchten, ich bin sanfter, als ich war, vor allem gegen dich, armes Kind.«
Der Junge hielt sich anfangs noch scheu zurück, aber allmählich gab er Millys Drängen nach, wagte sich näher und setzte sich dem Gelehrten sogar zu Füßen. Redlaw legte seine Hand auf die Schulter des Jungen, blickte mit brüderlicher Teilnahme auf ihn herab, und das Kind reichte die seine seiner Beschützerin hin. Milly beugte sich herab, daß sie ihm ins Gesicht sehen konnte, und fragte nach einer Pause:
»Mr. Redlaw, darf ich Ihnen etwas sagen?«

»Ja«, antwortete der Chemiker und blickte sie an. »Ihre Stimme ist wie Musik für mich.«
»Darf ich Sie etwas fragen?«
»Was Sie wollen.«
»Erinnern Sie sich noch, von wem ich gestern abend sprach, als ich an Ihre Türe klopfte? Von jemand, der einst Ihr Freund gewesen ist und jetzt am Rande des Verderbens steht?«
»Ja, ich kann mich erinnern«, sagte er zögernd.
»Wissen Sie, was ich meinte?«
Er streichelte den Kopf des Kindes, sah sie eine Weile gespannt an – und schüttelte den Kopf.
»Diesen Mann«, sagte Milly mit ihrer sanften, klaren Stimme, die der Blick ihrer milden Augen noch klarer und weicher machte, »fand ich bald darauf. Ich ging nach Hause zurück und machte ihn ausfindig mit Gottes Hilfe. Ich kam gerade noch zurecht. Ein wenig später, und es wäre vorüber gewesen.«
Redlaw zog seine Hand von dem Kinde zurück, legte sie auf die ihre, und die schüchterne und doch innige Berührung drang ihm ins Herz, wie ihre Stimme und ihre Augen, und er sah sie gespannt an.
»Er ist der Vater des Mr. Edmund, des jungen Herrn, den wir vorhin getroffen haben. Sein wirklicher Name ist Langford. Erinnern Sie sich an den Namen?«
»Ich erinnere mich des Namens.«
»Und des Mannes nicht?«
»Nein, des Mannes nicht. Hat er mir jemals etwas Böses getan?«
»Ja.«
»Dann ist keine Hoffnung – keine Hoffnung auf Erinnerung.«
Er schüttelte den Kopf und klopfte leise auf ihre Hand, als ob er sie stumm um Mitgefühl bäte.
»Ich bin gestern abend nicht zu Mr. Edmund gegangen«, sagte Milly. »Wollen Sie jetzt auf alles so genau hören, als ob Sie sich auf alles besännen.«

»Auf jede Silbe, die Sie sprechen.«
»Ich bin nicht hingegangen, erstens weil ich nicht wußte, ob der Mann wirklich sein Vater wäre, und dann, weil ich die Wirkung fürchtete, die eine solche Nachricht möglicherweise auf Mr. Edmund machen mußte – – jetzt, wo er kaum genesen. Seitdem ich es bestimmt weiß, bin ich ebenfalls nicht hingegangen, aber aus einem andern Grund. Der Mensch war so lang fort von seiner Frau und seinem Sohn, ist seinem Heim, wie ich von ihm erfuhr, fast seit der Kindheit dieses Sohnes ein Fremdling geworden und hat das verlassen und vergessen, was ihm das teuerste hätte sein sollen. Während dieser ganzen Zeit ist er tiefer und tiefer gesunken, bis – – – –.« Plötzlich stand sie hastig auf, ging auf einen Augenblick hinaus und kam mit der Ruine von einem Menschen, den Redlaw am vergangenen Abend gesehen, wieder herein.
»Kennen Sie mich vielleicht?« fragte der Chemiker.
»Ich wäre glücklich«, entgegnete der andere, »und das ist ein ungewohntes Wort in meinem Munde –, wenn ich mit nein antworten könnte.«
Der Chemiker sah den Mann an, der in dem niederdrückenden Gefühl der Herabgekommenheit vor ihm stand, und würde ihn noch länger angeblickt haben in vergeblichem Bemühen, Licht in seine Erinnerung zu bringen, hätte nicht Milly wieder ihren Platz an seiner Seite eingenommen und seinen Blick auf sich gelenkt.
»Sehen Sie, wie tief er gesunken ist«, flüsterte sie und deutete auf den Unbekannten, ohne den Blick vom Gesicht des Chemikers abzuwenden. »Wenn Sie sich all dessen entsinnen könnten, meinen Sie nicht, es würde Ihr Mitleid wachrufen, daß es mit einem, den Sie einmal liebten – und ist's auch lange her und war er auch unwürdig – so weit hat kommen müssen?«
»Ich hoffe es«, antwortete Redlaw, »und glaube es.«
Seine Augen wanderten zu der Gestalt an der Tür, kehrten aber rasch zu ihr zurück und hingen an ihrem Gesicht, als

wollten sie aus jedem Ton ihrer Stimme und aus jedem ihrer Blicke begierig eine Lehre ziehen.
»Ich habe kein Wissen und Sie dessen so viel«, sagte Milly. »Ich bin nicht gewöhnt zu denken, und Sie denken immer. Darf ich Ihnen sagen, warum es mir gut zu sein scheint, wenn man sich an das Leid erinnert, das uns widerfahren ist? Damit wir es vergeben können!«
»Verzeih mir«, sagte Redlaw und blickte gen Himmel, »daß ich dein Geschenk weggeworfen habe.«
»Und wenn«, fuhr Milly fort, »Ihnen das Gedächtnis eines Tages wiederkehrt, wie wir alle hoffen und beten wollen, wäre es dann nicht ein Segen für Sie, wenn Sie sich an das Unrecht und zugleich daran, daß es vergeben ist, erinnern?«
Er sah auf die Gestalt an der Tür und wiederum aufmerksam auf Milly; ein Strahl helleren Lichtes schien in seine Seele zu fallen.
»Er kann nicht zurückkehren an den heimischen Herd, den er verlassen. Er verlangt auch nicht zurück. Er weiß, er brächte nur Leid und Beschämung über die, die er so grausam vernachlässigt, und weiß, daß er sein Unrecht jetzt am besten sühnt, wenn er sie meidet. Mit ein wenig Geld könnte er in eine ferne Stadt ziehen, um ein besseres Leben zu führen und sein Unrecht wieder gut zu machen, soweit es noch möglich ist. Für seine unglückliche Gattin und ihren Sohn wäre dies das beste und günstigste Geschenk, das ihr treuester Freund ihnen machen könnte – ein Geschenk, von dem sie gar nichts zu wissen brauchten. Und für ihn, dessen Name vernichtet ist, dessen Geist und Körper krank sind, könnte es eine Rettung sein.«
Redlaw nahm ihr Haupt zwischen seine Hände und küßte sie und sagte: »Es soll geschehen. Ich vertraue es Ihnen an, es sogleich und in aller Stille auszuführen und ihm zu sagen, ich würde ihm so gerne vergeben, wäre ich nur so glücklich, zu wissen, was.«
Als sie sich erhob und ihr strahlendes Gesicht dem Unglücklichen zuwandte und ihm damit verriet, daß ihre

Bitte erfüllt worden, da trat der Mann einen Schritt vor und redete mit gesenkten Augen Redlaw an.

»Sie sind so großmütig –«, sagte er, »– Sie waren es immer –, daß Sie bei diesem meinem Anblick nichts von Vergeltung empfinden werden, ich aber fühle die Vergeltung schwer auf mir lasten, Redlaw. Wenn Sie können, glauben Sie mir das.«

Der Chemiker bat Milly durch eine Gebärde, näher zu ihm zu kommen, und sah ihr fragend ins Gesicht, als hoffe er dort den Schlüssel zu dem zu finden, was er vernommen.

»Ich bin zu tief gesunken, noch so etwas wie eine Beichte ablegen zu können. Mein Lebenspfad steht zu deutlich vor mir, als daß ich mit dergleichen vor Sie hintreten könnte. Aber von dem ersten Tag an, wo ich Sie hinterging, bin ich tiefer und tiefer gesunken mit unaufhaltsamer Geschwindigkeit. Das wollte ich sagen.« Redlaw wandte sein Gesicht dem Sprecher zu, und es lag etwas wie Kummer und schmerzliche Erinnerung darin.

»Ich hätte ein anderer Mensch sein und ein anderes Leben führen können, hätte ich diesen ersten verhängnisvollen Schritt vermieden. Ich weiß nicht, ob es dann so gekommen wäre, ich will mir diese bloße Möglichkeit nicht als Verdienst anrechnen. Ihre Schwester liegt im Grabe, und ihr ist dort wohler, als ihr bei mir sein könnte, selbst wenn ich der geblieben wäre, den Sie einst kannten.«

Redlaw machte eine heftige Bewegung mit der Hand, als wünsche er davon nichts mehr zu hören.

»Ich spreche«, fuhr der andere fort, »wie ein Mensch, den man vom Grabesrand zurückgerissen. Ich hätte gestern nacht mit mir ein Ende gemacht, wäre diese segensreiche Hand nicht gewesen.«

»O Gott, auch er – – – schon wieder jemand, der mich lieb hat«, schluchzte Milly leise.

»Ich hätte Ihnen gestern abend nicht entgegentreten mögen, und wärs auch nur um ein Stück Brot gewesen, aber heute ist die Erinnerung an alte Zeiten so heftig und

überwältigend in mir aufgewacht, daß ich es doch gewagt habe, auf ihren Rat hierherzukommen und Ihr Geschenk anzunehmen und Ihnen dafür zu danken und Sie zu bitten, Redlaw, seien Sie in Ihrer Sterbestunde so großmütig zu mir in Gedanken wie jetzt in Ihren Taten.«
Er wandte sich zur Türe, blieb aber noch einmal stehen.
»Schenken Sie meinem Sohn Ihre Teilnahme um seiner Mutter willen, ich hoffe, er wird dessen würdig sein. Und wenn ich nicht sehr lange lebe und nicht bestimmt weiß, daß ich Ihre Hilfe nicht mißbraucht habe, werde ich ihn nicht wiedersehen.« In der Tür blickte er zum erstenmal zu Redlaw auf. Der Chemiker, dessen Blicke starr auf ihn gerichtet waren, hielt ihm die Hände hin wie im Traum. Langford kehrte um, berührte sie – es war wenig mehr – mit seinen beiden Händen, dann schritt er gesenkten Hauptes langsam hinaus. In den wenigen Minuten, die verstrichen, während ihn Milly schweigend zum Tor begleitete, sank der Chemiker in den Lehnstuhl und bedeckte das Gesicht mit beiden Händen. Sie bemerkte dies, als sie in Begleitung ihres Mannes und des Alten, die ihn beide innig bedauerten, zurückkehrte, und trug Sorge, daß ihn niemand störe, und kniete nieder, um dem Knaben warme Kleider anzulegen.
»Ich sag's immer, Vater«, rief Swidger voll Bewunderung aus, »es wohnt ein Muttergefühl in Mrs. Williams Brust, das heraus will und muß.«
»Ja, ja«, sagte der Alte, »du hast recht! Mein Sohn William hat recht.«
»Es mag wohl für uns das beste sein, liebe Milly«, sagte Mr. William zärtlich, »daß wir selber keine Kinder haben, und doch wünschte ich manchmal, du hättest eins, um es recht liebhaben und hegen zu können. Der Tod unseres kleinen, lieben Kindes, auf das du solche Hoffnungen setztest und das niemals die Luft des Lebens geatmet, hat dich so still gemacht, Milly.«
»Die Erinnerung an das Kind macht mich sehr glücklich,

William«, gab sie zur Antwort. »Ich gedenke seiner jeden Tag!«
»Ich fürchte, du denkst sehr viel daran.«
»Sage nicht, du fürchtest. Es ist ein Trost für mich; es spricht zu mir in so mannigfacher Weise. Das unschuldige Ding, das nie auf Erden gelebt hat, ist für mich wie ein Engel, William.«
»Und du bist ein Engel für mich und meinen Vater«, sagte Mr. William leise, »soviel weiß ich.«
»Wenn ich an alle die Hoffnungen dachte, die ich auf das Kind baute, und wieviel mal ich da saß und mir das kleine lächelnde Gesichtchen an meiner Brust ausmalte und die lieben Augen, die sich nie dem Licht geöffnet, mir zugewandt vorstellte, da gab mir diese Selbsttäuschung immer noch mehr Milde und Ruhe für die erlittene Enttäuschung. Wenn ich ein schönes Kind in den Armen einer glücklichen Mutter sehe, dann hab' ich es um so lieber bei dem Gedanken, mein Kind hätte auch so sein können und hätte mein Herz ebenso stolz und glücklich machen können.«
Redlaw hob den Kopf und sah sich nach ihr um.
»Für das ganze Leben scheint es mir eine Lehre zu geben«, sprach sie weiter, »für arme, verlassene Kinder bittet mein kleines Kind, als wäre es lebendig und hätte eine Stimme und spräche mit mir wohlbekannter Stimme zu mir. Wenn ich von Jugend und Krankheit oder Elend höre, dann denke ich, daß es vielleicht mit meinem Kinde auch hätte so gehen können und daß es Gott aus Barmherzigkeit von mir genommen hat. Selbst im weißhaarigen Alter spricht es zu mir in seiner Art. Vielleicht hätte es die Achtung und die Liebe der Jüngern entbehren müssen, wenn du und ich längst gestorben wären.«
Ihre ruhige Stimme war ruhevoller als je. Sie ergriff den Arm ihres Mannes und legte ihren Kopf darauf.
»Kinder lieben mich so sehr, daß ich mir manchmal einbilde – es ist eine törichte Einbildung, William –, sie fühlten auf eine mir unbekannte Weise mit meinem kleinen

Kind und mir und verständen, warum mir ihre Liebe so kostbar ist. Wenn ich seit jener Zeit stiller bin, so bin ich auch glücklicher in hundertfach anderer Art, William – – nicht am wenigsten glücklich darin, daß, selbst damals, als mein Kind erst wenige Tage geboren und schon gestorben und ich noch schwach und betrübt war und nicht anders konnte als jammern und klagen, mir der Gedanke kam, wenn ich nur versuche, mein Leben richtig zu gehen, würde mir im Paradies ein strahlendes Wesen entgegentreten und mich Mutter nennen.«
Redlaw fiel mit einem lauten Ausruf auf die Knie.
»O du! der du mir durch die Lehre reiner Liebe das Gedächtnis, Erlöser am Kreuz, das Gedächtnis aller Guten, die für dich gestorben sind, wiedergegeben, höre meine Dankesworte und segne sie!«
Dann zog er Milly an sein Herz, und sie schluchzte vor freudiger Rührung: »Er ist wieder zu sich gekommen, er ist voll Liebe zu mir, o Gott, o Gott, wieder einer!«
Und jetzt trat der Student herein, an der Hand ein reizendes Mädchen, das sich sträubte, mitzukommen, und Redlaw, jetzt so ganz anders zu ihm, sah in ihm und seiner jungen Braut eine Erinnerung an jene glückliche Zeit seines Lebens wieder, umarmte sie beide und bat sie, ihn wie ihren Vater zu betrachten.
Und da Weihnachten die Zeit ist, wo vor allen andern Tagen im Jahr in den Menschen das Gedenken jeden heilbaren Kummers, jeden Elends und Leides auf Erden lebendig sein soll, legte er seine Hand auf das Haupt des Knaben und gelobte, indem er stumm zum Zeugen anrief den, der da gesagt hatte: »Lasset die Kindlein zu mir kommen und wehret ihnen nicht«, das Wesen zu seinen Füßen zu beschützen, zu unterrichten und zum Menschen zu machen.
Dann reichte er Philipp fröhlich die Rechte und sagte, sie wollten heute in dem Zimmer, das, bevor die zehn armen Herren den Tausch eingegangen, der große Speisesaal war, ein Weihnachtsmahl veranstalten, und man solle

dazu so viele Mitglieder der zahlreichen Swidgerfamilie mitbringen, von der William gesagt, daß sie einen Ring um England bilden könnten, als sich in so kurzer Frist nur irgend auftreiben ließen.
Und das geschah. Es waren so viele Swidgers gegenwärtig, Kinder und Erwachsene, daß es kaum zu glauben war. Sie waren gekommen nach Dutzenden und Aberdutzenden, und gute hoffnungsvolle Nachricht traf ein über Georg, den Vater und Bruder und Milly wieder besucht und in ruhigem Schlummer verlassen hatten. Auch die Tetterbys waren zugegen samt Adolphus *jr.*, der in regenbogenfarbigem Schal gerade noch rechtzeitig zum Rinderbraten kam. Johnny und das Wickelkind verspäteten sich natürlich, der eine gänzlich erschöpft, das andere in heftigem Zahnen. Aber das war man gewöhnt und regte sich deswegen nicht auf. Ein trauriger Anblick war das Kind, das keinen Namen hatte und weder Vater noch Mutter kannte, wie es den spielenden Kleinen zusah, unfähig, mit ihnen zu reden und zu spielen, und mit Kinderweise unbekannter war als ein scheuer Hund.
Traurig auch, wie die Kleinsten schon fühlten, daß es ganz anders war als sie, und sich ihm schüchtern näherten mit freundlichen Worten oder Mienen und ihm kleine Geschenke gaben, damit es sich nicht unglücklich fühlen solle. Aber der Knabe hielt sich an Milly – »noch einer«, sagte sie –, und da sie alle Milly so gern hatten, so freute sie das, und wenn sie ihn hinter dem Stuhle hervorgucken sahen, dann waren sie vergnügt, daß er so dicht bei ihr war.
Dies alles sahen der Chemiker, der neben dem Studenten und dessen Braut saß, und Philipp und alle übrigen. Die Leute haben sich seitdem erzählt, er habe nur gedacht, was hier niedergeschrieben steht, andere, er habe es im Feuer gelesen an einem Winterabend in der Dämmerstunde; andere wieder, der Geist sei nur das Bild seiner trüben Gedanken und Milly die Verkörperung der wirklichen Weisheit.

Ich sage nichts.
Nur das eine noch. Als sie alle in der alten Halle beisammensaßen, ohne Licht, nur beim Schein des großen Feuers im Kamin, da schlichen sich die Schatten wieder hervor aus ihren Schlupfwinkeln und tanzten im Zimmer herum und zeichneten den Kindern wunderbare Gestalten und Gesichter an die Wand und verwandelten heimlich, was wirklich und bekannt, in phantastische und ungeheuerliche Bilder. Aber ein Ding war in der Halle, dem sich die Augen Redlaws und Millys und ihres Gatten und des Alten und des Studenten und seiner Braut oft zuwendeten und das die Schatten weder verdunkeln noch verändern konnten: In ernsthafter Würde beim Schein des Feuers blickte das ernste Gesicht mit dem Spitzbart und der Halskrause wie lebendig aus dem dunkeln Getäfel der Wand auf sie herab, geschmückt mit den immergrünen Stechpalmzweigen, und darunter klar und scharf und deutlich, als ob eine Stimme es riefe: *Herr, erhalte mein Gedächtnis jung!*

III.
Monologe

Das Gepäck von einem Herrn

Auf Abruf aufzubewahren

In Anbetracht dessen, daß Schreiber nachstehender anspruchsloser Zeilen Kellner ist und einer Kellnerfamilie entstammt und zum gegenwärtigen Zeitpunkt fünf Brüder besitzt, die alle Kellner sind, sowie gleichermaßen eine einzige Schwester, die Kellnerin ist, möchte er sich gestatten, einige Worte über seinen Beruf zu äußern; nicht ohne sich vorher das Vergnügen zu machen, besagte Worte dem allgemein hochgeschätzten Oberkellner vom *Slamjam*-Kaffeehaus, London, E. C., JOSEPH, freundschaftlich zu widmen, im Vergleich zu welchem, ob nun in seiner Eigenschaft als Kellner oder als Mann betrachtet, kein Individuum existiert, das des Namens Mensch würdiger wäre oder seinem eigenen Verstand und Gemüt mehr Ehre machen könnte.

Für den Fall, daß in der öffentlichen Meinung (die in so vielen Punkten der Verwirrung zugänglich ist) betreffs der Frage, was mit dem Ausdruck »Kellner« gemeint oder bezeichnet wird, Verwirrung entstehen sollte, möchten die nachstehenden anspruchslosen Zeilen sich gestatten, eine Erklärung beizubringen. Es mag nicht allgemein bekannt sein, daß der Mann, der sich zur Aufwartung in Privathäuser verdingt, *kein* Kellner ist. Es mag nicht allgemein bekannt sein, daß der Mann, der im *Freemasons' Tavern* oder im *London* oder im *Albion* als Aushilfsbedienung eingestellt wird, *kein* Kellner ist. Solche Leute mögen bei offiziellen Banketten dutzendweise engagiert werden (und man erkennt sie daran, daß sie beim Servieren geräuschvoll atmen und die Weinflasche wegnehmen, ehe sie halb leer ist), aber sie sind *keine* Kellner. Denn man kann das Schneider- oder Schuhmacher- oder Börsenmakler- oder Grünzeughändler- oder Zeitschriftenillustrator- oder Trödlergewerbe – man kann alle diese Berufszweige nicht einfach nach Lust und Laune für einen Nachmittag

oder Abend an den Nagel hängen und statt dessen den Kellnerberuf aufnehmen. Man glaubt, man kann es, aber man kann es nicht; oder man geht sogar soweit, zu sagen, daß man es tut, aber man tut es nicht. Ebensowenig kann man, durch anhaltende Unstimmigkeiten mit Köchinnen gereizt (und hier mag die Bemerkung Platz finden, daß Köchinnen und Unstimmigkeiten meist vereint auftreten), die bessere Herrenbedienung hinwerfen und zu kellnern beginnen. Es ist festgestellt worden, daß ein besserer Herr, das was er sich zu Hause wie ein Lamm gefallen läßt, auswärts, im *Slamjam* oder einem beliebigen ähnlichen Lokal, keinesfalls zu dulden gesinnt ist. Welcher Schluß ist somit daraus auf den echten Kellner zu ziehen? Man muß dazu erzogen sein. Man muß dazu geboren sein.
Wünscht der geneigte Leser oder (falls vom anbetungswürdigen weiblichen Geschlecht) die holde Leserin zu erfahren, wie man dazu geboren wird? Dann möge er oder sie es aus den biographischen Erinnerungen eines ersehen, der ein Kellner in seinem einundsechzigsten Lebensjahr ist.
Er wurde, noch ehe seine heraufdämmernden Geisteskräfte soweit entwickelt waren, daß sie mehr als die Leere in seinem Inneren wahrzunehmen vermochten – er wurde, sage ich, verstohlenerweise in einen Anrichteraum neben den allgemeinen und privaten Speisesälen im *Admiral Nelson* praktiziert, um dort in tiefster Heimlichkeit die bekömmliche Nahrung zu genießen, die der weiblichen britischen Natur zu Ruhm und Stolz gereicht. Seine Mutter war seinem Vater (gleichfalls Kellner) unter strengster Geheimhaltung angetraut, denn eine bekanntermaßen verheiratete Kellnerin würde den besten Betrieb zugrunde richten – auf dem Theater ist es ebenso. Daher das Schmuggeln in den Anrichteraum und zwar – um seine Not noch zu vergrößern – durch die Hand einer widerwilligen Großmutter. Unter dem vereinigten Einfluß von Braten-, Siedfleisch-, Suppen-, Gas- und Bierdüften nahm er seine früheste Speise zu sich, während die widerwillige

Großmutter danebensaß, um ihn aufzufangen, sobald seine Mutter gerufen wurde und ihn daher unverzüglich hinwarf. Das großmütterliche Umschlagetuch stets bereit, sein so natürliches Klagen zu ersticken; sein unschuldiger Geist von ihm nicht wesensverwandten Essig- und Ölfläschchen, schmutzigen Tellern, Wärmehauben und kalter Bratensauce umgeben, während seine Mutter durchs Sprachrohr nach Kalbskoteletts und Schweinskoteletts rief, anstatt ihn mit einem Wiegenliedchen zu beschwichtigen: unter solch widrigen Umständen wurde er früh entwöhnt. Seine widerwillige Großmutter, die immer widerwilliger wurde, je weniger seine Nahrung seinem zarten Organismus angepaßt war, verfiel alsbald in die Gewohnheit, ihn kräftig zu schütteln, bis sein zarter Organismus sich zusammenkrampfte und seine Nahrung sich ihm überhaupt nicht mehr anpassen wollte. Doch schließlich wurde sie dahingerafft, was unter allgemeiner Dankbarkeit schon viel früher hätte geschehen dürfen. Als seine Brüder der Reihe nach erschienen, zog seine Mutter sich ins Privatleben zurück, ließ von ihren schicken Kleidern ab (vordem pflegte sie sich schick zu kleiden), und von ihren langen dunklen Locken (die sich vordem anmutig geringelt hatten) und begann seinen Vater zu verfolgen, indem sie ihm zu später Nachtstunde und bei jedem Wetter vor der Hintertür des »Königlichen Müllkastens« (der Sage nach von König Georg IV. so getauft) auflauerte, wo sein Vater Oberkellner war. Doch mit dem »Müllkasten« ging es damals bergab, und sein Vater nahm nur wenig ein – außer vom Flüssigkeitsstandpunkt. Das Ziel, das seine Mutter mit diesen Besuchen verfolgte, war hauswirtschaftlicher Natur, und er wurde eingesetzt, um seinen Vater herauszupfeifen, der daraufhin manchmal herauskam, aber meistens nicht. Doch ob sein Vater kam oder nicht – dieser ganze Teil seiner Existenz, der mit einem offenen Kellnerdasein nichts zu tun hatte, wurde als strenges Geheimnis betrachtet und von seiner Mutter als strenges Geheimnis anerkannt, und er und seine Mutter huschten beide als strenge Geheimnisse durch das Gäßchen, das zu besagter Hintertür führte, und hätten kaum unter der Folter zugegeben, daß sie seinen Vater kannten oder daß sein Vater irgendeinen anderen Namen hätte als Dick (was nicht sein richtiger Name war, obwohl ihn niemand je unter einem anderen gekannt hatte) oder daß er Weib oder Kind oder Kegel besäße. Vielleicht war es die Anziehungskraft dieses Geheimdaseins im Verein mit der Tatsache, daß sein Vater im »Müllkasten« hinter einem lecken Wasserbehälter ein eigenes feuchtes Gelaß besaß – eine Art Kellergelaß mit einem Ausguß und einem Geruch und einem Tellergestell und einem Flaschengestell und drei Fenstern, die nicht zueinander oder sonst etwas paßten und kein Tageslicht einließen –, was seinen jungen Geist zur Überzeugung brachte, daß er ebenso zum Kellner heranwachsen müsse. Jedenfalls war er davon überzeugt, und so ging es auch seinen sämtlichen Brüdern bis zu seiner Schwester hinunter. Jeder von ihnen war überzeugt, daß er zum Kellner geboren sei. Wer aber beschreibt seine Gefühle, als in dieser Phase seiner Laufbahn sein Vater einst am hellichten, unverhüllten Tag zu seiner Mutter heimkehrte – von seiten eines Kellners an und für sich bereits eine Wahnsinnstat – und sein Bett (oder zumindest das allgemeine Familienbett) aufsuchte, und zwar mit der Bemerkung, daß seine Augen gebratene Nieren wären! Da herbeigerufene Ärzte sich als fruchtlos erwiesen, verschied sein Vater, nachdem er einen Tag und eine Nacht lang, wenn hin und wieder lichte Augenblicke der Vernunft und alter Berufsgewohnheit sein Wesen erhellten, unablässig wiederholt hatte: »Zwei und zwei ist fünf und drei macht einen Shilling.« Beigesetzt in der Armenabteilung des benachbarten Friedhofs und zu Grabe geleitet von so vielen angesehenen Berufsgenossen, als sich zu dieser Vormittagsstunde freinehmen konnten (nämlich einer), wurde die verwaiste Gestalt des Sohnes mit einem weißen Halstuch geziert und aus Beweggründen der Mildtätigkeit im *The George and Gridiron*, »Soupers nach dem Theater«, aufgenommen, wo er sein junges Dasein von dem fristete, was er eben aus Tellern und Schüsseln zusammenkratzte (nur allzuoft gedankenlos in Senf getunkt) und was er auf dem Grunde der Gläser fand (selten mehr als ein paar Tropfen und eine Zitronenscheibe); wo er bei Nacht im Stehen einschlief, bis er wieder wachgeknufft wurde, und bei Tag dazu angestellt wurde, jeden einzelnen Gegenstand im Café blankzuputzen. Sein Lager waren Sägespäne, seine Decke Zigarrenasche. Hier erlernte er, oftmals ein schweres Herz unter dem flotten Knoten seines weißen Halstuchs (oder, präziser gesagt, etwas tiefer unten und mehr links) verbergend, die Anfangsgründe des Wissens bei einem Schicksalsgenossen namens Bishops, von Beruf Tellerwäscher, und bildete so seinen Geist mittels Kreide auf der Rückwand der Ecknische allmählich weiter aus, bis zu der Zeit, da er das Tintenfaß benützte, wenn es nicht gerade verlangt wurde, und zum Manne gereift war, will sagen zu dem Kellner, der er heut noch ist.

Hier möchte ich mir erlauben, einige respektvolle Worte über den Beruf einfließen zu lassen, der so lange schon mein und meiner Familie Beruf ist und für den das Publikum nur allzuoft geringes Verständnis bekundet. Wir werden nicht allgemein verstanden, nein, durchaus nicht. Man bezeigt uns nicht genügend Nachsicht, falls wir möglicherweise einmal eine gewisse geistige Schlaffheit oder Teilnahmslosigkeit an den Tag legen, die man als Gleichgültigkeit oder Apathie bezeichnen könnte. Der geneigte Leser frage sich selbst, was sein Gemütszustand wäre, wenn er einer riesengroßen Familie angehörte, deren sämtliche Mitglieder, außer ihm selber, ständig heißhungrig und in größter Eile wären. Er stelle sich vor, er wäre zu den faulen Stunden des Tages, also um ein Uhr mittags und dann wieder um neun Uhr abends, regelmäßig satt bis zum Überdruß, und je satter er wäre, in desto gefräßigerem Zustand kämen alle seine Mitmenschen herein. Er stelle sich vor, er sei, während seine eigene Verdauung im besten Gange wäre, gezwungen, sein persönliches Interesse und Mitgefühl hundert frischen, lebenslustigen Herren zuzuwenden (der Einfachheit halber sagen wir nur hundert), deren Phantasie gänzlich von Schmalz und Fett und Bratensauce und zerlassener Butter erfüllt ist, und von denen jeder ihn so eingehend über diesen Braten oder jene Vorspeise ausfragt, als wären er und der Kellner und die Speisekarte allein auf der Welt. Und was so ein Kellner alles wissen soll! Er geht niemals aus, aber man scheint zu glauben, daß er überall persönlich dabei war. »Dieses Zugunglück, Christopher – wie ist das eigentlich passiert?« – »Wie läuft das neue Stück an der Italienischen Oper, Christopher?« – »Christopher, ich habe was von einer Geschichte bei der Yorkshire Bank läuten gehört – was war da im einzelnen los?« – Gleicherweise macht mir eine neue Regierung mehr zu schaffen als der Königin. Was gar Lord Palmerston betrifft, hat man mich in den letzten Jahren so unablässig mit seiner Lordschaft bemüht, daß ich allein dafür eine Pension verdienen würde. Und man bedenke, zu welchen Heuchlern man uns macht und zu wie vielen Lügen (ich will nur hoffen, Notlügen) man uns zwingt! Warum muß ein zu häuslicher Lebensweise gezwungener Kellner unbedingt als Pferdekenner betrachtet werden und ein leidenschaftliches Interesse an Pferdezucht und Pferderennen bekunden? Aber es würde uns um die Hälfte unserer bescheidenen Einkünfte bringen, wenn wir uns nicht sportlich interessiert stellten. Das gleiche gilt (unbegreiflich warum!) für die Landwirtschaft und die Jagd. So unabwendbar alljährlich die Monate August, September und Oktober wiederkehren, so regelmäßig schäme ich mich in meinem privaten Busen, wenn ich so tue, als interessiere es mich, ob das schottische Moorhuhn sich schon auf die Reise macht oder nicht, ob es heuer viele Rebhühner in den Feldern gibt, ob die Fasane sich scheu oder dreist zeigen, und was dem geneigten Leser sonst noch in den Sinn kommen mag. Als ob ich mich um besagte Vögel in ungebratenem Zustand einen

Pfifferling scherte! Und doch wird der geneigte Leser mich (oder jeden anderen Kellner meines Ranges) erblikken, wie ich, auf die Brüstung der Nische gestützt und über einen Herrn (mit der Rechnung und der offenen Brieftasche vor sich) geneigt, neben dem Tisch stehe und in vertraulichem Ton über diese Dinge diskutiere, als hinge mein Lebensglück von ihnen ab.

Ich habe unsere bescheidenen Einkünfte erwähnt. Man nehme nur das unvernünftigste Vorurteil von allen, den Punkt, in dem uns das größte Unrecht widerfährt! Ob es nun daher kommt, daß wir immer soviel Kleingeld in der rechten Hosentasche und so viele Halfpencestücke in den Frackschößen herumtragen, oder ob es einfach in der menschlichen Natur liegt (was ich höchst ungern glauben möchte), aber was hat es mit dem ewigen Gefasel auf sich, daß Oberkellner reiche Leute wären? Wie kam dieses Märchen in Umlauf? Wer hat es als erster verbreitet, und wo sind die Tatsachen, auf die sich diese schamlose Behauptung gründet? Tritt hervor, Verleumder, und zeige dem Publikum jenes angeblich bei Gericht hinterlegte Testament eines Kellners, auf welches sich das böswillige Getuschel beruft! Und doch wird es so allgemein nachgeplappert – und besonders von jenen Leuten, die am wenigsten Trinkgeld geben –, daß Leugnen vergeblich ist und wir um unseres Rufes willen gezwungen sind, den Kopf hochzutragen, als wären wir Mitglieder der Hochfinanz, wobei es doch viel wahrscheinlicher ist, daß wir zu Armenhäuslern werden. Es war einmal ein Geizkragen, der im *Slamjam* verkehrte, bevor Schreiber dieser Zeilen jenes Etablissement auf Grund einer Unstimmigkeit in der Teefrage für das Aushilfspersonal verließ, welcher Geizkragen den Hohn auf seinen bittersten Gipfel trieb. Während er selbst sich nie über Threepence emporschwang und meist noch um einen Penny tiefer im Staube kroch, stellte er Schreiber dieses als Großaktionär, als Geldverleiher auf Hypotheken, kurz als Kapitalisten hin. Es wurde tatsächlich gehört, wie er sich anderen Gästen gegenüber über die unerwiesene Behauptung ausließ, daß Schreiber dieses Tausende von Pfund in Schnapsbrennereien und Brauereien investiert hätte! »Na, Christopher«, pflegte er zu sagen (nachdem er eine halbe Minute zuvor tief im Staube gekrochen war), »sehen sich nach einem Lokal um, um ein neues Geschäft zu eröffnen, wie? Finden wohl keins in der Größenordnung, die Ihren Kapitalien entspricht, was?« Zu so schwindelnden Abgründen der Lüge hat sich diese Verdrehung der Tatsachen aufgeschwungen, daß der wohlbekannte und hochgeachtete OLD CHARLES, langjährig an hervorragender Stelle im *West Country Hotel* tätig und von manchen als Vater des Kellnerstandes angesehen, sich so viele Jahre lang gezwungen sah, hineinzufallen, daß seine eigene Ehegattin (denn er besaß unbekannterweise eine alte Dame in dieser Eigenschaft) es selber glaubte! Und was war die Folge? Während er auf den Schultern von sechs auserwählten Kellnern zu Grabe getragen wurde, wobei sechs weitere als Ersatzleute und noch einmal sechs als Ehrengarde folgten, alle im gleichen Schritt und Tritt im strömenden Regen, ohne ein sichtbares trockenes Auge in der Runde und mit einem Trauergefolge, wie es nur bei Mitgliedern des Königshauses zahlreicher ist, wurden seine Wohnung und sein Anrichteraum, gleichermaßen hoch und niedrig, nach seinem Vermögen durchwühlt, und nichts wurde gefunden! Wie hätte man auch etwas finden können, wenn außer seiner letzten monatlichen Sammlung von Spazierstöcken, Regenschirmen und Taschentüchern (die zufällig noch nicht veräußert war, obwohl er sich zeit seines Lebens mit der größten Pünktlichkeit jeden Monat seiner gesammelten Gegenstände entledigt hatte) kein Vermögen vorhanden war? So gewaltig ist aber die Macht dieser allgemeinen Verleumdung, daß die Witwe von Old Charles, gegenwärtig Insassin des Armenhauses der *Cork Cutter's Company* in der Blue Anchor Road (wo sie erst letzten Montag, in einem reinlichen Häubchen auf einem Korbstuhl vor der Tür eines der Häuschen sitzend, erblickt wurde),

noch jetzt stündlich erwartet, daß die gehorteten Reichtümer ihres John ans Licht kommen! Ja, mehr noch! Ehe er dem grausen Todespfeil erlag und als sein Porträt, auf Subskription der Stammgäste des *West Country*, lebensgroß in Öl gemalt wurde, um über dem Kamin im Kaffeehaus aufgehängt zu werden, mangelte es nicht an Stimmen, die verlangten, das, was in der Kunst als charakteristisches Beiwerk eines solchen Porträts bezeichnet wird, müßte in diesem Fall durch eine eiserne Geldkassette auf dem Tisch und den Ausblick auf die Bank von England durchs Fenster verkörpert werden! Und hätten nicht vernünftigere Geister für eine Flasche und einen Korkenzieher samt der dazugehörigen Haltung gestimmt und ihre Meinung auch durchgesetzt, wäre sein Abbild in der geschilderten Verfälschung auf die Nachwelt gekommen.
Hiermit bin ich beim Titel der vorliegenden Bemerkungen angelangt. Nachdem ich (wie ich hoffe, ohne irgendwo Anstoß zu erregen) als Bürger eines freien Landes, das auf ewig über die Wogen herrscht, die mir notwendig erscheinenden allgemeinen Erklärungen vorausgeschickt habe, will ich nun zur Sache selbst schreiten.
In einer höchst bedeutsamen Periode meines Lebens, als ich mich, soweit es erstattete Kündigung betrifft, von einem Etablissement getrennt hatte, das hier namenlos bleiben soll – denn die Frage, um die es ging, war ein fester Trinkgeldzuschlag für Kellner, und kein Etablissement, das sich zu dieser haarsträubend unenglischen Praxis, die von Schlimmerem als Torheit und Gemeinheit zeugt, hergibt, soll von mir öffentlich bekanntgemacht werden –, ich wiederhole, in einem höchst bedeutsamen, kritischen Moment, als ich mich von einem Etablissement, das zu tief steht, um von mir genannt zu werden, getrennt, mich aber noch nicht mit jenem verbunden hatte, dem ich seither in der Eigenschaft eines Oberkellners (Name und Adresse sowie andere ausführliche Angaben über dieses Etablissement vom Herausgeber gestrichen) anzugehören die Ehre habe, begann ich mich nach einem neuen Tätigkeitsfeld

umzusehen. Damals wurden mir von seiten meines gegenwärtigen Etablissements Vorschläge gemacht. Gewisse Bedingungen wurden von meiner Seite gestellt, gewisse Berichtigungen waren von meiner Seite erforderlich; schließlich erfolgte die Ratifizierung durch beide Seiten, und ich trat meine neue Laufbahn an.
Wir sind ein Betrieb für Zimmer mit Frühstück. Wir sind kein allgemeiner Restaurationsbetrieb und wünschen nicht als solcher angesehen zu werden. Wenn also jemand von der Straße hereinkommt und ein Essen bestellt, wissen wir ihn so zu bedienen, daß er kein zweites Mal mehr erscheint! Wir sind auch ein Betrieb mit Nebensälen für private oder Familienanlässe, aber hauptsächlich mit allgemeinem Kaffeehaus. Ich und das Adreßbuch und das Schreibmaterial ettzettera haben einen eigenen Raum zur Verfügung, einen durch ein, zwei Stufen abgeschirmten Raum am hinteren Ende des Kaffeehauses, im guten alten Stil. Was ich den guten alten Stil nenne, besteht darin, daß der Gast bei allem was er braucht, bis zum Zündholz hinunter, einzig und allein auf den Oberkellner angewiesen ist. Der Gast muß sein Haupt in meinen Schoß betten wie ein neugeborenes Kind. Auf keine andere Art läßt sich ein Betrieb ohne jede Spur der auf dem Kontinent herrschenden Auswüchse führen. (Überflüssig hinzuzufügen, was sich von selbst versteht: Falls Englisch nicht gut genug ist und Gefasel in unverständlichen Sprachen gewünscht wird, sollten sowohl Familien wie alleinstehende Herren lieber ein anderes Lokal aufsuchen.)
Als ich mich in diesem rechtschaffenen und wohlgeführten Betrieb genauer umzuschauen begann, bemerkte ich unter dem Bett von Nr. 24 B (welches Zimmer in einem verwinkelten Gang abseits vom Treppenhaus liegt und für gewöhnlich Gästen von demütiger Wesensart angedreht wird) im hintersten Winkel einen Haufen von Gegenständen.
Im Lauf des Tages fragte ich das Erste Stubenmädchen: »Was sind das für Sachen auf 24 B?«

Worauf sie mit gleichgültiger Miene antwortete: »Das Gepäck von einem Herrn.«
Während ich meinen Blick nicht ohne Strenge auf sie richtete, fragte ich weiter: »Das Gepäck von wem?«
Meinem Blick ausweichend, gab sie zurück: »Ach herrje, woher soll *ich* das wissen?«
Vielleicht sollte ich hier bemerken, daß sie eine etwas schnippische Person war, die sich jedoch gut auf ihre Arbeit verstand.
Ein Oberkellner aber muß entweder Kopf oder Schwanz sein, er muß am obersten oder am untersten Ende der gesellschaftlichen Rangleiter stehen. Er kann beispielsweise nicht an ihrer Taille oder sonst einem anderen Ort stehen als an ihren äußersten Enden. An welchem der beiden Enden – das zu entscheiden, liegt bei ihm.
Bei der hier geschilderten denkwürdigen Gelegenheit gab ich Mrs. Pratchett meine Entscheidung so deutlich zu verstehen, daß ich ihrer Forschheit mir gegenüber dort und damals ein Ende machte, und zwar endgültig. Man zeihe mich nicht der Inkonsequenz, wenn ich von Mrs. Pratchett als »Mrs.« spreche, während ich zuvor bemerkte, daß eine Kellnerin nicht verheiratet sein darf. Der geneigte Leser wird höflich darauf aufmerksam gemacht, daß Mrs. Pratchett keine Kellnerin, sondern ein Stubenmädchen war. Ein Stubenmädchen aber *darf* verheiratet sein; falls Erstes Stubenmädchen, *ist* sie gewöhnlich verheiratet – oder behauptet es. Das kommt aufs selbe hinaus, indem es ausdrückt, was allgemein gebräuchlich ist. (N.B. Mr. Pratchett befindet sich in Australien, und seine dortige Adresse lautet »Im Busch«.)
Nachdem ich Mrs. Pratchett so weit vom hohen Roß herabgeholt hatte, als dem künftigen Wohl aller Teile zuträglich war, ersuchte ich sie, sich näher zu erklären.
»Zum Beispiel«, sage ich, um ihr ein wenig nachzuhelfen, »wer ist dieser Herr?«
»Ich schwöre Ihnen auf meine Ehre, Mr. Christopher«, antwortet die Pratchett, »daß ich nicht die leiseste Ahnung habe.«

Hätte ich nicht gesehen, mit welcher Geste sie ihr Häubchen zurechtrückte, hätte ich das bezweifelt, doch diese kam an Bestimmtheit einer eidesstattlichen Erklärung gleich.
»Sie haben ihn also nie gesehen?« forsche ich weiter.
»Weder ich«, sagt die Pratchett, die Augen schließend und mit einer Miene, als hätte sie just eine Pille von ungewöhnlichem Umfang verschluckt (was ihrer Verneinung eine bemerkenswerte Kraft verlieh), »noch auch irgendein anderer Angestellter in diesem Haus. In den letzten fünf Jahren haben alle gewechselt, und jener Herr hatte sein Gepäck schon vorher zurückgelassen.«
Die Befragung von Miß Martin erbrachte (in der Sprache des Barden von A.1.) »Bekräftigung sehr«. Es war also wirklich und wahrhaftig so gewesen. Miß Martin ist die junge Dame hinter dem Büfett, die unsere Rechnungen ausstellt, und obzwar hochnäsiger, als ich in Ansehung ihrer Stellung wünschen könnte, durchaus wohlerzogen.
Weitere Nachforschungen brachten ans Licht, daß diesem Gepäck eine unbezahlte Rechnung im Betrag von zwei Pfund, sechzehn Shilling und sechs Pence gegenüberstand. Das Gepäck lag seit mehr als sechs Jahren unter der Bettstatt von 24 B verstaut. Bei dieser handelte es sich um ein Himmelbett mit massenhaft alten Behängen und Volants, das, wie ich einmal sagte und über welchen Ausspruch meine Zuhörer zu lachen beliebten, mehr als 24 Bs erlebt haben dürfte.
Ich weiß nicht, warum – wissen wir denn je, warum? –, aber dieses Gepäck lastete schwer auf meinem Gemüt. Ich begann mich zu fragen, wer jener Herr wäre und was er getrieben und im Sinn gehabt hätte. Ich fand keine befriedigende Antwort auf die Frage, warum er soviel Gepäck als Pfand für eine so kleine Rechnung zurückgelassen hatte. Am nächsten oder übernächsten Tag hatte ich es nämlich hervorholen lassen und durchgesehen, und es waren folgende Artikel: ein schwarzer Mantelsack, eine schwarze Reisetasche, ein Reiseschreibpult, ein Toilette-

Necessaire, ein Paket in Packpapier, eine Hutschachtel und ein Regenschirm samt Spazierstock (zusammengeschnallt). Alles war dicht verstaubt und voller Flocken. Ich ließ unseren Hausburschen unter das Bett kriechen und es hervorholen; und obwohl er gewohnt ist, sich im Staub zu wälzen – er wühlt von früh bis abend darin und trägt zu diesem Zweck eine eng anliegende Weste mit schwarzen Lüsterärmeln –, reizte es ihn zum Niesen, und seine Kehle brannte ihn so, daß er sie mit einem Glas Bier kühlen mußte.

Das Gepäck nahm meine Gedanken gefangen. Anstatt es also, nachdem es gut abgestaubt und feucht abgewischt war, an seinen Platz zurückstellen zu lassen – vorher war es so voller Flaum, daß man hätte meinen können, es verwandle sich langsam in ein Federvieh und werde demnächst Eier legen –, anstatt, sage ich, es zurückstellen zu lassen, ließ ich es unten in einen Abstellraum schaffen. Hier pflegte ich es manchmal zu betrachten und so lange hinzustarren, bis es größer und wieder kleiner zu werden und auf mich zuzukommen und wieder zurückzuweichen und alle möglichen Verwandlungen durchzumachen schien, als wäre es berauscht. Als dieser Zustand Wochen, ja, ohne zu übertreiben, Monate gedauert hatte, fiel es mir einmal ein, Miß Martin nach den einzelnen Posten jener Rechnung über zwei Pfund, sechzehn Shilling und sechs Pence zu fragen. Sie war so freundlich, sie für mich aus den Geschäftsbüchern herauszuschreiben – denn es war vor ihrer Zeit gewesen. Hier folgt eine genaue Kopie:

KAFFEEHAUS

Nota für Tisch Nr. 4

2. Febr. 1856	Feder und Schreibpapier	£ 0 0 6
	Punsch	0 2 0
	Dito	0 2 0
	Feder und Schreibpapier	0 0 6
	Trinkglas zerbrochen	0 2 6
	Brandy	0 2 0
	Feder und Schreibpapier	0 0 6
	Sardellen-Toast	0 2 6
	Feder und Schreibpapier	0 0 6
	Bett	0 3 0
3. Febr. 1856	Feder und Schreibpapier	0 0 6
	Frühstück	0 2 6
	– Gekochter Schinken	0 2 0
	– Eier	0 1 0
	– Wasserkresse	0 1 0
	– Garnelen	0 1 0
	Feder und Schreibpapier	0 0 6
	Löschpapier	0 0 6
	Bote nach Paternoster Row u. zurück	0 1 6
	Dito, da keine Antwort	0 1 6
	Brandy	0 2 0
	Schweinskoteletts	0 2 0
	Federn und Schreibpapier	0 1 0
	Bote nach Albemarle Street u. zurück	0 1 0
	Dito (aufgehalten), da keine Antwort	0 1 6
	Salzfaß zerbrochen	0 3 6
	Großes Glas Orangenschnaps	0 1 6
	Dinner, Suppe, Fisch, Braten, Huhn	0 7 6
	Flasche East India Brown	0 8 0
	Feder und Schreibpapier	0 0 6
		£ 2 16 6

Notiz, 1. Januar 1857. Nach dem Dinner ausgegangen mit Auftrag, Gepäck bis auf Abruf aufzubewahren. Kein Abruf erfolgt.

Weit davon entfernt, Licht in die Angelegenheit zu bringen, schien mir diese Rechnung, wenn ich meine Zweifel in dieser Form ausdrücken darf, sie in noch größere Düsternis zu hüllen. Als ich mit der Chefin darüber spekulierte, teilte sie mir mit, ihr seliger Mann hätte einmal eine Anzeige in die Zeitung setzen lassen: Falls die Rechnung nicht bis zu diesem und diesem Tag bezahlt würde, sähe er sich genötigt, das Gepäck zur Deckung seiner Kosten zu verkaufen. Niemand meldete sich, und es wurden auch keine weiteren Schritte unternommen. (Ich darf hier bemerken, daß die Chefin seit vier Jahren Witwe ist. Der Chef besaß eine jener unglücklichen Konstitutionen, in welcher sich die Spirituosen in Wasser verwandeln, das in dem bedauernswerten Opfer immer höher ansteigt, bis es ihm ans Herz geht.)
Meine Spekulationen über den Fall, die ich nicht nur damals, sondern zu wiederholten Malen teils mit der Chefin, teils mit dem einen oder dem anderen austauschte, führten dahin, daß die Chefin – ob zunächst scherzhaft oder ernsthaft oder aber halb scherzhaft, halb ernsthaft, spielt hier keine Rolle – eines Tages zu mir sagte: »Christopher, jetzt werde ich Ihnen einen verlockenden Antrag machen.«
(Sollten diese Zeilen ihr je zu Augen kommen – zu ihren schönen blauen Augen –, möge sie mir die Bemerkung nicht übelnehmen, daß ich ihr gegenüber ein gleiches getan hätte, wäre ich nur acht oder zehn Jahre jünger gewesen! Das heißt, *ich* hätte ihr einen Antrag gemacht; ob verlockend, das zu beurteilen, ist nicht an mir.)
»Christopher, jetzt werde ich Ihnen einen verlockenden Antrag machen.«
»Erklären Sie sich näher, Madam.«
»Also, Christopher, zählen Sie mir noch einmal die Gepäckstücke von jenem Herrn auf. Sie wissen es ja nachgerade auswendig.«
»Ein schwarzer Mantelsack, Madam, und eine schwarze Reisetasche, ein Reiseschreibpult, ein Toilette-Necessaire, ein Paket in Packpapier, eine Hutschachtel und

ein Regenschirm samt Spazierstock, zusammengeschnallt.«
»Und alles genau, wie es zurückgelassen wurde. Nichts geöffnet, nichts sonstwie verändert.«
»Richtig, Madam. Alles abgeschlossen, bis auf das Paket, und das ist versiegelt.«
Die Chefin steht an Miß Martins Pult hinter dem Büfett, und jetzt trommelt sie leicht auf das aufgeschlagene Kontobuch – sie hat eine wohlgeformte Hand, das steht fest – und schüttelt den Kopf und lacht.
»Also hören Sie, Christopher«, sagt sie. »Zahlen Sie mir die Rechnung von jenem Herrn, und dafür sollen Sie das Gepäck von jenem Herrn bekommen.«
Die Idee gefiel mir vom ersten Moment an, doch ich tat, als hätte ich Bedenken.
»Vielleicht ist es das Geld nicht wert«, sage ich.
»Es ist wie in der Lotterie«, sagt die Chefin und verschränkt die Arme über dem Buch – sie hat nicht nur wohlgeformte Hände, die Bemerkung erstreckt sich weiter hinauf auf ihre Arme. »Würden Sie nicht zwei Pfund, sechzehn Shilling und sechs Pence in der Lotterie riskieren? Und hier gibt's keine Nieten! Sie müssen auf jeden Fall gewinnen. In unserer Lotterie gibt's nur Treffer. Auch wenn Sie eine Niete ziehen, meine Damen und Herren, Sie gewinnen trotzdem einen schwarzen Mantelsack, eine schwarze Reisetasche, ein Schreibpult, ein Toilette-Necessaire, einen Bogen Packpapier, eine Hutschachtel und einen Regenschirm samt Spazierstock, zusammengeschnallt!«
Um es kurz zu machen: Miß Martin ging mir um den Bart, und Mrs. Pratchett ging mir um den Bart, und die Chefin war schon längst um meinen Bart herum, und alle Weiber im Haus gingen mir um den Bart, und wenn es anstatt zwei Pfund, sechzehn Shilling und sechs Pence sechzehn Pfund gewesen wären, hätte ich es noch günstig gefunden, denn was kann man tun, wenn sie einem um den Bart gehen?

So zahlte ich also das Geld – bar auf den Tisch –, und wie sie alle lachten!
Aber ich drehte den Spieß um und sagte: »Mein Name ist Blaubart! Ich werde das Gepäck von jenem Herrn ganz allein in meinem Geheimzimmer aufmachen, und kein weibliches Auge wird je seinen Inhalt erblicken!«
Ob ich es für angemessen hielt, eisern auf diesem Beschluß zu bestehen, oder ob ein weibliches Auge, und wenn ja, wieviele andere beim Öffnen des Gepäcks zugegen waren, tut nichts zur Sache. Hier geht es um das Gepäck von einem Herrn und um niemandes Augen oder Nasen.
Was ich noch immer am erstaunlichsten finde, ist die außerordentliche Menge an Schreibpapier, die sich in dem Gepäck fand, und alles eng beschrieben! Und es war nicht einmal unser Papier – nicht das in der Rechnung aufgeführte Schreibpapier, denn wir kennen unser eigenes Papier; er muß also ständig dahinter hergewesen sein. Und er hatte die vollgekritzelten Bogen zusammengeknüllt und jede Lücke und jeden Winkel seiner Gepäckstücke damit vollgestopft. Vollgeschriebenes Papier in seinem Toilette-Necessaire, in seinen Stiefeln, zwischen seinem Rasierzeug, in seiner Hutschachtel und noch, klein zusammengefaltet, zwischen den Rippen seines Regenschirms!
Seine Kleider – soweit sich welche fanden – waren nicht schlecht. Sein Toilette-Necessaire war schäbig – keine Spur von Silberstöpseln – offene Flacons mit nichts darin, wie leere kleine Hundehütten – und eine überaus penetrante Sorte Zahnpulver, die überall eingedrungen war, wie in der irrigen Täuschung befangen, daß sämtliche Risse im Futter Spalten zwischen den Zähnen wären. Die Kleider verkaufte ich für ein ganz anständiges Sümmchen an einen Trödler in der Nähe von St. Clement's Danes am Strand – dort, wo die von Ehrenschulden bedrängten Offiziere ihre Uniformen loswerden, wenn ich nach den Röcken und Schulterstücken schließen darf, die, mit dem Rücken zum Publikum, sein Fenster zieren. Das nämliche Individuum erstand zu einem Pauschalpreis Mantelsack,

Reisetasche, Schreibpult, Toilette-Necessaire, Hutschachtel, Regenschirm und Spazierstock samt dem Riemen zum Zusammenschnallen. Auf meine Bemerkung, ich hätte gedacht, daß diese Artikel nicht ganz in seiner Linie lägen, antwortete er: »Großmütter liegen auch nicht in meiner Linie, Mr. Christopher, aber wenn heut 'n Mensch seine Großmutter herbringt und sie eine Kleinigkeit billiger offeriert, als ich für sie in geputztem und gewendetem Zustand verlangen kann, dann kauf ich sie!«
Diese Transaktionen deckten meine Investition und trugen mir darüber hinaus noch einen recht hübschen Profit ein. Jetzt blieb nur noch das beschriebene Papier übrig. Und gerade auf dieses Papier möchte ich die ungeteilte Aufmerksamkeit des Lesers lenken.
Ich möchte dies ohne jeden Aufschub tun, und zwar aus folgendem Grund, nämlich, das heißt, videlicet, i. e., folgendermaßen, wie folgt: Bevor ich darangehe, die seelischen Qualen zu schildern, deren Opfer ich aus Anlaß dieser Papiere wurde, und bevor ich dieser herzzerreißenden Mär die Beschreibung der erstaunlichen, ergreifenden, ihrer Natur nach so erschütternden wie von jedem anderen Standpunkt aus unerwarteten Katastrophe folgen lasse, welche die Lücke krönte und die Schale der Überraschung überfließen ließ, sollten die Papiere selbst zur Ansicht vorgelegt werden. Darum kommen sie als nächstes dran. Nur noch ein Wort zu ihrer Einführung, und dann lege ich meine Feder (meine bescheidene Feder, wie ich hoffe) nieder, bis ich sie wieder aufnehme, um das düstere Nachspiel eines Herzens zu schildern, auf welchem sein Besitzer etwas hat.
Er war ein schmieriger Schreiber und hatte eine fürchterliche Handschrift. Ganz unbekümmert um die Tinte, verschwendete er sie an jedwedes unwürdige Objekt – seine Kleider, sein Schreibpult, seinen Hut, den Stiel seiner Zahnbürste, seinen Regenschirm. Auf dem Kaffeehausteppich fand sich bei Tisch Nr. 4 reichlich Tinte, und zwei große Kleckse zierten sein ruheloses Lager. Ein Blick auf

das von mir zur Gänze wiedergegebene Dokument zeigt, daß er am Morgen des 3. Februar 1856 zum nicht weniger als fünften Mal Feder und Papier bestellte. Zu welch beklagenswerter Art unbeherrschbarer Stilübung er diese am Büfett erworbenen Materialien auch immer mißbrauchte, es besteht jedenfalls kein Zweifel, daß die verhängnisvolle Tat im Bett vollbracht wurde und daß sie ihre Spuren auf lange Zeit hinaus nur allzu deutlich auf dem Kopfkissenbezug hinterließ.

Er hatte keines der Papiere mit einer Überschrift versehen. Ach, wie sollten seine Produkte Kopf und Fuß haben, wenn er selber keinen Kopf besaß – denn wo war sein Kopf, als er sich derartige Dinge hineinsetzte! Infolgedessen sind die Papiere hier mit dem Namen des Gepäckstücks bezeichnet, in dem sie jeweils gefunden wurden. In gewissen Fällen, wie etwa bei den Stiefeln, scheint er seine Schriften versteckt zu haben, wodurch er seinen Stil in noch tieferes Dunkel hüllte. Doch seine Stiefel bildeten wenigstens Paare – und unter allen Papieren können nicht zwei den Anspruch erheben, als ein solches angesehen zu werden.

Mit einem bedrückten Vorgreifen auf den düsteren Gemütszustand, in welchem es, wenn ich nun demnächst wieder meinen kunstlosen Bericht aufnehme, mein Los sein wird, mein Dahinsinken zu schildern, will ich mich jetzt zurückziehen. Sollte sich in den Schriften irgendein Fehler oder eine Lücke finden, so ist *er* dafür verantwortlich – nicht ich. Mit dieser Bemerkung, die ich mir gerechterweise schuldig bin, will ich vorläufig schließen.

Das Paket

Meine Werke sind wohlbekannt. Ich bin ein junger Mann vom künstlerischen Fach. Ihr habt meine Werke so manches liebe Mal gesehen, wenn auch fünfzigtausend zu eins zu wetten ist, daß ihr mich selber nie gesehen habt. Ihr sagt, ihr wollt mich gar nicht sehen? Ihr sagt, ihr seid an

meinen Werken interessiert und nicht an mir? Seid dessen nicht so sicher! Wartet ein wenig.
Laßt es uns vorweg schwarz auf weiß niederlegen, damit es nicht nachträglich Zank und Streitigkeiten gibt. Ich bin ein junger Künstler – im künstlerischen Fach tätig. Ihr habt meine Werke oft und oft gesehen und wart neugierig auf mich und dachtet, ihr hättet mich gesehen. Aber ich wette darauf, daß ihr mich nie gesehen habt und mich nie seht und mich nie sehen werdet. Ich denke, das ist klar und deutlich gesprochen – und gerade das wirft mich um.
Wenn es eine verkannte bekannte Persönlichkeit gibt, bin ich's.
Ein gewisser (oder ungewisser) Philosoph hat bemerkt, daß die Welt ihre größten Männer nicht kennt. Er hätte es wohl noch deutlicher gesagt, wenn er sein Auge in meine Richtung geworfen hätte. Er hätte vielleicht gesagt: »Während die Welt jene kennt, die scheinbar in den Kampf ziehen und siegen, kennt sie jene nicht, die wirklich in den Kampf ziehen und nicht siegen.« Da haben wir es wieder in einer andern Form – und das wirft mich um.
Nicht, daß ich allein unter der Ungerechtigkeit der Welt zu leiden hätte, aber ich bin gegen Ungerechtigkeiten, die man mir antut, empfindlicher als gegen Ungerechtigkeiten, die man anderen antut. Da ich, wie erwähnt, im künstlerischen Fach tätig bin und nicht im philanthropischen Fach, gebe ich dies offen zu. Leidensgenossen habe ich genug, was das betrifft. Wen laßt ihr denn täglich bei eueren Folterungen im Wettbewerb ums Dasein durchkommen? Die glücklichen Kandidaten, deren Herz und Nieren ihr für immer auf den Kopf gestellt habt? Nein, durchaus nicht. In Wirklichkeit laßt ihr die Einpauker und Einsager durch. Wenn ihr dieses Prinzip für richtig haltet, warum zieht ihr nicht gleich morgen in aller Früh mit fliegenden Bannern und Trommeln und Trompeten aus und überreicht die Schlüssel euerer Städte auf samtenen Kissen den Einpaukern und Einsagern und beschwört sie auf den Knien, euch zu regieren? Und was euere diversen öffentli-

chen Angelegenheiten anbelangt, euere Erklärungen zur Finanzlage und euere Budgets – wer die wirklich verfertigt, darüber ist das Publikum wahrhaftig gut orientiert! Euere Edlen und Ehrenwerten Parlamentsmitglieder sind erstklassige Leute? Ja, und eine Gans ist ein erstklassiges Geflügel. Aber betreffs der Gans will ich euch eines sagen – ohne Fülle und Würze würde sie euch nicht sehr schmecken.

Vielleicht bin ich verbittert, weil ich nicht populär bin? Aber wenn ich tatsächlich populär wäre? Wenn meine Werke niemals ihren Eindruck auf das Publikum verfehlten? Wenn sie eine unfehlbare Anziehungskraft auf das Publikum ausübten, ganz gleich ob sie ihm bei natürlicher oder künstlicher Beleuchtung präsentiert werden? Ach so – dann sind sie wohl in irgendeiner Kunstausstellung zu sehen? Nein, sie sind in keiner Kunstausstellung zu sehen. Also dann in einer Privatsammlung? Nein, auch in keiner Privatsammlung. Aber irgendwo müssen sie doch sein? Wieder falsch geraten, denn oft sind sie nirgends.

Jetzt sagt ihr: »Jedenfalls sind Sie in verdrießlicher Stimmung mein Lieber.« Darauf antworte ich: Ich habe mich als verkannte bekannte Persönlichkeit bezeichnet. Dies erklärt ausreichend, warum diese Milch der frommen Denkungsart in mir zur bitteren Galle gerinnt.

Wer mit London vertraut ist, kennt einen Ort auf der Surrey-Seite der Themse, der Obelisk oder allgemeiner Obstakel genannt wird. Wer mit London nicht vertraut ist, wird ihn jetzt, da ich ihn erwähnt habe, gleichfalls kennen. Meine Wohnung liegt nicht weit von dieser Örtlichkeit entfernt. Ich bin ein junger Mann von so ungezwungener Wesensart, daß ich im Bett liegen bleibe, bis es unbedingt notwendig ist, aufzustehen und Geld zu verdienen, und dann liege ich wieder im Bett, bis es alle ist.

Einmal, als ich ausgehen mußte, um mich nach etwas Eßbarem umzusehen, spazierte ich abends, als es schon dunkel war, die Waterloo Road entlang, und zwar in Begleitung eines Bekannten und Mituntermieters, seines Zei-

chens Gasinstallateur. Er ist ein angenehmer Gesellschafter, da er in Theatern gearbeitet hat und auch selbst eine Neigung zum Theater besitzt, die sich in dem Wunsch ausdrückt, als Othello aufzutreten; ob dies damit zusammenhängt, daß er sich bei seiner Arbeit immer das Gesicht und die Hände schwarz macht, wüßte ich nicht zu sagen.
»Tom«, sagt er zu mir, »über Ihnen liegt ein Geheimnis!«
»Ja, Mr. Click«, sage ich – die anderen Untermieter reden ihn im allgemeinen so an, denn er wohnt im ersten Stock, auf die Straße hinaus, mit Teppich bespannt, eigene Möbel, falls nicht echt Mahagoni, absolut naturgetreu imitiert –, »ja, Mr. Click, über mir liegt ein Geheimnis.«
»Das bedrückt Sie, nicht?« sagt er und mustert mich so von der Seite.
»Ja, Mr. Click, es hängt mit Umständen zusammen, die eine bedrückende Wirkung auf mich ausüben«, sage ich und lasse mir einen Seufzer entschlüpfen.
»Flößt Ihnen auch einen gewissen Menschenhaß ein, wie?« sagt er. »Wissen Sie was? Ich an Ihrer Stelle würde es abschütteln.«
»Ich an Ihrer Stelle würde es auch tun, Mr. Click, aber Sie an meiner Stelle nicht.«
»Hm!« sagte er. »Da könnte was dran sein.«
Nach ein paar Schritten kommt er wieder darauf zurück, indem er meine Brust berührt.
»Wissen Sie, Tom, mir scheint – um es mit den Worten des Dichters auszudrücken, der dieses häusliche Trauerspiel über den Fremdling geschrieben hat –, daß bei Ihnen hier ein stiller Kummer ruht.«
»Das stimmt, Mr. Click.«
»Ich will nur hoffen, Tom«, sagt er, freundschaftlich die Stimme senkend, »daß es nichts mit Münzen oder sowas zu tun hat?«
»Nein, Mr. Click. Da können Sie unbesorgt sein.«
»Und auch nichts mit der Herstellung von Bankn ...«
Hier unterbrach sich Mr. Click und fügte dann hinzu:

»Mit der Herstellung von – irgendwelchen Abbildungen?«
»Nein, Mr. Click, ich übe meine Kunst – die schönen Künste, Mr. Click – im Rahmen des Gesetzes aus. Aber mehr kann ich nicht sagen.«
»Aha? Unter irgendeinem bösen Stern? Eine Art düsterer Zauber? Gewissermaßen ein dunkles Schicksal? Ein Wurm, der insgeheim an Ihren Eingeweiden nagt, wenn ich recht verstehe?« sagt Mr. Click, indem er mich mit einer gewissen Bewunderung anblickt.
Ich erklärte Mr. Click, genau genommen wäre es etwas derartiges, und er schien, wie mich dünkte, ordentlich stolz auf mich zu sein.
Unter diesem Gespräch hatten wir uns einer Ansammlung von Menschen genähert, die einander stießen und drängten, weil jeder in die erste Reihe kommen wollte, um etwas auf dem Straßenpflaster zu betrachten. Es waren verschiedene, mit bunten Kreiden ausgeführte Zeichnungen, die von zwei in die Erde gesteckten Kerzen beleuchtet wurden. Sie stellten folgende Sujets dar: einen schönen Lachskopf (samt Schultern), wie frisch vom Fischhändler; eine Mondscheinnacht auf hoher See (in einem Kreis); totes Wild; verschnörkelte Ornamente; das Haupt eines stark behaarten Einsiedlers, in fromme Andacht versunken; einen Jagdhund, Pfeife rauchend (Kopfbild); und einen Engel mit Säuglingsspeckfalten, auf einem horizontalen Botengang gegen die Windrichtung; alle Bilder schienen mir ganz vorzüglich gemalt.
Auf der einen Seite dieser Bildergalerie kniete ein schäbiges Individuum von bescheidenem Äußeren, das vor Kälte mit den Zähnen klapperte (obwohl es gar nicht kalt war), emsig damit beschäftigt, Kreidestäubchen vom Mond wegzublasen, den Umriß des Einsiedlerhauptes mit einem Lederfleckchen harmonisch zu verwischen und die Schattenstriche von ein oder zwei Buchstaben kräftiger nachzuziehen. Ich habe vergessen zu erwähnen, daß Schriftproben einen Teil der Gesamtkomposition bildeten, die (wie mich dünkte) ebenfalls vorzüglich ausgeführt waren. Da

stand in schöner Rondeschrift zu lesen: »Gottes edelstes Werk ist ein ehrlicher Mensch. 1 2 3 4 5 6 7 8 9 0. £ s.d. Ersuche ergebenst um Arbeit. Ehre der Königin. Hunger 0 9 8 7 6 5 4 3 2 1 tut weh. Chip-chop, cherry-chop, fol-de-rol-de-ri-do. Astronomie und Mathematik. So verdiene ich den Unterhalt für meine Familie.«

In der Menge erhob sich ein Murmeln der Bewunderung über das rührend schöne Schauspiel. Nachdem der Künstler seine kleinen Retuschen vollendet hatte (wobei er die betreffenden Stellen verdarb), nahm er, die Knie bis zum Kinn hochgezogen, auf dem Pflaster Platz, und Halfpencestücke begannen klimpernd in seinen Hut zu fallen.

»Ein Jammer, daß ein solches Talent so tief sinken mußte, nicht?« sagte jemand aus der Menge zu mir.

»Wie weit er es nur als Kutschenmaler oder Zimmermaler gebracht hätte!« antwortete ein zweiter Sprecher dem ersten, weil ich es nicht tat.

»Er schreibt ja wie ein – wahrhaftig wie der Lordkanzler!« sagte ein dritter.

»Besser«, erwiderte ein vierter. »Wie *der* schreibt, weiß ich. *Der* könnte seine Familie nicht damit erhalten.«

Darauf rühmte eine Frau die natürliche Duftigkeit des Einsiedlerhaars, und ihre Freundin meinte in bezug auf den Fischkopf, man könne ihn förmlich nach Luft schnappen sehen. Dann trat ein älterer Herr vom Lande vor und fragte den Küstler, wie er das eigentlich machte? Und das bescheidene Individuum zog ein Stückchen Packpapier mit ein paar bunten Kreidestümpfchen darin aus der Tasche und zeigte sie. Nun erkundigte sich ein rotbackiger Esel mit strohblondem Haar und Brille, ob der Einsiedler ein Porträt wäre? Worauf das bescheidene Individuum mit einem wehmütigen Blick auf das Bild gestand, in gewissem Sinn könne man es als eine Erinnerung an seinen seligen Vater betrachten. Das veranlaßte einen frechen Bengel zu kreischen: »Ist der Hund mit der Pfeife Ihre Mutter, Mister?«, worauf er von einem rechtlich denkenden Schreiner, mit seiner Werkzeugtasche auf dem Rük-

ken, unverzüglich aus dem Kreis der Zuschauer geschubst wurde.
Bei jeder neuen Frage oder Bemerkung drängte die Menge eifriger vor, und die Halfpencestücke klimperten zahlreicher, und das bescheidene Individuum sammelte sie unterwürfiger ein. Schließlich trat ein anderer älterer Herr hervor, der dem Künstler seine Karte überreichte und ihn aufforderte, morgen in sein Kontor zu kommen, wo er ihm einige Schreibarbeiten geben könnte. Die Karte war von einem Halbshillingstück begleitet und der Künstler von Dankbarkeit übermannt; bevor er sie in seinen Hut steckte, las er sie beim Licht seiner Kerzen mehrmals sorgfältig durch, um sich die Adresse, für den Fall, daß er die Karte verlöre, unauslöschlich ins Gedächtnis einzuprägen. Die Menge interessierte sich aufs lebhafteste für dieses Ereignis, und ein Mann mit barscher Stimme in der zweiten Reihe knurrte den Künstler an: »Na, Glück gehabt! Jetzt geht's wieder aufwärts, he?« – Der Künstler antwortete (wenn auch sehr bekümmert durch die Nase schniefend): »Ich will es dankbar hoffen!« Worauf sich ein allgemeines »So ist's recht!« erhob und die Münzen entschieden spärlicher fielen.
Jemand packte mich am Arm und zog mich gewaltsam aus der Menge, und dann stand ich mit Mr. Click allein an der nächsten Straßenecke.
»Herrje, was für ein fürchterliches Gesicht Sie machen, Tom!« ruft Mr. Click.
»Ach, wirklich?« sage ich.
»Und ob!« sagt Mr. Click. »Mein Gott, Sie haben ja dreingeschaut, als wollten sie ihn ermorden!«
»Wen?« fragte ich.
»Den Künstler!«
»Den Künstler!« wiederhole ich.
Und ich begann zu lachen. Es war ein irres, wildes, düsteres, unsinniges, abstoßendes Lachen, das spürte ich. Das wußte ich.
Mr. Click sah mich erschrocken an, sagte aber nichts, bis

wir eine Straße weitergegangen waren. Dann bleibt er plötzlich stehen und sagt mit aufgeregtem Zeigefinger: »Thomas, ich erachte es als meine Pflicht, offen mit Ihnen zu reden. Ich mag neidische Menschen nicht. Ich habe den Wurm entdeckt, der an Ihren Eingeweiden nagt, Thomas. Es ist der Neid.«

»Ach, wirklich?« sage ich.

»Jawohl«, sagt er. »Thomas, hüten Sie sich vor dem Neid! Er ist ein scheeläugiges Ungeheuer, das niemals noch jede lichte Stunde erhellt hat, sondern ganz im Gegenteil. Mir graut vor neidischen Menschen, Thomas. Ich gestehe, daß ich mich vor neidischen Menschen fürchte, wenn sie dermaßen neidisch sind wie Sie, Thomas. Als Sie die Werke eines begabten Konkurrenten betrachteten und die Lobesworte hörten, die diesem Konkurrenten gespendet wurden, und insbesondere als Sie seinem demütigen Blick begegneten, während er die Karte einsteckte, machten Sie ein so böses Gesicht, daß es wahrhaftig zum Fürchten war. Thomas, ich habe von dem Neid gehört, der unter den Anhängern der schönen Künste herrscht, doch nie hätte ich gedacht, daß er so furchtbar sein könnte, wie ich es heute sah. Ich wünsche Ihnen alles Gute, aber hier trennen sich unsere Wege. Und falls Sie je ins Unglück geraten sollten, weil sie einen Bruder in der Kunst erdolcht – oder sagen wir erdrosselt – haben, dann zitieren Sie mich nicht als Leumundszeugen, Thomas, sonst wäre ich gezwungen, Ihrer Sache zu schaden.«

Mit diesen Worten verließ mich Mr. Click, und unsere Bekanntschaft war zu Ende.

Ich verliebte mich. Ihr Name war Henrietta. Ich bezwang sogar meine ungezwungene Wesensart so weit, daß ich oftmals früh aufstand, um ihr zu begegnen. Sie wohnte gleichfalls in der Nähe des Obelisken oder Obstakels, und ich hoffte inbrünstig, daß sich unserer Verbindung kein ähnlich drohendes Hindernis entgegensetzen würde.

Henrietta flatterhaft zu nennen, heißt nur, sie Weib zu nennen. Zu sagen, daß sie Putzmacherin war, drückt nur andeutungsweise den reizenden Geschmack aus, mit dem sie sich selber putzte.

Sie willigte ein, mit mir spazierenzugehen. Zu ihrer Ehre sei gesagt, daß sie es ausdrücklich auf Probe tat. »Thomas«, sagte Henrietta, »ich bin noch nicht bereit, Sie in einem anderen Licht als dem der Freundschaft zu betrachten. Doch ich bin bereit, mit Ihnen als einem Freund spazierenzugehen, auf die Möglichkeit hin, daß zärtlichere Gefühle sich zu regen beginnen.«

So gingen wir spazieren.

Unter dem Einfluß von Henriettas betörenden Reizen verließ ich nun täglich mein Bett. Ich ging meinem Gewerbe mit einem bisher unbekannten Fleiß nach, und diejenigen, die mit den Londoner Straßen gut vertraut sind, konnten in dieser Periode nicht umhin, zu beobachten, daß eine weit größere Anzahl – doch still! Die Zeit ist noch nicht gekommen!

An einem Oktoberabend ging ich mit Henrietta spazieren, um die kühlen Lüfte, die über der Vauxhall Bridge wehten, zu genießen. Nach einigen langsamen Runden begann Henrietta merklich zu gähnen (so untrennbar ist das Bedürfnis nach erregenden Eindrücken mit der weiblichen Natur verbunden) und sagte: »Gehen wir über Grosvenor Place, Piccadilly und Waterloo zurück.« Wobei ich zur Information von Fremden und Ausländern hinzufügen möchte, daß diese Örtlichkeiten (die letzte eine Brücke) in London wohlbekannt sind.

»Nein, Henrietta. Nicht über Piccadilly«, sagte ich.

»Und warum nicht über Piccadilly, um Himmels willen?« rief Henrietta.

Konnte ich es ihr sagen? Konnte ich ihr das dunkle Vorgefühl gestehen, das düster über mir lag? Konnte ich mich ihr verständlich machen? Nein.

»Ich mag Piccadilly nicht, Henrietta.«

»Aber ich«, sagte sie. »Es ist schon dunkel, und wenn die vielen Straßenlaternen brennen, ist es in Piccadilly wunderschön. Ich will über Piccadilly gehen!«

Natürlich gingen wir über Piccadilly. Es war ein schöner Abend, und viele Leute spazierten durch die Straßen. Die Luft war frisch, aber nicht kalt und nicht feucht. Man gestatte mir die dunkle Bemerkung, daß es ein idealer Abend *für diesen Zweck* war.
Als wir auf Grosvenor Place an der Gartenmauer des Königlichen Palastes entlang gingen, murmelte Henrietta: »Ich wollte, ich wäre Königin!«
»Warum, Henrietta?«
»Dann würde ich Sie, Thomas, zu einem großen Herrn machen«, sagte sie und verschränkte die Hände über meinem Arm, während sie gleichzeitig den Kopf abwandte. Ich schloß daraus, daß die oben erwähnten zärtlicheren Gefühle sich zu regen begannen, und paßte mein Verhalten dieser Annahme an. So erreichten wir im glücklichsten Einvernehmen die verhaßte Zufahrtstraße zu Piccadilly. Rechts von dieser Straße erblickt man eine Reihe von Bäumen, das Gitter von Green Park und ein schönes, breites, sehr geeignetes Stück Straßenpflaster.
»Herrje!« rief Henrietta alsbald. »Da hat es einen Unfall gegeben!«
»Wo, Henrietta?« fragte ich, nach links schauend.
»Nicht da drüben, Dummer«, sagte sie. »Dort beim Parkgitter, wo die vielen Leute stehen. Aber nein, es ist kein Unfall, es gibt was zu sehen! Was sind das für Lichter?«
Damit meinte sie zwei Lichter, die knapp über dem Boden zwischen den Beinen der versammelten Menge flackerten: zwei Kerzen auf dem Straßenpflaster.
»Kommen Sie doch!« rief Henrietta und zog mich eilig über die Straße – ich suchte sie zurückzuhalten, aber vergeblich. »Das müssen wir uns anschauen!«
Auch hier Zeichnungen auf dem Straßenpflaster. In der Mitte (in einem Kreis) der feuerspeiende Vesuv, umgeben von vier Ovalen, die folgende Sujets zeigten: ein Schiff bei stürmischer See; eine Lammkeule, von zwei Gurken begleitet; ein goldenes Ährenfeld mit der ländlichen Hütte des Besitzers im Hintergrund; und schließlich Messer und

Gabel nach der Natur. Über dem Mittelstück eine pralle Weintraube und das Ganze von einem Regenbogen überwölbt. Dies alles, wie mich dünkte, ganz vorzüglich gemalt.
Der Mann, der diese Werke ausstellte, bildete, bis auf seine Schäbigkeit, in allen Punkten einen vollkommenen Gegensatz zu dem früher erwähnten Individuum. Sein Äußeres sowie sein ganzes Auftreten bezeugten Forschheit und Munterkeit. Seinen fadenscheinigen Kleidern zum Trotz ließ er die bewundernden Zuschauer merken, daß es der Armut nicht gelungen war, seinen kühnen Geist zu dämpfen, und daß er sich keineswegs seiner redlichen Bemühungen schämte, aus dem ihm verliehenen Talent praktischen Nutzen zu ziehen. Auch die Schriftproben, die einen Teil der Gesamtkomposition bildeten, waren in entsprechend zuversichtlichem Ton gehalten. Sie verliehen den folgenden Empfindungen Ausdruck: »Schreiber dieses ist arm, doch unverzagt. Wendet sich 1 2 3 4 5 6 7 8 9 0 vertrauensvoll an ein Britisches £ s. d. Publikum. Ehre unserer Tapferen Armee! Sowie auch 0 9 8 7 6 5 4 3 2 1 unserer Kühnen Flotte. HEIL Schreiber dieses A B C D E F G wäre dankbar für jede passende Beschäftigung BRITANNIA! HURRA!«
Noch in einem anderen Punkt ähnelte dieser Mann dem früheren Individuum: Obwohl er sich mit gewaltigem Aufwand an Packpapier und Radiergummis anstellte, als gäbe er seinem Werk den letzten Schliff, tat er in Wirklichkeit nichts, als hie und da einen Buchstaben nachzuziehen, den losen Staub vom Regenbogen wegblasen oder den Umriß der Lammkeule verwischen. Und wenn er auch mit der größten Selbstsicherheit zu Werke ging, tat er das (meiner Meinung nach) so stümperhaft, daß er alles, was er anrührte, verdarb.
Als er nun an dem violetten Rauch aus dem Schornstein der ländlichen Hütte im Hintergrund des goldenen Ährenfeldes (der, wie mich dünkte, entzückend leicht und luftig gemalt war) herumzupfuschen begann, hörte ich

mich plötzlich mit lauter Stimme rufen: »He Sie! Rühren Sie das gefälligst nicht an!«

»Nanu!« sagte ein neben mir stehender Zuschauer und stieß mich dabei grob in die Rippen. »Warum haben Sie kein Telegramm geschickt? Wenn wir gewußt hätten, daß Sie zu kommen geruhen, hätten wir Ihnen was Besseres geboten. Sie verstehen wohl mehr von der Arbeit als der Künstler selber? Haben Sie auch Ihr Testament gemacht? Wer so gescheit ist, lebt nicht lang!«

»Gehen Sie mit dem Herrn nicht zu streng ins Gericht, Sir«, sagte der Aussteller, wobei er mir wahrhaftig zuzwinkerte. »Vielleicht ist er zufällig auch ein Künstler. In diesem Fall, Sir, wird er mir Verständnis entgegenbringen, Sir, wenn ich hier den Schmelz meiner Trauben aufhelle – das Orange meines Regenbogens etwas vertiefe – den I-Punkt meiner Britannia verstärke – der Gurke einen grünlicheren Ton verleihe – meiner Lammkeule ein Spürchen Fett hinzufüge – und einen weiteren Blitz auf mein Schiff in Seenot schleudere ...«, wobei er, ständig unter den Bildern umherhüpfend, jeweils dem Wort die Tat folgen ließ und nach jeder weitern Retusche schneidig in die Hände klatschte.

Er benahm sich gewandt und schien so flink und sicher zu arbeiten, daß es nur so Münzen regnete.

»Meinen verbindlichsten Dank einem großzügigen Publikum!« rief der Professor. »Ihre Anerkennung wird mich zu weiteren Leistungen anspornen. Mein Name soll England zur Ehre gereichen! Dank Ihrer Ermunterung fühle ich mich zu Höherem fähig! Fortan will ich es noch besser machen, das gelobe ich!«

»Sie können es nicht besser machen als die Trauben da!« rief Henrietta impulsiv. »O Thomas, die Trauben!«

»Nicht besser, verehrte Dame? Ich hoffe zuversichtlich auf die Zeit, da ich die Natur selbst übertreffen werde, ausgenommen Ihre eignen strahlenden Augen und Lippen, die nichts übertreffen kann!«

»Thomas, hat man je ...! Aber es dauert wohl sehr lange,

Sir«, sagte Henrietta tief errötend, »bis man so schön malen kann?«
»Man hat mich früh in die Lehre gesteckt, Miß«, entgegnete der junge Mann, während er forsch an seinem Werk herumbesserte. »Ich war Lehrling in den Kellergewölben von Spanien und Portugallien, so lang, wie Sie nur wünschen, und noch zwei Jahre drüber!«
Ein Lachen erscholl aus der Menge, und ein neuer Zuschauer, welcher sich bis zu mir durchgeschlängelt hatte, sagte: »Er ist nicht auf den Mund gefallen, wie? Ein flotter Kerl!«
»Und dieses Auge!« hauchte Henrietta.
»Ha! Das Auge, das braucht er«, sagte der Mann.
»Ja, ja, das Auge muß er haben!« murmelte es in der Menge.
»Den brennenden Berg da hätte er nicht malen können ohne ein Auge«, sagte der Mann. Irgendwie wurde er jetzt allgemein als Autorität anerkannt, und alle Blicke folgten seinem Finger, der gebieterisch auf den Vesuv wies. »Es würde schon ein Auge brauchen, diesen Effekt bei einer allgemeinen Illumination zu erreichen, aber das einfach so hinzuzeichnen – tja, das könnte ihn rein um sein Augenlicht bringen!«
Der Betrüger tat, als hätte er nicht gehört, doch er zwinkerte übermäßig mit beiden Augen zugleich, als wäre die Anstrengung zu groß, und warf sein langes Haar zurück – es war unnötig lang –, um seine fiebrige Stirn zu kühlen. Ich sah ihm dabei zu – als Henrietta plötzlich flüsterte: »O Thomas, was machen Sie für ein schreckliches Gesicht!« und mich hastig aus der Menge zog.
In Erinnerung an Mr. Clicks Worte erwiderte ich verlegen: »Wieso schrecklich?«
»Ach du lieber Gott!« rief Henrietta. »Sie haben ausgesehen – als ob Sie nach seinem Blut dürsteten, Thomas!«
Fast hätte ich geantwortet: »Jawohl, ich hätte die größte Lust, ihm die Nase blutig zu schlagen!« Doch ich beherrschte mich und schwieg.

Schweigend gingen wir heim. Bei jedem Schritt schienen die zärtlicheren Gefühle, die sie überflutet hatten, mit der Geschwindigkeit von zwanzig Meilen pro Stunde zurückzuebben. Ich paßte mein Verhalten diesem Zurückebben an, wie ich es dem Heranfluten angepaßt hatte, das heißt, ich ließ meinen Arm so schlaff herabhängen, daß sie ihn kaum zu umfassen vermochte, und wünschte ihr beim Abschied so kühl »Gute Nacht«, daß ich mich innerhalb der Grenzen der Wahrheit halte, wenn ich es als ein Krächzen bezeichne.
Am nächsten Tag erhielt ich per Post das folgende Dokument:

»Henrietta teilt Thomas mit, daß mir die Schuppen von den Augen gefallen sind. Ich werde Ihnen stets das Beste wünschen, doch Spazierengehen, und wir sind durch eine nicht zu beackernde Kluft getrennt. Einer, welcher einem, welcher ihm überlegen ist, mit solchem Haß begegnet – ach, Ihr Blick auf ihn! –, kann nun und nimmer der Begleiter sein von

Henrietta

P.S. Zum Altar.«

Nach Erhalt obigen Briefes blieb ich, meiner ungezwungenen Wesensart nachgebend, eine Woche lang im Bett. Während dieser ganzen Zeit blieb London der üblichen Früchte meiner Mühe beraubt. Als ich sie wieder aufnahm, erfuhr ich, daß Henrietta mit dem Künstler von Piccadilly vermählt war.
Sagte ich: mit dem Künstler? Welch grausames Wort! Welch gallenbittere Enttäuschung, welch zynischer Hohn liegt darin! Ich – ich – ich – bin der Künstler! *Ich* war in Wahrheit der Künstler von Waterloo Road, *ich* war in Wahrheit der Künstler von Piccadilly, ich bin der einzige Urheber der Kunstwerke auf dem Straßenpflaster, die täglich und nächtlich euere Bewunderung erregen! Ich schaffe sie und verpachte sie. Der Mann, den ihr mit Kreide und Wischer die Buchstaben nachziehen und die

Farben vertiefen seht, der Mann, dem ihr Lob spendet, der Mann, dem ihr Geld spendet, mietet – ja, und ich lebe, um es zu bezeugen! –, er *mietet* diese Kunstwerke von mir und trägt nichts dazu bei als die Kerzen!
Das ist das Los des Genies in einem kommerziell eingestellten Land. Ich verstehe mich nicht aufs Zähneklappern, ich verstehe mich nicht aufs Forschtun, ich verstehe mich nicht auf den Trick, um »passende Beschäftigung« zu bitten; ich verstehe mich einzig darauf, ein Kunstwerk zu ersinnen und auszuführen. Infolgedessen seht ihr mich nie. Wenn ihr glaubt, daß ihr mich seht, seht ihr einen anderen, und dieser andere ist ein rein kommerzielles Individuum. Derjenige, der von meiner Wenigkeit und Mr. Click in der Waterloo Road gesehen wurde, kann nur ein einziges Wort schreiben, und das habe ich ihm beigebracht. Es ist das Wort »Multiplikation«, und ihr könnt ihn sehen, wie er es von oben nach unten schreibt, weil er es nicht auf natürliche Art tun kann. Derjenige, der von meiner Wenigkeit und Henrietta am Gitter von Green Park gesehen wurde, kann – wenn er unbedingt sein Können vorführen muß – bestenfalls die beiden Enden des Regenbogens ins Dasein schmieren, doch die Wölbung könnte er ebensowenig zustande bringen wie die Mondnacht, den Fisch, den Vulkan, den Schiffbruch, die Lammkeule, den Einsiedler oder sonst eines meiner hochgerühmten Werke, und wenn es um sein Leben ginge.
Um zu schließen, wie ich begann: Wenn es eine verkannte, bekannte Persönlichkeit gibt, dann bin ich's. Und so oft ihr auch meine Werke gesehen habt, seht und sehen werdet, wette ich fünfzigtausend zu eins, daß ihr mich niemals sehen werdet – außer es trifft sich zufällig, daß ihr, wenn die Kerzen niedergebrannt sind und das kommerzielle Individuum verschwunden, einen vernachlässigten jungen Mann erblickt, der sorgfältig die letzten Spuren des Bildes vom Pflaster wegreibt, damit niemand sie nachzeichnen kann. Das bin ich.

Man wird bereits bemerkt haben, daß ich die vorausgehenden Zeilen verkaufte. Aus dem Umstand, daß sie auf diesen Seiten abgedruckt sind, wird der Leser (darf ich ergänzen, der geneigte Leser?) bereits den Schluß gezogen haben, daß ich sie einem verkaufte der nie und nimmer ... (Der Rest dieses schmeichelhaften Satzes vom Herausgeber gestrichen).
Nachdem ich mich zu sehr günstigen Bedingungen von den Papieren getrennt hatte (legte ich mich doch, als ich Verhandlungen mit dem vorliegenden Journal anknüpfte, in die Hand eines, von dem mit den Worten eines anderen gesagt werden kann, daß er nie und nimmer ... [Der Rest dieses schmeichelhaften Satzes vom Herausgeber gestrichen]), nahm ich wieder meine gewohnte Tätigkeit auf. Doch nur allzubald mußte ich entdecken, daß meine Seelenruhe eine Stirn floh, welche die Zeit bisher bloß ihrer Haare beraubt, sie ansonsten jedoch heiter und faltenlos gelassen hatte.
Es wäre vergeblich, es verhehlen zu wollen – die Stirn, auf die ich anspiele, ist meine eigene.
Jawohl, auf diese Stirn senkte ich Unruhe wie die düsteren Schwingen des sagenhaften Vogels, welcher – welcher zweifellos von allen Gebildeten leicht identifiziert werden kann; falls nicht, bin ich im Augenblick leider nicht in der Lage, nähere Einzelheiten über ihn anzugeben. Die Überlegung, daß die vorausgehenden Zeilen jetzt unweigerlich in Druck gegeben würden und daß ihr Urheber noch leben und sie zu Gesicht bekommen könnte, hockte wie der Nachtmahr auf meiner ermatteten Gestalt. Die Spannkraft meines Gemütes war dahin. Als fruchtlos erwies sich die Flasche, ob Wein oder Arznei. Ich suchte Zuflucht bei beiden, und beide übten auf meinen Organismus eine beängstigend niederdrückende Wirkung aus.
In diesem Zustand der Depression, in den ich verfiel, als ich zu bedenken begann, was ich denn zu meiner Verteidi-

gung sagen sollte, falls ER – der Unbekannte – plötzlich im Kaffeehaus erschiene und Genugtuung forderte, erlebte ich diesen letzten November eines Vormittags einen Schock, in welchem ich den Finger des Schicksals und des Gewissens, Hand in Hand vereint, zu erblicken vermeinte. Ich war allein im Kaffeehaus und hatte gerade das Feuer geschürt. Nun stand ich, den Rücken der lodernden Flamme zugewendet, um zu versuchen, ob ihre Wärme einen besänftigenden Einfluß auf meine innere Stimme ausüben würde, als ein junger Mann mit einer Mütze und intelligentem Gesicht (wenn auch dringend eines Haarschnitts bedürftig) urplötzlich vor mir stand.

»Mr. Christopher, der Oberkellner?«

»In Person.«

Der junge Mann schüttelte die Haare aus seinem Blickfeld – das sie behinderten –, zog ein Paket aus seinem Busen, überreichte es mir und sagte, den Blick (oder träumte ich?) mit flammender Bedeutsamkeit auf mich gerichtet: »Die Probeabzüge!«

Obzwar ich roch, daß das Feuer meine Frackschöße versengte, war ich unfähig, eine Bewegung zu machen. Der junge Mann drückte das Paket in meine zögernd zugreifende Hand und wiederholte – zu seiner Ehre sei hinzugefügt, in höflichem Ton: »Die Probeabzüge. A. Y. R.«

A. Y. R.? *And You Remember.* War das gemeint? *At Your Risk.* Bildeten die Buchstaben die Abkürzung für diese Warnung? *Anticipate Your Retribution.* Oder für diese?

Ich öffnete das Paket und erkannte in seinem Inhalt die vorausgehenden Zeilen im Druck, genau wie der Leser (darf ich ergänzen, der scharfsinnige Leser?) sie bereits durchflogen hat. Vergebens flüsterte mir eine beruhigende Stimme zu: »A. Y. R. – *All the Year Round.*« Die Probeabzüge vermochte sie nicht auszulöschen. Die Probeabzüge – den Beweis, daß ich die Papiere verkauft hatte.

Mein Elend wurde täglich größer. Ich hatte nicht an die Gefahr gedacht, in die ich mich stürzte, und nicht an die herausfordernde Öffentlichkeit, an die ich den Kopf hinhielt, bevor alles unwiderruflich getan und im Druck war. Auf das Geld zu verzichten, um den Handel rückgängig zu machen und die Veröffentlichung zu verhindern – das war unmöglich. Meine Familie war in bedrängten Verhältnissen, Weihnachten nahte, ein Bruder im Spital und eine Schwester in rheumatischen Umständen konnten nicht gänzlich vernachlässigt werden. Dazu kam ein Bruder, der seine Stellung verloren hatte, und ein anderer Bruder, der Geld für eine Wechselschuld benötigte, und ein weiterer Bruder, der den Verstand verloren hatte, und einer, der nach New York gegangen war (nicht der nämliche, obwohl es so scheinen könnte); das alles hatte mich an einen Punkt gebracht, wo ich wirklich und wahrhaftig ohne Zuschuß nicht weiterkonnte. Ich versank tiefer und tiefer in Trübsal, da ich ständig über die Probeabzüge nachdachte. Wenn sie demnächst zu Weihnachten veröffentlicht wurden, gab es für mich keine Sicherheit mehr. Von einer Stunde zur anderen konnte ER im Kaffeehaus vor mich hintreten und im Angesicht des Tages und des Landes sein Recht fordern.

Die ebenso erschütternde wie unvorhergesehene Katastrophe, auf die ich den Leser (darf ich hinzufügen, den hochintellektuellen Leser?) zu Beginn dieses Berichtes düster hinwies, naht jetzt mit raschen Schritten.

Es war noch immer November, doch der Monat neigte sich seinem Ende zu. Das Geschäft ging flau – mehrere Rindskeulen unter dem durchschnittlichen Verbrauch und Wein natürlich dementsprechend. So flau ging es schließlich, daß Nr. 26, 27, 28 und 31, nachdem sie um sechs ihre diversen Dinners zu sich genommen und über ihren diversen Halben gedöst hatten, in ihren diversen Hansoms abfuhren, um ihre diversen Nachtzüge zu erreichen, und wir leer zurückblieben.

Ich hatte mich mit der Zeitung an Tisch Nr. 6 zurückgezogen – wo man am wärmsten und behaglichsten sitzt – und war über den ungemein fesselnden Tagesnachrichten eingenickt, als der vertraute Ruf »Kellner!« mich ins Bewußtsein zurückrief. »Sir!« antwortete ich mechanisch und erblickte einen Herrn, der an Tisch Nr. 4 stand. Der Leser (soll ich hinzufügen, der aufmerksame Leser?) wird ersucht, die Nummer des Tisches zu beachten – der Herr wählte *Tisch Nr. 4.*

Er hielt eine der neumodischen, nicht zusammenklappbaren Reisetaschen in der Hand (gegen die ich bin, denn ich sehe nicht ein, warum wir nicht zusammenklappen sollen, wenn unsere Väter es von jeher taten) und sprach: »Ich möchte etwas essen. Ich übernachte hier.«

»Sehr wohl, Sir. Was wünschen Sie zum Nachtessen, Sir?«

»Suppe, ein Stückchen Fisch, Austernsauce und Braten.«

»Danke, Sir.«

Ich läutete nach dem Zimmermädchen, und Mrs. Pratchett trat ein; sie trug, wie es Brauch ist, mit sittsamer Miene eine brennende Kerze vor sich her, als schritte sie an der Spitze einer langen, öffentlichen Prozession, deren sämtliche übrigen Mitglieder unsichtbar wären.

Inzwischen war der Fremde ans Fenster getreten und hatte die Stirn gegen das Kaminsims gelehnt (das niedrig ist, so daß es aussah, als wolle er bockspringen), wobei er einen herzzerreißenden Seufzer ausstieß. Er hatte langes hellblondes Haar, und als er seine Stirn an das Sims lehnte, fiel ihm der ganze Schopf wie ein Staubwedel über die Augen; und als er sich dann umwandte und wieder den Kopf hob, fiel er ihm wie ein Staubwedel über die Ohren. Das verlieh ihm ein wildes Aussehen, ähnlich einer abgebrannten Heide.

»Oh! Das Zimmermädchen. Ach!« Er wälzte etwas in seinem Geist. »Natürlich. Ja. Ich will jetzt nicht in mein Zimmer gehen, wenn Sie nur meine Tasche hinauftragen. Vorläufig genügt es, wenn ich die Nummer weiß. – Können Sie mir 24 B geben?«

(O Gewissen, was bist du für eine Schlange!)

Mrs. Pratchett sagte ihm das Zimmer zu und trug die Tasche hinauf. Worauf er zum Kamin zurückkehrte und sich ans Nägelbeißen machte.

»Kellner!« rief er, an seinen Nägeln herumbeißend. »Bringen Sie mir bitte (Beißen) Feder und Papier (Beißen), und in fünf Minuten (Beißen) möchte ich (Knabbern) einen (Knabbern) Boten haben.«

Ehe er sein Dinner berührte, hatte er, uneingedenk der dahinwelkenden Suppe, sechs Briefchen geschrieben und per Boten abgeschickt: drei City, drei West End. Die City-Briefe waren an Adressen in Cornhill, Ludgate Hill und Farringdon Street gerichtet, die West End-Briefe an Great Marlborough Street, New Burlington Street und Piccadilly. Jeder der sechs Adressaten ließ sich systematisch verleugnen, und es gab keine Spur einer Antwort. Unser Laufjunge, der mit diesem Bericht zurückkehrte, flüsterte mir zu: »Lauter Buchhändler!«

Doch bevor es soweit war, hatte er sein Dinner verzehrt und seine Flasche Wein geleert. Hierauf – man beachte die Übereinstimmung mit dem weiter oben vollinhaltlich wiedergegebenen Dokument! – stieß er mit seinem aufgeregten Ellbogen einen Teller Biscuits vom Tisch (doch ohne daß es Scherben gab) und verlangte nach Brandy und kochendem Wasser.

Mittlerweile völlig überzeugt, daß ER es in Person war, schwitzte ich mit der größten Freimütigkeit. Als er durch das soeben erwähnte heiße Genußmittel in Hitze geriet, verlangte er wieder Feder und Papier und verbrachte die nächsten zwei Stunden mit der Verfertigung eines Manuskripts, das er nach seiner Vollendung ins Feuer warf. Hierauf begab er sich, von Mrs. Pratchett geleitet, auf sein Zimmer. Als Mrs. Pratchett (der meine Befürchtungen bekannt waren) zurückkam, erzählte sie mir, sie hätte bemerkt, wie sein Blick sich in jeden Winkel des Treppenhauses und der Gänge bohrte, als suchte er nach seinem Gepäck; und als sie die Tür von 24 B hinter sich schloß, hätte sie, ins Zimmer zurückblickend, gesehen, wie er, bereits in Hemdsärmeln, gänzlich unter der Bettstatt verschwand, wie der Schornsteinfeger im Kamin.

Der nächste Tag – die Qualen dieser Nacht übergehe ich

mit Stillschweigen – ging so neblig auf, daß wir die Gaslampen im Kaffeehaus anzünden mußten. Wir waren noch immer allein, als er wieder an Tisch Nr. 4 Platz nahm, und kein fieberhaftes Wort meiner Feder vermöchte dem unruhigen Zucken seiner Züge gerecht zu werden – noch verstärkt durch die flackernde Beleuchtung, weil etwas mit dem Gas nicht in Ordnung war.
Nachdem er sein Nachtessen bestellt hatte, ging er aus und blieb nahezu zwei Stunden weg. Bei der Rückkehr erkundigte er sich, ob eine Nachricht für ihn eingetroffen wäre, und beantwortete die uneingeschränkte Verneinung dieser Frage mit dem unverzüglichen Ruf nach Currysuppe, Cayennepfeffer und Orangenschnaps.
Im Gefühl, daß der mörderische Kampf jetzt knapp bevorstünde, und dem weiteren Gefühl, daß ich ihm gewachsen sein müsse, beschloß ich, alles, was er bestellte, gleichfalls zu mir zu nehmen. So genehmigte ich mir hinter meiner Zwischenwand, von wo ich ihn stets im Auge behielt, Currysuppe, Cayennepfeffer und Orangenschnaps. Und als er später am Tage meinem zweiten Assistenten George (mein Erster war gerade auf Urlaub) wiederum »Orangenschnaps« zurief, tat ich ein gleiches.
Diesen ganzen furchtbaren Tag lang wanderte er unablässig im Kaffeehaus herum. Er kam oft in die Nähe meiner Wand, und seine Augen schweiften nur allzu offensichtlich auf der Suche nach seinem Gepäck umher. Es wurde halb sieben, und ich deckte seinen Tisch. Er bestellte eine Flasche Dunkles. Ich bestellte ebenfalls eine Flasche Dunkles. Er trank sein Bier. Ich trank meines, soweit meine Pflichten es zuließen, Glas um Glas mit ihm. Er krönte die Mahlzeit mit Kaffee und einem Gläschen Brandy. Ich krönte ebenfalls mit Kaffee und einem Gläschen Brandy. Er nickte ein. Ich nickte ein. Endlich hieß es »Kellner!«, und er verlangte seine Rechnung. Der Augenblick war gekommen, da wir einander im tödlichen Ringkampf umklammern mußten.
Mit der Geschwindigkeit des Pfeils, der vom Bogen

schwirrt, hatte ich meinen Beschluß gefaßt, mit anderen Worten, ich hatte ihn zwischen neun und neun genau ausgedacht. Er bestand darin, daß ich als erster mit einem offenen Bekenntnis vor ihn hintreten und ihm jede in meiner Macht stehende Genugtuung anbieten würde. Er bezahlte seine Rechnung (mit einem angemessenen Trinkgeld), während sein Auge bis zum letzten Moment nach irgendeinem Anzeichen seines Gepäcks umherwanderte. Ein einziges Mal begegneten sich unsere Blicke mit dem starren Glanz (ich glaube, ich irre nicht, wenn ich ihm diese Eigenschaft zuschreibe?) des wohlbekannten Basilisken. Der entscheidende Augenblick war gekommen.

Mit leidlich fester Hand, wenn auch mit Demut, legte ich die Abzüge vor ihn auf den Tisch.

»Grundgütiger Himmel!« rief er, aufspringend und sich am Haar packend. »Was sehe ich! Gedruckt!«

»Sir«, erwiderte ich in beschwichtigendem Ton und neigte den Kopf, »ich bekenne demütig, der unglückselige Urheber dieses zu sein. Doch ich hoffe, Sir, wenn Sie erst die näheren Umstände erfahren und die Unschuld meiner Absichten ...«

Zu meiner Verblüffung schnitt er mir das Wort ab, indem er mich mit beiden Armen umfing und an sein Brustbein drückte; woraus (wie ich gestehen muß) dank dem Umstand, daß er einen bis zum Hals zugeknöpften Rock trug und seine Knöpfe ungewöhnlich hart waren, meinem Gesicht und insbesondere meiner Nase vorübergehend einiger Schaden erwuchs.

»Hahaha!« schreit er gellend, während er mich mit einem wilden Lachen wieder freigibt und dafür meine Hände zu packen kriegt. »Wie ist Ihr Name, mein teurer Wohltäter?«

»Mein Name, Sir?« (Ich war arg zerknittert und begriff überhaupt nichts mehr.) »Mein Name ist Christopher, und ich hoffe, Sir, wenn Sie erst meine Entschul ...«

»Gedruckt!« schreit er wieder und wühlt in den Bogen herum, als wolle er darin baden. »Gedruckt! O Christopher! Edler Menschenfreund! Nichts auf Erden kann Sie angemessen belohnen – aber welche Summe würde Ihnen als schwacher Entgelt für Ihre Mühen annehmbar erscheinen?«

Ich war einen Schritt zurückgetreten, sonst hätte ich es wieder mit den Knöpfen zu tun bekommen.

»Sir, ich bin bereits gut bezahlt worden und ...«

»Nein, nein, Christopher! Davon will ich nichts hören. Welcher Betrag würde Ihnen annehmbar erscheinen? Würden Ihnen zwanzig Pfund annehmbar erscheinen, Christopher?«

Wie groß auch meine Überraschung war, fand ich naturgemäß doch Worte, um zu sagen: »Sir, es ist mir nicht bekannt, daß je ein Mensch mit annähernd durchschnittlichem Wassergehalt des Gehirns geboren wurde, der zwanzig Pfund *nicht* annehmbar finden würde. Aber – ergebensten Dank, Sir, ich bin Ihnen außerordentlich verbunden«, denn er hatte zwei Zehnpfundnoten aus seiner Börse hervorgewühlt und sie mir in die Hand gedrückt, »aber ich wüßte gern, Sir, wenn ich so frei sein darf – womit habe ich diese Großzügigkeit verdient?«

»So erfahren Sie denn, Christopher«, sagte er, »daß ich mich von der Stunde meiner Kindheit an ebenso unablässig wie vergeblich bemüht habe, im Druck zu erscheinen. Erfahren Sie, Christopher, daß sämtliche lebenden Buchhändler – und mehrere verstorbene – es abgelehnt haben, mich zu drucken. Erfahren Sie, Christopher, daß ich ungezählte Ries Papier beschrieben habe, die nie gedruckt wurden. Doch Ihnen werde ich sie vorlesen, mein Freund und Bruder! Sie haben doch manchmal Urlaub?«

In Erkenntnis der großen Gefahr, die mir drohte, besaß ich die Geistesgegenwart zu antworten: »Niemals!« Und ich fügte hinzu: »Nein, niemals von der Wiege bis zum Grabe!«

»Na, dann nicht«, sagte er, ohne weiter daran zu denken, und wühlte wieder in den Druckbogen. »Aber ich bin ge-

druckt! Der erste ehrgeizige Traum, der sich aus der ärmlichen Hütte meines Vaters emporschwang, ist jetzt endlich Wirklichkeit geworden! Die goldene Schale« (er war schon etwas fortgeschritten) »hat unter der Berührung der Zauberhand einen vollen, reichen Klang von sich gegeben! Wann geschah es, o mein Christopher?«
»Was, Sir?«
»Dies hier!« Und er hielt die Druckbogen auf Armeslänge von sich, um sie zu bewundern. »Dieser D-r-r-ruck!«
Als ich ihm darüber berichtet hatte, ergriff er wieder meine Hand und sprach: »Teurer Christopher, es sollte Sie stolz machen, zu wissen, daß Sie ein Werkzeug in der Hand des Schicksals sind. Denn das sind Sie!«
Ein flüchtiger Schatten von Melancholie, der mir durch den Kopf zog, bewog mich, diesen zu schütteln und zu sagen: »Vielleicht sind wir das alle.«
»So meine ich es nicht«, erwiderte er. »Ich spreche nicht allgemein, sondern beschränke mich auf diesen besonderen Fall. Hören Sie gut zu, mein Freund. Ohne jede Hoffnung, auch nur eines meiner Manuskripte aus eigener Kraft loszuwerden – denn wohin ich sie auch schicken mochte, sie kehrten sämtlich wieder zu mir zurück –, ließ ich vor jetzt sieben Jahren mein Gepäck hier, auf die verzweifelte Chance hin, daß entweder die allzu treuen Manuskripte nicht mehr zu mir zurückfinden würden, oder daß einer, der nicht unter dem gleichen Fluch stünde wie ich, sie der Welt zu übermitteln vermöchte. Sie folgen mir, mein Freund Christopher?«
»Durchaus, Sir.« Ich folgte ihm weit genug, um zu erkennen, daß er nicht viel vertrug und daß der Orangenschnaps, der Brandy mit heißem Wasser und das alte Braunbier ihre Wirkung auszuüben begannen. (Das alte Braunbier geht in den Kopf und eignet sich am besten für trinkfeste Fälle.)
»Die Jahre verrannen, und meine Werke schlummerten im Staube. Bis endlich das Schicksal, auf der Suche nach einem Vollstrecker, aus der ganzen Menschheit Sie, Chri-

stopher, auswählte! Sie kamen her, und siehe! die Flasche barst, und der Geist war befreit!«

Nach diesen Worten machte er einen veritablen Heuhaufen aus seinem Haar und erhob sich auf die Zehenspitzen. Doch alsbald geriet er in große Erregung. »Wir müssen heut die ganze Nacht lang arbeiten, mein Christopher!« rief er. »Ich muß diese Fahnen für den Druck korrigieren. Füllen Sie alle Tintenfässer im Haus und bringen Sie mir ein Bündel neue Federn!«

Die ganze Nacht lang verschmierte er sich und verschmierte er die Druckbogen derartig mit Tinte, daß, als die aufsteigende Sonne ihn zur Abreise mahnte (in einem Zweispänner), nur wenige hätten unterscheiden können, was Papier war und was er war und was Kleckse waren. Seine letzten Anweisungen lauteten dahin, daß ich die Korrekturen schleunigst auf die Redaktion des vorliegenden Journals bringen solle, was ich auch tat. Höchstwahrscheinlich werden sie nicht im Druck erscheinen, denn während ich noch diese abschließenden Zeilen aufs Papier warf, entging es mir nicht, daß eine Botschaft aus der Setzerei im Beaufort House eintraf, des Inhalts, daß nichts und niemand im ganzen Betrieb herauskriegen könnte, was sie bedeuteten. Worauf ein gewisser Herr, dessen Namen ich hier nicht nennen will – doch dürfte die Bemerkung genügen, daß er, auf dem mächtigen Fundament einer meerumschlungenen Insel stehend, in welchem Lichte man ihn auch betrachten mag ... (Der Rest dieser schmeichelnden Einschaltung vom Herausgeber gestrichen) –, einfach lachte und die Korrekturen ins Feuer warf.

Möblierte Zimmer zu vermieten

Wie Mrs. Lirriper ihr Geschäft führte

Wie jemand auf die Idee kommen kann, möblierte Zimmer zu vermieten, ohne eine alleinstehende Frau zu sein, die sich ihr Brot verdienen muß, das ist mir unbegreiflich, meine Liebe. Um Vergebung für die vertrauliche Anrede, aber es rutscht mir so natürlich heraus, wenn ich hier in meinem eigenen Stübchen jemandem, dem ich trauen kann, mein Herz ausschütten möchte, und ich wäre wahrhaftig dankbar, wenn es die ganze Menschheit wäre, aber dem ist nicht so, sondern Sie brauchen nur einen Möblierten Zettel im Fenster zu haben und Ihre Uhr auf dem Kaminsims, und kaum drehen Sie sich einen Moment um, ist sie weg, so feine Manieren er auch hat. Auch eine Person Ihres eigenen Geschlechts ist keine Garantie, für welche Behauptung ich meine guten Gründe in der Form von Zuckerzangen habe, denn die betreffende Dame (und sie war eine vornehme Erscheinung) bat mich, ihr rasch ein Glas Wasser zu holen, unter dem Vorwand, daß ihre Niederkunft bevorstünde, was auch tatsächlich der Wahrheit entsprach, aber es fand dann auf der Polizeiwache statt.
Nummer einundachtzig, Norfolk Street, Strand – beste Lage zwischen City und St. James, fünf Minuten zu Fuß von den hauptsächlichsten Vergnügungsetablissements –, so lautet meine Adresse. Ich bin seit vielen Jahren in dem Haus eingemietet, wie die Steuerbücher des Gemeindebezirks es bezeugen, und ich wollte nur, mein Hausherr wäre sich der Tatsache ebenso lebhaft bewußt wie ich; aber nein, bewahre, nicht ein halbes Pfund Ölfarbe, und wenn's um sein Leben ginge, und nicht einmal ein einziger Dachziegel, auch auf den Knien nicht.
Meine Liebe, Sie haben Nummer einundachtzig, Norfolk Street, Strand, niemals in Bradshaws Eisenbahnkursbuch annonciert gesehen, und werden und sollen es mit Gottes Hilfe auch nie darin sehen. Es gibt Leute, die es nicht er-

niedrigend finden, ihren Namen so gemein zu machen und sogar bis zu einer Abbildung des Hauses zu gehen, bloß ganz unähnlich, mit einem Klecks in jedem Fenster und einer vierspännigen Kutsche vor der Tür, aber was Miß Wozenham, quer über die Straße, ein Stück weiter unten, vielleicht paßt, braucht mir noch nicht zu passen, indem Miß Wozenham ihre eigenen Ansichten hat und ich die meinigen; obzwar, wenn es zu einem systematischen Unterbieten kommt, wie vor Gericht jederzeit unter Eid zu beweisen wäre, in Form von »Wenn Mrs. Lirriper achtzehn Shilling die Woche sagt, dann sage ich fünfzehneinhalb«, dann müssen Sie es mit Ihrem eigenen Gewissen ausmachen, vorausgesetzt Ihr Name wäre Wozenham, was er nicht ist, wie ich mir wohl bewußt bin, sonst hätte ich keine so gute Meinung von Ihnen, und was luftige Schlafzimmer und einen ständig diensttuenden Nachtportier betrifft, empfiehlt es sich, darüber möglichst wenig zu reden, indem die Schlafzimmer luftlos sind und der Nachtportier aus der Luft gegriffen.

Es ist vierzig Jahre her, daß ich und mein seliger Lirriper getraut wurden, in der Kirche zu St. Clement's Danes, wo ich noch jetzt meinen festen Platz habe, in einem sehr angenehmen Kirchenstuhl, in guter Gesellschaft und mit meinem eigenen Kniekissen und einer Vorliebe für den Abendgottesdienst, wo es nicht so voll ist. Mein seliger Lirriper war das Bild von einem stattlichen Mann mit leuchtenden Augen und einer Stimme, so melodisch wie ein Musikinstrument aus Honig und Stahl, aber er war ein freizügiges Leben gewöhnt, als Geschäftsreisender von Beruf, und das auf einer Kalkofenroute, wie er es nannte. »Eine trockene Route, Emma, meine Liebe«, sagt mein seliger Lirriper immer zu mir, »wo ich den Staub mit einem Glas nach dem anderen hinunterspülen muß, den ganzen Tag lang und noch die halbe Nacht, und das zermürbt den Menschen, Emma«, sagt mein seliger Lirriper zu mir. Was dann dazu führte, daß er oft geradewegs durchfuhr, und er wäre wohl auch durch den Straßenzoll durchgefahren, als das schreckliche Pferd, das keinen Moment stillstehen wollte, losging, aber es war Nacht und die Schranke geschlossen, und infolgedessen bleibt sein Rad hängen, mein armer, seliger Lirriper, und der leichte Wagen in Atome zersplittert, und hat nie wieder ein Wort gesprochen. Er war das Bild von einem stattlichen Mann und ein Mann mit einem warmen Herzen und einem fröhlichen Gemüt. Aber auch wenn es sie damals schon gegeben hätte, sie hätten doch nie seine weiche Stimme wiedergeben können, und überhaupt finde ich, daß es den Photographien, allgemein gesagt, an Weichheit mangelt, und man sieht darauf aus wie ein frisch gepflügtes Feld.

Indem mein seliger Lirriper mit der Welt im Rückstand war und in Hatfield in Hertfordshire begraben wurde, nicht daß es sein Geburtsort wäre, aber er hatte eine Vorliebe für den Gasthof dort, wohin wir an unserem Hochzeitstag fuhren und zwei Wochen glücklich verlebten, wie man nur glücklich sein kann, gehe ich also der Reihe nach zu den Gläubigern und sage: »Gentlemen, es ist mir bekannt, daß ich nicht für die Schulden meines seligen Gemahls haftbar bin, aber es ist mein Wunsch, sie zu begleichen, denn ich bin seine gesetzlich angetraute Ehefrau, und sein guter Name ist mir teuer. Ich gedenke jetzt möbliert zu vermieten, beruflich, Gentlemen, und wenn ich erfolgreich bin, soll jeder Rappen, den mein seliger Gemahl schuldig war, auf Heller und Pfennig zurückbezahlt werden, um der Liebe willen, die ich ihm gelobte, bei dieser meiner rechten Hand.« Es hat lange gebraucht, aber ich habe es vollbracht, und das echt silberne Sahnekännchen, ganz unter uns, unter der Matratze oben in meinem Schlafzimmer (sonst hätte es längst Beine bekommen, so sicher wie der Möblierte Zettel draußen hängt), das mir von den Herren verehrt wurde mit der Inschrift: »Mrs. Lirriper als Zeichen dankbarer Hochachtung für ihr ehrenhaftes Verhalten« – das ist mir in die Glieder gefahren, es hat mich übermannt, bis Mr. Betley, der zur damaligen Zeit das große Frontzimmer hatte und sehr witzig war, zu mir sagt: »Kopf hoch, Mrs. Lirriper, stellen Sie sich vor, es wäre Ihre Taufe und die Herren wären Ihre Paten und Patinnen, die versprochen haben, für Sie einzustehen.« Da habe ich mich wiedergefunden, und ich will Ihnen gern gestehen, meine Liebe, daß ich damals ein belegtes Brot und einen Tropfen Sherry in mein Körbchen tat und zum Friedhof von Hatfield fuhr, außen auf der Postkutsche, und dort küßte ich meine Hand und legte sie mit einer Art stolzer Liebe, die mir geradezu die Brust schwellte, auf das Grab meines Seligen, obzwar ich so lang dazu gebraucht hatte, seinen Namen reinzuwaschen, daß der Ehering an meinem Finger schon ganz durchgescheuert war, als ich ihn in das grüne, grüne, wogende Gras legte.

Heut bin ich eine alte Frau, und was ich je an Schönheit besaß, ist dahin, aber das bin ich, meine Liebe, dort über dem Tellerwärmer, und es galt als sehr ähnlich, zur Zeit als man zwei Pfund bezahlte, auf Elfenbein, und es eben darauf ankommen ließ, wie es herauskam, weshalb man aber nachher sehr aufpassen mußte, wo man es hinstellte, indem es die Leute so in Verlegenheit brachte, weil sie es meistenteils für eine ganz andere Person hielten; und einmal war hier ein gewisser Herr, der sein Geld in Hopfen angelegt hatte, der eines Morgens seine Miete zahlen kam, weil er nämlich den zweiten Stock hatte, und will er es nicht von seinem Haken herunternehmen und in die Brusttasche stecken! Sie verstehen, meine Liebe, um der L ... willen, sagt er, die er für das Urbild empfindet! Aber in *seiner* Stimme war keine Weichheit, und ich ließ es nicht zu; nur seine Meinung von dem Bild können Sie daraus ersehen, daß er ganz laut zu ihm sagte: »Emma, sprich ein Wort zu mir!« – was weit entfernt von einer vernünftigen Bemerkung ist, zweifellos, aber immerhin ein Zeugnis für die Ähnlichkeit, und ich denke selber, daß ich wirklich so ausgesehen habe, als ich noch jung war und so ein Korsett trug.

Aber ich wollte ja vom Vermieten reden, und tatsächlich sollte ich etwas von dem Geschäft verstehen, wo ich so

lange dabei bin, denn es war zu Beginn meines zweiten Ehejahrs, daß ich meinen seligen Lirriper verlor, und ich etablierte mich unmittelbar darauf in Islington und kam wenig später hierher, also zwei Häuser und achtunddreißig Jahre, etwelche Verluste und viel Erfahrung.
Nächst dem Inventar sind die Mädchen die größte Prüfung, und sie plagen einen noch mehr als das, was ich die »Wandernden Christen« nenne, aber warum die auf Erden herumstreifen und nach Möblierten Zetteln Ausschau halten und dann hereinkommen und die Wohnungen besichtigen und um den Preis feilschen, obwohl sie keine brauchen und nicht im Traum daran denken, sie zu mieten, weil sie sowieso versorgt sind – das ist ein Rätsel, für dessen Erklärung ich dankbar wäre, wenn es wunderbarerweise eine gäbe. Es ist zum Staunen, daß sie so lange leben und so blühend aussehen, aber wahrscheinlich ist es gesund, weil sie sich soviel Bewegung machen und überall anklopfen, den ganzen Tag von Haus zu Haus, treppauf und treppab, und das Komischste ist, daß sie so eigen und pünktlich tun und auf Ihre Uhr schauen und sagen: »Könnten Sie mir im Wort bleiben bis längstens übermorgen, elf Uhr zwanzig vormittag, unter der Bedingung wohlverstanden, daß mein Freund vom Land unbedingt noch ein Klappbett in dem kleinen Hinterzimmer braucht?« Als ich noch neu im Geschäft war, meine Liebe, pflegte ich es mir gründlich zu überlegen, ehe ich zusagte, und mich mit der Berechnung ganz verrückt zu machen und dann die Enttäuschung so schwer zu nehmen, aber heute sag ich nur: »Gewiß, unbedingt!«, weil ich gleich merke, daß es ein Wandernder Christ ist und ich nie wieder was von der Sache hören werde. Inzwischen kenne ich auch die meisten Wandernden Christen vom Ansehen, und sie kennen mich, weil jeder einzelne die Gewohnheit hat, in dieser Eigenschaft die Runde durch ganz London zu machen und ungefähr zweimal im Jahr wieder aufzutauchen; und es ist sehr merkwürdig, daß es in der Familie liegt und die Kinder es auch tun, wenn sie heranwachsen,

aber auch ohne das brauche ich nur von dem Freund vom Land zu hören, was nämlich ein sicheres Kennzeichen ist, um zu nicken und mir im stillen zu sagen: »Du bist ein Wandernder Christ!« Aber ob sie (wie ich auch schon gehört habe) Leute mit einem sicheren kleinen Einkommen sind, die eine regelmäßige Tätigkeit und häufigen Szenenwechsel schätzen, das kann ich Ihnen nicht sagen.
Also die Mädchen sind, wie ich zu bemerken begann, eine der ersten und der bleibenden Prüfungen, so ungefähr wie die Zähne, die ja mit Konvulsionen beginnen und einen ständig plagen, von dem Augenblick an, wo man sie bekommt, bis zum Augenblick, wo man sie verliert, und dann will man sich nicht von ihnen trennen, was ja auch wirklich traurig ist, aber wir müssen uns alle darein fügen oder künstliche kaufen, und sogar wenn man eine willige kriegt, haben neun von zehn ständig ein schmutziges Gesicht, und natürlich sehen es die Mieter nicht gern, wenn man anständigen Besuchern mit einem Rußfleck auf der Nase oder verschmierten Augenbrauen die Tür aufmacht. Wo sie die schwarzen Flecken immer hernehmen, ist mir ein unlösbares Rätsel, so wie im Fall von dem willigsten Mädchen, das je in ein Haus kam, halb verhungert, das arme Ding, und so willig, daß ich sie nur die willige Sophie nannte, früh und spät auf den Knien und den Fußboden gescheuert, immer fröhlich und lächelnd, aber immer mit einem schwarzen Gesicht. Und ich sage zu Sophie: »Sophie, mein gutes Kind, nimm dir einen bestimmten Tag zum Ofenputzen und laß die Breite der Kellertreppe zwischen dir und der schwarzen Schuhwichse und bürste dir das Haar nicht mit der rußigen Bratpfanne und schneuz die Kerzen nicht mit den Fingern, dann kann es logischerweise nicht mehr sein.« Trotzdem war es noch da, und immer auf der Nase, die noch dazu eine Stupsnase war und dick an der Spitze, so daß es aussah, als wollte sie sich damit brüsten, und es führte zu einer Kündigung von einem sehr soliden Herrn und guten Mieter mit Frühstück, per Woche, nur etwas reizbar und über Wunsch Be-

nützung des Wohnzimmers, mit folgenden Worten: »Mrs. Lirriper, ich bin bereit zuzugeben, daß der Schwarze ein Mensch und Bruder ist, aber nur in natürlicher Form und wenn es nicht heruntergeht.« Nun, demzufolge stelle ich die arme Sophie zu anderen Arbeiten an und verbiete ihr ausdrücklich, die Tür aufzumachen und überhaupt auf ein Klingelzeichen zu antworten, aber sie ist unglückseligerweise so willig, daß nichts sie davon abhalten kann, die Küchentreppe hochzufliegen, wenn nur irgendwo eine Klingel ertönt. Ich sage zu ihr: »O Sophie, Sophie, um Himmels, Himmels willen, woher kommt es?« Darauf bricht das arme, unglückselige, willige Geschöpf in Tränen aus, weil sie mich so bestürzt sieht, und antwortet: »Ich hab soviel Schwarzes geschluckt, Madam, wie ich ein kleines Kind war und es so schlecht hatte, und ich glaub, das schafft sich jetzt heraus.« Nun, wie ich sehe, daß es sich immer weiter aus ihr herausschafft, und ich ihr wirklich sonst nichts vorwerfen kann, sag ich: »Sophie, was würdest du allen Ernstes davon halten, wenn ich dir behilflich wäre, nach Australien auszuwandern, wo es vielleicht niemandem auffällt?« Und ich habe auch nie die Ausgabe bereut, das war gut angelegtes Geld, denn sie heiratete auf der Überfahrt den Schiffskoch (der selber ein Mulatte war) und lebte rechtschaffen und glücklich, und es fiel, soviel ich gehört habe, niemandem auf bis an ihr seliges Ende, in der dortigen, neuartigen Gesellschaftsordnung.

Wie Miß Wozenham, quer über die Straße, ein Stück weiter unten, es mit ihren Gefühlen als Dame (was sie nicht ist) vereinbaren konnte, daß sie Mary Anne Perkinsop aus meinem Dienst weglotste, ist ihr selber am besten bekannt; ich weiß nicht und wünsche keineswegs zu wissen, wie man drüben bei Miß Wozenham zu irgendeiner Meinung gelangt. Aber obwohl Mary Anne Perkinsop, zu der ich mich immer anständig benahm, sich mir gegenüber nicht anständig benahm, war sie ihr Gewicht in Gold wert, dadurch daß sie die Mieter in Respekt hielt, ohne sie zu vertreiben, denn bei Mary Anne klingelten die Mieter viel seltener, als ich es sonst je bei einem Mädchen oder einer Wirtin erlebt habe, und das ist ein großer Triumph, besonders in Verbindung mit Schielaugen und einem klapperdürren Gestell, aber es war ihre Festigkeit ihnen gegenüber, weil ihr Vater nämlich in Schweinefleisch Bankrott gemacht hatte. Weil Mary Anne so respektabel in ihrer Erscheinung und so streng in ihrem Wesen war, wurde sie mit dem tee- und zuckerbesessensten Herrn fertig, mit dem ich je zu tun hatte (er wog jeden Morgen beides auf einer Briefwaage ab), und kein Lämmchen konnte nachher sanfter sein. Als Miß Wozenham, wie ich später hintenherum hörte, einmal zufällig vorbeikam und sah, wie Mary Anne dem Milchmann die Milch abnahm, der auf so rosenwangige Art (ich denke darum nicht schlechter von ihm) sich mit jedem Mädchen in der Straße ein paar kleine Freiheiten herausnahm, aber angesichts von Mary Anne zu Stein erstarrte wie das Denkmal von Charing Cross, erkannte Miß Wozenham Mary Annes Wert im Vermietungsgeschäft und ging bis zu einem Pfund mehr pro Quartal, worauf Mary Anne, ohne daß ein böses Wort zwischen uns gefallen wäre, zu mir sagt: »Wenn *Sie* sich von heut in einem Monat versorgen wollen, Mrs. Lirriper, *ich* hab es bereits getan.« Was mich verletzte, und ich sagte es ihr, worauf sie mich noch mehr verletzte, indem sie andeutete, wegen des Bankrotts ihres Vaters in Schweinefleisch müsse sie sich alles gefallen lassen.

Ich versichere Ihnen, meine Liebe, es ist eine quälende Frage, welchen Mädchen man den Vorzug geben soll; denn sind sie flink, werden ihnen die Beine unter dem Leib weggeklingelt, und sind sie langsam, leidet man selbst unter den Reklamationen, und sind sie funkeläugig, bandeln die Herren mit ihnen an, und halten sie etwas auf ihr Aussehen, probieren sie die Hüte der Damen; sind sie aber musikalisch, dann versuchen Sie nur einmal, sie von den Drehorgelspielern und Straßensängern fernzuhalten! Auch unter Berücksichtigung aller nur möglichen Verschiedenheiten der Köpfe, werden die Köpfe doch sämtlich zum Fenster hinausgucken. Und was den Herren an den Mädchen gefällt, gefällt wieder den Damen nicht, was zu allseitigen Ungelegenheiten führt. Und die Temperamentsausbrüche! Obwohl ich hoffen will, daß ein Temperament wie das von Caroline Maxey nicht oft vorkommt. Ein hübsches schwarzäugiges Mädel war sie, die Caroline, und ein kräftig gebautes Mädel, leider Gottes, wenn es sie überkam und sie loslegte, was zum ersten und zum letzten Mal von wegen einem jungverheirateten Ehepaar geschah, das London besichtigen kam, im ersten Stock, und die Dame sehr hochnäsig, und es wurde damals angenommen, daß ihr Carolines hübsches Aussehen nicht gefiel, weil sie selber nicht viel davon besaß, aber jedenfalls stellte sie Carolines Geduld wirklich auf eine harte Probe, obzwar das keine Entschuldigung ist. Also eines Nachmittags kommt Caroline mit hochrotem Gesicht und blitzenden Augen in die Küche und sagt zu mir: »Mrs. Lirriper, die Person im Ersten hat mich so gereizt, daß es nicht weitergeht!« – »Caroline«, sag ich, »halte dich zurück!« – »Zurückhalten?« sagt Caroline mit einem Lachen, daß mir das Blut gerinnt. »Jawohl, Mrs. Lirriper, das will ich. Zum Teufel!« schreit Caroline plötzlich (meine Liebe, Sie hätten mich mit einer Feder in den Mittelpunkt der Erde stoßen können, wie ich das höre!), »ich werde ihr zeigen, was ich zurückhalte!« Caroline stürzt mit wehendem Haar und gellendem Kreischen die Treppe hinauf, ich hinterdrein, so schnell mich meine zitternden Beine tragen können, aber ich bin noch nicht im Zimmer, da fliegt das Tischtuch mitsamt dem rosagemusterten Porzellanservice mit einem Krach auf den Fußboden und das jungverheiratete Ehepaar rücklings in den Kamin, er mit der Kohlenschaufel und der Feuerzange und einer Schüssel Gurkensalat oben drauf, und nur ein Glück, daß es Sommer war! »Caroline!« sag ich. »Beruhige dich!« – Doch sie reißt mir im Vorbeifahren die Haube vom Kopf und zerfetzt sie mit den Zähnen, stürzt sich auf die jungverheiratete Dame, macht ein Knäuel Bänder aus ihr, packt sie bei den Ohren und haut ihr den Kopf auf den Teppich, die schreit die ganze Zeit Zeter und Mordio, die Polizisten kommen gelaufen, und drüben bei Wozenham (stellen Sie sich meine Gefühle vor, wie ich das merke!) fliegen alle Fenster auf, und Miß Wozenham schreit von ihrem Balkon unter Krokodilstränen: »Mrs. Lirriper hat einen Mieter überfordert, daß er wahnsinnig geworden ist – man wird sie umbringen – ich habe es kommen gesehen – rettet sie!« Vier Polizisten, meine Liebe, und Caroline hinter der Chiffonniere geht mit dem Schürhaken auf sie los, und als man sie entwaffnet, boxt sie mit den bloßen Fäusten, unten hinein und oben hinein und oben hinein und unten hinein und fürchterlich! Aber als sie sie endlich überwältigten, konnte ich nicht mit ansehen, daß sie das arme junge Ding so rauh anpacken und an den Haaren zerren, und ich sage: »Meine Herren Polizisten, bedenken Sie bitte, daß sie vom Geschlecht Ihrer Mütter und Schwestern und Liebsten ist, Gott behüte sie alle, und Sie, Gentlemen, ebenfalls!« Und da sitzt sie nun auf dem Fußboden mit gebundenen Händen, an die Scheuerleiste gelehnt, ganz außer Atem, und die Polizisten kühl wie nur was, aber mit zerfetzten Jakken, und sie sagt bloß: »Mrs. Lirriper, es tut mir leid, daß ich Sie angerührt habe, denn Sie sind eine liebe, mütterliche alte Seele!« Das erinnert mich daran, daß ich mir wirklich oft gewünscht hatte, Mutter zu sein, und wie wäre mir ums Herz gewesen als Mutter von dem armen Kind! Nun, bei der Polizei kam es dann heraus, daß sie es schon einmal getan hatte, und man nahm ihr die Kleider weg und steckte sie ins Gefängnis. Als sie dann wieder entlassen werden sollte, ging ich abends hin, mit einem Stückchen Sülze in meinem Körbchen, gerade nur damit sie etwas Kraft bekäme, um der Welt wieder entgegenzutreten, und dort lernte ich eine sehr anständige Mutter kennen, die auf ihren Sohn wartete, nur weil er in schlechte Gesellschaft geraten war, aber er war ein störrischer Kerl und hatte sich nicht einmal die Schuhe zugeschnürt. Dann kommt auch

Caroline heraus, und ich sage: »Komm mit mir, Caroline, und setz dich dort an die Mauer, wo es still und abgelegen ist, und iß einen Bissen, das wird dir gut tun.« Und sie fällt mir um den Hals und sagt schluchzend: »Ach, warum waren Sie nie eine Mutter, wo es doch ganz andere Mütter gibt!« Im nächsten Moment beginnt sie zu lachen und sagt: »Hab ich wirklich Ihre Haube zerfetzt?« – und als ich sage, ja, das hätte sie getan, lacht sie wieder und streichelt mir die Wangen und sagt: »Aber warum tragen Sie auch so komische, altmodische Hauben, Sie liebes altes Ding? Wenn Sie nicht eine so komische, altmodische Haube aufgehabt hätten, hätte ich es, glaub ich, nicht einmal in meiner Wut getan!« Was sagt man zu so einem Mädel? Es war nicht aus ihr herauszukriegen, was sie jetzt anfangen würde, außer: Oh, sie würde schon etwas finden! Dann nahmen wir Abschied, und sie voller Dankbarkeit und küßte mir die Hände, und ich habe nie mehr etwas von dem Mädel gesehen oder gehört, bloß daß mich nichts von dem Glauben abbringen kann, daß die Haube, die mir eines Samstagabends anonym geschickt wurde, von ihr kam. Es war eine sehr feine Haube, und sie wurde von einem frechen Affen von einem Bengel in einer Wachstuchhülle abgeliefert, der mit schmutzigen Schuhen auf den sauberen Türstufen pfiff und mit einem Krinolinenreifen, der von Caroline stammte, auf dem Geländer Harfe spielte.

Welch unchristlichen Verdächtigungen Sie sich aussetzen, meine Liebe, wenn Sie sich aufs Vermieten verlegen, das zu schildern fehlen mir die Worte, aber ich war nie so unehrenhaft, Nachschlüssel zu benützen, und möchte es nicht einmal von Miß Wozenham, quer über die Straße, ein Stück weiter unten, glauben; ich kann nur innig hoffen, daß es nicht der Fall ist, wenn auch andererseits Geld von irgendwoher kommen muß, und es besteht kein Grund anzunehmen, daß Bradshaw es um ihrer schönen Augen willen hineingetan hat, so fleckig es auch ist.Ja, es ist schlimm und tut einem weh, daß die Mieter so bereitwillig den Gedanken aufnehmen, man versuche sie zu übervorteilen, und sich so hartnäckig dem Gedanken verschließen, *sie* versuchten einen zu übervorteilen, aber Major Jackman sagt mir immer: »Ich kenne diese kreisrunde Welt, Mrs. Lirriper, und so ist es überall.« Ja, manche kleine Aufregung meines Gemüts hat der Major schon besänftigt, denn er ist ein kluger Mensch und hat viel gesehen. Du meine Güte, dreizehn Jahre ist es schon her, obwohl es mir wie gestern scheint, daß ich an einem Augustabend mit der Brille auf der Nase am offenen Fenster des großen Frontzimmers sitze (das gerade leerstand) und die gestrige Zeitung lese, weil mir der kleine Druck schon Mühe macht, aber in die Ferne sehe ich gottlob noch gut, da höre ich, wie ein Herr draußen die Straße heraufkommt und die Fahrbahn überquert und mit sich selber redet, in einer furchtbaren Wut, fluchend und alle Welt zum Teufel wünschend, wie ich es gar nicht wiederholen will. »Bei Gott!« ruft er ganz laut und packt seinen Spazierstock fester. »Ich geh zu Mrs. Lirriper! Wo ist hier Mrs. Lirriper?« Dann erblickt er mich am Fenster und schwenkt seinen Hut, als wäre ich die Königin, und sagt: »Um Vergebung für die Störung, Madam, aber können Sie mir bitte sagen, Madam, in welcher Nummer dieser Straße eine wohlbekannte und allgemein geachtete Dame namens Lirriper wohnt?« Ein bißchen verwirrt, aber ich muß gestehen, auch geschmeichelt, nehme ich die Brille ab und mache einen Knicks und sage: »Sir, Mrs. Lirriper ist Ihre ergebene Dienerin.« – Erstaunlich!« sagt er. »Bitte tausendmal um Vergebung! Madam, wären Sie so gütig, einen Ihrer Dienstboten anzuweisen, einem Herrn, der Wohnung sucht, die Tür zu öffnen. Jackman ist mein Name.« – Den Namen hatte ich nie gehört, aber einen höflicheren Herrn bekomme ich wohl nie zu Augen, denn er sagt: »Madam, ich bin tief beschämt, daß Sie sich selbst bemühen, für keinen Würdigeren als Jemmy Jackman. Nach Ihnen, Madam, wie könnte ich einer Dame vorausgehen!« Dann kommt er ins Frontzimmer, schnuppert herum und sagt:

»Ha, das ist ein Zimmer! Kein muffiger Wandschrank«, sagt er, »sondern ein Zimmer, und es riecht nicht nach Kohlensäcken!« Nun, meine Liebe, da von feindlicher Seite schon die Bemerkung geäußert wurde, daß die ganze Nachbarschaft nach Kohlensäcken röche, was den Mietern gegenüber nachteilig sein könnte, wenn es unwidersprochen bleibt, sage ich dem Major freundlich, aber fest, daß er vielleicht Arundel oder Surrey oder Howard meint, aber nicht Norfolk. »Madam«, sagt er, »ich meine Wozenham, quer über die Straße, ein Stück weiter unten – Madam, Sie machen sich keine Vorstellung von dem Haus – Madam, es ist ein einziger Kohlensack, und Miß Wozenham hat die Grundsätze und die Manieren eines weiblichen Kohlentrimmers – Madam, aus der Art, in der ich sie von Ihnen reden hörte, sehe ich, daß sie eine Lady nicht zu schätzen weiß – Madam, mein Name ist Jackman – sollten Sie außer dem bereits Gesagten noch andere Referenzen wünschen, nenne ich Ihnen die Bank von England – vielleicht ist sie Ihnen bekannt!« So fing es an, daß der Major das Frontzimmer mietete, und von jener Stunde bis zum heutigen Tage immer der gleiche und der angenehmste Mieter, pünktlich in jeder Beziehung, ausgenommen gewisse kleine Unregelmäßigkeiten, die ich nicht näher zu bezeichnen brauche, aber er gleicht es dadurch aus, daß er ein Schutz ist und jederzeit bereit, die Steuerformulare und dergleichen auszufüllen, und einmal hat er einen jungen Mann mit der Salonwanduhr unterm Rock beim Kragen genommen und einmal mit seinen eigenen Händen und ein paar Decken einen Brand im Küchenkamin gelöscht und nachher bei der Einvernahme eine sehr eindrucksvolle Rede gegen die Gemeindeverwaltung gehalten und die Feuerspritze erspart, und immer ein echter Gentleman, wenn auch voll Leidenschaft. Und daß Miß Wozenham seinen Koffer und Regenschirm zurückbehielt, war sicher nicht großmütig gehandelt, wenn auch vielleicht ihrem gesetzlichen Recht entsprechend, und keine Handlung, zu der *ich* mich erniedrigt hätte, indem der Major ein solcher Gentleman ist, obzwar durchaus nicht hochgewachsen, daß er es doch beinahe zu sein scheint, wenn er seine Hemdbrust mit der Spitzenkrause und seinen Gehrock und seinen Hut mit der geschweiften Krempe trägt. Wo er gedient hat, könnte ich Ihnen nicht zuverlässig sagen, meine Liebe, Miliz oder Kolonien, denn ich habe nie gehört, daß er sich selber Major nennt, sondern immer einfach »Jemmy Jackman«. Einmal, bald nachdem er kam, hielt ich es für meine Pflicht, ihn wissen zu lassen, daß Miß Wozenham überall herumredete, er wäre gar kein Major, und war so frei, hinzuzufügen: »Was Sie doch sind, Sir«, worauf seine Worte lauteten: »Madam, auf jeden Fall bin ich kein Minor, und es ist genug, daß jeglicher Tag seine eigene Plage habe«, was unleugbar die heilige Wahrheit ist, und dazu noch seine militärische Art, daß seine Stiefel jeden Morgen, nur vom gröbsten Schmutz gereinigt, auf einer sauberen Platte ins Frontzimmer gebracht werden müssen und er sie selber wichst mit einem Bürstchen und einem Schälchen und dazu leise pfeift, sobald er nur fertig gefrühstückt hat, und so adrett, daß er nie einen Fleck auf sein Weißzeug macht, das tadellos ist, wenn auch eher der Qualität als der Quantität nach, weder das noch sein Schnurrbart, den er, nach meinem besten Wissen, gleichzeitig wichst und der so schwarz und glänzend ist wie seine Stiefel, sein Haar jedoch das schönste Silberweiß.

Nun, das dritte Jahr, das der Major im Frontzimmer wohnt, geht seinem Ende zu, als eines Morgens im Februar, wenn das Parlament tagt und man somit annehmen kann, daß eine Schar von Betrügern darauf aus ist, sich alles anzueignen, was sie nur grapschen können, ein Herr und eine Dame vom Lande den zweiten Stock besichtigen, und ich weiß noch gut, daß ich vom Fenster aus zugesehen hatte, wie sie die Straße heraufkamen und nach Möblierten Zetteln Ausschau hielten, zusammen mit dem heftigen Schneeregen. Für das Gesicht des Herrn konnte ich mich nicht recht erwärmen, obzwar er gut aussah, aber die

Dame war ein hübsches, junges Geschöpf, sehr zart, und sie hätte in dem rauhen Wetter gar nicht draußen sein sollen, obwohl sie nur vom Adelphi-Hotel kamen, was bei besserem Wetter kaum eine Viertelmeile entfernt gewesen wäre. Nun traf es sich so, meine Liebe, daß ich gezwungen war, fünf Shilling mehr pro Woche für den Zweiten zu rechnen, infolge eines Verlustes, weil er nämlich, angezogen wie zu einer Abendgesellschaft, einfach auf und davon war, was sehr heimtückisch war und mich, noch dazu mit dem Parlament, ziemlich mißtrauisch gemacht hatte. Als drum der Herr sagt, sie wollten es für drei Monate fix nehmen, Zahlung im voraus und mit dem Vorrecht, es dann für weitere sechs Monate zu den gleichen Bedingungen zu mieten, sage ich, ich wäre nicht ganz sicher, ob ich es nicht schon einer anderen Partei zugesagt hätte, aber ich würde rasch hinunterlaufen und nachsehen, wenn sie inzwischen Platz nehmen wollten. Sie nahmen Platz, und ich hinunter zur Tür des Majors, denn ich hatte schon begonnen, großes Vertrauen in seinen Rat zu setzen, und an seinem leisen Pfeifen merke ich, daß er noch beim Schuhwichsen ist, was im allgemeinen als privat angesehen wurde, aber in seiner Freundlichkeit ruft er: »Wenn Sie es sind, Madam, treten Sie nur ein!« und ich trete ein und erkläre ihm den Fall.

»Tja, Madam«, sagt der Major und reibt sich die Nase – einen Moment lang fürchte ich, mit dem schwarzen Bürstchen, aber es war zum Glück nur sein Handrücken, er war doch in allem, was er tat, so adrett und gewandt –, »tja, Madam, ich nehme an, Sie wären froh um das Geld?«

Aus Feinfühligkeit sage ich nicht gleich »Ja!«, weil ich sehe, daß der Major ein bißchen rot wird, und es gab da gerade eine kleine Unregelmäßigkeit, die ich nicht näher bezeichnen will.

»Ich bin der Meinung, Madam«, sagt der Major, »wenn Geld für Sie zu haben ist – wenn es für Sie, Mrs. Lirriper, zu haben ist –, sollten Sie es nehmen. Was spricht in diesem Fall dagegen, Madam?«

»Ich könnte wirklich nicht sagen, daß etwas dagegen spricht, Sir, aber ich dachte, ich wollte mich doch erst mit Ihnen beraten.«

»Sie sagten, glaube ich, ein jungverheiratetes Paar, Madam?« fragt der Major.

Ich sage: »Ja-a... Offenkundig. Und die junge Dame hat sogar beiläufig erwähnt, daß sie erst ein paar Monate verheiratet sind.«

Der Major reibt sich wieder die Nase und rührt mit seinem Bürstchen die Schuhwichse in dem Schälchen um und um und beginnt wieder leise zu pfeifen. Dann sagt er: »Würden Sie die Bedingungen als günstig bezeichnen, Madam?«

»O ja, gewiß. Sehr günstig, Sir.«

»Angenommen, die Leute erneuern für weitere sechs Monate. Würde es Ihnen große Ungelegenheiten bereiten, Madam, wenn – wenn es zum Schlimmsten käme?« fragt der Major.

»Ja, ich weiß nicht ...«, sage ich zum Major. »Es hängt von den Umständen ab. Hätten Sie zum Beispiel etwas dagegen einzuwenden, Sir?«

»Ich?« ruft der Major. »Etwas dagegen einzuwenden? Jemmy Jackman? Schließen Sie ab, Mrs. Lirriper!«

So gehe ich also hinauf und schließe ab. Sie zogen am nächsten Tag ein, was ein Samstag war, und der Major war so freundlich, einen Vertrag oder ein Memorandum aufzusetzen, in wunderschöner Rondeschrift und mit Redewendungen, die mir sowohl juristisch wie militärisch klangen, und Mr. Edson unterschrieb Montag früh, und Dienstag stattete der Major Mr. Edson einen Besuch ab, und Mittwoch erwiderte Mr. Edson den Besuch, und der Zweite und das Frontzimmer standen auf so gutem Fuß miteinander, wie man es nur wünschen konnte.

Die drei vorausbezahlten Monate waren abgelaufen, und wir traten in den Monat Mai ein, ohne daß noch etwas wegen der weiteren Zahlung gesagt worden war, als Mr. Edson sich plötzlich gezwungen sah, aus geschäftlichen

Gründen quer über die ganze Isle of Man zu reisen, was für das hübsche kleine Frauchen völlig unerwartet kam und meiner persönlichen Meinung nach keine Gegend ist, die zu irgendeiner Zeit für irgendwen auf dem Weg zu irgendeinem Ort liegt, aber das ist vielleicht Ansichtssache. Der Abruf kam so plötzlich, daß er schon am nächsten Tag reisen mußte, und das arme kleine Ding weinte bitterlich, und ich weinte wahrhaftig auch, als ich sie auf dem kalten Straßenpflaster in dem scharfen Ostwind – es war ein sehr später Frühling in diesem Jahr – zum allerletztenmal Abschied von ihm nehmen sah, mit ihrem schönen blonden Haar, das wild im Winde wehte, und die Arme um seinen Hals geschlungen, und er sagte: »Aber, aber! Ich komme ja bald wieder. Jetzt laß mich gehen, Peggy.« Um diese Zeit war es schon offensichtlich, daß das Ereignis, gegen das der Major, entgegenkommend wie er war, nichts einzuwenden hatte, hier im Haus stattfinden würde, und ich machte auch eine Anspielung darauf, denn ich sagte ihr tröstend, während ich den Arm um sie legte und sie die Treppe hinaufführte: »Jetzt werden Sie Ihre Kräfte bald für jemanden anderen brauchen, mein Herzchen. Denken Sie daran!«
Sein Brief traf nicht ein, als er längst hätte eintreffen sollen, und was das arme Ding durchmachte, wenn sie Morgen um Morgen zur Haustür hinunterlief und der Briefträger wieder nichts für sie hatte, das griff sogar dem Briefträger selbst ans Herz, und dabei sollte man doch meinen, daß es die Gefühle abstumpft, wenn man von den Briefen anderer Leute immer nur Mühe und nie ein Vergnügen hat, und das meistenteils in Regen und Kälte und für ein Gehalt, das mehr nach Klein- als nach Großbritannien klingt. Aber endlich sagt er mir eines Morgens, als sie zu unwohl war, um die Treppe hinunterzulaufen, mit einem so zufriedenen Gesicht, daß ich dem Mann in seiner Uniform schier um den Hals hätte fallen können, obwohl er tropfnaß war: »Heut hab ich Sie als erste in der Straße drangenommen, Mrs. Lirriper, denn ich hab was für Mrs.

Edson.« Ich laufe damit, so schnell ich nur kann, in ihr Schlafzimmer hinauf, und sie setzt sich im Bett auf, wie sie den Brief sieht, und küßt ihn und reißt ihn auf, und dann wird sie auf einmal ganz starr. »Er ist so kurz«, sagt sie und sieht mich mit ihren großen Augen an. »O Mrs. Lirriper, er ist so kurz!« – »Meine liebe Mrs. Edson«, sag ich, »das ist bestimmt nur, weil Ihr Mann zu dieser Zeit gerade keine Zeit hatte, um mehr zu schreiben!« – »Wahrscheinlich«, sagt sie und schlägt beide Hände vors Gesicht und dreht sich gegen die Wand.

Ich schließe ganz leise die Tür und stehle mich hinunter und klopfe beim Major an, und wie der Major, der gerade seine dünnen Speckscheibchen auf seinem eigenen Ofenrost brät, mich erblickt, springt er von seinem Stuhl auf und setzt mich aufs Sofa. »Nur ruhig!« sagt er. »Ich sehe, es ist etwas passiert. Lassen Sie sich Zeit, Madam – reden Sie nicht.« – »Ach, Major«, sag ich, »ich fürchte, oben steht es grausam schlimm.« – »Ja, ja«, sagt er, »es hat mir etwas zu ahnen begonnen. Lassen Sie sich Zeit!« Dann bricht er, im Widerspruch zu seinen eigenen Worten, in einen fürchterlichen Zorn aus und sagt: »Ich werde es mir nie verzeihen, Madam, daß ich, Jemmy Jackman, es damals nicht gleich gemerkt habe – daß ich mit meiner Schuhbürste in der Hand nicht geradewegs hinauf bin – und ihm das Ding in seine lügnerische Kehle gestopft – und ihn auf der Stelle umgebracht habe!«

Als der Major und ich uns ein bißchen gefaßt hatten, kamen wir überein, daß wir im Moment nichts anderes machen könnten, als uns ahnungslos stellen und unser möglichstes tun, um dem armen jungen Geschöpf Ruhe zu verschaffen, und was ich ohne den Major angefangen hätte, als es unter den Drehorgelspielern ruchbar wurde, daß wir Stille verlangten, ist mir unerfindlich, denn er kämpfte wie ein Löwe und Tiger gegen sie, und hätte ich es nicht mit eigenen Augen gesehen, würde ich es nie und nimmer glauben, daß ein Gentleman es in sich hätte, mit Feuerzangen, Spazierstöcken, Wasserkrügen, Kohlestükken, Kartoffeln von seinem eigenen Tisch, ja mit dem Hut von seinem eigenen Kopf, gegen sie loszuziehen und gleichzeitig in sämtlichen fremden Sprachen so fürchterlich loszulegen, daß sie mit ihren Kurbeln in der Luft dastanden, als wären sie zu Stein erstarrt – wie im Märchen die häßliche Königstochter, denn die schöne kann ich nicht gut sagen.

Wenn ich nur den Briefträger aufs Haus zukommen sah, kriegte ich so einen Schrecken, daß es geradezu eine Erlösung war, wenn er vorbeiging, aber so zehn, vierzehn Tage später sagt er: »Da ist wieder einer für Mrs. Edson. Geht's ihr auch gut?« – »Es geht ihr gut«, sag ich, »aber nicht so gut, daß sie so zeitig aufstehen kann wie früher« – was ja die heilige Wahrheit war.

Ich wanke mit dem Brief zum Major hinein, der gerade beim Frühstück ist, und sage: »Ich hab nicht den Mut, ihn hinaufzutragen, Major.«

»Ja, der sieht wie ein übler Bösewicht von einem Brief aus«, sagt der Major.

Der Major sitzt tief in Gedanken versunken da, dann hebt er plötzlich den Kopf, als wäre ihm etwas Neues, Nützliches eingefallen, und sagt: »Mrs. Lirriper, ich werde es mir nie verzeihen, daß ich, Jemmy Jackman, an jenem Morgen nicht geradewegs mit meiner Schuhbürste in der Hand hinauf bin – und sie ihm in seine lügnerische Kehle gestopft – und ihn auf der Stelle umgebracht habe!«

»Es ist ein Segen, daß Sie es nicht getan haben, Major«, sage ich etwas ungeduldig, »denn es hätte niemandem geholfen. Ich denke, Ihre Schuhbürste ist bei Ihren eigenen ehrenwerten Stiefeln besser am Platz.«

Nun, langsam werden wir wieder vernünftig und beschließen, daß ich nur an ihre Schlafzimmertür klopfen und den Brief draußen auf die Türmatte legen und auf dem oberen Treppenabsatz abwarten sollte, was weiter geschehen würde. Und niemals haben Schießpulver, Kanonenkugeln, Bomben oder Granaten einem Menschen mehr

Angst und Grauen eingejagt als mir dieser fürchterliche Brief, den ich in den zweiten Stock trage.
Einen Moment, nachdem sie die Tür geöffnet hat, hallt ein gellender Schrei durchs Haus, und ich finde sie wie tot auf dem Boden liegend. Meine Liebe, ich habe nicht einmal einen einzigen Blick auf den Brief getan, der offen neben ihr lag, denn es war kein Anlaß dazu.
Was ich brauchte, um sie wieder zu sich zu bringen, brachte mir der Major mit seinen eigenen Händen herauf, ganz abgesehen davon, daß er zur Apotheke hinüberlief, um zu holen, was ich nicht im Haus hatte, und gleichzeitig den hitzigsten seiner vielen Kämpfe mit einer Drehorgel auskämpfte, die einen Ballsaal, ich weiß nicht in welchem Land, darstellte und eine feine Gesellschaft, die mit wild rollenden Augen zu einer Flügeltür ein und aus tanzte. Als ich nach langer Zeit merke, daß sie langsam zu sich kommt, schlüpfe ich auf den Gang hinaus und warte, bis ich sie weinen höre. Dann gehe ich hinein und sage ganz munter: »Mrs. Edson, Sie fühlen sich nicht wohl, mein Herzchen, und das ist nicht zum Verwundern« – als wäre ich noch gar nicht drinnen gewesen. Ob sie mir glaubte oder nicht glaubte, weiß ich nicht, und es hätte nichts zu sagen, wenn ich es wüßte, aber ich blieb stundenlang bei ihr, und dann dankte sie mir und sagte, sie wolle jetzt zu schlafen versuchen, ihr Kopf täte so weh.
Ich gucke ins Frontzimmer hinein und flüstere: »Gehen Sie nicht aus, Major, ich flehe Sie an!«
»Madam, ich denke nicht daran, verlassen Sie sich auf mich!« flüstert der Major zurück. »Wie geht's ihr?«
»Major«, sage ich, »nur der Herrgott im Himmel weiß, was in ihrem armen Gemüt tobt und brennt. Sie sitzt jetzt oben an ihrem Fenster, ich werde mich an meines setzen.«
Es wird Nachmittag, und es wird Abend. Es kann keine angenehmere Straße geben als die Norfolk Street – vorausgesetzt man geht nicht weiter hinunter –, aber an Sommerabenden, wenn alles voll Staub und weggeworfenem Papier ist und die Gassenbuben herumstürmen und die Luft

wie in einem Backofen stillsteht und wie von knirschendem Sand erfüllt ist und ein Glockenspiel in der Nachbarschaft ständig die gleichen paar Töne übt – ja, dann ist sie ein bißchen langweilig. Ich habe sie seither nie um diese Stunde gesehen und werde sie nie um diese Stunde sehen, ohne an den schwülen Juniabend zu denken, als das verzweifelte junge Geschöpf am offenen Eckfenster im zweiten Stock saß und ich an meinem offenen Eckfenster (das andere Eck) im dritten. Etwas in mir, das klüger und besser war als mein eigenes Ich, hatte mich, als es noch hell war, bewogen, mich in meinem Umhang und Ausgehhut hinzusetzen, und als die Dämmerung zu fallen und die Flut zu steigen begann, konnte ich manchmal – wenn ich den Kopf zum Fenster hinausstreckte – sehen, wie sie sich unten ein wenig aus ihrem Fenster beugte und die Straße entlang schaute. Es wurde gerade dunkel, als ich sie selber auf der Straße erblickte.
So voller Angst, ich könnte sie aus den Augen verlieren, daß mir noch jetzt beim Erzählen der Atem stockt, laufe ich die Treppen hinunter, schneller als je im Leben, und klopfe nur im Vorbeigehen rasch an die Tür vom Major. Wie ich vors Haus komme, ist sie schon verschwunden. Ich laufe weiter, und wie ich bis zur Ecke der Howard Street komme, sehe ich, daß sie dort eingebogen ist und weiter gegen Westen geht. Ach, mit welch dankbarem Herzen sah ich sie vor mir hergehen!
Sie kannte sich in London nicht aus und war kaum jemals ausgegangen, außer in unserer eigenen Straße, um Luft zu schöpfen; sie kannte dort ein paar kleine Kinder aus der Nachbarschaft, und manchmal hatte ich gesehen, wie sie unter ihnen stand und zum Wasser hinüberblickte. Ich wußte, daß sie aufs Geratewohl durch die Nebenstraßen ging, aber sie irrte sich kein einziges Mal in der Richtung, bis sie schließlich zum Strand kam. An jeder Ecke sah ich sie den Kopf zur Seite wenden, immer zum Wasser hin. Vielleicht waren es nur die Dunkelheit und Stille der Adelphi-Terrasse, die sie bewogen, dort einzubiegen, aber sie

tat es so prompt, als wäre das von Anfang an ihr Ziel gewesen – vielleicht war es auch so. Sie ging geradewegs zur Terrasse hinunter und blickte über das eiserne Geländer, und ich bin seither oft voller Grauen in meinem eigenen Bett aufgewacht, weil ich sie wieder dort zu sehen glaubte. Der Kai unten war völlig verlassen, und die Flut stand hoch, das schien ihr den letzten Anstoß zu geben. Sie sah sich um, als suchte sie einen Weg hinunter, und dann schlug sie den richtigen Weg ein oder auch den falschen – ich weiß es nicht, denn ich bin weder vorher noch nachher je an dieser Stelle gewesen – und ich ihr nach.
Merkwürdig war es, daß sie die ganze Zeit kein einziges Mal zurückblickte, aber jetzt war doch eine große Veränderung in ihrem ganzen Gehaben wahrzunehmen. Statt mit gefalteten Händen rasch und gleichmäßig auszuschreiten, begann sie nun zwischen den dunklen, unheimlichen Bogen mit weit ausgebreiteten Armen ganz wild dahinzurennen, als wären es Schwingen, die sie geradewegs in den Tod trügen.
Jetzt waren wir unten auf dem Kai, und sie blieb stehen. Ich blieb stehen. Ich sah ihre Hände an ihren Hutbändern nesteln, und im nächsten Augenblick stand ich zwischen ihr und dem Wasser und umfaßte sie mit beiden Armen. Sie hätte mich mit hineinziehen und ertränken können, aber abgeschüttelt hätte sie mich nie und nimmer.
Bis zu diesem Augenblick war mein Denken ein einziger Wirrwarr gewesen, und ich hatte auch nicht die leiseste Ahnung, was ich zu ihr sagen würde, aber sobald ich sie berührte, kam es wie ein Zauber über mich. Ich hatte meine natürliche Stimme und meinen ganzen Verstand wieder und sogar beinahe meinen Atem.
»Mrs. Edson!« sage ich. »Passen Sie auf, Herzchen! Wie in aller Welt haben Sie sich an eine so gefährliche Stelle verirrt? Aber in dem Straßengewirr hier kann man leicht die Richtung verlieren; kein Wunder, daß Sie nicht herausgefunden haben. Und just an diesem Ort! Meiner Seel, ich dachte, hierher käme überhaupt nie ein Mensch, außer

mir, um meine Kohlen zu bestellen – und dem Major aus dem Frontzimmer, der hier gern seine Zigarre raucht!«
Denn wen erblicke ich neben mir? Den Prachtmenschen, Gott segne ihn, der tut, als wollte er sich gerade eine anzünden!
Der Major beginnt zu husten.
»Und was sehe ich? Grundgütiger Himmel, da ist er ja!« sage ich.
»Holla! Wer da?« ruft der Major ganz militärisch.
»Das ist der Gipfel!« sage ich. »Kennen Sie uns nicht mehr, Major Jackman?«
»Holla!« sagt der Major. »Wer nennt hier Jemmy Jackman beim Namen?« (Und er war atemloser und machte es weniger naturgetreu, als ich es von ihm erwartet hätte.)
»Stellen Sie sich nur vor, Major«, sage ich, »da ist unsere Mrs. Edson, die einen kleinen Abendspaziergang gemacht hat, um ihre Kopfschmerzen loszuwerden. Sie hat sich verirrt, und Gott weiß, wie sie hier herausgefunden hätte, wenn ich nicht ganz zufällig hergekommen wäre, um einen Zettel in den Briefkasten meines Kohlenhändlers zu stecken – und Sie, um wie gewöhnlich Ihre Zigarre zu rauchen! Aber Sie sind wirklich nicht wohl genug, Herzchen«, sage ich zu ihr, »um allein so weit zu gehen. – Und Ihr Arm wird sicher sehr willkommen sein, Major«, sage ich zu ihm, »und ich weiß, daß sie die beste Stütze daran hat.« Und jetzt hatten wir sie glücklich zwischen uns – dem Allmächtigen sei Dank! –, jeder auf einer Seite.
Eine Art Schüttelfrost hatte sie befallen, der noch lange anhielt. Ich brachte sie zu Bett und saß bis zum frühen Morgen bei ihr, während sie meine Hand umklammert hielt und stöhnte und stöhnte: »So sündhaft und böse! So sündhaft und böse!« Doch als ich dann tat, als wäre ich vom Schlaf übermannt, und meinen Kopf auf das Deckbett sinken ließ, da hörte ich das arme junge Geschöpf dem Himmel so rührend und demütig Dank abstatten, daß er sie davor bewahrt hatte, sich in ihrem Wahn selbst

das Leben zu nehmen, daß ich mir schier die Augen aus dem Kopf weinte, immer in das Deckbett hinein, denn jetzt wußte ich, daß sie gerettet war.
Während sie am nächsten Tag ihre tödliche Erschöpfung ausschlief, legten der Major und ich uns einen kleinen Plan zurecht, und sobald ich es auf unauffällige Art tun konnte, sage ich zu ihr: »Mrs. Edson, mein Herzchen, als Ihr Mann mir die Miete für diese weiteren sechs Monate zahlte ...«
Sie zuckt zusammen, und ich fühle ihre großen Augen auf mir ruhen, aber ich fahre ganz ruhig mit meiner Rede und meiner Näharbeit fort: »Ich bin nicht ganz sicher, ob ich die Quittung richtig datiert habe. Könnte ich sie einmal ansehen?«
Sie legt ihre eiskalte Hand auf meine und blickt mich durchdringend an, doch ich hatte zur Vorsicht meine Brille aufgesetzt.
»Ich habe keine Quittung«, sagt sie.
»Ach? Nun, dann hat er sie eben«, sage ich gleichgültig. »Es hat nichts auf sich. Quittung ist Quittung.«
Von der Zeit an hielt sie immer meine Hand umfaßt, soweit ich eine entbehren konnte. Das war im allgemeinen nur, wenn ich ihr vorlas, denn sie und ich, wir hatten natürlich allerlei zu nähen, und beide waren wir nicht sehr geschickt für so winzige Sächelchen, aber alles in allem bin ich noch heute ziemlich stolz auf meinen Anteil daran. Und obwohl sie an allem Gefallen fand, was ich las, bildete ich mir ein, nächst dem, was Er auf dem Berg predigte, hörte sie am liebsten von Seiner Kindheit und wie stolz Seine Mutter auf Ihn war und alles, was Er sagte, in ihrem Herzen bewahrte. In ihren Augen lag ein so dankbarer Blick, daß ich ihn niemals, niemals, niemals vergessen werde, bis ich die meinen zum letzten Schlummer schließe, und wenn ich, ohne etwas zu denken, zufällig zu ihr hinsah, begegnete ich stets diesem Blick. Oft bot sie mir auch ihre zitternden Lippen zum Kuß dar und glich dabei weit mehr, als ich es je bei einer erwachsenen Person

für möglich gehalten hätte, einem zu Tode betrübten, zärtlichen kleinen Kind.
Einmal zitterten ihre armen Lippen so stark und ihre Tränen flossen so rasch, daß ich dachte, sie würde mir ihr ganzes Leid klagen, darum nehme ich ihre beiden Hände in meine und sage: »Nein, mein Herzchen, nicht jetzt, tun Sie es lieber nicht jetzt. Warten Sie auf glücklichere Zeiten, wenn das alles hinter Ihnen liegt und Sie wieder gesund und kräftig sind, dann werden Sie mir alles erzählen. Ist das abgemacht?«
Während unsere Hände noch vereint sind, nickt sie viele Male mit dem Kopf, und dann hebt sie meine Hände an ihre Lippen und drückt sie an ihren Busen.
»Nur eine einzige Frage, mein Herzchen«, sage ich. »Ist jemand da?«
»Jemand da?« wiederholt sie fragend.
»Jemand, an den ich mich wenden kann?«
Sie schüttelt den Kopf.
»Niemand, den ich zu Ihnen holen sollte?«
Sie schüttelt den Kopf.
»Von mir aus braucht es auch niemanden«, sage ich. »Und damit ist das erledigt und abgetan.«
Kaum eine Woche später – denn die Zeit unseres Zusammenlebens war schon weit fortgeschritten – beugte ich mich tief über ihr Bett und legte mein Ohr an ihre Lippen, um abwechselnd auf ihre Atemzüge zu lauschen und in ihrem Gesicht nach einem Lebenszeichen zu spähen. Schließlich kam es auf feierliche Art – nicht als jähes Aufzucken, sondern wie ein bleicher, matter Schein, der ganz allmählich ihr Antlitz erhellte.
Sie sagte etwas Tonloses, doch ich las die Frage von ihren Lippen ab: »Ist das – der Tod?«
Und ich sage: »Mein liebes, liebes Herz, ich glaube, das ist er.«
Weil ich irgendwie spürte, daß sie es wünschte, ergriff ich ihre kraftlose rechte Hand und legte sie ihr auf die Brust und faltete die andere darüber, und sie betete so recht von

Herzen, und ich betete mit, in meinem bekümmerten Gemüt, obwohl kein Wort laut wurde. Dann brachte ich das Kleine, in seine Decke gehüllt, aus seiner Wiege und sagte: »Mein Herzchen, dies hat der Himmel einer kinderlosen alten Frau gesandt, und sie wird treulich dafür sorgen, das gelobe ich.«
Zum letztenmal bot sie mir die bebenden Lippen dar, und ich küßte sie zärtlich.
»Ja, mein Herzchen«, sagte ich, »mit Gottes gnädiger Hilfe. Ich und der Major.«
Ich weiß nicht recht, wie ich es beschreiben soll, aber in ihrem dankbaren Blick sah ich ihre Seele aufleuchten und sich frei aufschwingen und entfliegen.

So ist es also gekommen, meine Liebe, daß wir ihn »Jemmy« nannten, nach dem Major, der sein Pate ist, und »Lirriper« mit Zunamen, nach mir selber, und nie hat ein geliebteres Kind möblierte Zimmer so aufgehellt oder seine Großmutter so ergötzt wie Jemmy dieses Haus und mich, und dabei immer brav und gehorsam (im großen und ganzen) und eine reine Freude in jeder Beziehung, bis auf das eine Mal, als er seine Mütze in den Kellervorhof von Miß Wozenham hinunterwarf und man sie ihm nicht zurückgeben wollte. Ich rege mich so auf, daß ich meinen besten Hut und Sonnenschirm und Handschuhe und das Kind an die Hand nehme und sage: »Miß Wozenham, ich hätte nie gedacht, daß ich einmal *Ihr* Haus betreten würde, aber sofern die Mütze meines Enkelsohnes ihm nicht augenblicklich zurückerstattet wird, sollen die Gesetze dieses Landes, die den Privatbesitz der Einwohner schützen, zwischen Ihnen und mir entscheiden, koste es, was es wolle.« – Mit einem Grinsen auf ihrem Angesicht, das mir, ich muß schon sagen, reinen Hohn auszudrücken schien, aber sollte darüber ein Zweifel bestehen, möge er voll und ganz Miß Wozenham zugutekommen, wie es nur recht und billig ist, zieht sie die Klingel und fragt: »Jane, liegt in unserem Kellervorhof eine alte Gassenbubenmütze?« – »Miß Wozenham«, sage ich, »bevor Ihr Mädchen diese Frage beantwortet, gestatten Sie mir, Ihnen ins Gesicht hinein mitzuteilen, daß mein Enkelsohn *kein* Gassenbub ist und *keine* alten Mützen zu tragen pflegt. Tatsächlich«, sage ich, »bin ich durchaus nicht sicher, ob die Mütze meines Enkelsohnes nicht vielleicht neuer ist als Ihre eigene« – was absolut gemein von mir war, denn sie trug die ordinärste Maschinenspitze, ganz verwaschen und obendrein zerrissen, aber ich war in einem Zustand und jetzt noch durch ihre Unverschämtheit aufgebracht. – Miß Wozenham sagt, ganz rot im Gesicht: »Jane, du hast meine Frage gehört. Liegt eine Mütze in unserem Kellerhof unten?« – »Ja, Madam«, sagt Jane, »mir scheint, ich hab so einen Lumpen herumliegen gesehen.« – »Dann«, sagt Miß Wozenham, »zeig diesen Besuchern, wo die Tür ist, und nachher schmeiß das Zeug auf die Straße, ich mag es nicht im Haus haben.« – Aber da stellt sich mein Bübchen, das bisher Miß Wozenham mit großen Augen angestarrt hat, breitbeinig vor sie hin, zieht seine kleine Stirn kraus, schürzt sein Mündchen, dreht seine dicken, kleinen Fäustchen langsam umeinander wie eine kleine Kaffeemühle und sagt zu ihr: »Du bis' fech ssu meim Doßi, ich hau dich!« – »Ach!« ruft Miß Wozenham mit schneidendem Hohn. »Und dieses Kind ist kein Gassenjunge! O nein, beileibe nicht!« – Da beginne ich aber herzlich zu lachen und sage: »Miß Wozenham, wenn das in Ihren Augen kein hübscher Anblick ist, dann tun Sie mir leid, und ich wünsche Ihnen einen guten Tag. Komm mit Großi, Jemmy.« – Und ich war in der allerbesten Laune, obzwar uns seine Mütze vor die Füße flog wie direkt aus dem Wasserfaß, und kam lachend zu Hause an, alles dank dem lieben Kind.

Wie viele Meilen und Meilen ich und der Major so zwischen Dämmerung und Lichtanzünden mit Jemmy in der Postkutsche zurückgelegt haben, das ist nicht auszurechnen. Jemmy natürlich auf dem Kutschbock, das ist nämlich das metallbeschlagene Reiseschreibpult des Majors auf dem Tisch, ich im Lehnstuhl und der Major als Postillion mit einem Posthorn aus Packpapier hinten drauf, was er wirklich großartig macht. Ich versichere Ihnen, meine Liebe, wenn ich auf meinem Kutschensitz einen Moment einnicke und dann beim Aufflackern des Feuers halb und halb aufwache und höre, wie unser Schatz die Pferde antreibt und der Major hinten in sein Horn stößt, damit die frischen Pferde schon parat stehen, wenn wir zum Wirtshaus kommen – wahrhaftig, dann ist mir beinahe, als wären wir auf der alten Nordstraße, die mein seliger Lirriper so gut kannte. Und zu sehen, wie der Junge und der Major dick eingemummt abspringen und auf und ab stapfen, um ihre Füße warmzukriegen, und jeder ein Glas Bier aus dem papiernen Zündholzbehälter auf dem Kamin trinkt, und wie der Major sich genausogut amüsiert wie das Kind, das will ich beschwören – und wie der Kutscher die Wagentür öffnet, um nach mir zu sehen, und sagt: »Jetzt sind wir aus dem finsteren Wald heraus. Hast du dich sehr gefürchtet, alte Dame?« – ja, das ist wie im Theater!

Aber was meine unbeschreibliche Angst und Besorgnis war, als uns das Kind abhanden kam, kann nur mit den Gefühlen des Majors verglichen werden, die um kein Haar anders waren, indem er nämlich mit fünf Jahren und um elf Uhr vormittags aus dem Haus verschwand und nichts von ihm gesehen und gehört wurde bis halb zehn abends, als der Major zum Herausgeber der *Times* gegangen war, um eine Anzeige in die Zeitung zu setzen; welche auch am nächsten Tag erschien, vierundzwanzig Stunden, nachdem wir ihn gefunden hatten, und ich bewahre sie sorgfältig in meiner Lavendelschublade auf, als die erste gedruckte Mitteilung über ihn. Je weiter der Tag vorrückte, desto größer meine Verzweiflung und die vom Major ebenfalls, was durch die Seelenruhe der Polizei, so höflich und dienstbereit sie auch waren, nur immer schlimmer wurde, sowie durch die Starrköpfigkeit, muß ich schon sagen, mit der sie sich nicht die Meinung zu eigen machen wollten, daß der Junge geraubt wäre. »Wir sehen in den allermeisten Fällen, Madam«, sagte der Sergeant, der eigens herüberkam, um mich zu trösten, was er aber durchaus nicht tat, und er war einer von den Schutzleuten damals bei Caroline gewesen, worauf er auch mit seinen ersten Worten anspielte, welche lauteten: »Machen Sie sich keine Sorgen, Madam, es wird alles in Ordnung kommen, genau wie meine Nase, die mir damals die junge Person bei Ihnen im zweiten Stock blutig geschlagen hat. – Wir sehen in den allermeisten Fällen, Madam«, sagt also dieser Sergeant, »daß die Leute gar nicht erpicht darauf sind, sozusagen Kinder aus zweiter Hand zu bekommen. Sie kriegen ihn wieder, Madam«, sagt er. – »Ach, aber mein lieber, guter Herr Offizier«, sage ich und ringe die Hände und falte sie zum Gebet und ringe sie dann wieder, »er ist ein so außergewöhnliches Kind!« – »Ja, Madam, das sehen wir auch in den allermeisten Fällen«, sagt der Sergeant. »Die Frage ist, was seine Kleider wert waren.« – »Seine Kleider, Sir«, sage ich, »waren nicht viel wert, denn er hatte nur seinen Spielkittel an, aber das Kind!« – »Schon gut, Madam«, sagt der Sergeant, »Sie kriegen ihn wieder. Und sogar wenn er seine besten Kleider angehabt hätte, würde nichts Schlimmeres passieren, als daß wir ihn, in ein Kohlblatt eingewickelt, zähneklappernd hinter einer Hecke finden.« – Seine Worte durchbohrten mein Herz wie Dolche und Messer, und der Major und ich laufen den ganzen Tag wie wild ein und aus, bis der Major abends von seiner Besprechung mit dem Herausgeber der *Times* heimkehrt und ganz außer sich in meine kleine Stube stürzt und meine Hände packt und sich damit die Tränen trocknet und ruft: »Freude! Freude! Polizeidetektiv begegnet – draußen auf der Treppe – fassen Sie sich, liebste Madam! Jemmy gefunden!« Infolgedessen falle ich in Ohnmacht, und wie ich wieder zu mir komme, umklammere ich die Beine des Polizeidetektivs, der in aller Ruhe mit einem braunen Schnurrbart das Inventar der Möbel in meiner kleinen Stube aufzunehmen scheint, und rufe aus: »Gott segne

Sie, Sir, wo ist mein Liebling?« – und er sagt: »Auf der Polizeiwache von Kennington.« – Ich falle wie versteinert zu seinen Füßen nieder, bei diesem Bild, eine solche Unschuld mit Mördern in einer Zelle! Und er sagt: »Er ist dem Affen nachgegangen.« – Ich halte das für Amtssprache und sage: »O Sir, erklären Sie einer liebenden Großmutter zuliebe: Was für ein Affe?« – »Der mit dem flitterbesetzten Käppchen, mit dem Riemen unter dem Kinn, das immer vom Kopf rutscht«, sagt er, »der auf einem runden Tischchen die Straße fegt und seinen Säbel nicht ziehen will.« – Da begreife ich erst und danke ihm voller Dankbarkeit, und er und ich und der Major fahren hinüber nach Kennington, und da finden wir unser Bübchen, behaglich wie nur was, vor einem lustig brennenden Feuer gebettet, und er hatte sich selbst so lieb in den Schlaf gespielt auf einer niedlichen kleinen Ziehharmonika, nicht größer als ein Plätteisen, die sie ihm freundlicherweise für diesen Zweck überlassen hatten und die anscheinend auf einer sehr jungen Person festgenommen wurde.

Meine Liebe, die Methode, nach welcher der Major Jemmys Unterricht begann und, ich darf sagen, vollendete, als der liebe Schatz noch so klein war, daß man nicht über den Tisch, sondern unter den Tisch schauen mußte, um zu sehen, ob er auf der anderen Seite stünde, mit dem schönen blonden Haar seiner Mutter und so reizend gelockt, sollte dem Thron und den Lords und dem Unterhaus bekanntgemacht werden und würde dem Major vielleicht eine Beförderung eintragen, die er wahrlich verdient und die ihm (unter uns gesagt) nicht schaden könnte, geldlich gesprochen.

Bevor der Major seine Ausbildung in die Hand nahm, sagte er zu mir: »Madam«, sagt er, »ich gedenke aus unserem Jungen einen mathematischen Jungen zu machen.«

»Major«, sage ich, »Sie jagen mir einen Schrecken ein und könnten unserem Schatz einen bleibenden Schaden zufügen, was Sie sich nie verzeihen würden.«

»Madam«, sagt der Major, »nächst meinem Bedauern, daß

ich den Schurken damals, wo ich doch meine Schuhbürste in der Hand hatte, nicht damit umgebracht habe – auf der Stelle ...«

»Um Gottes willen, fangen Sie nicht wieder damit an!« unterbreche ich ihn. »Überlassen Sie ihn seinem Gewissen, ohne Ihre Schuhbürste.«

»Nächst diesem Bedauern, Madam, sage ich«, fährt der Major fort, »würde nichts so schwer auf meinem Herzen lasten ...«, und er schlägt sich auf die Brust, »wie die Reue, diesen wachen Geist nicht frühzeitig ausgebildet zu sehen. Aber verstehen Sie mich recht, Madam«, fährt der Major mit erhobenem Zeigefinger fort, »ausgebildet nach einem Prinzip, welches das Lernen zum reinsten Vergnügen macht!«

»Major«, sage ich, »ich will ganz offen mit Ihnen reden: Sollte ich merken, daß unser Schatz seinen gesunden Appetit einbüßt, werde ich wissen, daß es Ihre Mathematik ist, und sie schleunigst abstellen. Oder wenn ich sehe, daß sie ihm zu Kopf steigt oder sich ihm auf den Magen schlägt oder ihn schlapp in den Beinen macht, wird das Resultat das gleiche sein. Aber Sie sind ein gescheiter Mensch, Major, und haben viel gesehen, und Sie haben das Kind lieb und sind sein leiblicher Pate, und wenn Sie es für richtig halten, probieren Sie es nur.«

»Gesprochen, Madam, wie Emma Lirriper«, sagt der Major. »Alles, was ich von Ihnen verlange, Madam, ist, daß Sie dem Kind und mir ein paar Wochen Zeit geben, um Sie zu überraschen. Und daß Sie mir ferner gestatten, jeweils einige kleinere Küchenutensilien zu verwenden, die nicht gerade in Gebrauch sind.«

»Aus der Küche, Major?« sage ich, mit der unbestimmten Idee, daß er das Kind am Ende sieden und braten will.

»Aus der Küche!« sagt der Major und lächelt, und seine Brust schwillt, daß er wahrhaftig größer zu werden scheint.

So willige ich also ein, und der Major und das liebe Kind

schließen sich eine Zeitlang täglich für eine halbe Stunde in das Frontzimmer ein, und niemals höre ich etwas anderes als Schwatzen und Lachen, und Jemmy klatscht in die Hände und ruft Zahlen aus, so daß ich mir sage: »Es hat ihm noch nicht geschadet.« Auch sonst kann ich nirgendwo an ihm irgendwelche bedenkliche Anzeichen entdecken, was mir ebenfalls eine große Beruhigung ist. Schließlich bringt mir Jemmy eines Tages zum Spaß eine Karte in der sauberen Handschrift des Majors: »Die Herren Jemmy & Jackman geben sich die Ehre, Mrs. Lirriper zum Besuch des Jackman-Institutes einzuladen, heute fünf Uhr nachmittag, militärische Zeit, Frontzimmer, zwecks Vorführung einiger kleiner Kunststücke auf dem Gebiet der elementaren Arithmetik.« Und ob Sie mir glauben oder nicht, pünktlich auf die Minute um fünf sitzt der Major im Frontzimmer hinter dem großen Tisch, beide Blätter ausgezogen, und darauf stehen eine Menge Küchengeräte, säuberlich auf alten Zeitungen aufgereiht, und dahinter der Knirps auf einem Stuhl mit seinen roten Backen und seinen strahlenden Augen, die wie Diamanten funkeln.
»Jetzt, Großi, setz dich hin«, sagt er, »und rühr die Leute nicht an!« – denn er sieht mit seinen Diamantenaugen sofort, daß ich drauf und dran bin, ihm um den Hals zu fallen.
»Zu Befehl, Sir«, sage ich. »Ich will mich bemühen, mich dieser feinen Gesellschaft würdig zu erweisen.« Und ich setze mich in den Lehnstuhl, der für mich vorbereitet war, und schüttle mich innerlich vor Lachen.
Aber stellen Sie sich meine Bewunderung vor, wie der Major, flink wie ein Zauberkünstler, alle Gegenstände, welche er nennt, vor sich hinsetzt und ausruft: »Drei Kochtöpfe, ein Plätteisen, eine Tischglocke, eine Bratengabel, ein Reibeisen, vier Topfdeckel, ein Salzstreuer, zwei Eierbecher und ein Hackbrett – wieviel macht das?« und der Knirps augenblicklich schreit: »Fünfzehn!« und dabei in die Hände klatscht und mit den Beinchen schlen-

kert und vor lauter Freude auf seinem Stuhl zu tanzen beginnt.
Meine Liebe, mit der gleichen erstaunlichen Leichtigkeit und Genauigkeit zählen die beiden, der Major und er, die Tische und Stühle und Kanapees, die Bilder und Feuerzangen und Schürhaken, sich selber und mich und die Katze und die Augen in Miß Wozenhams Kopf zusammen, und immer wenn eine Addition gemacht ist, klatscht mein Schatz in die Hände und schlenkert mit den Beinen und tanzt vor Freude auf seinem Stuhl herum.
Und der Stolz des Majors! (»*Das* ist ein Verstand, Madam!« sagt er hinter der vorgehaltenen Hand zu mir.)
Dann sagt er laut: »Nun kommen wir zu der zweiten elementaren Grundrechnungsart, welche genannt wird ...«
»Umtraktion!« schreit Jemmy.
»Richtig!« sagt der Major. »Wir haben hier eine Gabel, eine Kartoffel im Naturzustand, zwei Topfdeckel, einen Eierbecher, einen Kochlöffel und zwei Bratenspieße, von welchen aus kommerziellen Gründen abzuziehen sind ein Bratrost, ein kleines Einmachglas, zwei Zitronen, eine Pfeffermühle, eine Mausefalle und der Knopf von der Kommodenschublade – was bleibt zurück?«
»Die Gabel!« schreit Jemmy.
»In Zahlen ausgedrückt?« fragt der Major.
»Eins!« schreit Jemmy.
(»*Das* ist ein Junge!« sagt der Major hinter der Hand zu mir.)
Dann fährt der Major fort: »Wir kommen nunmehr zu der nächsten Grundrechnungsart, welche heißt ...«
»Tiplikation!« schreit Jemmy.
»Richtig!« sagt der Major.
Aber wenn ich Ihnen im einzelnen beschreiben sollte, meine Liebe, wie sie vierzehn Scheit Brennholz mit zwei Ingwerwurzeln und einer Spicknadel multiplizierten oder so ziemlich alles, was noch auf dem Tisch stand, durch das Plätteisen und einen Kerzenhalter dividierten, wobei als Rest eine Zitrone blieb, würde sich mir wieder der Kopf

um und um und um zu drehen beginnen, wie dazumal. Darum sage ich: »Wenn Sie mir gestatten, das Wort zu ergreifen, Herr Professor Jackman, möchte ich einer verehrlichen Versammlung zur Kenntnis bringen, daß ich den Augenblick als gekommen erachte, in dem es sich als unbedingt notwendig erweist, daß ich den jungen Gelehrten tüchtig abküsse.« Worauf Jemmy auf seinem Stuhl ruft: »Du breitest die Arme aus, Großi, und ich spring hinein!« – So tat ich meine Arme auf, wie ich mein kummervolles Herz aufgetan hatte, als seine arme junge Mutter im Sterben lag, und er tat seinen Sprung, und wir herzten und küßten einander, während der Major, stolzer als jeder Pfau, mir hinter der vorgehaltenen Hand sagt: »Sie brauchen es ihm nicht weiterzusagen, Madam« (was tatsächlich nicht nötig war, denn der Major sprach sehr vernehmlich), »aber er *ist* ein Junge!«

So wurde Jemmy groß und größer und ging in die Tagesschule, lernte aber auch mit dem Major weiter, und im Sommer waren wir so glücklich, wie die Tage lang waren, und im Winter waren wir so froh, wie die Tage kurz waren, und es schien ein Segen über den möblierten Zimmern zu liegen, denn sie vermieteten sich quasi von selbst, und wenn es zweimal soviel Räume gewesen wären.

Doch eines Tages sage ich mit blutendem Herzen und steinhart gegen meinen eigenen Schmerz zum Major: »Major, Sie wissen, was ich Ihnen zu eröffnen habe. Unser Junge muß auf eine höhere Schule.«

Es war ein trauriger Anblick, wie der Major in sich zusammensank, und die gute Seele tat mir von Herzen leid.

»Ja, Major«, sage ich, »obzwar er bei den Mietern so beliebt ist wie Sie selber, und obzwar er für Sie und mich bedeutet, was nur Sie und ich wissen, ist es doch der Lauf der Welt, und Leben heißt Scheiden, und wir müssen uns von unserem Schatz trennen.«

Doch wie dreist ich auch sprach, ich sah zwei Majors und ein halbes Dutzend Feuerstellen, und als der arme Major einen seiner adretten, blankgeputzten Stiefel auf das Ka-

mingitter setzte und den Ellbogen aufs Knie und den Kopf auf die Hand stützte und sich ein wenig hin und her zu wiegen begann, da ging mir wahrhaftig im Kopf alles durcheinander, daß es zum Fürchten war.
»Aber«, sage ich, nachdem ich mich fest geräuspert habe, »Sie haben ihn so gut vorbereitet, Major – er hatte an Ihnen so einen vortrefflichen Lehrer –, daß er gar keine Anfangsschwierigkeiten haben wird. Und obendrein ist er so gescheit, daß er bald unter den Ersten sein wird.«
»Er ist ein Junge«, sagt der Major und schneuzt sich, »der auf Erden nicht seinesgleichen hat.«
»Wahr gesprochen, Major, und es ist nicht an uns, aus purem Eigennutz zu verhindern, daß er eine Zierde und eine Ehre bedeutet, wo immer er hinkommt, und am Ende vielleicht sogar ein großer Mann wird, nicht wahr? Meinen kleinen Spargroschen wird er haben, wenn einmal meine Arbeit getan ist (ich hab ja sonst niemand auf der Welt), und wir müssen uns bemühen, einen klugen und einen braven Menschen aus ihm zu machen, nicht wahr, Major?«
»Madam!« ruft der Major aufspringend, »Jemmy Jackman ist ein älterer Waschlappen geworden, als ich's gemerkt hatte, und Sie beschämen ihn. Sie haben vollkommen recht, Madam, Sie haben ganz einfach unleugbar recht. – Aber wenn Sie mich entschuldigen, will ich jetzt ein wenig spazierengehen.«
Als der Major ausgegangen war, rief ich den Jungen hierher in mein kleines Stübchen und ließ ihn neben meinem Stuhl stehen und streichelte die Locken seiner armen Mutter und sprach ernst und liebevoll zu ihm. Zuallererst erinnerte ich meinen Schatz daran, daß er jetzt schon bald zehn Jahre alt wäre, und sagte ihm über das Fortkommen im Leben so ziemlich dasselbe, was ich dem Major gesagt hatte, und dann erklärte ich ihm schonend, daß wir uns darum trennen müßten. Da mußte ich aber abbrechen, denn plötzlich sah ich die bebenden Lippen, die ich noch so gut in Erinnerung hatte! Doch tapfer, wie er war, nahm

er sich alsbald zusammen und sagte durch seine Tränen mit ernsthaftem Nicken: »Das versteh ich, Großi – ich weiß, daß es sein muß, Großi – sprich nur weiter, Großi – um mich mußt du keine Angst haben.« Und als ich alles gesagt hatte, was mir nur einfallen wollte, wandte er mir sein strahlendes Gesicht zu und sagte ganz gefaßt, nur hie und da ein klein wenig stockend: »Du wirst schon sehen, Großi, daß ich ein richtiger Mann sein und dir zuliebe alles tun kann – und wenn ich nicht so werde, wie du mich haben willst – dann nur, weil ich vorher gestorben bin.« Damit setzt er sich zu mir, und ich erzähle ihm von der Schule, die man mir als besonders gut empfohlen hatte, und wo sie lag und wie viele Schüler es dort gab und was sie für schöne Spiele spielten, nach dem, was ich gehört hatte, und wie lang die Ferien dauerten, was er alles mit hellen Augen anhörte. Und zum Schluß sagt er: »Aber jetzt, Großi liebes, möchte ich hier hinknien, wo ich immer mein Gebet gesagt habe, und mein Gesicht nur einen Augenblick in deinem Rock verstecken und ein bißchen weinen – weil du zu mir besser warst als Vater – und Mutter – und besser als Brüder und Schwestern und Freunde ...« Und dann weint er sich herzhaft aus und ich auch, und beiden war uns nachher viel wohler zumute.
Von da an war er so gut wie sein Wort und immer munter und fröhlich, und auch als der Major und ich ihn nach Lincolnshire hinunterbrachten, war er weitaus der Lustigste von uns dreien, wozu aber wahr und wahrhaftig nicht viel gehörte, doch er war richtig fröhlich, und erst als es zum allerletzten Lebewohl kommt, sagt er mit einem bekümmerten Blick: »Du möchtest doch nicht, daß ich traurig wäre, Großi?« – und wie ich sage: »Nein, Schatz, Gott bewahre!«, sagt er: »Das ist fein!« und läuft schnell davon.
Doch als wir das Kind nun nicht mehr im Haus hatten, verfiel mir der Major richtig in Trübsal. Es wurde von allen Mietern bemerkt, daß der Major Trübsal blies. Er machte auch nicht mehr wie früher den Eindruck, daß er doch eigentlich groß sei, und wenn er beim Stiefelputzen

noch einen Schimmer von Interesse zeigte, so war das schon viel.
Eines Abends kommt der Major in mein Stübchen hier, auf eine Tasse Tee und einen Bissen Butterbrot und um Jemmys letzten Brief zu lesen, der an diesem Nachmittag eingetroffen war (durch den gleichen Briefträger wie damals, der jetzt auch schon in die Jahre kam), und da der Brief ein klein bißchen seine Stimmung hebt, sage ich zum Major: »Sie dürfen nicht in Trübsal verfallen, Major.«
Der Major schüttelt den Kopf und sagt mit einem tiefen Seufzer: »Jemmy Jackman, Madam, ist ein älterer Waschlappen geworden, als ich es ihm zugetraut hätte.«
»Trübsal blasen macht nicht jünger, Major.«
»Meine liebe Madam«, sagt der Major, »gibt es überhaupt etwas, was einen jünger macht?«
Da ich dem Major in diesem Punkt nichts zu entgegnen weiß, springe ich auf einen anderen über.
»Dreizehn Jahre!« sage ich. »Dreizehn Jahre! Manche Mieter sind gekommen und gegangen, Major, seit Sie sich dazumal im Frontzimmer eingemietet haben.«
»Ha, wahrhaftig!« sagt der Major, etwas lebhafter werdend. »Eine ganze Menge, Madam!«
»Und Sie waren, denke ich, mit allen bekannt?«
»In der Regel (abgesehen von einigen Ausnahmen, wie sie jede Regel hat), meine liebe Madam«, sagt der Major, »haben mich alle mit ihrer Bekanntschaft und nicht selten mit ihrem Vertrauen beehrt.«
Wie ich nun so sehe, daß der Major wieder seinen weißen Kopf hängen läßt und sich über den schwarzen Schnurrbart streicht und aufs neue in Trübsal verfällt, hüpft mit einem Mal ein Gedanke, der sich wohl irgendwo herrenlos herumgedreht hatte, in meine alte Birne, wenn Sie den Ausdruck entschuldigen wollen.
»Ja, ja, die möblierten Wände hier«, sage ich so vor mich hin – denn wenn ein Mann Trübsal bläst, meine Liebe, hat es keinen Zweck, geradeheraus mit ihm zu sprechen –,

»die hätten wohl manches zu erzählen, wenn sie reden könnten.«
Der Major rührt sich nicht und sagt nichts, aber ich sehe, daß er mit den Schultern aufmerkt – mit den Schultern auf meine Worte aufmerkt, meine Liebe. Ich sehe tatsächlich seine Schultern aufmerksam werden.
»Unser lieber Junge hat immer so gern Geschichten gelesen«, fahre ich ganz beiläufig fort, als ob ich mit mir selber redete. »Ach ja, dieses Haus – sein eigenes Heim – könnte ihm sicher ein paar interessante Geschichten liefern.«
Die Schultern des Majors recken sich und strecken sich, und sein Kopf taucht aus dem Hemdkragen empor. Der Kopf des Majors taucht aus dem Hemdkragen empor, meine Liebe, wie ich es seit Jemmys Abreise nicht gesehen hatte.
»Es steht außer Zweifel, meine liebe Madam«, sagt der Major, »daß so in den Pausen zwischen einem Cribbage und einem freundschaftlichen Whist – und auch über dem, was man in meinen jungen Tagen – in den grünen Tagen Jemmy Jackmans – wohl ein geselliges Glas nannte, gar manche Erinnerung zwischen mir und Ihren Mietern getauscht wurde.«
Drauf bemerke ich – mit der abgründigsten, dunkelsten Hinterlist, wie ich nur gestehen will: »Ich wollte, unser lieber Junge hätte es hören können!«
»Ist das Ihr Ernst, Madam?« ruft der Major, in die Höhe fahrend, und wendet mir sein Gesicht zu.
»Warum nicht, Major?«
»Madam«, ruft der Major und beginnt seinen einen Ärmel aufzukrempeln,»es soll für ihn niedergeschrieben werden!«
»Aha, jetzt reden Sie vernünftig, Major!« sage ich, erfreut in die Hände klatschend. »Jetzt kommen Sie aus Ihrer Trübsal heraus, Major!«
»Vom heutigen Tag an bis zu meinen Ferien – ich meine die Ferien des lieben Jungen«, ruft der Major und krempelt seinen zweiten Ärmel auf, »kann manches getan werden!«

»Sie sind ein gescheiter Mensch, Major, und haben viel gesehen, das weiß ich.«
»Morgen«, ruft der Major und sieht auf einmal so groß aus, wie ich ihn nur je erblickt habe, »morgen wird damit begonnen!«
Meine Liebe, nach drei Tagen war der Major ein anderer Mensch, und nach einer Woche war er wieder der alte, und er schrieb und schrieb und schrieb, und seine Feder kratzte wie die Ratten hinter der Täfelung. Und ob er von festen Tatsachen ausging oder ob er sich alles zusammenfabuliert hat, kann ich Ihnen nicht sagen, aber was er geschrieben hat, liegt in dem kleinen Bücherschrank hinter Ihnen, links im Glaskasten.

Wie das Frontzimmer einige Worte hinzufügte

Ich gebe mir die Ehre, mich vorzustellen, Jackman ist mein Name. Wenn ich hiermit auf die Nachwelt komme, geschieht es zu meinem Stolz auf Grund des bemerkenswertesten Jungen, der je auf dieser Erde lebte – namens JEMMY JACKMAN LIRRIPER –, und meiner höchst achtbaren und hochverehrten Freundin, Mrs. Emma Lirriper, Nummer einundachtzig, Norfolk Street, Strand, in der Grafschaft Middlesex, im Vereinten Königreich von Großbritannien und Irland.
Es ist nicht an mir, das Entzücken zu schildern, mit dem wir den geliebten und außergewöhnlich bemerkenswerten Jungen aus Anlaß seiner ersten Weihnachtsferien willkommen hießen. Eine Bemerkung hierzu möge genügen: Als er mit zwei prächtigen ersten Preisen (Arithmetik und vorbildliche Aufführung) ins Haus stürmte, fielen Mrs. Lirriper und meine Wenigkeit einander bewegt in die Arme und führten ihn sodann augenblicklich ins Theater, wo wir uns alle drei ausgezeichnet unterhielten.
Es geschieht nicht, um den Tugenden der Besten ihres reizenden und hochverehrten Geschlechts zu huldigen (die ich hier, ihrer würdigen Bescheidenheit Rechnung tra-

gend, nur mit den Lettern E. L. bezeichnen will), daß ich diesen Bericht dem Stoß von Papieren hinzufüge, von denen unser im allerhöchsten Grad bemerkenswerter Junge sich begeistert erklärte, bevor er dieselben wieder in das linke Glaskästchen von Mrs. Lirripers kleinem Bücherschrank zurücklegte.

Es geschieht auch nicht, um einem werten Publikum den Namen des ursprünglichen, alten, ausgedienten, obskuren Jemmy Jackman aufzudrängen, einst (zu seiner Schmach) wohnhaft bei Wozenham, längst aber (zu seiner Ehre) wohnhaft bei Lirriper. Eine solche Geschmacklosigkeit, soweit ich mich ihrer überhaupt bewußt schuldig machen könnte, ginge weit über das erlaubte Maß hinaus – jetzt, da der Name von JEMMY JACKMAN LIRRIPER getragen wird.

Nein, ich greife zu meiner bescheidenen Feder, um eine kleine Erinnerung an unseren auffallend bemerkenswerten Jungen aufzuzeichnen und so, im Rahmen meiner geringen Fähigkeiten, ein vergnügliches kleines Bild von der Geistesart des geliebten Jungen zu geben, das auch für ihn selbst interessant sein könnte, wenn er dereinst ein Mann ist.

Unser erstes wiedervereinigtes Weihnachtsfest war das schönste, das wir je zusammen verbrachten. Jemmy hielt keine fünf Minuten lang den Mund, außer in der Kirche. Er schwatzte, wenn wir am Feuer saßen, er schwatzte, wenn wir spazierengingen, er schwatzte, wenn wir wieder am Feuer saßen, er schwatzte, während wir zu Mittag aßen, obwohl er ein beinahe so bemerkenswertes Mittagessen zu sich nahm, wie er selber bemerkenswert ist. Die Quelle der Lebensfreude sprudelte und sprudelte in seinem frischen jungen Herzen und befruchtete (wenn ich mir ein so kühnes Bild gestatten darf) meine hochverehrte Freundin sowie Schreiber dieses, J. J.

Wir aßen zu dritt in dem kleinen Stübchen meiner hochverehrten Freundin und wurden aufs vortrefflichste bewirtet. Aber in diesem Betrieb mit seiner vorbildlichen

Ordnung, Pünktlichkeit und Gemütlichkeit ist jederzeit alles vortrefflich. Nach dem Essen glitt unser Junge auf seinen alten Schemel zu Füßen meiner verehrten Freundin, und da hockte er, seine gebratenen Kastanien und ein Gläschen Sherry (tatsächlich ein vorzüglicher Tropfen) auf einem Stuhl vor sich, und seine Backen leuchteten röter als die Äpfel auf dem Tisch.

Wir sprachen von meinen bescheidenen Aufzeichnungen, die Jemmy inzwischen schon durch und durch gelesen hatte, und so kam es, daß meine verehrte Freundin, wie sie so dasaß und ihm über das lockige Haar strich, bemerkte: »Und weil du doch auch zum Haus gehörst, Jemmy – noch viel mehr als die Mieter, da du ja hier geboren bist –, sollte deine Geschichte auch einmal hinzugefügt werden, finde ich.«

Jemmy rief mit funkelnden Augen: »Das finde ich auch, Großi!«

Er schaute ins Feuer, und dann begann er zu lachen, als hätte er Heimlichkeiten mit dem Feuer, und dann stützte er die Arme auf den Schoß meiner verehrten Freundin, sah mit strahlendem Gesicht zu ihr auf und fragte: »Möchtest du die Geschichte von einem Jungen hören, Großi?«

»Unbedingt!« antwortete meine verehrte Freundin.

»Und du, Pate?«

»Unbedingt!« antwortete auch ich.

»Na, dann werde ich euch eine erzählen«, sagte Jemmy.

Hier umarmte sich unser unleugbar bemerkenswerter Junge selber und lachte wieder. Und dann schaute er auf die gleiche Art, als ob ein heimliches Einverständnis zwischen ihnen herrschte, ins Feuer und begann: »Es war einmal, das Schwein trank Wein, das Pferd stieß mit ihm an, 's war sicher nicht zu unserer Zeit, doch darauf kommt's nicht an ...«

»Gott bewahre uns!« rief meine verehrte Freundin erschrocken. »Ist das Kind verrückt geworden?«

»Das ist Poesie, Großi!« rief Jemmy mit schallendem Gelächter. »In der Schule fangen wir jede Geschichte so an.«

»Er hat mir einen richtigen Schrecken eingejagt, Major«, sagte mir meine verehrte Freundin und fächelte sich mit ihrem Teller Kühlung zu. »Ich dachte schon, sein Verstand hätte sich verwirrt.«

»In jenen alten Zeiten, Großi und Pate, war einmal ein Junge – nicht ich, versteht ihr.«

»Nein, nein«, sagte meine verehrte Freundin. »Natürlich nicht du. Nicht er, Major, verstehen Sie?«

»Nein, nein, natürlich nicht er«, sagte ich.

»Und er war auf der Schule in Rutlandshire ...«

»Warum nicht in Lincolnshire?« fragte meine verehrte Freundin.

»Aber, Großi! Weil *ich* doch auf der Schule in Lincolnshire bin, nicht wahr?«

»Natürlich!« sagte meine verehrte Freundin. »Es ist nicht die Rede von Jemmy, verstehen Sie, Major?«

»Natürlich ist nicht die Rede von ihm«, sagte ich.

Unser Junge schüttelte sich vor Lachen und umarmte sich selber (wieder im Einverständnis mit dem Feuer), bevor er aufs neue zu Mrs. Lirriper aufsah und fortfuhr: »Ja, und dieser Junge war furchtbar verliebt in die Tochter seines Schuldirektors, und sie war das schönste Geschöpf, das es je gegeben hatte. Sie hatte braune Augen und wunderschöne braune Locken und eine süße Stimme und war überhaupt süß, und sie hieß – Seraphina.«

»Wie heißt denn die Tochter von *deinem* Schuldirektor, Jemmy?« fragte meine verehrte Freundin.

»Polly!« rief Jemmy und stach mit dem Zeigefinger in die Luft. »Hahaha! Jetzt hab ich dich aber drangekriegt!«

Darauf mußten sie beide furchtbar lachen und einander herzen, und dann fuhr unser anerkannt bemerkenswerter Junge mit großem Behagen fort: »Ja also, und er war furchtbar verliebt in sie. Er dachte den ganzen Tag an sie und träumte die ganze Nacht von ihr und schenkte ihr Orangen und Nüsse und hätte ihr Perlen und Diamanten geschenkt, bloß daß sein Taschengeld dafür nicht reichte. Und ihr Vater – oh, das war aber ein richtiger Wüterich!

Er war sehr streng zu den Jungen und hielt jeden Monat Prüfungen ab und hielt zu allen möglichen Zeiten Vorträge über alle möglichen Dinge und wußte alles auf der Welt aus einem dicken Buch. Und der Junge ...«
»Hatte er keinen Namen?« fragte meine verehrte Freundin.
»Nein, er hatte keinen Namen, Großi! Hahaha! Hab ich dich wieder drangekriegt!«
Darauf mußten sie aufs neue furchtbar lachen und einander herzen, und dann fuhr unser Junge fort: »Ja, und der Junge hatte einen Freund, ungefähr so alt wie er und in der gleichen Schule, und der hieß (denn der hatte zufällig einen Namen, hahaha!), der hieß – wart, laß mich nachdenken –, der hieß Bobbo.«
»Nicht Bob?« sagte meine verehrte Freundin.
»Natürlich nicht«, sagte Jemmy. »Wie kommst du auf die Idee, Großi? Ja, und der Freund war der klügste und tapferste und stärkste und edelste Freund, den es je gegeben hat, und er war in Seraphinas Schwester verliebt, und Seraphinas Schwester war in ihn verliebt, und dann wurden sie alle groß.«
»Bewahre, das ging aber schnell bei ihnen«, sagte meine verehrte Freundin.
»Ja, sie wurden alle groß«, wiederholte Jemmy lachend. »Und Bobbo und der Junge ritten miteinander in die Welt, um ihr Glück zu machen, und ihre Pferde kriegten sie halb aus Gefälligkeit und halb als Okkasion – sie hatten nämlich gemeinsam viereinhalb Shilling zusammengespart –, und die Pferde waren feurige Araber und mehr wert, aber der Mann sagte, er würde ihnen einen Gefallen tun und sie um den Preis verkaufen. Und sie machten ihr Glück, nicht wahr, und sprengten in die Schule zurück, mit allen Taschen voll Gold, genug bis an ihr Lebensende. Und sie läuteten an der Besucherglocke, nicht hinten beim Schülereingang, und als ihnen aufgetan wurde, verkündeten sie: ›Genau wie bei einer Scharlachepidemie! Jeder Junge darf auf unbestimmte Zeit heim!‹ Und alle schrien Hurra, und

sie küßten Seraphina und ihre Schwester – aber jeder seine eigene –, und dann verurteilten sie den Wüterich zu strengem Karzer.«

»Der arme Mann!« sagte meine verehrte Freundin.

»Ja, zu ganz strengem Karzer«, wiederholte Jemmy mit lautem Lachen, obwohl er ein strenges Gesicht zu machen versuchte. »Und er bekam nichts zu essen als das Essen für die Jungen und mußte jeden Tag ein halbes Faß von ihrem Dünnbier trinken! Und inzwischen wurden die Vorbereitungen für die zwei Hochzeiten mit allem Prunk getroffen, und es gab Freßkörbe und Eingemachtes und Süßigkeiten und Nüsse und Briefmarken und alle möglichen guten Sachen. Und sie waren alle so fröhlich, daß sie den Wüterich freiließen, und er war auch fröhlich.«

»Das freut mich«, sagte meine verehrte Freundin. »Er hatte doch nur seine Pflicht getan.«

»Aber er hatte dabei mächtig übertrieben!« rief Jemmy.

»Ja, und dann schwang sich der Junge auf sein feuriges Roß, mit seiner Braut im Arm, und er galoppierte und galoppierte, bis er zu einem Ort kam, wo er ein Großi und einen Paten hatte – aber nicht ihr beide, wißt ihr!«

»Nein, nein«, sagten wir beide.

»Und dort wurde er mit großer Freude empfangen und füllte gleich die Kommode und den Bücherschrank bis oben mit Gold und überschüttete sein Großi und seinen Paten mit Gold, weil sie die zwei liebsten, besten Menschen auf der Welt waren. Und wie sie so bis zu den Knien im Gold saßen, klopfte es an der Haustür, und es war niemand anderer als Bobbo, auch auf seinem feurigen Roß, mit *seiner* Braut im Arm. Und er war nur gekommen, um zu sagen, daß er alle möblierten Zimmer für immer und ewig mieten wollte (zum doppelten Preis), soweit der Junge und sein Großi und sein Pate nicht selbst darin wohnten, und daß sie alle immer beisammen bleiben wollten, und das taten sie auch und waren alle immer glücklich.«

»Und hatten nie Streit?« fragte meine verehrte Freundin.

»Nein, niemand hat je gestritten.«

»Und das Gold ging nicht zu Ende?«
»Nein, so viel konnte überhaupt niemand ausgeben.«
»Und wurden sie nicht alt?«
»Nein, von da an wurde niemand mehr älter.«
»Und ist niemand gestorben?«
»Nein, nein, nein, Großi!« rief unser geliebter Junge und schmiegte die Wange an ihre Brust und drückte sie fest an sich. »Niemand ist je gestorben!«
»Ach, Major, Major, das schlägt alle unsere Geschichten«, sagte meine verehrte Freundin lächelnd. »Wir wollen mit der Geschichte unseres Jungen enden, Major, denn das ist die allerschönste!«
Um diesem Wunsch von seiten der Besten aller Frauen nachzukommen, habe ich die Geschichte hiermit so treulich aufgezeichnet, wie mein bestes Können im Verein mit meinem besten Wollen es gestatten, und ich unterschreibe sie mit meinem Namen

J. Jackman

Frontzimmer bei Mrs. Lirriper

George Silverman erklärt sich

1. Kapitel

Es kam so:
– Aber wenn ich nun, die Feder in der Hand, diese Worte betrachte, ohne in ihnen die geringste Andeutung der Worte zu finden, die ihnen folgen sollten, will mir scheinen, daß sie mir nicht weiterhelfen. Indem ich sie belasse, mögen sie jedoch als Hinweis darauf dienen, wie schwer es mir fällt, einen Anfang im Erklären meiner Erklärung zu finden. Ein ungeschlachter Satz – doch ein besserer will mir nicht gelingen.

2. Kapitel

Es kam *so:*

– Aber betrachte ich diese Worte und vergleiche sie mit meiner vorhergehenden Eröffnung, so sehe ich in ihnen eine Wiederholung derselben Wörter. Dies überrascht mich um so mehr, als ich sie in einem fraglos neuen Zusammenhang verwendet habe – denn ich muß gestehen, daß es meine Absicht war, die Eröffnung, die ich zuerst im Sinn hatte, zu verwerfen, und einer anderen, völlig verschieden beschaffenen den Vorzug zu geben, um mit meiner Erklärung zu einer früheren Zeitspanne meines Lebens einzusetzen. Ich will einen dritten Versuch unternehmen, ohne dieses zweite Scheitern zu tilgen, darf ich doch versichern, daß es mir fern liegt, jegliche Unzulänglichkeit, sei sie des Geistes oder des Fühlens, zu verbergen.

3. Kapitel

Ohne mich unmittelbar damit zu befassen, wie es dazu kam, werde ich mich dem nach und nach annähern. Gewiß der natürliche Weg, denn – weiß Gott – so kam es über mich!

Meine Eltern lebten in ärmsten Verhältnissen, und das Heim meiner Kindheit war ein Keller in Preston. Das Geräusch von Vaters Holzschuhen auf dem Pflaster der Straße oben war in meinen jungen Ohren vom Klappern aller anderen Holzschuhe verschieden, und ich erinnere mich, daß, wenn Mutter die Kellertreppe herunterstieg, ich schaudernd zu ergründen suchte, ob ihre Füße gute oder schlechte Laune verhießen – oder ihre Knie – oder ihr Oberkörper –, bis schließlich ihr Gesicht in mein Blickfeld trat und die Frage beantwortete. Daraus kann man folgern, daß ich schüchtern, die Kellertreppe tief und der Eingang sehr niedrig war.

Stachel und Klaue der Armut hatten Mutters Gesicht gezeichnet, ihren Körper und nicht zuletzt ihre Stimme. Ihre scharfen und schrillen Worte wurden herausgepreßt wie unter dem Druck knöcherner Finger auf einen ledernen Beutel; und wenn sie zankte und schalt, hatte sie eine Art, mit rollenden Augen ihren Blick über den ganzen Keller hinwegschweifen zu lassen, immer und immer wieder, die hungrig und finster war. Vater saß dann mit hängenden Schultern still auf einem dreibeinigen Schemel und starrte in den leeren Herd, bis sie den Schemel unter ihm fortriß und ihn aufforderte, zu schauen, daß er etwas Geld herbeischaffe. Niedergeschlagen stieg er sodann die Treppe hinauf, und ich suchte hakenschlagend und mich bückend Mutters hartnäckigem Griff nach meinen Haaren auszuweichen, während ich die Lumpen, die mir Hemd und Hose waren, mit einer Hand (meinem einzigen Gürtel) zusammenhielt.

Einen weltlichen kleinen Satan pflegte Mutter mich zu nennen. Weinte ich, weil ich im Dunkeln saß oder es kalt war oder ich Hunger hatte, schmiegte ich mich in eine warme Ecke, wenn wir ein Feuer hatten, aß ich gierig, wenn es etwas zu essen gab – immer sagte sie: »O du weltlicher kleiner Satan!« Und was mich dabei besonders schmerzte, war, daß ich in mir sehr wohl einen weltlichen kleinen Satan wußte; weltlich genug, nach einem Heim und nach Wärme zu verlangen, weltlich genug, nach Essen zu verlangen, weltlich bis hin zu der Gier, heimlich meinen Anteil an jenen guten Dingen demjenigen des Vaters und der Mutter zu vergleichen, wenn es – selten genug – jene guten Dinge überhaupt gab.

Bisweilen verließen mich beide, weil sie Arbeit suchten, und dann wurde ich einen oder zwei Tage lang im Keller eingesperrt. Zu solchen Zeiten schwelgte ich in Weltlichkeit. Alleingelassen, überließ ich mich dem weltlichen Verlangen danach, genug von allem zu haben (außer an Armut), und dem nach dem Tod des Vaters meiner Mutter, der ein Maschinenfabrikant in Birmingham war und bei dessen Hinscheiden sie – so hatte ich Mutter sagen hören – einen ganzen Platz voller Häuser erben würde, »wenn ihre Rechte nicht mit Füßen getreten würden.« Weltlicher kleiner Satan, der ich war, stand ich da und bohrte in Gedanken versunken meine kalten, bloßen Füße in die zerbrochenen Ziegel und Löcher des modrigen Kellerbodens, während ich sozusagen über den Leichnam meines Großvaters in seine Häuser schritt, um sie gegen Fleisch und etwas zu trinken und gegen Kleidung zu verkaufen.

Zuletzt trat ein Wandel in unserem Keller ein. Der Wandel, dem alles unterworfen ist, fand selbst in diese tiefste Niederung hinab, wie er auch jede Höhe erreicht, die ein Mensch erklimmen kann, und brachte andere Veränderungen mit sich.

In der dunkelsten Ecke hatten wir einen Haufen übelsten Unrats, den wir »das Bett« nannten. Mutter lag drei Tage lang dort, ohne aufzustehen, und dann begann sie unvermittelt zu lachen. Hatte ich sie jemals zuvor lachen gehört, so war es so selten gewesen, daß der unvertraute Laut mich nun erschreckte. Auch Vater erschreckte es, und wir wechselten uns darin ab, ihr Wasser zu geben. Daraufhin begann sie, ihren Kopf hin und her zu schaukeln und zu singen. Es wurde nicht besser mit ihr, und auch Vater fing an zu lachen und zu singen; und dann war nur noch ich da, um ihnen Wasser zu geben, und sie starben.

4. Kapitel

Als zwei Männer – zuerst hatte nur der eine hinuntergeschaut und dann einen zweiten geholt – mich aus dem Keller hoben, konnte ich das Licht auf der Straße kaum ertragen. Ich saß auf der Straße und blinzelte in das Licht und in den Kreis von Menschen, der sich um mich herum gebildet hatte, wenn auch in vorsichtiger Entfernung, als ich getreu meinem Wesen des weltlichen kleinen Satans das Schweigen mit den Worten brach: »Ich habe Hunger und Durst!«

»Weiß er, daß sie tot sind?« fragte einer der Umstehenden einen anderen.
»Weißt du, daß dein Vater und deine Mutter am Fieber gestorben sind?« fragte mich ein dritter streng.
»Ich weiß nicht, was das ist, wenn einer tot ist. Ich glaube, es war das, als die Tasse an ihre Zähne schlug und das Wasser über ihren Mund lief. Ich habe Hunger und Durst.« Das war alles, was ich dazu sagen konnte.
Als ich um mich schaute, wich der Kreis von Menschen zurück, und ich roch Essig und – wie ich nun weiß – Kampfer, die dorthin versprengt wurden, wo ich saß. Dann stellte jemand eine große Schüssel dampfenden Essigs neben mich auf den Boden, und nun starrten mich alle voll stummen Abscheus an, als ich das, was man mir gab, aß und trank. Ich wußte schon damals, daß sie mich verabscheuten, aber ich konnte es nicht ändern.
Während ich noch aß und trank, hatte um mich herum eine gedämpfte Unterhaltung darüber eingesetzt, was als nächstes mit mir zu geschehen habe, und ich vernahm eine knarrende Stimme aus dem Kreis heraus: »Hawkyard ist mein Name, Mr. Verity Hawkyard von West Bromwich.« Dann öffnete sich der Kreis, und ein gelbgesichtiger, spitznasiger Gentleman, dessen Kleidung bis hin zu den Gamaschen von stahlgrauer Farbe war, trat in Begleitung eines Polizisten und einer weiteren Amtsperson auf mich zu. Er näherte sich mir bis zu dem Gefäß mit dampfendem Essig, mit dessen Inhalt er sich vorsichtig und mich großzügig besprengte.
»Dieser junge Knabe hatte einen Großvater in Birmingham, der vor kurzem ebenfalls verschieden ist«, sagte Mr. Hawkyard.
Ich wendete meinen Blick dem Sprecher zu und sagte mit gieriger Stimme: »Wo hat er seine Häuser?«
»Ha! Welch grauenhafte Weltlichkeit im Angesicht des offenen Grabes!« rief Mr. Hawkyard und besprengte mich aufs neue mit Essig, als wolle er mir den Teufel austreiben. »Ich habe eine geringe – eine unbedeutende –

Pflegschaft für diesen Knaben übernommen; eine durchaus freiwillige Pflegschaft, eine reine Ehren- wenn nicht Gefühlssache; doch ich habe sie auf mich genommen, und sie soll (o ja, sie soll!) erfüllt werden.«

Die Umstehenden schienen sich über diesen Gentleman ein weitaus günstigeres Urteil zu bilden als über mich.

»Er soll Unterricht erhalten«, sagte Mr. Hawkyard, »(O ja, er soll Unterricht erhalten!), aber was soll jetzt mit ihm geschehen? Er könnte angesteckt sein. Er könnte die Seuche verbreiten.« Der Kreis weitete sich beträchtlich. »Was soll mit ihm geschehen?«

Er besprach sich mit den zwei Amtspersonen, und ich konnte nichts verstehen bis auf das Wort »Gutshaus«. Ein anderes Wort wurde mehrmals wiederholt, das mir zu jenem Zeitpunkt keinen Sinn offenbarte, das ich jedoch bald darauf als »Hoghton Towers« begreifen sollte.

»Ja«, sagte Mr. Hawkyard, »ich glaube, das klingt gut. Ich glaube, das klingt vernünftig. Und Sie meinen, man kann ihn für ein oder zwei Nächte allein in einer Zelle unterbringen?«

Der Polizist schien es zu sein, der dies gemeint hatte, denn er sagte ja. Er war es auch, der mich schließlich am Arm ergriff und vor sich her durch die Straßen führte und in einen weißgekalkten Raum in einem schmucklosen Gebäude brachte, wo es einen Stuhl gab, auf dem ich sitzen konnte, einen Tisch, an dem ich sitzen konnte, ein eisernes Bett mit einer guten Matratze, auf dem ich liegen konnte, und Leintuch und Decke, um mich zuzudecken. Wo es außerdem genug für mich zu essen gab und wo man mir beibrachte, den zinnernen Napf, in dem das Essen gebracht wurde, zu säubern, bis er einem Spiegel glich. Hier wurde ich auch in ein Bad gesteckt und erhielt neue Kleider, und meine alten Lumpen wurden verbrannt, und ich wurde mit Kampfer und Essig behandelt und auf vielfältige Weise desinfiziert.

Als all dies geschehen war – ich weiß nicht, innerhalb wie vieler Tage oder wie weniger, doch tut es nichts zur

Sache –, trat Mr. Hawkyard durch die Tür, blieb dort stehen und sagte: »Geh zur Wand da drüben und bleibe da, George Silverman. So weit weg, wie du kannst. Das dürfte reichen. Wie fühlst du dich?«

Ich sagte ihm, daß ich nicht fror, keinen Hunger verspürte und keinen Durst. Das war das ganze Spektrum menschlichen Fühlens, soweit ich es kannte, bis auf den Schmerz von Schlägen.

»Nun George«, sagte er, »man wird dich in ein gesundes Gutshaus bringen, damit du gereinigt wirst. Halte dich im Freien auf, soviel du kannst. Lebe in der freien Natur, bis du abgeholt wirst. Du tätest gut daran, nicht viel darüber zu sprechen – in der Tat, du solltest bemüht sein, überhaupt nicht darüber zu sprechen, woran deine Eltern gestorben sind, denn sonst wird man dich vielleicht nicht nehmen wollen. Sei ein ordentlicher Junge, und ich werde dich zur Schule schicken (o ja, ich werde dich zur Schule schicken!), obgleich ich dazu nicht verpflichtet bin. Ich bin der Diener des Herrn, George, und ich bin ihm ein guter Diener (das bin ich!) seit fünfunddreißig Jahren. Der Herr hat an mir einen guten Diener, und er weiß es.«

Was ich mir damals darunter vorgestellt haben mag – ich weiß es nicht. Genausowenig weiß ich, wann ich zu begreifen begann, daß er führendes Mitglied einer sonderbaren Sekte oder Glaubensgemeinschaft war, deren Mitglieder, wenn ihnen danach war, vor den anderen predigten, und in der er Bruder Hawkyard genannt wurde. An jenem Tag im Gefängnis genügte es mir zu wissen, daß der Wagen des Bauern an der Ecke auf mich wartete. Ich mußte nicht lange zum Einsteigen ermuntert werden, war es doch die erste Fahrt meines Lebens.

Die Fahrt machte mich schläfrig, und ich schlief ein. Vorher starrte ich auf die Straßen von Preston, solange sie zu sehen waren, und unterdes mag sich in mir die dumpfe Frage geregt haben, wo unser Keller liegen möge. Doch ich bezweifle es. So ein weltlicher kleiner Satan war ich, daß ich keinen Gedanken daran verschwendete, wer Vater und Mutter begraben würde, oder wo man sie begraben würde, oder wann. Solche Überlegungen traten hinter der Frage zurück, ob das Essen und Trinken tagsüber und die Bedeckung des Nachts im Gutshaus ebenso gut sein würden wie im Gefängnis.

Das Rumpeln des Wagens auf losem Geröll weckte mich, und ich sah, daß wir einen steilen Hügel hinauffuhren und daß die Straße ein ausgetretener Nebenweg durch ein Feld war. An den Überresten einer alten Terrasse und an zerklüfteten Gebäuden, die einst befestigt gewesen waren, vorbei und durch ein zerfallenes Tor hindurch gelangten wir so zu dem alten Gutshaus in der breiten steinernen Umfriedung, die den alten viereckigen Block von Hoghton Towers umgab – dem Gutshaus, das ich anstarrte wie ein unwissender Wilder; dem ich keinerlei Besonderheit zuerkennen konnte; von dem ich annahm, daß alle Gutshäuser ihm ähnelten; dessen Verfall ich dem einen mächtigen Verursacher allen Verfalls zuschrieb – der Armut; dessen Tauben in ihren Schlägen, dessen Vieh in seinen Ställen, dessen Enten im Teich und dessen Hühner, die im Hof Körner aufpickten, ich mit der hungrigen Hoffnung betrachtete, daß man recht viele von ihnen für das Abendessen schlachten möge, solange ich dort sein würde; ob dessen ausgeschrubbter Milchkübel, die an der Sonne trockneten, ich mich fragte, ob dies die stattlichen Näpfe seien, aus denen der Bauer seine reichlich bemessene Nahrung aß und die er, meiner Gefängniserfahrung zufolge, nach vollbrachter Tat polierte. Ich, der ich voller verschüchterter Ungewißheit war, ob die Schatten, die an diesem klaren Frühlingstag die luftigen Höhen durchstreiften, nicht einen finsteren Blick ausdrückten; gemein, verängstigt, freudlos: ein vertiertes fühlloses Geschöpf, von dem man sich mit Schaudern wenden mußte.

Bis zu jener Zeit hatte ich nicht die leiseste Empfindung von Schönheit erfahren. Ich hatte keinerlei wie auch immer beschaffene Kenntnis davon, daß es in diesem Leben irgend etwas Schönes geben könne. Wenn ich bis-

weilen über die Kellertreppe auf die Straße hinaufgeschlurft war und die Auslagen der Geschäfte angestarrt hatte, so lagen dem keine tieferen Gefühle zugrunde, als wir sie einem räudigen jungen Hund oder Wolfswelpen unterstellen dürfen. Ebenso ist festzuhalten, daß ich niemals allein gewesen war, wenn man darunter selbstlose Zwiesprache mit sich selbst versteht. Einsam war ich oft genug gewesen, doch mehr nicht.
So war es um mich beschaffen, als ich mich an jenem Tag in der Küche des alten Gutshauses zu meinem Abendbrot niedersetzte. So war es um mich beschaffen, als ich in jener Nacht in dem alten Gutshaus auf meinem Bett lag, dem schmalen Sprossenfenster gegenüber, vom kalten Licht des Mondes beschienen wie ein junger Vampir.

5. Kapitel

Was weiß ich heute von Hoghton Towers? Da ich dankbar und zufrieden war, meine ersten Eindrücke nicht überprüfen zu müssen, sehr wenig. Ein jahrhundertealtes Haus, ungefähr eine Meile abseits der Straße zwischen Preston und Blackburn auf einer Anhöhe gelegen, wo der erste Jakob von England in seinem Bestreben, Geld zu machen, indem er Baronets machte, vielleicht einige dieser einträglichen Würdenträger einsetzte. Ein jahrhundertealtes Haus, verlassen und baufällig, dessen Wälder und Gärten seit langem in Weideland verwandelt oder umgepflügt waren, unterhalb dessen die Flüsse Ribble und Darwen vorbeiglitten und in dessen Hintergrund sich in zwei Richtungen ein undeutlicher Nebel von Dampf und Rauch ausbreitete, dem selbst die übernatürliche Voraussehungsgabe des ersten Stuart nichts entgegenzusetzen vermochte und der auf Dampfkraft hindeutete.
Was wußte ich damals von Hoghton Towers? Als ich einen ersten Blick in den wie leblos erscheinenden Hof warf und vor der moosbewachsenen Statue zurück-

schreckte, die wie sein geisterhafter Wächter vor mir auftauchte – als ich mich hinter dem Gutshaus vorbeistahl und die altertümlichen Räume betrat, in denen Böden und Decken verfielen und die Balken gefährlich herunterhingen, in denen der Gips unter meinen Tritten bröckelte, deren eichene Paneele heruntergerissen und deren Fenster halb zugemauert und halb zerbrochen waren – als ich eine Galerie entdeckte, die auf die alte Küche hinunterblickte, und zwischen den Balustraden hindurch auf Bänke und einen gewaltigen alten Tisch sah, in beständiger Furcht, irgendwelche unausdenkbaren lebend-toten Geschöpfe hereinkommen und sich niedersetzen zu sehen, die mich mit unvorstellbar schrecklichen oder – schrecklicher noch – gar keinen Augen anstarren würden – als ich mich im ganzen Haus vor Rissen und Spalten und vor klirrenden und klappernden Geräuschen ängstigte – wo der Himmel kummervoll auf mich herabschaute, die Vögel vorbeiflogen, der Efeu raschelte und winterliche Unwetter ein flekkiges Muster auf den verfallenen Böden geschaffen hatten – als unten am Ende der dunklen Höhlen, in die die Treppenstufen eingesunken waren, Schmetterlinge flatterten und Bienen durch die verrotteten Eingänge aus- und einschwärmten – als süße Düfte und frisches Grün und sich immer erneuerndes Leben, von denen allen ich keine Vorstellung gehabt hatte, diese ganze Ruine umschlossen, als mir also eine Wahrnehmung – wie undeutlich auch immer – dieser Dinge zuteil wurde, soweit sie meiner unwissenden Seele möglich war – was wußte ich damals von Hoghton Towers?

Ich schrieb gerade, daß der Himmel mich kummervoll anstarrte. Damit habe ich die Antwort vorweggenommen. Ich wußte, daß alle Dinge kummervoll auf mich schauten. Daß sie zu seufzen oder zu flüstern schienen, nicht ohne Mitgefühl: »O weh! Armer weltlicher kleiner Teufel!«

In einer der kleineren Gruben am Grunde der zerfallenen Treppen sah ich, als ich mich darüberbeugte und hinunterschaute, zwei oder drei Ratten, die sich um Beute balgten. Und als sie aufschraken und sich versteckten, im Dunkeln aneinandergeschmiegt, erinnerte ich mich des einstigen Lebens (denn für mich lag es bereits in ferner Vergangenheit) im Keller.

Wie hätte ich nicht dieser weltliche kleine Satan sein sollen? Wie hätte ich mir gegenüber nicht ebenso großen Abscheu empfinden sollen, wie ihn die Ratten in mir weckten? Vor mir selbst erschreckt, verbarg ich mich in einem der kleineren Räume und weinte (es war das erstemal, daß ich aus einem anderen als bloß physischem Bedürfnis weinte) und versuchte, darüber nachzudenken. In diesem Augenblick sah ich draußen einen der Pflüge des Gutshauses, und dieser Anblick schien mir Trost zu spenden – der Pflug und die zwei Pferde, die so ruhig und friedvoll auf dem Feld auf und ab zogen.

In der Familie im Gutshaus gab es ein Mädchen, ungefähr in meinem Alter, das mir an dem schmalen Tisch gegenübersaß. Bei unserem ersten Abendbrot war es mir in den Sinn gekommen, daß ich sie mit dem Fieber anstecken könnte. Zu jener Zeit hatte der Gedanke nichts Beunruhigendes für mich; ich hatte lediglich überlegt, wie sie unter diesen Umständen aussehen und ob sie sterben würde. Doch nun kam mir der Gedanke, daß ich versuchen könne, sie nicht mit dem Fieber anzustecken, indem ich mich von ihr fernhielt. Ich wußte, daß ich meines Aufenthaltes nicht froh werden würde, handelte ich danach, doch – so dachte ich – um so selbstloser und um so weniger verdammenswürdig wäre mein Tun.

Von jener Stunde an zog ich mich mit Tagesanbruch in verborgene Winkel des verfallenen Hauses zurück, um mich dort versteckt zu halten, bis sie zu Bett gegangen war. Anfänglich hörte ich, wie sie mich riefen, wenn die Mahlzeiten bereitet waren, und dann wankte ich in meinem Entschluß, doch ich stärkte mich in meinem Vorhaben, indem ich tiefer in die Ruine hineinschritt, bis ich sie nicht mehr hörte. Oft hielt ich von den trüben Fenstern aus Ausschau nach ihr, und wenn ich sah, daß sie gesund und rosig war, fühlte ich mich viel glücklicher.

Es scheint mir, daß mir aus dieser Beschäftigung meiner Gedanken mit ihr eine kindliche Liebe erwuchs, die mich menschlichem Fühlen näherbrachte. Der Stolz, sie zu schützen, der Stolz auf das Opfer, das ich um ihretwillen brachte, ließ mich etwas wie Würde verspüren, und mein Herz, von diesem neuen Gefühl erfüllt, wandelte sich im Andenken Mutters und Vaters unmerklich zur Milde. Es schien bisher wie vereist gewesen zu sein und nun zu schmelzen. Die alte Ruine und all die schönen Dinge um sie herum waren nicht nur meinetwegen von Kummer erfüllt, sondern auch Mutters und Vaters wegen. Darüber weinte ich erneut und noch oft.

Die Leute im Gutshaus schrieben mir ein mürrisches Wesen zu und waren recht barsch mit mir; doch hielten sie mich in dem wenigen, was außerhalb der Mahlzeiten zu erhalten war, nicht zu kurz. Eines Abends, als ich zu meiner gewohnten Zeit den Riegel der Küchentür öffnete, verließ Sylvia (das war ihr hübscher Name) gerade den Raum. Ich sah sie die gegenüberliegende Treppe emporsteigen und hielt an der Tür inne. Sie hatte das Klappern des Riegels gehört und wendete sich um.

»George«, rief sie mit fröhlicher Stimme, »morgen ist mein Geburtstag, und wir haben einen Geiger, und eine Kindergesellschaft wird in einem Wagen kommen, und wir dürfen tanzen. Ich lade dich ein. Sei doch auch einmal gesellig, George.«

»Es tut mir sehr leid, Miß«, antwortete ich, »aber ich ... nein; ich kann nicht kommen.«

»Du bist ein unfreundlicher, übellauniger Bursche«, erwiderte sie verächtlich, »und ich hätte dich nicht einladen sollen. Ich werde nie wieder mit dir sprechen.«

Als sie gegangen war, stand ich da und starrte ins Feuer; ich spürte, daß der Bauer mich stirnrunzelnd ansah.

»Junge«, sagte er, »Sylvie hat recht. Du bist der schwermütigste und grüblerischste Bursche, der mir je untergekommen ist!«

Ich wollte ihm versichern, daß ich nichts Böses bezweckte, doch er sagte nur ungerührt: »Mag sein, mag sein. Komm! Iß dein Abendbrot, iß dein Abendbrot, dann kannst du weiterschmollen, soviel dein Herz begehrt.«

Ach! Hätten sie mich am nächsten Tag sehen können, wie ich die Ankunft des Wagens voll fröhlicher junger Gäste erwartete! Hätten sie sehen können, wie ich des Nachts hinter der geisterhaften Statue hervorglitt, um der Musik und dem Geräusch tanzender Füße zu lauschen und von der dunklen Ruine aus zu den hellerleuchteten Fenstern des Gutshauses zu schauen! Hätten sie in mein Herz sehen können, als ich mich durch den Hintereingang zu meinem Bett schlich und mich mit dem Gedanken tröstete: »Sie werden durch mich nicht zu Schaden kommen« –, sie hätten mich nicht für mürrisch oder ungesellig gehalten!

So kam es, daß ich begann, eine scheue Art zu entwickeln; als schüchternes und verschlossenes Wesen mißverstanden zu sein; unter einer unaussprechlichen, vielleicht krankhaften Furcht zu leiden, jemals eigennützig oder weltlich zu handeln. So kam es, daß mein Wesen sich in dieser Weise entwickelte, bevor es noch die Einflüsse des arbeitsamen und zurückgezogenen Lebens eines armen Stipendiaten erfuhr.

6. Kapitel

Bruder Hawkyard (so mußte ich ihn auf sein Drängen hin nennen) schickte mich zur Schule und befahl mir, mit ganzen Kräften zu arbeiten. »Du bist auf dem rechten Weg, George«, sagte er. »Ich bin der beste Diener, der dem Herrn seit fünfunddreißig Jahren gedient hat (o ja, das bin ich!), und er weiß um den Wert eines solchen Dieners, wie ich einer bin (o ja, das weiß er!), und er wird dein Lernen segnen, um mich zu belohnen. Das wird *er* tun, George. Er wird es für mich tun.«

Von Anfang an wollte mir dieses vertraute Wissen um die Wege des höchsten und unerforschlichen Allmächtigen seitens Bruder Hawkyards nicht gefallen. Als ich etwas klüger und dann noch etwas klüger wurde, gefiel es mir immer weniger. Ebenso erschien mir seine Eigenart, die eigenen Worte in Parenthesen zu bestätigen – als bezweifle er in Kenntnis seiner selbst die Wahrheit seiner Rede – äußerst widerwärtig. Ich vermag nicht zu sagen, wie schwer es mich ankam, mir diese Abneigungen einzugestehen, denn ich hegte die unbestimmte Furcht, daß sie weltlich seien.

Nach einiger Zeit wurde ich Stipendiat einer guten Stiftsschule und kostete Bruder Hawkyard nichts. Als ich mich so weit auf meinem Weg vorangearbeitet hatte, arbeitete ich mit vermehrtem Eifer, denn ich hoffte, den Eintritt in die Universität und ein Stipendium zu erlangen. Ich war nie von kräftiger Gesundheit gewesen (mir dünkt, daß etwas vom Dunst des Kellers in Preston an mir haftet), und dies im Verein mit unablässiger Arbeit und einer konstitutionellen Schwäche führte dazu, daß ich wiederum – diesmal von meinen Mitschülern – als ungesellig angesehen wurde.

Für die Dauer meines Stipendiums an der Stiftsschule lebte ich wenige Meilen von Bruder Hawkyards Gemeinde entfernt, und wann immer ich sonntags Ausgang hatte, suchte ich sie auf seinen Wunsch hin auf. Noch bevor ich mich der Erkenntnis nicht länger verschließen konnte, daß diese Brüder und Schwestern außerhalb ihres Versammlungsortes nicht besser waren als die übrige Menschheit, sondern im großen und ganzen – um es vorsichtig auszudrücken – so schlecht wie die meisten, wenn es darum ging, in ihren Läden beim Abwiegen zu betrügen und nicht die Wahrheit zu sprechen –, bevor sich mir diese Erkenntnis also aufdrängte, weckten ihre wortreichen Ansprachen, ihre maßlose Eitelkeit, ihre anmaßende Unwissenheit und die Übertragung ihrer eigenen erbärmlichen Eigensucht und Kleinlichkeit auf den höchsten

Herrscher über Himmel und Erde größtes Entsetzen in mir. Da jedoch in ihren Augen jede geistige Verfassung, die sie nicht als in einen höheren Zustand der Gnade versetzt erkennen konnte, in »Weltlichkeit« befangen war, litt ich eine Zeitlang Folterqualen, indem ich zu ergründen suchte, ob nicht am Grunde dieser meiner Geringschätzung verborgen jener wohlbekannte Geist des weltlichen jungen Satans lauerte.

Bruder Hawkyard tat sich in dieser Versammlung als Bibelausleger hervor und pflegte an Sonntagnachmittagen als erster das Podium zu besteigen (anstelle einer Kanzel hatten sie eine kleine Plattform, auf der ein Tisch stand). Von Beruf war er Drogist. Bruder Gimblet, ein ältlicher Mann mit säuerlicher Miene, in einem großen, eselsohrigen Hemdkragen und einem getupften blauen Halstuch, das hinter seinem Kopf bis zum Scheitel emporragte, war ebenfalls Drogist und Bibelausleger. Bruder Gimblet bekannte größte Bewunderung für Bruder Hawkyard, hegte ihm gegenüber jedoch (wie ich mehr als einmal denken mußte) eifersüchtigen Neid.

Möge, wer diese Zeilen liest, sich der Mühe unterziehen, zweimal meine feierliche Beteuerung zu lesen, daß, was ich über die Sprache und Sitten dieser Vereinigung niederschreibe, gewissenhaft, wörtlich und genau Leben und Wahrheit entnommen ist.

Am ersten Sonntag, nachdem ich erreicht hatte, wonach ich so lange gestrebt hatte, und als feststand, daß ich die Universität besuchen würde, beschloß Bruder Hawkyard eine lange Erbauungspredigt mit folgenden Worten:

»Nun, meine Freunde und Brüder in der Sünde, ich sagte euch ja, als ich meine Rede begann, daß ich nichts wußte von dem, was ich sagen würde (und ich wußte es nicht!), daß es mir aber einerlei war, denn ich wußte, der Herr würde mir die Worte, die es brauchte, in den Mund legen.«

(»So ist es!« von Bruder Gimblet.)

»Und er legte mir die Worte in den Mund, die es brauchte.«

(»Das tat er!« von Bruder Gimblet.)
»Und warum?«
(Ja! Jetzt kommt es!« von Bruder Gimblet.)
»Weil ich seit fünfunddreißig Jahren sein getreuer Diener bin, und er weiß es. Seit fünfunddreißig Jahren! Und er weiß es, wohlgemerkt! Er gab mir die Worte, die es brauchte, wegen meinem Lohn. Der Herr gab sie mir, meine Brüder in der Sünde. Bar auf die Hand. Ich sagte: ›Hier steht soundsoviel Lohn aus; wie wäre es mit etwas Barem à conto?‹ Und ich kriegte es, bar, und ich habe es an euch ausbezahlt, und ihr werdet es in keine Serviette einwickeln und in kein Handtuch und auch in kein Taschentuch, sondern ihr werdet es anlegen, daß es sich mehre. Gut so. Nun, meine Brüder und Schwestern und Gefährten in der Sünde, werde ich mit einer Frage schließen, und ich werde sie so einfach halten (mit der Hilfe des Herrn dürfte mir das nach fünfunddreißig Jahren wohl gelingen!), daß der Teufel es nicht schaffen wird, sie in euren Köpfen zu verwirren. Was er nur zu gern täte.«
(»Ganz seine Art. Gerissener alter Schurke!« von Bruder Gimblet.)
»Und das ist die Frage: Sind die Engel gelehrt?«
(»Die nich. Nich ins geringste!« von Bruder Gimblet mit größter Zuversicht.)
»Die nicht. Und wo ist der Beweis? Komplett von der Hand des Herrn übersendet. Ist nicht unter uns einer, der alles gelernt hat, was in ihn reinzukriegen war? Der alles gelernt hat, was *ich* in ihn reinkriegen konnte. Sein Großvater« (dies war mir nicht bekannt gewesen) »war einer unserer Brüder. Er war Bruder Parksop. Das war er. Parksop. Bruder Parksop. Sein weltlicher Name war Parksop, und er war ein Bruder unserer Gemeinschaft. War er dann etwa nicht Bruder Parksop?«
(»Muß er wohl. Konnt' er nich ändern«, von Bruder Gimblet.)
»Nun. Er hinterließ diesen jetzt gegenwärtig unter uns Weilenden der Fürsorge eines Bruders in der Sünde (und

dieser Bruder in der Sünde, wohlgemerkt, war zu seiner Zeit ein größerer Sünder als jeder unter euch, gelobt sei der Herr!), Bruder Hawkyard ist sein Name. Ich bin es. Ich habe ihn, ohne Lohn oder Vergeltung zu erwarten – nicht einmal ein Bröckchen Myrrhe oder Weihrauch, auch kein Ambra, geschweige denn Honigwabe –, alles lernen lassen, was in ihn reinzukriegen war. Hat es ihn im Geist in unseren Tempel gebracht? Nein. Haben wir unterdes in unserer Mitte unwissende Brüder und Schwestern aufgenommen, die ein rundes O nicht von einem krummen S unterscheiden konnten? Viele. Also sind die Engel *nicht* gelehrt. Also wissen sie nicht einmal genug, um das Alphabet zu kennen. Und nun, meine Freunde und Brüder in der Sünde, da wir soviel erkannt haben, möchte vielleicht ein Bruder aus unserer Versammlung – vielleicht du, Bruder Gimblet – ein wenig für uns beten?«
Bruder Gimblet nahm das heilige Amt auf sich, nachdem er sich mit dem Ärmel über das Gesicht gefahren war und gemurmelt hatte: »Nun! Ich weiß nicht, wie ich es besser schaffen soll, euch an der richtigen Stelle zu erwischen.« Das sagte er mit einem finsteren Lächeln, und dann verfiel er in ein Geheul. Wovor wir seinem Flehen zufolge insbesondere bewahrt werden sollten, war, die Waise zu berauben, den letzten Willen seitens eines Vaters oder (eventuell) Großvaters zu mißachten, sich des Grundeigentums der Waise zu bemächtigen, vorzugeben, dem Betrogenen, dem wir sein Recht vorenthielten, Wohltaten zu erweisen, und dergleichen Sünden mehr. Er schloß mit der Fürbitte: »Gib uns Frieden!«, was zumindest mir nach zwanzig Minuten seines Heulens dringend geboten schien.
Selbst wenn ich nicht gesehen hätte, wie er Bruder Hawkyard anschaute, als er sich, vor Schweiß dampfend, von seinen Knien erhob, und selbst wenn ich nicht gehört hätte, in welchem Ton Bruder Hawkyard ihn zu der Kraft seines Geheuls beglückwünschte, hätte ich in diesem Gebet einen hämischen Unterton entdecken müssen. Unausgegorene Verdächtigungen mit ähnlichen Implikatio-

nen waren mir zu Beginn meiner Schulzeit bisweilen durch den Kopf gegangen und hatten mich stets aufs tiefste betrübt, waren sie doch gänzlich weltlicher Natur und weit, sehr weit von jenem Geist entfernt, der mich von Sylvia ferngehalten hatte. Es waren schmutzige Verdächtigungen ohne den Hauch eines Beweises, würdig, dem ungesunden Keller entsprungen zu sein. Sie entbehrten nicht nur des Beweises, sondern standen jedem Beweis geradezu entgegen. War ich denn nicht selbst der lebende Beweis für das, was Bruder Hawkyard getan hatte? Wie hätte ich ohne ihn jemals sehen sollen, wie der Himmel kummervoll auf jenen unseligen Knaben in Hoghton Towers blickte?

Obgleich die Angst vor einem Rückfall in einen Zustand primitiver Selbstsucht weniger stark in mir wirkte, als ich mich dem Mannesalter näherte und in vermehrtem Maße meine Handlungen selbst bestimmen konnte, war ich dennoch ständig auf der Hut vor jeglicher Möglichkeit eines solchen Rückfalls. Nachdem ich dieser Verdächtigungen Herr geworden war, hatte es mich beunruhigt, daß ich Bruder Hawkyards Art und der Religion, zu der er sich bekannte, nichts abzugewinnen vermochte. So kam es, daß ich an jenem Sonntagnachmittag auf dem Heimweg erwog, ihm eine Wiedergutmachung für jede Unbill zu verschaffen, die meine widerstreitenden Gedanken ihm unwissentlich zugefügt haben mochten, indem ich, bevor ich in die Universität eintrat, eine umfassende Würdigung seiner Güte mir gegenüber und eine tiefe Bezeugung meines Dankes niederschrieb und ihm übergab, die ihm auch zum Schutz vor böswilliger Verleumdung durch einen rivalisierenden Bruder und Bibelausleger oder durch wen auch immer dienen mochte.

In diesem Geist faßte ich das Schriftstück mit großer Umsicht ab und – wie ich hinzufügen darf – mit nicht weniger Gefühl, denn im Verlauf des Schreibens bewegte es mich sehr. Durch die kurze Unterbrechung zwischen der Beendigung meiner Schulzeit und dem Beginn meines Stu-

diums sah ich mich ohne festes Lernpensum, und so beschloß ich, ihn am Ort seines Geschäfts aufzusuchen und ihm mein Schreiben persönlich auszuhändigen.
An einem Winternachmittag klopfte ich an die Tür seines kleinen Kontors am hinteren Ende seines langen, niedrigen Ladens. Ich war durch den Hinterhof, wo Truhen und Kisten abgeladen wurden und ein Schild »Privateingang zum Kontor« besagte, eingetreten, und ein Gehilfe rief mir vom Ladentisch aus zu, Bruder Hawkyard sei nicht allein.
»Bruder Gimblet«, sagte der Gehilfe (ebenfalls ein Bruder), »ist bei ihm.«
Dies war mir für mein Vorhaben nur recht, und ich nahm mir die Freiheit, erneut anzuklopfen. Die beiden sprachen leise miteinander, und Geld wechselte die Hände, denn ich hörte, wie sie es abzählten.
»Wer ist da?« fragte Bruder Hawkyard in scharfem Ton.
»George Silverman«, antwortete ich und öffnete die Tür. »Darf ich eintreten?«
Beide Brüder schienen so erstaunt, mich zu erblicken, daß ich noch mehr Scheu fühlte als sonst. Im früh angezündeten Gaslicht sahen sie leichenblaß aus, und vielleicht war es dieser zufällige Umstand, der ihren Gesichtsausdruck verzerrte.
»Worum geht es?« fragte Bruder Hawkyard.
»Ja! Worum geht es?« fragte Bruder Gimblet.
»Es ist weiter nichts«, sagte ich, während ich schüchtern mein Schreiben hervorholte. »Ich überbringe nur einen Brief von mir.«
»Von dir, George?« rief Bruder Hawkyard.
»Und an Sie«, sagte ich.
»Und an mich, George?«
Er wurde noch bleicher und öffnete hastig das Schreiben. Als er es überflogen und sich einen ungefähren Eindruck des Inhalts verschafft hatte, verging seine Hast, seine natürliche Farbe kehrte zurück und er sagte: »Der Herr sei gepriesen!«

»So ist es!« schrie Bruder Gimblet. »Gut gesagt! Amen.« Dann wurde Bruder Hawkyard munterer und sagte: »Du mußt wissen, George, daß Bruder Gimblet und ich unsere zwei Geschäfte zusammentun werden. Wir werden Partner. Wir regeln es gerade. Bruder Gimblet wird die glatte Hälfte der Gewinne kriegen. (O ja! Und er soll sie haben, er soll sie haben bis auf den letzten Heller!)«
»So Gott will!« sagte Bruder Gimblet, der seine geballte rechte Faust auf das rechte Bein preßte.
»Du hast nichts dagegen«, fuhr Bruder Hawkyard fort, »daß ich es laut vorlese, George?«
Da ich dies nach dem gestrigen Gebet dringend wünschte, bat ich ihn mehr als bereitwillig, es laut zu verlesen. Er tat es, und Bruder Gimblet hörte mit säuerlichem Lächeln zu.
»Es war die rechte Stunde, zu der ich herkam«, sagte er und kniff seine Augen zusammen. »Ebenso war es zur rechten Stunde, daß ich mich gestern gedrängt fühlte, zum Schrecken der Gottlosen einen Charakter zu schildern, der das genaue Gegenteil von Bruder Hawkyard ist. Aber der Herr hat es getan. Im Schweiße meines Angesichts wußte ich, daß er es war.«
Danach schlugen beide vor, daß ich vor meiner endgültigen Abreise der Versammlung noch einmal beiwohnen sollte. Was es für meine scheue Zurückhaltung bedeuten würde, wenn man ausdrücklich auf mich einpredigte und auf mich einbetete, wußte ich im voraus, doch bedachte ich, daß es das letzte Mal sein würde und die Gewichtigkeit meines Briefes verstärken könne. Es war den Brüdern und Schwestern nicht verborgen geblieben, daß für mich kein Platz in *ihrem* Paradies vorgesehen war; und wenn ich ihnen diesen letzten Beweis meiner Achtung für Bruder Hawkyard erbrachte – so gänzlich meinen eigenen sündhaften Neigungen entgegen –, konnte es vielleicht ein wenig mein Bekenntnis unterstützen, daß er gut zu mir gewesen war und daß ich ihm dankbar war. Ich beschränkte mich daher darauf, zu erbitten, daß keine auf mich gezielten Bekehrungsversuche gemacht werden soll-

ten – was bedeutet hätte, daß verschiedene Brüder und Schwestern sich auf dem Boden wälzten, während sie bekannten, all ihre Sünden in der linken Körperhälfte in Form eines Haufens von soundsoviel Pfund Handelsgewicht zu spüren; dies wußte ich aus dem, was ich von diesen abstoßenden Mysterien gesehen hatte –, und sagte zu.
Seit mein Brief verlesen worden war, hatte Bruder Gimblet sich von Zeit zu Zeit abwechselnd ein Auge mit dem Zipfel seines blauen getupften Halstuchs gewischt und vor sich hin gegrinst, doch war es eine Eigenart dieses Bruders, selbst beim Bibelauslegen in widerlichster Weise zu grinsen. Ich entsinne mich des Entzückens, mit dem er vom Pult herab die Qualen ausführlich als besonders gräßlich zu schildern pflegte, die die Verdammten erwarteten (worunter die gesamte Menschheit mit Ausnahme der Bruderschaft zu verstehen war).
Ich ließ die beiden allein, damit sie ihre Partnerschaft regeln und Geld zählen konnten, und ich sah sie bis auf den folgenden Sonntag niemals wieder. Bruder Hawkyard starb zwei oder drei Jahre später und hinterließ alles, was er besaß, Bruder Gimblet – einem Testament zufolge, das (so erfuhr ich) am Tage seines Ablebens abgefaßt worden war.
Als der Sonntag kam, war ich durch das Bewußtsein, mein eigenes Mißtrauen besiegt zu haben und Bruder Hawkyard vor der Mißgunst eines neidischen Rivalen zu seinem Recht verholfen zu haben, ausreichend mit mir selbst versöhnt, um selbst jenes unfeine Gotteshaus in weniger empfindlicher Verfassung als sonst zu betreten. Wie hätte ich ahnen können, daß der empfindsame – vielleicht krankhafte – Bereich meiner Seele, dessen Annäherung oder gar Berührung durch andere mich schreckte und schmerzte, das Thema der ganzen Veranstaltung bilden sollte?
Diesmal war Bruder Hawkyard dazu ausersehen worden zu beten, und Bruder Gimblet zu predigen. Das Gebet bildete die Eröffnung der Feierlichkeit, an die die Predigt an-

schloß. Bruder Hawkyard und Bruder Gimblet waren auf dem Podium; Bruder Hawkyard kniete vor dem Tisch, bereit, mißtönend zu beten, Bruder Gimblet saß an die Wand gelehnt und wartete grinsend darauf, die Predigt zu beginnen.

»Laßt uns das Opfer des Gebetes darbringen, meine Brüder und Schwestern und Gefährten in der Sünde.« Gewiß. Doch das Opfer war ich. Unser armer sündiger weltlich gesinnter Bruder hier unter uns war es, um den gerungen wurde. Der Weg, der sich unserem im Dunkel befangenen Bruder nunmehr eröffnete, konnte ihn dahin führen, ein Priester dessen zu werden, was man »die Kirche« nannte. Das war es, was *er* im Sinn hatte. Die Kirche. Nicht das Haus Gottes, o Herr. Die Kirche. Im Haus Gottes – kein Pfarrer, kein Vikar, kein Archidiakon, kein Bischof, kein Erzbischof –, dagegen viele davon in der Kirche, o Herr! Beschütze unseren sündigen Bruder vor seiner Liebe zum Mammon. Läutere die Brust unseres im Dunkel befangenen Bruders von seiner sündhaften Neigung zu den Dingen dieser Welt. Das Gebet war noch unendlich wortreicher, aber sein verständlicher Teil beschränkte sich auf das oben Wiedergegebene.

Daraufhin trat Bruder Gimblet vor und sprach (ich wußte, daß er es tun würde) über die Worte »Mein Reich ist nicht von dieser Welt«. Ja! Aber wessen Reich war von dieser Welt, meine Brüder in der Sünde? Wessen? Nun, das Reich unseres Bruders hier unter uns. Das einzige Reich, das er kannte, war von dieser Welt (»So ist es!« von mehreren Versammlungsmitgliedern). Was tat das Weib, als es das Geld verloren hatte? Ging und suchte es. Was sollte unser Bruder tun, wenn er seinen Weg verfehlte? (»Gehen und ihn suchen«, von einer Schwester.) Gehen und ihn suchen. Richtig. Aber sollte er ihn in der rechten oder in der falschen Richtung suchen? (»In der rechten«, von einem Bruder.) Da sprachen die Propheten! Er mußte in der rechten Richtung nach dem Weg suchen, sonst würde er ihn nicht finden. Aber er hatte sich von der rechten Richtung abgewendet, und er konnte ihn nicht finden. Nun, meine Gefährten in der Sünde, auf daß ihr den Unterschied sehen mögt zwischen einer weltlichen Gesinnung und der Gesinnung, die dem Weltlichen abhold ist, zwischen Königreichen, die nicht von dieser Welt sind, und solchen, die *von dieser* Welt sind, hier ein Brief, wie ihn sogar unser weltlich gesinnter Bruder an Bruder Hawkyard geschrieben hat. Hört, lest, und urteilt, ob nicht Bruder Hawkyard der getreue Verwalter war, den der Herr erst unlängst vor Augen hatte, als er euch an eben diesem Ort das Bild des ungetreuen Verwalters vor Augen führte – denn er war es, der das tat, nicht ich! Laßt euch das gesagt sein!

Sodann grinste und heulte Bruder Gimblet sich durch meinen Brief und grinste und heulte eine Stunde lang. Der Gottesdienst schloß mit einer Hymne, in der die Brüder einmütig auf mich einbrüllten und die Schwestern einmütig auf mich einkreischten, ich sei in Schlingen weltlichen Bemühns verstrickt, sie währenddes in süßer Liebe ganz verzückt; den finstren Kampf mit Mammon ich mir auferlegt, hingegen sie von himmlischer Geborgenheit umhegt. Von all dem entfernte ich mich mit wehem Herzen und betrübtem Sinn. Nicht daß ich so kurzsichtig gewesen wäre, diese engherzigen Geschöpfe als Sprachrohr der Allmacht und Weisheit Gottes zu betrachten; doch ich war schwach genug, es als mein Mißgeschick zu empfinden, falsch ausgelegt zu werden und mißverstanden zu sein, wo ich mein Möglichstes tat, jegliches Aufkeimen von Weltlichkeit in mir zu unterdrücken, und wo ich sehnlichst hoffte, dies durch ernsthaftes Bemühen erreicht zu haben.

7. Kapitel

Mein schüchternes und unauffälliges Wesen brachte es mit sich, daß ich an der Universität ein abgeschiedenes Leben führte und kaum Bekanntschaften unterhielt. Kein Verwandter besuchte mich je, denn ich hatte keine Verwandtschaft. Kein vertrauter Freund unterbrach mich in der Arbeit, denn ich hatte keine engen Freunde. Ich lebte von meinem Stipendium und las viel. Nur in dieser Hinsicht unterschied sich meine Studienzeit von der Zeit in Hoghton Towers.

Da ich mich für die lärmenden Umtriebe des gesellschaftlichen Lebens ungeeignet wußte, jedoch für befähigt hielt, meiner Pflicht in einer niederen Stellung in der Kirche auf bescheidene, aber ernsthafte Weise nachzukommen, richtete ich meine Gedanken auf den geistlichen Beruf. In gebührender Zeit trat ich in den geistlichen Stand ein, wurde zum Priester geweiht und begann mich nach einer Tätigkeit umzutun. Ich muß bemerken, daß ich einen guten akademischen Grad erreicht und ein gutes Stipendium für höhere Studien errungen hatte, so daß meine Mittel für meinen zurückgezogenen Lebensstil reichlich bemessen waren. Zu diesem Zeitpunkt hatte ich mehreren jungen Männern als Tutor gedient, und dies mehrte meine Einnahmen, während es mich gleichzeitig in hohem Maß interessierte. Zu meiner grenzenlosen Freude hörte ich einmal zufällig unseren berühmtesten Graduierten sagen, er »habe gehört, daß Silvermans Gabe des ruhigen Erklärens, seine Geduld, sein liebenswertes Wesen und seine Gewissenhaftigkeit ihn zum besten Einpauker aller Zeiten machten«. Möge meine »Gabe des ruhigen Erklärens« mir in der gegenwärtigen Erklärung gelegener und hilfreicher zur Verfügung stehen, als ich fürchte, daß sie es wird!

Es mag sich in gewissem Maß der Lage meiner Räume an der Universität verdanken (in einem Winkel, in dem das Tageslicht gedämpft war), doch gründet es weitmehr in meiner inneren Verfassung, daß mir im Rückblick auf diese Zeitspanne meines Lebens scheint, ich sei stets in friedvollem Schatten gewandelt. Andere kann ich im Sonnenlicht ausmachen; ich sehe unsere Bootsmannschaften und unsere jungen Athleten auf dem schimmernden Wasser oder vom glitzernden Funkeln des Sonnenlichts auf den Blättern bespiegelt, doch ich selbst bin immer im Schatten und schaue zu. Nicht als fühlloser Zuschauer – da sei Gott vor! –, doch als einsamer Zuschauer, ähnlich wie ich einst von den Schatten des zerfallenen Hauses aus Sylvia zuschaute oder in jener Nacht auf den roten Schimmer in den Fenstern des Gutshauses schaute und dem Geräusch tanzender Füße lauschte, als die ganze Ruine in ihrer Umfriedung im Dunkeln lag.

Ich komme nun zu dem Grund für die Erwähnung der oben angeführten Lobrede auf mich selbst. Hätte ich sie ohne diesen Grund wiedergegeben, wäre es bloße Prahlerei.

Unter denen, die ich als Tutor betreut hatte, war ein Mr. Fareway gewesen, der jüngere Sohn einer Lady Fareway, der Witwe des Baronet Sir Gaston Fareway. Die Anlagen dieses jungen Gentleman übertrafen den Durchschnitt bei weitem, doch er stammte aus reichem Hause, war verschwenderisch und übte sich im Müßiggang. Er kam zu spät zu mir und kam dann oft zu unregelmäßig, als daß ich ihm von großem Nutzen hätte sein können. Am Ende sah ich es als meine Pflicht an, ihm davon abzuraten, sich einer Prüfung zu unterziehen, die er nicht bestehen konnte, und er verließ die Universität, ohne einen akademischen Grad erreicht zu haben. Nach seiner Abreise schrieb Lady Fareway mir und machte mich darauf aufmerksam, daß es nur recht und billig sei, wenn ich die Hälfte meines Lohns zurückerstattete, da ich ihrem Sohn von so geringem Nutzen gewesen sei. Soweit ich wußte, war in keinem anderen Fall jemals eine solche Forderung erhoben worden, und ich will nicht leugnen, daß mir deren Berechtigung nicht aufgefallen war, bevor man mich darauf hingewiesen hatte.

Ich begriff sie jedoch sogleich, beugte mich ihr und erstattete das Geld zurück.
Mr. Fareway hatte uns schon seit zwei Jahren oder länger verlassen, und ich hatte ihn vergessen, als er eines Tages, während ich über meinen Büchern saß, in mein Zimmer trat.
Nachdem wir die üblichen Begrüßungen ausgetauscht hatten, sagte er: »Mr. Silverman, meine Mutter ist in der Stadt, in ihrem Hotel, und ich soll Sie ihr vorstellen.«
Die Gesellschaft von Fremden verursachte mir Unbehagen, und ich muß wohl etwas Nervosität oder Unwillen gezeigt haben, denn ohne daß ich geantwortet hatte, fuhr er fort: »Ich denke, die Unterredung könnte für Ihre Zukunftspläne von Nutzen sein.«
Die Vorstellung, ich könne von einem weltlichen Motiv bewegt werden, machte mich erröten, und ich erhob mich unverzüglich.
Unterwegs sagte Mr. Fareway: »Sind Sie ein guter Geschäftsmann?«
»Ich glaube nicht«, erwiderte ich. Worauf er sagte: »Meine Mutter ist es.«
»Wirklich?« sagte ich.
»Ja. Meine Mutter ist, was man als sparsame Frau bezeichnen würde. Kommt sogar mit der Verschwendungssucht meines ältesten Bruders im Ausland zu Rande – kurzum, eine sparsame Frau. Dies im Vertrauen.«
Er hatte nie vertraulich mit mir gesprochen, und seine Mitteilung überraschte mich. Ich sagte, ich würde sein Vertrauen respektieren – natürlich –, und mied im übrigen das heikle Thema. Wir hatten nur einen kurzen Weg zurückzulegen, und schon bald stand ich seiner Mutter gegenüber. Er stellte mich vor, gab mir zum Abschied die Hand und überließ uns (wie er es ausdrückte) den Geschäften.
In meiner Lady Fareway erblickte ich eine hübsche, guterhaltene Dame von etwas fülliger Figur, deren starrer, durchdringender Blick aus ihren großen, runden dunklen Augen mich in Verlegenheit brachte.

Sagte Mylady: »Mein Sohn machte mich darauf aufmerksam, Mr. Silverman, daß Ihnen an einer Stellung im geistlichen Stand gelegen wäre?«
Ich gab Mylady zu verstehen, daß dem so sei.
»Ich weiß nicht, ob Ihnen bekannt ist«, fuhr Mylady fort, »daß wir das Vorschlagsrecht für eine Pfründe innehaben? Ich sage *wir*, doch tatsächlich liegt das Vorschlagsrecht bei *mir*.« Ich gab Mylady zu verstehen, daß mir dies nicht bekannt gewesen war.
Sagte Mylady: »So ist es allerdings. In der Tat habe ich das Vorschlagsrecht über zwei Pfründen – die eine mit zweihundert Pfund im Jahr, die andere mit sechshundert. Beide in unserer Grafschaft – North Devonshire, wie Sie wohl wissen. Die erste ist frei. Wollen Sie sie haben?«
Sowohl Myladys Blick wie die Plötzlichkeit des Vorschlags stürzten mich in große Verwirrung.
»Ich bedaure, daß es nicht die größere Pfründe ist«, sagte Mylady eher kühl, »wenngleich ich Ihnen, Mr. Silverman, nicht die Unhöflichkeit erweisen will, anzunehmen, Sie bedauerten es, denn das wäre Käuflichkeit – und ich darf annehmen, daß Sie nicht käuflich sind.«
Worauf ich mit größter Ernsthaftigkeit erwiderte: »Ich danke Ihnen, Lady Fareway, ich danke Ihnen vielmals! Der Gedanke, ich könnte diesen Eindruck machen, müßte mich zutiefst verletzen.«
»Natürlich«, sagte Mylady. »Äußerst verabscheuungswürdig, und besonders bei einem Geistlichen. Sie sagten nicht, ob Ihnen die Pfründe zusagt.«
Ich bat sie, meine Unachtsamkeit oder mein Unvermögen, mich auszudrücken, zu entschuldigen, und versicherte Mylady, daß ich das Angebot bereitwillig und dankbar annehme. Ich fügte hinzu, daß ich hoffte, sie möge meine Wertschätzung der Großzügigkeit ihrer Wahl nicht am Fluß meiner Worte messen, da ich mich in dieser Hinsicht – insbesondere, wenn ich unvorbereitet oder im Herzen gerührt sei – nicht leicht täte.
»Das wäre geregelt«, sagte Mylady. »Abgemacht. Sie wer-

den sehen, daß Ihre Pflichten sehr geringfügig sind, Mr. Silverman. Reizendes Haus, reizender kleiner Garten, Obstbäume und alles, was dazugehört. Sie werden Schüler nehmen können. Da fällt mir ein – nein! Ich werde später darauf zurückkommen. Was wollte ich eben sagen?«
Mylady starrte mich an, als ob ich es wüßte. Ich wußte es nicht. Das verwirrte mich noch mehr.
Sagte Mylady, nachdem sie kurz überlegt hatte: »Oh, natürlich! Wie dumm von mir! Ihr Vorgänger – der selbstloseste Mann der Welt – hatte keine Ruhe, so sagte er, waren seine Pflichten doch so gering und das Haus so reizend, bis ich ihm gestattete, mir bei meiner Korrespondenz zu helfen, bei meinen Abrechnungen und anderen Kleinigkeiten dieser Art; nichts Besonderes an sich, aber für eine Dame immer beschwerlich. Würde Mr. Silverman ebenfalls –? Oder soll ich –?«
Ich beeilte mich zu sagen, daß meine bescheidene Hilfe stets ihrer Ladyship zur Verfügung stehen würde.
»Ich darf mich im höchsten Maße glücklich preisen«, sagte Mylady und wendete ihren Blick nach oben (und nahm ihn so für einen Augenblick von mir), »einen Gentleman vor mir zu haben, der die Vorstellung, er könne käuflich sein, so weit von sich weist!« Sie erschauderte, als sie daß bloße Wort aussprach. »Und nun zu dem Schüler.«
»Dem –?« Ich war äußerst verblüfft.
»Mr. Silverman, Sie können sich nicht vorstellen, was für ein Mädchen sie ist«, sagte Mylady und berührte meinen Ärmel. »Sie ist, ich glaube es wahrhaftig, das erstaunlichste Mädchen der Welt. Schon jetzt versteht sie mehr Griechisch und Latein als Lady Jane Grey – und hat es sich selbst beigebracht! Ohne bisher – nicht zu vergessen – in den Genuß der klassischen Bildung Mr. Silvermans gekommen zu sein. Ganz zu schweigen von der Mathematik, die zu beherrschen sie sich in den Kopf gesetzt hat, und auf welchem Gebiet Mr. Silverman (wie mir mein Sohn und andere bestätigten) einen so verdientermaßen großen Ruf genießt!«

Unter Myladys Blick mußte ich den Faden verloren haben, dessen war ich gewiß; doch ich wußte nicht, wohin er mir entglitten war.
»Adelina«, sagte Mylady, »ist meine einzige Tochter. Wüßte ich nicht mit Sicherheit, daß mich nicht mütterliche Parteilichkeit verblendet, wäre ich nicht völlig überzeugt, Mr. Silverman, daß Sie, wenn Sie sie kennengelernt haben, es als große und außergewöhnliche Auszeichnung ansehen werden, ihre Studien zu leiten, so müßte ich ein Element der Käuflichkeit in unser Gespräch einbringen und Sie fragen, zu welchen Bedingungen Sie ...«
Ich bat Mylady, nicht weiterzusprechen. Mylady sah meine Verlegenheit und tat mir die Ehre an, meiner Bitte zu entsprechen.

8. Kapitel

Alle geistigen Gaben, die ihren Bruder ausgezeichnet hätten, hätte er es gewollt, und alle bezaubernden Reize und Bewunderung erheischenden Anlagen, die niemandem eigen sein konnten als ihr – das war Adelina.
Ich will mich nicht bei ihrer Schönheit aufhalten. Ich will mich nicht bei ihrer Intelligenz aufhalten, bei der Schnelligkeit ihrer Auffassungsgabe, der Kraft ihres Gedächtnisses, bei ihrer von Anbeginn zarten Achtung für den schwerfälligen Lehrer, der ihren wunderbaren Gaben diente. Ich war damals dreißig Jahre alt; heute bin ich über sechzig; und in dieser Stunde ist sie mir so gegenwärtig wie damals, klar, schön und jung, weise, schwärmerisch und gut.
Wie kann ich wissen, wann ich entdeckte, daß ich sie liebte? Am ersten Tag? In der ersten Woche? Im ersten Monat? Ich kann es nicht sagen. Sollte ich außerstande sein (und ich bin es), mir irgendeinen Zeitraum meines vergangenen Lebens als von ihrer Anziehungskraft frei

vorzustellen, wie sollte ich dann diese eine Einzelheit bestimmen können?

Wann auch immer ich die Entdeckung machte – sie erlegte mir eine schwere Last auf. Und doch scheint mir diese im nachhinein, wenn ich sie mit der ungleich schwereren Last vergleiche, die ich später auf mich nehmen sollte, nicht sonderlich schwer zu tragen gewesen zu sein. Im Wissen, daß ich sie liebte und daß ich sie mein ganzes Leben lang lieben sollte und daß ich mein Geheimnis auf immer tief in meiner Brust verborgen halten würde und daß sie es niemals erfahren durfte, war etwas von Freude oder Stolz oder Trost, die mich stärkten und sich meinem Leid vermischten.

Später jedoch – vielleicht ein Jahr später –, als ich eine weitere Entdeckung machte, da war mein Schmerz groß und mein innerer Kampf heftig. Diese andere Entdeckung war –?

Diese Worte werden, wenn überhaupt je, niemals das Tageslicht erblicken, bevor mein Herz nicht zu Staub geworden sein wird; bevor ihr strahlender Geist nicht zu jenen Gefilden heimgekehrt sein wird, von denen er fraglos in seinem irdischen Kerker einen ungewöhnlichen Schimmer der Erinnerung beibehalten hatte; bevor nicht aller Pulsschlag, der je in unserer Nähe schlug, seit langem verstummt sein wird; bevor nicht all die Früchte aller kleinen Siege und Niederlagen unserer kleinen Herzen verwelkt sein werden. Die Entdeckung war die, daß sie mich liebte.

Vielleicht erschien mein Wissen ihr größer, als es war, und sie liebte mich dafür; vielleicht bewertete sie die Erfüllung meiner Pflicht ihr gegenüber zu hoch und liebte mich dafür; sie mag ein gewisses heiteres Mitleid, das sie bisweilen für das zeigte, was sie meinen Mangel an Klugheit nach den Maßstäben der trüben Laternen der Lichter dieser Welt nannte, weitergebildet haben und liebte mich daher; vielleicht verwechselte sie – sie tat es gewiß – das geborgte Licht dessen, was bei mir nur Erlerntes war, mit den

Strahlen einer reinen, ureigenen Helligkeit; doch sie liebte mich zu jener Zeit und ich erfuhr es.

Familiendünkel und Gelddünkel entfernten mich in den Augen Myladys so weit von Adelina, als wäre ich ein gezähmtes Geschöpf einer anderen Rasse als der menschlichen gewesen; doch konnten sie mich nicht ferner von ihr halten, als ich es in meinen eigenen Augen war, wenn ich meine Vorzüge mit den ihren verglich. Sie konnte mich nicht um Milliarden Lot halb so tief unter Adelina ansiedeln, wie ich es selbst tat, wenn ich mir vorstellte, deren edles Vertrauen zu meinem Vorteil zu mißbrauchen, mich des Vermögens zu bemächtigen, das, wie ich wußte, ihr zufallen würde, und sie auf dem Höhepunkt ihrer Schönheit und Begabung an mein armes schwerfälliges und verknöchertes Ich gebunden zu sehen.

Nein. Hier sollte die Weltlichkeit keinen Zugang finden, koste es mich noch so viel. Hatte ich mich bemüht, sie von anderen Gebieten fernzuhalten, um wieviel mehr war ich angehalten, sie in diesen geheiligten Bereich nicht eindringen zu lassen.

Aber ihre Güte und Großzügigkeit war von einer Offenheit, die erforderte, daß ich in einem so schwierigen Konflikt vorsichtig und geduldig vorging. Nach manch einer schweren Nacht (Oh, ich erkannte in dieser Zeit meines Lebens, daß ich aus anderen als bloß physischen Gründen weinen konnte!) schlug ich meinen Weg ein.

Mylady hatte bei unserer ersten Unterredung unabsichtlich die Räumlichkeiten meines reizenden Hauses überschätzt. Es bot Raum für nicht mehr als einen Schüler. Mein Schüler war ein junger Gentleman, der bald mündig werden sollte, aus sehr guter Familie, doch war er, was man einen armen Verwandten nennt. Seine Eltern lebten nicht mehr. Für seinen Lebensunterhalt und den Unterricht bei mir kam ein Onkel auf, und mein Schüler und ich bemühten uns die nächsten drei Jahre, unser Bestes zu tun, um ihm zu ermöglichen, sein Leben zu bestreiten. Zu jener Zeit war er gerade das zweite Jahr bei mir. Er war

von einnehmendem Äußeren, klug, tatkräftig, enthusiastisch, kühn: ein junger Angelsachse im besten Sinne des Wortes.
Ich beschloß, diese beiden zusammenzubringen.

9. Kapitel

Als ich mich selbst überwunden hatte, sagte ich eines Abends: »Mr. Granville« – er hieß Granville Wharton –, »ich weiß nicht, ob Sie Miß Fareway bisher jemals gesehen haben?«
»Nun, Sir«, antwortete er und lachte, »Sie sind selbst so häufig mit ihr zusammen, daß es für andere kaum eine Gelegenheit gibt, sie zu sehen.«
»Wie Sie wissen, bin ich ihr Lehrer«, sagte ich.
Und dabei beließen wir es dieses Mal. Ich richtete es jedoch so ein, daß sie bald darauf zusammenkamen. Bis dahin hatte ich mich bemüht, sie voneinander fern zu halten, denn solange ich sie liebte – das heißt, bevor ich mich zu meinem Opfer entschlossen hatte –, hatte eine lauernde Eifersucht auf Mr. Granville in meiner unwürdigen Brust genistet.
Es war ein durchaus alltägliches Gespräch in Fareway Park – aber sie sprachen ungezwungen miteinander; gleiches fühlt sich zu gleichem hingezogen, und es gab vieles, worin sie sich ähnelten. Als Mr. Granville und ich an jenem Abend bei Tisch saßen, sagte er zu mir: »Miß Fareway ist sehr schön, Sir, und von äußerst einnehmendem Wesen. Scheint es Ihnen nicht auch so?« »Ich denke schon«, sagte ich. Und als ich ihn verstohlen ansah, sah ich, daß er errötete und nachdenklich wurde. Daran erinnere ich mich höchst lebhaft, denn das gemischte Gefühl von ernster Freude und scharfem Schmerz, das dieser geringfügige Umstand in mir weckte, war der erste in einer langen Folge solcher gemischter Eindrücke,unter denen mein Haar langsam ergrauen sollte.

Es bestand für mich keine große Notwendigkeit, Unterlegenheit vorzugeben, doch täuschte ich in jeder Hinsicht vor, älter zu sein, als ich war (und der Himmel ist mein Zeuge, daß mein Herz unterdessen nur zu jung war!); ich gab vor, eigenbrötlerischer und ein viel größerer Bücherwurm zu sein, als ich tatsächlich geworden war, und verlieh meinem Umgang mit Adelina allmählich etwas immer Väterlicheres. Ebenso gestaltete ich meinen Unterricht phantasieloser als zuvor; ich trennte streng zwischen mir und den Dichtern und Philosophen, die ich ihr näherbrachte, sah darauf, sie ihr in ihrem eigenen Licht darzustellen und mich, ihren demütigen Diener, in meinem eigenen Schatten. Ähnliche Sorgfalt verwendete ich auf mein Äußeres – nicht, daß ich jemals etwas Stutzerhaftes an mir gehabt hätte, doch gab ich mich nun nachlässig.
Während ich mich selbst so mit einer Hand niederdrückte, war ich bemüht, mit der anderen Mr. Granville emporzuheben; ich lenkte seine Aufmerksamkeit auf Gegenstände, die sie – wie ich nur zu gut wußte – besonders interessierten, und formte ihn (unbekannter Leser dieser Zeilen, verspotte und mißdeute diese Worte nicht, denn ich habe gelitten!) auf eine größere Ähnlichkeit mit mir hin in diesem einzigen Punkt, der an mir untadelig war. Und allmählich, allmählich, als ich sah, daß er mehr und mehr auf die Köder einging, die ich ausgestreut hatte, erkannte ich immer deutlicher, daß die Liebe ihn bewegte und sie von mir sich zu ihm hinwenden ließ.
So verging ein weiteres Jahr und mehr – jeder Tag ein Jahr in der Zahl meiner gemischten Gefühle von ernster Freude und scharfem Schmerz. Und dann, als beide mündig waren und es ihnen freistand, vor dem Gesetz selbst für ihre Handlungen einzustehen, traten sie Hand in Hand vor mich hin (mein Haar war nunmehr beinahe weiß) und baten mich, sie im Bund der Ehe zu vereinigen. »Wahrhaftig, lieber Lehrer«, sagte Adelina, »es ist nur folgerichtig, daß Sie dies für uns tun, bedenkt man, daß wir uns ohne Sie nie kennengelernt hätten und daß wir ohne Ihr Dazu-

tun später niemals so oft hätten zusammenkommen können.« All das war nur zu wahr, denn ich hatte meine zahlreichen geschäftlichen Aufträge für Mylady und meine Beratungen mit Mylady dazu benutzt, Mr. Granville mit in das Haus zu nehmen und ihn im Vorraum mit Adelina allein zu lassen.

Ich wußte, daß Mylady sich einer solchen Heirat widersetzen würde – wie jeder Heirat, die etwas anderes bedeutet hätte, als ihre Tochter gegen eine vertraglich festgesetzte Menge an Grundbesitz, Waren oder Geld zu tauschen. Aber ich sah die beiden und ich sah, daß sie jung und schön waren; ich wußte, daß sie Neigungen und Fähigkeiten teilten, die Jugend und Schönheit überdauern; ich bedachte, daß Adelina ihr Vermögen zur freien Verfügung zustand; ich bedachte außerdem, daß Mr. Granville zum gegenwärtigen Zeitpunkt zwar arm war, doch aus einer guten Familie stammte, die nie einen Keller in Preston bewohnt hatte; ich vertraute darauf, daß ihre Liebe Bestand haben würde, da sich keiner im anderen getäuscht finden konnte – und ich versicherte sie meiner Bereitwilligkeit, ihnen den Dienst zu erweisen, den Adelina von ihrem lieben Lehrer erbat, und sie als Mann und Frau in die leuchtende Welt mit goldenen Toren zu entsenden, die auf sie wartete.

An einem Sommermorgen erhob ich mich vor Sonnenaufgang, um mich auf diese Handlung – die Krönung meiner Bemühungen – vorzubereiten. Da meine Wohnung nahe am Meer gelegen war, schritt ich zu den Felsen an der Küste hinunter, um die Sonne in all ihrer majestätischen Pracht aufgehen zu sehen.

Die Stille über Meer und Himmel, die Sterne, die sich ruhig zurückzogen, die friedvolle Vorahnung des nahenden Tagesanbruchs, das rosige Ineinanderfließen von Himmel und Wasser, der unbeschreibliche Glanz, der sich sodann ergoß – all das verlieh meinem Inneren nach den Mißklängen der Nacht neue Harmonie. Es schien mir, als würde alles, was ich erblickte, und alles, was ich von Himmel und Meer hörte, zu mir sprechen: »Laß es dir zum Trost gereichen, Sterblicher, daß dein Leben so kurz währt. Unsere Vorbereitung für das, was kommen wird, währt seit unvordenklicher Zeit und wird für undenkliche Zeit währen.«

Ich traute sie. Ich wußte, daß meine Hand kalt war, als ich sie auf ihre ineinandergelegten Hände legte, aber ich konnte die Worte, die ich zu dieser Handlung sprechen mußte, mit fester Stimme sagen, und meiner Seele war Frieden zuteil geworden.

Als unser einfaches Frühstück beendet war und ich sie von meinem Haus und diesem Ort weit genug entfernt wußte, war die Zeit für mich gekommen, zu tun, was zu tun ich ihnen gelobt hatte – Mylady zu unterrichten.

Ich ging zum Haus hinauf und fand Mylady in dem Raum, der zur Abwicklung ihrer Geschäfte diente. Es ergab sich, daß sie an jenem Tag besonders viele Aufträge hatte, die ich erledigen sollte, und noch bevor ich ein Wort hatte sagen können, hatte ich beide Hände voll mit Papieren.

»Mylady«, setzte ich an, als ich so an ihrem Tisch stand.

»Nun, was ist?« sagte sie kurzangebunden und blickte auf.

»Nichts Schlimmes, möchte ich hoffen, wenn Sie sich gefaßt haben werden und das Ganze ein wenig überdacht –«

»Mich fassen! Und das Ganze überdenken! *Sie jedenfalls* scheinen Ihrer selbst nur ungenügend Herr zu sein, Mr. Silverman.« Dies sagte sie voller Verachtung, während ich meine gewohnte Scheu unter ihrem Blick verspürte.

Indem ich für das erste und letzte Mal mein Tun beschönigte, sagte ich: »Lady Fareway, ich kann für meine Person nichts sagen, als daß ich versucht habe, meine Pflicht zu erfüllen.«

»Für Ihre Person?« wiederholte Mylady. »Dann geht es nicht nur um Sie, wie ich annehmen darf. Wer sind die anderen?«

Ich wollte antworten, als sie sich mit einer Bewegung, die mich innehalten ließ, zur Klingel wendete und sagte: »Wo ist überhaupt Adelina?«

»Warten Sie. Beruhigen Sie sich, Mylady. Ich traute sie heute morgen mit Mr. Granville Wharton.«
Sie preßte ihre Lippen aufeinander, starrte mich nachdrücklicher an als je zuvor, erhob die rechte Hand und schlug mir heftig auf die Wange.
»Geben Sie mir diese Papiere zurück, geben Sie mir diese Papiere zurück!« Sie entriß sie meinen Händen und warf sie auf den Tisch. Dann setzte sie sich herausfordernd in ihren Lehnstuhl, verschränkte die Arme und traf mich bis aufs Herz mit dem unerwarteten Vorwurf: »Sie weltlicher Schuft!«
»Weltlich?« rief ich. »Weltlich!«
»Hier, bitte sehr«, fuhr sie mit tiefster Verachtung fort, indem sie auf mich deutete, als stünden wir vor einem Publikum, »hier, bitte sehr, haben Sie den uneigennützigen Gelehrten, dem jede Berechnung außerhalb seiner Bücher fremd ist! Hier, bitte sehr, haben Sie den einfältigen Menschen, den ein jeder in einem Geschäft übervorteilen kann! Hier, bitte sehr, haben Sie Mr. Silverman! Nicht von dieser Welt, er nicht! Für die Schliche dieser Welt ist er zu gradlinig. Seine Ziele sind zu aufrichtig, als daß er der Doppelzüngigkeit dieser Welt gewachsen wäre. Was gab er Ihnen dafür?«
»Wofür? Und wer?«
»Wieviel«, fragte sie, beugte sich in ihrem Lehnstuhl vor und klopfte voller Niedertracht mit den Fingern ihrer rechten Hand auf ihre linke Handfläche, »wieviel zahlt Ihnen Mr. Granville Wharton dafür, daß Sie ihm Adelinas Geld verschafft haben? Wie hoch ist Ihre Beteiligung an Adelinas Vermögen? Was für Bedingungen stellten Sie in Ihrer Übereinkunft mit diesem Knaben, als Sie, Reverend George Silverman, mit Trauungslizenz, sich anboten, das Mädchen in seine Gewalt zu bringen? Wie auch immer, Sie handelten gute Bedingungen für sich aus. Ihrer Schläue dürfte er wohl kaum gewachsen gewesen sein.«
Entsetzt, erschreckt und betäubt durch diese grausame Verdrehung meiner Motive, war ich unfähig zu sprechen,

doch hoffe ich, daß ich so unschuldig aussah, wie ich wußte, daß ich es war.
»Hören Sie mich an, Sie gerissener Heuchler«, sagte Mylady, deren Ärger in dem Maße, wie sie ihm Ausdruck gab, wuchs. »Merken Sie sich meine Worte, Sie schlauer Ränkeschmied, der Sie dieses Vorhaben mit solch geübter Falschheit ausgeführt haben, daß ich Sie nie im Verdacht hatte. Ich hatte meine Pläne für meine Tochter; Pläne hinsichtlich vorteilhafter Familienbande, Pläne hinsichtlich des Vermögens. Sie haben meine Pläne durchkreuzt und mich übervorteilt; aber mich übervorteilt und mißachtet man nicht ungestraft. Beabsichtigen Sie, diese Pfründe noch einen Monat länger innezuhaben?«
»Scheint es Ihnen möglich, Lady Fareway, daß ich sie auch nur eine weitere Stunde innehaben kann nach Ihren verletzenden Worten?«
»Sie treten also zurück?«
»Ich bin im Geiste bereits vor einigen Minuten zurückgetreten.«
»Widersprechen Sie mir nicht, Sir. Treten Sie zurück?«
»Ohne Bedingungen und auf der Stelle. Und ich wünschte, ich hätte sie nie, nie angetreten.«
»*Diesem* Wunsch darf ich aufrichtig beipflichten, Mr. Silverman! Aber nehmen Sie das mit auf Ihren Weg, mein Herr. Wären Sie nicht zurückgetreten, hätte ich Sie Ihres Amtes entheben lassen. Und obgleich Sie zurückgetreten sind, werde ich Ihnen Ihren Abschied schwerer machen, als Sie denken. Ich werde Sie mit dieser Geschichte verfolgen. Ich werde diese niedrige Verschwörung, die Sie um Geldes willen anzettelten, öffentlich bekannt machen. Sie haben damit Geld gemacht, aber Sie haben sich auch einen Feind gemacht. *Sie* werden Sorge tragen, daß Ihnen das Geld bleibt, *ich* werde Sorge tragen, daß der Feind Ihnen erhalten bleibt.«
Schließlich sagte ich: »Lady Fareway, ich glaube, mir bricht das Herz. Bevor ich eben diesen Raum betrat, wäre mir die Möglichkeit einer so niedrigen Gemeinheit, wie

Sie sie mir unterstellt haben, nie in den Sinn gekommen. Ihr Verdacht –«

»Verdacht! Pah!« sagte sie verächtlich. »Gewißheit.«

»Ihre Gewißheit, Mylady, wie Sie es zu nennen belieben, Ihr Verdacht, wie ich es nenne, ist grausam, ungerecht und völlig bar jeder Grundlage. Ich kann nur wiederholen, daß ich weder zu meinem eigenen Nutzen noch zu meiner eigenen Befriedigung gehandelt habe. Ich habe bei meinem Tun nicht mein Interesse berücksichtigt. Ich glaube wahrhaftig, das Herz bricht mir. Sollte ich unwissentlich aus einem ehrenwerten Motiv heraus etwas Falsches getan haben, so muß ich dafür büßen.«

Sie antwortete darauf mit einem weiteren und noch verächtlicheren »Pah!«, und ich verließ ihr Zimmer (ich glaube, ich tastete mich mit den Händen hinaus, obgleich meine Augen weit geöffnet waren); es schien mir fast, daß meine Stimme einen abstoßenden Klang hatte und ich selbst ein abstoßendes Wesen sei.

In der Folge wurde ein großes Aufheben darum gemacht; der Bischof wurde bemüht, und ich wurde streng verwarnt und entging nur um Haaresbreite der Amtsenthebung. Auf Jahre war ich von einer Wolke überschattet, und mein Name war mit einem Makel behaftet. Aber mein Herz brach nicht – wenn man darunter versteht, daß ein gebrochenes Herz zum Tode führt –, denn ich überlebte es.

Adelina und ihr Gatte standen mir die ganze Zeit über bei. Jene, die mich an der Universität gekannt hatten, und selbst jene, die mich nur dem Namen nach gekannt hatten, standen mir ebenfalls bei. Ganz allmählich verbreitete sich die Überzeugung, daß ich dessen, was man mir zur Last legte, nicht fähig sein konnte. Zuletzt bot man mir eine Universitäts-Pfründe in einem abgelegenen Ort an, und hier verfasse ich nun meine Erklärung. Ich schreibe sie an meinem offenen Fenster zur Sommerzeit; vor mir liegt der Kirchhof, der gesunden Herzen, wunden Herzen und gebrochenen Herzen gleichermaßen

Ruheplatz ist. Ich verfasse sie zur Erleichterung meiner eigenen Seele, ohne zu wissen, ob sie jemals einen Leser finden wird.

Kommentar
Charles Dickens' Erzählkunst

Charles Dickens, 21 Jahre alt und anerkannt bereits als ein Parlaments- und Zeitungsreporter der spitzen und behenden Feder, hat eines Abends im Spätherbst 1833 anonym und mit bebendem Herzen in einer dunklen Londoner Gasse dem Redaktionsbriefkasten des *Monthly Magazine* seine erste literarische Erzählung anvertraut. Als die Dezembernummer erschien, sah er sich, mit vor Freudentränen verschleiertem Blick, als Schriftsteller angenommen. Die Genauigkeit der Umstände und die Bewegtheit der Gefühle schildert er später. Er sieht sich in der erinnerten Situation unter einer Konstellation von Zeichen – dem unbeobachteten Moment am entlegenen Briefkasten; dem Kauf des druckfrischen *Monthly Magazine;* dem Zittern und den Freudentränen –, die für ihn den Zeitpunkt in seinem Leben markieren, der ihn zum Erzähler machte. Lesen wir die erinnernde Schilderung, so erfahren wir ihre Bedeutung in diesen Zeichen durch die erzählende Sprache. Zur Sprache drängt, was Charles Dickens sieht und erlebt; und was er empfindet und erfährt, was an Ängsten, Hoffnungen, Anschauungen und Handlungen er hervorrufen möchte, nimmt seinen Ausgang in der Sprache.

Seit seiner Knabenzeit, da er in die Welten der englischen und europäischen Erzählliteratur eintauchte, und seinen Jünglingsjahren in London, in denen er, während er in den journalistischen Beruf hineinwuchs, mit Leidenschaft zugleich Theater spielte, glaubte er an die Macht und die Wirkung des Wortes. Ins journalistische Tagesgeschäft eingespannt, verbarg er sich erst noch hinter einem Pseudonym – Boz – und der Rolle eines Stadtflanierers, als er sich anschickte, eben dieses Tagesgeschäft in die literarische Dimension auszuweiten. Seine Kurzgeschichten, erzählenden Berichte und berichtsauthentischen Erzählungen, von denen in einem Zeitraum von drei Jahren knapp

60 Stück in Londoner Tages-, Wochen- und Monatszeitungen erschienen, besaßen eine bis dahin unerhörte Unmittelbarkeit und Prägnanz der Vergegenwärtigung der Großstadt. Sie gewannen sich rasch ein enthusiasmiertes Publikum, das hier seine Erfahrungen, seine Vertrautheiten und Bedrohungen wiedererkannte; ja, das die Befindlichkeit seines Lebens in der Fülle seiner Alltäglichkeiten womöglich erst recht erkannte. Die *Sketches by Boz,* als Dickens' Erstlingswerk gesammelt, sind durch und durch Literatur eines bürgerlichen Realismus von komisch-grotesker Prägung und einer oft satirischen Grundhaltung. Ihre Authentizität gründet letztlich in ihrer Sprache. Die Wirklichkeiten, die sie erkennbar machen, mögen als sprachliche Abbildung erfahrbarer Realitäten erscheinen. Recht eigentlich jedoch werden sie im Akt des Erzählens aus der Sprache selbst erzeugt.

Beispielhaft läßt sich Dickens' Kunst der Inszenierung von Sprache an der Skizze »Meditations in Monmouth Street« aufzeigen. Personen- und Sachinventar der Straße – die Altkleiderverkäufer mit ihren Familien und die getragenen Kleidungsstücke und Schuhe – ordnen sich aufeinander zu als eine zu lesende Zeichenwelt. Stiefel und Sandaletten beschwören ihre einstmaligen Träger herauf, handelnd und kokettierend in Straßen- und Marktszenen, die ganz der Vorstellung entspringen. Die Vorstellung ist zuerst die des Erzählers, doch sein journalistisches »wir« begreift zugleich den Leser ein. Beider Bewußtsein ist eines, das Zeichen verknüpft und ihre Bedeutung aus Beobachtung, Erfahrung und Erwartung gewinnt. Die erzählende Stimme selbst thematisiert das Erzählen als Zeichen-Lesen. Eine Reihe geschauter Kleidungsstücke scheint einstmals von ein und derselben Person als Knabe, Jüngling und Mann getragen worden zu sein. Die Hypothese zeugt das Erzählen: »There was the man's whole life written as legibly on those clothes, as if we had his autobiography engrossed on parchment before us.« Was folgt, ist die Geschichte von einem früh vaterlos gewordenen

Knaben, der seiner vereinsamten, hart arbeitenden Mutter die verhätschelnde Fürsorge nicht dankt, aus der Schule gerissen in einer antagonistischen Arbeitswelt in schlechte Gesellschaft gerät, zum Tyrannen der eigenen jungen Familie wird und, ins Verbrechen gesunken, ein Urteil zum Tod oder zur Verbannung auf sich zieht. Wiewohl durchsetzt von präziser Milieuschilderung und gegenwartsbezogener Sozialkritik, ist diese Erzählung in der Erzählung nicht eine Geschichte, die das Leben schrieb. Sie ist ein in die Reihe der geschauten Kleidungsstücke einbeschriebenes Stück Literatur, eine erwartungskonforme Parabel, gezeugt aus Vorerfahrungen des Erzählers (und des Autors Charles Dickens) wie des Lesers mit literarisch konventionalisierten Lebensgeschichten. Gegenwärtige Wahrnehmung und erinnerte Erfahrung, äußere und innere Realität formen und beleben die Erzählung wechselseitig. Daß die Schuhe an den Füßen ihrer imaginären Träger am Ende wirbelnd einen Straßentanz vollführen, entspringt folgerichtig der Phantasielust der Sprache. »In Wahrheit« jedoch drangen, wie der Leser erst rückschließend begreift, im Augenblick, als die Beschreibung ihres Tanzes begann, die Klänge einer Drehorgel dem Erzähler ins Bewußtsein und choreographierten seine Geschichte. Eine sozialkritisch zugespitzte Biographie also und ein ausgelassener Tanz der Schuhe aus purer Phantasie, sind beide in den von Beobachtungsdetails prallen Schilderungsbericht aus der Londoner Monmouth Street einbeschrieben. Die Lebensgeschichte allerdings ist literarische Reminiszenz, der phantastische Tanz hingegen die erzählerische Realisierung einer sinnlichen Wahrnehmung. So verschränken sich die Dimensionen der Dickensschen Erzählkunst. Die Mischung aus komisch wirkungsheischendem Affekt, Animierung von Schauplatz und Dingen, Theatralik des Handelns und des Gestus, zum Lachen oder Fürchten reizender Phantastik der Figuren, der Situationen und oftmals der Sprache, sowie die Londoner Lokalisierung und sozialkritische Gegenwartsnähe des

Geschehens ebenso wie ein tendenzhaft moralisierendes Sentiment – und bei all dem stets ein Schuß Reflektion des Erzählens im Erzählen – sind von Anbeginn ihre charakteristischen Konstanten. Die in unsere Kassette aufgenommene Auswahl aus den *Sketches by Boz* zeigt unterschiedliche Facetten der frühen Erprobung dieses Erzählens.

*

Die Kurztexte als Ausgangspunkt seiner schriftstellerischen Tätigkeit wahrzunehmen ist bedeutsam, da Charles Dickens im allgemeinen Bewußtsein ja als der Autor panoramischer Romane gilt, wie sie für die europäische Literatur um die Mitte des 19. Jahrhunderts kennzeichnend sind. Der Weg von der kurzen Erzählung zum großen Roman war für Dickens im historischen Kontext zwar zwingend, jedoch von seinem eigenen schriftstellerischen Zugriff auf die Welt her nicht von vornherein selbstverständlich. Durch den Erfolg der *Sketches by Boz* wurde er rasch in Großprojekte hineingezogen, namentlich in die *Posthumous Papers of the Pickwick Club* sowie in seinen ersten eigenständig angelegten Roman *The Adventures of Oliver Twist*. Die *Pickwick Papers* wachsen sich zwar zu romanhafter Länge aus, doch kumulieren sie episodisch. Ihre Episodenhaftigkeit wird noch durch zwei Umstände gestützt. Im besonderen wurden sie, in Auftragsarbeit, als Begleiterzählung zu einer Serie von Illustrationen geschrieben. Als mustersetzend für Dickens' künftiges Schreiben sollte sich der zweite Umstand erweisen, daß sie in monatlichen Fortsetzungen im Umfang von je 32 Seiten (d. h. zwei Bögen in Oktav) erschienen. Der Roman in Fortsetzungen – vorzugsweise, jedoch nicht ausschließlich monatlich, über 19 Monate hin – wurde zu Dickens' Brücke von der Kleinerzählung zur Großform. Ab Mitte der 1840er Jahre, beginnend mit *Martin Chuzzlewit*, verwirklicht Dickens im Schreiben seine Romane gemäß einem jeweils von vornherein klar konzipierten Gesamtentwurf der großen Form. Das heißt jedoch, anders gewendet, daß er fast zehn Jahre lang, da er umfängliche Romane in rascher Folge schon veröffentlichte, ein seinem Temperament entsprechendes kurzphrasiges und heterogenes Erzählen zu Romanlänge ausbaute.

The Adventures of Oliver Twist ist das populärste Beispiel des Dickensschen Frühwerks. Vieles deutet darauf hin, daß Dickens ohne Gesamtplan zu schreiben begann und womöglich überhaupt erst nur eine kürzere Erzählung oder eine Episodenfolge im Sinn hatte. Oliver wächst rasch zu einem zehnjährigen Knaben heran und altert danach nicht weiter, als es die Zeit der erzählten Handlung erfordert. Er ist zu Romanende allenfalls zwölf Jahre alt. Seine Geschichte ist demnach kein Entwicklungsroman. Sehr bald schon nach seiner Flucht nach London gerät er auch unter den Schutz von Mr. Brownlow und, nach einem kurzen Rückschlag, endgültig in die Obhut seiner bürgerlichen Wohltäter und (noch unerkannten) Verwandtschaft. Auch ist er unverführbar gut. So ist er weder von seiner äußeren noch seiner inneren Lebensgeschichte her eigentlich erzählerisch entwickelbar. Das Engagement der Erzählung wird folgerichtig ab etwa der Romanmitte der ethisch integeren, jedoch moralisch gefallenen Gangsterbraut Nancy zuteil. Von diesem Wechsel der Zentralfigur erschließt sich die Heterogenität der Erzählung. Die Lebensgeschichte des Oliver Twist ist – wiewohl gegenläufig und auch größer angelegt als die in den »Meditations in Monmouth Street« skizzierte Biographie – als herzergreifende Geschichte vom Waisen, dem Herkunft, Stand und Vermögen auf wunderbare Art entdeckt werden, ein konventionelles literarisches Versatzstück. Doch gerade im Mut zur Konvention liegt wohl auch ein Stück Dickensscher Genialität. Die Wunscherfüllungsfiktion suggeriert, daß wundersame Fügungen auch von den Bumbles, Fagins, Sikes' und Monks' nicht verhindert werden können und die bürgerliche Geborgenheit ein Bollwerk im Hier und Heute gegen Armut und Verbrechertum darstellt. Als nachmaligen Lesern mag uns zwar die mangelnde Integration der Oliver-Erzählung in das Milieu der Armenfürsorge und der kriminellen Unterwelt nur zu offensichtlich erscheinen. Das Aufrüttelnde des Romans für die Zeitgenossen war nichtsdestoweniger die Kritik am provinziellen Armenhauswesen und der hautnahe Realismus ebenso wie die Melodramatik der Darstellung eines großstädtischen Berufsverbrechertums. Dikkens' soziale Kritik und sein Aufruf zur Beseitigung gesellschaftlicher Mißstände, wie er sie in vielen der *Sketches by Boz* erprobte, sind – wie immer auch abgefedert durch phantastisches, oft genug grotesk-komisches Erzählen und hier, im Frühwerk, einen zuversichtlichen Glauben an das Gute im Menschen – die Kernbotschaft des Romans *Oliver Twist.*

*

Dickens' Welt- und Gegenwartsoptimismus verdunkelt sich im späteren Werk. In *Bleak House*, einem der Höhepunkte im Romanschaffen, gerät er unter den Druck kaum noch gebändigter Ängste vor den inhumanen Systemen des verfallenen Rechtswesens, der inkompetenten Politik, der erstarrten Gesellschaftsmoral, epidemischer Krankheit, einer anonymisierten Wohltätigkeit und der Entpersönlichung ins Namenlose. Zur Zeit der Entstehung von *Bleak House* hatte sich Dickens' journalistisches Engagement noch einmal belebt und vertieft. Ende der 40er Jahre war er bei der Gründung der Tageszeitung *The Daily News* beteiligt und kurzfristig deren Chefredakteur gewesen. Unzufrieden mit den Einschränkungen der Einflußnahme, die er bei der politischen Tageszeitung erfuhr, dankte er bald ab und richtete sein Bestreben darauf, sich den Lebenswunsch einer eigenen Zeitschrift zu erfüllen. Am 30. März 1850 erschien die erste Nummer der Wochenzeitschrift *Household Words,* welche bis 1859 Bestand hatte und dann sogleich, lediglich unter Wechsel des

Verlegers – die Umstände allerdings waren dramatisch und voller persönlicher Eitelkeiten –, von ihrer gleichartigen Nachfolgerin *All The Year Round* abgelöst wurde. *Household Words* affirmierte das Gegenwartsvertrauen und den Zukunfts- und Fortschrittsglauben der mit viktorianischen Zeit und Mittelschicht gemäß den Fanfarenklängen Dickensscher Rhetorik im Vorwort zur ersten Nummer:

> We aspire to live in the Household affections, and to be numbered among the Household thoughts, of our readers ... We seek to bring into innumerable homes, from the stirring world around us, the knowledge of many social wonders, good and evil, that are not calculated to render any of us less ardently persevering in ourselves, less tolerant of one another, less faithful in the progress of mankind, less thankful for the privilege of living in this summer-dawn of time.

Doch im Recherchieren für die große Vielfalt gegenwartsbezogener und aktueller Beiträge zur Zeitschrift kam Dickens mit den Problemen kapitalistischer Privilegierung und sozialer Mißstände, Proletarisierung, Kinderverwahrlosung, sanitärer Verseuchung, Krankheit, Verslummung, Prostitution und Kriminalität, Perversion des Rechtswesens und politischer Verantwortungsblindheit in Berührung. In die behütete und programmatisch heile Welt der *Household Words* konnte und wollte er die Bedrohlichkeit einer umfassenden Zeiterfahrung nur sehr vorsichtig und reduziert einlassen. Seine Romane der 50er Jahre, *Bleak House* und *Hard Times*, zeigen, wie sie – ohne daß er dennoch vom Wunschweltbild ganz abließe, das die *Household Words* plakatieren – sein Gewissen und seine Einbildungskraft bewegte. *Bleak House* steckt voller sozialer und politischer Details, wie sie Dickens an der Spitze seiner Reporterschar bei den *Household Words* aufgedeckt haben dürfte und wie sie noch heute aus Doku-

menten der Zeit verifizierbar sind. Der Roman jedoch ist ihre Umsetzung und Einschmelzung in Erzählstruktur und Vision. Getreu der Kunst des Zeichens und des Zeichen-Lesens, deren sich Dickens bereits in den *Sketches by Boz* bewußt war, ist der Beginn von *Bleak House* bereits ein visionäres Bild-Zeichen zur Bedeutungssetzung für den Roman. Nebel und Schlamm, Erfahrungsrealitäten im herbstlichen London, bedeuten den Sumpf und die Aussichtslosigkeit, in die Menschen und ihre Anliegen im System des verfallenen Zivilrechtswesens in England geraten. Der Nebel changiert zum Dauerregen in Lincolnshire, der dort den Stammsitz der altadeligen Dedlocks einschwemmt. Der Schlamm des Abfalls in den Londoner Straßen und der mehrschichtig belegten Stadtfriedhöfe zwischen den Häuservierteln brütet Krankheiten und Seuchen aus. Nebel, Regen und Schlamm verbildlichen den Verfall und die Korruption, welche die Welt von *Bleak House* durchtränken. Am Schnitt- und Kreuzungspunkt aller Handlungen und Geschehnisse in dieser Welt steht ein über Generationen verschleppter Erbschaftsprozeß Jarndyce gegen Jarndyce, der am Ende – ironischerweise zu eben dem Zeitpunkt, als ein verschollenes Urtestament aufgefunden wird, das eine Gerichtsentscheidung ermöglichen würde – sich in Nichts auflöst, weil die Verfahrenskosten das Streitvermögen aufgefressen haben. Das System der Gerichtsbarkeit – Chancery –, dem der Fall Jarndyce gegen Jarndyce obliegt, zerstört einen jeden Menschen, der in seinen Bannkreis tritt. Die skurrile Miss Flite ist darob wunderlich geworden. Chancery fordert viele Tode im Roman, zuletzt auch den des Richard Carstone, Mündel des John Jarndyce, der als einziger unter allen potentiellen Erben der Bannkraft widersteht und im Roman aus einer Ethik des Individuums heraus der zerstörenden Kraft des Systems entgegensteht.
Über den Sinnbereich der Gerichtsbarkeit und des Jarndyce-Falles schichtet der Roman weitere Strukturkreise, die sich in Personen, Geschehnissen, Orten, Motiven und

Sinnmetaphern vielfach überlappen. An den Chancery-Bereich lagern sich als Satellitenkreise die der Anwaltskanzleien und der sonstigen Dienstleistungsanbieter (Bürowarenhändler, Kopisten, Gerichtsvollzieher, Geldleiher und Wucherer) an. Jeweils dient wiederum mindestens ein Individuum als Folie für den Sinnbereich, dem es zuzurechnen ist. Mr. Tulkinghorn etwa exemplifiziert in seiner erpresserischen Menschenbehandlung das latente Unrecht in der Kanzleiwelt. Um den Trödler Krook ist der parasitäre Kreis der Dienstleistenden regelrecht als Parodie auf den Moloch Chancery gezeichnet. Wie den Gerichtsvorsitzenden apostrophiert Krook auch sich als Lord Chancellor, und in seinem Sterben (nach Dickens' gruseligem Einfall, den er sogar für naturwissenschaftlich möglich hielt und verteidigte, durch eine »spontaneous combustion«) löst er sich, wie am Ende der Fall Jarndyce, spontan in Nichts auf. Dem Systemfeld um Chancery steht dann als zweiter Bereich der des Staats- und Sozialwesens gegenüber. Die Feudalhierarchie einer die Politik usurpierenden Adels- und Oberschicht um Sir Leicester Dedlock bildet darin einen großen Innenbereich, die Großstadtslums mit ihren notleidenden und kriminell gewordenen Bewohnern bilden einen anderen. Daß hier der verwaiste junge Straßenkehrer Jo als einziger mit Namen heraussticht, unterstreicht die Anonymität der Masse und Jos Isolation selbst unter seinen Leidensgenossen. Deren Mangel und Not nehmen das Rechtswesen und die Politik nicht zur Kenntnis. Doch auch die im System vorgesehene organisierte Wohltätigkeit versagt davor. Denn sie ist bigott pervertiert (Mrs. Pardiggle) oder richtet sich blind auf Hilfe für ein fernes Afrika (Mrs. Jellyby). Wirkungsvoll, mit Augenmaß und human vermögen in *Bleak House* nur wenige einzelne ihren Mitmenschen zur Seite zu stehen, mit dem vollen Risiko, wie Esther Summerson sich mit den Krankheiten der Slums anzustecken, und ohne Sicherheit, daß die zerstörende Entfremdung in den Systemen nicht größer ist als das Vermögen zur Hilfe. Das ganze Pathos der Dickensschen Sozialanklage ertönt daher nicht zufällig, als Jo stirbt:

> Dead, your Majesty. Dead, my lords and gentlemen. Dead, Right Reverends and Wrong Reverends of every order. Dead, men and women, born with Heavenly compassion in your hearts. And dying thus around us every day.

Dickens' Sicht der dargestellten Welt ist nicht mehr fiktiv schönend optimistisch. Das Heilungs- und Versöhnungspotential, das von der Mitmenschlichkeit einzelner in der entfremdeten Welt ausgeht, ist dennoch zukunftsträchtig. Der Arzt Allan Woodcourt wirkt segensreich in London ebenso wie in den fernen Kolonien. Mrs. Rouncewell und ihre beiden Söhne sind eine ganze Familie individueller Hoffnungsträger. Der ältere Sohn, Erzgießer aus den industrialisierten Midlands und angehender Parlamentarier, verkörpert die Hoffnung einer neuen, die aufbauenden Kräfte der Gesellschaft integrierenden politischen Ordnung. Mrs. Rouncewell und George bewahren das Erhaltenswerte feudaler Traditionen. War Sir Leicester der väterliche Herr seiner Abhängigen in den Jahren vollen Lebens, so tragen ihn Mutter und Sohn mit ihrer Fürsorge in seiner Gebrochenheit durch den Verlust der Lady Dedlock. Daß Sir Leicester einer erstarrten Gesellschaftsmoral abschwört, auf deren Zwang über ihn Mr. Tulkinghorn, und mit ihm die in ihrer Schuld und Lebenslüge befangene Lady Dedlock selbst, gerechnet hatten, kommt allerdings für Lady Dedlock zu spät. Auch Mr. Bucket, der Detektiv, der, allgegenwärtig, wie kein anderer im Roman die Zeichen in allen Sinn- und Lebensbereichen zu lesen, zu verknüpfen und zu interpretieren imstande ist, vemag sie auf ihrer Flucht nicht einzuholen. Als er mit Esther Summerson nach Tagen und Nächten der Verfolgung durch Eis und Schneematsch – der letzten Verwandlung des Nebels und Schlamms, mit denen *Bleak House* anhub – sie erreicht, liegt sie tot auf den Stufen des Friedhofs, wo der Geliebte ihrer Jugend und Vater Esthers, Captain Hawdon oder Nemo, der Kopist, begraben ist. Sie endet – letztlich wie Jo der Straßenkehrer –, zermalmt von den Kräften der entmenschlichten Systeme. Die Dichotomien der Romanwelt bleiben unauflösbar. Der Neubeginn für Esther Summerson und Allan Woodcourt im neuen Bleak House, das John Jarndyce für sie gebaut hat, ist ein Rückzug ins überschaubar Private. Die inhumanen Entfremdungen in der größeren Welt bleiben bestehen – und bleiben unbewältigt. Zur Sprache zu bringen waren sie auch nur, wie der Leser am Ende ganz zu verstehen gelernt hat, mit Hilfe einer durchgehenden Doppelheit des Erzählens, im Lebensbericht Esther Summersons, imperfektisch rückwärts gewandt und voller Verdrängungen, und dazu der insistent präsentischen Reportage des anonymen Chronisten.

*

Das neue Bewußtsein von Geschichte, mit dem der europäische Kulturkreis in das 19. Jahrhundert eintritt, schuf in der Literatur die Gattung des historischen Romans, wie ihn um 1800 zuerst Walter Scott begründete. Gegenüber dessen romantischer Einbindung der Gegenwart in die Geschichte war das Anliegen der großen Romanciers um die Jahrhundertmitte eine einschneidende Gegenwarts- und Sozialkritik. Dank der Möglichkeit, die Walter Scott der Romankunst eröffnet hatte, haben ein William Thackeray und eine George Eliot von der Vergangenheit erzählt, wenn sie die Gegenwart meinten. Thackeray projizierte in *Vanity Fair* die Zeitsatire auf die Epoche um 1815 zurück, George Eliot verlegte die Handlungen von *Felix Holt* und *Middlemarch* in die Zeit der ersten englischen Sozialreformen um 1830, um in der Parallelisierung die Dringlichkeit fortgesetzter Reformen in der zweiten Jahrhunderthälfte zu begründen. Charles Dickens' erzählerischem Temperament war demgegenüber das Historisierende fremd. Bei Thomas Carlyle allerdings, dessen Denken Dickens in den 1850er Jahren aufnahm, begegnete es ihm nachhaltig. Carlyles historisch-kulturkritische Aufarbeitung der Französischen Revolution inspirierte ihn, eine schon länger projektierte Erzählung von einem in Jahrzehnten der Einzelhaft lebendig Begrabenen in den Rahmen eines zur Zeit der Französischen Revolution spielenden Romans zu fassen. *A Tale of Two Cities* war das Ergebnis. Als Reißer zur Neueinführung seiner Zeitschrift *All The Year Round* verwendet, blieb dies bis weit in unser Jahrhundert hinein überhaupt einer der populärsten seiner Romane. Zwischen den sozialkritischen Entwürfen von *Bleak House*, *Hard Times*, *Little Dorrit* und *Our Mutual Friend* steht er als Rückkehr oder gar Rückschritt in die Melodramatik und Sentimentalität des Frühwerks. Das ist die wohl unvermeidliche Folge des Versuchs, für die Figuren seines Erzählens eine Welt nicht aus der eigenen Anschauung zu gestalten. Das auf London verwendete Kolorit hat die gewohnt lebendige Unmittelbarkeit. Doch Paris in der 70 Jahre zurückliegenden Revolutionszeit ist von klischeehafter Unschärfe. (In seiner Atmosphäre und Staffagenartigkeit mutet es verblüffend wie das Revolutions-Paris im Film der 1930er Jahre zu de Orczys *The Scarlet Pimpernel* an.) Das zieht zu einem Teil auch die Figuren in Mitleidenschaft. Charles Darnay, der französische Adelssproß, und der ihm zum Verwechseln ähnliche Sydney Carton, welcher für ihn aufs Schafott geht, bleiben ungeachtet ihrer Bedeutung im Handlungsverlauf als Personen unglaubwürdig. Die Stetigkeit in Pflichterfüllung und Freundschaft des Mr. Lorry andererseits überzeugt. Die Haushälterin Miß Pross ist eine vitale Nebenfigur, und ihre Konfrontation am Ende mit der Revolutionärin Madame Defarge, in der keine der beiden auch nur ein Wort der Sprache der anderen versteht, ist von brillanter Komik. Am tiefsten ist letztlich die psychologische Auslotung des Dr. Manette, des 18 Jahre in Einzelhaft Eingekerkerten, der unter der seelischen Last unansprechbar wird und autistisch zwanghaft an einer Schusterbank hämmert.

*

Ausgehend von den ersten Erprobungen der Erzählkunst in den *Sketches by Boz* blieb die Kurzprosa im Dickensschen Werk bedeutsam. Die kürzeren Texte entsprangen gewiß häufig zuerst einem äußeren oder inneren Antrieb, zu erzählen und zu schreiben. Dazu jedoch scheinen sie Dickens' Experimentierwerkstatt gewesen zu sein. Was bei ihm eigene Erzählmöglichkeiten umreißt und pointiert und zum Teil bereits auf künftige Entwicklungen der Figurengestaltung, der Sprachbehandlung oder der Perspektivierung in der Erzählkunst hinweist oder sie vorwegnimmt, findet sich auffällig konzentriert in seiner Kurzprosa. So mag ihn etwa die Lust gepackt haben, etwas fortzuspinnen, worin er schon in seinen Romanen Virtuosität erlangt hatte, was dort jedoch ein Erzählaspekt unter vielen bleiben mußte. Miß Pross in *A Tale of Two Cities* steht, von den Romanen her gesehen, in einer ganzen Reihe weiblicher Sprecher von einfachem Stand und umwerfender Sprachgewalt. Kennzeichen der Sprache dieser Figuren ist ein Reden ohne Punkt und Komma, bildkräftig und von rascher, bunter, immer wieder unerwarteter und daher skurriler und komischer Assoziationskraft. Mrs. Lirriper ist die Fortschreibung dieser Figurenreihe, und *Mrs. Lirriper's Lodgings* ist für sie ein fortlaufender Monolog aus Dickens' Feder. Dem liegt die erzählerische Erkenntnis zugrunde, daß eine solche aus eigener Sprache und eigenem Sprechen gezeugte Figur der Vermittlung durch die auktoriale Rahmensetzung und Erzählerstimme ganz entraten kann. Umwelt, Geschehnisse, Vorgeschichte, Handlungsentwicklungen und mithandelnde Figuren entstehen im Monolog aus dem Bewußtsein der Mrs. Lirriper selber. Der Weg zu James Joyces

Gipfelung seines *Ulysses* (1922) im Monolog der Molly Bloom ist nicht mehr weit.
Daß der Figurenmonolog als Erzählprinzip Dickens nicht nur mit Blick auf die Darstellung eines exzentrischen Originals wie Mrs. Lirriper interessierte, zeigen sowohl die Organisation von *Somebody's Luggage* als Rede eines Kellner-Faktotums wie die Konzeption von *George Silverman's Explanation* als autobiographische Selbstanalyse der Titelfigur George Silverman. Dickens' zunehmende Auseinandersetzung mit der Psyche seiner Figuren und den erzählerischen Problemen ihrer Darstellung, wofür die Gestaltung des Dr. Manette in *A Tale of Two Cities* ein Beispiel bietet, erreicht in *George Silverman's Explanation* eine konzentrierte Reinform, wie sie so nur in der Kurzerzählung zu verwirklichen war. Die Psychologisierung erzählter Figuren ist keine natürliche Stärke bei Charles Dickens. Intuitiv zwar hat er das Wirken irrationaler Kräfte und seelischer Verfassungen stets stark, ja bedrängend wahrgenommen. Zur künstlerischen Lösung der Aufgabe, sie aus erzählender Sprache heraus zu gestalten, besaß er wohl nicht die rationale Kühle und ästhetische Kontrolle eines Henry James. Erzählerisch gesehen führt bei Dickens ein Weg zur Figurenpsychologie her von seinen Schauer- und Geistergeschichten. Das mag auf den ersten Blick überraschen, und gewiß sind in seinem Werk solche Erzählungen zunächst auch nichts weiter als eben Geistererzählungen. Bereits in den *Pickwick Papers* finden sie sich ihres Schauereffekts wegen eingestreut, und Dickens hat auch später um ihrer selbst willen eine Vorliebe für sie behalten. Die Tradition, daß die Winterzeit um Weihnachten eine Zeit zum Erzählen von Spukgeschichten ist, bestärkt er, wenn er zu den »Christmas Numbers« von *Household Words* und *All The Year Round* besonders gern Gruselerzählungen beisteuert. *To Be Read At Dusk* und *Hunted Down* stammen aus solchen Extranummern der Zeitschriften, die ihrerseits in Dickens' Œuvre eine Fortsetzung seiner *Christmas Books*

darstellen. Gleich das erste dieser *Christmas Books* ist auch das berühmteste: *A Christmas Carol.* In *Christmas Carol* nun, so könnte man wohl sagen, hat Dickens für sich die Möglichkeit zur Verknüpfung des Erzählens von übernatürlichen und eben also irrationalen Erscheinungen mit der Erforschung der Psyche, also des irrationalen Innenlebens einer Figur entdeckt. Ungleich näher als in *Christmas Carol* führt er in der späten Erzählung *No. 1 Branch Line: The Signalman* diese Verknüpfungsmöglichkeit dann heran an die thematischen Anliegen seiner großen sozialkritischen Romane. Irrational zwar sind auch in diesen die Kräfte einer industrialisierten und kapitalistischen Welt, die den einzelnen bedrohen und von sich selbst und menschlicher Gemeinschaft entfremden. Doch in *The Signalman* geht Dickens einen Schritt weiter. Gerade die triumphale Errungenschaft einer wirtschaftlich und technisch rationalen Welt, die Eisenbahn, wird hier zum übernatürlichen Agens und todbringenden Gespenst. Die Irrationalität aber, die die Eisenbahn zum Gespenst macht, wurzelt in der Psyche des Signalman, der die Diskrepanz zwischen seiner fragmentarisierten Arbeit und der Unermeßbarkeit seiner Verantwortung nicht erträgt.

Die Unerträglichkeit erkennt der Leidende selbst: Der Signalman ist die bei Dickens ganz ungewöhnliche Erscheinung einer Figur, die um ihre eigene gestörte Psyche weiß und darüber spricht. Wollte man für Esther Summerson in *Bleak House* in ähnlicher Weise geltend machen, daß ihr Lebensbericht ihre psychischen Traumata einschließt, so wäre zugleich zu erkennen, daß die erzählerische Einrichtung dieses Lebensberichtes alles daransetzt, allein den Leser erkennen zu lassen, was Esther Summerson nicht reflektiert und so aus ihrem Bewußtsein ausgrenzt.

George Silverman ist als eine von der eigenen Psyche her angelegte Figur zwischen Esther Summerson und dem Signalman angesiedelt. Die frühkindliche Traumatisierung als »worldly little devil« prägt ihn so, daß er die Momente seines Lebens, in denen er mitmenschlich und moralisch schuldig wird, gemäß einem Ethos christlicher Entsagung umstilisiert. George Silvermans Erzählung ist voller Verdrängungen wie die Esther Summersons. Doch wie der Signalman weiß er, daß er seelisch leidet, und richtet sich ein, darüber zu sprechen; davon zu schreiben. Die Erzählung wird im Spiel von Bewußtem und Nichtbewußtem zu George Silvermans »explanation« eher in dem, was sie verschweigt, als in dem, was sie ausspricht; und weniger daher im manifesten als im subversiven Text. So zu lesen werden wir aufgefordert durch den für eine Erzählung im 19. Jahrhundert erstaunlichen sich verweigernden Erzählbeginn:

First Chapter

It happened in this wise:
– But, sitting with my pen in my hand looking at those words again, without descrying any hint in them of the words that should follow, it comes into my mind that they have an abrupt appearance. They may serve, however, if I let them remain, to suggest how very difficult I find it to begin to explain my Explanation.
...

Second Chapter

It happened in *this* wise:
– But, looking at those words, and comparing them with my former opening, I find they are the selfsame words repeated. ...
I will make a third trial, without erasing this second failure, ...

George Silverman's Explanation spricht in der Intensität des Geschriebenen zugleich auch von der Vergeblichkeit, die Welt und den Menschen in ihr im Schreiben und im Erzählen ganz zu erfassen.

Hans Walter Gabler
München, im Juli 1991

Nachwort

Kindheit und Jugend

Charles Dickens wurde am 7. Februar 1812 in einem Vorort von Portsmouth geboren, wo sein Vater John Dickens in der Zahlstelle der Marine arbeitete.
Er war das zweite von acht Kindern. Achtzehn Monate zuvor war seine Schwester Frances Elizabeth, genannt Fanny, auf die Welt gekommen, zu der er ein inniges Verhältnis haben sollte.
Über seine Vorfahren ist relativ wenig bekannt. Seine Großeltern väterlicherseits waren höhere Bedienstete im Haushalt von Lord Crewe, und es scheint, daß Dickens von seinem Großvater dessen Organisationstalent und finanzielles Geschick und von seiner Großmutter ihre große erzählerische Begabung geerbt hat.
Wie so oft bei großen Männern, war auch im Fall von Charles Dickens die Beziehung zwischen Mutter und Sohn problematisch. Es hat sich in der Dickens–Forschung eingebürgert, in Mrs. Nickleby das treffendste Porträt von Elizabeth Dickens zu sehen. Allerdings sollte man sich davor hüten, diese geschwätzige, beinahe lästige Figur, die sich ständig in Nebensächlichkeiten verliert und dabei das Wesentliche gar nicht zur Kenntnis nimmt, mit der echten Mrs. Dickens zu sehr zu identifizieren. In Wirklichkeit war sie eine sehr humorvolle, fröhliche Frau, ausgestattet mit scharfer Beobachtungsgabe und schauspielerischem Talent, die es verstand, ihre Umgebung mit ihrem Witz zu unterhalten. Darüberhinaus hatte sie eine Vorliebe für das Theater und gesellschaftliche Veranstaltungen mit Tanz und Musik. Alles das vererbte sie ihrem Sohn, und vielleicht liegt der Grund für seine ungerechte Beurteilung ihrer Charakterzüge ja darin, daß er die meisten selbst besaß.
Über seinen Vater ist zu sagen, daß er ein sehr gut ausse-

hender, stets auf sein Äußeres bedachter Mann war, der sich allen Menschen gegenüber freundlich und hilfsbereit zeigte. Er selbst verglich sich mit einem Korken, der immer wieder an die Wasseroberfläche gelangt, ganz gleich, wie tief man ihn untertaucht. Dieses Bild verwendete sein Sohn in einer seiner ersten Geschichten, und in seinem gesamten schriftstellerischen Werk tauchen Männer auf, die seinem Vater mehr oder weniger stark ähneln. Trotz dieser liebenswerten Eigenschaften und seiner Fähigkeit, bisweilen ausdauernd und hart zu arbeiten, brachte John Dickens seine Familie und später seinen berühmten Sohn oft in arge Bedrängnis, weil er immer wieder in finanzielle Schwierigkeiten geriet und trotz des teilweise hohen Gehaltes, das er bezog, sein Leben lang Schulden machte. Bedingt durch die Arbeit des Vaters, führte die Familie Dickens ein ruheloses Leben und war oft gezwungen umzuziehen. Im April 1817 übersiedelte man in die kleine Hafenstadt Chatham, die mit dem benachbarten Rochester nahtlos verbunden war. Hier verbrachte Dickens seine glücklichste Zeit, und diese Gegend prägte ihn nachhaltig. Rochester bildet den Hintergrund für seinen ersten und seinen letzten Roman, und hierher kehrte er fast 40 Jahre später zurück.

In Chatham begann seine Ausbildung. Er lernte lesen, verschlang seine Abenteuerbücher, ließ sich immer wieder Geschichten von seinem Kindermädchen erzählen und so entwickelte sich seine blühende Phantasie, die ihn zum einfallsreichsten Erzähler des 19. Jahrhunderts werden ließ. Außerdem entdeckte er seine Liebe zum Theater und vor allem zum Theaterspielen. So trug er schon früh kleine Liedchen oder Szenen vor, sei es mit seiner Schwester im Kreise der Familie, sei es alleine auf dem Tisch eines Pubs.

Zu Beginn des Jahres 1821 nahm sich ein junger, engagierter Baptist seiner Ausbildung an. Der junge Mann hatte in Oxford studiert und gelehrt, und so war er in der Lage, die Fähigkeiten seines Schützlings zu erkennen und zu fördern. Er brachte ihm die Literatur nahe, und Charles Dikkens las Henry Fieldings *Tom Jones,* Tobias Smolletts *Peregrine Pickle, Roderick Random* und *Humphrey Clinker,* Oliver Goldsmiths *The Vicar of Wakefield* und natürlich Daniel Defoes *Robinson Crusoe.* Alles berühmte englische Romane des 18. Jahrhunderts, die das Literaturverständnis von Dickens prägten und mit eine Ursache dafür sind, daß seine frühen Romane ganz in der Erzähltradition und -konvention dieses Jahrhunderts stehen. Man muß sich aber daneben vergegenwärtigen, daß die Affinität zum vorangegangenen Jahrhundert nicht nur auf seine literarischen Vorbilder zurückzuführen ist, sondern daß das geistige Klima und die Lebensbedingungen im England der zwanziger und dreißiger Jahre noch ganz im Zeichen des 18. Jahrhunderts standen. Die Zeit des Wandels begann später, und erst nach Viktorias Krönung im Jahre 1837, formten Industrialisierung und Eisenbahnbau das 19. Jahrhundert allmählich zu der Epoche, wie sie sich in unserem heutigen Bewußtsein darstellt.

Im Juni 1822 wurde John Dickens wieder einmal versetzt und nach London abberufen. Mit Ausnahme von Charles, der aus unbekannten Gründen noch etwa drei Monate in Chatham zurückblieb und im Hause seines Lehrers untergebracht wurde, zog die Familie nach London in den Stadtteil Camden Town, der damals noch als ländlich zu bezeichnen war. Erst im Herbst des Jahres folgte Charles Dickens seinen Eltern und Geschwistern in die große, unbekannte Stadt, und er erinnerte sich später an eine einsame, trostlose Fahrt und einen traurigen Empfang.

Die nächsten Jahre sollten die unglücklichsten seines ganzen Lebens werden. Die schöne Zeit in Chatham und der vielversprechende Beginn seiner schulischen Ausbildung fanden ein jähes Ende. Während seine Schwester Fanny ab April 1823 die Royal Academy of Music besuchen durfte, wurde für seine Erziehung nicht weiter gesorgt. Er mußte Botengänge verrichten, und der sensible, phantasievolle Junge fühlte sich um seine Zukunft betrogen. Aber es kam noch schlimmer. Am 9. Februar 1824 begann er in einer

Schuhwichsfabrik zu arbeiten – er mußte kleine Fläschchen etikettieren – und am 20. Februar wanderte sein Vater ins Schuldgefängnis, wohin ihm der Rest der Familie kurze Zeit später folgte.
Diese Ereignisse prägten Charles Dickens tief und verfolgten ihn bis an sein Lebensende. Nur seine Frau und sein bester Freund und erster Biograph, John Forster, haben die genauen Details jemals erfahren. Es ist viel darüber geschrieben worden, ob Dickens nicht maßlos übertrieb, indem er diese damals alltäglichen Ereignisse – Kinderarbeit war gang und gäbe, und ins Schuldgefängnis zu kommen, war weder ungewöhnlich noch eine Schande – zu einem lebenslangen Trauma aufbaute. Dabei ist argumentiert worden, daß seine unglückliche Lage nur von kurzer Dauer war, da sein Vater schon im Mai wieder entlassen wurde, ihn nach einem knappen Jahr aus der Fabrik nahm und ihn, interessanterweise gegen den Widerstand von Elizabeth Dickens, was der Dichter seiner Mutter niemals verzieh, auf eine gute Schule schickte.
Abgesehen davon, daß die Diskussion müßig ist, steht es einem Außenstehenden wohl kaum zu, darüber zu urteilen, ob Dickens die Ereignisse überbewertete oder nicht. Fest steht, daß den zwölfjährigen Jungen Gefühle der Angst, nicht nur der Zukunftsangst, der Einsamkeit, der Verzweiflung und der Demütigung bewegten und in ihm den Entschluß reifen ließen, sein Leben lang hart zu arbeiten und mit großem Ehrgeiz finanzielle Sicherheit zu erlangen. Die Ursache für vieles, was er später tat, und die Triebfeder für seine einzigartige Karriere liegt in den Ereignissen des Jahres 1824.
Ab Mai 1827 mußte Charles Dickens bei einem Anwalt arbeiten, da sein Vater, der mittlerweile Journalist geworden war, wieder einmal hohe Schulden gemacht hatte. Da er aber der Jurisprudenz nicht viel abgewinnen konnte und seine ganze Liebe dem Theater galt, stürzte er sich mit Vehemenz in das Londoner Theaterleben. Es verging kein Abend, an dem er nicht mindestens eine Vorstellung be-

suchte. Er wirkte selbst in zahlreichen Produktionen mit, betätigte sich als Regisseur und schrieb seine ersten Theaterstücke.
Durch das Vorbild seines Vaters angeregt, brachte er sich in unglaublicher Geschwindigkeit Stenographie bei und wurde ab 1831, nach einem Intermezzo als Gerichtsreporter, für den *Mirror of Parliament* Parlamentsberichterstatter. Aber auch diese Tätigkeit füllte ihn nicht aus, und so schrieb er im April 1832 an den Direktor des Covent Garden Theaters und bat ihn um einen Vorsprechtermin. Zu seiner eigenen Überraschung bekam er auch sofort einen Termin, doch hinderte ihn eine schwere Erkältung daran, ihn wahrzunehmen. Das Vorsprechen wurde zwar auf die nächste Spielzeit verschoben, doch es kam nie mehr dazu. Man kann diesen Schnupfen als die folgenschwerste Erkältung der englischen Literaturgeschichte bezeichnen, denn wer würde sich heute noch an Charles Dickens erinnern, wenn er Schauspieler geworden wäre.
Im Sommer 1833 schien er seine Berufung endlich gefunden zu haben, als er beschloß, die Sitzungspause des Parlaments zu nutzen und kurze Geschichten über die große Stadt und ihre Bewohner zu schreiben. Im Dezember des Jahres erschien die erste Geschichte im *Monthly Magazine,* und in den nächsten zweieinhalb Jahren erschienen seine Geschichten Monat für Monat in verschiedenen Zeitungen, bis sie schließlich im Februar 1836, pünktlich zum 24. Geburtstag des Autors, in Buchform gebracht und mit den Illustrationen des damals berühmtesten Zeichners, George Cruikshank, versehen wurden. Das waren seine *Sketches by Boz,* und es wurde der Beginn seiner schriftstellerischen Karriere.

Schriftstellerische und Journalistische Laufbahn

Die *Sketches by Boz* verschafften ihm ein hohes Maß an Popularität. Kurz nach Erscheinen der Geschichten in

Buchform erhielt Dickens einen Besuch des Verlegers William Hall, der ihm vorschlug, lustige Episoden zu den Zeichnungen von Robert Seymour zu schreiben. Dickens willigte sofort ein, aber sein Selbstbewußtsein war zu dieser Zeit schon so stark ausgeprägt, daß er die Verhältnisse kurzerhand umdrehte und Seymours Illustrationen als Beiwerk für seinen ersten Roman, die *Pickwick Papers*, verwendete. Kurze Zeit später beging der Illustrator Selbstmord und es wurde oft versucht, Charles Dickens eine Teilschuld am Tode von Robert Seymour zu geben. Tatsache ist jedoch, daß dieser seit langem zu Depressionen und Melancholie neigte, wie übrigens viele Illustratoren des 19. Jahrhunderts, und sein Selbstmord sicher keine Kurzschlußreaktion auf die Zurücksetzung durch den aufstrebenden Dichter war.

Dieser plötzliche Tod machte es natürlich erforderlich, möglichst schnell einen neuen Illustrator zu finden. Dikkens entschied sich für den jungen unbekannten Hablot Knight Browne, der fast alle seine Romane illustrieren sollte und dem es wie keinem anderen gelang, Dickens' Literatur in Bilder zu übertragen.

Der anfängliche Verkaufserfolg der *Pickwick Papers* war alles andere als vielversprechend, aber schon nach kurzer Zeit stiegen die Verkaufszahlen von 400 auf 40000 Exemplare im Monat, und der Roman erreichte alle Klassen im gesamten Königreich. Dieser Erfolg lag auch an der neuartigen Erscheinungsform die Dickens wählte, und für all seine Romane beibehielt: monatliche Fortsetzungen, die verhältnismäßig billig und daher für jedermann erschwinglich waren.

Die nächste Zeit war sehr ereignisreich und Dickens stürzte sich in ausgedehnte Aktivitäten. Die Aussicht auf seinen ersten Roman ermutigte ihn im April 1836, seine langjährige Verlobte Catherine Hogarth zu heiraten. Neben seiner Arbeit an den *Pickwick Papers* setzte er auch seine journalistische Tätigkeit fort und wurde Chefredakteur bei *Bentley's Miscellany*, einer neuen Monatszeitschrift. Zwischen August 1836 und März 1837 schrieb er drei Theaterstücke für das St. James's Theatre, und im Frühling 1837 begann er seinen zweiten Roman *Oliver Twist,* was zur Folge hatte, daß er fast das ganze Jahr hindurch an zwei Romanen gleichzeitig arbeitete.

Am 7. Mai 1837 starb völlig unerwartet seine 17jährige Schwägerin Mary Hogarth, an der er sehr hing. Ihr Tod versetzte ihm einen schweren Schock. Sie verkörperte für ihn das Ideal des tugendhaften, unschuldigen jungen Mädchens, das in all seinen Romanen eine wichtige Rolle spielt und von ihm geradezu mystifiziert wird. Es ist interessant zu beobachten, wie sich der Ton seiner beiden Romane nach dem traurigen Ereignis ändert. Wie vielleicht bei kaum einem anderen Dichter, besteht bei Charles Dickens ein sehr enger Zusammenhang zwischen seinem Leben und seinem Werk. Das beginnt bei den Namen seiner Figuren, die er unverändert aus seinem Bekanntenkreis übernahm (so arbeitete er beispielsweise mit einem Bob Fagin in der Schuhwichsfabrik). Auch persönliche Schwierigkeiten verarbeitete er in seinen Romanen. Während er an *Barnaby Rudge* schrieb, hatte er große Probleme mit seinem Vater, was die vielen gestörten Vater-Sohn-Beziehungen in diesem Werk erklärt. Seine Angewohnheit, Freunde, Verwandte oder flüchtige Bekannte ziemlich unverhohlen zu karikieren, brachte ihm im Laufe seiner literarischen Karriere so manchen Ärger ein.

Er hatte seinen ersten Roman gerade beendet, da plante er schon seinen nächsten. Zu diesem Zweck reiste er mit Hablot K. Browne nach Yorkshire, um die dortigen Schulen, die für die Grausamkeit ihrer Lehrer bekannt waren, zu besichtigen. Kurz darauf begann er *Nicholas Nickleby* – er arbeitete immer noch an *Oliver Twist* (!) –, und dieser Roman führte dazu, daß viele dieser berüchtigten Yorkshire-Schulen geschlossen wurden. Zum erstenmal spürte Dickens, daß zu seiner inzwischen unglaublichen Popularität auch ein gewisser Einfluß auf die Gesellschaft gekommen war. Er begann, sich als eine moralische Instanz

mit großer Verpflichtung seinen Lesern gegenüber zu betrachten. Das Verfassen von Romanen diente ihm nicht mehr nur als Unterhaltungszweck.
Neben der Arbeit an seinen Romanen war ihm auch seine journalistische Tätigkeit immer sehr wichtig. So gründete er Anfang 1840 seine eigene Wochenzeitschrift, *Master Humphrey's Clock*, die aber, trotz seiner Beliebtheit, kein großer Erfolg war. Seine beiden nächsten Romane, *The Old Curiosity Shop* und *Barnaby Rudge*, konnten sie nur kurzfristig über Wasser halten, und so mußte er sie Ende 1841 wieder einstellen.
Zu dieser Zeit verspürte er zum erstenmal eine leichte Müdigkeit – verständlich nach fünf großen Romanen und der anstrengenden redaktionellen Tätigkeit –, und beschloß, für ein Jahr zu pausieren. Er bereiste in der ersten Hälfte des Jahres 1842 Amerika. Seine Begeisterung und sein Enthusiasmus für das junge Land waren schnell dahin, und er kehrte desillusioniert und sehr enttäuscht nach England zurück. Das lag zum einen daran, daß er die Amerikaner für ziemlich takt- und distanzlos hielt, da sie ihm seine notwendige Einsamkeit und sein Privatleben nicht zugestehen wollten. Zum anderen war er sehr verärgert darüber, daß all seine Romane in Amerika gedruckt und verkauft wurden, er aber kein Geld dabei verdienen konnte. So ließ er während seines Aufenthaltes keine Gelegenheit ungenützt, auf das Problem des internationalen Copyrights einzugehen. Die Amerikaner warfen ihm vor, er sei nur gekommen, um zu kassieren, und das störte die Beziehung zwischen ihm und seinen amerikanischen Lesern empfindlich. Er hielt seine Eindrücke in den *American Notes* fest, und dieses für Amerika wenig schmeichelhafte Buch kostete ihn dort für lange Zeit sehr viel Sympathie.
Im Herbst 1842, nach Beendigung der *American Notes*, begann er seinen nächsten Roman, *Martin Chuzzlewit*. Dieser Roman bedeutete eine Wende in seiner Arbeitsweise. Die Amerikareise hatte ihn verändert. Die als tu-

multartig zu bezeichnende Begeisterung für seine Person verschaffte ihm ein neues Selbstbewußtsein, aber auch eine tiefergehende Selbsterkenntnis. Das hatte zur Folge, daß er von diesem Zeitpunkt an seine Romane sorgfältig plante und durchkonstruierte und sich nicht mehr von der Eigendynamik des Erzählens hinreißen ließ, wie das bei seinen ersten Romanen der Fall gewesen war. Aber obwohl viele *Martin Chuzzlewit* für Dickens' bis dahin besten Roman hielten, konnte er nicht an den Erfolg seiner Vorgänger anknüpfen.

Im Sommer 1843 kam Dickens die Idee, eine Weihnachtsgeschichte zu schreiben. So entstand *A Christmas Carol,* und ihr unglaublicher Erfolg veranlaßte ihn, in den nächsten fünf Jahren fünf weitere Geschichten zu schreiben. Das Weihnachtsfest hatte immer eine besondere Bedeutung in seinem Leben gehabt, und er erhob es zu einer großen häuslichen Feier, bei der er alle Verwandten und Freunde um sich versammelte. Man kann sagen, daß er es war, der den viktorianischen Kult um das Weihnachtsfest begründete.

Um die Mitte der vierziger Jahre begann eine Phase in seinem Leben, die zwar von äußerer Sicherheit – sein Ruf war gefestigt und seine Finanzen stabil –, aber auch von zunehmender innerer Unruhe geprägt wurde. Er hatte ein weiteres, erfolgloses journalistisches Abenteuer hinter sich, er war 17 Tage Chefredakteur der neuen Zeitung *Daily News,* und zog sich immer öfter auf den Kontinent zurück, um über sein bisheriges Leben nachzudenken. Er versuchte sich der Faktoren bewußt zu werden, die ihn beeinflußten, und seine Gedanken kreisten immer wieder um die Ereignisse seiner Kindheit. Der Tod seiner geliebten Schwester Fanny am 2. September 1848 festigte seinen Entschluß, einen autobiographischen Roman zu verfassen, und auf den Vorschlag seines Freundes John Forster entschied er sich zum erstenmal für die Ich-Form. So begann er im Februar 1849 seine Arbeit an *David Copperfield.*

Die Arbeit fiel ihm nicht leicht und er wurde oft krank in dieser Zeit. Die Ursache seiner labilen Gesundheit lag mit Sicherheit hauptsächlich auf psychologischer Ebene, denn zum erstenmal schrieb Dickens die deprimierenden und demütigenden Ereignisse seiner Kindheit und Jugend nieder und gab sie praktisch, wenn auch verschlüsselt, der Öffentlichkeit preis.
Wie schon *Martin Chuzzlewit*, wurde auch *David Copperfield*, den Dickens immer für seinen besten Roman hielt, kein großer Erfolg, und so sah sich der Dichter wieder einmal gezwungen, sich journalistisch zu betätigen. Er tat sich mit dem erfahrenen Journalisten W. H. Wills zusammen, und im März 1850 erschien die erste Ausgabe seiner *Household Words*. Es sollte aber keine reine Literaturzeitschrift werden, und so behandelte das Blatt auch soziale Themen. Dickens sah die Aufmunterung derer, die sich im Elend befanden und die allgemeine Verbesserung der sozialen Bedingungen als Zielsetzung der Wochenzeitschrift an. Er handelte einen hervorragenden Vertrag bei seinen Verlegern Bradbury und Evans aus, der ihm neben einer 50%igen Gewinnbeteiligung ein jährliches Gehalt von 500 Pfund für seine Redakteurstätigkeit und ein Extrahonorar für jeden seiner Beiträge zusicherte. Dieser Vertrag bedeutete die endgültige finanzielle Sicherheit für ihn, da er von nun an nicht mehr auf seine Romane angewiesen war, um seine große Familie zu ernähren. (Neben seiner Frau und seinen inzwischen acht Kindern hatte er nämlich auch noch seine Eltern und seine Brüder zu versorgen.) Aber er war auch für den Rest seines Lebens der Doppelbelastung als Schriftsteller und Herausgeber ausgesetzt.
Ende November 1851 begann er seinen nächsten Roman *Bleak House*. Es ist oft darauf hingewiesen worden, daß sich mit diesem Werk eine Stiländerung und der Beginn seiner »düsteren Periode« bemerkbar machte. Dabei ist dieser Begriff immer wieder mißverständlich verwendet worden. Düstere Szenen finden sich auch schon in den al-

lerersten Romanen. Was sich indessen veränderte, war die Art und Weise, wie Dickens seine Vision von der Welt in diesem Roman darstellte. Dickens begriff die Welt als ein Ganzes, in dem alles zusammenhängt und sich um ein Zentrum bewegt. So sind alle Figuren in *Bleak House* auf schicksalhafte Weise miteinander verwoben, obwohl sie auf den ersten Blick nichts miteinander gemein haben. Es ist diese dichte Kohärenz, die so neuartig und vielleicht auch einzigartig in diesem Werk ist.

Dieser und die beiden nächsten Romane *Hard Times* (1854) und *Little Dorrit* (1855–1857), in denen Dickens das englische System mit seinen Institutionen und seiner Bürokratie scharf attackierte, wurden von der zeitgenössischen Kritik ziemlich verrissen und als Indiz für seinen traurigen Abstieg gewertet. Man hielt ihn für einen pseudophilanthropischen Eiferer, der sich mit seinen seltsamen politischen Ideen der Arbeiterklasse anbiedern wollte.

Erst mit *Great Expectations* (1860–1861) konnte er sich das Wohlwollen der Kritiker zurückerobern, die seine Rückkehr zum Humor der frühen Jahre feierten. In diesem Roman beschäftigte sich Dickens noch einmal mit seinem eigenen Seelenleben, wobei seine psychologische Analyse hier viel tiefer geht als in *David Copperfield* und dadurch wesentlich mehr über ihn verrät, als sein erstes autobiographisches Werk.

Wie schon *A Tale of Two Cities* (1859), erschien der Roman in seiner 1859 neugegründeten Zeitschrift *All The Year Round*, die nur mehr Literatur beinhaltete und wesentlich erfolgreicher war, als ihre Vorgängerin *Household Words*.

In seinem letzten vollendeten Roman, *Our Mutual Friend*, an dem Dickens von November 1863 bis September 1865 arbeitete, kehrte er zu seiner Systemkritik zurück. Allerdings attackierte er weniger bestimmte Institutionen wie in den vorangegangenen Romanen (die Justiz in *Bleak House*, Regierung und Verwaltung in *Little Dor-*

rit), sondern das soziale Verhalten der englischen Gesellschaft als solches. Die Zeiten hatten sich schlagartig geändert, und diese Welt der Spekulationen, Bankgeschäfte, Börsengeschäfte, Kreditinstitute und Makler, die Dickens um sich herum wahrnahm und in dem Roman verarbeitete, hatte nichts mehr mit der Welt zu tun, in der er aufgewachsen und prominent geworden war.
Ein interessanter, weil völlig neuer Gesichtspunkt der beiden letzten vollendeten Romane *Great Expectations* und *Our Mutual Friend* ist die Thematisierung der unerwiderten Liebe und des daraus resultierenden Leids für den, der liebt. In all seinen bisherigen Werken war den Liebespaaren ein glückliches Ende beschieden. Ein weiteres Indiz für den bereits angesprochenen engen Zusammenhang zwischen seinem Leben und seinem Werk, denn auch Dickens liebte in seinen letzten Lebensjahren unglücklich.
Im September 1869 begann er sein Romanfragment *The Mystery of Edwin Drood*. Sein wachsendes Interesse an der Psychologie des Verbrechens und an psychisch labilen Charakteren findet in dieser Geschichte um die düsteren Geheimnisse, die sich in dem idyllischen Domstädtchen Cloisterham abspielen, seinen Höhepunkt. Das Geheimnis konnte Dickens nicht mehr enthüllen, denn am 9. Juni 1870 starb er an den Folgen eines Schlaganfalls.

Soziale Aktivitäten

Wer sich mit Charles Dickens beschäftigt, darf einen wichtigen Aspekt seines Lebens nicht außer acht lassen – sein soziales Engagement.
Die frühen dreißiger Jahre, in denen Dickens als Reporter im Parlament arbeitete, markierten eine Umbruchphase des englischen Königreichs. Das Land befand sich in einer Zeit des Übergangs vom 18. ins 19. Jahrhundert, und die heftige öffentliche Diskussion um die Notwendigkeit sozialer und politischer Reformen fand natürlich auch Ein-

gang in das Parlament. Berühmte Männer wie Palmerston, Peel und Russell hielten wichtige Reden zur parlamentarischen Repräsentation. 1832 erfolgte die erste Parlamentsreform, die es den neuen, großen Industriestädten wie Birmingham, Leeds und Manchester ermöglichte, einen Vertreter ins Unterhaus zu entsenden. Darüber hinaus wurde weiteren 200000 Bürgern das Wahlrecht verliehen (bis dahin war gerade ein Sechzehntel der Bevölkerung wahlberechtigt), wodurch dem Mittelstand, dem Dickens ja angehörte, mehr Einfluß gewährt wurde. Durch seine journalistische Tätigkeit geriet er in den Kreis radikaler Reformer und wurde selbst einer von ihnen. Allerdings weniger aus ideologischer Überzeugung, als aus dem Instinkt eines Mannes heraus, der aus dem Volk stammte und im Begriff stand, sich mit eigener, harter Arbeit nach oben zu kämpfen.

Es ist schwierig, seine genaue politische Position zu bestimmen, da seine Überzeugungen meist emotionalen Ursprungs waren, und ihm selbst fiel es zeit seines Lebens wesentlich leichter, zu definieren wogegen er eintrat, als exakt zu formulieren wofür er Partei ergreifen sollte. So trat er zwar für die Reformierung des Strafvollzugs ein, war aber wenig begeistert über die amerikanischen Gefängnisse, in denen seiner Meinung nach durch die Abschaffung der harten Zwangsarbeit die Idee der Bestrafung verloren ging. Auch war er kein Gegner der Todesstrafe, sondern lediglich der öffentlichen Hinrichtungen. Ein zweiter Widerspruch zeigt sich in seiner Beziehung zur Arbeiterklasse. Er trat vehement für die Verbesserung ihrer Arbeits- und Lebensbedingungen sowie für ihre medizinische und soziale Versorgung ein. Auf der anderen Seite hatte er aber nicht das geringste Verständnis für Massendemonstrationen oder Streiks, die er als revolutionäre Bedrohung durch den Pöbel empfand. Er konnte nur mit den Arbeitern als Individuen sympathisieren. Sein Verständnis für ihre Angelegenheiten schlug sofort in Ablehnung um, wenn sie als Masse auftraten.

Das Hauptangriffsziel seiner Romane und journalistischen Schriften waren die Gesetzgebung und das Parlament. Er hatte kein Vertrauen in staatliche Institutionen und unterstützte oder gründete daher zahlreiche Privatinitiativen zur Verbesserung der sozialen Verhältnisse.
Er inszenierte Theaterstücke, mit denen er auf Tournee durch das ganze Land ging, hielt unzählige Reden und veranstaltete Lesungen aus seinem Werk, um Geld für Bedürftige zu sammeln. Mit Hilfe seiner reichen Gönnerin Miß Burdett-Coutts gründete er Mädchenheime, Schulen für Arbeiterkinder, trieb die Sanierung der Elendsviertel voran und setzte sich unermüdlich für die Kanalisation der schnell wachsenden Metropole ein. Besonders das letzte Projekt lag ihm sehr am Herzen, da er schon frühzeitig erkannte, daß nur eine schnellstmögliche Verbesserung der hygienischen Verhältnisse den stetig wiederkehrenden Choleraepidemien ein Ende setzen konnte. Als im Sommer 1854 eine weitere Epidemie ausbrach, der über 20000 Menschen zum Opfer fielen, schrieb Dickens in seiner Zeitschrift *Household Words* dermaßen wütende Artikel gegen Regierung und Gesetzgebung, deren Schlampigkeit seiner Meinung nach den Tod so vieler Menschen verursachte, daß seine Freunde befürchteten, er werde als nächstes zur Revolution aufrufen. Auch wurde er nicht müde, den Nepotismus der Aristokratie zu geißeln, der zu Mißwirtschaft und Inkompetenz in der Regierung führte und sich besonders im Krimkrieg rächte.
Bei all seiner Begeisterung für den Fortschritt sah er doch auch deutlich dessen Kehrseite und bedauerte die Tendenz der Zeit, alles zu abstrahieren, in Zahlen und Statistiken auszudrücken und am Geldwert zu messen. Er spürte in den letzten 15 Jahren seines Lebens, daß er zu einem Anachronismus geworden war. Als Mann, der in den zwanziger und dreißiger Jahren aufgewachsen und herangereift war, blieb er mehr ein Kind des vorigen Jahrhunderts und konnte sich mit dem sich schnell verändernden 19. Jahrhundert nie richtig anfreunden. So verfiel er in eine

Resignation, die es erklärt, warum er sich in seinem letzten Lebensjahrzehnt nicht mehr in dem von ihm gewohnten Maße öffentlich engagierte (seine Zeitschrift *All The Year Round* behandelte auch so gut wie keine sozialen Themen mehr).
Ab 1858 veranstaltete er seine Lesungen auch nicht mehr zu guten Zwecken, sondern auf eigene Rechnung. Er inszenierte sie zu eindrucksvollen Ein-Mann-Shows, die so erfolgreich waren, daß man sie als weitere, eigenständige Karriere in dem arbeitsreichen Leben des Dichters bezeichnen kann.

Stephan Castell
München, im Juli 1991

Zeittafel

1812 Am 7. Februar kommt Charles Dickens in Portsmouth auf die Welt.

1817 Die Familie zieht in die kleine Hafenstadt Chatham, unweit von Rochester. Hier verbringt Charles Dickens die glücklichste Zeit seiner Kindheit.

1822 Im Juni übersiedelt die Familie nach London.

1824 Am 9. Februar beginnt Dickens seine Arbeit in der Schuhwichsfabrik. Es wird für ihn zu einem traumatischen Erlebnis.

Am 20. Februar muß sein Vater ins Schuldgefängnis, wohin ihm wenig später der Rest der Familie folgt.

1825 Anfang des Jahres wird Charles aus der Fabrik genommen und für die nächsten zwei Jahre auf die Schule geschickt.

1827/28 Von Mai bis November des folgenden Jahres arbeitet Charles Dickens in einer Anwaltskanzlei.

1829 Nachdem er sich in äußerst kurzer Zeit Stenographie beigebracht hat, wird er Gerichtsreporter.

1831 Er wird für den *Mirror of Parliament* – die Zeitung seines Onkels – Parlamentsreporter.

1832 Im März oder April wendet er sich an den Direktor des Covent Garden Theaters. Er will vorsprechen, aber eine schwere Erkältung verhindert eine mögliche Schauspielerkarriere.

1833 Ab Mitte des Jahres schreibt er seine *Sketches by Boz* für verschiedene Londoner Zeitungen.

1836 Im Februar erscheint die erste Ausgabe der gesammelten *Sketches* mit Illustrationen von George Cruikshank.

Kurz darauf beginnt er seinen ersten Roman, die *Pickwick Papers.*

Am 2. April heiratet er Catherine Hogarth.

Ende des Jahres wird er Chefredakteur bei *Bentley's Miscellany.*

1837 Anfang des Jahres beginnt er *Oliver Twist.*
Am 6. Januar kommt sein Sohn Charles auf die Welt.
Am 7. Mai stirbt seine Schwägerin Mary Hogarth.
Im Oktober beendet er die *Pickwick Papers.*

1838 Ende Februar beginnt er die Arbeit an *Nicholas Nickleby.*
Am 6. März kommt seine Tochter Mary auf die Welt.
Im Oktober beendet er *Oliver Twist.*

1839 Anfang des Jahres beendet er seine Tätigkeit als Chefredakteur von *Bentley's Miscellany.* Er will seine eigene Zeitschrift herausgeben und so entsteht die Wochenzeitschrift *Master Humphrey's Clock.*
Im September beendet er *Nicholas Nickleby.*
Am 29. Oktober kommt seine Tochter Kate auf die Welt.

1840 Seine Zeitschrift verkauft sich nicht besonders gut. Er beschließt, einen neuen Roman zu schreiben, *The Old Curiosity Shop.*

1841 Im Januar beendet er diesen Roman.
Anfang Februar beginnt er *Barnaby Rudge.*
Am 8. Februar kommt sein Sohn Walter auf die Welt.
Ende des Jahres beendet er *Barnaby Rudge* und *Master Humphrey's Clock* muß eingestellt werden.
Er beschließt, ein Jahr zu pausieren und nach Amerika zu reisen.

1842 Von Januar bis Juni bereist er mit seiner Frau die USA. Nach seiner Rückkehr schreibt er die *American Notes* und im November beginnt er seinen sechsten Roman, *Martin Chuzzlewit.*

1843 Im Herbst schreibt er seine erste Weihnachtsgeschichte, *A Christmas Carol.*

1844 Im Mai kommt sein Sohn Francis auf die Welt.
Im Juni beendet er *Martin Chuzzlewit* und im Oktober schreibt er *The Chimes*, seine zweite Weihnachtsgeschichte.

1845 *The Cricket on the Hearth* erscheint.

1846 Nach nur 17 Tagen gibt er seinen Posten als Chefredakteur bei der *Daily News* an seinen Freund John Forster ab.
Im März kommt sein Sohn Alfred auf die Welt.
Im Juni beginnt er *Dombey and Son*, und im Herbst schreibt er seine vierte Weihnachtsgeschichte, *The Battle of Life*.

1847 Im Juni kommt sein Sohn Sidney auf die Welt.

1848 Im März beendet er *Dombey and Son*.
Am 2. September erliegt seine geliebte Schwester Fanny der Schwindsucht.
Im November schreibt er seine letzte Weihnachtsgeschichte, *The Haunted Man and the Ghost's Bargain*.

1849 Am 15. Januar kommt sein Sohn Henry auf die Welt.
Ende Februar beginnt er mit *David Copperfield*.

1850 Dickens schließt sich mit dem erfahrenen Journalisten W. H. Wills zusammen und gründet die Zeitschrift *Household Words*.
Am 16. August kommt seine Tochter Dora auf die Welt.
Im Oktober beendet er *David Copperfield*.

1851 Am 30. März stirbt sein Vater John Dickens.
Am 14. April stirbt seine Tochter Dora.
Ende November beginnt er *Bleak House*.

1852 Im März kommt sein Sohn Edward auf die Welt.

1853 Im August beendet er *Bleak House*.

1854 Von Januar bis Juli verfaßt er *Hard Times*.

1855 Im Mai beginnt er *Little Dorrit*.

1856 Er erwirbt Gad's Hill Place, ein Herrenhaus in der

Nähe von Rochester, und erfüllt sich damit einen Kindheitstraum.

1857 Im Mai beendet er *Little Dorrit.*

Am 4. Juli wird *The Frozen Deep,* ein Stück, das er gemeinsam mit Wilkie Collins verfaßt hatte, vor der Königin aufgeführt.

Im Sommer lernt er Ellen Ternan kennen.

1858 Im Mai trennt er sich von seiner Frau.

Von August bis November geht er mit seinen Lesungen auf eine Tournee durch 40 Städte in ganz Großbritannien.

1859 Im Mai erscheint seine neue Zeitschrift *All The Year Round* mit dem ersten Kapitel von *A Tale of Two Cities.* Seine *Household Words* erscheint im Juni zum letztenmal.

Im Oktober beendet er *A Tale of Two Cities.*

1860 Im September beginnt er *Great Expectations.*

1861 Er beendet den Roman im Juni.

1863 Im September stirbt seine Mutter Elizabeth Dikkens.

Im Herbst beginnt er seinen letzten vollendeten Roman *Our Mutual Friend.*

1865 Im Juni gerät er in das verheerende Zugunglück bei Staplehurst. Er erholt sich nie mehr richtig von den Folgen seiner Verletzungen.

Ende September stellt er *Our Mutual Friend* fertig.

1867/68 Von Dezember bis April veranstaltet er eine Tournee mit seinen Lesungen durch die Vereinigten Staaten.

1869 Ende September beginnt er mit *The Mystery of Edwin Drood.*

1870 Am 15. März veranstaltet er seine letzte Lesung.

Am 9. Juni erliegt er den Folgen eines Schlaganfalls.